KB177682

펄 벅(1892~1973)

그린힐즈 농장 미국으로 돌아온 펄 벅이 출판사 사장이자 〈아시아〉지 주필인 리처드 월시와 1935년 재혼하여 1933~60년 대 후반까지 살던 집으로 1980년 펄 벅 하우스 박물관으로 문을 열어 펄 벅 재단이 운영하고 있다. 펜실베이니아, 더블린

펄 벅 하우스 펄 벅은 태어난 지 수개월 만에 선교사인 부모를 따라 중국으로 가 그곳에서 어린 시절을 보내며 대학 시절을 제외하고 거의 38년을 난징에서 살았다. 어린 시절 가족과 함께 살던 집으로 오늘날은 기념관으로 보존되어 있다.

어머니와 어린이   펄 벅은 기존의 입양기관은 혼혈인이나 장애인은 수용할 수 없다고 여겨 1949년에 세계, 특히 아시아 지역의 전쟁과 가난으로 부모를 잃은 어린이들을 미국으로 입양하는 웰컴 하우스를 설립했다.

입양한 자녀들과 함께　펜실베이니아, 템플 대학교 도시 문서 보관소
자신이 세운 웰컴 하우스를 통해 펄 벅도 일곱 명의 자녀를 입양했다.

윤보선 대통령 예방(1960년 11월 3일)　여성잡지 〈여원〉과 조선일보 공동초청으로 한국을 처음 방문한 펄 벅은 해방 뒤 남한을 점령한 미군을 비난하는 글을 쓰기도 하고, 한국전쟁 참전국이던 프랑스신문에 반전 칼럼을 기고하여 미 정보당국인 FBI의 감시를 받았다.

정신지체 딸 캐롤 펄 벅은 정신지체아였던 딸 캐롤에 대한 죄책감과 고통을 잊기 위해 글을 쓰기 시작했다. 《대지》를 쓰게 된 동기는 딸의 치료비를 마련하기 위한 것으로 소설 속 왕룽의 큰딸 백치로 형상화했다.

노벨문학상 펄 벅은 1938년 《대지》로 노벨문학상을 받는다. 심사위원은 "중국 농부의 생활을 풍부하게, 서사시적으로 묘사한 매우 뛰어난 작품"이라고 평했다.

펄 벅 무덤 펜실베이니아. 더블린 그린힐즈 농장

신해혁명　1911년 몰락해 가는 청나라를 무너뜨리고 새로운 나라를 세우기 위한 혁명으로 난징 임시정부를 수립하고, 1912년 1월 1일 쑨원이 총통에 취임하여 국호를 '중화민국'으로 선포했다.

5·4운동　1919년 5월 4일 베이징의 학생들이 일으킨 항일운동이자 반제국주의 반봉건주의 운동이다.《대지》는 청 말기부터 국공합작이 결렬되는 격동기에 농민들의 끈질긴 삶과 노력을 보여준다.

〈메뚜기 떼로 인한 피해〉 1689, 동판화
하루에 자기 몸무게의 두 배에 달하는 작물을 먹어치우는 메뚜기 떼는 가뭄과 기근 등의 피해 때에 나타나 더욱 큰 재앙을 불러왔다.

농민의 삶   중국은 농업국으로 국민의 대부분이 땅에 의지해 살아간다. 홍수와 기근에는 어쩔 수 없이 집을 버리고 볼모지로 떠돌다가도 결국 땅으로 돌아와 드넓은 대지를 바라보며 마음의 평화를 얻는다.

세계문학전집087
Pearl Sydenstricker Buck
THE GOOD EARTH
대지 II
펄 벅/홍사중 옮김

동서문화사

디자인 : 동서랑 미술팀

대지 I Ⅱ

차례

대지 Ⅱ

대지 I

제2부
아들들

주요인물

왕이(王一) 왕룽의 장남. 재산 보전에 급급하는 무능한 사나이.

왕얼(王二) 왕룽의 둘째아들. 타산적이고 장사 수단에 뛰어나 호상(豪商)왕이라 불리게 된다.

왕싼(王三) 왕룽의 셋째아들. 소년기부터 아버지에게 반항하며 집을 뛰쳐나가 남방의 군방 학교에 들어가 군인이 된다. 어머니 오란을 닮아 말이 없고 씩씩하며 과단성 있는 청년. 왕후(王虎) 장군이라 존경받는 북방 군벌(軍閥)의 거두(巨頭)가 된다.

언청이 왕후 장군의 심복 부하로서 충성을 다하는 사나이.

매 왕후 장군의 심복 부하. 코가 뾰족한 기묘한 생김새의 사나이. 뒤에 반역을 꾀한다.

돼지 백정 왕후 장군의 심복 부하 중 하나.

곰보 왕후 장군의 측근에서 종사하는 곰보 소년. 왕얼의 장남.

빠오(豹) **장군** 북방 산악 지방의 비적(匪賊) 두목.

여우 빠오 장군의 애첩. 뒤에 사로잡히어 왕후 장군의 정실로 맞아진다. 재치가 뛰어난 간교한 미녀. 비적과 내통하다가 왕후의 칼에 죽는다.

제2부
아들들

20

또다시 황금의 가을 바람이 서쪽에서 불어와 농민들은 수확에 바빴다. 보름달이 하늘 높이 밝게 뜨고 사람들은 중추절(仲秋節)이 다가오는 것에 마음이 들떴다. 올해는 한두 번 흉작은 있었지만 커다란 기근도 없었고 날뛰기 시작한 비적들은 다시 진압되었으며 잇따라 일어난 전쟁도 이 부근까지는 미치지 않았기 때문에 사람들은 그런 행운을 신불에게 감사하려 했다.

왕후는 자기의 지위나 업적을 뒤돌아보고 올해는 지난해보다 전진했다는 것을 알았다. 성안이나 근교에 숙영시키는 부하를 헤아리면 현재 그의 아래에는 2만 명의 군사가 있었고 총은 1만 2천 정이 있었다. 더욱이 그는 이제 어엿한 군벌 장령의 한 사람으로 세상에 알려져 있었다. 전후(戰後)에도 변함없이 주권자로서의 지위에 머무를 수가 있었던 약하고 무능한 대총통은 현 정부를 뒤엎으려는 남방군과 싸워 그의 지위를 지키기 위해서 원조해 준 북방군의 모든 장령에게 감사장을 보냈다. 왕후도 그 한 사람으로서 감사장과 관위를 받았다. 그가 하사받은 관위는 그다지 높은 자리는 아니었고, 쓸데없이 길기만 한 관명(官名)으로서 훌륭하게 들렸을 뿐 실질적인 것은 아니었다. 아무튼 총통으로부터 내려진 벼슬이었다. 게다가 왕후는 이 명예를 싸움 한번 하지 않고, 총 한 자루 잃지 않고 얻었다.

그러나 단 하나, 커다란 문제가 남아 있었다. 중추절은 1년 동안의 대차 계산(貸借計算)을 청산하는 시기다. 왕 상인으로부터 총의 대금을 지불해 달라고 독촉이 온 것이다. 그 또한 다른 곳에서 독촉을 받아 난처하다는 것이었다. 그러자 왕후는 시비조로, 사자를 왕 상인에게로 보내서 총이 도중에서 없어졌으므로 대금을 전부 지불할 수는 없다고 말을 전했다.

"수취인을 확인하지도 않고 처음 받으러 온 자에게 넘겨준 것은 그쪽의 실수가 아닌가." 사자는 이렇게 말을 전했다. 이 비난에 왕 상인은 조리 있는 대답을 해왔다.

"내 자필 편지를 증거로서 가지고 더구나 네 이름을 대는 자를 어찌 의심할 수가 있었겠느냐."

이런 말을 듣자 왕후는 대답이 궁해지고 말았다. 그러나 그에게는 믿을 만한 군대의 힘이 있었다. 그래서 그는 다시 화를 내며 말했다.

"손해를 반반씩 부담하자. 그 이상은 지불할 수 없다. 그것이 싫다면 한 푼도 내지 않겠다. 요즈음 나는 내가 하고 싶지 않은 일은 하지 않아도 되는 신분이다."

왕 상인은 분별력 있는 사람으로, 어떻게 할 도리가 없게 되면 나름대로 납득할 줄 아는 사나이었다. 그러므로 왕후가 제의한 조건을 받아들여 총값의 반을 부담하기로 했다. 몇몇 곳의 소작료를 끌어올리고, 거절할 수 없다는 것을 잘 아는 상대의 이자를 조금 높이기만 하면 그 정도는 곧 메꿀 수 있을 것이므로 그에게는 결국 대단한 손해는 없는 셈이었다.

그러나 왕후는 반 정도의 대금도 처음엔 조달할 방법이 떠오르지 않았다. 방대한 군대의 유지에 막대한 비용이 들기 때문에 다달이, 아니 매일처럼 엄청난 돈이 들어와도 곧 다시 흘러나가는 것이었다. 그는 심복들을 방으로 불러서 은밀히 말했다.

"이제까지 없었던 새로운 징세(徵稅)의 길은 없겠는가."

심복들은 머리를 긁적거리며 서로 얼굴을 마주 보거나, 주위를 둘러보고 있을 뿐 아무런 생각도 떠오르지 않는 모양이었다. 언청이가 말했다.

"음식이나 일상용품에 세금을 매기면 민심이 멀어집니다."

그것은 왕후도 잘 알고 있었다. 세금을 너무 가혹하게 부과시켜 먹고살 수 없게 되면, 민중은 반드시 반항해오는 법이다. 왕후는 이 지방에 이미 지반을 굳혔으나 민중을 완전히 무시할 수 있을 만큼 강대해지지는 못했다. 그러므로 현재 이상으로 민중의 부담이 되지 않을 새로운 과세 대상을 생각해 내야만 했다. 그래서 이 도시의 중요한 산업인 술병 제조에 눈독을 들였다. 이 지방에서 만드는 술병 한 개에 동전 한두 닢을 과세하는 것이다.

이 지방의 술병은 유명했다. 고급 도토(陶土)로 만들어 푸른 유약(釉藥)을 칠한 뒤, 술을 넣고 같은 도토로 밀봉을 하고 명(銘)을 넣는 것이다. 이 명(銘)은 고급 술병에 들어 있는 고급술의 이름으로 전국에 알려져 있었다. 왕후는 이 것을 생각했을 때 다리를 탁 치면서 기뻐했다.

"술병 제조업자는 해마다 부(富)를 쌓아가고 있다. 그자들도 세금을 부담하는 것이 마땅하지 않은가."

심복들도 이것은 명안이라고 기뻐하며 찬성했다. 왕후는 그날로 이것을 시행하기로 했다. 시행에서 그가 술병 제조업자에게 정중하게 통보한 설명의 취지는 다음과 같았다. 왕후 장군은 술병 제조업자를 보호했다. 술의 원료인 수수밭이 무사할 수 있었던 것은 왕후의 보호 덕분이다. 만일 장군이 수수밭을 보호하지 않았다면, 수수가 짓밟혀 술병에 넣을 술은 만들지 못하고, 술이 없다면 술병의 수요도 없었으리라. 보호를 하려면 거액의 경비가 필요하다. 군대를 훈련시키고, 무장시키고, 급여를 주어야 하기 때문이다. 이 비용을 모으기 위해 세금을 징수해야 한다는 것이었다. 설명의 말은 공손했지만, 그 배후에는 2만 명의 병력과 번뜩이는 총검이 있었다. 술병 제조업자들은 은밀히 회합을 열어 크게 분개하며 반항 방법을 여러 가지로 궁리해 보았지만, 그러나 왕후에게는 생각대로 관철할 힘이 있다는 점이 문제였다. 결국 이것은 거부할 수 없으리라는 결론이 내려졌다. 왕후보다 질 나쁜 지배자도 많다는 것을 그들은 알고 있었다.

어쩔 수 없다고 생각되자, 그들은 세금을 낼 것을 승낙했다. 왕후는 심복들을 보내 다달의 생산량을 조사하게 하고 세액을 결정했다. 이 세수입은 상당한 액수에 달했고, 왕후는 석 달 만에 왕 상인에게 대금을 치를 수 있었다. 처음에는 불만을 표시하던 술병 제조업자들도 시간이 흐를수록 이 과세에 익숙해졌기 때문에 술병 제조업자들에 대한 세금은 계속 왕후의 중요한 세금원이 되었다. 그래서 그는 이제 그다지 필요하지 않다는 사실은 내색조차 하지 않았다. 더구나 대망을 이룰 날까지 아직 길은 멀었다. 손에 들어오는 돈이라면 얼마든지 필요했다. 그는 야심에 타올라 편안히 있을 수가 없었고, 여기저기 손을 뻗쳤다.

아무리 생각해도 이 지방 주민들로부터는 더 이상 세금을 거두어들일 수가 없었다. 그 이상 거두어들이면 민심이 떠나가리라고 보았을 때, 그는 자기에게는, 지금 점거한 지방은 너무 작으며 내년 봄에는 더 넓은 지역으로 진출해야겠다고 생각했다. 하늘은 언제 무자비하게 흉년을 가져다 줄지 모른다. 대기근이라도 닥치면 이런 조그만 지방을 다스리고 있어서는 몰락해 버린다. 왕후가 온 뒤, 이 지방 일대에는 두세 곳 대단치 않은 흉작이 있었을 뿐, 전면적인 대기근은 한 번도 없이 운이 좋았지만 앞날의 일이란 알 수 없었다.

이윽고 전쟁이 일어날 염려가 없는 겨울철이 찾아들었다. 왕후는 따뜻한 겨울철 준비를 갖추었다. 심한 비바람이나 눈이 많이 쌓이는 날이 아닌 한, 그는 날마다 부하들을 밖으로 내보내 훈련시켰다. 부하들 가운데 가장 뛰어난 자들은 그가 몸소 훈련시키고, 이 부하들이 나머지 부하들을 훈련시켰다. 왕후가 특히 주의를 기울인 것은 총의 관리였다. 매달 수(數)와 종류를 기입한 장부를 가져오도록 하여 자기의 눈앞에서 검사시켰다. 검사 때 분실된 것이 나타나면 한 자루이든 두 자루이든 그 수에 맞춰 군사를 사형에 처한다고 언제나 경고했다. 이 명령에 거역할 만큼 용기있는 자는 없었다. 그렇게나 사랑하던 아내조차 한칼로 베어 버리는 사람임을 알고 있었기 때문에 사람들은 전보다도 더 왕후를 두려워했다. 화가 나면 그런 짓도 서슴지 않는다고 생각하면, 그의 분노가 온몸이 떨릴 정도로 두려웠던 것이다. 왕후가 검은 눈썹을 찌푸리기만 해도 그들은 펄쩍 뛰었다.

냉엄한 북쪽 바람이 겨울을 몰아 왔다. 왕후 자신도 밖에 나갈 수가 없었고 부하를 밖으로 끌어 내어 훈련시킬 수도 없을 것 같은 음울한 나날이 이어졌다. 드디어 왕후는 미리부터 예기하고 있던 것, 바쁘게 지냄으로써 피해온 것에 부딪치고 말았다. 그는 이제 아무것도 할 일이 없었고, 고독했던 것이다.

다른 사나이들처럼 투전에 열중하거나 술을 마시거나 연회를 하며 떠들거나 여자를 찾거나 하는 것으로 마음의 울적함을 잊을 수가 있다면 얼마나 좋을까 하고 그는 생각했다. 그러나 그는 그럴 수가 없었다. 그는 호화로운 연회석의 요리들보다도 간단한 식사 쪽이 좋았다. 여자란 생각만 해도 언짢은 기분이 되었다. 한두 번 투전을 해 보았지만 투전에 맞는 성질이 아니었다. 주사위를 해 보아도 좋은 기회를 잡는 데 서툴렀다. 그리고 지면 화를 내며, 장검을 손에 잡았으므로 함께 승부를 하는 무리들은 그의 눈썹이 꿈틀꿈틀 움직이기 시작하거나 입매가 불쾌한 듯이 이그러지면 벌벌 떨었고, 그의 커다란 손이 칼 손잡이로 내려가는 것을 보면 서둘러 왕후에게 승리를 안겨 주어 버리는 것이었다. 이래 가지고서는 재미있을 리가 없다. 그는 따분해져서 외쳤다.

"언제나 말했듯이 이따위 것은 바보들이나 할 짓이다." 왕후는 아무런 기분전환도, 마음의 위안도 되지 않으므로 화를 내며 그곳을 나가 버리는 것이었다.

낮보다도 밤은 더욱 괴로웠다. 더구나 밤은 어김없이 찾아왔다. 그는 상대도 없이 혼자서 자야 했으므로 낮보다 밤을 더 싫어했다. 더 큰 고생이 있으면서도 어떻게든 인생에서 즐거움을 찾아 살아가는 사람도 있지만 왕후는 그러한 사람들처럼 환락을 맛볼 수 없는 고뇌가 많은 마음의 소유자였다. 왕후와 같은 인간에게 밤낮으로 고독하다는 것은 절대로 좋은 일이 아니었다. 또 그처럼 왕성한 욕망과 강건한 육체를 가진 인간에게는 홀로 지내야 하는 잠자리 또한 절대로 좋은 일이 아니었다. 더구나 그에게는 친구로 삼을 만한 사람도 없었다.

노현장은 폐병으로 거의 죽어가는 늙은 부인과 함께 아직 공사 안쪽에 살고 있었다. 그는 나름대로 선량하고 학식이 있는 노인이었다. 그러나 왕후 같은 인물에게는 익숙하지 않았고 무서워서 견딜 수가 없었으므로, 왕후 앞에 나가면 늙은 양손을 맞잡고, 왕후가 무엇이라고 말하면 급히, "그렇습니다, 각하. 그대로입니다, 장군!" 이렇게 말할 뿐이었다.

왕후도 마침내 참을 수가 없어져서 무서운 얼굴로 흘겨보았다. 그러면 노현장은 파랗게 질려 여위고 시든 몸에 걸친 관복을 끌면서 될 수 있는 대로 빨리 도망쳤다.

그러나 왕후는 공정한 인간이었고 노현장이 최선을 다하는 것을 알고 있었기 때문에, 되도록 짜증을 내지 않으려고 조심을 했다. 울화가 터져 자기도 모르게 자신의 손이 올라가 노현장에게 위해를 가하는 일이 있어서는 안 된다고 생각하여, 울화가 일어나기 전에 서둘러 노현장을 쫓아내는 일도 가끔 있었다.

그 밖에 심복의 부하들도 있었다. 셋 모두 선량하고 충실한 용사였다. 특히 매는 지모에서는 1천 군사보다도 도움이 되었다. 그러나 결국 그는 무지한 인간에 지나지 않았다. 화제로 삼는 것이라고는 무기를 쥐는 방법이라든가, 주먹의 사용법이라든가, 적에게 막을 틈을 주지 않고 좌우의 다리를 교대로 차올리는 방법이라든가, 싸움터에서 적을 속이기 위한 사격술이라든가 그런 것뿐이었으므로, 그것만을 되풀이하여 이야기할 뿐이었다. 어느 어느 곳의 싸움터에서 이렇게 했다든가 하는 이야기를 몇 번이고 들었기 때문에, 왕후도 매의 가치를 존중은 해도 대화 상대로서는 따분했다.

돼지 백정은 몸을 부딪쳐 커다란 문을 쓰러뜨릴 만큼 거대한 몸집과 크고 멋진 두 주먹을 가지고는 있지만 덩치만 클 뿐, 머리가 잘 돌아가지를 않고, 말이 서툴러 겨울밤의 이야기 상대로는 적당치가 않았다. 왕후가 완전히 신뢰하는 언청이는 전투에 있어서는 그다지 뛰어나지 않았지만 가장 충실하고 선량한 심복으로서, 사자로 파견하여 용무를 보게 하는 데는 적임자였다. 그러나 찢어진 입술 사이로 한숨을 쉬고 침을 퉁기면서 지껄이기 때문에 이야기 상대로서는 결코 유쾌하지가 못했다. 또한 곰보 조카는 한 세대가 젊으므로 진실한 대화 상대는 되지 않았다. 왕후는 또 군대들 틈에 섞여 연회에서 마시거나 떠들거나 하는 것도 하지 않았다. 장군이 그런 짓을 하여 부하들에게 깔보이거나 취해서 흐트러진 모습을 보이거나 하면 싸움터에 나갔을 때 존경을 하지 않고 명령에 따르지 않게 될지도 모르기 때문이었다. 그러므로 왕후는 성대한 군장으로 몸을 치장하고 지금은 사랑하고도 있고 미워하고도 있는 장검을 차지 않고서는 절대로 군사들 앞에 나타나지 않았다. 그것은 그야말로 이 세상에 필적할 것이 없는 날카로운 명검이었다. 그는 혼자 있을 때 곧잘 그 장검을 뽑아들고서는 생각에 잠겼다. 그것은 검은 구름도 두 쪽으로 벨 수 있을 듯이 여겨졌다. 아내의 목도 그날 밤 구름처럼 부드러웠다. 그리고 이 장검으로 구름을 찌르듯 아내의 목을 꿰뚫어 버렸다.

그러나 왕후에게 낮 동안 이야기할 벗이 있다고 해 보았자, 하루가 끝나면 반드시 밤이 찾아오는 법이다. 밤엔 꼼짝없이 홀로 자야만 한다. 덩그런 침대에 혼자 누울 도리밖에는 없었다. 겨울철의 밤은 길고 어두웠다.

이렇듯이 어둡고 긴 겨울밤, 왕후는 혼자 자면서 가끔 촛불을 켜고 소년 시절에 애독했고, 공명심을 불러일으켜 준 《삼국지(三國志)》나 《수호지(水湖誌)》를 읽었다. 그와 비슷한 용감하고 장대한 이야기책을 그는 차례로 읽었다. 그러나 한없이 읽고 있을 수는 없었다. 촛불이 다 타서 심지가 쓰러질 때가 오면 그는 으스스 한기를 느꼈다. 캄캄하고 괴로운 밤을 홀로 견뎌야 하는 것이었다.

매일 밤 이 시간을 어떻게 해서든지 연기시키려고 하는 것이었지만 역시 운명의 시간과의 대결을 피할 수는 없었다. 사랑하는 아내를 떠올리며 그는 슬퍼했다. 그러나 슬퍼하면서도 그녀가 살아 돌아와 주었으면 하고는 결코 바라지 않았다. 그녀가 절대로 믿고서 흉금을 털어놓고 진심으로 사랑할 수 있는 여자가 아니라는 사실을 이미 알아 버렸기 때문이다. 그는 끊임없이 그것을 자기에게 들려주고 있었다. 이를테면 그가 아내를 용서하고 죽이지 않고 두었다고 하더라도 언제나 그는 아내를 두려워하며 지내야했으리라. 그리고 그러한 불안은 그를 분열시켜 영달에의 길로 나가 보았자 그의 대망을 이룰 수는 없었으리라.

밤이면 그는 자기 자신에게 이렇게 말했다. 그러나 보통의 비적에 비해서 얼마간 뛰어났을 정도의 무지한 빠오 장군이, 결코 평범하다고는 할 수 없는 그녀의 사랑을 어떻게 얻은 것일까. 빠오 장군이 죽은 뒤까지도 그녀는 빠오를 사랑했다. 살아 있는 자기가 그처럼 사랑했음에도 여자는 죽은 그를 잊어버리지 않았던 것이다. 그렇게 생각하자 가슴이 아파왔다.

왕후는, 아내가 자기를 사랑하지 않았다고는 믿을 수 없었다. 그가 지금 누워 있는 침대 위에서 그녀가 얼마나 정열적이고 분방했던가를 몇 번이고 애타게 떠올렸다. 사랑이 없는데도 그와 같은 정열이 솟아오르리라고는 믿어지지 않았다. 자기가 이 손으로 죽인 빠오만큼도 그녀의 마음을 사로잡지 못했다면, 이만한 지위가 있고 긍지를 가지고 있긴 해도 자신은 아무래도 빠오 장군보다 남자로서는 떨어지는 점이 있는 게 아닌가 생각하자 마음이 위축되었다. 이론상으로는 납득할 수 없어도 분명 그럴 것 같다는 기분이 들었다.

자기가 의외로 시시한 남자라는 기분을 느끼자 앞으로의 인생이 꽤히 길고 무의미하게 생각되어서, 과연 자신은 위대해질 수 있을 것인지 의심스러워졌다. 또한 위대해진다 하더라도 그 위업을 전할 아들이 없는 이상, 모든 것은 자신의 죽음과 함께 잃어버리고 가지고 있던 것은 다른 자의 손으로 넘어가 버리므로 아무런 의미도 없어진다. 싸움터에서 싸우거나 책략을 꾀하거나 무엇인가를 남겨주어야겠다고 생각할 만큼 그는 형이나 형의 아이들을 사랑하지 않았다. 그는 캄캄하고 조용한 방안에서 홀로 이렇게 신음했다.

"나는 그 여자를 죽였을 때, 두 사람을 죽인 것이다. 하나는 내가 가지게 되었을 아들이다."

그러고 나서 그는 다시 생각해 보았다. 그러면 반드시 아내의 죽은 모습이 떠올랐다. 희고 아름다운 목을 찔려서 상처로부터 새빨간 선혈이 뿜어져 나오고 있는 광경이 선하게 떠올라 언제까지고 사라지지 않으면, 그는 견딜 수 없어져서 갑자기 그 침대에 더 누워 있을 수가 없었다. 물론 침대는 깨끗이 닦고 다시 칠했으므로 어느 곳에도 피의 흔적은 없었고, 베개도 새것이었다. 누구도 그에게 이 침대 위에서 일어난 일을 이야기하지 않았고, 아내 시체가 어디에 버려졌는지도 왕후는 알 수 없었으나 그래도 침대에 누워 있을 수가 없었다. 그는 일어나서 이불로 몸을 둘둘 말고, 새벽의 약한 빛이 희끄무레하게 창문으로 비쳐들 때까지 비참한 기분으로 의자 위에서 떨었다.

이렇게 하여 겨울밤은 매일 한결같이 흘러갔다. 드디어 왕후는 이래서는 안 되겠다고 마음속으로 외쳤다. 이토록 슬프고 쓸쓸한 밤이 계속되면 사내로서의 기개를 잃고, 야심도 사라져 버리리라고 깨달았기 때문이다. 그는 스스로 자기가 무서워졌다. 그 무엇에도 만족할 수 없었고, 가까이 있는 사람에게도 짜증이 나서 곧 울화통을 터뜨리기 때문이다. 그중에서도 곰보 조카에게 가장 짜증이 난 그는 쓰디쓰게 말했다.

"이놈이 내 친척 중에서는 가장 변변한 인간이다. 이 싱글싱글거리는 곰보 원숭이를, 이 장사치의 아들을, 이놈을 내 아들로 여겨야 한다."

끝내 이러다가 미쳐버리지 않을까 싶은 상태가 되었을 때, 그의 마음에 하나의 전기(轉機)가 찾아들었다. 그는 어느 날 밤 문득 생각했다. 저 여자는 죽은 뒤에도, 살아 있을 때 계획한 대로 나를 확실하게 파멸시키려 하는 것은 아닐까? 이렇게 생각했을 때, 그는 갑자기 마음을 되잡았다. 그리고 아내의 망령에 도전하는 듯이 마음속으로 외쳤다.

'아들은 어떤 여자라도 낳을 수 있지 않은가? 나는 여자보다는 아들이 탐나는 것이다. 그렇다, 아들을 낳자. 아들을 낳을 때까지 몇 사람이든 아내를 갖자. 언제까지나 한 여자에게 미련을 느끼다니 나는 바보다. 처음엔 아버지 집의 종이었던 리화였다. 한두 마디 말밖에 나눈 일이 없는 그 여자를 생각하며 나는 거의 10년 동안이나 가슴 아파했다. 그 다음은 내 손으로 죽이게 된 여자다. 이번에도 그 여자를 잊을 수가 없어 또다시 10년 동안이나 괴로워해야 한단 말인가. 그러다가 결국 아이도 낳을 수 없는 늙은이가 되어버리는 것인가? 아니, 나도 다른 사내들처럼 할 것이다. 다른 사내들처럼 자유롭게 여자를 손에 넣고 마음에 들지 않으면 언제든지 버릴 것이다!'

그날로, 왕후는 언청이를 자기 방으로 불러 말했다.

"여자가 필요하다. 착실한 여자라면 누구라도 좋다. 형들에게 가서 아내가

죽었으니, 새 아내를 찾아 달라고 부탁해라. 머지않아 봄이 되면 전쟁이 있다. 나는 그 준비에 바쁘다. 그 밖의 일로 마음을 쓸 여유가 없다고 해라."

언청이는 기뻐하며 서둘러 출발했다. 그는 왕후 장군이 괴로워하는 모습을 조금은 질투하는 눈으로 보고 얼마쯤 그 원인을 살피고 있었으므로 이것은 좋은 치료법이라고 생각했던 것이다.

왕후는 형들이 어떠한 아내를 찾아 줄 것인가, 그저 기다릴 뿐이었다. 기다리는 동안 그는 자신을 격려하며 싸움 계획에 몰두하여, 세력을 넓힐 방법을 이리저리 궁리했다. 어떻게든 자신을 지치게 만들어 밤에 잠이 들도록 계산한 것이었다.

21

언청이는 자기같이 특징 있는 인간이 너무 자주 나타나면 수상하게 여겨지리라 생각했기 때문에, 샛길을 따라서 성안으로 들어가 왕후의 형들이 사는 넓은 저택에 이르렀다. 거의 한낮에 가까운 시간이라 왕 상인은 상점에 있다고 했다. 그는 한시라도 빨리 사명을 전하기 위해서 곧 상점으로 달려갔다. 왕 상인은 시장 중심부를 한눈에 볼 수 있는 자기 사무소의 조그맣고 캄캄한 방에서 배 한 척당 밀의 이익은 얼마인지 주판으로 퉁기고 있었다. 그는 얼굴을 들고 언청이의 이야기에 귀를 기울였다. 듣고 나자 깜짝 놀란 듯이 가느다란 눈을 크게 뜨고, 엷은 입술을 오므리며 말했다.

"나로서는 아내를 찾기보다는 돈을 조달해 주는 편이 편하겠군. 어떻게 하면 여자를 찾을 수 있을지 나는 전혀 짐작이 가는 바가 없어. 모처럼 얻은 아내를 잃다니 정말 안됐군."

언청이는 신분을 잘 알고 있다는 것을 보이기 위해, 나직한 의자에 비스듬히 앉아서 정중하게 말했다.

"제가 부탁드리고 싶은 것은 장군을 괴롭히는 일 없이, 장군님의 사랑을 받을 만한 부인을 찾아 달라는 것입니다. 장군님은 이상할 만큼 외곬인 성질이라 하나를 생각하면 마치 미친 것처럼 파고들어 버리십니다. 돌아가신 부인의 경우도 너무 깊이 사랑하셔서, 벌써 몇 달이 지났습니다만 아직까지도 잊지 못하고 계시는 것입니다. 그렇게 골똘히 생각하시다가는 몸에 지장이 있으실 것입니다."

"동생의 부인은 왜 죽었소?" 왕 상인은 호기심에 채찍질당해서 물었다.

언청이는 하마터면 진실을 털어놓을 뻔했으나, 성실하고 사려 깊은 사나이였으므로 즉시 들이삼켜버렸다. 군인이라면 또 모르지만, 전쟁에 익숙지 못한 사람은 죽인다든가 죽는다는 것에 견딜 수 없이 혐오감을 일으키리라. 군대는 적을 죽이는 것이 일이고, 죽이지 않으면 지모로써 달아나지 않는 한 자기가 죽임을 당하게 된다. 그렇기 때문에 죽이는 것을 아무렇게도 생각지 않는 것이다. 그래서 언청이는 그저, "갑자기 출혈을 하여 돌아가셨습니다." 간단히 대답했을 뿐이었다. 왕 상인도 그 이상 캐묻지 않았다.

그는 점원을 불러서 언청이를 조그만 여관으로 안내하여 돼지요리를 대접하도록 일렀다.

두 사람이 가버리자 그는 앉아서 생각에 잠겼다.

'이것만큼은 나보다는 형님 쪽이 잘 아는 문제다. 형님이 아는 건 여자문제뿐이니까 말이지. 나는 여자라면 내 아내밖에는 모른다.'

왕얼은 형인 왕이를 만나러 가기 위해서 일어나 벽의 못에 걸려 있는 회색의 비단옷을 입었다. 이 옷은 외출할 때만 입고 사무소에서 일할 때에는 아끼느라고 벗어 두었다. 그는 형의 집으로 가서 문지기에게, 주인이 집에 있는가 물었다. 문지기가 안내하려고 하자, 왕얼은 문께에서 기다리겠다고 말했다. 문지기가 들어가서 여종에게 물어 보니, 도박장에 가 계시다는 대답이었다. 왕 상인은 이 말을 듣고는 그곳으로 향했다. 밤 동안에 내린 눈이 아직 쌓여 있는 싸늘한 날이었다. 먹고 살기 위해서 나돌아다녀야 하는 행상인이라든가 형처럼 놀기 위해 외출한 무리들이 지나다닌 발자국이 길 한가운데에 가느다란 오솔길을 만들어 놓았다. 왕얼은 마치 고양이가 울퉁불퉁하게 돌이 깔린 길을 걸어가듯 조심스럽게 걸었다.

그는 도박장으로 가서 점원에게 형이 있는 방을 물었다. 문을 열자, 화로에 숯을 새빨갛게 일으켜 뜨겁게 덥힌 조그만 방에서, 형은 몇몇 친구들과 투전을 하고 있었다.

왕이는 동생이 문에서 얼굴을 들이밀었을 때, 자리를 뜰 핑계가 생긴 것을 내심 기뻐했다. 중년이 된 뒤부터 배웠기 때문에 그는 승부에 그다지 능하지 못했다. 아버지 왕룽이 살아 있다면 아들이 성내의 도박장에 드나드는 것을 용서하지 않았으리라. 그러나 왕이의 장남은 아이 때부터 도박을 해왔기 때문에 손놀림도 빠르고 능숙했다. 둘째아들조차 승부에 끼어들면 대개 이겨서 돈은 벌어 올 정도의 솜씨였다.

그래서 왕이는 동생이 반쯤 열린 문틈으로 들여다 보자 곧바로 일어서서 서둘러 친구들에게 말했다.

"동생이 무슨 용건이 있는 모양이니 그만해야겠어."

방이 더웠기 때문에 한쪽에 벗어 놓은 털외투를 집어 들고 왕 상인이 기다리는 곳으로 나갔다. 그러나 마침 좋을 때 와 주었다고는 하지 않았다. 투전은 머리가 좋은 자가 이긴다고 생각했으므로, 지고 있었다고는 체면상 말할 수가 없었던 것이다. 그는 그저 "무슨 볼일이냐?" 물었다.

왕 상인은 예에 따라서 쓸데없이 떠들어 대지는 않았다.

"근처에 이야기를 할 수 있는 곳이 있으면 그곳으로 가십시다."

왕이는 차를 마시는 탁자를 쭉 놓여 있는 방으로 안내했다. 그러고는 조금 떨어진 곳에 있는 조용한 탁자를 골라 앉았다. 왕이는 차와 술, 그리고 몇 시인가를 깨닫고 고기와 그 밖의 요리를 주문했다. 그동안에 왕얼은 묵묵히 기다렸으나, 급사가 저쪽으로 가버리자 곧 용건을 끄집어냈다.

"동생이 아내가 죽었으니 새 사람이 필요하다며, 이번에는 우리들에게로 부탁을 해온 것이지요. 이런 일에 대해서는 나보다는 형님쪽이 적임이라고 생각해서 말이죠."

피어오르는 은밀한 웃음을 억누르기 위해서 왕얼은 입술을 깨물었다. 그러나 왕이는 눈치채지 못하고 커다란 소리로 웃었다. 통통한 볼의 살집이 흔들렸다.

"아마, 내가 아는 것이란 그 방면의 일뿐이겠지, 네가 말한 대로야. 집안 사람 앞에서 그런 소리를 들으면 난처하지만 말이야."

그는 웃으며 이런 말을 화제로 삼을 때 사내들이 곧잘 그러듯이 곁눈질을 했다. 그러나 왕 상인은 형의 그런 농담에는 상대를 하려 하지 않았다. 그러자 왕이도 진지해져서 말을 계속했다.

"정말 좋을 때에 말해 왔군. 마침 우리 큰놈 색싯감을 찾기 위해서 성안 아가씨들을 알아보고 있던 중이야. 그럴듯한 아가씨는 거의 알고 있어. 우리 큰놈은, 현장 동생의 딸로 열아홉 살이 되는 처자와 약혼시키려고 생각하고 있어. 선량하고 좋은 아가씨지. 이미 집사람도, 처녀의 자수 솜씨라든가 뭐 그런 것들을 보았지. 미인은 아니지만 훌륭한 규수 같아. 단 하나 난처한 것은 큰녀석 놈이야. 자기 아내는 자기가 구하겠다는 어리석은 생각을 하고 있단 말이야. 남쪽에서는 그런 일이 유행하는 모양이더군. 나는 장남에게 말해 주었지. 여기에서는 그런 일을 해서는 안 된다고. 좋아하는 처자가 있다면 첩으로 삼으면 되지 않겠느냐고. 가엾은 둘째놈은 집사람이 가족 중에서 누군가를 승려로 삼고 싶다고 하니 승려를 만들려고 생각하고 있어. 몸이 멀쩡한 아이를 중으로 만들기는 아까우니까."

왕 상인은 형의 가정의 그러한 일에는 전혀 흥미가 없었다. 어떤 아들이건 조만간에 결혼해야 하는 것은 마땅한 일로서 자기의 아들도 마찬가지였다. 그러나 자신은 아들의 결혼 문제 따위로 시간을 낭비하고 싶지 않았다. 그런 것은 아내의 책임이라고 생각했기 때문이다. 단지 이 집안에 들일 여자는 건강하고 부지런해야 한다고만 말해 두었다. 왕 상인은 지금도 형의 이야기를 참을 수가 없어져서 말했다.

"그 처녀들 가운데 동생의 아내로서 어울리는 아가씨가 있습니까! 동생처럼 한번 결혼한 일이 있는 사내에게, 기꺼이 딸을 시집보낼 부모가 있을까요?"

그러나 왕이는 이런 즐거운 일에 대해서는 절대로 서둘거나 하지 않았다. 이것저것 자신이 본 일이나, 남들로부터 들은 처녀들의 기억을 천천히 떠올려보고 나서 겨우 대답했다.

"아주 좋은 애가 있어. 그다지 어리지는 않지만, 학자의 딸이지. 그 학자는 아들이 없기 때문에 자기의 학문을 누군가에게 전해 주고 싶어 딸에게 가르쳐 준 모양이야. 요즈음 세상에서 말하는 신식 여자지. 학식이 있고 전족(纏足)도 하지 않았어. 이렇게 조금 색다른 점이 있어서 결혼이 늦어졌어. 이러한 여자를 아내로 맞이하면 가정에 귀찮은 일이 일어나지나 않을까 걱정해서지. 그러나 남쪽에는 이런 여자가 많은 모양이더군. 여기는 조그만 읍이니까, 그런 여자를 이해해 주지 않는 거겠지. 그 처녀는 거리에도 자주 나다니지. 나도 한 번 본 일이 있는데 아주 우아하고 주위를 두리번두리번 휘둘러보지도 않는단 말이야. 학식이 있는 여자는 보기 흉한 얼굴을 가지고 있다고 생각하기 쉬운데 그렇지도 않아. 그렇게 어리지는 않다고 하더라도 아직 기껏해야 스물다섯, 여섯 살이지. 동생은 그런 색다른 여자를 좋아할까?"

왕 상인은 조심스럽게 물었다.

"그 여자가 정말 좋은 주부가 되어 동생에게 도움이 될까요? 동생도 웬만큼은 읽고 쓸 줄 알고, 예를 들어 그렇지 못하다 하더라도 필요할 때에는 학자를 고용하면 되니까 아내의 학문을 필요로 하리라고는 생각할 수 없습니다만."

급사가 계속해서 날라오는 요리를 자기 접시에 나눠담기에 바쁜 맏형은 수프를 뜨던 손길을 멈추고 커다란 목소리로 말했다.

"그거야, 하녀든 창녀든 고용할 수 있겠지. 하지만 좋은 아내란 무엇을 할 수 있느냐로 결정되는 게 아니야. 중요한 것은 남자의 마음에 드느냐는 점이지. 특히 동생같이 바람을 피우지 않는 놈에게는 더욱 그렇지. 밤에 잘 때 안사람이 옆에 앉아, 시나 연애소설을 읽어 주면 유쾌하지 않겠나."

그러나 그런 일은 왕 상인의 성격에는 맞지 않았다. 그는 밤(栗)과 함께 삶은 비둘기 요리를 솜씨 있게 자기 접시에 나눠 담아서 젓가락으로 주의 깊게 뼈 사이의 고기를 골라내서 먹으며 말했다.

"나는 살림 잘 하고, 아이 잘 낳고 낭비하지 않는 여자가 좋습니다만."

이 말을 들은 왕이는 아이 때부터 제멋대로였던 본성을 드러내 갑자기 화를 냈다. 살찐 얼굴이 검붉은 색으로 변했다. 그 모습을 본 왕 상인은 형과 자기는 이 점에서는 절대로 의견이 일치할 수 없다고 보았다. 아무리 뛰어나다 하더라도 어차피 여자가 아닌가, 결국 사나이에게 봉사하는 데는 다름이 없다. 이 일로 하루를 낭비하는 것은 아깝다고 생각한 왕얼은 곧 말했다.

"잘 알았습니다. 동생은 가난뱅이가 아니니까 아내를 두 명 골라 주기로 합시다. 형님은 형님이 가장 좋다고 생각되는 여자를 구해 주십시오. 그 여자와 먼저 결혼을 시킵시다. 그 뒤, 내가 고른 처자를 보내기로 하죠. 한쪽만 마음에 들고 한쪽은 필요없다면 그것은 뭐 동생의 자유겠지요. 아무튼 동생만한 지위에 있는 자는 아내가 둘 있다고 해도 많다고는 할 수 없죠."

이렇게 두 사람은 타협했다. 왕이는 자기가 구하는 여자가 정실 부인이 된다는 데에 만족했다. 그러나 곰곰이 생각해 보니 맏형이며 가장인 자기가 정한 여자가 정처가 되는 것은 마땅한 이야기이고 왕얼은 자기가 고른 여자를 뒤에 보내느니 뭐니 양보한 듯한 말을 하고 있지만, 어떠한 사나이라도 결혼한 그날 밤에 두 아내와 잘 수는 없으므로 결국 대단한 양보는 아닌 셈이다. 아무튼 이렇게 이야기가 되자, 둘은 헤어졌다. 왕이는 부랴부랴 자기가 맡은 일에 착수했고, 왕 상인은 아내와 의논하기 위해서 집으로 돌아갔다.

집에 닿자 아내는 눈이 쌓인 문앞에 서 있었다. 추워서 양손을 앞치마 속에 넣고 있었지만, 가끔 그 손을 꺼내서는 행상인이 팔러 온 닭의 위장께를 만져 보고 있었다. 눈이 내리면 닭은 스스로 먹이를 구할 수가 없다. 그래서 닭 값이 내려가는 것이다. 마침 두세 마리 더 있었으면 하던 참이라 왕얼의 아내는 정신없이 닭 쪽만을 바라보면서 남편이 곁으로 와도 고개조차 들지 않았다. 그러나 왕 상인은 집안으로 들어가려고 아내 옆을 지나가면서 말을 걸었다.

"이봐, 그만하고 좀 와봐. 할 이야기가 있어."

그녀는 서둘러 암탉 두 마리를 골랐다. 행상인이 다리를 묶어 저울에 달 때에 눈금 때문에 잠깐 옥신각신한 뒤 겨우 값이 결정되자, 그녀는 집안으로 들어왔다. 암탉을 의자 아래로 던져넣고 남편의 이야기를 듣기 위해서 그 의자 위에 비스듬히 걸터앉았다. 왕 상인은 무뚝뚝하고 쌀쌀맞은 투로 말했다.

"제수가 갑자기 죽어서 후처를 얻어 달라는군. 나는 여자에 대해서는 아무것도 모르지만, 당신은 근래 2년 동안 며느릿감을 구하기 위해서 열심이었지? 제수감으로 마땅한 여자가 있나?"

그의 부인은 출산, 장례식, 결혼 따위에는 큰 흥미를 가지고 있어 언제나 그런 일만 화제로 삼고 있었기 때문에 당장에 대답했다.

"나의 친정 옆집에 좋은 처녀가 있어요. 조금만 나이가 어렸으면 우리 맏며느리를 삼았으면 싶을 정도로 좋은 애예요. 성품이 착하고 검소한 처녀지만 결점은 아이 때부터 이가 벌레 먹어 꺼멓게 돼 버린 거예요. 가끔 빠지기도 하는 모양이에요. 그러나 부끄러워서 남에게 보이지 않도록 입을 다물고 있어요. 그래서 그다지 떠들지도 않고 말소리도 작아요. 아버지도 그리 가난하지 않고 땅도 가지고 있어요. 조금 혼기가 늦어졌으니까, 그런 좋은 결혼을 할 수 있다면 아버지도 반드시 좋아할 거예요."

왕 상인은 무뚝뚝하게 말했다.

"말수가 적다면 그것만으로도 예사는 아니지. 그 혼담을 추진시켜 줘. 형님이 고른 여자와의 결혼식이 끝난 뒤, 그 처녀를 동생에게로 보내지."

그리고 두 사람이 아내를 고르기로 한 이야기를 하자, 아내는 소리를 높여 말했다.

"아주버님이 고른 사람을 아내로 삼아야 하다니 딱하군요. 아주버님은 이상야릇한 여자들밖에는 모르니까요. 더구나 만일 형님이 참견한다면 여승 같은 여자를 고르겠죠. 요즈음 형님은 스님이나 여승에게 열을 올려, 온 집안 사람들에게 경만 읽게 하고 있대요. 누가 병에 걸렸다든가 아이가 태어나지 않는다든가 할 때는 절에 가는 것도 좋겠지만, 신이든 부처든 인간과 같은 것인데 1년 내내 성가실 만큼 이것저것 기도만 드리면 싫어할 거예요!"

이렇게 말한 그녀는 마룻바닥에다 침을 뱉고 발끝으로 문질렀다. 그리고 의자 아래에 넣어 둔 암탉을 깜빡 잊고 발을 뒤쪽으로 끌었다. 암탉은 그 발에 채어 요란스럽게 울어 댔다. 왕 상인은 일어나서 짜증이 나는 듯이 말했다.

"이런 집은 처음 봤어! 온 집안 어느 구석에나 닭을 길러야만 하나?"

부인은 서둘러 의자 아래서 암탉을 끌어내면서 얼마나 싸게 샀는가를 설명하기 시작했다. 왕 상인은 그것을 가로막고 말했다.

"됐어, 됐어. 나는 가게로 돌아가야 해. 지금 한 말은 당신이 좀 알아서 해줘. 오늘부터 두 달째 되는 날 처녀를 동생에게 데려다 주기로 하지. 하지만 들어간 비용은 잘 기억해 둬. 동생의 두 번째 결혼 비용까지 부담할 필요는 법률상 없으니까."

이렇게 두 처녀가 왕후와 약혼하게 되어 서류가 꾸며지고, 왕 상인은 그 일에 든 비용 모두를 꼼꼼히 장부에 기입했다. 결혼식 날짜는 한 달 뒤로 결정되었다.

결혼식으로 정해진 날은 연말이었다. 그에 대해 통지를 받은 왕후는 두 번째 결혼을 위해 형의 집으로 갈 준비를 했다. 마음은 내키지 않았지만 한번 결심한 이상 할 작정으로, 온갖 생각이나 마음의 방황을 떨쳐 버리고 심복에게 자기가 자리를 비웠을 때의 일을 맡기기로 하고, 부재중에 만일 말썽이 일어나면 곰보 조카를 사자로서 파견하도록 남겨놓았다.

준비가 끝나자 왕후는 형식상, 노현장에게 결혼식을 위해서 닷새, 왕복 여행에 엿새 동안의 휴가를 청했다. 노현장은 곧바로 허가했다. 왕후는 자기가 없는 동안엔 현장이 왕후의 지위를 뒤집어엎을 음모를 꾀할 마음을 일으키지 않도록, 군대와 심복을 남겨 두고 간다고 경고해 두었다. 가장 훌륭한 제복은 싸서 안장에 매달고 두 번째로 좋은 제복은 입고서 왕후는 고향을 목표로 남쪽으로 떠났다. 보통 군벌의 장령들은 이럴 때에는 몇백 명의 호위병이 에워싸고 경비를 하는 것이 보통인데, 대담한 그는 고작 50명의 호위병만을 거느렸다.

왕후는 겨울철의 메마른 시골길을 말을 타고 달려갔다. 밤에는 마을의 여인숙에서 묵었고, 날이 새면 다시 서리가 얼어붙은 길을 서둘렀다. 봄이 올 조짐은 아직 보이지 않았다. 잿빛 풍경이 황량했다. 잿빛 흙으로 쌓아올리고 잿빛 짚으로 덮은 농가가 마치 토지의 일부인 것처럼 보였다. 북쪽에서 불어오는 바람과 먼지에 시달린 농부들의 얼굴도 똑같이 잿빛이었다. 왕후는 태어난 고향을 향해 사흘 동안 말을 몰면서도 마음속에선 아무런 기쁨도 솟아오르지 않았다.

고향 마을에 닿자 먼저 결혼식을 올리기로 되어 있는 맏형의 집으로 갔다. 간단한 인사를 끝내고는 갑자기 결혼식을 올리기 전에 아들로서의 의무를 다하기 위해 돌아가신 아버님의 묘에 성묘를 다녀오겠다고 말했다. 모두들 찬성했다. 특히 왕이의 큰 부인은 열심히 찬성했다. 왕후는 먼 곳에 있어, 가족이 법사(法事)를 거행할 때도 한 번도 참석하지 않았으므로 성묘는 아들로서의 도리를 지키는 훌륭한 일이라고 했다.

왕후도 물론 아들로서의 의무는 잘 알고 있어서 성묘를 할 수 있을 때는 언제든지 하지만, 오늘 성묘를 가기로 한 것은 단지 그런 이유에서만은 아니었다. 왜 그런지 모르지만 마음이 안정되지 않고 무거웠기 때문이었다. 형의 집에 아무 일 없이 앉아 있는 것도 견딜 수 없었다. 또한 다가오는 결혼식에 신이 난 형의 수다 상대가 되어 주는 것도 견딜 수가 없었다. 이 집에 있어도 자기 집이라는 생각은 들지 않았고 무엇인가에 압박당한 듯이 답답하기만 했던 그는 어떻게든 밖으로 나가 그들로부터 떨어질 구실을 찾아야 했던 것이다.

그는 먼저 부하에게 명령하여 지전(紙錢)과 선향(線香) 등, 성묘에 필요한 것을 사오게 한 뒤, 말을 타고 총을 맨 부하들을 거느리고 성 밖으로 나갔다. 길을 가는 사람들이 눈을 둥그렇게 뜨고 그의 모습을 우러러 보는 데에 얼마간 기쁨을 느꼈다. 아무것도 보지 않고 아무것도 듣지 않는 듯한 태도로 의연히 고개를 쳐들고 앞으로 나아가고 있었지만 사실은 부하가 거칠게 외치는 소리를 듣고 있었다.

"길을 비켜라. 장군님의 행차시다." 군중들이 급히 몸을 움츠리고 담장에 찰싹 붙거나 문으로 도망쳐 들어가는 것을 보고, 자기가 그렇게 위대하게 보이는가 생각하니 얼마간 위안이 되어, 더욱 위풍당당하게 가슴을 폈다.

이윽고 대추나무 아래 있는 부친의 묘지에 이르렀다. 왕릉이 처음 이곳을 묘지로 정할 무렵, 이 대추나무는 아직 가늘고 어린 나무였으나 이제는 가지가 굵고 옹이투성이인 거목이었다. 그리고 밑둥에는 이 나무에서 갈라진 어린 묘목이 몇 그루나 돋아나 있었다. 왕후는 망부에게 경의를 표하기 위해 묘지에서 멀찌감치 떨어진 곳에서 말을 내려, 천천히 대추나무로 걸어갔다. 부하 한 사람이 뒤에 남아 말고삐를 쥐고 서 있었다. 왕후는 공손하면서도 당당한 태도로 조용히 아버지 묘 앞으로 나아가 세 번 절했다. 지전과 향을 들고 온 부하가 앞으로 나가서 왕릉의 무덤 앞에 바치고, 이어 왕릉 아버지의 무덤, 다음에는 왕릉 숙부의 무덤, 마지막으로 오란의 무덤에 바쳤다. 왕후는 어머니를 어렴풋하게밖에 기억하지 못했다.

왕후는 다시 천천히, 그러나 당당한 발걸음으로 무덤 앞으로 걸어나가서 향을 피우고 지전을 사르고는 차례로 무덤마다 무릎을 꿇고 머리를 숙였다.

그 일이 끝나자 가만히 서서 생각에 잠겼다. 그 사이에도 불은 계속 타서 금과 은의 지전이 재가 되었다. 선향의 연기는 싸늘한 대기 속에 찌르는 듯한 향기를 피웠다. 햇빛도 비치지 않고 바람도 없으며 당장이라도 눈이 내릴 듯이 찌푸린 추운 날씨였다. 선향의 따뜻하고 희미한 연기가 얼어붙을 듯한 대기를 타고 소용돌이치며 흘러간다. 장군이 선조에 대한 생각에 잠겨 있는 동안 부하들은 소리 없이 기다리고 서 있었다. 이윽고 왕후는 몸을 돌려 말 있는 데로 걸어가 아까 말을 타고 왔던 길을 되돌아갔다.

묵묵히 생각에 잠겨 있었을 때, 그는 아버지 생각을 한 것은 아니었다. 그는 자신의 일을 생각하고 있었다. 자기가 죽어 땅 밑에 누워 있더라도 무덤을 찾아 주는 아들 하나 없다는 것을 생각했다. 그렇게 생각하니 결혼하기를 잘했다는 기분이 들었다. 머지않아 자식이 생기겠지 하는 희망이 쓸쓸함을 얼마간 달래 주는 것 같았다.

돌아가는 길은 그 흙벽집 문 앞을 지나고 있었다. 일행이 그 집 앞뜰의 탈곡장 옆을 통과하고 있을 때, 리화와 함께 살고 있던 곱사등이가 말굽 소리며 병사들의 발자국 소리를 듣고 발을 끌며 서둘러 나와 둥그래진 눈으로 쳐다보았다. 그는 왕후의 얼굴을 알지 못했다. 이 사람이 제 숙부라는 사실도 몰랐으므로 그저 길가에 서서 눈만 둥그렇게 뜨고 있었다. 벌써 열여섯 살이라 성인이 될 날이 가까워 왔는데도 아직 예닐곱 살 먹은 어린애 키밖에 되지 않은 채, 뒤쪽으로 두건이라도 늘어뜨리고 있는 듯 등이 굽어 있었다. 그 모습에 놀란 왕후는 말을 세우고 물었다.

"이 흙벽집은 내 집인데, 여기 사는 너는 대체 누구냐?"

이 말로 소년은 그가 숙부라는 사실을 알았다. 장군이 된 숙부에 대해서는 옛날에 들은 적이 있었다. 몇 번이나 그 숙부에 대한 꿈을 꾸고 어떤 사람일까 생각하곤 했었다. 그래서 지금 그가 말을 건네자 곱사등이는 반가운 듯 소리쳤다.

"작은 아버지세요?"

이 말을 듣고 왕후도 생각이 났다. 그는 올려다보는 소년을 가만히 쳐다보며 말했다.

"그래, 형님에게 너 같은 아이가 있다는 말을 들은 적이 있지. 우리 가족들은 모두 몸이 곧고 튼튼한데다, 돌아가신 할아버지는 나이를 자시고도 허리

가 굽지 않으셨는데, 너 같은 아이가 태어나다니 참으로 이상하구나."

"저는 떨어졌어요." 소년은 그런 질문에는 익숙하다는 듯 아무렇지도 않게 말했다. 대답하면서도 그는 숙부와 말을 넋을 잃고 쳐다보고 있었다. 이윽고 그는 왕후의 총 쪽으로 손을 내밀었다. 묘하게 나이 든 얼굴에 우묵하게 들어간 조그맣고 슬퍼보이는 눈이 호기심에 타고 있었다.

"전 외국총을 쥐어 본 적이 없어요. 잠깐만이라도 좋으니까 만져 보게 해주세요."

내민 소년의 작은 손은 늙은이처럼 주름투성이였다. 왕후는 갑자기 이 등이 굽은 소년이 불쌍해져서 총을 넘겨 주었다. 그리고 소년이 만족해할 때까지 실컷 만져 보고 들여다보게 해줄 작정으로 기다리고 있으려니, 문간에 누군가 나타났다. 리화였다. 왕후는 금방 리화라는 것을 알았다. 그녀는 전보다 여위기는 했으나 그다지 변하지 않았기 때문이었다. 갸름하고 창백한 얼굴에는 실처럼 가는 주름이 엷게 새겨져 있을 뿐이었다. 머리칼은 변함없이 검고 매끈했다. 왕후는 말에서 내리지는 않고 몸을 긴장시켜 정중하게 절을 했다. 리화도 가볍게 고개를 숙였으나 곧 다시 집 안으로 들어가려 했다. 왕후는 크게 말했다.

"백치 누이는 잘 있습니까?"

리화는 그 부드러운 목소리로 나직이 대답했다.

"잘 있습니다."

왕후는 다시 물었다.

"매달 받아야 할 것은 꼭꼭 받고 있습니까?"

그녀는 같은 목소리로 대답했다. "고맙습니다. 받고 있어요." 리화는 이렇게 말하는 동안에도 고개를 숙이고 탈곡장의 단단한 땅바닥을 내려다보고 있더니 대답을 하고 나자 얼른 몸을 돌려 집 안으로 들어갔다. 왕후는 문간을 가만히 바라보고 있었다.

그러다가 그는 별안간 소년에게 말했다.

"아주머니는 어째서 여승 같은 옷을 입고 있을까?" 왕후는 자기도 깨닫지 못하는 사이에 리화가 여승처럼 목까지 오는 회색 옷을 입은 것을 보았던 것이다.

곱사등이는 열심히 총을 어루만지고 쓰다듬고 하느라 자기가 하는 말을 별로 생각해 보지도 않고 입에서 나오는 대로 말했다.

"백치가 죽고 나면 아주머니는 근처의 여승방에 들어가서 여승이 되실 거예요. 이제 고기는 조금도 안 잡수세요. 불경을 많이 외우고 계셔서 벌써 여승이나 다름 없으세요. 하지만 할아버지가 백치를 돌봐 달라고 부탁해서, 백치가 죽을 때까지는 머리도 깎지 않고 세상도 안 버리신답니다."

왕후는 이 말을 듣자 왠지 모를 아픔을 느껴 잠시 입을 다물었다. 그러다가 측은한 듯이 소년에게 물었다.

"아주머니가 여승방에 들어가 버리면 곱사등인 너는 어떡하지?"

그러자 소년은 대답했다. "아주머니가 여승방에 들어가 버리면 저는 절에 들어가서 중이 될 거예요. 저는 아직 어리니까, 앞으로 오래 살 거예요. 아주머니도 제가 죽을 때까지는 기다리시지 못하죠. 하지만 중이 되면 먹고 살 수는 있을 터이고, 전 등어리의 혹 때문에 자주 병이 나는데, 그때는 친척이니까 아주머니가 간호하러 와 주실 거예요." 소년은 태연스럽게 말했다. 그러더니 별안간 목소리가 변하면서, 복받치는 감정에 거의 흐느끼는 듯한 어조로 왕후를 올려다보며 소리쳤다.

"그래요, 전 중이 되는 거예요. 똑바로 생긴 몸이라면 병사가 되고 싶지만. 작은 아버지가 절 데려가 주시면 좋을 텐데!"

곱사등이의 우묵하게 꺼진 어두운 눈동자에는 열정이 넘치고 있었다. 왕후는 감동했다. 그는 본디 인정 많은 사람이었기 때문이다.

"나도 너를 기꺼이 데려가 주고 싶다. 하지만 너의 그 몸으로는 아무래도 중이 되는 수밖에 없지 않느냐!"

소년은 기묘한 형상으로 두 어깨 사이에 가라앉은 머리를 숙이고 가냘픈 소리로 말했다.

"알고 있어요."

그것을 끝으로 소년은 아무 말도 하지 않고 왕후에게 총을 돌려 주고는 등을 돌려 절룩거리며 탈곡장을 가로질러 집 안으로 사라졌다. 왕후는 결혼식을 올리기 위해 길을 서둘렀다.

이번 결혼식은 왕후로서는 기묘한 것이었다. 도무지 마음이 두근거리지도 않고 기대하는 기분도 없었다. 낮도 밤도 마찬가지였다. 버럭 화를 낸 때를 제외하면 무슨 일에 있어서나 늘 그러했지만, 이 결혼식도 그는 조용히 예의바르게 치렀다. 이미 죽은 그의 마음에는 사랑도 노여움도 영원히 인연이 없는 것으로밖에 여겨지지 않았다. 붉은 옷을 입은 신부의 모습도 자기와는 아무런 관계도 없는, 멀고 흐릿한 존재로 느껴졌다. 손님들의 모습도, 형들과 그 가족들의 모습도, 뚜챈의 어깨에 기댄 렌화의 괴이할 정도로 살찐 모습도 모두 마찬가지였다. 그래도 그는 한번 렌화 쪽을 보았다. 그녀는 지나치게 비대해져서 숨쉬는 것조차 괴로운 듯이 헐떡였다. 형들과 신부를 따라온 사람들, 다양한 손님들, 이렇게 그가 절을 해야 하는 사람들과 마주 서 있는 동안에도 렌화의 가쁜 숨소리가 귀에 들려 왔다.

이윽고 피로연이 되었어도 그는 거의 아무 음식에도 손을 대지 않았다. 비록 재혼이기는 해도 떠들썩해야 한다며 왕이는 줄곧 우스갯소리를 늘어놓았다. 손님들은 웃다가도 왕후의 언짢은 얼굴을 보고는 기가 꺾여 입을 다물곤 했다. 왕후는 자신의 결혼 피로연인데도 말 한마디 하지 않았다. 술이 나오자 마치 무척 목이 마른 듯이 얼른 잔을 들었다. 그러나 조금 맛을 보더니 바로 술잔을 내려놓고 씁쓸하게 말했다.

"이런 술밖에 없는 줄 알았더라면 우리 고장의 술을 가져올 걸 그랬군."

며칠이나 이어진 결혼 의식을 마치자 왕후는 다시 붉은 말을 타고 귀로에 올랐다. 신부는 하녀와 함께 노새가 끄는 마차를 타고 휘장을 내린 채 그 뒤를 따랐으나, 왕후는 한 번도 돌아보지 않았다. 올 때와 마찬가지로 혼자 여행을 하는 듯한 태도로 부하들을 거느리고 그 뒤에 마차를 따르게 한 채 말을 몰아갔다. 이리하여 왕후는 자기가 기거하는 땅으로 신부를 데리고 왔다. 그로부터 한두 달이 지난 뒤, 둘째 형이 고른 규수를 그녀의 아버지가 데리고 왔다. 왕후는 이 규수도 받아들였다. 그에게는 하나나 둘이나 마찬가지였다.

이윽고 새해가 와서 축하하는 날들이 이어졌다. 이것도 지나갈 무렵에는, 나뭇가지에는 아직 잎이 돋지 않았으나 땅 밑에서는 이미 봄이 꿈틀대기 시작하고 있었다. 차가운 잿빛 날에 눈이 오는 일이 있어도 쌓이지 않았고, 기억났다는 듯이 남쪽에서 불어오는 따뜻한 바람에 쌓일 사이도 없이 녹아, 어딘가 봄의 입김이 느껴졌다. 밭의 밀도 자라지는 않았으나 날이 갈수록 선명한 초록빛이 되어 있었다. 여기저기에서 농민들은 동면에서 빠져나와 농기구를 손질하기도 하고, 잘 부려먹을 준비로 소들에게도 좀더 좋은 여물을 먹였다. 길가에는 잡초도 싹을 틔우기 시작했다. 아이들은 조그만 칼을 들고, 칼이 없는 아이는 뾰족한 나뭇조각이며 쇠붙이 조각을 들고 여기저기 헤매고 돌아다녔다. 풀뿌리를 파내어 양식으로 삼기 위해서다.

군벌의 두목들도 동면에서 깨어나 움직이기 시작했다. 병사들은 배불리 먹은 몸을 펴고, 노름도 싸움도 주둔지를 쏘다니는 일도 이제는 모두 싫증이 나서, 올봄의 새로운 전쟁에서의 자기 운명은 좋을 것인지 생각해 보았다. 어느 병사고 얼마간의 꿈은 있었다. 자기 위에 있는 자가 전사하고 자기가 그 자리에 오를 것을 기대했던 것이다.

왕후도 이제부터 하고 싶은 일을 생각하고 있었다. 그는 하나의 계획을 갖고 있었다. 그것도 훌륭한 계획이었다. 그리고 지금의 그는 몸과 마음을 좀먹고 소모시키는 정열도 죽었으므로 그 계획에 전념할 수 있었다. 그 정열은 설령 죽지는 않았다고 하더라도 어디엔가 묻혀 버렸다. 그 기억에 괴로움을 느낄 때면 그는 아내 가운데 누군가를 찾았다. 그리고 몸이 처지는 것을 느끼면 힘을 내기 위해 마구 술을 퍼 마셨다.

그는 공평한 인간이었으므로 두 아내 중 어느 한쪽을 편애하는 일은 없었다. 또한 두 아내는 매우 달랐다. 한 사람은 교양이 있고 청초했으며, 조용하고 품위가 있었는데, 그 점에 호감이 갔다. 한 사람은 어딘가 촌스러운 느낌이 들었으나 정숙하고 마음씨가 착했다. 이 여자의 가장 큰 결함은 이가 검다는 것과 가까이 가면 입에서 고약한 냄새가 나는 것이었다. 그래도 왕후에게 다행인 것은 두 아내가 싸우지 않는다는 점이었다. 그것은 왕후의 공평한 태도 때문인지도 모른다. 그는 매우 세심해서 두 사람에게 꼭 번갈아 갔다. 사실을 말하자면 두 사람 다 그에게는 마찬가지였다. 양쪽 모두 아무런 의미도 없었던 것이다.

이제 자기가 바라지 않는 한 그는 혼자 잘 필요는 없어졌다. 다만 어느 쪽의 아내와도 흉금을 털어놓는 사이가 되지는 못했다. 언제나 오만한 태도로 그녀들을 찾아가서 일정한 목적을 이룰 뿐 말도 하지 않았다. 어느 쪽에 대해서도 죽인 처와의 사이처럼 흉금을 털어놓지 않았으며 결코 마음을 허락하는 일도 없었다.

이따금 남자가 여자에 대해서 어쩌면 이렇게도 다른 감정을 품을 수 있는 것일까 생각할 때가 있었다. 그럴 때면 반드시, 죽은 처는 나에게 정말로 자기의 마음을 허락했던 것이 아니다. 창부처럼 분방한 정열을 보일 때조차 사실은 마음을 열어 놓지 않았다. 언젠가 그를 배반할 계획을 가슴속에 숨겨 놓고 있었던 것이다. 그렇게 생각하자 다시 왕후는 마음의 문을 닫고 욕정만을 두 사람의 처를 상대로 만족시켰다. 그리고 머지않아 두 사람 가운데 어느 쪽이든 아이를 낳겠거니 생각하고, 그 희망이 그의 야심을 불태워 주는 새로운 광명이었다. 이 희망에 따라서 그의 영광에의 꿈은 다시 한 번 고무되었다. 올 봄에야말로 어딘가 큰 전쟁에 참가하여 강대한 권력과 영토를 차지하겠다고 자신에게 맹세했다. 이미 승리는 자기의 것처럼 여겨졌다.

22

봄도 한창 무르익어, 흰 벚꽃이며 연분홍 복숭아꽃이 구름처럼 푸른 들판에 퍼져 있었다. 왕후는 심복 부하들을 모아 놓고 전쟁을 의논했다. 그들은 두 가지를 기다렸다. 하나는, 남과 북의 군벌 사이에 새로운 전쟁이 언제 일어날 것인가 하는 정세를 파악하는 것이었다. 지난 해 그들 사이에 성립된 휴전은 매우 미덥지 않은 것이었으며 바람과 눈과 진흙 사이에서 싸우는 불편 때문에

맺은, 겨울 동안만의 휴전에 지나지 않았다. 그것은 고사하고라도 남과 북의 군벌들은 본질적으로 서로 용납할 수 없는 점을 갖고 있었다. 북방인이 몸이 크고 둔중하기는 하나 용맹했다면, 남방인은 몸집이 작아 민첩하고 책략에 능하며 교활했다. 이 같이 기질이 다를 뿐 아니라 혈통도 쓰는 언어도 서로 달라 장기간의 휴전은 어려웠다. 왕후와 그 심복이 기다리는 또 한 가지는 신년 초 각 방면에 내보낸 첩자들이 돌아오는 것이었다. 기다리는 동안에 왕후는 어느 지방을 공략해서 영토를 넓히느냐 하는 숙제를 부하들과 의논했다.

심복 부하들은 왕후가 개인실로 삼은 커다란 방에 모여 계급에 따라 자리에 앉았다. 매가 말했다.

"북은 공격할 수 없습니다. 북과는 동맹을 맺고 있으니까요."

그러자 돼지 백정이 큰 소리로 말했다. 그는 매보다 머리가 나쁘다고 여겨지는 것은 싫었으나 그렇다고 쉽게 새로운 묘안을 생각해 낼 만한 인간도 못되었다. 그래서 매가 무슨 말면 하면 마치 메아리처럼 그 뒤를 따라 같은 말을 하는 것이 버릇이었다.

"그렇습니다. 게다가 토지가 메마르고 빈약해서, 돼지도 여위고 마른 것뿐이라 잡아도 아무짝에도 쓸모가 없어요. 나도 보았는데요, 등이 낫처럼 툭 튀어 나오고, 암퇘지 같은 건 새끼를 낳기 전에 벌써 뱃속 새끼를 셀 수 있을 정돕니다. 전쟁을 해서까지 뺏고 싶은 땅은 아니에요."

왕후는 천천히 말했다.

"그러나 남으로 진출할 수는 없다. 남으로 나가면 내 고향이고, 친척들한테서 맘 편히 세금을 받아 낸다는 건 못할 짓이야."

언청이는 그다지 지껄이지 않았다. 다른 사람들이 할 만큼 말해 버릴 때까지는 결코 자기 의견을 내놓지 않았다. 이때도 사람들이 모두 의견을 말하자 비로소 입을 열었다.

"전에 제가 살았던 지방이 있습니다. 이제 저한테는 아무것도 아니지만 여기서 동남쪽에 있으며 이 고장과 바다의 중간쯤 됩니다. 토지가 매우 기름지고 한쪽이 바다에 면하고 있는데, 바다로 쏟아져 들어가는 큰 강 양쪽에 퍼져 있는 토지에는 밭도 많고 낮은 언덕도 있고 게다가 강에는 고기도 많습니다. 하나밖에 없는 큰 도시는 현공서(縣公署) 소재지입니다만, 그 밖에도 마을과 시장이 있는 소도시가 많으며 주민들은 부지런하고 생활들이 넉넉하지요."

왕후는 이 말을 듣고 말했다.

"그래? 그런데 그렇게 좋은 땅을 군벌이 점거하지 않았을 까닭이 있나. 어떤 인물이 있느냐?"

언청이는 어느 장군의 이름을 댔다. 그 장군은 전에 비적의 두목이었다가 지난해 남방군에 운명을 건 사내이다. 그 이름을 들은 왕후는 즉각 그를 치기로 결심했다. 그는 오늘에 이르기까지 얼마나 자기가 남방인을 혐오했던가, 남방의 흐물흐물한 쌀밥이며 후추를 뿌린 고기가 얼마나 맛이 없던가를 기억했다. 남쪽에서 보낸 청년 시절의 불쾌한 세월을 떠올린 그는 커다란 소리로 말했다.

"그것이야말로 내가 바라던 땅이다. 그자를 치겠다. 내 세력도 넓힐 수 있고 전쟁 전체적인 면에서 보더라도 매우 유리하다."

이리하여 계획은 순식간에 결정되었다. 왕후는 큰 소리로 병사에게 술을 가져오라고 명령했다. 그들은 술잔을 주고받았다. 왕후는 출동 준비를 해 놓을 것과 올봄에 시작될 전쟁의 정세를 살피러 나간 첩자들이 돌아와 보고하는 대로 새로운 지방을 찾아 진격할 것을 지시했다. 심복들은 자리에서 일어나 방금 받은 명령을 실행하기 위해 밖으로 나갔다. 매만이 뒤에 남았다. 그는 몸을 굽혀 왕후의 귀에 입을 대고 소곤거렸다. 쉰 듯한 목소리로 왕후의 뺨에 토하는 숨이 뜨거웠다.

"전쟁이 끝나면 관습에 따라 병사들에게 약탈을 허락해야만 합니다. 그들은 뒤에서 투덜거리고 있습니다. 장군님이 지나치게 엄해서 다른 군대와 같은 특권을 누릴 수 없다고 말이지요. 약탈을 허락하지 않으면 아마 그들은 싸우지 않을 것입니다."

최근 왕후는 입주변에 빳빳한 수염을 기르고 있었다. 수염을 씹으면서 그는 마지못해 말했다. 매가 하는 말에도 일리가 있다고 생각했기 때문이다.

"좋아, 그러면 전쟁에 이겼을 때는 사흘 동안 약탈을 허락하기로 한다. 그렇게 병사들에게 전하라. 그 이상은 안 된다."

매는 기뻐하며 뛰쳐나갔다. 그러나 왕후는 한동안 불쾌한 기분으로 그 자리에 앉아 있었다. 그는 민중의 것을 빼앗기 싫었다. 그러나 약탈이란 보수 없이는 병사들이 목숨을 걸고 싸우지 않는다면 어쩔 수 없는 일이 아닌가. 매의 주장에 동의는 했으나 민중이 괴로워하는 모습이 눈에 보이는 듯하여 한참 동안 기분이 좋지 않았다. 나는 군인이 되기엔 너무나 마음이 나약하다고 생각하며 그는 자기 자신을 저주했다. 결국 아무리 약탈당한다고 하더라도 가난한 자는 아무것도 빼앗길 것이 없고, 가장 피해를 보는 것은 부자인데 부자는 약탈을 당해도 괜찮다고 스스로에게 말하며 마음을 독하게 먹었다. 그는 자신의 심약함을 부끄럽게 생각했다. 민중의 고충을 참지 못하는 태도를 보였다가는 부하의 경멸을 살 뿐이므로 절대로 그런 모습을 부하에게 보여선 안 된다고 생각했다.

오래지 않아 첩자들이 하나둘 돌아왔다. 그리고 저마다 왕후 장군에게 보고했다. 그들에 따르면 전쟁은 아직 시작되지 않았으나, 남방의 군벌도 북방의 군벌도 열심히 외국에서 무기를 구입하여 군대를 확충 강화하고 있으므로 전쟁은 곧 시작되리라는 것이었다. 이 보고를 듣자 왕후는 지체 없이 자신이 계획한 전쟁을 시작할 결심을 굳혀, 그날로 즉각 부하들을 성문 밖 들판에 모이도록 명령했다. 병력수가 너무 많아서 성안에는 집합할 만한 장소가 없기 때문이었다. 그 집합 지점에 왕후는 붉은 말에 당당하게 올라앉아 호위를 거느리고 나타났다. 오른쪽에는 곰보 소년이 따랐다. 곰보도 왕후가 승진시켜서 이제는 당나귀가 아닌 말을 타고 있었다. 왕후는 가슴을 쫙 펴고 늠름하게 말위에 앉아 있었고. 부하들은 아무런 말없이 그를 올려다보았다. 왕후의 훌륭한 이목구비와 진하고 씩씩한 눈썹, 새로 다듬은 수염은 40세라는 나이 이상의 관록을 보여 주었으며, 세상에 드문 용자였기 때문이다. 그는 부하들 앞에서서 꼼짝도 않고 잠시 그들이 자기를 우러러보는 대로 내버려두었다가 갑자기 우렁찬 목소리로 말했다.

"우리들의 병사, 영웅들이여! 내일부터 꼭 엿새째 되는 날 우리들은 동남쪽으로 진군을 시작해 새로운 지방을 점령한다. 그곳은 큰 강이 접해 있고 바다에 면한 풍요롭고 비옥한 땅이다. 그 땅을 손에 넣으면 전쟁의 성과를 여러분과 더불어 나누고 싶다. 먼저 군대를 셋으로 나누어 그중 두 부대는 저마다 나의 두 심복 부하가 지휘한다. 즉 매를 부대장으로 하는 부대는 동쪽에서, 돼지 백정을 부대장으로 하는 부대는 서쪽에서 진격한다. 나는 정예 5천을 이끌고 북쪽에서 대기한다. 두 부대는 동서 양쪽에서 공격을 가하여 먼저 그 지방의 중심인 현성을 공략한다. 그 뒤에 일제히 공격에 들어가, 마지막 저항을 격퇴한다. 그 지방에도 군벌은 있지만 보잘것없는 비적에 지나지 않는다. 여러분은 이미 비적 토벌에서 훌륭한 전공을 세워 실력을 입증했다!"

그리고 그는 매우 내키지 않았지만 마음을 독하게 먹고 덧붙였다. "승리를 쟁취하는 날에는 그 현성에서 사흘간 자유행동을 허락한다. 그러나 나흘째 일출과 함께 자유행동의 기간은 끝난다. 신호로 나팔을 불게 하겠다. 그 나팔을 듣고 즉각 집합하지 않는 자는 내 손으로 죽이겠다. 나는 죽는 것도 두려워하지 않지만 죽이는 것 또한 무서워하지 않는다. 이것으로 명령은 끝이다. 명심하라!"

부하들은 환호성을 올리며 웅성거렸다. 왕후가 가버리자 그들은 욕심에 쫓겨 열심히 출동 준비를 시작했다. 저마다 무기를 살피고 칼을 갈고 가지고 있는 탄환을 세었다. 그때에는 술이나 여자에 정신이 팔린 자는, 원하는 것을 손에 넣기 위해 아슬아슬한 갯수만큼 탄환을 잡혀 돈을 빌리거나 하는 자들이 많았기 때문이다.

엿새째 동이 틀 무렵, 왕후는 대군을 이끌고 성문을 나섰다. 이만큼으로도 대군이었는데, 그는 진군의 반수에 조금 모자라는 정도의 병력을 뒤에 남겨 놓았다. 출동하기 전 왕후는 늙은 현장(縣長)을 만났다. 현장은 노쇠해서 요즈음은 줄곧 침대에 누워 일어나지 못했다. 왕후는 현장과 현공서를 보호하기 위해 병력을 남겨 놓는다고 말했다. 현장은 자기가 반란을 꾀할까봐 군대를 남겨 놓고 가는 것을 알고 있었지만, 힘없는 목소리로 정중히 고맙다고 인사했다. 잔류 부대의 대장은 언청이였다. 뒤에 남은 부대는 약탈하러 가지 못하게 된 것을 불만스럽게 여겼으므로, 이것은 그리 쉽지 않은 책임이었다. 왕후는 잔류 부대의 불만을 달래기 위해 부재중의 수호 역할을 충실히 다했을 때는 상여금을 주고 다음 전쟁에는 반드시 출동시킨다는 약속을 해주었다. 이로써 그들은 얼마간 흡족해했다. 적어도 불만은 조금 가라앉았다.

출동하기 전에 왕후는 민중들 사이에, 남방에서 침략해 오는 적을 격퇴함으로써 민중을 수호하기 위해 군대가 출병한다는 소문을 흘렸다. 민중은 적의 내습을 두려워하여 열렬히 왕후의 뜻을 환영했다. 상인 조합은 상당한 군자금을 모아 왕후에게 바쳤고 많은 시민들이 군대의 출발을 전송하러 나왔다. 그리고 시민들은 왕후가 군기(軍旗)를 세워 놓고 향을 피운 다음 돼지를 제물로 바치며 무운을 하늘에 비는 것까지 지켜보았다.

이것이 끝나자 왕후는 의기양양하게 씩씩한 자세로 장도에 올랐다. 그는 이 전쟁에 부하와 무기뿐 아니라 거액의 은을 지니고 갔다. 그는 무턱대고 전투에만 뛰어드는 어리석은 장군이 아니라 총명한 지모를 갖춘 군인이었다. 그러므로 싸우기 전에 적을 매수할 작정이었다. 비록 처음에는 매수가 되지 않는다 할지라도 포위전이 길면 은의 힘으로 중요한 자리에 있는 인물을 매수하여 성문을 열게 할 수 있을지 모른다고 생각했던 것이다.

봄이 한창이라 몇십 리나 계속되는 밭에는 밀이 두 자 이상이나 자라 이삭을 맺으려 하고 있었다. 말을 몰아 나가면서 왕후는 푸른 들판으로 멀리 눈을 던졌다. 그리고 자기가 지배하는 토지의 아름다움과 풍요함에 자랑스러움을 느끼고 국왕이 국토를 사랑하듯 토지에 애정을 느꼈다. 이 토지의 아름다움을 그는 사랑했으나 이것만으로 만족할 수는 없었다. 방대한 군대를 유지하기 위한 사적인 재산을 비축하기 위해서는 새로운 땅을 손에 넣어 세금을 징수할 대상을 찾아야 했다.

이렇게 하여 그는 자기가 다스리는 땅을 떠났다. 멀리 남으로 내려가니 석류나무 숲이 나타났다. 옹이투성이 회색 가지에 다른 나무보다 늦게 튼 불꽃빛깔의 새 잎이 돋아난 것을 보고 새로운 땅에 온 것을 느꼈다. 이곳저곳 어디를 바라보나 잘 경작된 기름진 밭이 이어져 있었고, 가축은 살이 쪘으며 아이들도 통통하니 영양이 좋아 보여 그는 크게 만족했다. 그러나 그가 부하를 이끌고 나아가자 밭에서 일하던 농부들이 얼굴을 찌푸렸고, 그때까지 세상 이야기를 지껄여 대며 흥에 겨워하던 여자들은 갑자기 입을 다물고 안색이 변했다. 병정들의 모습에 눈이 둥그레진 어머니들은 부랴부랴 아이들의 눈을 손으로 가렸다. 행군 때 흔히 부르는 군가를 병사들이 부르기 시작하자 밭에 있던 농부 중에는 고요한 전원의 공기를 군가로 휘저어 놓은 것이 싫어 큰 소리로 욕설을 퍼붓는 자도 있었다. 마을을 지나갈 때, 개까지도 처음 보는 병사들의 모습을 수상하게 여기고 맹렬히 짖으며 달려들다가 너무나 방대한 군세에 놀라 꼬리를 감추고 슬금슬금 뒷걸음질 쳤다. 이따금 암소가 군대의 발소리에 놀라 고삐를 끊고 달아나는가 하면 밭에서 일하던 황소는 농기구며 농부까지 끌고 달리기 시작했다. 병사들은 큰 소리로 웃어댔으나 왕후는 그럴 때마다 농부가 소를 붙잡을 때까지 정중히 행진을 멈추고 기다려 주었다.

조그마한 도시나 마을에 이르자 시장기를 느낀 병사들은 차와 술과 빵과 고기 따위를 찾아 큰 소리로 왁자하게 웃고 떠들며 문 안으로 들어갔다. 주민들은 그것을 보고 겁을 먹은 듯 입을 다물었다. 상인들은 물건을 그냥 들고 가지 않을까 걱정하면서 계산대 뒤에 앉아 이맛살을 찌푸렸다. 그 가운데에는 한낮인데도 문을 닫아 버리는 자도 있었다. 그러나 왕후는 대금을 치르지 않고 물건을 가져가서는 안 된다고 미리 부하들에게 주의시키고, 음식이나 그 밖에 필요한 것을 살 때 지불할 은을 미리 나누어 주었다. 그러나 제아무리 뛰어난 장군이라도 몇천을 헤아리는 무법자들을 완전히 통제할 수 없다는 사실은 그도 잘 알고 있었다. 부대장들에게도 책임을 묻겠다고 말해 두기는 했으나 어느 정도 난장판은 피할 수 없으리라고 각오하고 있었다. 그로서는 "난폭한 행위를 하는 자가 있으면 너희를 죽이겠다!" 위협하는 것이 고작이었다. 이렇게 위협을 해 두면 조금은 얌전해지겠거니 여기고, 자잘한 일에는 눈을 감아주었다.

그러나 왕후는 부하를 어느 정도 통제할 수 있는 방법을 생각했다. 도시에 가까워지자 군대를 교외에 대기시켜 놓고 자기가 먼저 이삼 백의 병력을 거느리고 시내로 들어가 그곳에서 가장 부유한 상인을 찾았다. 그리고 온 시내의 상인들을 모아놓고는 그 부유한 상인의 가게에서 기다렸다. 상인들은 두려워 몸을 움츠리고 왕후 앞에 모여들었으며, 왕후는 정중한 태도로 그들에게 말했다.

"나는 결코 터무니없는 요구를 하자는 것이 아니니까 걱정하지 말아 주시오. 부하가 몇천 명 교외에 와 있는 것은 사실이오. 그러니 이 행군 비용의 일부만을 여러분이 부담해 주면 좋겠소. 그러면 이 도시에서는 하룻밤만 묵고 내일 아침 출발하겠소."

상인들은 창백해진 얼굴로 공포에 질려 대표자를 뽑아서 금액을 주저주저 제의했다. 왕후는 그것이 그들이 제공할 수 있는 최소의 액수라는 것을 알고 있었으므로, 차갑게 웃으면서 눈썹을 찌푸리고 말했다.

"이 도시에는 기름 가게, 옷 가게, 곡물상 등 훌륭한 상점이 여럿 있는 것을 보았소. 사람들을 보아도 먹고 사는데 불편함이 없어보이고 도로도 좋더군. 그런데 당신네 도시가 그것밖에 낼 수 없을 만큼 쩨쩨하고 가난하다는 말이오? 그것은 당신들 자신을 모독하는 일이오!"

이렇게 왕후는 정중한 태도를 취하면서도 억지로 금액을 올려 나갔다. 군벌 가운데는 얼마얼마의 금액을 내놓지 않으면 병사들에게 약탈을 시키겠다고 위협하거나 호통을 치는 자도 있었지만, 왕후는 결코 위협하지는 않았다. 상대방도 생활을 해가야 하므로, 그들이 낼 수 있는 이상의 금액을 요구해서는 안 된다고 여느 때에도 늘 말했던 그는 자기가 공정하다고 생각하는 방법밖에는 쓰지 않았다. 그리하여 정중한 태도를 취한 결과로서 결국 그는 요구한 금액 이상을 손에 넣었고, 또 상인들 쪽은 뜻밖으로 쉽게 왕후와 그 군대의 약탈을 피할 수 있어서 기뻐했다.

이리하여 왕후는 부하를 이끌고 바다에 닿아 있는 동남쪽으로 나아갔다. 도시에 이를 때마다 상인들한테서 꽤 많은 돈을 받고는 이튿날 일찍이 출발했다. 하룻밤밖에 머무르지 않으므로 주민들은 여간 기뻐하지 않았다. 가난한 부락이나 조그만 마을에서는 아주 소량의 음식밖에는 요구하지 않았다.

7일 낮 7일 밤을 이렇게 왕후는 진군했다. 여행이 끝날 무렵에는, 손에 넣은 돈으로 그는 약간의 부자가 되어있기까지 했다. 부하들은 모두 의기충천하고 음식물도 충분해서 희망에 불탔다. 7일째도 다 저물 무렵, 이 지방의 중심지이며 점령할 대상인 도시까지 이제 하루도 걸리지 않는 곳에 이르렀다. 왕후는 낮은 언덕 위로 말을 몰고 가서 시가지 전체를 바라보았다. 그 도시는 성벽에 둘러싸여 신록이 굽이치는 평야 속에 보석처럼 아로새겨져 있었다. 왕후는 맑게 갠 하늘 아래 그토록 아름답게 빛나는 도시를 보고 기쁨으로 가슴이 뛰었다. 듣던 대로 강이 흐르고, 도시의 남문이 그 강에 접해 있었다. 도시는 이 강물 때문에 은사슬에 매단 보석처럼 보였던 것이다. 왕후는 급히 1천 병력을 따르게 한 사절단을 이 도시로 보냈다. 그리고 이 도시를 점거한 장군에게 전하게 했다.

"왕후라는 장군이 주민을 비적의 손에서 구하기 위해 북방에서 왔다. 일정한 금액을 내겠으니 비적은 얌전히 물러가라. 물러가지 않겠다면 왕후 장군은 몇만의 용감한 무장병을 이끌고 이 도시를 공략할 것이다."

이 도시를 차지한 자는 비적 출신의 매우 배짱이 두둑한 노장군이었다. 무척 검고 보기 흉한 얼굴을 하고 있어서, 사람들은 절 문 앞에 서 있는 시커멓고 무서운 형상을 한 수호신을 닮았다고 하여 유문신(劉門神)이라는 별명으로 불렀다. 왕후가 보낸 이 대담무쌍한 선언을 듣자 그는 열화처럼 화가 나서 한참 동안 말도 못하고 헐떡거리고 있다가 가까스로 조금 진정이 되자 소리쳤다.

"돌아가서 네 주인에게 전하라. 해볼 테면 해보라고 말이다. 누가 겁을 먹는 다더냐. 왕후니 뭐니 하는 하룻강아지의 이름은 들어 보지 못했다!"

사절단은 돌아와서 왕후에게 이 말을 그대로 보고했다. 이번에는 왕후가 열화처럼 화를 낼 차례였다. 유문신이 왕후라는 이름 따위는 들어 보지 못했다고 한 말이 그의 긍지를 해친 것이다. 그래서 그는, 나는 내가 생각하는 것만큼 세상에서 인정을 받지 못하고 있는 것일까 속으로 생각했다. 그러나 겉으로는 조금도 내색함이 없이 검은 수염 아래로 이를 갈면서 부하에게 명령하여 그날로 도시까지 군사를 몰아가 성벽 주위에 진을 쳤다. 성문이 굳게 닫혀 들어갈 수 없었으므로 왕후는 부하에게 명령하여 날이 샐 때까지 병사들을 야영하게 했다. 성벽을 둘러싼 해자를 따라 천막을 치고 적의 행동을 정찰시키기 위해 감시 초소를 놓았다.

이튿날 해뜰 무렵, 왕후는 일어나서 호위병을 깨워 북을 치고 나팔을 불어 군대를 집합시켰다. 모인 병사들을 향하여 그는 한두 달을 대기하게 되더라도 명령하는 즉시 싸울 수 있도록 준비해 두라고 명령했다. 그리고 호위병을 데리고 시의 동쪽에 있는 언덕으로 말을 달렸다. 거기에는 오래된 오층탑이 있었다. 자신의 호위들을 그 절에 있는 몇몇 승려들을 감시시키기 위해 아래에 남겨 놓고, 혼자서 탑 위로 올라갔다. 그다지 큰 도시는 아니었다. 인구는 한 5만이나 될까. 그러나 집들은 모두 구조가 훌륭했다. 검은 기와로 이은 지붕이 생선 비늘처럼 포개져 있었다. 그는 탑에서 내려와 부하들을 이끌고 해자를 건너려 했으나, 그 순간 높은 성벽 위에서 총알이 빗발처럼 쏟아졌다. 왕후는 서둘러 되돌아왔다.

왕후는 그저 기다리는 도리밖에 없었다. 심복들은 모두 포위전을 주장했다. 인간은 먹지 않고 살 수 없으니 포위해 기아전술을 쓰는 편이 전투보다 효과적이라는 것이었다. 왕후도 그것이 상책이라고 생각했다. 지금 당장 공격하면 많은 부하들이 생명을 잃게 된다. 성문은 튼튼하고 굵은 목재와 철판을 댄 것이라 파괴할 방법이 없었다. 더구나 성문을 감시하여 식량이 들어가는 것을 막기만 한다면 한두 달 뒤에는 적도 힘을 잃고 항복하게 될 것이다. 그러나 지금 공격에 들어가면 적은 원기 왕성하고 체력도 강하므로 승리가 어느 쪽으로 돌아갈지 알 수 없는 일이다. 이렇게 왕후는 생각했다. 그리하여 그는 기다렸다가 승리가 확실해진 연후에 싸우는 편이 낫다는 결론을 내렸다.

그래서 그는 부하에게 명령하여 모든 성벽을 감시시켰다. 적탄이 미치는 사정거리 밖에 진을 치게 했으므로 적이 쏘는 탄환은 헛되이 해자 안에 떨어질 뿐이었다. 이렇게 성벽 주위를 병사들이 둘러쌌기 때문에 성은 출입이 완전히 불가능해졌다. 왕후의 병사들은 인근 밭에서 작물을 징발하여 곡물, 채소, 과일, 닭 따위를 날마다 배불리 먹었다. 꼬박꼬박 값을 치렀으므로 농민들도 반항하는 일이 없었다. 왕후군의 식량은 충분했다. 이윽고 여름이 왔다. 농토는 풍작이었다. 여름에 너무 건조하지도 않고 지나치게 비가 오지도 않았다. 저산 서쪽에서는 비가 오지 않아 심한 흉작이라는 소문이었다. 왕후는 이러한 소문을 들었을 때, 이렇게 기름진 땅에 대군을 이끌고 온 것도 자신이 행운아라서 가능했던 일이라 여기고 속으로 은근히 그 행운을 기뻐했다.

이렇게 한 달이 흘렀다. 왕후는 날마다 천막 안에서 있었으나, 누구 하나 굳게 닫힌 성문에서 나오는 자가 없었다. 다시 20일을 기다렸다. 차츰 초조해지기 시작했다. 부하들도 마찬가지였다. 그러나 적은 여전히 완강했다. 해자를 건너려고만 하면 반드시 성벽 위에서 탄환을 퍼부었다. 왕후는 이상한 생각이 들고 화도 났다.

"아직도 무기를 들 힘이 있다니 놈들은 대체 무엇을 먹고 있는 것일까?"

옆에 서 있던 매는 적의 뛰어난 용기에 감탄하면서 땅바닥에 침을 탁 뱉고는 손으로 입을 문지르며 말했다.

"이젠 개고 고양이고, 짐승이라 이름 붙는 것을 죄다 잡아먹은 것이 분명합니다. 집안의 쥐까지 잡아먹었을걸요."

하루하루 날은 지나갔으나 포위된 성안에서는 두 달이 지나도록 아무런 변화의 기색이 보이지 않았다. 조그만 변화도 놓치지 않으려고 날마다 나가서 지켜보는 왕후는 어느 날 아침, 그가 진을 친 북문 위에 백기가 나부끼는 것을 보았다. 흥분한 그는 서둘러 부하를 시켜 이쪽에도 백기를 올리게 했다. 마침내 포위전은 끝났다고 생각하여 그는 매우 기뻐했다.

이윽고 쇠빗장을 여는 소리가 들리고 북문이 사람 하나가 겨우 통과할 만큼 열렸다가 닫혔다. 왕후는 자기 진지가 있는 해자 이쪽에 서서 숨을 죽이고 기다렸다. 젊은 남자 하나가 대나무 장대 끝에 백기를 달고 천천히 걸어오는 것이 보였다. 그는 부하를 정렬시키고 자신은 그 뒤에 서서 사자를 기다렸다. 사자는 목소리가 들리는 거리에 이르자 소리쳤다.

"화평을 교섭하러 왔습니다. 평화롭게 철수해 주시면, 우리가 가진 은을 모두 드리겠습니다."

왕후는 여느 때처럼 소리없이 웃으며 조롱하는 말투로 대답했다.

"내가 은만을 목적으로 이렇게 멀리까지 온줄 아느냐? 은은 내 영토에도 얼마든지 있다. 그런 것은 필요 없다! 나는 이 도시와 지방 전체가 갖고 싶다. 그대의 장군에게 항복하고 성을 내놓으라고 전하라!"

젊은 사나이는 깃대에 의지하여 다 죽어가는 표정으로 왕후를 바라보며 애원했다.

"자비를 베푸셔서 철수해 주십시오!"

사나이는 왕후 앞에 꿇어 엎드렸다. 왕후는 일이 뜻대로 되지 않을 때면 으레 그렇듯이, 분노가 솟아오름을 느꼈다. 그는 호통을 쳤다.

"이 지방이 내 것이 될 때까지는 나는 절대로 떠나지 않는다!"

그러자 젊은 사나이는 일어서서 의연히 얼굴을 쳐들고 말했다.

"그렇다면 언제까지나 여기 있으려무나. 한평생 이러고 있어라. 우리는 지지 않는다!"

이렇게 말하고 그 이상 아무 말도 없이 몸을 돌려 성문 쪽으로 걸어가기 시작했다.

왕후는 시커먼 노기가 온몸에 솟구치는 것을 느꼈다. 저 끈질긴 적이 이렇게 범절을 모르는 무례한 사자를 보낸 것에 기가 막혔다. 이렇게 건방진 놈은 본 적이 없다. 생각하면 생각할수록 화가 치밀었다. 별안간 그는 자기도 모르게 분노에 앞뒤를 잊고 소리쳤다.

"저놈을 쏘아라!"

부하는 즉각 명령을 실행했다. 사격은 정확했다. 사자는 해자 위 좁은 다리 위에 엎어지고 백기는 물 속에 떨어졌다. 깃대는 해자물에 허무하게 떴으나 흰 깃폭은 흙탕물에 더러워졌다. 왕후는 부하들에게 달려가서 그를 끌어오라고 명령했다. 부하는 성벽 위로부터의 사격을 받지 않도록 재빨리 달려가서 시체를 끌고 왔다. 그런데 적은 한 발도 쏘지 않았다. 조금 놀란 왕후는 적의 태도가 좀 수상쩍었다. 그러나 이보다 더 왕후로 하여금 수상함을 느끼게 한 것은 눈앞에 쓰러진 젊은 사나이의 시체였다. 그 몸은 시시 각각 죽음의 빛을 띠어가고 있었으나 아무리 보아도 굶주린 흔적이 보이지 않았다. 왕후는 부하더러

시체의 옷을 벗기게 했다. 젊은이의 시체는 살이 찌지는 않았으나 꽤 살이 잘 붙은 몸이었다. 무엇인가를 먹고 있는 게 명백했다.

왕후는 이런 모습을 보자 조금 충격을 받아 한순간 실망에 잠겨 외쳤다.

"이놈이 이렇게 살이 쪘다니, 놈들은 대체 무엇을 먹고 이토록 오래 저항할 수 있는 것일까?"

그는 성안의 군대를 저주하며 소리쳤다. "좋다, 놈들이 언제까지나 저항을 그치지 않는다면 나도 한평생 포위하고 있을 테다!"

화가 있는 대로 난 왕후는 이날부터 부하들에게 하고 싶은 대로 하라는 명령을 내렸다. 근교에 사는 농민이나 상인들한테서 부하들이 음식물이나 물품 등을 약탈해 와도 전처럼 꾸짖지 않았다. 농민들이 불평을 호소해 와도, 병사들이 민가에 들어가 난폭한 짓을 했다고 호소해 와도 그는 언짢은 듯 이렇게 말할 뿐이었다.

"네놈들은 아주 괘씸한 놈들이다. 네놈들이 몰래 성안으로 식량을 들여보내고 있는 게지. 그렇지 않고서야 이렇게 오래 식량이 떨어지지 않을 까닭이 없다."

농부들은 결코 그런 일은 없다고 맹세하면서 계속하여 간절하게 호소했다.

"어떤 장군님이 오시든 저희들은 상관이 없습니다요. 저희에게서 무거운 세금을 거두어들여 굶주리게 하는 저 비적의 두목을, 저희들이 좋아할 까닭이 있습니까요. 장군님께서 자비로우신 마음으로 병사들에게 나쁜 짓을 하지 않도록만 해 주신다면, 저 유문신 대신 장군님이 들어서시는 것을 저희들은 진심으로 환영하겠습니다요."

여름날이 지나감에 따라 왕후는 차츰 더 기분이 상해 갔다. 그는 더위를 저주하고, 많은 병사들의 오물에서 들끓는 무수한 파리를 저주하고, 고인 연못에서 솟아나는 모기를 저주했다. 자신의 집이 있고 두 아내가 기다리는 도시를 생각하니, 여기서 이렇게 지내고 있는 것이 짜증이 나 견딜 수가 없었다. 노여움이 그를 여느 때보다 잔인하게 만들었다. 그래서 부하들의 난폭한 행위가 갈수록 심해져도 그것을 말리지 않았다.

대서(大暑)에 들어선 어느 날 밤, 무척 덥고 달이 밝은 밤이었다. 왕후는 잠을 이루지 못한 채 더위를 식히려고 천막 밖을 거닐고 있었다. 연거푸 하품을 해가며 반쯤은 졸면서 뒤따르는 호위의 발걸음이 비틀거렸다. 언제나 그러하듯 왕후는 성벽을 노려보았다. 달빛 속에서 그것은 높다랗게, 거뭇거뭇 치솟아 있었다. 절대로 정복할 수 있을 것 같지 않았다. 바라보고 있는 동안에 다시 노여움이 되살아났다. 요즈음의 그는 노기가 가라앉을 틈이 없었다. 나에게 이만한 고통을 겪게 했으니 싸움에 이기는 날에는 성안의 남자고 여자고 아이들까지도 실컷 괴롭혀 주리라. 그는 마음속으로 노여움을 곱씹었다. 그때 문득 거뭇한 성벽 위에 무언가 검은 물체가 움직이는 것이 보였다. 성벽보다 한결 더 검은 점이 아래로 내려오고 있었다. 왕후는 걸음을 멈추고 가만히 지켜보았다. 처음에는 자신의 눈이 믿어지지 않았다. 그러나 그렇게 눈을 떼지 않고 지켜보고 있자니 틀림없이 조그마한 검은 물체가, 해묵은 성벽에 달라붙어 있는 덩굴이며 메마른 관목 사이를 게처럼 기어내려 왔다. 왕후는 간신히 그것이 사람이라는 것을 깨달았다. 그 사나이는 성벽 밑에 이르자 구르듯이 떨어져서 달빛 속으로 나왔다. 왕후는 그가 백기를 흔들고 있는 것을 보았다.

왕후는 부하 한 사람에게 백기를 들려 그 사나이에게 보내며 자기 앞으로 데려오라고 명령하고는 그 자리에 서서 기다렸다. 대체 어떤 인간인가 확인하려고 눈을 크게 뜨고 응시했다. 사나이는 왕후 앞에 이르자 발 아래 꿇어 엎드려 자비를 빌었다. 왕후는 큰 소리로 말했다.

"그자를 일으켜 세워라. 어떤 잔가 보자."

병사 두 명이 나아가 그를 일으켜 세웠다. 가만히 그를 들여다보는 동안에 왕후는 가슴이 터질 것 같은 심한 분노가 끓어올랐다. 이 사나이도 굶주린 기미가 보이지 않는 것이었다. 앙상하게 여위어 빛은 검었지만 굶주리고 있지는 않았다. 왕후는 소리쳤다.

"성을 내주기 위해서 왔느냐?"

사나이는 대답했다. "아닙니다. 그렇지는 않습니다. 저희 장군은 아직 식량이 있으므로 성을 비우지는 않습니다. 저희들처럼 장군의 측근에 있는 자들에게는 날마다 음식이 주어집니다. 주민들이 굶주리는 것만은 사실입니다만, 그런 것은 신경쓰지 않습니다. 저희들은 아직 당분간은 견딜 수가 있습니다. 몰래 남방으로 사자를 보내어 구원을 요청했으므로 원군이 오는 데 희망을 걸고 있는 거지요."

이 말을 들은 왕후는 몹시 불안해져서, 되도록 분노를 누르고 의심쩍은 듯이 물었다.

"항복하러 온 게 아니라면, 대체 무얼 하러 왔느냐?"

사나이는 뚱하게 대답했다. "여기에 온 것은 저 혼자만의 생각입니다. 제가 모시는 장군은 저를 잘 대우해 주지 않습니다. 그는 사납고 증오할 만한 짐승입니다. 난폭하고 무식합니다. 하지만 저는 품위 있는 가정에서 태어났습니다. 아버지는 학자였지요. 저는 예절 바르게 교육을 받으며 자랐습니다. 그런데 그자는 저를 제 부하들 면전에서 모욕했습니다. 남을 용서하는 것은 중요한 일일지 모르지만, 모욕은 참을 수 없습니다. 그것은 저에 대한 모욕일 뿐 아니라 제가 대표하는 조상에 대한 모욕이니까요. 그는 자기 조상에 대해서 알지도 못하겠지만, 제 조상의 하인 정도 신분에 지나지 않았을 겁니다."

"어떤 모욕을 받았는가?" 속으로 사태 진전에 놀라면서 왕후는 물었다.

사나이는 깊은 원한을 드러내며 대답했다. "그자는 제가 총을 겨누는 자세를 보고 욕지거리를 했습니다. 사격은 제가 가장 자랑하는 특기라서 겨냥한 것은 놓치는 일이 없는데 말입니다."

왕후는 가까스로 사정을 짐작할 수 있었다. 조롱과 모욕이 인간의 마음에, 비록 친구 사이라도 심한 증오를 낳는다는 것을 그는 잘 알았다. 모욕을 당하면 인간이란 복수를 위해 무슨 일이고 마다 않는 법이다. 특히 이 사나이처럼 긍지높은 인간은 더하다. 보아하니 확실히 이자는 명문 출신인 듯했다. 왕후는 단도직입적으로 물었다.

"어떤 보상을 바라는가?"

그는 주위를 둘러보았다. 왕후의 호위병들이 멍하니 입을 벌리고 듣고 있었다. 사나이는 몸을 굽혀 소곤거렸다.

"장군님의 천막으로 데려다 주십시오. 거기서 말씀 드리겠습니다."

왕후는 성큼성큼 자기 천막으로 들어가서 부하더러 그자를 데려 오라고 했다. 그의 배신행위를 경계하여 호위병 대여섯 명만 남겨 놓고 나머지는 모두 밖으로 내보냈다. 그러나 그는 왕후를 해칠 생각은 전혀 없고, 오로지 유문신에 대한 복수심에 불타고 있는 것만은 분명했다. 그가 하는 말을 듣고 왕후는 그것을 깨달았다. 사내는 이렇게 말했다.

"저에게는 유문신에 대한 증오와 복수심이 있을 뿐입니다. 다시 한 번 성안으로 돌아가서 장군님을 위해 성문을 열어 드리고 싶습니다. 제가 부탁드리고 싶은 것은 오직 하나뿐입니다. 저와 제가 거느리는 소수의 부하들을 장군님의

부하로서 보호해 주십시오. 만일 유문신을 죽이지 못하면 그는 끈질긴 놈이므로 끝내 저를 찾아내어 죽이고 말 것입니다.”

그러나 왕후는 그만한 원조를 받고서 그 정도의 보수로 그칠 인물이 아니었다. 그는 두 병사 사이에 끼여 서 있는 사나이를 똑바로 바라보며 말했다.

“너는 정말 무인다운 인간이구나. 모욕은 못참는 법이다. 훌륭한 인간은 모욕을 참아서는 안 된다. 자네같이 용감하고 훌륭한 인물을 부하로 삼는 것은 나로서도 바라던 바다. 성안으로 들어가서 네 밑에 있는 모든 병사들에게, 총을 들고 항복해 오는 자는 한 사람도 죽이지 않고 우리 군에 편입시켜 준다고 전하라. 너는 우리 군의 대위에 임명한다. 그리고 은 2백 닢을 상금으로 주겠다. 총을 들고 너를 따라 오는 자들에게도 저마다 은 5닢씩을 주겠다.”

일그러져 있던 사나이의 얼굴이 갑자기 환해졌다. 그는 열정적으로 외쳤다.

“장군님이야말로 제가 평생동안 찾고 있던 인물이십니다. 이제 얼마 안 있으면 날이 샙니다. 오늘 태양이 중천에 떴을 때 저는 어김없이 각하를 위해 성문을 열겠습니다!”

그는 이렇게 말하더니 느닷없이 몸을 돌려 성 쪽으로 돌아갔다. 왕후는 일어서서 천막 밖으로 나가 사나이가 민첩하고 교묘하게 성벽을 기어오르는 것을 지켜보았다. 그는 원숭이처럼 날렵하게 나무 뿌리며 덩굴을 잡고 올라가 이

읔고 성벽 너머로 사라졌다.

태양이 솟아올라 지평선 저쪽 하늘과 맞닿는 언저리를 벌겋게 물들였다. 왕후는 적에게 새로운 계획이 진행되는 것을 눈치 채이면 곤란하므로 조용히 병사들을 깨우라고 명령했다. 그러나 많은 부하들은 이미 성내에서 몰래 사람이 찾아온 것을 알고 있어서, 날도 새기 전에 일어나 횃불도 밝히지 않고 은밀히 전투 준비를 갖추고 있었다. 달빛이 휘영청 밝아 해거름 정도의 빛이 있었으므로 방아쇠의 상태를 살피거나 구두끈을 꿰는 정도는 쉬웠던 것이다. 태양이 완전히 떠올랐을 무렵에는 모든 병사들이 이미 제 자리에 서 있었다. 왕후는 전의를 북돋우기 위해 그들에게 고기를 먹이고 술을 주었다. 배불리 먹고 기분이 좋아진 병사들은 진군의 북소리가 울리기를 기다렸다.

이윽고 해가 높이 떠올라 숨이 콱콱 막히는 열기를 도시 주변의 평야에 쏟았다. 왕후는 일어서서 큰 소리로 호령했다. 부하들은 미리 지시받은 대로 긴 육렬 종대로 집합해 있었다. 왕후의 호령에 맞춰 일제히 함성을 질러 그 소리가 온 하늘에 메아리쳤다. 함성을 지르면서 병사들은 손에 든 무기를 쳐들었다. 이렇게 총검을 번쩍이며 한꺼번에 돌진해 갔다. 어떤 자는 다리 위로 연못을 건넜으나 대부분은 얕은 여울을 건너 물을 뚝뚝 흘리며 건너편 둑으로 올라갔다. 그리하여 성벽 밑을 따라 북문에 쇄도했다. 부대장들은 간밤에 온 그 사나이의 말이 사실인지, 혹시 계략이 아닌지 의심하고 있었으므로 왕후를 전면에 내세우지 않았다. 그러나 왕후는 증오가 극심하면 반드시 복수한다는 것을 알고 있었으므로 그 사나이의 말을 믿고 있었다.

이렇게 그들은 기다렸다. 성안으로부터는 아무런 소리도 들리지 않았다. 성벽에서는 총을 쏘는 소리도 들리지 않았다. 이윽고 태양이 중천에 높이 걸릴 무렵 왕후는 긴장된 눈으로 성문을 쏘아 보았다. 그러자 커다란 철문이 조금씩 열리며 누군가가 내다보는 듯했다. 문 쪽에서 가느다란 빛이 비쳤다. 왕후가 돌격을 명하자 부하들은 한꺼번에 돌진해 갔다. 왕후도 그들과 더불어 진격했다. 그들은 성문으로 쇄도하여 단숨에 문을 활짝 열었다. 둑 터진 격류처럼 성안 곳곳으로 밀어닥쳤다. 포위전은 끝난 것이다.

왕후는 잠시도 주저하지 않았다. 곧바로 비적의 두목이 쓰던 본부로 안내하라고 명령하고, 비적의 두목을 찾아낼 때까지는 자유 행동은 하지 못한다고 부하들에게 외쳤다. 한시 바삐 약탈하고 싶은 욕망에 병사들은 여기저기 겁에 질린 시민들에게 길을 물으며 서둘러 그를 궁전으로 안내해 갔다. 그러나 왕후가 북을 치고 나팔을 불며 유문신이 있는 호화로운 궁전에 들이닥쳤을 때, 안은 이미 텅 비어 있었으며 그는 벌써 달아나고 없었다. 어떻게 하여 그가 부하의 배신을 알았는지 알 수 없었으나, 왕후의 부하들이 북문으로 쳐들어갔을 때 이미 늙은 비적은 심복 부하들과 함께 남문으로 빠져나가 평야를 쏜살같이 달려가고 있었던 것이다. 남겨진 적 병사들로부터 이 사실을 듣고 왕후는 남쪽 성벽으로 달려가 먼 곳을 바라보았다. 아득히 먼 저편에 모래 먼지가 이는 것을 볼 수 있었다. 왕후는 추적할까 잠시 망설였으나, 그가 바라는 것은 이 지방의 심장부인 이 현성이고 그것은 이미 손안에 들어왔으므로 비적의 두목이나 몇 명의 부하쯤 하잘것없는 존재라 생각하고 뒤쫓지 않기로 했다.

왕후는 성벽에서 내려와 텅 빈 궁전으로 돌아갔다. 두목에게 버림받은 적병들이 항복하고 나와서 보호를 빌었다. 왕후는 중앙 넓은 방에 앉아 많은 적병들이 항복해 오는 것을 보고 기뻐했다. 기근이 들었을 때만 볼 수 있는 피골이 상접한 적병들이 열 사람 스무 사람 한 덩어리가 되어 속속 나타났다. 그러나 모두 다 무기는 들고 있었다. 왕후 앞에 꿇어 엎드려 항복의 뜻을 나타내기 위해서 두 손을 내밀었을 때, 왕후는 그들을 모두 용서하고 먹고 싶은 대로 실컷 먹이는 한편, 은 5냥씩을 나누어 주라고 명령했다. 이윽고 적장을 배신한 사나이가 부하들을 이끌고 들어오자 왕후는 약속한 은 2백 냥을 손수 그에게 건네주고, 대위 군복을 가져오게 하여 그 자리에서 내주었다. 이렇게 하여 왕후는 그 사람이 자기를 위해서 세운 공로를 잊지 않고, 약속대로 보수를 주고 부하로 삼았던 것이다.

모든 것이 일단락되자 왕후는 부하들에게 약속한 일을 실행해야 할 때가 왔음을 깨달았다. 약탈 행위를 너무 오래 연기하여 왔으므로 더 이상 미룰 수가 없었다. 그래서 본의는 아니었지만 자유 행동을 허락한다는 명령을 내렸다. 이상하게도, 갖고 싶었던 것을 일단 손에 넣고 나니 시민에 대한 분노가 사라지고 그들을 괴롭히는 것이 주저되었다. 그러나 부하에 대한 약속도 어길 수는 없었다. 그래서 그는 사흘 동안의 자유 행동을 허락하고, 홀로 궁전에 들어가 문을 굳게 닫아 걸고 호위병 말고는 아무도 가까이 오지 못하게 했다. 그런데 1백 명 내외의 호위병들도 약탈하러 가고 싶어 가만히 있지를 못했다. 번갈아 가게 해달라는 요구가 빗발쳐 끝내 다른 병사들을 불러들여 교대시켜 주었다. 교대하러 온 병사들은 약탈에 흥분하여 눈에는 핏발이 서고 짐승 같은 욕망을 감추지 못하는 얼굴이었다. 왕후는 눈을 다른 데로 돌리고 시중에서 자행되고 있을 일을 생각하지 않으려 애를 썼다. 늘 곁에 데리고 있는 조카가 호기심에 사로잡혀 시내로 구경을 가고 싶어하자, 화를 내기 알맞은 상대를 발견한 왕후는 그에게 모든 노여움을 쏟아 부었다.

"나와 피를 나눈 자가 저런 천하고 야비한 인간들과 함께 약탈을 하러 가겠다는 게냐?"

그는 언제나 조카를 자기 눈이 미치는 곳에 두었다. 그리고 저것을 가져 오너라, 그것을 집어오너라, 술 가져오라, 먹을 것을 가져오라, 갈아 입을 옷을 가져오너라, 하는 식으로 잠시도 한가한 때가 없도록 일을 시켰다. 꼭 닫아 건 궁전 안 깊숙이까지 희미하게나마 시중에서 외치는 소리가 들려 올 때면 왕후는 더한층 거친 소리로 곰보에게 호통을 했다. 숙부가 울화통을 터뜨리는 바람에 곰보는 땀이 마를 겨를이 없었다. 그러나 그는 한 마디 말대꾸도 할 수 없었다.

사실 왕후는 노하지 않으면 잔인해질 수가 없는 사람이었다. 화가 났을 때가 아니면 사람을 죽이지 못한다는 것은, 사람을 죽이는 것이 영달의 수단인 군벌의 우두머리에게는 그야말로 약점이었다. 냉혹해지거나, 대의명분을 위해서가 아니면 사람을 죽이지 못한다는 것을 자신의 약점이라고 왕후는 깨닫고 있었다. 이곳 시민에 대한 노여움을 끝까지 간직하지 못한다는 것은 그 약점의 표현이라고 생각하고, 시민은 자기를 위해서 성문을 열어 줄 방법을 생각했어야 하는데 고집스럽고 어리석게 끝내 그러지 않았으니 그들을 쉽게 용서해선 안 된다고 그는 자신을 타일렀다. 병사들이 주저주저 다가와 먹을 것이 없다고 하자 그는 분노와 고통이 뒤섞인 기분으로 소리쳤다.

"뭐라고? 약탈을 허락한 너희들에게 양식까지 제공해 줘야 한단 말이냐?"

그러자 병사들이 대답했다. "시중에는 쌀 한움큼도 없습니다. 금은이나 비단은 먹을 수가 없습니다. 그런 것은 있어도 먹을 것은 없습니다. 농민들은 아직 무서워하여 농작물을 팔러 오지를 않습니다."

부하들이 하는 말은 틀림없는 사실일 것이다. 왕후는 참을 수가 없어져 입을 다물었다. 그러나 아무튼 부하들에게는 양식을 나눠주어야 했다. 그리하여 양식의 급여를 명령했으나 그 표정은 매우 언짢아 보였다. 한 기세 좋은 병사가 이렇게 지껄이는 소리가 들렸다.

"그래, 여자들은 모두 빼빼 말라서 마치 털 뽑은 닭 같더란 말이야. 그래서야 어디 재미가 있어야지."

이 말을 듣자 왕후는 자기 생활이 갑자기 못 견디게 싫어졌다. 홀로 별실로 들어가 앉아 한참 동안 신음했어도 쉽게 일어설 기운이 나지 않았다. 그러나 그는 다시 마음을 독하게 먹고 기운을 차렸다. 손에 넣은 풍요한 토지를 생각해 보기도 하고, 자기 세력이 얼마나 강대해졌나 생각해 보기도 하고, 이 전쟁으로 자기가 다스리는 영토가 두 배 이상 커진 것을 생각해 보기도 했다. 이것이 자기의 일이요, 위대해지는 길이라고 자신을 타일렀다. 마지막으로 가장 그를 위로해 주는 것은, 그에게는 두 아내가 있고 그 가운데 하나가 반드시 아들을 낳아주리라는 생각이었다. 그는 마음속으로 소리쳤다.

'태어나는 아이를 위해서, 나는 불과 사흘 동안 남이 괴로워하는 것도 참지 못하는가?'

그는 그렇게 하여 사흘 동안 마음을 독하게 먹고 있었다. 그리고 부하들과의 약속을 지켰다.

나흘째 이른 아침, 그는 잠을 이룰 수 없었던 침대에서 일어나 성안 도처에서 나팔을 불게 했다. 자유 행동의 기간이 끝났으니 돌아오라는 신호다. 왕후는 그날 아침 여느 때보다도 거칠고 무시무시한 얼굴을 하고 있었다. 그 검고 굵은 눈썹이 눈 위에서 줄곧 꿈틀거렸다. 모두 무서워하여 명령을 어기는 자가 없었다.

다만 한 사람 명령에 따르지 않은 자가 있었다. 왕후가 사흘 동안 꼭 닫혀 있던 문을 열고 나가는데, 가까운 골목에서 희미하게 우는 소리가 들려 왔다. 이러한 외침에 민감해진 왕후는 무슨 일인가 하고 곧 그리로 다가가 보았다. 부하 한 사람이 군영으로 돌아오는 길목에서 지나치던 노파의 손가락에 끼여 있는 금반지를 발견한 것이었다. 노파는 노동자의 아내나 그런 사람으로 크게 돈이 될 만한 것을 가졌을 까닭이 없고, 그 반지도 가느다란 것이어서 그다지 값이 나갈 물건도 아니었으나, 병사는 갑자기 마지막 소득으로 그 조그마한 금반지를 빼앗고 싶은 욕망에 사로잡혀, 노파의 팔을 비틀어 올렸다. 노파는 비명을 지르며 호소했다.

"이 반지는 벌써 30년이나 끼고 있었답니다. 이제 와서 어떻게 뺄 수가 있겠어요."

집합하라는 나팔 소리가 울리고 있었으므로 병사는 마음이 조마조마했다. 왕후가 보는 앞에서 그는 단검을 뽑아 노파의 손가락을 잘라 버렸다. 노파의 허약하게 여윈 손에도 아직 피는 남아 있어 줄줄 흘러내렸다. 병사는 당황하고 있었으므로 왕후의 존재를 깨닫지 못했다. 왕후는 크게 소리치며, 긴 칼을 뽑아 단번에 병사의 가슴을 찔렀다. 그는 틀림없는 왕후 자신의 부하였다. 그러나 왕후는 그를 찔렀다. 자기 눈앞에서 굶어죽기 직전의 가엾은 노파에게 그토록 무참한 짓을 저지르는 것을 보고 심한 분노가 치밀어올랐던 것이다. 병사는 소리도 지르지 못하고 쓰러졌다. 피가 시뻘건 흐름이 되어 분출했다. 노파는 비록 자기를 구하기 위해서라고는 하지만 너무나 처참한 광경에 겁이 나, 상처 입은 손가락을 낡은 앞치마로 둘둘 말고 어디론가 사라졌다. 왕후는 두 번 다시 노파의 모습을 보지 못했다.

왕후는 병사의 윗도리로 장검의 피를 닦았다. 지금 자기가 한 일을 후회해서는 안 된다고 생각하며 등을 돌렸다. 이미 죽이고 말았으니 후회해 봐야 소용이 없다고 생각한 것이다. 왕후는 다만 호위병들에게 죽은 병사의 총을 거두라고 명령하고는, 곧바로 그 자리를 떠났다.

왕후는 시내를 돌아보고, 시민들이 더없이 수척해져 있는 것과 그 수가 매우 적은 데 놀랐다. 그들은 문간까지 기어나와 문지방 앞에 있는 걸상에 멍하니 앉아 있었다. 왕후가 가을의 강한 햇빛을 받으며 씩씩하게 걸음을 옮기고, 그 뒤를 따르는 호위병들이 무기를 번쩍이며 구두 소리도 요란스레 지나가도, 사람들은 고개를 들어 바라볼 만한 기력마저 없었다. 마치 송장처럼 가만히 앉아 있었다. 왕후는 무언가 묘한 부끄러움과 놀라움을 느껴, 걸음을 멈추고 말을 건넬 기분도 나지 않았다. 그는 그저 고개를 높이 쳐들고 사람들의 모습은 보지 않고 가게만 보는 체했다. 가게에는 왕후가 본 적도 없는 물건이 잔뜩 진열되어 있었다. 이 도시는 남쪽으로 큰 강이 흐르고, 그 강은 바다로 흘러들어가고 있어서 이런 물건들도 들어오는 것이었다. 왕후가 일찍이 본 적이 없는 진귀한 외국 물품들뿐이었다. 그러나 모두 아무렇게나 널려 있고 오랫동안 사가는 손님도 없었던 듯 먼지가 뽀얗게 앉아 있었다.

이 도시에서 볼 수 없는 것이 두 가지 있었다. 먼저, 어디에서도 식료품을 팔지 않았다. 시장은 텅 비어 조용하고, 거리를 활기차게 만드는 음식물의 행상이나 노점 상인들의 모습도 보이지 않았다. 그리고 또 어린아이들의 모습이 없었다. 왕후는 처음 한동안 거리가 조용한 것을 깨닫지 못했다. 이윽고 그것을 깨닫자 왜 이렇게 조용할까 이상하게 생각했다. 여느 때 같으면 집집마다 아이들이 떠드는 소리며 웃는 소리가 넘쳐흐르고, 개구쟁이들이 한길을 뛰어다니는 법인데 그것이 없으니 이렇게 조용하구나 하고 그는 겨우 깨달았다. 왕후는 갑자기 여기에 남겨진 남녀들의 여위고 마른, 어둡고 무감각한 얼굴을 보는 것이 견딜 수 없어졌다. 그러나 그는 군벌이라면 누구나 하는 것을 했을 뿐이었다. 그의 영달의 길은 그 밖에는 없으니 죄악으로 볼 수는 없는 일이었다.

그러나 왕후는 군인치고는 너무나 인정이 많았다. 그는 지금 자기 손에 들어온 이 도시의 참상을 보다 못해 발길을 돌려 궁전으로 돌아갔다. 기분이 우울해지고 상할 대로 상해서 부하들을 보면 마구 호통을 쳐서 눈에 띄지 않는 곳으로 쫓아 버렸다. 약탈에 만족한 그들의 높은 웃음소리며 질릴 때까지 욕정을 채운 번들거리는 눈이 견딜 수 없었던 것이다. 그들이 손가락에 끼고 있는 금반지며 차고 있는 외국제 시계 등 수많은 약탈품을 보면 울화가 치밀었다. 더욱 기막힐 노릇은 두 심복 부하마저 금반지를 끼고 있는 것이었다. 매의 억센 손가락에도 금반지가 끼여 있었고 돼지 백정의 굵고 완고한 손가락 마디에는 비취 반지가 걸려 있었다. 손가락이 너무 굵어 더 들어가지 않아, 손가락 중간에 걸려 있었다. 이런 꼴을 보고 왕후는 자기가 그들로부터 멀리 떨어져 있음을 절실히 느꼈다. 저놈들은 야비하고 천한 짐승 같은 인간들이다, 하고 마음속으로 중얼거리며 뼈에 사무치는 깊은 고독을 느꼈다. 그리고 매우 기분이 상해서 자기 방에 들어박힌 채 누군가가 들어 오면 아무것도 아닌 일을 가지고 호통을 치곤했다.

왕후는 하루 이틀 이렇게 들어박혀 있었다. 병사들은 왕후가 화가 나 있는 것을 보고 겁이 나서 얼마간 침착을 되찾았다. 왕후는 다시 마음을 단단히 먹고, 이것이 전쟁이라는 것이다. 이것은 내가 선택한 인생이요, 나에게 주어진 천명이다. 시작했으니 무슨 일이 있더라도 해내야 한다고 스스로에게 타일렀다. 그는 일어나서 몸을 씻었다. 지난 사흘 동안 노여움에 사로잡혀 몸도 씻지 않았고 수염도 깎지 않았었다. 옷을 갈아 입고 이 도시의 현장(縣長)에게 사자를 보내어 곧 출두하여 귀순하게 했다. 그러고는 궁전 객실로 들어가 앉아 현장이 오기를 기다렸다.

현장이 온 것은 한두 시간 뒤였으나, 그래도 그는 되도록 서둘러서 오는 참이었다. 현장은 유령처럼 여위고 창백한 얼굴로 두 부하의 부축을 받으며 들어와서, 왕후 앞에서 한 번 절하고 그의 말을 기다렸다. 왕후는 그 품위 있는 얼굴을 보고 가문이 좋은 학자라는 것을 알아챘다. 그래서 자기도 의자에서 일어나 절하고 먼저 현장에게 의자를 권한 다음 자기도 자리에 앉았다. 그러나 상대의 얼굴을 보자 눈이 휘둥그레질 뿐 말이 나오지 않았다. 현장의 얼굴과 손이 너무나 기괴하고 더없이 무서운 빛을 띠고 있었기 때문이다. 하루 이틀 바짝 말린 간장(肝臟) 같은 빛깔이었다. 게다가 가죽이 뼈에 붙었다고 해도 될 만큼 말라 있었다.

이 비참한 모습에 놀라 왕후는 저도 모르게 소리쳤다.

"어찌된 일이오? 귀공도 먹을 것이 없었단 말이오?"

현장은 선선히 대답했다. "그렇습니다. 시민들도 굶주리고 있었으니까요. 더욱이, 이것이 처음이 아닙니다."

"그러나 처음 화평을 교섭하러 온 사자는 살이 쪘던데."

"그렇습니다. 그 사람은 처음부터 사자로 내보낼 목적으로 특별히 살을 찌워 두었지요. 아직도 식량이 충분해서 장기간 견딜 수 있는 것처럼 보이기 위해서였을 것입니다."

왕후는 그 책략의 교묘함에 자기도 모르게 감탄하여 소리쳤다.

"그러나 그 다음에 나온 대위도 굶주리지는 않았던데!"

현장은 다시 선선히 대답했다. "병사들에게는 누구보다 많이 먹였습니다. 마지막까지 될 수 있는 대로 먹이려고 했지요. 그러나 시민들은 굶주려서 몇 백 명씩이나 죽어 갔습니다. 노인과 어린애들은 모두 죽었습니다."

왕후는 탄식하며 말했다. "아무 데도 어린애의 모습이 보이지 않더니, 그래서 그랬었구나." 왕후는 잠시 현장의 얼굴을 보고 있다가 이윽고 용기를 내어 해야 할 말을 꺼냈다.

"지금 바로 우리 쪽으로 귀순하시오. 나는 그 군벌 대신, 그가 여태까지 지배하고 있던 귀공이나 이 지방 전체를 다스릴 권리를 손에 넣었소. 오늘부터는 내가 통치자요. 나는 이 지방을 북방에 있는 나의 영토에 더할 것이오. 이 지방의 조세 수입은 앞으로 내 손에 들어와야 할 것이오. 다달이 일정한 액수와 그 밖에 조세 수입의 일정 비율을 요구하겠소."

왕후는 마지막으로 두세 마디 정중한 말을 덧붙였다. 그는 예의를 모르는 인간이 아니었다. 현장은 힘없는 텅빈 목소리로 대답을 했다. 바짝 마른 입술을 움직이니 그 푹 꺼진 입에서 너무나 희고 큰 이가 나타났다.

"우리는 장군의 말씀에 따르겠습니다. 다만 앞으로 한두 달 동안, 우리가 이 타격에서 회복될 때까지 유예해 주시기 바랍니다." 여기서 말을 끊은 현장은, 이윽고 매우 고통스러운 어조로 다시 말을 이었다. "우리는 평화롭게 살 수 있고, 다시 일을 시작하여 생계를 세우고 아이들을 기를 수 있게만 된다면 누가 통치하든 문제가 아닙니다. 장군이 다른 군벌을 물리칠 만큼 강력하고, 우리들 세대 동안 안전하게 살 수 있게 해주신다면 저도 주민들도 기꺼이 세금을 바칠 것입니다."

이것만이 왕후가 듣고 싶어하던 말이었다. 현장의 가냘프고 숨가쁜 목소리를 듣고 있으니 그가 한없이 가엾어진 그는 커다란 소리로 부하에게 명령했다.

"술과 음식을 가져와서 이분과 이분을 따라온 사람들에게 대접해라."

술과 음식이 나오자 그는 심복들을 불러서 지시했다.

"병사들을 데리고 성밖으로 나가서 강제로라도 농부들에게 곡물과 채소를 시중에 가져오도록 해라. 이런 비참한 싸움의 뒤끝이니 시민들이 음식을 사먹고 체력을 회복할 수 있도록 해주어야 한다."

이렇게 왕후가 민중들을 생각하는 공정한 처치를 보여 주자 현장은 그에게 감사했다. 한편 왕후는 그 감사에 감동하고, 현장의 예의 바르고 고상한 사람됨에 감탄했다. 왜냐하면 그는 거의 굶어 죽을 지경이었는데도 눈앞의 식탁에 차려진 음식에 탐욕스러운 시선을 한번 던졌을 뿐, 욕망을 꾹 참으며 주먹을 움켜쥔 채 손님이 주인에게 해야 할 정중한 인사부터 예의바르게 한 다음, 왕후가 주인 자리에 앉을 때까지 체면을 지켜 수저를 들지 않았기 때문이었다. 식사를 시작한 뒤에도 걸신든 모습을 보이지 않으려고 무척 자제했다. 왕후는 현장이 매우 딱해져서, 마침내 볼일이 있다는 구실로 자리를 떴다. 그리고 현장이 혼자서 실컷 먹게 해주었다. 현장의 부하들은 별실에서 먹고 있었다. 나중에 왕후는 부하들이 그들의 밥그릇과 쟁반이 씻을 필요가 없을 만큼 깨끗하더라고 말하면서 감탄하는 것을 들었다.

시장에 다시 물건들이 가득 쌓이고 길거리 양쪽에 행상인들이 바구니나 좌판에 음식물을 늘어놓기 시작한 것을 보고 왕후는 더없이 행복해졌다. 시내의 남녀들은 날로 살이 쪄 갔다. 얼굴에서 어두운 빛이 사라진 대신 건강하고 맑은 혈색을 되찾았다. 겨우내 왕후는 성안에 머무르면서 조세를 관리하고 행정상의 개혁을 단행했다. 성안에서는 다시 아이들이 태어나기 시작했다. 어머니들이 갓난아기에게 젖을 물리는 모습을 보자 왕후는 참을 수 없이 기뻤다. 그러한 정경은 왠지 모르게 왕후의 마음 깊은 곳을 자극했다. 다만 알 수 있는 것은 자신의 집으로 돌아가고 싶다는 사실이었다. 이때 처음으로 그는 두 아내에 대하여 이것저것 진지하게 생각했다. 그리고 연말에는 집으로 돌아갈 계획을 세웠다.

왕후가 포위전을 마쳤을 무렵, 다른 지방에 내보냈던 첩자들이 돌아와서 북방군과 남방군 사이에 다시 전쟁이 일어났다고 알렸다. 그리고 이 무렵 그들은 다시 돌아와 북군의 승리로 끝났다는 소식을 전했다. 왕후는 서둘러 사절단을 성의 군장(軍長)에게 보내어, 은과 비단의 선물과 편지를 전하게 했다. 군벌 가운데는 글을 아는 자가 적었으므로 왕후는 자기가 읽고 쓸 줄 아는 것이 조금 자랑스러웠다. 그래서 이 편지도 자기가 손수 써서, 지금은 이쪽 세력도 커졌으므로 큼직한 붉은 도장을 찍었다. 자기는 남방의 한 장군과 싸워서 이를 멸망시키고 강가에 있는 영토를 북방군을 위해서 점거했다는 사연을 썼다.

그러자 군장으로부터 왕후의 성공에 대해 칭찬하는 정중한 회신이 왔다. 그리고 매우 훌륭한 새 관위를 왕후에게 내렸다. 더구나 군장의 요구는 해마다 성군(省軍)을 위해 일정 액수의 은을 보내 달라는 것뿐이었다. 왕후는 자신이 아직 이것을 거절할 만큼 강력하지 않다는 것을 알고 있었으므로 이를 응낙하고 마침내, 국가 안에서 지위를 확립했다.

연말이 가까워질 무렵 왕후는 자신의 현재의 지위를 검토해 보았다. 영토는 두 배 이상이 되어 있었으며, 더욱이 불모의 산악 지대를 제외하고는 땅이 기름져서 보리며 쌀, 소금과 땅콩, 고무, 콩 등을 대량으로 산출했다. 게다가 바다로 나가는 통로도 확보해서, 앞으로는 해외로부터 필요한 것을 사들일 수도 있었다. 총이 필요할 때도 이제 왕 상인의 신세를 질 필요가 없었다.

왕후는 거대한 외국제 대포가 무척 갖고 싶었다. 그 늙은 비적 두목이 남겨 놓고 간 것 가운데, 왕후가 이제껏 보지 못한 진기한 대포가 두 문이나 있었기 때문이다. 그리고 이토록 반들반들하고 좋은 철로 만들어진 것을 보면 꽤 솜씨 좋은 대장장이가 만든 것이 분명했다. 대포는 매우 무거워서, 스무 명 이상의 병사들이 힘을 합치지 않으면 움직일 수 없었다.

왕후는 이 대포에 무척 호기심이 생겨, 어떻게든 발사하는 것을 보고 싶었다. 그러나 아무도 조작 방법을 몰랐다. 게다가 탄환도 눈에 띄지 않았다. 그러나 기어이 두 개의 둥그런 쇠공이 낡은 창고 안에 감추어져 있는 것을 찾아냈다. 왕후는 그것이 대포의 탄환이라는 것을 알고 매우 기뻐하며 대포를 성문 뒤 들판에 있는 오래된 절 앞 넓은 마당으로 끌어내게 했다. 처음에는 대포를 쏘아 보겠다는 자가 한 사람도 없었으나, 왕후가 많은 상금을 내겠다고 하자 일찍이 적장을 배신한 그 대위가 앞으로 나섰다. 그는 상금도 탐이 났고 왕후의 눈에 들고 싶었던 것이다. 게다가 그는 딱 한 번 대포를 발사하는 것을 본 적이 있었다. 모든 준비가 끝나자 그는 탄환을 재우고 긴 장대 끝에 솜씨 좋게 횃불을 묶어 멀리서 도화선에 불을 붙였다. 연기가 나기 시작하는 것을 보고 그들은 다함께 멀찍이 달아나서 기다렸다. 대포는 포탄을 발사했다. 대지는 뒤흔들리고 하늘까지도 요란하게 울리며 연기와 불꽃이 튕겨나갔다. 왕후마저도 비틀거리며 한순간 공포로 심장이 멎는가 싶을 정도였다. 굉음이 가라앉은 뒤에 보니 오래된 절은 부서진 기왓더미로 바뀌어져 있었다. 왕후는 언제나 그러하듯 소리없이 웃었다. 이렇게 좋은 장난감, 이토록 훌륭한 무기를 손에 넣은 것이 기뻤던 것이다.

"이런 대포만 갖고 있었더라면 성문쯤 문제없이 부술 수 있었을 테니, 포위전 따위는 하지 않아도 되었을 것을." 그리고 잠시 생각한 뒤 대위에게 물었다. "어째서 유문신은 이걸 우리에게 쏘지 않았을까?"

대위는 대답했다. "미처 생각하지 못한 겁니다. 이 대포는 제가 그 전에 모시고 있던 장군을 유문신이 격파했을 때 전리품으로 가져온 것입니다. 이곳에 가져오기는 했으나 한 번도 쏜 적은 없습니다. 탄환이 있다는 것조차 알지 못했지요. 현공서 문 옆에 오래도록 놓아 두었습니다만, 이 대포가 무기라곤 아예 생각지 못한 것이지요."

왕후는 이 대포를 매우 소중히 여겨, 여기에 필요한 더 많은 탄환을 사야겠다고 생각했다. 그리고 자기가 언제든지 볼 수 있는 장소에 갖다놓게 했다.

지난 1년 동안에 성취한 일을 되돌아보고 왕후는 크게 만족하여 집으로 돌아갈 준비를 시작했다. 대군을 시내에 남겨 놓고 오랜 부하에게 지휘를 맡겼으며, 새로 생긴 군사들은 자기가 이끌고 돌아가기로 했다. 그리고 잠시 생각한 끝에 믿을 수 있는 두 사람을 이 도시의 최고 지휘관으로 남겨 두기로 했다. 매와 곰보 두 사람이다. 곰보는 이제 다 커서 훌륭한 청년이 되어 있었다. 키는 그리 크지 않았으나 어깨가 떡 벌어져 곰보라는 것만 빼면 풍채도 그다지 나쁘지 않았다. 곰보 자국은 늙어 죽을 때까지 없어지지 않을 것이다. 왕후는 이 두 사람을 남기는 것이 가장 좋겠다고 생각했다. 곰보는 너무 젊어 혼자서는 지휘를 할 수 없었고, 매는 완전히 믿을 수가 없었다. 그래서 두 사람을 짝지어 놓은 것이다. 왕후는 곰보를 살짝 불러서 말했다.

"만일 매가 조금이라도 수상하다고 생각되거든 밤낮을 가리지 말고 급히 알려야 한다."

청년은 명령대로 하겠다고 약속했다. 이렇게 높은 지위에 오른데다가 숙부와 떨어져 자립하게 된 기쁨에 눈을 반짝였다. 왕후도 육친이면 믿을 수 있기에 안심하고 출발할 수 있었다. 모든 준비를 끝내고 아무 걱정도 없어진 왕후는 그의 근거지로 개선했다.

이 도시의 주민들은 전쟁 때 파괴된 시가지를 착착 재건해 가고 있었다. 가게에 상품이 들어차고 비단과 무명을 짜내는 베틀도 움직이기 시작했다. 지난 일은 지난 일로서, 모두가 하늘이 정한 운명이라 여기고, 아무 말 없이 재건에만 몰두한 것이었다.

23

왕후는 귀향길을 서둘렀다. 잔류 부대가 무사한지 걱정이 되어 보러간다고 그는 말했다. 그것이 주요한 이유라고 그가 생각했던 것은 사실이었다. 그러나 그가 고향길을 서두른 데는 그보다 깊은 까닭이 있었다. 그것은 아이가 태어났는가 얼른 가서 보고 싶은 마음이라는 것을 그 자신도 잘 몰랐다. 그는 이미 열 달 가까이 집을 비웠다. 그동안에 학문이 있는 쪽의 아내로부터 두 번 편지를 받았다. 두 통 모두 예의바른 편지였으며 남편에 대한 존경에 찬 말이 나열되어 있었으나, 집안이 모두 무사하다는 사연 말고는 그다지 볼 것이 없었다.

그러나 의기양양하게 자기 집 뜰에 발을 들여놓았을 때 그는 첫눈에 하늘이 아직 자신의 편이며, 행운은 아직 계속되고 있다는 것을 확인했다. 바람도 없이, 남쪽의 햇빛이 따뜻하게 비치고 있는 뜰에서 두 아내가 저마다 젖먹이를 안고 앉아 있었던 것이다. 젖먹이는 양쪽 다 머리에서 발끝까지 새빨간 옷을 입었으며, 아직 제대로 가누지 못하는 작은 머리에는 꼭대기가 뚫어진 빨간 모자가 씌워져 있었다. 학문이 없는 쪽의 아내는 아기 모자에 조그마한 금빛 부처님을 여러 개 수놓았으나, 학문이 있는 쪽의 아내는 그런 행운의 부적 따위를 믿지 않았으므로 꽃을 수놓았다. 이 차이 말고는 두 젖먹이가 똑같아 보였다. 놀란 왕후는 눈을 껌벅거리며 바라보았다. 아기가 둘이나 태어났을 줄은 생각지도 못했던 것이다. 그는 떠듬거리면서 간신히 말했다.

"어, 어찌된 일이야..."

학문이 있는 아내가 일어났다. 그녀는 동작이 날렵하고 말에도 품위가 있었다. 말투로 옛 시나 고전에서 인용한 문구 따위를 간간이 섞어 가며 말하는 것이었다. 그녀는 하얗게 반짝이는 이를 보이면서 미소지으며 말했다.

"안 계시는 동안 저희들이 낳은 아기예요. 머리 끝에서 발끝까지 튼튼하고 나무랄 데 없는 아기들이랍니다."

이렇게 말하고 그녀는 자기 아이를 안아올려 왕후에게 보였다.

또 한 사람의 아내도 가만 있지 않았다. 자기가 낳은 아이는 사내아이고 학문 있는 아내 쪽은 여자아이였기 때문이다. 여느 때 같으면 새까만 이와 이 빠진 자리를 보이고 싶지 않아 좀처럼 입을 열지 않지만, 오늘은 잠자코 있을 수 없어 서둘러 일어서서 입을 오므리고 말했다.

"이쪽은 아들이에요. 저쪽은 딸이지만요!"

왕후는 아무 대답도 하지 않았다. 이렇게 갑자기 자기 아이가 둘이나 태어났다니 어찌 된 영문인지 알 수가 없어 말을 하지 못했던 것이다. 그는 두 조그마한 생명체를 말없이 가만히 바라보았다. 어린애 쪽에서는 그를 조금도 보고 있지 않은 것 같았다. 아니, 아기들은 마치 옛날부터 그곳에 있던 나무나 벽이라도 보듯 아무렇지도 않게 왕후를 바라보았다. 아기들은 햇빛을 받아 눈이 부신 듯 깜박거렸다. 남자아이 쪽이 몸에 어울리지 않는 커다란 재채기를 했다. 왕후는 이렇게 작은 것에서 어쩌면 그렇게 큰 소리가 나올까 놀랐다. 여자아이 쪽은 새끼 고양이처럼 입을 벌리고 하품을 했다. 아버지는 그러한 모습을 놀란 얼굴로 지켜보고 있었다. 그는 여태까지 한 번도 어린애를 안아 본 적이 없었다. 그래서 자기 아이들도 안아 볼 생각을 하지 못했다. 언제나 전쟁 이야기만 하고 있어서 이런 경우 두 아내에게 뭐라고 말을 해야 좋을지 알 수 없었다. 그를 따라온 부하들은 장군에게 아기들이 태어난 것을 기뻐하여 탄성을 질렀으나 그는 조금 굳은 미소를 띠었을 뿐이었다. 그러나 부하들이 지르는 탄성이 귀에 들어오기 시작하자 왕후는 깊은 기쁨을 느끼며 중얼거렸다

"여자는 으레 아이를 낳는 법이야!"

가슴이 기쁨으로 가득 차서 그는 재빨리 자기 방으로 들어갔다.

방에서 몸을 씻고 식사를 한 다음 딱딱해 보이는 군복을 벗고 부드럽고 진한 남색 비단옷으로 갈아 입었다. 옷을 갈아 입으니 이미 저녁때였다. 이슬 내리는 밤이 소리 없이 서늘하게 찾아왔다. 왕후는 홀로 숯을 피운 화로 옆에 앉아서 지나온 과거를 돌이켜 보았다.

언제든, 중요한 순간에는 행운의 혜택을 입은 듯이 여겨졌다. 너무 운이 좋아서 이 이상 바랄 것이 없을 것 같았다. 이제 아이들이 태어났으므로 그가 하는 행동에도 목적이 생겼다. 이렇게 생각하니 가슴이 기쁨으로 부풀었으며 여태까지의 모든 슬픔과 쓸쓸함을 잊고 방안의 정적을 향해 느닷없이 소리쳤다.

"저 아들을 나는 참된 용사로 기르겠다!" 그는 일어나서 기쁨에 못이겨 자기의 넓적다리를 찰싹찰싹 때렸다.

한동안 그는 저도 모르게 미소를 띠고 방안을 걸어다녔다. 그는 생각했다. 자기 아들이 있는 것은 얼마나 즐거운 일이냐! 이제는 형의 아들들에게 의지할 필요도 없다. 내가 죽은 뒤에도 뒤를 이어 전쟁으로 얻은 영토를 넓혀 줄 아들이 생긴 것이다. 그러자 자기에게는 딸도 있다는 생각이 떠올랐다. 딸은 어떻게 하면 좋을까 잠시 생각했다. 격자창문 앞에 서서 수염을 만지며 잠자코 딸을 생각하던 그는 이윽고 확신 없는 어조로 중얼거렸다.

"때가 오면 훌륭한 군인과 결혼시키는 거지. 딸한테는 그렇게 해주는 수밖에 더 있겠나."

이날부터 왕후는 두 아내에게 새로운 목적을 품고 접했다. 더 많은 아들을 낳아 주었으면 하는 생각에서였다. 피가 이어지지 않은 자처럼 그를 배신하는 일이 결코 없는, 참되고 효성스러운 아들들이 아내들에게서 더 태어나겠지, 기대했기 때문이다. 그는 이제 마음과 몸을 해방하는 수단으로 아내들을 접하는 일이 없어졌다. 마음의 우울은 아들만 한 번 보면 다 가셨다. 그리고 자기 육체로부터는 많은 아들이 태어나서, 자기가 노령에 이르러 심신이 시들었을

때, 곁에서 자기를 지탱해 주는 충실하고 용감한 무인이 될 터였다. 두 아내는 저마다 왕후의 총애를 얻으려고 은밀히 노력했으나 그는 공평하게 두 사람을 찾았다. 두 사람 가운데 어느 한쪽을 더 사랑하지도 않고, 양쪽 모두 그 나름대로 만족했다. 두 사람에게 똑같이 한 가지밖에 바라지 않았으니 양쪽에 대한 요구는 같았다. 아들이 태어난 이상 어느 여자도 사랑하지 않는다는 것 따위는 이미 그에게는 아무런 문제도 되지 않았다.

이리하여 충족된 기분 가운데 겨울이 지나갔다. 새해의 축하일이 왔다. 다행했던 지난해를 감사하며 왕후는 예년보다 성대하게 새해를 축하했다. 부하들에게 술과 고기를 내리고 포상으로 은을 주었다. 또 그들이 갖고 싶어하는 담배, 수건, 양말 따위 자질구레한 일용품도 나누어주었다. 아내들에게도 선물을 주었으므로 축하일에는 온 집 안에 기쁨이 넘쳤다. 그런데 새해에 어울리지 않는 일이 한 가지 일어났다. 그것은 축일 뒤에 일어났으므로 기쁨을 방해하지는 않았다. 어느 날 밤, 늙은 현장이 자다가 죽은 것이다. 잠에 취해 몽롱한 채 아편을 너무 피웠는지, 아편중독으로 몽롱해져서 추위를 견디지 못했는지 원인은 알 수 없었다. 아무튼 현장이 죽었다는 통지를 받자 왕후는 훌륭한 관을 주문하고, 품위 있는 노인을 위해 빈틈 없는 장례식을 준비시켰다. 준비가 모두 끝나고 이 도시 출신이 아닌 현장의 관을 언제라도 그의 고향으로 보낼 수 있게 되었을 때, 현장의 늙은 부인이 망부가 남긴 아편을 피우고 스스로 남편 뒤를 따랐다는 보고가 들어왔다. 이 노부인은 늘 앓고 있어서 밖에 나간 적이 없었으므로 왕후는 한 번도 만난 일이 없었다. 누구도 그 죽음을 슬퍼하지 않았다. 왕후는 또 관을 하나 주문하고, 모든 준비가 끝나자 세 사람의 부하들에게 수행시켜 두 관을 이웃 성에 있는 그들의 고향으로 보냈다. 왕후는 노현장의 죽음을 정식으로 서류에 적어 감독 관청에 보고하기로 했다. 언청이에게 몇 사람의 병사를 딸려 보고서를 들려 보내면서 그는 살며시 언청이를 불러 말했다.

"입을 귀에 대고 하지 않으면 못할 말이 있다. 그러니 보고서에는 쓰지 않았으나 기회가 있거든 전해라. 새 현장 선출에는 내 의견도 들어주어야 한다고 말이다."

언청이는 이 말을 듣고 고개를 끄덕였다. 왕후는 안심했다. 이런 혼란한 시대에는 새 현장의 부임 같은 것이 그리 쉽게 행해지지 않는다. 왕후는 자기 홀로 훌륭하게 통치할 수 있었다. 그는 새 현장에 대한 것을 모두 잊어버리고 이제까지 노현장이 살던 가장 안쪽 방을 아내들에게 주었다. 그리하여 자기 가족 이외의 사람들이 이 방에 살고 있었다는 것을 금방 까맣게 잊어버렸다.

다시 봄이 가까워졌다. 금년은 모든 점에서 행운이었다. 새 영토로부터는 좋은 보고가 와 있었으며, 갖가지 세금 수입도 순조로워 많은 양의 은이 흘러들어오고, 병사들은 충분히 급여를 받아 만족해하며 왕후를 칭송했다. 그래서 왕후는 올 봄의 청명절(淸明節)에는 고향의 아버지 집으로 돌아가 형들과 함께 제삿날을 지내려고 결심했다. 그것은 대갓집에 어울리는 일이었으며, 어디서나 자식들이 모여 아버지의 무덤을 손질하는 시기이기 때문이었다. 게다가 왕후는 성묘 외에 작은 형과의 대차 관계를 정리할 필요도 있었다. 이제 그쯤은 간단하게 갚을 수 있었으므로, 빌려 쓴 은을 모두 갚고 개운한 기분이 되고 싶었다. 그래서 왕후는 병사 몇 사람을 형들에게 보내어 공손한 말투로 처자와 하인들을 데리고 제삿날 찾아가겠다고 전했다. 이에 대해 왕이, 왕얼 두 형들은 정중하게 환영한다는 뜻을 보내 왔다.

이윽고 모든 준비가 갖추어지자 왕후는 키 큰 붉은말에 올라앉아 호위병을 거느리고 출발했다. 그러나 이번 여행에는 노새가 끄는 몇 대의 마차에 처자와 하녀들이 타고 가므로 왕후는 서서히 말을 타고 나아갔다. 이렇게 가족을 이끌고 천천히 가는 자신이 자랑스러웠다. 처자를 거느린 행렬의 선두에 서서 말을 몰아 가는 왕후는 자기가 선조 대대로 이어오는 계보 속에서 하나의 확고한 위치를 차지하고 있음을 느꼈다. 수양버들이 싹을 틔우고 복숭아꽃이 피기 시작하여 봄의 정취가 절정에 접어드는 이때만큼 자기 영토가 아름답고 풍요해 보인 적이 없었다. 모든 골짜기와 산중턱에 연한 초록과 분홍빛이 뒤섞여 있었으며 촉촉히 젖은 갈색의 대지가 봄 햇살을 받고 있는 것을 바라보고 왕후는 문득 아버지를 떠올렸다. 아버지는 봄마다 수양버들 가지며 꽃핀 복숭아 가지를 꺾어 가지고 돌아와 흙벽집 문간 위에 장식했었다. 아버지와 자기 아들을 생각하고 있으니, 왕후는 긴 생명의 연쇄 속에서 자기가 한자리를 차지한 것을 느꼈다. 이제는 그전처럼 자기 혼자 남겨진 것처럼 고독하지 않았다. 이때 비로소 어린 시절 아버지에게 품었던 깊은 분노를 완전히 용서한 기분이 되었다. 다만 그 자신은 용서한 것을 깨닫지 못했다. 노여움에 불탔던 소년 시대부터 줄곧 응어리졌던 한이 풀려 상쾌한 바람에 씻겨간 것만을 느꼈을 뿐이었다. 그는 마침내 진심으로 평화로워졌다.

이러한 기분으로 왕후는 아버지의 집에 돌아왔다. 막내아들로서 혹은 막냇동생으로서가 아니라, 자신의 위업을 성취하고 자기 아들의 아버지가 된 훌륭한 사나이로서 의기양양하게 돌아온 것이다. 사람들은 그가 이룩한 업적을 진심으로 칭송했고, 형들은 빈객을 맞이하듯 모두 나와 그를 환영했다. 형수들은 누가 더 환영의 말을 청산유수로 할 수 있는가 서로 경쟁이라도 하는 것 같았다.

사실을 말하면 형수들은 왕후와 그 가족들을 어느 집에 재우느냐 하는 것을 가지고 서로 말다툼을 벌였었다.

왕이의 부인은 왕후의 명성이 높아졌으므로 그를 손님으로서 맞이한다는 것은 명예로운 일이라 생각하고, 왕후가 자기 집에 묵는 것이 마땅한 일이요, 자기들의 권리이기도 하다고 생각했다. 그녀는 남편에게 말했다.

"우리들이 셋째 서방님의 정실을 골라드렸으니까 우리 집에 머무시는 것이 당연한 일이에요. 그 동서는 교양 풍부한 사람이니까 둘째 서방님 댁의 무지한 시골뜨기 마누라와는 도저히 같이 있을 수가 없어요. 만일 재우고 싶다면 둘째 부인을 재우면 되잖아요? 셋째 서방님과 큰부인은 무슨 일이 있어도 우리 집에 재워야 해요. 셋째 서방님이 우리 집 애들 중에 누군가를 눈여겨보고 이끌어 줄지 누가 알아요? 아무튼 둘째 서방님 부인이 쓸데없는 소리를 하거나 멋대로 하게 두어서는 안 돼요!"

그러나 왕 상인의 처도 몇 번이나 끈질기게 남편을 졸라 대며 결코 뜻을 굽히려 하지 않았다.

"형님이 셋째 서방님 일행을 묵게 한다고 해봐야, 그렇게 많은 사람들을 대접할 줄이나 알아야죠. 기껏해야 스님들이나 여승이 먹는 초라한 정진(精進) 요리밖에 대접할 줄 모른다구요."

숙박 문제에 대한 양쪽의 암투는 마침내 서로 맞대고 욕설을 퍼붓는 지경으로까지 발전했다. 청명절이 가까워짐에 따라 차츰 큰 소리로 입씨름을 벌이게 되고, 해결 방법이 발견되지 않은 채 서로 고집을 부려 조금도 양보하려 들지 않았다. 이 모양을 본 남편들은 늘 만나는 찻집에서 만나 의논했다. 두 형제는 양쪽 아내들이 서로 아웅다웅하는 덕분에, 평소에는 생각도 할 수 없을 만큼 마음이 맞았다. 이미 묘안을 생각해 두었던 왕 상인이 형에게 말했다.

"형님이 말씀하시는 것도 일리는 있습니다마는, 아버님께서 쓰시던 비어 있는 채에 동생 가족을 묵게 하면 어떨까요? 그곳은 렌화의 것이지만, 렌화도 이제 완전히 늙어서 노름을 그만둔 뒤로는 전혀 사용하지 않고 있습니다. 그 집에 재우게 되면 비용도 우리 둘이서 절반씩 나누어 낼 수 있고, 또 그것을 이유로 든다면 안에서들도 얌전해질 테니까요."

젊을 때 같으면 왕이는 자기가 생각한 것을 끝까지 주장했겠지만, 나이를 먹고 살이 지나치게 찐 뒤로는 모든 일이 귀찮아져서 하루 가운데 대부분은 아무 일도 하려 들지 않았다. 성가신 일을 피할 수 있다면 무엇이든 좋았다. 그래서 이 안도 매우 좋은 방법인 것 같았다. 그는 권세가 강해진 막냇동생의 호의를 얻어 두고 싶은 기분은 있었으나, 큰 동생이 자기 이상의 호의만 얻지 않는다면 그다지 신경쓰이지 않았다. 전에는 집에 손님을 초청하는 것을 좋아했지만 차츰 게을러짐에 따라 손님 따위는 부르지 않는 것이 마음이 가벼웠다. 집에 손이 있으면 늘 예의범절을 갖추어야 하므로 피로해지기 때문이다. 그래서 동생의 의견에 기꺼이 찬성했다. 둘은 집으로 돌아가서 저마다 자기 아내에게 이 안을 이야기했다. 이것은 모두를 위해 정말 훌륭한 타협안이었으며 쌍방의 아내는 저마다 체면을 잃지 않아도 되었다. 그래서 두 사람 모두 자기야말로 왕후 일행을 대접하는 것처럼 보이게 하겠다고 속으로 결심했다. 더욱이 술이며 요리며 하인들에게 줄 행하(行下) 등 막대한 비용이 절반씩 부담된다는 것도 아내들의 마음에 들었다. 이것만으로도 모두가 받아들이기에는 충분했다.

그리하여 왕룽이 중년 이후에 살았던 안채를 청소하거나 다시 칠하여 깨끗하게 만들었다. 렌화는 이 집을 전혀 사용하지 않고 있었다. 하녀가 어쩌다가 들어 쉬는 정도였다. 요즘 렌화는 늙어서 살만 피둥피둥 찌고 뚜챈과 하녀들만을 상대로 살고 있었다. 나이를 먹어 감에 따라 눈은 어두워지고 나중에는 주사위마저 보이지 않게 되어 좋아하는 노름의 숫자조차 못 보게 되었던 것이다. 자주 그녀 집에 놀러 오던 노부인들도 차례로 세상을 뜨거나 자리에 누운 채 일어나지 못해, 살아왔다고 할 수 있는 건 렌화뿐이었다. 렌화는 시중을 드는 하녀들만을 상대로 쓸쓸하게 살아가고 있었던 것이다.

렌화는 하녀들을 심하게 부려먹었다. 시력이 약해짐에 따라 입은 차츰 날카로워졌다. 하녀들이 그 독설을 견디지 못해 오래 붙어 있지 않았으므로 왕 형제는 비싼 임금을 그녀들에게 지불해야 했다. 마음대로 나갈 수도 없는, 돈에 팔려온 노예들은 렌화의 혹사에 못 이겨 두 사람이나 자살했다. 한 사람은 유리로 만든 싸구려 귀걸이를 삼켰으며, 한 사람은 자기가 일하는 부엌의 대들보에 목을 맸다. 그 이상 렌화의 잔혹한 처우를 견디느니 죽음을 선택한 것이다. 렌화는 하녀들에게 차마 들을 수 없는 욕지거리를 쥐어짜는 소리로 퍼부을 뿐 아니라 마구 꼬집기까지 했다. 다른 모든 아름다움이 사라져 버린 요즘도 늙어서 살이 찐 손만이 이상하게도 아름다움을 간직하고 있어 매끄럽고 윤이 났지만, 실제로는 아무 짝에도 쓸모가 없는 그 손으로 렌화는 어린 계집애들의 팔을 피부가 자줏빛이 될 정도로 꼬집는 것이었다. 그래도 만족하지 못할 때는 담뱃대의 불을 하녀의 어리고 부드러운 살갗에 마구 문질러댔다. 그녀가 이런 학대를 하지 않는 사람은 뚜챈뿐이었다. 뚜챈은 무슨 일에서나 의지가 되었으므로 그녀만은 특별 취급을 했던 것이다.

뚜챈은 옛날과 조금도 변함이 없었다. 그녀도 이젠 나이를 먹어 전보다 한결 더 여위고 시들었지만 그 늙은 육체에는 젊은 때와 거의 변함없는 기력을 간직하고 있었다. 눈빛은 날카롭고 혀끝은 신랄했으며 얼굴은 온통 주름투성이였으나 두 볼은 붉었다. 또 예나 다름없이 탐욕스러웠다. 다른 하녀들이 렌화의 것을 슬쩍 집어가지 않도록 감시하는 입장이었으나 더 많이 훔쳐 가는 것은 그녀 자신이었다. 렌화의 눈이 흐려진 지금, 그녀는 무엇이건 갖고 싶은 것을 렌화에게서 훔쳐 자기의 비밀 재산을 자꾸만 늘려 갔다. 렌화는 나이를 먹고 머리가 둔해져 어떤 보석을 갖고 있었던가, 어떤 모피를 갖고 있었던가, 공단이나 비단옷은 어떤 것을 갖고 있었던가 까맣게 잊어버렸으므로 뚜챈이 무엇을 훔쳤는지 알지 못했다. 렌화가 갑자기 생각이 나서 그것을 가져 오라고 할 때는 뚜챈은 되도록 말을 돌려 잊어버리게 하려고 애를 썼다. 그러나 끝내 고집을 피우며 잊으려 하지 않을 경우에는 하는 수 없이 자기 궤에서 꺼내와 렌화에게 주었다. 렌화가 한두 번 만져 보고 그것으로 흡족해져서 다시 잊어버리고 말면 다시 자기 궤 속에다 집어넣는 것이다.

그러나 하녀들은 이 일을 입 밖에 내지 않았다. 뚜챈이 이 집의 사실상의 주인이었기 때문이다. 왕 형제도 그녀를 소중히 대했다. 뚜챈을 대신할 만한 사람을 얻을 수 없다는 것을 알고 있었으므로 되도록 화를 내지 않게 하고 있었다. 그러므로 뚜챈이 렌화에게서 이것도 얻었다, 저것도 주더라 하고 말해도 하녀들은 모르는 체했다. 왜냐하면 뚜챈은 음흉하고 사악해서 이러쿵저러쿵 말을 냈다가는 음식 그릇에 독을 탈지도 몰랐기 때문이었다. 뚜챈은 하녀들에게 겁을 주기 위해 자기가 독살 기술에 환하다는 것을 이따금 자랑삼았다. 렌화는 눈이 잘 안 보이게 되자 하나에서 열까지 뚜챈에게 의지하게 되었다. 이제는 무섭게 살이 찐 몸 때문에 거의 침대에서 살았다. 조각을 한 큼직한 흑단 의자에 오후 한 때 잠시 앉아 있을 뿐 다시 곧 침대로 돌아갔다. 의자와 침대 사이의 그 짧은 거리마저도 네 사람 이상 하녀들의 부축을 받지 않고는 걷지 못했다. 일찍이 대나무처럼 날씬하여 왕룽에게 뜨거운 사랑을 받던 육체도 지금은 괴물처럼 거대해지고, 전에 왕룽이 자랑으로 삼고 기쁨으로 삼았던 작고 예쁜 발 또한 이제는 거구에 짓눌린 말뚝처럼 되어 버렸다.

어느 날 렌화는 옆 건물에서 와자하게 사람 소리가 들려오자 무슨 일이냐고 물었다. 왕후가 처자를 거느리고 청명절에 부친의 성묘를 위해 찾아온다는 말에 렌화는 언짢아져서 말했다.

"여긴 애들을 데려오지 말아라. 나는 옛날부터 애들이 가장 싫으니까!"

그것은 사실이었다. 렌화는 아이가 없었으므로 예전부터 묘하게 어린아이들을 싫어했다. 아이를 낳을 수 없는 나이가 되고부터는 특히 그러했다. 동생과 함께 온 왕이 달래며 말했다.

"아니, 아니, 저쪽 문을 열겠소. 그리고 이쪽에는 얼씬도 못하게 하지요."

렌화는 여전히 투덜거렸다.

"그 온다는 사람이 어느 아들이지? 이젠 다 잊어버렸네. 내가 부리던 얼굴이 새하얀 종년을 흘끔흘끔 쳐다보던 그 아들인가. 우리 영감님이 그 종년을 첩으로 삼았을 때 집을 뛰쳐나간 바로 그 아들이지?"

두 형제는 깜짝 놀라 얼굴을 마주 보았다. 이런 이야기는 들은 적이 없었던 것이다. 렌화는 늙어감에 따라 음탕한 이야기를 예사로 떠들게 되었으므로 두 형제는 아이들을 그 곁에 가지 못하도록 하고 있었다. 나오는 대로 마구 지난 날 일을 지껄여 대는 것이었다.

왕 상인은 당황하여 말했다.

"그런 것은 조금도 몰랐군. 아우는 이제 유명한 군인이 되어 있으니까 그런 말을 들으면 명예를 더럽힌다고 화를 낼걸요."

렌화는 그 말을 듣고 크게 웃더니 돌을 깐 땅바닥에 침을 탁 뱉고 언성을 높였다.

"당신네 남자들은 늘상 명예 명예 하고 떠들어대지만, 그 명예란 것이 얼마나 한심한 것인지 우리 여자들은 잘 알고 있어!"

그녀는 자기 말에 뚜챈도 웃어 주길 바라며 "그렇지, 뚜챈?" 하고 말했다. 언제나 렌화 곁에 붙어 있는 뚜챈은 요란한 소리로 웃어댔다. 두 여자는 점잔을 빼는 두 중년 사나이들의 당황하는 꼴이 우스웠다. 형제는 환영 준비를 하인들에게 지시하기 위해 서둘러 나와 버렸다.

준비가 다 되었을 때 왕후가 가족을 데리고 도착하여 전에 부친이 머물던 방에 잠시 묵게 되었다. 그 방은 깨끗이 치워져서 옛날을 추억할 만한 것은 아무것도 남아 있지 않았다. 자기와 아들 이외에 누군가가 전에 여기서 기거했다는 사실은 전혀 머리에 떠오르지 않을 정도였다.

이윽고 청명절이 온 집안에 찾아와 모두 자기의 개인적인 원한을 이때만은 잊었다. 왕이와 왕얼의 처들조차 집안 식구들이 모두 모인 자리에서는 서로 예의 바르게 공손히 인사했다. 모든 것이 아무 탈 없이 제대로 진행되었다. 왕룽의 아들들은 돌아가신 아버지에 대해 몇 가지 정해진 의무를 마쳤다.

마침 청명절 이틀 전이 왕룽의 생일이었다. 그가 오늘날까지 살아 있다면 나이 구십에 이르렀을 것이다. 아들들이 다 모였으므로 부친의 추도회를 열기로 했다. 왕후는 자기 아들을 갖고부터 아버지에 대한 원망도 자연히 사라졌으며, 이제는 아버지에서 아들, 아들에서 손자로 이어지는 유대관계 속에 자기도 한 위치를 차지하고 싶다는 열망을 갖고 있었으므로 기꺼이 찬성했다.

그리하여 왕룽의 생일에 아들들은 많은 손님들을 초대하여, 부친이 살아 있었으면 이렇게 했으리라 생각되는 큰 잔치를 베풀었다. 기쁨이 넘치고, 축하 인사가 오가고, 생일 잔치에 알맞은 갖가지 음식이 차려졌다. 형제들은 그 자리에 왕룽의 위패를 모셔 놓고 그 앞에 머리를 숙여 왕룽이 태어난 날을 축하했다.

그날 장남 왕이는 많은 중들을 불러 엄청난 시주를 했다. 아우들도 저마다 시주를 했다. 중들은 왕룽의 영혼을 위로하여 영계에서 행복하게 지내도록 온갖 경을 읽었으며, 신성한 불전의 문구며 경문을 쓴 종이 같은 것으로 큰 방을 장식했다. 반나절 동안 집 안에는 높고 낮은 독경 소리와 목탁을 때리는 둔한 소리가 넘쳤다.

이만한 일을 왕룽을 추모하기 위해 집행하고 나서 아들들은 처자를 데리고 조상의 무덤을 찾았다. 그들은 묘마다 깨끗이 청소하고 새로 흙을 덮어 봉분을 높게 쌓았다. 무덤마다 봉분 꼭대기를 뾰족하게 하여 그 위에 한 덩어리의 흙을 놓았다. 솜씨 있게 가늘게 자른 흰 종이가 그 흙에 눌려 있었다. 흰 종이 쪽지가 향기로운 봄바람 속에서 팔랑거렸다. 왕룽의 아들들은 무덤 앞에 머리를 조아리고 향을 피웠다. 자기 아들들에게도 배례를 시켰다. 가장 자랑스러웠던 것은 왕후였다. 그는 어린 아들을 데려와 그 조그마한 머리를 숙이게 했다. 그때 그는 이 아들을 통해서 아버지와 할아버지 그리고 형들과 맺어진 것이었다.

집으로 돌아오는 길에 보니 무덤이 있는 곳에서는 어디서나 사람들이 모여 자기들이 오늘 왕룽을 위해서 한 것과 똑같은 일을 조상을 위해 하고 있는 것이 눈에 띄었다. 조상을 추모하는 날이었기 때문이다. 왕이는 여느 때와 달리 감개에 젖어 말했다.

"오늘부터는 여태까지보다 꼬박꼬박 이런 일을 하도록 하자. 공양을 하는 것도 이제 10년밖에 안 남았어. 10년 뒤 아버님은 백 살이 되신다. 그러면 다른 몸에 깃들어서 다시 이 세상에 태어나시는 거야. 그때에는 생신을 축하할 수도 없다. 언제 어디서 다시 태어나실지 알 수 없으니까 말이야."

아버지가 된 왕후는 의젓한 목소리로 말했다. "그렇습니다. 꼭 그렇게 해야 합니다. 우리들도 죽고 나면 아들들에게서 공양을 받고 싶을 테니까요."

그들은 모두 이제까지의 그들과는 달리, 서로의 혈연관계를 강하게 느끼면서 묵묵히 그리고 엄숙히 집으로 돌아갔다.

이런 의식들이 끝나자 모두 축제의 기쁨에 잠겼다. 축제의 날이 저물 무렵에는, 생각지도 못한 훈훈하고 향기로운 밤이 되어, 호박빛으로 밝은 조그마하고 산뜻한 달이 하늘에 떠올랐다. 이날 밤 가족들은 모두 렌화가 사는 별채의 안마당에 모였다. 렌화가 갑자기 푸념을 늘어놓았기 때문이다.

"나는 쓸쓸한 늙은이야. 아무도 내 곁에 와주지 않고, 나를 조금도 한식구로 봐주지 않거든."

이렇게 말하고 슬퍼하며 늙어 보이지 않게 된 눈에 눈물을 흘렸으므로 뚜

챈은 형제들한테 가서 말했다. 형제들은 이날 부친과 부친에 관계 있는 것들에 대해서 이상하게 다정해져 있었기 때문에 그녀에게 양보하여, 왕이의 부인이 자기네 안마당에서 베풀고 싶어 했던 연회를 렌화의 안마당에서 열기로 한것이다. 크고 아름다운 정원이었다. 한쪽 모퉁이에는 남방에서 가지고 온 석류나무가 심어져 있고 한가운데는 팔각형의 조그마한 연못이 있어 가냘픈 초승달이 수면에 둥실거렸다. 그들은 과자를 먹고 술을 마셨다. 아이들은 달빛 아래 즐거워 뛰어다니며, 나무 그늘에 들어가 숨바꼭질을 하다가는 다시 나와돌아다니면서 과자를 집어 먹고 몰래 술도 입에 대보고 했다. 그들은 김이 솟아오르는 갓 장만한 맛있는 음식을 배불리 먹었다. 잘게 저민 돼지고기로 만든 만두며, 흑설탕으로 만든 맛있는 사탕 등 제삿날에 만드는 갖가지 음식을실컷 먹었다. 음식이 풍부하게 있었으므로 노예들까지도 먹고 싶을 만큼 먹었고 시중을 드는 하녀들도 문짝 뒤에 숨어서, 혹은 술을 가지러 가는 체하면서슬쩍 먹었다. 그렇다고 그들을 나무라는 사람은 없었다. 부인들은 날카로운 눈으로 그것을 발견하고도 이날 밤의 흥을 깰까 두려워 이날만은 모른 척 해주었다.

그들이 이렇게 웃고 마시고 하는 옆에서 음악을 잘하는 왕이의 장남이 피리를 불기 시작하자 가느다란 손가락을 한 둘째아들이 두 개의 가는 대나무 막대로 현을 타며 거문고를 연주했다. 두 사람은 봄에 부치는 고전적인 가락을 켠 다음 밝은 달에 부치는 여류 시인의 슬픈 노래를 한두 곡 불렀다. 그들의 합주가 매우 훌륭했으므로 어머니인 왕이 부인은 그만 신이 나서 몇 번이나 칭찬하며 한 곡이 끝날 때마다 큰 소리로 외쳤다.

"한 곡 더해 봐라! 초승달 아래서 이렇게 연주하는 것도 참 좋구나!"

더욱이 그녀는 아들들의 늘씬하고 아름다운 자태가 자랑스러웠던 것이다.

그러나 교양도 없고 음악을 즐길 줄도 모르는 아들들을 가진 왕 상인의 처는 크게 입을 벌리고 하품을 하는가 하면 이 사람 저 사람에게 큰 소리로 말을 건네곤 했다. 특히 자기들이 왕후에게 골라 준 동서에게 자꾸만 말을 걸었다. 이 동서만을 자꾸만 추어올리고, 학문이 있는 쪽의 동서는 노골적으로 무시하는 태도를 보였다. 그리고 왕후의 딸은 거들떠보지도 않고 아들만을 얼굴을 비벼대고 끌어당겨 안아 보고 하면서 언제까지나 놓아 주지 않았다. 모르는 사람들은 그 아이가 남자로 태어난 것이 실로 그녀의 공훈인가 여길 정도였다.

왕이 부인은 왕얼의 처에게 불쾌감이 서린 시선을 몇 번이나 던졌다. 왕얼의 처는 그것을 모르는 체하며 즐겼을 뿐 드러내놓고 입씨름을 벌이지는 않았다. 다른 사람들은 아무도 깨닫지 못하는 듯했다. 왕이가 일어나 하인들을 시켜 만찬 음식을 날라오게 했다. 그때부터가 정식 연회다. 시중을 드는 사람들은 잇따라 산해진미를 날라왔다. 이 향연을 위해서 왕이가 준비시킨 진수성찬이다. 왕얼이나 왕후는 여태까지 한 번도 먹어 본 적이 없는 많은 요리가 나왔다. 오리 혀를 향료에 절인 것이며 검은 껍질을 벗긴 오리 다리 등, 식욕을 돋우는 호화로운 요리가 잔뜩 있었다.

그날 밤엔 모두 포식을 했으나 왕성한 식욕에서 렌화를 따를 사람은 아무도 없었다. 그녀는 먹을수록 더 명랑해졌다. 조각이 있는 커다란 의자에 앉은 그녀에게 시중 드는 하녀가 요리란 요리는 모두 그릇에 덜어 주었으나, 그래도 모자라 때로는 자기 손으로 떠오려고까지 했다. 그럴 때는 다른 하녀가 그녀의 손을 잡아 주었다. 그러면 그녀는 도기 숟갈을 요리 접시에 푹 찔러넣고, 늙어 떨리는 입으로 옮겨다가, 크게 소리를 내며 게걸스레 먹었다. 고기건 무엇이건 닥치는 대로 먹었다. 이는 아직도 튼튼하고 건강했던 것이다.

차츰 흥겨워지자 렌화는 이따금 음식을 떠먹던 손을 멈추고 한두 가지 음탕한 이야기를 지껄였다. 젊은 사람들은 어른들 앞이라 조심하면서도 킥킥거렸다. 그녀는 그들이 이를 악물고 참던 웃음 소리를 터트리면 더 신이 나서 자꾸만 그런 이야기를 되풀이했다. 왕이조차 점잖은 얼굴을 지탱할 수 없을 정도였으나, 옆에서 부인이 엄숙한 표정으로 꼿꼿이 앉아 있어 그 얼굴을 바라보고 간신히 위엄을 지키는 형편이었다. 그러나 불그스름한 얼굴의 왕얼 부인은 체면 없이 웃어댔다. 큰동서가 전혀 웃지 않는 것을 보자 더더욱 큰 소리로 깔깔대고 웃었다. 왕이의 둘째 부인도 큰부인이 웃지 않으므로 입술을 깨물고 웃음을 참고 있었으나 결국은 소매로 얼굴을 가리고 웃고 있었다.

그러는 동안에 렌화는 사람들의 웃음소리를 듣고 갈수록 더 신이 났다. 이쯤 되고 보니 너무나 보기 민망스러워 입을 다물게 하지 않을 수 없었다. 그래서 왕이와 왕얼은 술을 실컷 먹여 그녀를 재우려고 했다. 그녀가 왕후에 대해서 무슨 음탕한 말이라도 꺼내어 왕후를 노하게 해서는 큰일이라고 생각했기 때문이다. 그들은 왕후가 울분을 터뜨릴까 두려워했다. 그들은 또한 렌화의 혀끝이 성가셔서 리화에게는 이 잔치에 참석하기를 강하게 권하지 않았다. 리화가 돌보고 있는 사람들만 남겨 두고 갈 수가 없다고 하녀에게 전갈을 보내 왔을 때, 렌화의 기억을 되살리지 않기 위해서도 리화가 동석하지 않는 편이 상책이라 생각하고 리화가 바라는 대로 내버려 두었던 것이다.

이렇게 하여 즐거운 밤은 깊어 가서 한밤이 되었다. 달은 중천에서 출렁거렸다. 엷은 구름이 달을 이리저리 흔들고 있는 듯이 보였다. 아기들은 어머니의 가슴에서 잠들어 있었다. 어느 집에서나 어린 것들은 벌써 어머니의 젖가슴을 찾아 잠들어 있을 시간이다. 다만 왕이 부인의 막내딸만은 자지 않고 있었다. 그녀는 올해 열세 살이 갓된 소녀였지만, 날씬하고 자존심이 강했으며 최근 혼약이 정해져 제법 어른스러운 척을 했다. 왕이의 둘째 부인은 상냥한 어머니로 두 아이를 안고 있었다. 한 아이는 1살이 조금 더 되었으나 하나는 태어난 지 고작 한 달이 조금 넘었을 뿐이었다. 왕이는 지금도 변함없이 이 여자를 사랑했다. 왕후의 아내들도 저마다 자기 아기를 안고 있었다. 사내아이는 머리를 어머니의 팔에 기댄 채 잠들어 있었으며, 달빛이 그 얼굴을 비추었다. 왕후는 그 조그마한 잠든 얼굴을 몇 번이고 들여다 보았다.

한밤중이 지나자 소란스러움도 잦아들어, 왕이의 아들들은 하나씩 자리에서 일어나 모습을 감추었다. 그들에게는 달리 즐거운 일이 기다리고 있었고,

어른들과 함께 앉아 있는 것도 따분했기 때문에 거리낌없이 일어서서 나갔는데, 왕 상인의 둘째아들은 부러운 듯 그들의 뒷모습을 바라보고 있었다. 아버지가 무서워 빠져 나갈 용기가 없었던 것이다. 하인들도 지쳐서 빨리 쉬고 싶었다. 그들은 여기저기 문간에 기대어 하품을 하며 서로 푸념을 늘어놓았다.

"어린애들이 새벽부터 일어나서 그 뒷바라지를 해야 할 텐데, 저 어른들은 밤새도록 술을 마실 작정인가봐. 그러니 아직 해야 할 일이 있겠지. 우리들을 재워 주지도 않을 생각인가?"

그러나 마침내 연회도 끝났다. 그보다 앞서서 왕이는 곤드레만드레가 되어 쓰러지고 말았으므로 그 부인은 하인들을 불러 남편을 부축하여 침실로 데려가게 했다. 왕후도 일찍이 없을 만큼 취했으나 자기 방까지 걸어갈 수는 있었다. 다만 왕 상인만이 여느 때와 같이 단정히 앉아 있었는데, 주름이 잡힌 누런 얼굴은 거의 변함이 없었고 벌게지지도 않았다. 그는 마시면 마실수록 안색이 창백해지고 차분히 가라앉는 체질이었다.

그러나 렌화만큼 열심히 먹고 마신 사람은 없었다. 이제는 벌써 일흔 여덟이 되는 노령이었으므로 사실 너무 과음 과식한 듯했다. 한밤중이 지나 새벽이 될 무렵 그녀는 신음소리를 내며 괴로워하기 시작했다. 마신 술의 취기가 머리까지 올라 온몸이 뜨거워지고 마치 심한 열병에라도 걸린 듯했다. 고기를 비롯한 기름진 요리가 모두 돌처럼 무겁게 뱃속에 엉겨 있는 기분이었다. 그녀는 머리를 베개 위에서 이리저리 움직여 보았으나 암만 해도 기분이 좋지 않았다. 차와 물을 가져오게 했으나 그래도 조금도 속이 편해지지 않았다. 느닷없이 그녀는 기묘하게 쉰 목소리로 비명을 질렀다. 뚜챈이 달려 왔다. 뚜챈이 부르자 렌화는 뭐라고 중얼거리며 흐릿한 눈을 크게 떴다. 그리고 축 늘어뜨린 채 갑자기 움직이지 않게 되었다. 그녀의 뚱뚱한 늙은 얼굴은 진자줏빛으로 변하고 몸이 굳어지는가 싶더니 숨이 급해져서 어딘가에 걸리듯 쌕쌕거리기 시작했다. 그 소리가 하도 심하여 옆채에까지 들릴 정도였다. 왕후가 조금 취해 여느 때보다 깊이 잠들지 않았던들 아마 그 소리를 들었을 것이다.

그러나 그의 학문 있는 아내는 언제나 깊이 잠들지 않았으므로 고함 소리를 듣고는 달려갔다. 그녀는 의사였던 아버지한테서 배워 다소의 한방 의학 지식을 가지고 있었다. 휘장을 올리고 보니 아직 이른 여명의 빛이 렌화의 무서운 얼굴색을 드러냈다. 깜짝 놀라 그녀는 소리쳤다.

"뱃속에 든 것을 토하게 해야지. 돌아가시겠어요!"

그러고는 뜨거운 물이며 생강, 자기가 알고 있는 갖가지 약을 가져오게 하여 먹이려고 했다. 그러나 헛일이었다. 렌화의 귀에는 이제 모든 부르짖음도 비탄도 들리지 않았다. 거무스름해진 입술을 억지로 비틀어 열려고 해도 이는 안으로 악물려 열리지 않았다. 이런 노구가 되어도 여전히 희고 튼튼한 이가 그녀의 목숨을 빼앗게 되었다는 것은 참으로 기괴한 일이었다. 이가 어딘가 빠졌거나 부서졌거나 했더라면 어떻게든 약을 흘려 들여보낼 수가 있었을 것이고, 뚜챈이 자기 입으로라도 먹일 수가 있었을 것이다. 그러나 튼튼하고 가지런한 이가 꽉 물려 있어서 그것이 불가능했다.

이리하여 렌화는 그 다음 날 반나절 동안 코로 호흡하며 누워 있었다. 그리고 이것이 임종이라고 깨닫기도 전에 갑자기 숨져 버렸다. 자줏빛 얼굴이 흐려지더니 묵은 밀랍처럼 누레졌다. 이렇게 렌화의 죽음으로 축제의 날은 끝났다.

왕이와 왕얼은 그녀의 관을 만들게 했다. 보통 사람의 두 배나 큰 관이 필요했는데, 그렇게 큰 관은 아무데도 만들어 놓은 것이 없었으므로 하루 이틀은 시체를 침대 위에 그대로 뉘어 두는 수밖에 없었다.

관을 기다리는 동안 뚜챈은 오랜 세월 줄곧 모셔온 그녀의 죽음을 진심으로 슬퍼했다. 그렇다, 그녀가 애도한 것만은 사실이다. 다만 여기저기 돌아다니면서 궤를 모두 열어 보고, 조금이라도 값이 나갈 만한 것은 모조리 꺼냈으며, 렌화가 갖고 있던 것은 깡그리 긁어모아 아무도 몰래 뒷문으로 해서 밖으로 내보냈다. 마침내 렌화를 관에 넣을 무렵이 되자 입혀서 묻을 적당한 옷가지 하나 남아 있지 않았다. 렌화의 하녀들은 놀라며 이상하게 여겼다. 렌화는 요 몇 년 동안은 완전히 노름에서도 손을 떼고 있었으므로, 왕룽의 미망인으로서 받았던 많은 돈은 대체 어떻게 해버렸을까 하고 모두들 고개를 갸우뚱거렸다. 그러나 그런 도둑질을 했으면서도 뚜챈은 렌화의 죽음을 슬퍼했다. 그리고 약간의 눈물을 흘렸다. 그 눈물은 비록 적었지만 그녀가 남을 위해서 흘린 오직 한 번의 눈물이었다. 렌화의 시체는 곧 악취가 나기 시작했으므로 향료를 채워 밀봉을 하고 장례일이 결정될 때까지 절에 맡겨 놓기로 했다. 왕이의 집 문에서 그것이 들려 나왔을 때 뚜챈은 그 뒤를 따라, 절의 텅 빈방 한 칸에 전부터 놓여 있는 다른 많은 관과 함께 안치될 때까지 쇠약해진 다리로 뒤떨어질세라 헐레벌떡 따라갔다. 그러나 그것이 끝나자 뚜챈은 그대로 발길을 돌려, 전부터 그녀가 장만해 둔 자기 집으로 가 버렸다. 그러고부터는 절대로 왕씨네 집에는 얼굴을 나타내지 않았다. 그래도 그녀로서는 한껏 렌화의 죽음을 슬퍼했던 것이다.

머무를 예정으로 있던 열흘이 다 가기도 전에 왕후는 형들과 조카들이 귀찮아졌다. 축제일에 느꼈던 육친의 친밀감도 사라져 버렸다. 그래도 그는 열흘은 버티면서 이따금 형들 집에 가서 조카들이 드나드는 것을 지켜보았다. 조카들은 모두 나약해서 조금도 장래성이 없는 것처럼 왕후에게는 느껴졌다. 왕얼의 두 아들은 가게 점원 이상의 능력은 없어 보였으며 아무런 야심도 갖고 있지 않았다. 아버지가 옆에서 보고 있지 않으면 계산대 뒤에서 게으름을 피우고 다른 점원들과 시시덕거리며 잡담으로 시간을 보냈다. 열두 살이 갓 된 막내아들까지 수습 점원으로서 가게에 나와 있었지만 조금이라도 틈만 있으면 골목으로 뛰어나가 가게 앞에서 기다리는 다른 개구쟁이들과 동전치기놀이를 하곤 했다. 주인의 아들이므로 누구도 그를 말리지 않았고 또 그가 동전을 달라고 할 때면 가게의 돈상자에서 한 주먹 집어내 주었다. 그리고 모두가 잘 감시하고 있다가 왕 상인의 모습이 보이면 부랴부랴 그를 가게로 돌아오게 했다. 왕후는 형이 돈벌이에만 열중하여 자식들을 조금도 돌보지 않는 것을 알았다. 그가 그토록 열심히 모은 재산을 언젠가 자식들이 마찬가지로 열심히 낭비할 것이라는 것과 자식들은 그저 머지않아 아버지가 죽고 시끄러운 인간이 사라져, 더 이상 일할 필요 없는 날이 올 때까지 참으며 가게에 나와 있는 것이라고는 조금도 깨닫지 못했다.

왕후는 또한 맏형의 아들들이 얼마나 성미가 까다롭고 겉멋만 부리는가를 알았다. 여름엔 시원한 비단, 겨울엔 따뜻한 털가죽 하는 식으로 감촉이 좋은 고급품이 아니면 몸에 걸치지 않는다. 한창때이므로 무엇이든지 잘 먹어야 할 텐데도 이것저것 조금씩 건드려만 놓고, 이것은 너무 달다, 저것은 너무 맵다 하고 불평만 한다. 끝내는 잇따라 음식 그릇을 물리치면서 하인들을 이도 저도 아닌 일을 가지고 지칠대로 지치게 했다.

이러한 광경을 바라보노라면 왕후는 분통이 터졌다. 어느 날 밤 그가 부친의 것이었던 정원을 거닐고 있는데 킥킥거리며 웃는 여자 소리가 들려 왔다. 갑자기 어느 하인의 아이인 듯한 어린 소녀가 정원의 둥근 문으로 뛰어들어왔다. 겁을 먹고 숨을 헐떡이고 있었다. 그 소녀는 왕후가 있는 것을 깨닫고는 몸을 움츠리며 빠져나가려 했다. 왕후는 그녀의 조그마한 손을 붙잡고 큰 소리로 물었다.

"여자 웃음 소리가 들렸는데, 대체 누구냐?"

계집아이는 그의 번쩍이는 눈빛에 놀라 달아나려고 몸을 쟀다. 그러나 왕후가 꽉 쥐고 있었으므로 손을 뿌리칠 수가 없었다. 그녀는 눈을 내리깔고 떠듬떠듬 대답했다.

"도련님이 우리 언니를 데리고 갔어요."

왕후는 엄하게 물었다.

"어디로?"

계집아이는 정원 옆 쪽의 빈 방 하나를 가리켰다. 그것은 렌화가 곳간으로 쓰던 것으로 이제는 아무것도 넣어 두지 않고 큼직한 빗장이 느슨하게 채워져 있을 뿐이었다. 손을 놓자 계집아이는 토끼처럼 곧장 달려가 버렸다. 왕후는 그녀가 가리킨 방까지 성큼성큼 걸어갔다. 보니 빗장이 헐렁해져서 문이 한 자 가까이 열려 있었다. 여윈 젊은이라면 쉽게 출입할 수 있을 것이다. 왕후는 어둠 속에서 걸음을 멈추고 귀를 기울였다. 여자의 킥킥거리는 웃음 소리가 나고 이어 속삭이는 소리가 들려 왔다. 무슨 말을 하고 있는지는 알 수 없었으나 열띠고 숨가쁜, 남자의 목구멍에서 새어나오는 소리인 듯싶었다. 그러자 정욕에 대한 옛날의 혐오가 왕후의 가슴속에 되살아났다. 그는 가까스로 자신을 억제했다. 그리고 자조의 기분에 사로잡혔다.

'이 집안에서 옛날과 다름없이 저러한 일이 일어나고 있다고 해서, 그게 대체 나와 무슨 관계가 있단 말인가?'

진절머리가 나서 불쾌해진 그는 자기 거처 쪽으로 돌아갔다. 그러나 기묘하게 강한 혐오감이 그의 마음을 가라앉히지 않아, 다시 정원을 돌아다녔다. 그러는 동안에 늦은 달이 솟아올랐다. 이윽고 안쪽의 빈 방에서 젊은 하녀 하나가 빗장이 풀린 문 사이로 빠져나왔다. 그녀는 머리를 쓸어내리며 달빛 아래서 방긋 웃었다. 그리고 재빨리 주위를 둘러보고 전에 렌화가 있던 타일을 깐 뜰을 지나 헝겊신을 신은 발로 소리도 없이 총총 사라져 갔다. 다만 한 번 석류나무 아래에서 걸음을 멈추었다. 흐트러진 허리띠를 고치기 위해서다.

왕후가 쓴 것도 같고 단 것도 같은 가슴의 두근거림을 억누르고 그대로 서 있자, 한 청년이 홀연히 나타났다. 마치 그저 밤공기나 쐬려고 나온 모습이었다. 느닷없이 왕후가 불렀다.

"누구냐?"

태평스럽고 경박하며 너무나도 명랑한 목소리가 대답했다.

"접니다, 작은 아버지."

과연 맏형의 장남이었다. 왕후는 음탕함을 몹시 싫어했다. 특히 육친의 일이라고 생각하니 속이 뒤틀려 조카에게 달려들 뻔했다. 그러나 형의 아들을 죽일 수도 없는 일이고, 일단 폭발하면 자기의 화가 좀처럼 가라앉지 않는다는 것을 잘 알고 있었으므로 두 손을 옆구리에 댄 채 겨우 자신을 억제했다. 그리고 코에서 사나운 콧김을 불어냈을 뿐, 눈을 감고 서둘러 자기 방으로 돌아가며 신음을 하듯 중얼거렸다.

'이런 집은 한시바삐 떠나야겠다. 형 하나는 수전노이고 하나는 엽색가다. 이런 공기는 답답해서 못 견디겠다. 나는 자유인이다. 전장(戰場)의 인간이다. 여자들과 함께 집안에만 틀어박혀서는 살아갈 수 없다!'

갑자기 그는 정의를 위해 누군가를 죽이고 피를 흘릴 기회가 있었으면 좋겠다는 갈망에 사로잡혔다. 그렇게 하면 정체 모를 가슴속의 무거운 짐을 시원하게 씻어 낼 수 있을 것 같았기 때문이다.

기분을 가라앉히기 위해 그는 억지로 자기 아들을 생각하려 했다. 그는 아이가 어머니와 함께 잠들어 있는 방안으로 살며시 들어가 그 얼굴을 들여다보았다. 아내는 시골에서 태어난 여자가 흔히 그렇듯이 세상 모르게 잠들어 있었다. 입을 벌리고 있어서 토해 내는 숨이 매우 역겨웠다. 어린 자식 위에 몸을 굽히면서 왕후는 손으로 코를 막았다. 그러나 아이는 새근새근 자고 있었다. 조용하고 제법 진지해 보이는 잠든 얼굴을 들여다 보면서 왕후는, 이 아들만은 결코 제 사촌들처럼 기르지는 않을 테다 하고 속으로 맹세했다. 이 아이는 어릴 때부터 단련하여 훌륭한 군인으로 키워, 그 모든 기술을 가르쳐 내로라하는 인물로 만들겠다고.

그래서 그 다음 날 왕후는 두 아내와 아이들과 수행원들을 모두 거느리고 친척들과 작별했다. 이에 앞서 가까운 가족들이 모여서 이별의 잔치를 베풀었다. 이별의 잔치에 앉아서도 왕후는 이번 방문으로 전보다 더 형들한테서 멀리 떨어진 기분을 느꼈다. 큰형을 보면 졸린 듯한 얼굴로 태평스럽게 살 속에 파묻혀 있었으며, 흐릿한 눈은 무언가 음탕한 이야기를 들을 때만 빛을 발했다. 작은 형은 얼굴이 세월과 더불어 갈수록 더 뾰죽해지고 눈은 차츰 더 교활해졌다. 두 사람의 모습을 보고 있으면, 그들 자신은 자신들이 어떤 인간들이며 자식들이 어떻게 길러졌는가는 조금도 모르고 있는 것 같았다. 마치 장님이요 귀머거리요 벙어리나 다름없었다. 왕후에게는 그렇게밖에 생각되지 않았다.

그러나 그는 아무 말도 하지 않았다. 그는 그저 미간을 찌푸리고 묵묵히 앉아서 자기 아들만을 생각하고 큰 자랑을 느끼면서 앞으로 어떤 인물로 키울 것인가 생각을 더듬었다.

이렇게 그들은 헤어졌다. 겉으로는 아무 일도 없고 더없이 정중했으며 서로 깊이 고개를 숙이고 인사를 나누었다. 두 형과 그 아내들, 하인들과 하녀들까지 문 밖에 나와서 몇 번이고 소리 높여 여행길의 편안을 빌었다. 그러나 왕후는 한동안 이 집에 발을 들여놓지 않으리라고 속으로 생각했다.

그러므로 그는 자기 영지로 돌아가자 더없이 큰 만족감에 잠겼다. 그 영토는 여느 때보다도 더 기름져 보이고 백성도 더욱 강건하고 선량해 보였다. 이곳에 있는 자기 집이야말로 진심으로 마음을 편하게 가질 수 있는 가정이었다. 모든 부하들이 그를 환영하러 나와 그가 도착하자 폭죽을 터뜨렸다. 곳곳에 환영의 미소가 넘쳤다. 그가 훌쩍 말에서 내리니 집 앞에 있던 수십 명의 병사들이 그가 내린 말 고삐를 잡으려고 앞을 다투어 밀려나왔다. 그와 같은 광경도 왕후를 기쁘게 했다.

봄도 차츰 무르익어 초여름의 경치로 바뀌어 가자 왕후는 새로이 부하들을 모집하여 날마다 그들의 훈련에 힘썼다. 그리고 각지에 첩자를 내보내고 새로 병합된 지방의 상황을 시찰하기 위해 사람을 파견했다. 또 세금을 징수하기 위해 믿을 만한 부하를 각지에 보내고, 그 막대한 은이 무사히 자기 손에 들어오도록 무장한 호위병을 딸려 보냈다. 왜냐하면 이 무렵에는 그전처럼 혼자서 자루에 넣어 메고 올 수 없을 만큼 수입이 늘어났기 때문이었다.

그러나 하루가 끝나고 따뜻한 봄날의 밤에 왕후는 안마당에 홀로 우두커니 앉아 있었다. 이런 때는 세상의 많은 남자들이 마음이 흐트러져 그때까지 경험해보지 못한 남녀 사이의 사랑을 동경하는 법이지만, 왕후는 자식만을 생각했다. 그는 어린 아기를 어를 줄도 몰랐고 자기 아이를 다룰 줄도 몰랐지만 그래도 계속해서 아기를 데려오게 했다. 그리고 아이를 잘 보이는 자리에 앉히도록 유모에게 지시하고 아이의 팔다리가 움직이는 모양이나 얼굴을 스쳐가는 표정의 변화 등을 하나도 놓치지 않고 열심히 바라보며 앉아 있었다. 아이가 걸음마를 시작하자 왕후는 너무나 기뻐서 어쩔 줄을 몰라했다. 밤이 되어 아무도 보는 사람이 없으면 유모가 아이의 허리에 두른 끈을 쥐고 마당을 이리저리 걸어다니는 아이 뒤를 따라다니는 것이 즐거움이었다. 아이는 끈을 허리에 두른 채 쌕쌕거리며 뒤뚱뒤뚱 걸어다녔다.

만일 누군가가 왕후를 향해서, 그 아이를 바라보는 동안 무엇을 생각하느냐고 묻는다면 그는 크게 당황했을 것이다. 무엇을 생각하고 있는지 자기도 알 수 없었기 때문이다. 다만 그는 권력과 영광에 대한 꿈이 머릿속에 솟아오르는 것을 느낄 뿐이었다. 그 야심 안에서, 지금과 같은 시대에는 만일 상당한 무력만 있다면 사람은 어떤 권력도 다 가진 영화로운 신분이 될 수 있고, 사람들의 경외심을 불러 일으킬 수 있다고 여겼다. 지금은 황제도 조정도 없는 시대이므로, 마음만 먹으면 누구나 자신이 가진 힘에 따라 운명을 개척할 수가 있다. 이런 것을 마음속에 느끼기 시작하면 왕후는 수염을 움직이며 중얼거리는 것이었다.

'그 인간은 바로 나다!'

왕후가 이토록 아들에 애틋한 애정을 품은 결과 하나의 놀라운 사건이 일어났다. 그것은 이러하다. 학문이 있는 쪽의 처가 아들이 날마다 아버지에게 불려간다는 말을 듣고 어느 날 자기 딸을 잘 차려 입혀서 아버지 앞에 데리고 나온 것이다. 아이는 화려한 새 옷을 입고 있었다. 그 빛깔은 참으로 산뜻한 연분홍이었으며, 손목에는 조그마한 은팔찌를 끼고 검은 머리를 분홍빛 리본으로 묶고 있었다. 어떻게든 아버지의 주의를 끌려고 한 것이다. 왕후는 난처해져서 딸아이에게는 뭐라고 말해 주어야 좋을지 몰라 눈을 딴 데로 돌렸다. 그러자 아내가 밝은 목소리로 말했다.

"이 아이도 좀 보아 주시었으면 해요. 이 아이도 그 사내아이 못지 않게 튼튼하고 귀엽답니다."

왕후는 그가 또 다른 아내와 번갈아 찾아가는, 밤의 어둠 속에서의 그녀밖에 모르므로 이런 말을 하는 그녀의 용기에 한편 놀라며, 그저 인삿말로 이렇게 중얼거렸다.

"계집애치고는 꽤 예쁘군."

그러나 딸아이의 어머니는 그것으로 만족하지 않았다. 그가 딸의 얼굴도 거의 보지 않고 말을 했으므로 더욱 그러했다. 그래서 그녀는 다시 한 걸음 밀고 나갔다.

"아니에요, 여보. 조금이라도 이 아이를 보아 주세요. 이 아이는 보통 아이들과 다릅니다. 저 남자아이보다 석 달이나 빨리 걸음마를 시작했고, 두 살이 채 안 되는데도 네 살 먹은 아이만큼 말을 하는걸요. 제가 당신께 부탁드리고 싶은 것은, 이 아이도 공부를 시켜서 저 남자아이와 마찬가지로 당신의 뒤를 잇게 해주십사 하는 거예요."

이 말을 들은 왕후는 놀라서 말했다.

"계집애를 군인으로 만들 수는 없지 않은가?"

그러자 딸애의 어머니는 언제나처럼 침착하고 밝은 목소리로 말했다.

"군인이 아니더라도 학교에 보내서 무언가 기술을 익히게 할 수는 있어요. 요즘은 그런 여자아이가 많이 있답니다. 네, 여보?"

갑자기 왕후는 그녀가 '여보'라는, 다른 여자는 아무도 쓰지 않는 호칭으로 자기를 부른 것을 깨달았다. 이 아내는 다른 여자들처럼 그를 '서방님'이라고 부르지 않았다. 그는 당황하여 뭐라고 대답해야 좋을지 얼른 생각이 떠오르지 않아 저도 모르게 아이 쪽으로 시선을 돌렸다. 참으로 귀여운 아이다. 통통하게 살이 쪘으며 조그마한 붉은 입을 움직여 방긋방긋 웃는다. 눈은 크고 검으며 손은 도도록하고 손톱은 갸름해서 어디 하나 나무랄 데가 없다. 그가 손톱에 시선을 멈춘 것은 여느 어머니가 흔히 귀여운 아기들에게 다 해 주듯이 이 어머니도 딸의 손톱을 빨갛게 물들여 놓았기 때문이었다. 발에는 조그마한 분홍빛 비단 구두를 신겨 놓았다. 어머니가 한 손으로 몸을 붙들고 다른 손으로 두 발을 잡자 아이는 곧 다리를 쭉 뻗었다. 왕후가 딸아이를 바라보는 것을 보고 아내는 조용히 말했다.

"전족은 하지 않았으면 해요. 학교에 보내서 요즈음 여기저기 나타난 현대 여성으로 만들고 싶습니다."

"그런 처녀는 신부로 데려갈 사람도 없을걸." 왕후는 깜짝 놀라 소리쳤다.

어머니는 침착하게 대답했다.

"그런 처녀는 틀림없이 자기가 좋아하는 사람과 결혼할 거예요."

왕후는 이 말을 듣고 잠시 생각에 잠기면서 아내의 얼굴을 빤히 바라보았다. 여태까지는 아내라는 것은 자기의 목적을 도와주면 그것으로 족하다 생각하고 얼굴조차 똑똑히 보지 않았었다. 그러나 바라보는 동안에 그는 비로소 깨달았다. 아내는 총명한 얼굴을 하고 있었다. 태도도 침착하고 생각한 것은 무엇이든 해낼 듯했다. 그리고 그가 이렇게 응시해도 그다지 당황하지 않고, 다른 여자들이라면 입을 오므리거나 소리 없이 웃거나 했을 테지만, 이 아내는 침착하게 자기를 바라보고 있을 뿐이었다. 그는 속으로 감탄했다.

'이 여자는 내가 생각한 것보다 영리한 사람이구나. 그 사실을 나는 여태까지 깨닫지 못했어.' 그리고 자리에서 예의 바르게 일어나 분명하게 말했다.

"그 시기가 되어 그렇게 하는 것이 좋다고 생각되면 나는 임자가 하는 말에 반대하지 않겠어."

왕후가 아는 한, 이 아내는 언제나 침착하고 생활에 만족해하는 듯이 보였다. 그런 그녀가 지금 남편의 이 예의 바른 태도를 보고 이상하게 감동한 모양이었다. 그것은 기묘한 일이었다. 그녀는 볼을 살짝 붉히고 잠자코 진지한 눈으로 그의 얼굴을 쳐다보았다. 그 눈에는 동경이 서리어 있었다. 그러나 그녀의 이러한 변화를 보자 그의 가슴속에 뿌리내린 여성에 대한 반감이 솟아나 말을 하는 것이 싫어졌다. 해야 할 일을 깜박 잊었구나 하고 조그마한 소리로 말하면서 동요하는 그 자리를 떠났다. 아내가 그런 눈으로 바라보면 그녀가 싫어졌다.

그러나 이때부터 그가 아들을 데리러 보내면 학문이 있는 쪽의 어머니도 얼른 딸을 하녀에게 안겨 아버지 앞에 내보내게 되었다. 두 아이가 한자리에 앉았다. 왕후도 딸만을 돌려보내라는 말은 하지 않았다. 처음 그는 딸의 어머니가 나타나 자기와 이야기를 나누는 습관이 생기지나 않을까 하고 걱정했으나, 그런 일은 일어나지 않았으므로 마음을 놓았다. 그는 딸아이를 한참 동안 그 자리에 앉혀 놓고 바라보았다. 여기저기 뒤뚱뒤뚱 걸어다니는 어린아이에 지나지 않았으나 여자아이라는 것만으로 그는 이 딸에게 무언가 마음이 편치 않음을 느꼈다. 그래도 이 아이는 참으로 귀여웠다. 한참 동안 그는 이 아이를 지켜보았다. 그리하여 그 아이가 성을 내거나 웃거나 하는 것을 보고, 혹은 무엇을 한 마디씩 지껄이는 소리를 듣고 그는 소리 없이 웃었다. 아들은 몸집이 크고 무뚝뚝해서 좀처럼 웃지 않지만 딸은 몸집이 작고 민첩하고 활발했으며 그 눈은 줄곧 아버지의 눈을 찾았다. 그리고 아버지가 보지 않으면 사내아이를 괴롭혀서 그가 가진 것을 가로채기도 했다. 그토록 민첩했다. 왕후는 저도 모르는 사이에 딸아이를 특별한 눈으로 보게 되었다. 하녀가 그녀를 안고 문 앞에서 사람들이 지나는 모습을 보여주고 있을 때라도 곧 내 자식이라는 것을 알아볼 수 있었고, 때로는 걸음을 멈추고 그 조그마한 손을 만지거나, 그를 보고 방긋이 웃는 얼굴을 들여다 보기도 하는 것이었다.

이렇게 딸아이의 미소를 본 다음 집으로 들어가면 기분이 아주 흡족했다. 더는 고독을 느끼지 않았다. 아내도 자식도 있는 자신의 성이 있다는 기분이 든 것이다.

24

아들을 위해 지반을 넓히고 지위를 강화해야 한다는 생각은 언제나 왕후의 머리에서 떠나지 않았다. 이것을 그는 늘 자기 자신에게 타이르고 또 그 실현을 위해서 계획을 짰다. 요다음 전국적인 전란이 일어날 때는 어떻게든 그에 참여하여 최후의 승리를 차지하거나, 가뭄이나 장마로 민중이 곤궁에 빠진 흉년을 기회로 강남에 진출하여 한두 개의 성(省)을 탈취하는 등을 궁리했다. 그러나 몇 년 동안 전국적인 전란은 일어나지 않았으며, 나약하고 무능한 인물이 차례로 중앙 정부의 원수 자리에 올라, 완전한 평화는 없었으나 그렇다고 큰 전쟁도 일어나지 않았다. 이런 시절에는 군벌의 우두머리라고 하더라도 지나치게 과감한 행동은 할 수 없는 것이다.

또한, 왕후로서는 아들을 위해 여러 가지 장래의 계획을 세워 두기도 하고 마음을 쓰기도 해야 했으므로 전처럼 영토 확장의 야심에만 전념할 수가 없었다. 게다가 수많은 군사들도 있고 노현장의 후임이 아직 부임해 오지 않아 영내의 행정 사무도 있었다. 한두 번 새 현장 후보의 이름이 통보되어 왔으나 왕후는 현장이 오지 않는 편이 좋았으므로 당장에 거부해 버렸다. 이즈음에는 아들도 이미 아기가 아니고 소년기로 접어들고 있었다. 앞으로 몇 해만 현장의 자리를 그대로 비워 둔다면 아들이 커서 군대를 이끌게 될 것이다. 그 무렵에는 자기도 늙어서 전쟁에 나갈 수 없을 테니 현장의 직위를 차지하는 편이 좋겠다. 그는 이렇게 생각했던 것이다. 그러나 그것을 공표하기에는 아직 시기가 일렀다. 그러므로 그 일은 아무에게도 이야기하지 않고 혼자 마음속에 접어 두고 있었다. 게다가 아들은 이제 겨우 여섯 살이 되었을 뿐이다. 왕후는 아들이 한 사람 몫의 일을 할 수 있는 사나이가 되는 날이 여간 기다려지지 않았다. 그러므로 때로는 세월이 무척 빠르다고 느껴졌으나 때로는 매우 지루해서 조금도 지나가지 않는 듯한 기분이 들기도 했다. 그리고 아들을 볼 때마다 아직 어린 소년이라는 사실은 눈에 들어오지 않고 자기가 희망하는 젊은 군인의 모습이 눈에 어른거렸다. 그 때문에 그는 자기도 깨닫지 못하는 사이에 무리한 일을 아이에게 강요하고 있었다.

겨우 여섯 살이 된 아들을 왕후는 어머니의 손에서 떼내어 여자들이 있는 별채에서 데리고 나와, 자기 방에서 함께 기거하게 했다. 그렇게 한 이유 가운데 하나는 아이가 여자들의 손길이나 말투나 행실 따위의 영향을 받아 유약해지는 것이 두려웠기 때문이며, 또 하나는 밤낮 아이와 함께 있고 싶다는 생각을 이길 수 없었기 때문이었다. 처음에 아이는 부끄러워하며 아버지를 잘 따르지 않았다. 그리고 겁먹은 눈빛으로 이리저리 돌아다녔다. 왕후가 친숙해지려고 애를 쓰며 안으려고 손을 내밀면 몸을 굳히고 뒤로 빼며 안기려 하지 않았다. 왕후도 아이가 무서워한다는 것을 알고 자신을 따르게 하고 싶어서 견딜 수 없었으나, 말을 건네려 해도 무슨 말을 어떻게 해야 할지 몰라 잠자코 마음대로 하게 버려두는 수밖에 없었다. 처음 왕후의 계획으로는 아이의 생활을 어머니라든가 여자의 생활이라는 것과 깨끗이 분리시킬 작정이었다. 그래서 아이 옆에 병사들만 두어 뒷바라지를 시켰다. 그러나 곧 그런 완전한 격리는 아직 나이 어린 철없는 아이에게는 무리임을 알았다. 아이는 조금도 떼를 쓰는 일이 없었다. 말이 적고 참을성 있는 아이라 참아야만 할 일은 꾹 참고 견디었다. 그러나 결코 표정은 밝지 않았다. 아버지가 부르면 옆에 가서 앉아 있었다. 자기 방에 아버지가 들어오면 곧 예의 바르게 자리에서 일어났다. 날마다 가르치러 오는 가정교사에게 글을 배웠다. 그러나 필요 이상의 말은 하지 않았다.

어느 날 밤, 왕후는 저녁 식사 때 아들이 먹는 것을 가만히 지켜보았다. 아이는 아버지가 지켜 보는 것을 느끼고 밥그릇 위에 나직이 고개를 숙인 채 먹는 체했을 뿐 아무것도 목구멍으로 넘기지 못했다. 이 모습을 보고 왕후는 화가 치밀었다. 이 아이를 위해서 여태까지 생각할 수 있는 모든 것을 해왔기 때문이다. 그날도 그는 아이를 데리고 자기 군대를 보여주러 갔다. 아이를 안장 앞에 앉히고 나아가니 부하들이 아이를 '작은 장군'이라고 부르면서 환호했다.

그의 가슴은 기쁨으로 가득 찼다. 그러나 아이는 가냘프게 웃었을 뿐 고개를 딴 데로 돌리고 외면했다. 왕후는 꾸짖었다.

"고개를 똑바로 높이 쳐들어라! 모두 네 부하다. 네 병사들이야! 언젠가 네가 이끌어서 싸우러 나가는 거야!"

호통을 치는 바람에 아이는 고개를 약간 쳐들기는 했으나 얼굴은 타는 듯이 빨개져 있었다. 왕후가 옆으로 몸을 내밀고 들여다보니 아이는 군사들을 바라보고 있지 않았다. 군사들이 행진하는 광장 너머 먼 들판으로 시선을 보내고 있었다. 왕후가 무엇을 보고 있느냐고 묻자 아들은 손가락을 들어, 저쪽 밭에서 물소 등에 드러누워 군대의 씩씩한 행진을 구경하고 있는 볕에 그은 소년을 가리키며 말했다.

"나도 저 애처럼 물소 등에 드러누워 보고 싶어요."

왕후는 이런 천하고 하찮은 희망을 아들이 품고 있는 것이 마음에 들지 않아 엄한 어조로 말했다.

"그래? 내 아들이라면 목동 따위가 되고 싶다는 말은 하지 말고, 더 높은 뜻을 품거라!"

그리고 그는 거친 목소리로 군대를 잘 보아라, 행진하는 것을, 방향을 바꾸는 것을, 총을 겨누고 사격하는 것을 잘 기억하라고 명령했다. 아이는 얌전히 아버지가 하라는 대로 했으며 두 번 다시 목동 쪽을 쳐다보지 않았다.

자기 아들이 그따위 소원을 품고 있었다는 것에 왕후는 온종일 마음이 괴로웠다. 그런데 지금 저녁을 먹으며 그가 바라보고 있으니 아이는 차츰 고개를 숙이더니 눈물만 흘릴 뿐, 먹지를 못했다. 왕후는 혹시 병이 나서 괴로운 것이 아닌가 갑자기 걱정이 되었다. 그래서 일어나 아이 옆에 다가가 손을 잡으며 큰 소리로 물었다.

"열이라도 있느냐?"

그러나 조그마한 손은 차갑고 촉촉했다. 아이는 고개를 설레설레 흔들 뿐 왕후가 아무리 물어도 대답하지 않았다. 마침내 왕후는 믿고 있는 부하 언청이를 불러 아이 일을 상담하기로 했다. 언청이가 왔을 때 왕후는 아이의 고집에 걱정뿐만 아니라 화도 나 거의 미칠 지경이었다. 그는 언청이에게 외치듯이 말했다.

"이 바보 자식을 데려가서 어디가 아픈지 좀 봐주어라!"

이 무렵 아이는 어찌할 수 없을 만큼 심하게 울고 있었다. 고개를 숙이고 두 손으로 얼굴을 가린 채 흐느꼈다. 왕후는 화를 내고 있었으나 그 자신도 울고 싶은 심정이 되어서 얼굴을 씰룩거리며 수염을 잡아당겼다. 언청이가 아이를 안아 올려 어디론가 데리고 가자, 왕후는 아이가 먹지 않고 남긴 밥그릇을 노려보면서 괴로운 심정으로 앉아 있었다. 언청이가 되돌아왔을 때는 아이를 데리고 오지 않았다. 왕후는 호통을 쳤다.

"빨리 말해라! 무슨 일이었느냐!"

주저주저하면서 부하는 말했다.

"병은 아닙니다. 그저 쓸쓸해서 밥을 먹을 수가 없었던 것입니다. 여태까지 혼자 있은 적이 없어서 소꿉동무도 갖고 싶고 엄마나 누이와도 만나고 싶어서 그랬던 것입니다."

"그러나 이제 빈들빈들 세월을 보낼 나이가 아니다. 어머니를 그리워하다니!"

왕후는 수염을 쥐어뜯으며 의자에 앉아 몸을 비틀며 소리쳤다. 언청이는 주인의 성질을 잘 알고 있었으므로 조금도 두려워하지 않았다. 그는 침착하게 대답했다.

"하지만 가끔은 어머니한테 갈 수 있도록 하시는 것이 좋을 줄 압니다. 아니면 아가씨를 이쪽으로 놀러 오게 하시든지요. 아직 철없는 어린애들이니까 그렇게 하면 도련님도 혼자 있는 생활에 차츰 익숙해지겠지요. 그렇지 않으면 정말 병이 들고 맙니다."

왕후는 잠시 말없이 앉아 있었다. 이제까지 경험하지 못한 심한 질투에 사로잡혔다. 그가 죽인 여자가 자기보다 죽은 비적을 더 사랑하고 있었다는 것으로 그를 괴롭힌 이래 한 번도 맛보지 못한 거센 질투에 그의 마음은 갈기갈기 찢어졌다. 이번에는 내 아들이 자기만을 사랑하는 것이 아니라 아버지 이외의 다른 사람을 그리워하고 있다는 데 대한 질투였다. 자기는 아들에게 기쁨과 긍지를 느끼고 있는데도 아들 쪽에서는 그토록 큰 애정에도 만족하지 않고 또 그것을 고맙게도 생각지 않고 있는 것이다. 아버지의 애정에 싸여 있으면서도 어머니를 그리워하는 것이다. 이 사실이 왕후를 괴롭혔다. 왕후는 마음속으로 나는 모든 여자를 미워한다고 거칠게 소리쳤다. 그리고 의자에서 벌떡 일어나며 언청이에게 소리쳤다.

"그런 약골이라면 제 어머니한테 데려가라! 저희 사촌들처럼 되고 싶다면,

마음대로 하라고 해!"

언청이는 조용히 말했다.

"장군께서는 도련님이 아직 어린애라는 것을 잊고 계십니다."

왕후는 다시 의자에 앉아 한동안 신음하다가 이윽고 말했다.

"제 어머니한테 데려가도 좋다고 하지 않았느냐!"

그 뒤부터는 대엿새 만에 한 번씩 아이는 어머니한테 가게 되었다. 아들이 갈 때마다 왕후는 수염을 씹으며 앉아서 기다리다가 아이가 돌아오면 본 것, 들은 것을 이것저것 물었다.

"거기서는 모두들 뭘 하고 있더냐?"

그러면 아이는 아버지의 진지한 눈빛에 놀라며, 늘 같은 대답을 했다.

"아무것도 하고 있지 않아요."

그러나 왕후는 끝까지 집요하게 물었다.

"여자들은 노름이라든가 바느질이라든가 무엇인가를 하고 있었겠지. 여자들은 아무것도 하지 않고 있을 때는 반드시 남의 이야기를 하는 법이다. 남의 이야기를 하는 것도 아무것도 하지 않고 있는 것은 아니다."

그러자 아이는 미간을 찌푸리고 열심히 생각하다가 겨우겨우 천천히 대답했다.

"엄마는 빨간 꽃무늬가 들어 있는 천으로 누이의 옷을 만들고 계셨어요. 나와 엄마가 다른 큰누이는 옆에 앉아서 얼마나 글자를 읽을 수 있나 보여 주려고 책을 읽고 있었어요. 나는 그 애가 가장 좋아요. 내가 하는 말을 잘 알아듣고 다른 애들같이 크게 웃지도 않거든요. 그 애는 무척 큰 눈을 가지고 있고, 머리는 땋아서 늘어뜨리면 허리 밑에까지 와요. 하지만 그렇게 오래 책을 읽지는 않아요. 조금도 가만 있지 못하고 늘 지껄이기를 좋아해요."

이 말을 듣고 왕후는 기뻐하며 즐거운 듯이 말했다. "여자라는 것은 다 그런 거다. 그 녀석들은 아무짝에도 쓸데없는 일을 가지고 언제나 떠들어대고 싶어 한단 말이야."

왕후의 가슴에 이런 질투가 싹튼 것은 기묘한 일이었다. 그것은 그를 차츰 아들 이외의 가족한테서 멀어지게 했다. 두 아내 어느 쪽에도 찾아가는 횟수가 줄어들었다. 그리하여 세월이 흘러감에 따라 이 아이만이 유일한 아들이 될 것 같은 기미가 보였다. 왜냐하면 학문 있는 쪽의 아내는 첫딸을 낳은 뒤로는 전혀 아이를 낳지 않았고, 무식한 쪽의 아내는 몇 해씩 사이를 두고 두 아이를 낳았으나 모두 딸이었다. 그리고 왕후는 피가 차가워져서 여색에 흥미가 없어졌는지, 아니면 장남에 대한 사랑으로 완전히 만족해 버렸는지, 나중에는 아내들이 있는 별채에는 절대로 가지 않게 되었다. 그 까닭의 하나는 아이가 자기 방에서 함께 자게 되고부터는 밤에 일어나서 여자에게 간다는 것이 아이 보기에 겸연쩍다는 것이었다. 많은 군벌은 돈이 많아지고 세도가 높아지면 집안에 많은 미녀들을 모아 놓고 산해진미에 지칠 줄 몰라하지만 왕후는 그런 짓은 하지 않았다. 많은 재물을 모조리 소총 구입과 병사들 급여에 충당했다. 다만 언제 닥칠지 모를 재난에 대비해서 일정한 금액을 저축해 놓고 그것을 서서히 늘려 갔다. 그리고 자신은 매우 검소한 생활을 하면서 장남 말고는 가까이하지 않고 살았다.

이따금 왕후는 큰딸을 불러 제 오빠인 장남과 놀게 했다. 그 딸이 그의 거실에 들어오는 유일한 여성이었다. 처음 한두 번은 어머니가 따라와서 잠시 동안 함께 앉아 있었다. 그러나 왕후는 그녀가 옆에 앉아 있으면 어색하고 마음이 편하지 않았다. 게다가 그는 이 여자가 자기를 책망한다고 느꼈다. 자기에게 무엇인가 바라고 있다, 무엇인지는 모르나 불만을 품고 있다고 느꼈던 것이다. 그러므로 그녀가 오면 정중하게 한두 마디 변명을 하고 자리를 떠 버리곤 했다. 마침내 그녀는 그에게 무언가를 기대하는 것을 단념해 버린 듯 모습을 안 보이게 됐다. 어쩌다가 큰딸이 놀러올 때도 데리고 오는 것은 언제나 하녀였다.

그러나 한두 해가 지나자 딸도 오지 않게 되었다. 딸의 어머니로부터 아이들에게 공부를 시키기 위해 어딘가의 학교에 보내고 싶다는 전갈이 왔다. 왕후는 기뻐했다. 왜냐하면 매우 검소한 생활을 보내고 있는 거실에 딸아이가 들어 오면 공기가 흐트러졌기 때문이었다. 딸은 너무나 화려한 옷을 입고 있었으며 붉은 석류꽃이라든가 향이 강한 흰 재스민 꽃을 머리에 꽂고 왔다. 특히 그녀는 계수나무의 잔가지를 땋은 머리에 꽂는 것을 좋아했다. 왕후는 그 냄새를 참지 못했다. 너무 달콤하고 강렬해서 그는 계수나무 향기가 가장 싫었다. 그녀는 또한 명랑하고 고집이 센데다 남에게 명령하기를 좋아하여, 왕후가 싫어하는 여성의 성질은 모조리 갖추고 있었다. 그중에서도 그가 가장 싫어한 것은 이 딸이 올 때마다 아들의 눈이 반짝이고 입술에 미소가 감돈다는 사실이었다. 그녀만이 아들을 명랑하게 만들어 뜰을 뛰어다니며 놀게 할 수 있다는 것이었다.

이럴 때의 왕후는 아들을 빼앗기고 싶지 않은 자신의 마음이 완고해지는 것을 느끼고, 결코 딸에게 마음을 허락하려 하지 않았다. 그녀가 어릴 때 느꼈던 희미한 끌림은 그녀가 늘씬한 소녀로 자라고 다 큰 처녀가 되어 가는 기미를 보임에 따라 이제 완전히 사라지고 말았다. 그러므로 어머니가 학교에 넣을 준비를 하고 있다는 말을 듣자 그는 기꺼이 돈을 내주고 조금도 아까워하지 않았다. 이제야말로 아들을 독점할 수 있다고 생각했기 때문이었다.

그는 아들이 또 쓸쓸해해서는 안 된다고 생각하고 그럴 여유가 없도록 그 생활을 충실하게 채워주려고 했다. 그는 아들에게 말했다.

"너나 나는 남자다. 알겠느냐? 그러니 이제 어머니에게는 가지 않도록 해라. 다만 아들로서 인사를 여쭈러 갈 때만은 괜찮다. 비록 어머니나 누이라고 하더라도 여자들과 함께 있으면 빈들빈들 놀며 지내게 되어 버린다. 여자는 결국 여자야. 무식하고 어리석어. 나는 너에게 군인으로서의 모든 기술을 가르치고 싶다. 옛날 것도, 그리고 지금 것도 말이야. 나의 심복 부하들로부터 옛날 무술에 대해서 알아 두어야 할 것은 뭐든지 배우도록 해라. 주먹과 발을 쓰는 방법은 돼지 백정한테서 배우고, 검술이나 봉술(棒術)은 언청이한테서 배울 수 있다. 신식 전술에 대해서는 나도 들었을 뿐, 한 번도 본 적이 없으니까 해안 지방에 사람을 보내서 너를 위해 새 가정교사를 채용하기로 했다. 그 사람은 외국에서 병법을 배워 왔다니까 외국의 병기나 전술에 능통할 게다. 그 사람에게 먼저 너의 교육부터 시켜야겠다. 만일 시간이 있으면 부하의 훈련도 부탁할 셈이다."

아이는 아무 대답도 하지 않았다. 아버지에게서 무슨 말을 들을 때면 언제나 입을 다물고 가만히 서서 아버지의 말을 받아들였다. 왕후는 아이의 얼굴을 다정하게 바라보았으나, 아이가 아무런 반응도 보이지 않아 한동안 지켜보았다. 이윽고 아이는 그저 이렇게 말했을 뿐이었다.

"이제 물러 가도 괜찮습니까?"

왕후는 고개를 끄덕였다. 그러나 자기도 모르게 탄식을 토했다. 혹은 자기가 탄식한 것조차 깨닫지 못했는지도 모른다.

아들에게 훈계한 왕후는, 그의 하루 일과를 식사와 수면 시간을 제외하고는 모두 훈육으로 가득 차도록 했다. 아침 일찍 일어나 심복 부하들과 함께 무술 훈련을 한다, 끝나고 아침 식사를 마치면 오전 중엔 독서를 한다, 점심 식사 뒤엔 새로 온 군사 교관이 오후 내내 온갖 것을 가르치는 식이었다.

이 신임 교관은 왕후가 일찍이 본 일 없는 유형의 군인이었다. 서양식 군복을 입고 코안경을 꼈으며 날씬하고 민첩한 몸을 지녔다. 달리기도 도약도 검술도 할 줄 알았으며, 모든 외국제 무기의 사용법을 알고 있었다. 손에 쥐고 던지면 폭발하는 무기도 있었고(수류탄), 소총처럼 방아쇠를 당겨 발사하는 포도 있었다(박격포). 그 밖에 여러 무기가 있었다. 왕후는 장남과 함께 자리에 앉아 이 모든 전법을 배웠다. 그리하여 입 밖에 내지는 않았으나 왕후는 여태까지 듣도 보도 못한 많은 것을 배웠다. 그리고 그가 갖고 있던 낡은 외국제 대포, 고작 두 개밖에 없는 대포를 여태까지 그토록 자랑한 것이 참으로 초라하게 여겨졌다. 그는 자기가 전쟁에 대해서조차 거의 무지했다는 것을 깨달았다. 그가 여태까지 꿈에도 생각지 못한, 그러면서도 꼭 알아 두어야 할 것들이 많았던 것이다. 그는 매일 밤 늦게까지 아들의 교관과 이야기를 했다. 그리고 갖가지의 교묘한 살인법을 들었다. 공중으로부터 인간의 머리 위에 떨어지는 폭탄, 바다 밑에서 떠올라 사람을 죽이는 잠수함, 눈으로는 볼 수 없는 거리를 날아가서 적의 머리 위에 작렬하는 포탄 등등, 그러한 이야기를 듣고 왕후는 감탄하여 이렇게 말했다.

"외국에선 참으로 전쟁 기술이 발달했구나. 나는 몰랐다."

왕후는 한동안 생각에 잠겼다가, 어느 날 교관에게 말했다.

"내가 영유하는 지방은 비옥해서 말이야, 기근이라는 것이 10년이나 15년에 한 번쯤밖에 들지 않아. 나도 다소의 군자금은 모아 놓았지. 암만해도 나는 내 군대에 너무 만족하고 있었던 것 같아. 그런데 내 아들이 이런 신식 전법을 남김없이 배우는 이상, 그런 것에 숙련된 군대를 갖는 것이 마땅하겠구나. 이제부터 외국에서 쓰고 있는 무기를 구입해야겠다. 내 아들이 어른이 되어 지휘할 수 있게 될 때까지 자네가 내 부하를 훈련해서 아들에 알맞는 군대를 양성해 주지 않겠나?"

청년 교관은 재빨리 환한 미소를 지었다. 그리고 매우 기뻐하며 대답했다.

"저는 장군의 군대를 훈련시키려고 노력했습니다만, 기탄 없이 사실을 말씀드린다면, 그들은 불한당 집합으로, 먹고 마시는 것만 머릿속에 있습니다. 그러나 장군께서 신식 무기를 구입하여 훈련 시간을 정해 주신다면 과연 그들을 신식군대로 양성할 수 있는지, 한번 해보고 싶습니다."

그러나 왕후는 오랜 세월 부하의 훈련에 정진해 왔다고 자부하고 있었으므로 그가 말하는 '기탄 없는 사실'을 듣고 내심으로 그다지 유쾌하지 못했다. 그래서 굳어진 목소리로 말했다.

"먼저 내 아들부터 교육해 주면 좋겠다."

"15세가 될 때까지는 제가 교육을 하겠습니다."

젊은 교관은 말했다. "장군처럼 지체 높은 분에게 충고 말씀을 드리는 것을 용서해 주신다면, 15세 이후에는 남방의 군관 학교에 유학시키는 것이 좋다고 생각합니다."

왕후는 깜짝 놀랐다.

"뭐, 전쟁을 가르치는 학교가 있단 말인가?"

"있습니다." 젊은 교관은 대답했다. "그러한 학교를 졸업한 자는 정규군 대위에 임용됩니다."

왕후는 그 말을 듣고 으스대며 말했다. "내 아들은 자기 군대가 있으니까, 정규군 대위 같은 보잘것없는 지위를 찾을 필요는 전혀 없다." 그리고 잠시 뒤 다시 말했다.

"게다가 남방에 배울 만한 것이 있다고는 생각되지 않는다. 나도 젊을 때 남방 장군 밑에서 근무한 적이 있지. 그는 게으른데다 호색가이고, 부하라는 자들은 원숭이 같은 놈들뿐이었다."

교관은 왕후의 기분을 상하게 한 것을 깨닫자 미소를 지으며 그 앞을 떠났다. 왕후는 계속 그대로 앉아 아들 일을 생각했다. 아들을 위해서 할 수 있는 일은 모두 해준 것 같았다. 그러나 자기 자신이 소년 시절일 때의 추억을 열심히 더듬어 보니 자기가 말을 갖고 싶어했던 것이 생각났다. 다음날로 그는 아들을 위해 작은 검둥말을 한 마리 샀다. 몽고 평원에서 난 강건한 명마로, 잘 아는 말 상인으로부터 사들였다.

말을 아들에게 줄 때가 되자, "너 주려고 산 것이 있으니 정원에 나와 보라"고 부르러 보냈다. 아들이 나와 보니 작은 검둥말이 서 있었다. 등에는 가죽으로 새로 만든 빨간 안장이 얹혀 있었고, 놋쇠 못을 박은 고삐를 달았으며, 그 것을 말구종이 쥐고 서 있었다. 말구종은 오늘부터 이 말의 전속이 되므로 손에는 가죽으로 엮은 붉은 채찍을 들고 서 있었다. 왕후는 자기가 소년 시절에 꿈꾼 것도 이런 말이었다고 생각했다. 너무 훌륭해서 살아 있는 것 같지 않았다. 그렇게 생각하고 그는 내심 우쭐해졌다. 그리하여 아들도 눈에 기쁜 빛을 띠고 미소지을 것이 틀림없다고 생각하고 열심히 아들의 얼굴을 쳐다보았다.

그러나 소년은 여느 때의 침울한 표정을 조금도 바꾸지 않았다. 그는 말을 바라보면서 여느 때의 침착한 어조로 말했다.

"아버지, 고맙습니다."

왕후는 기다리고 있었다. 그러나 아이의 눈엔 밝은 빛이 떠오르지 않았다. 달려가서 고삐를 잡으려 하지도 않았고 안장에 올라앉아 보려고도 하지 않았다. 한시라도 빨리 그 자리를 떠나도 좋다는 허가가 내리기를 기다리는 듯이 보였다.

큰 실망과 노여움을 느끼면서 왕후는 휙 몸을 돌려 자기 방으로 돌아가 문을 걸고 앉아 두 손에 얼굴을 묻었다. 아이가 자신의 사랑을 받아들여 주지 않는 것이 씁쓸하고 화가 나 견딜 수가 없었다. 그러나 잠시 비탄에 잠겼던 그는 다시 평소처럼 마음이 강해져서 오기를 부리며 이런 생각을 했다.

'그 애는 이 이상 무엇이 갖고 싶단 말인가? 내가 저 나이에 갖고 싶었던 것 이상을 이미 나는 그 애에게 사주었다. 그렇다, 돈도 아까워하지 않고 저렇게 유능한 교관을 채용하고, 저토록 멋진 외국제 총도 사주지 않았는가! 그리고 이번에는 저렇게 빛나는 검둥말과 붉은 안장과 은자루가 달린 채찍을 주지 않았는가!'

이렇게 그는 자기 자신을 위로했다. 그리고 군사 교관에게는 사정없이 엄격하게 아들을 가르치라고 명령했다. 아이가 놀고 싶어하더라도 주저할 것 없다. 한창 자라는 아이들은 모두 놀고 싶어하는 일이니까 그런 것은 상관 말고 훈련하라고 말했다.

그러나 한밤중에 눈을 뜨고 잠을 이루지 못할 때, 한방에서 자고 있는 아들의 조용한 숨소리를 듣고 있으면 가슴이 답답할 정도로 애정이 가득 차, 그는 몇 번이나 되풀이해서 생각했다.

'이 아이를 위해서 아직도 더 많이 해주어야 한다. 더 해줄 일을 생각해 내야 한다!'

이처럼 왕후는 온통 아이 일만 생각하면서 세월을 보냈다. 아들 일로 머리

가 가득 차 있어서 어떤 사건이 일어나지 않았다면, 그도 모르는 동안에 노년기에 접어들고 말았을 것이다. 그런데 그 사건은 그를 이 도가 지나친 사랑의 생활을 벗어나게 했을 뿐더러 그를 다시 전쟁과 운명의 길로 몰아 세웠다.

아들이 열 살쯤 된 어느 봄날의 일이었다. 그 무렵 왕후는 세월을 아들의 나이로 헤아리는 버릇이 되어 있었다. 그는 새싹이 돋기 시작한 석류나무 밑에 아들과 함께 앉아 있었다. 아이는 불꽃처럼 타고 있는 조그마한 새싹을 정신없이 바라보고 있다가 별안간 소리를 쳤다.

"이 조그만 불꽃 같은 새싹은 활짝 핀 꽃보다도 고와요. 정말 저는 그렇게 생각해요!"

왕후는 아들이 곱다고 느끼듯이 자기도 그렇게 보고 싶어 애를 쓰면서 그 새싹을 바라보았다. 그때 문 앞이 소란해졌다. 병사 한 사람이 달려들어와서 누군가의 도착을 보고하려 했다. 그러나 그 병사가 입을 열기도 전에 왕후는 곰보 조카가 비틀거리며 들어오는 것을 보았다. 밤낮을 가리지 않고 말을 달려왔으므로 그는 발을 질질 끌듯이 걸었으며 여위고 지쳐 있었다. 깊은 곰보 구멍에 먼지가 쌓여 매우 이상한 얼굴이 되어 있었다. 왕후는 화가 났을 때가 아니면 입이 무거웠으므로 멍청하니 청년의 얼굴을 지켜볼 뿐이었다. 청년은 헐떡이며 말을 토해 냈다.

"중대한 사건을 알리려고 밤낮 없이 말을 달려 왔습니다. 매가 독립하려고 음모를 꾸미며, 작은 아버지의 군대를 자기 군대로 개편해서 작은 아버지가 공략한 현성을 근거지로 삼았습니다. 몇 해 전부터 복수의 기회를 노리고 있던 그 비적의 두목과도 내통하고 있었습니다. 지난 몇 달 동안 매가 세금 수입을 착복하고 있었단 것을 저는 알고 있습니다. 이런 일이 일어날지도 모른다고 걱정을 해왔습니다만, 성급하게 떠들다가는 매가 저를 죽일 것 같아서 확실한 증거를 잡을 때까지 기다렸던 것입니다."

이러한 말이 청년의 입에서 튀어 나오자, 왕후의 깊은 눈이 번들거렸다. 굵은 눈썹이 묵직하게 아래로 처지자 눈은 이마 아래에 더욱 깊숙이 숨는 듯이 보였다. 왕후는 몸안에서 격렬한 노기가 솟아오르는 것을 느끼며 소리쳤다.

"그 죽일 놈의 개가! 그저 병졸에 지나지 않던 놈을 끌어올려 주었는데, 그 녀석의 오늘은 모두가 내 덕분이 아닌가. 그런 나를 배반하다니. 그놈 정말 들개로구나!"

억세고 호전적인 분노가 마음속에 타오르기 시작하자 왕후는 아들 일을 잊고 심복 부하며 부대장들이 살고 있는 병영 쪽으로 성큼성큼 걸어갔다. 그리고 커다란 소리로 5천 병사가 오전 중에 출동할 수 있도록 준비를 갖추라고 명령하고, 아울러 자신이 탈 말과 가늘고 예리한 장검을 준비시켰다. 그때까지 봄날답게 조용하고 태평스러웠던 병영이 구석구석 물결 이는 연못같이 되었다. 뒷방으로부터는 아이들과 하녀들이 무기 소리와 출정의 소란을 놀란 눈으로 내다보았고, 말들마저 흥분하여 돌을 깐 병영 바닥에 말굽 소리를 내며 뛰어오르고 했다.

왕후는 자기 명령대로 만사가 움직여 가는 것을 확인한 다음 지쳐 있는 곰보를 돌아보고 말했다.

"저리 가서 밥을 먹고 쉬어라. 수고했다. 보상으로 진급시켜 주마. 젊은 놈의 마음에는 언제나 반역의 기분이 스며 있다. 젊은 놈은 반란에 참가하고 싶어 한다는 것을 나도 잘 안다. 그런데 너는 혈연 관계를 잊지 않고 참으로 나를 잘 도와 주었다. 반드시 진급시켜 주마!"

그러자 곰보는 주위를 돌아보며 속삭이듯 말했다.

"네, 하지만 작은 아버지, 매는 죽여 주시겠지요? 작은 아버지께서 나타난 것을 보면 그놈은 저를 의심할 것입니다. 저는 몸이 아파 잠시 어머님한테 가서 쉬고 오겠다고 말하고 나왔거든요."

그러자 왕후는 크고 사나운 목소리로 호통치듯 약속했다.

"그런 일은 일부러 부탁할 필요도 없다. 그놈의 살로 나의 장검을 갈 참이다."

청년은 안심하고 그 자리를 떠났다.

왕후는 사흘 동안의 강행군 끝에 새 영지에 도착했다. 거느리고 간 군대는 예부터 믿을 수 있었던 부하들뿐이었으며, 지난 번 포위전 때 투항해 온 자들과 유문신을 배신한 자들은 남아있도록 했다. 이번에는 자기를 배신할지 모른다고 생각한 것이다. 그는 이끌고 온 부하들에게 용감히 싸워 주기만 한다면 약탈해도 좋다, 게다가 한 달치 급료를 특별 상여로서 은으로 지급한다고 선언했다. 그래서 병사들은 기뻐 날뛰며 돌진해 갔다.

그들의 행동은 매우 신속했다. 그래서 매는 자기의 실패를 깨닫기 전에 왕후가 이미 바로 눈앞에 다가와 있다는 소리를 듣게 되었다. 사실, 매는 왕후의 조카인 곰보 소년이 얼마나 영리하고 또한 계략에 찬 젊은이인가를 몰랐던 것이다. 이 소년은 늘 명랑하고 말도 가볍고, 게다가 그 곰보 얼굴은 어느 모로 보나 바로 무지 그 자체로 보였으며 언제나 병사들을 상대로 농담이나 주고받고 호들갑이나 떨어서, 매는 자기의 계략을 눈치 채고 있다고는 꿈에도 생각지 못했던 것이다. 그래서 곰보가, 암만해도 간장이 좋지 않은 것 같으니 어머니한테 가겠다고 말했을 때는 매우 기뻐했다. 곰보가 없어지면 독립을 선언하고, 자기에게 충성을 바치지 않는 자는 죽여 버릴 계획이었다. 반란에 가담하는 자에게는 성안에서의 약탈을 허락하겠다고 약속하고 있었다.

그래서 매는 농성을 준비하고 식량을 성안으로 운반시켰다. 왕후의 성질이 사태를 잠자코 방치해 둘 만큼 미지근하지 않다는 것을 잘 알고 있었기 때문이다. 가엾은 백성들은 공포에 떨면서 또다시 포위되어 공격받을 각오를 했다. 왕후가 성문을 들어선 당일에도 많은 농민들이 이삼 십 명씩 어깨에 멘 막대기로 장작을 옮기고 있었다. 당나귀며 노새는 곡물을 등에 싣고 있었다. 사람들은 요란스레 울어 대는 닭을 바구니에 넣고, 소를 몰며, 다리를 묶은 돼지를 막대기에 매달아 어깨에 메고 있었다. 거꾸로 매달린 돼지는 죽어라고 비명을 질러 댔다. 그 정경을 보고 왕후는 이를 갈고 분해했다. 만일 모략 단계에서 정보를 듣지 않았다면 이만한 식량을 비축한 현성의 포위전은 매우 힘이 들었을 것을 알고 있었기 때문이다. 또 매는 무지한 유문신보다 훨씬 힘든 상대라는 것도 알고 있었다. 매는 머리도 좋고, 용맹한데다가 두 문의 외국제 대포가 있었으므로 그것을 성벽 위에 설치해 놓고 포위군 머리 위에 포탄을 날릴 수도 있었을 것이다. 왕후가 이런 것을 생각하고 얼마나 아슬아슬한 순간에 위기를 모면할 수 있었는가 깨달았을 때, 분노한 나머지 눈에 핏발이 서서 그는 수염을 씹으며 미친 듯이 날뛰었다. 노기가 불타 있는 힘껏 말을 달리며 커다란 소리로 부하들에게 매의 병영을 향해 곧장 돌격하라고 명령했다.

그때 왕후가 이미 밀어닥쳤으니 만사는 끝났다고 매에게 알린 자가 있었다. 매는 하늘에서 떨어지는 듯한 절망에 아찔해졌다. 그는 한 순간 무슨 묘책을 써서 빠져 나갈 수 없을까, 비밀 통로로 탈출할 수는 없을까 다급히 궁리했다. 왕후가 그런 대군을 이끌고 달려온 이상 부하들이 자기편을 들 것이라고는 도저히 바랄 수 없었다. 그는 자기가 완전히 고립되었다는 사실을 알았다. 그러나 이 한순간의 망설임이 그의 운명을 결정지었다. 그때 왕후가 말을 달려 성문 안으로 들이닥친 것이다. 왕후는 자기 손으로 죽일 테니 어떠한 희생을 치르더라도 매를 잡아 오라고 소리질렀다. 소리를 지르며 말에서 내리자 부하들은 와 함성을 지르면서 앞을 다투어 병영 안으로 밀고 들어갔다.

이제 마지막이라고 체념한 매는 달아나서 몸을 숨기려 했다. 그도 용사였으나 그때는 달아나서 부엌 마른 풀더미 속에 기어들어갔다. 그러나 매를 발견하고 현상금을 타고자 광분하는 그 많은 병사의 눈을 어떻게 피할 수 있을 것인가, 매는 또한 부하들이 구해 주리라고 기대할 수도 없었다. 다만 그들만은 자기가 숨어 있는 것을 발견하더라도 못 본 체해 주겠거니 하고 생각할 뿐이었다. 그렇게 빌면서 잡초 속에 숨어는 있었으나 떨고 있지는 않았다. 그 또한 용사였던 것이다.

그러나 그는 발견되지 않을 수 없었다. 상금이 탐난 병사들은 구석구석을 뒤졌다. 정문에서 뒷문, 비상문에 이르기까지 감시병이 서 있었다. 게다가 병영의 성벽은 매우 높다. 마침내 매는 몇 명의 병사들에게 발각되고 말았다. 그들은 매의 푸른 빛깔의 옷자락을 건초 밑에서 발견하고는 달려나가 문을 닫고 다른 병사들을 불렀다. 50명 가까운 병사들이 달려왔다. 모두 조심스레 부엌으로 들어갔다. 매가 어떤 무기를 가지고 있는지 모르기 때문이었다. 그런데 그는 이렇게 여럿을 상대할 만한 무기를 지니고 있지 않았다. 아침밥을 먹고 있다가 급습을 받아 서둘러 달아나는 바람에 단도 한 자루밖에 갖고 있지 않았는데 이것으로 다수를 막을 수는 없었다. 병사들은 한덩어리가 되어 그에게 덮쳐서 팔을 위로 비틀고 장군 앞에 끌고 나갔다. 매는 무서운 얼굴을 하고 있었으며 눈은 흉악하게 번들거렸다. 지푸라기가 머리와 옷에 붙어 있었다. 이렇게 그는 왕후가 기다리는 큰 방으로 끌려왔다. 왕후가 뽑은 장검은 한 가닥의 가느다란 은뱀처럼 반짝이며 무릎 위에 가로 놓여 있었다. 그는 그 검은 눈썹 밑의 눈을 노여움으로 번쩍이며 매를 쏘아보고, 거친 소리로 말했다.

"마침내 네놈도 모반했느냐! 네놈을 병졸부터 끌어올려 현재의 지위에 앉혀 준 나를 배신했느냐!"

매는 왕후의 무릎에 가로놓여 있는 빛나는 장검에서 눈을 떼지 않고 무뚝뚝하게 대답했다.

"대장에게 모반하는 것을 가르쳐 준 건 네가 아니냐. 너도 집을 뛰쳐나온 한낱 말썽꾸러기에 지나지 않았다. 대체 그 노장군 말고 누가 너를 끌어올려 주었단 말이냐?"

이런 폭언을 듣고 왕후는 더 참을 수 없었다. 주위를 둘러싸고 침을 삼키며 바라보는 병사들에게 큰 소리로 명령했다.

"나는 이 칼로 저놈을 찔러 죽일 생각이었다. 그러나 그런 깨끗한 최후는 이놈에게는 과하다. 저리 끌고 가서 중죄인, 흉악범, 불효 자식, 불충의 신하를 처벌하듯 이놈을 능지 처참해라!"

그러나 최후를 각오하고 있던 매는 아무도 말릴 겨를 없이 조그마한 단도를 옷섶에서 꺼내어 자기 배에 푹 꽂아 넣고 한번 크게 비틀더니, 그대로 한 순간 비틀거리면서도 왕후를 쏘아보며 마지막 힘을 다하여 차갑고 대담하게 말했다.

"나는 죽기를 두려워하지 않는다. 앞으로 20년만 있으면 다른 인간의 몸에 깃들어 다시 한 번 태어날 테다. 다시 영웅이 될 테다!" 그러고는 단도를 꽂은 채 그대로 거꾸러졌다.

왕후는 눈 깜짝할 사이에 일어난 이 사태를 둥그레진 눈으로 지켜보는 동안, 노여움이 가슴속에서 썰물처럼 사그라지는 것을 느꼈다. 그로서는 배신자에 대한 복수의 기회를 놓친 셈이라 화가 났지만, 모반자라고는 하나 이만한 용사를 잃은 것이 애석하기도 했다. 그는 잠시 잠자코 있다가 나직한 소리로 말했다.

"이 시체를 어디다가 잘 묻어 주거라. 외톨이라 부친도 자식도 가족도 없는 사람이니까." 그리고 조금 사이를 두었다가 다시 계속했다. "나도 이 녀석이 용감한 자라는 건 알고 있었다. 하지만 이토록 용감할 줄은 몰랐다. 훌륭한 관에 넣어 주어라."

왕후는 한참 동안 슬픔에 잠겨 앉아 있었다. 그리고 그 슬픔이 그의 마음을 부드럽게 했다. 그래서 부하들에게 약속한 약탈도 한동안 제지해 두었다. 그가 슬픔에 잠겨 있는데 성안 상인들이 뵙겠다고 찾아왔다. 불러들여 호소의 내용을 들으니, 백성들이 매우 무서워하고 있으니 병사들에게 약탈을 허락하지 않도록 부탁하기 위해서 많은 은을 가지고 왔다는 것이었다. 왕후도 마침 마음이 약해져 있던 때이므로 그 은을 받아 약탈품 대신 부하들에게 나누어 주기로 약속했다. 상인들은 감사하며, 이렇게 인정 많은 장군은 없다고 칭송하면서 물러갔다.

그러나 왕후는 병사들을 달래는 데 무척 힘이 들었다. 그들에게 꽤 많은 돈을 지불하고 잔치를 베풀어 술을 먹이고 하여 간신히 불평스런 표정은 사라졌다. 그리고 왕후가 그들의 충성심에 호소하여 다음 전투 때는 반드시 약탈의 기회를 주마고 약속함으로써 그들은 겨우 마음을 가라앉히고 실망과 저주의 말을 내뱉지 않게 되었다. 그 대신 왕후는 두 번이나 상인들에게 사람을 보내 다액의 돈을 더 거두어들였다.

왕후는 개선 준비를 했다. 매우 다급하게 출동하느라 집에 남아 있는 아들의 일과도 정해 주지 않고 나왔으므로 한시 바삐 아들을 만나고 싶었다. 이현성의 수비 사령관에 조카를 임명하기로 하고, 그가 부임할 때까지 심복인 언청이에게 사령 대리로서 병사들을 남겨주어 수비하도록 했다. 그리고 매의 부대는 자기가 이끌어 돌아가고 그 대신 출진 때 따라온 노련한 부대를 주둔시켰다. 그리고 만일의 경우를 위해 왕후는 두 문의 외국제 대포도 가져가기로 했다. 매가 성안 대장장이에게 탄환을 만들게 하고 발사를 위한 화약까지 준비해 둔 것을 발견했으므로, 또다시 자기에게 발사될지도 모를 걱정을 없애기 위해 가져가기로 한 것이다.

왕후가 다시 성안의 한길을 행진하여 귀로에 올랐을 때 바라보던 민중들은 그에게 증오의 시선을 던졌다. 그는 병사들에게 포상을 하기 위해서, 그리고 이번 원정의 비용을 충당하기 위해서 거액의 금액을 조달하게 했는데, 그로 말미암아 집집마다 세금이 늘어났기 때문이었다. 그러나 왕후는 그런 시선쯤 조금도 신경 쓰지 않았다. 억지로 마음을 무자비하게 먹어, 만일 자기가 구조하러 오지 않았더라면 매와 그 일당 아래서 그들은 더욱 괴로워했을 테니 평화의 대가로서 기꺼이 돈을 낼 만하지 않느냐고 생각했다. 매는 정말 잔인한 사나이로서, 어릴 때부터 전쟁 속에서 자라나, 인간의 생명을 아무렇지도 않게 생각했다. 실은 이 민중들은 자기에 대한 태도가 부당하다고 왕후는 느끼고 있었다. 자기는 삼 일 동안이나 강행군을 해 와서 구조해 주었는데도 그들은 그 은혜를 모른다고 생각했다. 그는 분개했다.

'그들은 무엇에 대해서나 은혜를 모른다. 그리고 나는 너무 마음이 약하단 말이야.'

이렇게 생각하고 그는 마음을 강하게 먹었다. 그리고 이때부터 일반 민중에게 여태까지와 같은 온정을 보여 주지 않았다. 그리고 다시 마음이 편협해져서 매의 후임에는 어느 심복 부하도 안심하고 들여앉히질 못했다. 육친이 아니면 누구도 믿을 수 없다고 속으로 슬프게 생각하는 것이었다. 이런 편협성 때문에 한결 더 사랑하는 아들에게 희망을 걸게 되어 스스로를 달래며 말했다.

'나한테는 아들이 있다. 그 애만은 결코 나를 배신하지 않는다.'

그는 말을 재촉하여 행군을 서둘렀다. 한시 바삐 아들의 모습이 보고 싶었다.

곰보 조카는 매가 죽었다는 소식을 들을 때까지 휴양하고 있다가 그 보고를 듣자 갑자기 쾌활해져서 며칠 동안 부모님 집으로 가 있었다. 그리고 만나는 사람마다 자기가 얼마나 용감하고 지략에 능한지, 제아무리 노련하고 아버지 같은 연배의 매라도 자기에게는 대항하지 못했다고 떠들고 다녔다. 곳곳에서 그는 자기 자랑을 했다. 형제 자매들은 그를 에워싸고 감탄했다. 어머니는 소리쳤다.

"애는 내 젖을 빨 때부터 예사 아이가 아니라고 생각했었지. 젖빠는 것도 똑똑했고 여간 힘차지 않았거든!"

그러나 아버지 왕얼은 빙글빙글 얼굴에 웃음을 띤 채 자리에 앉아 듣고만 있었다. 마음속으로는 아들을 자랑스럽게 생각했으나 입으로는 칭찬하지 않고 이런 말을 했다. "그러나저러나 잘 기억해 두어라. 삼십육계 중에서 달아나는 게 으뜸이란 말도 있다." 또 이런 말도 했다. "훌륭한 병기보다 훌륭한 지모야."

무엇보다도 그를 기쁘게 한 것은 아들의 지모였다.

곰보가 왕이 부부에게 인사를 드리러 가서 여기서도 그 무용담을 한바탕 늘어놓자 왕이는 이상한 질투심에 휩싸였다. 하나는 죽은 아들을 떠올려 일어난 질투심이었고 하나는 남은 두 아들을 생각해서였다. 두 아들의 귀공자연한 풍채와 동작에 감탄하면서도 그는 어딘가 모자라는 막연한 불안을 느끼고 있었다. 그래서 왕이는 동생의 곰보 아들이 자랑하는 말에 점잖게 귀를 기울인 듯한 표정을 짓고 있었으나 실은 잘 듣고 있지 않았다. 그리고 곰보가 열심히 지껄이고 있는데도 차를 가져오라느니, 담뱃대는 어디 있느냐느니, 해가 저물어 쌀쌀하니 두루마기를 가져와서 입혀 달라느니 하녀에게 거듭 일을 시켰다. 부인 쪽은 예의상 조카에게 귀를 기울이고만 있을 뿐 열심히 수놓는 일감을 집어들고 무척 바쁜 체했다. 비단 조각을 본에 맞추어 보기도 하고, 이따금 크게 하품을 하기도 하고, 또 이것저것 집안 살림 이야기며 아직 남아 있는 토지의 소작인에 대한 일을 남편에게 물어 보기도 했다. 마침내 청년도 그녀가 자기를 성가시게 여긴다는 것을 눈치채고 이야기를 그치고는 좀 실망한 표정으로 작별을 고했다. 그러자 곰보가 그다지 멀리 가기 전에 부인이 목소리를 높여서 말하는 소리가 들려 왔다.

"우리 집 애들은 한 사람도 군인이 안 돼서 다행이에요. 아주 천한 생활을 하는걸요. 젊은 애들을 무지하게 만들고 평범하게 만들어 버려요."

왕이는 기운 없는 목소리로 대답했다. "글쎄, 난 잠깐 찻집에 갔다와야겠소."

곰보는 큰아버지 부부가 죽은 아들을 생각하고 냉정한 태도를 보인 사실을 알 까닭이 없었다. 그래서 그는 시무룩한 표정으로 문간까지 나왔다. 그곳에 왕이의 둘째 부인이 갓난아기를 팔에 안고 서 있었다. 그녀도 청년의 이야기를 듣고 있다가 자리에서 일어나 먼저 문간에 나와 있었던 것이다. 그녀는 부러운 듯이 그에게 말했다.

"매우 훌륭하고 용감한 이야기였어요."

청년은 곧 기분이 좋아져서 어머니에게로 돌아갔다.

30일 동안이나 곰보 조카는 자기 집에 머물렀다. 그의 어머니가 이 기회를 이용해서 약혼녀와 결혼을 시켰기 때문이었다. 이 규수를 어머니는 몇 해 전에 골라 놓았었다. 신부는 근처에서 견직물 장사를 하는 사람의 딸이었는데, 아버지는 가난하지도 않고 남에게 고용된 노동자도 아니었다. 방직 기계를 가지고 직공만 20명을 고용하여 온갖 빛깔의 공단이라든가 꽃무늬를 놓은 비단 직물을 짜고 있었는데 시내에 같은 일을 하는 사람이 적어서 상당히 번창하고 있었다. 딸도 그 직업에 정통해서, 이른 봄 추위가 늦게까지 계속되거나 할 때면 자기의 따뜻한 가슴에 누에를 품어 직공들이 따오는 뽕잎으로 기르기도 하고, 고치에서 실을 자을 줄도 알았다. 이 집안은 전대에 타향에서 옮겨 왔으므로 이런 기술을 아는 사람은 시내에 많지 않았다. 하기야 그녀가 결혼하는 청년은 그런 기술이 필요하지 않았으나 신부가 그러한 지식을 갖고 있다는 것은 결코 헛된 일이 아니다. 아마도 그녀는 검소하고 근면할 것이라고 어머니는 믿었던 것이다.

곰보 청년으로서는 처녀가 무엇을 알고 있든 문제가 되지 않았다. 다만 신부를 맞이하는 일이 기뻤다. 벌써 스물네 살이 되어 있었으므로 때로는 정욕에 부대꼈다. 그녀가 말쑥하고 꽤 예뻤으며 그다지 고집 피우는 성질이 아닌 것이 기뻤다. 그는 그것만으로 만족스러웠다.

그래서 그는 화려하지는 않았으나 꽤 훌륭한 결혼식을 마치자 신부를 데리고 왕후가 임명해 준 현성으로 부임해 갔다.

25

긴 겨울이 지나고 봄이 찾아올 때마다 왕후는 대전란에의 야망이 마음속에 솟아오르는 것을 느꼈다. 그리고 봄마다 그는 주위의 정세를 주시하면서 세력을 넓힐 길은 없을까 생각했다. 전국적인 동란의 정세가 올해에는 어떠한지, 그 동란에 교묘히 편승할 수 있을지 살피기 위해 첩자를 여기저기로 보냈다. 그러고는 이윽고 따뜻한 계절이 되어, 첩자들이 돌아와서 운명이 자신을 부를 때를 기다리는 것이다, 하고 스스로를 타일렀다. 그러나 진짜 이유는 그의 젊은 시기는 이미 지났고 아들을 본 것으로 만족하여, 그를 전쟁으로 몰아세우던 지난날의 초조함이 사라졌기 때문이었다. 봄을 맞이할 때마다 왕후는 사랑하는 자식을 위해, 그가 평생의 목적으로 삼은 전국 제패를 위해 싸움터로 나아가야 한다고 다짐했지만, 그때마다 눈앞에 그 출진을 이듬해까지 연기해야 할 그럴듯한 이유가 생기는 것이었다. 또 그의 청년 시대와 같은 전국적(全國的) 또는 국지적(局地的) 동란도 없었다. 전국에 걸쳐 저마다 조그마한 영토를 차지한 많은 소군벌들이 굳게 지키고 있을 뿐, 그들 위에 군림할 만한 영웅은 한 사람도 없었다. 이런 이유로 왕후는 내년까지 기다려도 지장이 없겠다고 느끼는 것이었다. 봄이 지나고 또 다음 해가 와도. 여전히 그는 언젠가 운명의 날이 오면 뜻하는 승리를 얻기 위해 출동한다는 결심만은 버리지 않고 있었다.

아들이 열세 살에 가까워진 어느 봄에 형들의 심부름꾼이 찾아왔다. 그 사자가 전하는 전갈은 매우 중대했다. 그 소식은 이러했다. 왕이의 장남이 그 도시의 감옥에 들어가서 고통받고 있으므로, 그를 석방시키기 위해 법정에서 왕후의 도움을 얻고 싶다는 형들의 부탁이었다. 왕후는 이 이야기를 듣자 이것은 성 정부에 대한 자신의 권력과 그 성의 군장에 대한 자기의 영향을 시험해 볼 절호의 기회라고 여겼다. 그래서 그는 일찍부터 생각했던 출진을 다시 1년 연기하고 형들에게 부탁받은 일을 실행하기로 했다. 거기에는 형들이 아우인 자기에게 간청해 왔다는 사실에 우쭐해진 심사가 없었던 것도 아니었다. 또 형들의 아들이 감옥에 들어갔다는 것은 불명예스럽기 짝이 없는 일이며, 자기의 선량한 아들에게는 절대로 그런 일이 일어나지 않을 것이라는 조금의 경멸하는 기분도 없지 않았다.

사건의 전말은 이상과 같았으나 왕이의 아들이 감옥에 들어가게 된 까닭은 다음과 같았다.

왕이의 장남은 벌써 스물 여덟이나 되었지만 아직 결혼은커녕 약혼조차 하지 않았다. 어째서 이런 이상한 결과가 되었느냐하면, 그를 사춘기에 한두 해 남쪽 도시의 신식 학교에 보낸 탓이었다. 거기서 그는 여러 가지를 배웠지만 그 가운데 이런 것이 있었다. 청년이 부모가 선택한 여자와 결혼한다는 것은 낡은 인습에 대한 굴종이며, 청년은 모두 자기 스스로 아내가 될만한 여자를 찾아, 이야기를 나눠보고 사랑할 수 있는 처녀와 결혼해야 한다는 것이었다. 그래서 왕이가 모든 결혼 적령기 처녀들을 조사하여 장남을 위해 이만하면 되겠다고 확신한 규수가 있어도, 장남은 거세게 반항하여, 날뛰거나, 부루퉁한 얼굴을 하고는 자기 처는 자기가 고른다고 버텼다.

처음 왕이 부부는 그러한 생각에 분개했다. 이때만은 부부의 의견이 일치했다. 부인은 격한 어조로 아들에게 말했다.

"너는 어째서 양가집 규수와 간단히 이야기를 하고, 그 사람이 좋다든가 싫다든가 알 수 있게 될 만큼 가까이할 수 있다고 생각하니? 너를 낳고 네 마음도 성질도 잘 아는 양친 이상으로 대체 누가 좋은 처자를 고를 수 있다고 생각하느냐 말이다."

그러나 장남은 매우 화술이 좋은데다가 성질이 급했다. 긴 비단 소매를 걷어올리고 매끄러운 흰 손을 드러내어 창백한 이마에 걸린 검은 머리카락 쓸어올리면서 어머니에게 지지 않고 큰 소리로 대답했다.

"어머니도 아버지도 낡은 구시대 습관밖에 모르십니다. 남쪽에서는 부호나 지식인들이 자기 아들에게 스스로 처를 고르게 하고 있단 말입니다!"

아버지와 어머니는 서로 얼굴을 쳐다 보았다. 아버지는 소매로 이마의 땀을 닦고 어머니는 입을 내밀었다. 그것을 보고 아들은 다시 소리쳤다.

"좋습니다. 그렇게 하시고 싶으시면 저에게 약혼을 시키십시오. 저는 집을 뛰쳐나가서 다시는 두 분을 뵙지 않을 테니까!"

그 말은 양친을 매우 놀라게 했다. 왕이는 당황해서 말했다.

"네가 좋아하는 처녀가 누군가 말해 보렴. 가능하면 네가 바라는 대로 해줄 테니."

사실을 말하자면 장남은 처로서 사랑할 만한 여성을 한 번도 만난 적이 없었다. 그가 아는 것은 돈으로 쉽게 살 수 있는 여자뿐이었다. 그래도 사랑할 만한 여성이 없다는 말은 결코 하지 않았다. 다만 붉은 입술을 쑥 내밀고 자신의 깨끗한 손톱만 노려보고 있을 뿐이었다. 그러나 그 표정이 양친에게는 매우 화가 나 있는 듯이 보였다. 그래서 이때뿐만 아니라 언제나 결혼 이야기만 나오면 마지막에는 "그래 그래, 오늘은 이쯤에서 그만두자!" 하고 결국은 그를 달래고 마는 것이었다. 사실 왕이는 아들을 위해 교섭을 시작한 처녀와의 혼담을 두 번이나 단념해야 했다. 왜냐하면 장남은 그 말을 듣자 동생처럼 대들보에 목매어 죽겠다고 했기 때문이다. 이 말이 부모로 하여금 공포에 질리게 하여 그들은 언제나 아들에게 양보하고 말았다.

그러나 세월이 흐름에 따라 왕이 부부는 아들의 결혼을 차츰 더 열심히 바라게 되었다. 그는 그들의 장남이자 후계자요, 그 아들은 손자 중에서도 첫 후계자 자리를 차지할 것이기 때문이었다. 장남이 이곳저곳 찻집을 돌아다니며 헛되이 청춘을 보내고 있다는 것을 아버지 왕이도 잘 알고 있었다. 입고 먹는 것을 위해서 이마에 땀을 흘릴 필요가 없는 청년은 모두 그와 같이 빈들빈들 놀며 날을 보낸다는 것도 알고는 있었으나, 왕이도 바야흐로 혈기가 사그라진 평온한 나이에 접어들고 있었으므로 장남의 일이 걱정스러워 견딜 수 없게 된 것이다. 더욱이 왕이도 부인도 만일 아들이 빨리 결혼하지 않으면 그러다가 찻집 여자라도 데리고 와서 아내로 삼을지 모른다는 것이 걱정되었다. 그런 여자를 첩으로 삼는 것은 상관없으나 정실로 들여앉히는 것은 집안의 수치이기 때문이다. 그러나 청년은 양친이 그런 걱정을 입 밖에 내기만 하면 서슴지 않고 말했다. "새 시대의 남녀는 부모의 지배에서 해방되어 있습니다. 남녀는 자유요, 평등합니다." 이런 철딱서니 없는 소리를 늘어놓았다. 변설이 좋아 청산유수 같았으므로 반박할 수도 없이 잠자코 듣는 수밖에 없었다. 게다가 그들은 장남이 노부모의 얼굴을 이쪽저쪽 돌아보고 번들거리는 눈길을 던지며 한순간마다 긴 머리를 희고 부드러운 손으로 쓸어올리면서, 불 같은 불만을 쏟아낼 때는 잠자코 있는 편이 상책이라는 것을 일찍부터 깨달았던 것이다. 그러나 그러한 장광설이 끝나면 그는 곧 나가 버렸다. 마음이 들떠 있어서 한군데 오래 있지를 못했다. 장남이 나가 버리면 부인은 원망스럽게 남편의 얼굴을 바라보고 말했다.

"당신이 단정치 못한 생활을 보여 주어서 저 애도 배우고 만 거예요. 저 애가 정숙한 여자보다 막돼먹은 여자를 좋아하는 것은 모두 당신한테서 배운 거예요."

이렇게 말하면서 그녀는 눈에 소매를 갖다대고 번갈아가며 눈물을 닦았다. 그리고 자신을 가엾다고 생각했다. 왕이는 무척 당황해 했다. 마누라가 이런 식으로 처음에는 조용해도 잘못하면 끝에 가서 큰 폭풍이 인다는 것을 알고 있었기 때문이다. 부인은 나이를 먹음에 따라 갈수록 엄격해지고 고집이 세졌다. 그는 허둥지둥 일어나 상냥하게 말했다.

"나도 이제는 나이를 먹어서 옛날만큼 밖으로 나가지는 않잖소. 임자의 의견은 뭐든지 듣도록 하겠소. 이 귀찮은 문제를 해결하는 방법이 있다면 반드시 당신 의견에 따르겠소. 약속하오."

실은 부인도 이 다루기 힘든 아들을 조정하는 방법을 생각해 낸 것은 아니었다. 그러나 울분을 누군가에게 터뜨리지 않고는 견딜 수 없었다. 왕이는 그녀가 흥분하기 시작한 것을 보자 부랴부랴 집을 빠져나갔다. 정원을 지나갈 때 첩이 양지 쪽에서 어린애를 어르고 있는 것이 눈에 띄었다. 그는 재빨리 그녀에게 말했다.

"마님이 화를 내고 게시니 뭐 좀 갖다 드려. 차도 좋고, 불경도 좋고, 뭐든지 좋다. 그러고는 마님을 칭찬해 드리란 말이야. 아무개 스님이 이렇게 말하며 칭찬하더라, 저렇게 말하며 칭찬하더라 하고 치켜 주도록 해!"

첩은 하라는 대로 순순히 아이를 안고 들어갔다. 왕이는 거리로 나가 어디로 갈까 생각하며 첩을 처음 만난 날을 행운이었다고 생각했다. 만일 부인과 단둘이었더라면 도저히 견디기 어려운 생활이었겠지, 이런 생각이 들었기 때문이었다. 그의 첩은 나이를 먹어감에 따라 전보다 한결 부드러워지고 온화해졌다. 이 점에서 왕이는 정말 운이 좋았다. 대체로 처첩이 함께 살면 자주 싸움이 일어나 집안이 늘 시끄러운 법이다. 특히 한편이, 또는 양쪽이 주인을 사랑하고 있을 때는 더욱 귀찮은 법이다.

그러나 둘째 부인은 여러 자질구레한 일로 왕이를 위로해 주고, 하녀들이 하고 싶어하지 않는 일까지 해 주었다. 하녀들은 누가 진짜 왕이네 집의 주인인지를 알고 있었으므로 누가 하인이나 하녀들에게 큰 소리로 무엇을 시키면 "네, 네" 대답만 할 뿐 우물쭈물하고 곧바로 나오지 않기 일쑤였다. 그리고 왕이가 화를 내면 "마님의 볼일이 있어서……" 이렇게 변명함으로써 그의 입을 막아 버리는 것이었다.

그러나 첩은 눈에 띄지 않는 곳에서 그에게 잘해 주었다. 그를 위로해 주는 사람은 그녀였다. 조금 남아 있는 밭을 돌아보고 피로하여 침울한 기분으로 돌아오면 그녀는 뜨끈한 차를 내놓기도 하고, 여름이면 우물에 담가 두었던 수박을 내오기도 하고, 식사 때 그에게 부채질을 해주기도 하고, 발 씻을 물을 길어 오기도 하고, 양말이나 신을 바꾸어 신기기도 하는 등 여러 가지로 알뜰히 뒷바라지를 해주었다. 그리고 그가 울화를 터뜨리거나 잔소리를 늘어놓는 상대도 그녀뿐이었다. 가장 심한 것은 소작인에 대한 잔소리였다. 그는 그 울분을 이렇게 그녀에게 털어놓았다.

"그래, 오늘도 서쪽 밭을 갈고 있는 이 빠진 소작인 할망구가 밀 무게를 재는 데 물을 뿌렸잖아. 그 사실을 대리인은 모르고 있단 말이야. 그 녀석은 바보야. 아니면 얼마 얻어먹고 모르는 체해 주는지도 모르지. 그렇다면 몹쓸 놈인데, 아무튼 나는 저울 추가 너무 올라가는 것을 눈치챘단 말이야."

이 말을 듣고 첩은 달래듯이 말했다.

"그런 짓을 한다고 당신을 속이지는 못할 텐데요. 당신은 매우 현명하신걸요. 제가 아는 한 가장 지혜로운 분이에요."

장남의 반항에 진저리를 내고 있는 비통한 기분도 첩에게 다 털어놓았다. 그녀는 이에 대해서도 그를 위로했다. 그래서 오늘도 길을 걸어 가며 첫째 부인이 얼마나 자기를 무정하게 힐책했는가 나중에 그녀에게 이야기해 주어야지 생각하고, 그녀의 다정한 대답을 기대하고 있었다. 그러한 일은 이제까지도 몇 번이나 있었으므로 언제나 위로의 말은 같았다.

"제가 보기에 당신처럼 훌륭한 분은 없어요. 아무런 부족함도 없으신걸요. 마님은 남자를 모르셔요. 남자 중에서도 당신처럼 훌륭한 분은 없다는 것을 모르고 계세요. 정말이에요."

아들과 부인 때문에 괴로워하고 또 몽땅 팔지 못하고 남겨 놓은 밭 때문에 속을 썩이고 있는 지금의 환경에서 벗어나려고 그는 이 첩에게 매달렸다. 여태까지 쫓아다닌 여자 가운데서 이 여자가 가장 위로가 되는 상대라고 마음속으로 생각하고 다음과 같이 중얼거린 것도 까닭 없는 일은 아니었다.

'내가 먹여 살리는 인간 중에서 나의 가치를 아는 것은 이 여자뿐이야!'

그날 그의 심정은 장남에 대한 통렬한 쓰라림으로 가득 차 있었다. 이토록 고민 많은 아버지에게 다시 새로운 수고를 끼치다니 참으로 얄미운 자식이다.

이런 생각을 하면서 길을 걷고 있을 때 그의 장남도 친구 집을 찾아가고 있는 중이었다. 거기서 그는 참으로 신기하게도 자기 마음에 드는 처녀를 만나게 되었다. 장남이 만나러 간 친구는 이곳 경찰서장의 아들이었다. 그 무렵 도박을 금지하는 새 법령이 발표되었으므로 왕이의 아들은 언제나 이 친구와만 노름을 했다. 발각되어 문제가 되더라도 경찰서장 같은 세도가의 아들이라면 피할 수 있을 터이고, 그의 친구인 자기 또한 피할 수 있으리라고 생각되었기 때문이었다. 이날 왕이의 아들은 부모와 말다툼을 했으므로 울적한 기분을 바꾸기 위해 잠시 한판 할 양으로 그 친구를 찾았다.

현관이 열렸으므로 하인에게 이름을 말하자 응접실로 안내해 주었다. 부모와 다툰 일을 생각하면서 우울한 마음으로 앉아서 기다리고 있으려니 갑자기 안쪽 문이 열리며 눈부시게 아름다운 젊은 여자가 나타났다. 여느 여자라면 젊은 남자가 혼자 앉아 있는 것을 보면 소매로 얼굴을 가리며 얼른 들어가 버렸을 것이다. 그런데 이 젊은 여자는 그렇게 하지 않았다. 침착하게 왕이의 아들을 바라보았다. 정면에서 천천히 바라보았으나, 교태도 부리지 않고 조금도 부끄러워하지 않는 이 침착한 응시를 받고 이편에서 먼저 눈을 내리깔고 말았다. 대담하면서도 예의바른 여성이며 새 시대 여성임을 알 수 있었다. 검은 머리를 목 근처에서 잘랐으며 전족도 하지 않았다. 새 시대 여성들이 즐겨 입는 몸에 꼭 맞는 긴 옷을 입고 있었는데, 늦은 봄철에 맞는 거위 솜털 같은 빛깔을 한 부드러운 비단이었다.

입으로는 큰 소리를 치고 있었지만 실은 왕이의 장남은 결혼하고 싶다고 생각할 만한 여성과 만날 기회가 거의 없었다. 도박을 하거나 먹고 마시거나 여러 가지로 놀 때 말고는, 그는 연애 소설을 읽으며 세월을 보냈다. 그것도 고전 소설이 아니고 남녀 간의 자유로운 연애를 묘사한 현대 소설을 열심히 읽었다. 그러므로 그가 꿈꾸는 여성은 창부 따위가 아니고 집안이 좋은 여자여야만 했다. 그러면서도 남자 앞에 나와서 수줍어하거나 말도 제대로 못하는 그런 여성은 안 된다. 남자들끼리처럼 대등하게 담소할 수 있고 그러면서도 짐짓 좋은 환경에서 자란 여자여야 했다. 그러한 여성을 그는 찾고 있었다. 그러나 그런 여성은 한 사람도 없었다. 그런 남녀 교제의 자유는 소설의 세계에나 있는 것이지 현실에는 없기 때문이다. 그런데 오늘 여기 그가 동경하고 있던 여성이 실제로 나타난 것이다. 그러므로 그의 마음은 그녀의 차분하고 대담한 시선을 만나자 불길처럼 타올랐다. 왜냐하면 그의 마음은 훨훨 타는 큰 불이 되기 위해 쌓여 있던 장작 같았기 때문이다.

첫눈에 그는 이 여성에게 마음을 빼앗겨 멍해졌다. 그가 한 마디 입을 떼기도 전에 그녀는 가 버렸지만, 그래도 그는 여전히 멍청해져 있었다. 이윽고 친구가 나타나자 그는 신음하듯 말했다. 입 안은 마르고 심장은 금방이라도 터질 듯했다.

"방금 나간 여자분은 누구지?"

친구는 아무렇지도 않은 듯이 대답했다. "내 누이야. 해안 도시의 외국인 학교에 다니고 있는데 봄방학이라 돌아왔지."

왕이의 장남은 물어 보아야 할 점이 한 가지 있었기에, 겨우 더듬거리며 말했다.

"그럼, 아직 결혼은 안 했군!"

처녀의 오빠는 웃으며 말했다. "아직 안 했어. 저 애처럼 고집 센 여자도 없을걸. 그 일로 늘 부모님과 싸움만 하고 있지. 부모가 선택한 남자와는 절대로 결혼하지 않겠다고 해서 말이야."

왕이의 장남은 이 말을 듣자 메마른 입에 감미로운 술 한 잔이 부어진 느낌이었다. 그는 더 이상 아무 말도 하지 않고 노름을 시작했다. 그러나 노름을 하고 있어도 마음은 그 자리에 없었다. 불꽃이 심장 근처에서 훨훨 타올라 온몸이 불처럼 뜨거웠다. 이윽고 구실을 만들어 얼른 집으로 돌아간 그는 자기 방의 문을 잠그고, 자기는 그 여성과 끊을 수 없는 인연으로 이어져 있다고 생각했다. 그녀 또한 자기와 마찬가지로 부모에게 괴로움을 당하고 있는 모양이다. 구시대의 어른들이란 어쩌면 그렇게 염치가 없을까 입속으로 중얼거렸다. 그리고 자기는 자유로운 새 시대의 남녀다운 방법으로 그녀에게 접근하겠다고 생각했다. 결코 중매인을 찾지 말자. 부모에게도 그녀의 오빠에게도 신세를 지지 말자고 결심했다. 그는 열에 들떠 부랴부랴 애독하는 몇 권의 소설책을 펼쳐 놓고, 자유 연애의 주인공들은 연인에게 어떤 편지를 쓰나 하고 연구했다. 그리고 그는 그와 비슷한 편지를 썼다.

그 편지를 그는 처녀 앞으로 쓰고 끝에 자기 이름을 적었다. 편지는 온갖 예의 바른 말로 시작되었다. 그리고 자기는 자유로운 영혼이라느니, 당신도 그렇다고 생각한다느니, 그러기에 당신은 나에게 태양과 다름없다느니, 당신은 모란 꽃이요 피리의 아름다운 소리라느니, 당신은 그 순간에 나의 가슴에서 심장을 빼앗아 버렸다느니 하는 말을 늘어놓았다. 편지를 다 쓰자 그는 자기가 데리고 있는 전속 하인을 불러 그녀에게 전하게 했다. 그리하여 그 회답을 열병에 걸린 사람처럼 목메어 기다렸다. 부모가 무슨 병이 난 것이 아니냐고 걱정했을 정도였다. 이윽고 하인이 돌아와서 "회답은 나중에 전해 드리겠답니다." 전했다. 그는 기다리는 도리밖에 없었으나, 기다려야 한다는 점이 매우 기분을 초조하게 만들었으므로 온 가족이 신경에 거슬렸다. 동생이나 누이가 옆에 오면 사정없이 후려쳤고 하녀들에게도 마구 호통을 쳤다. 마음씨 좋은 아버지의 첩마저 "당신은 미친 들개 같아요!" 소리치고는 자기 아이를 그의 손이 닿지 않는 곳으로 데려가 버렸을 정도였다.

사흘 뒤 하인이 편지를 들고 왔다. 그 사흘 동안 문간에서만 어슬렁거리던 장남은 그것을 가로채어 자기 방으로 뛰어 들어갔다. 봉투를 뜯으려다 너무 당황한 나머지 편지까지 찢어 버렸다. 그는 두 쪽이 난 편지를 이어 맞추어 겨우 읽었다. 그녀의 필적은 힘차고 아름다웠다. 처음에는 의례적인 말이 적혀 있고 이어, 왜 대담하게 이런 편지를 쓰는가 그 이유를 설명해 놓았다. '저 또한 자유로운 영혼입니다. 무슨 일이건 부모에게 강요받기를 거부합니다.'

그에 대한 애정을 돌려서 표현한 것이었다. 그는 너무나 기뻐 정신을 잃을 정도였다.

이런 식으로 연애가 시작되었다. 그러는 동안에 두 사람은 아무리 열심히 주고받아도 편지만으로는 만족할 수 없게 되었다. 어떻게든 만나고 싶었다. 그래서 한두 번 처녀의 집 뒷문에서 만났다. 두 사람 다 내색하지 않으려고 했으나 실은 무서웠다. 그래서 만나도 얼른 헤어져 버렸다. 빈번히 편지를 주고받고, 하녀에게 많은 돈을 주어 입을 다물게 하고 편지에 가명을 쓰고 하는 동안에 이 사랑은 점점 더 뜨겁게 불타올랐다. 둘 모두 갖고 싶은 것은 손에 넣어야 하는 성질이었으므로 연애에 있어서도 태평스레 기다리고 있지 못했다. 세 번째 밀회 때 청년은 열정적으로 말했다.

"이제 저는 더 기다릴 수 없습니다. 당신과 결혼하지 않고는 못 견디겠습니다. 그러니 아버지에게 말씀드리겠습니다."

이에 대해 그녀도 또렷하게 대답했다.

"저도 아버님에게 만일 당신과 결혼할 수 없다면 자살하겠다고 말하겠어요."

그래서 두 사람은 저마다 자기 아버지에게 말했다. 왕이 쪽은 장남이 그와 같은 양가의 처녀를 좋아하게 된 것을 기뻐하여 당장 이 혼담을 성사시킬 생각을 했으나, 처녀 쪽 아버지는 완고해서 그런 사람에게 딸을 줄 수 없다고 강력히 반대했다. 그는 경찰서장이라는 직분으로 하여 첩자를 여기저기 내보내고 있었으므로, 왕이의 장남의 소행에 대해서 남이 모르는 것까지 알고 있던 것이다. 그래서 그는 딸에게 호통쳤다.

"무슨 소리를 하느냐! 너는 밤낮 마굴에서 세월을 보내는 아무짝에도 쓸모없는 놈팡이와 결혼할 작정이냐?"

그리고 그는 딸이 학교로 돌아갈 때까지 그녀 방에 가둬 놓도록 하인들에게 명령했다. 그녀는 미친 듯이 달려가서 아버지에게 대들고 애원했으나 아버지는 조금도 상대해 주지 않았다. 그는 매우 냉정한 사나이였으므로 딸이 소란을 피우는 동안에도 콧노래를 흥얼거리며 책을 읽었다. 딸이 분노에 못 이겨 양갓집 규수로서 할 수 없는 말을 마구 내뱉자 그녀를 돌아보고 말했다.

"나는 처음부터 너를 학교에 보내지 말고 집에 두어야 한다고 생각했었지. 요즈음 계집애들을 못쓰게 만드는 것은 학교 교육이야. 만일 다시 한 번 시작할 수만 있다면 너도 네 어머니처럼 글씨를 읽지 못하더라도 정숙하게 길러 빨리 선량한 남자에게 주고 싶을 정도다. 그래, 오늘부터라도 그렇게 할 테다."

느닷없이 호통을 치는 바람에 딸은 털썩 주저앉아 꼼짝도 못하고 있었다.

그러고부터 두 남녀는 아름다운 문장의, 절망에 찬 편지를 써 보냈다. 그리고 양쪽 집안의 하인들은 심부름 삯으로 호주머니를 불리면서 부지런히 왔다 갔다 했다. 그리고 청년은 집안에만 들어박혀 끙끙거릴 뿐 노름을 하러도 가지 않았다. 양친은 그 모습을 보고 어찌 해야 좋을지 몰랐다. 왕이는 이런저런 사람을 통해 경찰서장에게 뇌물을 보냈다. 서장은 뇌물에는 약한 편이지만 이번만은 손을 내밀려 하지 않았다. 왕이 부부는 절망했다. 장남은 식사도 하지 않고, 목매달아 죽어 버리겠다느니 중얼거리는 형편이었다. 왕이도 그쯤 되니 정말 미칠 것 같았다.

어느 날 저녁, 청년이 사랑하는 사람의 집 뒤를 서성거리고 있으니 비상문이 열리며 늘 애인의 편지를 전해 주는 어린 하녀가 살며시 나와서 그에게 손짓했다. 그는 두려움에 기절할 것 같았으나, 그래도 정열에 쫓겨 문 안으로 들어가니 좁은 마당에 애인이 서 있었다. 그녀는 완전히 각오가 되어 있어서 이미 여러 방안도 갖고 있었다. 그러나 막상 얼굴을 맞대자 말이 제대로 나오지 않았다. 종이에 쓰는 말과는 크게 달랐던 것이다. 청년은 절대로 와서는 안 될 곳에 와 있는 것을 들키면 큰일이라고 겁을 먹고 있었다. 그러나 여자는 기승스러운데다 학문이 있었으므로 끝까지 뜻을 이루려 했다. 그녀는 말했다.

"저는 이제 구세대 사람들은 상관하지 않겠어요. 어디든지 함께 달아나요. 우리들이 사라진 것을 알면 체면도 있으니까 틀림없이 결혼을 허락할 거예요. 아버지는 저를 귀여워하시는걸요. 저는 외동딸인데다가 어머니는 돌아가시고 안 계세요. 그리고 당신은 장남이잖아요. 그러니까 승낙해 줄 거예요."

그러나 청년이 그녀의 정열에 답하기도 전에 마당으로 난 문이 열리더니 갑자기 경찰서장이 나타났다. 딸의 심부름을 하는 하녀에게 거절당한 하인이 홧김에 밀고한 것이다. 서장은 하인들에게 명령했다.

"저놈을 묶어서 감옥에 처넣어라. 딸의 명예를 더럽힌 자다!"

Tahara

　애인의 아버지가 경찰서장이어서 누구나 감옥에 집어넣을 수 있다는 것은, 왕이의 장남으로서는 무척 불운한 일이었다. 다른 사람이라면 그런 권력도 없을 것이고 뇌물이라도 쓰지 않는 한 그를 감옥에 집어넣을 수는 없었으리라. 그러나 서장의 명령이었으므로 부하들은 청년을 끌어갔다. 딸이 비명을 지르며 청년의 팔을 잡고 매달려 다른 사람과는 결혼하지 않겠다, 반지를 삼키고 죽어 버리겠다고 울부짖었다.

　그러나 냉정한 아버지는 하녀들을 돌아보고 말했다.

　"이 아이를 잘 지켜봐야 한다. 눈을 떼어서는 안 돼. 만일에 이것이 방금 말한 그런 짓을 했을 때는 너희들에게 그 책임을 지울 테니 그리 알아라."

　그러고는 딸의 비명도 울부짖음도 들은 체 만 체 그 자리를 떠나가 버렸다. 하녀들은 무서워서 잠시도 그녀 곁을 비우려 하지 않았다. 그래서 처녀는 죽을 수도 없었다.

　경찰서장은 왕이에게 사람을 보내어, 댁의 장남이 내 딸의 명예를 더럽히려 했으므로 감옥에 처넣었다고 알렸다. 통고를 해놓고 그는 넓은 방에 앉아 기다렸다. 왕이의 집에서는 큰 소동이 일어났다. 왕이는 완전히 당황해서 어찌할 바를 몰라했다. 먼저 수중에 있는 은을 긁어모아 꽤 많은 뇌물을 보내고, 가장 좋은 옷을 걸치고는 몸소 사죄하러 서장을 찾아갔다. 그러나 서장은 그렇게 간단히 일을 해결할 생각이 없었다. 그래서 이런 큰 걱정 때문에 병이 나서 아무도 만날 수 없다면서 문간에서 거절해 버렸다. 그리고 뇌물이 전달되어 왔을 때는 "왕대인은 나의 인격을 오해하고 있다, 나는 돈에 유혹받는 사람이 아니다" 이렇게 퉁겨 버렸다.

왕이는 신음하며 집으로 돌아갔다. 그는 뇌물의 금액이 너무 적었다는 사실을 깨달았으나 공교롭게도 밀의 수확 전이라 현금이 적었다. 그래서 그는 아우의 힘을 빌려야 되겠구나 생각했다. 그리고 감옥에 있는 장남의 일도 챙겨야 했다. 그쪽도 걱정이었다. 조금이라도 아들이 편하도록 음식이며 침구를 넣어주어야 했다. 그 절차가 끝나자 왕 상인을 부르러 보낸 다음 거실에 앉아서 아우가 오기를 기다렸다. 부인은 거의 미친 듯이 되어서 남편 곁에 붙어 있었다. 남편은 두 손으로 머리를 감싸고 앉아 있었다. 부인은 자기가 견뎌야 하는 고뇌를 호소하면서 여러 신불에게 빌었다.

부인이 아무리 울부짖으며 책망해도 이때만큼은 왕이도 평소처럼 마음이 움직여지지 않았다. 장남이 이렇게 경찰서장에게 잡힌 것에 몹시 겁을 먹었던 것이다. 그러고 있는데 왕얼이 매우 침착한 모습으로 나타났다. 그는 그런 사건은 전혀 아는 바 없다는 듯이 천연덕스러운 얼굴을 하고 있었다. 그러나 이 이야기는 벌써 여기저기에 퍼져 있었다. 아주 좋은 이야깃거리였으므로 하녀들도 모두 알고 있었고 왕얼의 처도 듣고 남편에게 모조리 이야기했다. 아니, 죄다 이야기했을 뿐 아니라 없는 말까지 덧붙여서 말했다. 그녀는 몹시 재미있어 하면서 몇 번이나 되풀이했다.

"그런 어머니의 아들이고, 아버지란 양반이 그런 오입쟁이니까 별 수 없어요. 언젠가 이런 일이 있을 줄 알고 있었답니다."

그러나 의자에 앉은 왕얼이 형 내외가 번갈아 이야기하는 내용을 들어 보니, 두 사람은 아들의 죄를 매우 가벼운 것처럼 말했다. 왕얼은 재판관처럼 침착하게 청년의 무죄는 마땅하다고 믿는 표정으로, 어떻게든 그를 석방시킬 수단을 생각하는 체했다. 그러나 그는 형이 큰돈을 빌리고 싶어하는 것을 처음부터 눈치챘다. 그리고 어떻게 하면 빌려 주지 않을 수 있을까 열심히 궁리했다. 이윽고 이야기가 끝나고 부인은 체면 없이 울었다. 왕얼이 입을 열었다.

"어디서나 관리들과의 교섭에 돈이 드는 것은 사실입니다만, 그보다 더 좋은 방법이 있습니다. 그것은 무력입니다. 재산을 몽땅 쓰기 전에 동생에게 부탁해 봅시다. 동생도 이제는 훌륭한 장군이니까 동생이 수고를 좀 해서 성 정부를 움직여 이곳 현장에게 낙하산식 명령을 내리게 해서 현장으로 하여금 그 애를 석방하라는 명령을 서장에게 내게 하면 어떨까요? 그런 다음에 각 방면에 조금씩 뇌물을 쓰면 어떻게 될 겁니다."

이는 누가 들어도 훌륭한 묘안으로 여겨졌다. 왕이는 어째서 그 생각이 나지 않았을까 싶었다. 그들은 지체없이 왕후에게 심부름꾼을 보냈다. 이리하여 왕후가 사건을 알게 된 것이다.

한편 왕후는 동생으로서 형들을 돕는다는 의무 이외에 이 일은 자기의 실력과 영향력을 실험하는 좋은 기회라고 여겼다. 그래서 그는 이웃 성의 군장 앞으로 정중하게 예를 다한 편지를 쓰고 선물을 마련하여 심복 부하에게 들려서 비적으로부터 지킬 호위병까지 딸려 출발시켰다. 선물을 받고 편지를 읽은 장군은 잠시 생각에 잠겼으나, 이것은 전쟁 때 왕후를 자기편에 끌어들이는데 도움이 되겠다고 생각했다. 이런 은혜를 베풀어 놓으면 왕후도 의리를 느낄 것이다. 고작 한 청년을 감옥에서 풀어주는 것쯤으로 왕후의 호의를 얻을 수 있다면 아주 싸게 먹히는 일이라고 생각했다. 조그마한 도시의 경찰서장쯤은 문제도 아니었다. 그래서 왕후의 부탁을 성장에게 말했다. 성장으로부터 현장에게 명령이 내려갔다. 현장은 다시 왕이네가 사는 도시의 관청에 그 명령을 전달했다.

왕 상인은 평소보다 더 빈틈없이 머리를 썼다. 그는 요소요소에 뇌물을 썼는데, 사건에 관련된 모든 사람들이 이득을 보았다고 생각하면서도 더 받고 싶은 욕심을 일으키지 않을 정도에서 그쳤다. 석방 명령이 서장에게 이르렀다. 왕 형제는 서장에게 명령이 전달되는 시간을 세심하게 헤아렸다. 그들은 누구나 체면이 상하는 일은 참기 어렵다는 것을 잘 알고 있었다. 그래서 명령이 이르렀을 즈음을 잘 보아 아무것도 모르는 체하고 서장을 찾아가 무척 많은 뇌물을 내놓고 몇 번이나 사죄하면서 장남의 석방을 애원했다. 고개를 아주 깊이 숙여 상대의 자비를 바란다고 말했기 때문에 마침내 서장은 대수롭지 않은 듯이, 그리고 은혜라도 베푸는 듯한 오만한 태도로 뇌물을 받았다. 그러고는 장남을 감옥에서 끌어내오게 하여 한바탕 설교를 한 다음 풀어주었다.

왕 형제는 서장을 위해서 성대한 잔치를 베풀었다. 이로써 사건은 해결되었다. 청년은 다시 자유의 몸이 되었고 그의 연정은 감옥에 들어가는 바람에 얼마간 식어 버렸다.

그러나 처녀 쪽은 여전히 강경해서 다시 성가시게 아버지를 졸라 댔다. 이번에는 아버지도 조금 마음이 움직였다. 왕가네 집안이 얼마나 유력한가, 형제 가운데 한 사람이 얼마나 강력한 군벌이며, 왕 상인이 얼마나 막대한 돈을 갖고 있는가를 알게 되었기 때문이다. 그는 중매인을 세워서 왕이에게 이렇게 전했다.

"두 사람을 결혼시켜서 양가의 교분을 맺으면 어떻겠습니까?"

이렇게 하여 교섭은 진행되고, 약혼이 이루어져서 다가오는 첫 길일을 잡아 혼례를 치르기로 했다. 왕이 부부는 안도의 숨을 내쉬며 기쁨에 찼다. 신랑은 이 급격한 사태 전개에 멍해졌지만 그래도 조금은 정열이 되살아나서 몹시 흡족해했다. 신부는 승리에 취해 있었다.

왕후로서는 이 사건 자체는 그다지 중요하지 않았으나 다음 여러 가지 점이 분명해진 것은 수확이었다. 말하자면 그는 인정을 받고 있다는 것, 군장도 그의 실력을 인정하여 그의 호의를 얻어 두고자 했다는 것 등을 알게 된 것이다. 그의 마음은 자랑으로 가득 찼다. 이 사건이 일단락될 무렵에는 봄도 이미 지나가고 완연한 여름에 접어들고 있었다. 왕후는 봄을 분주한 가운데 보냈으며 시기도 이미 늦었으므로 계획했던 영토 확장전을 다시 1년 연기할까 생각했다. 자신의 지위가 확립된 것을 알았으므로 1년쯤의 연기는 그리 걱정되지 않았다. 게다가 초여름이 되자 각지에 띄운 첩자들이 돌아와 남방에서 전쟁의 소문이 자자하더라고 보고한 것이었다. 그러나 그것은 어떤 전쟁이며, 누가 우두머리인지는 아직 분명치 않았다. 이 보고를 듣자 왕후는 이웃 성의 군장에게 자기의 군대가 얼마나 소중한 존재인가, 무엇 때문에 군장이 자신의 호의를 얻어두려 했는가 이해할 수 있었다. 그래서 그는 어떤 형세가 전개되어 올 것인지 이듬해 봄까지 기다려 보기로 했다.

여전히 왕후는 아들하고만 살았다. 아이는 진지하게 주어진 과업에 전념했다. 왕후는 그 모습을 기쁜 듯이 묵묵히 지켜보았다. 그는 줄곧 자기 아들을 바라보며, 소년이라고도 청년이라고도 할 수 없는 그 진지한 얼굴을 언제까지나 싫증 내지 않고 쳐다보았다. 아들이 공부를 하고 있거나 무슨 일에 열중하고 있을 때 지그시 그의 얼굴을 바라보고 있으면 광대뼈가 튀어나오고 각이진 얼굴 생김이라든가, 굳게 다문 입매가 묘하게 누군가를 닮았다고 여겨질 때가 있었다. 아름다운 입매라고는 할 수 없었다. 그러나 소년치고는 참으로 강한 의지를 느끼게끔 꾹 다물려 있었다.

어느 날 밤, 왕후는 아들의 용모가 그의 조모, 즉 자신의 어머니를 닮았다는 사실을 깨달았다. 그렇다, 이것은 어머니의 얼굴이었다. 하긴 왕후는 어머니의 임종 때의 얼굴밖에 기억하고 있지 않았다. 그때는 죽음이 임박한 창백한 얼굴을 하고 있었으므로 그 얼굴과 아들의 불그레한 얼굴과는 전혀 달랐다. 그러나 아들의 무슨 일이든 느리고 말수가 적은 점은 어머니를 닮았고, 입매나 눈빛의 진지함도 어머니를 닮았다고 가르쳐 주는 감정이 있었다. 어렴풋해진 어머니의 그리운 얼굴을 아들 속에서 발견한 왕후는 마음이 뜨거워짐을 느끼고 한층 더 아들과 단단히 연결되어 있음을 느꼈다.

26

의무는 무엇이든 충실히 수행하고 명령받은 일은 반드시 실행한다. 왕후의 아들은 그런 소년이었다. 교관이 가르치는 대로 전술이며 무기 다루는 법을 익혔으며, 왕후처럼 자유자재는 아니었으나 말도 꽤 잘 탔다. 그러나 무엇을 해도 즐거워 보이지 않았고, 모든 것을 의무로서 억지로 하는 듯한 느낌이었다. 왕후가 군사 교관에게 아들의 성적을 묻자 교관은 조금 주저하면서 대답했다.

"성적이 나쁘다고는 할 수 없습니다. 무엇이든 어느 정도까지는 하니까요. 배운 데로 정확하게 합니다. 그러나 그 이상은 결코 하지 않는군요. 마음이 내키지 않는 상태라고 할 수 있겠습니다."

이 대답은 왕후의 마음을 무척 아프게 했다. 왜냐하면 그도 전부터 느꼈던 사실이기 때문이었다. 아들은 화를 내는 일이 없었다. 무엇을 미워하는 일도 없었고, 무엇을 갖고 싶어하는 적도 없었다. 그저 무엇을 시켜도 진지하고 참을성이 많았다. 군인은 그래선 안 된다는 것을 왕후는 알고 있었다. 군인에겐 투지가 필요했다. 심한 노여움도, 강한 고집도, 쉽게 뜨거워지는 정열도 갖고 있어야 한다. 그것을 그는 유감으로 생각했다. 그리고 어떻게 하면 그 성질을 고칠 수 있을까 궁리에 잠겼다.

어느 날 왕후는 정원에서 아들 옆에 앉아, 교관의 지도로 사격 연습을 하고 있는 것을 지켜보고 있었다. 소년은 침착하게 겨누었다. 손을 올리는 것도 민첩했다. 그리고 호령이 내리면 망설이지 않고 확실하게 방아쇠를 당겼다. 그러나 왕후의 눈에는 아들이 억지로 자기를 달래고 있다는 느낌만 들었다. 싫지만 해야 하니까, 마음을 독하게 먹고 하고 있는 표정이 소년의 애처로운 얼굴에 드러났다. 왕후는 소년에게 말을 건넸다.

"좀더 열심히 해라. 그래야 내가 기쁘지."

소년은 정신이 바짝 드는 듯이 아버지의 얼굴을 쳐다보았다. 소년은 아직도 연기가 피어오르는 권총을 들고 있었다. 그 눈에는 무어라 형용할 수 없는 빛이 떠오르고 무슨 말인가 하고 싶은 듯이 입술을 열었다. 그러나 거기에는 엄격한 왕후가 앉아 있었다. 그는 아무리 상냥한 표정을 지으려 해도 그렇게 되지 않았다. 눈썹은 굵고 검었고, 빳빳하고 검은 수염에 둘러싸인 입은 사실은 그렇지 않은데도 어딘가 기분이 좋지 않아 보였다. 소년은 다시 시선을 옆으로 돌리고 조그맣게 한숨을 쉬면서 여느 때의 그 참을성 있는 어조로 대답했다.

"네, 아버지."

왕후는 막연한 고통을 느끼며 아들을 바라보았다. 왕후는 표정은 엄하고 거칠어 보였으나 마음은 부드러웠다. 다만 마음을 열어 그 마음을 겉으로 드러내는 방법을 몰랐을 뿐이었다. 잠시 뒤 그도 탄식하며 연습이 끝날 때까지 말없이 지켜보고 있었다. 끝나자 소년은 불안한 듯 아버지의 얼굴을 쳐다보고 말했다.

"아버지! 이제 그만 나가도 괜찮습니까?"

왕후는 문득 아들이 혼자 나가는 일이 잦음을 깨달았다. 늘 빠져나가는데 어디로 가는지는 알지 못했다. 다만 어디를 가든지 따라가도록 명령해 놓은 병사가 반드시 함께 한다는 것만 알았다. 그러나 오늘만은 마음속에 하나의 의혹을 가지면서 아들을 보았다. 아들도 이제 어린아이가 아니므로 발을 들여놓아선 안 될 곳에 가는 것은 아닐까 의심한 것이다. 갑자기 질투에 사로잡힌 왕후는 되도록 목소리를 상냥하게 해서 물었다.

"대체 어디를 가려고 그러느냐?"

소년은 우물쭈물 고개를 숙였으나, 얼마 지나서 조심조심 대답했다.

"그다지 어디라고 정한 곳은 없습니다. 그저 성 밖으로 나가서 밭 주위를 돌아다니는 것을 좋아합니다."

소년이 마굴에 간다고 하더라도 왕후는 이만큼 놀라지는 않았을 것이다. 그는 아연해져서 물었다.

"그런 곳에 군인이 봐서 도움이 될 만한 것이라도 있더냐?"

그러자 소년은 눈을 내리깐 채 가는 허리띠를 만지작거리면서 참을성 있는 어조로 나직이 대답했다.

"아무것도 없습니다. 하지만 조용하고, 이제는 과일 나무에 꽃이 피어서 보기 좋습니다. 그리고 이따금 농민들과 이야기를 하면서 농사일에 대해 듣는 것이 재미있습니다."

왕후는 놀라고 말았다. 아들을 어찌 다루어야 좋을지 알 수 없었다. 그는 속으로 중얼거렸다. '군벌의 아들로서는 색다르군. 나는 어릴 때부터 농사일이 무척 싫었는데.' 그리고 그는 왠지 모를 실망을 느끼며 저도 모르게 거친 소리가 나오고 말았다.

"그렇다면 네 좋을 대로 해라, 나는 모르겠다!"

소년은 새장에서 풀려 난 새처럼 재빨리 아버지 곁을 떠나 버렸다. 왕후는 무거운 마음으로 그냥 앉아 있었다.

비통한 기분으로 생각에 잠겨서 그는 언제까지나 앉아 있었다. 그런데 무엇 때문에 이렇게 마음이 아픈지 자신도 알 수 없었다. 나중에는 신경질이 났다. 그래서 억지로 기분을 돋우며 스스로를 달랬다. 그 아이는 불량하지도 않고 시키는 일은 잘하고 있으니까 그것으로 만족할 만하지 않은가. 이렇게 왕후는 그 걱정을 다시 한 번 마음으로부터 떨쳐내 버렸다.

몇 년 전부터 이제까지 없던 새롭고 커다란 불만이 어디선가 전란이 되어 나타나리라는 소문이 떠돌았다. 왕후의 첩자들은 남방의 학교에 있는 남녀학생들이 무기를 들고 일어나려 하고 있으며, 밭에서 일하는 일반 농민들도 전쟁을 준비하고 있다는 보고를 갖고 왔다. 그것은 전대미문의 일이었다. 그런 일은 군벌들끼리의 일이며 일반 시민들과는 관계 없는 일이어야 한다. 왕후는 깜짝 놀라며, 그들이 무엇 때문에 일어나고 어떤 명목으로 싸울 참인가 물었으나 첩자들은 알지 못했다. 그래서 왕후는 학생이 무장하는 것은 나쁜 짓을 한 교사를 물리치기 위해서겠지, 일반 민중이 싸우는 것은 악질 관리에게 학대를 받아 더 이상 참을 수 없게 되어서 그놈을 죽이고 문제를 해결할 참이겠지, 하고 생각했다.

그러나 그는 적어도 이 새로운 전쟁이 어떻게 전개되고 자기는 어떻게 대응해야 하는가, 그 전망이 설 때까지 자기 쪽에서 전쟁을 시작하지는 않기로 했다. 그는 조세를 저축해서 자꾸만 무기를 사들였다. 이제는 왕후도 형 왕 상인에게 도움을 청할 필요가 없었다. 그도 이제는 영토 내에 자신의 항구가 있어, 배를 고용해서 무기를 외국에서 쉽게 밀수입할 수가 있었던 것이다. 성 정부에서는 그 밀수입을 알고 있더라도 그를 자기편 장군으로 보고 있었으므로 못 본 체했다. 언젠가 일어날 것이 분명한 전쟁에서 왕후가 지닌 무기가 모두 자기들에게 도움이 되리라고 믿었다.

이렇게 형세를 관망하는 동안 왕후의 병력은 방대해졌다. 아들도 커서 열네 살을 맞이했다.

왕후가 위대한 군벌의 영수가 되고부터 15년이 넘는 동안 그는 여러 점에서 행운아였다. 그중에서도 중요한 점은 그의 영내에서는 전반적인 기근이 없었다는 것이다. 물론 무정한 하늘 아래서는 늘 피할 수 없는 일이어서 소규모의 기근은 여기저기서 일어났지만 그의 영지 전체에 걸쳐서 일어나는 일은 없었다. 그러므로 한 지방이 굶주리면 그 지방으로부터는 세금을 징수하지 않더라도, 백성들이 굶주리지 않거나 혹은 그다지 심하게 피해를 입지 않은 다른 지방에서 세금을 거둘 수가 있었다. 그렇게 하는 것이 그는 마음에 흡족했다. 왜냐하면 그는 공명정대한 인물이라 다른 군벌들처럼 굶어 죽어 가는 백성으로부터 돈을 싹싹 긁어내는 행동은 결코 하지 않았기 때문이다. 그 때문에 백성들은 그를 고마워하고 칭송했다. 영내에서는 많은 사람들이 말했다.

"그렇고말고, 왕후 장군보다 나쁜 군벌이 얼마든지 있지. 어차피 군벌 아래 있을 바에야 저런 사나이를 만난 것은 운이 좋았다고 봐야 해. 이자는 세금을 군대를 위해서 쓸 뿐이지, 다른 군벌처럼 연회니 여자니 하는 놈들이 좋아하는 짓을 위해 써버리진 않거든."

왕후가 백성에게 되도록 공정하려고 힘쓴 것은 사실이었다. 오늘에 이르기까지 아직 새 현장이 부임해 오지는 않았다. 실은 어떤 인물이 임명되었으나 왕후가 매우 사나운 인물이라는 말을 듣고, 아버지가 늙었으니 천명을 마치고 장례가 끝날 때까지 효도를 하고 싶다는 구실로 부임을 연기하고 있었던 것이다. 그래서 왕후는 이따금 법정에 나가서 재판까지 관장했는데, 그런 때 그는 출두한 서민들의 호소를 잘 들어주어, 많은 가난한 자들을 지켜주고 부자나 고리대금업자들을 혼내주었다. 왕후는 부호들을 두려워할 필요가 없었기 때문이다. 그러므로 그들이 요구하는 만큼의 은을 바치지 않으면 사정없이 감옥에 처넣었다. 따라서 자연히 지주, 고리대금업자, 부호 등은 왕후를 싫어하여 어떻게든 그의 재판을 받지 않으려고 노력했다. 그러나 그들이 아무리 싫어하더라도 왕후에게는 강대한 무력이 있어 두려워할 필요가 없었으므로 그들을 무시했다. 그는 병사들에게는 꼬박꼬박 충분히 급료를 지급했다. 군기를 어기는 자가 있으면 가혹하게 벌하기는 했으나 급료만은 정확하게 지불했다. 이 점은 많은 군벌들이 감히 해내지 못하는 일이었다. 많은 군벌들이 약탈로써 부하들을 기르고 있었으나 왕후는 부하들을 위해서 싸워야 할 일은 없었고, 자기가 원한다면 언제까지든 싸우지 않을 수도 있었다. 따라서 그 지방의 백성이나 부하들 사이에서 그의 지위는 매우 견고하고 평안했다.

그러나 아무리 지위가 평안하더라도 인간은 언제나 심술궂은 하늘을 잊어서는 안 된다. 왕후도 그것을 면할 수는 없었다. 아들이 열네 살이 되어 내년에는 군관 학교에 보내야겠다고 준비하고 있을 때, 그의 전 영토에 걸쳐 대기근이 일어났다. 그것은 한 지방에서 다른 지방으로 마치 전염병처럼 번져 나갔다.

그해 봄에는 와야 할 시기에 비가 내렸다. 그러나 그쳐야 할 시기가 되어도 비는 그치지 않았다. 하루 또 하루, 일주일 또 일주일, 여름이 되어도 비는 계속 내렸다. 자라난 밀은 물 속에 잠겨 썩었다. 아름다운 밭은 진흙탕이 되고, 그때까지 조용히 흐르던 시냇물이 불어 도도한 분류가 되어 양쪽 둑을 무너뜨리고 쏟아졌으며, 곳곳의 웅덩이를 채우고 넘쳐흘러 모든 것을 떠내려 보내면서 진흙을 바다에 쏟아 넣었다. 그래서 푸른 바다가 눈깜짝할 새에 몇십 리 밖까지 황토빛으로 변했다. 민중은 처음에는 책상이나 침대를 물보다 높은 곳에 얹어 놓고 집안에서 살았다. 그러나 물이 지붕에 이르도록 불어오르자 토벽이 무너지기 시작했으므로 그들은 배안이나 큰 대야 또는 채 물에 잠기지 않은 둑 같은 높은 데로 올라가 지냈다. 그런 곳에 피난한 것은 사람뿐이 아니었다. 들판의 야수며 뱀까지 몰려들다. 뱀은 나무에 엉키고 가지에 매달려서 마침내 사람을 무서워하는 것을 잊고 인간들 사이에 끼어들어 함께 살기 시작했다. 인간은 홍수와 뱀과 어느 쪽이 더 무서운가 알 수 없게 되었다. 날이 가도 물은 줄어들지 않았다. 그리고 거기에는 또 다른 공포가 기다렸다. 굶어 죽는 공포였다.

왕후는 여태까지 모르던 커다란 고난에 처했다. 다른 사람들은 자기 가족만 먹여 살리면 그만이었지만 그는 자신만을 의지하는 많은 군대를 거느리고 있었기 때문이다. 병사들은 아주 무지해서 금방 불평을 늘어놓았다. 식량과 봉급이 충분하면 만족해도, 받을 것을 받지 못하면 곧바로 배신하는 자들이었다. 왕후의 영내 각 지방으로부터 차츰 세 수입이 줄어들기 시작했다. 여름 내내 물이 빠지지 않았으므로 가을이 되어도 수확이 없었다. 따라서 그해 겨울이 되자 이 지방에 밀수입되는 아편의 세금 말고는 세 수입이 바닥나게 되었다. 더욱이 사람들에게 구매력이 없으니까 밀수 상인들이 다른 지방으로 옮겨가서 아편세마저 크게 줄어들어 버렸다. 홍수가 염전을 씻어내려 소금세도 받을 수 없게 되었다. 그해엔 술을 새로 담글 형편도 못되었으므로 도공들도 술병 제조를 중지해 버렸다.

왕후의 곤궁은 예사롭지 않았다. 이 지방의 군벌로서 지배하기 시작한 이래 처음으로, 그해 연말에 그는 부하들의 급료를 지불하지 못하게 되었다. 그 사태를 눈치챈 왕후는 이것을 돌파하는 유일한 방법은 가혹한 태도밖에 없다고 깨달았다. 약점으로 이용되어서는 곤란하므로 괜한 자비나 연민의 정을 보이지 말아야 한다. 그래서 그는 부하 장교들을 모아 놓고, 마치 그들이 나쁜 짓이라도 해서 분개하고 있는 듯 호통을 쳤다.

"지난 몇 달 동안 백성들은 굶주리고 있다. 그러나 나는 너희들을 먹여 살리고 급료까지 지불해 왔다. 나의 은은 이제 바닥이 났다. 이 계절이 지나지 않으면 조세는 한 푼도 들어오지 않는다. 앞으로는 너희들의 급료를 식량만으로 지불할 수밖에 없다. 아니, 그것조차도 힘든지 모른다. 앞으로 한두 달이면 식량을 살 은마저 없어질지 모른다. 너희들을 굶기지 않고 나도 내 아들도 굶지 않으려면 어디 가서 막대한 빚을 내야 한다."

이렇게 말하면서 왕후는 무시무시한 표정을 지었다. 눈썹 아래서 번들거리는 눈으로 그들을 쏘아보며 화난 듯이 수염을 잡아당겼다. 그 가운데에는 반항적인 얼굴도 보였다. 그들이 묵묵히 자리를 떠나자 곧 그 앞으로 되돌아온 몇 사람의 장교가 있었다. 첩자로서 늘 왕후가 측근에 두는 자들이다.

"급료를 받지 않으면 싸움터에 나가지 않겠다고 말하고 있습니다."

첩자가 나직한 소리로 말하는 것을 듣자 왕후는 침울해져서 잠시 넓은 방에 앉아 있었다. 그는 이 얼마나 은혜를 모르는 부하들인가 생각했다. 이런 흉년에 민중은 굶어죽기까지 하는데, 그들에게는 여느 때와 같이 급료를 주어 오지 않았던가. 그러한 나에 대해 그들은 조금도 감사하고 있지 않다. 한두 번 몰래 비축해 둔 군자금의 일부를 급료에 충당하려고까지 생각했었다. 그 은은 전쟁에 져서 산악 지대로 후퇴할 경우를 위해서 간직해 둔 것인데, 이렇게 되면 만일 부하들이 굶어 죽더라도 녀석들을 위해서 자기와 아들의 것인 그 돈을 내놓지는 않겠다고 생각했다.

여전히 기근은 이어졌다. 그 지방 일대가 물에 잠겨서 굶어 죽은 사람들이 많았으나 마른 땅이 없어 묻을 수도 없었기에 시체는 물에 던져져서 떠다녔다. 그중에도 어린아이의 시체가 많았다. 어린아이들은 왜 먹을 것이 없는가 설명해 주어도 알 수 없었으므로 배가 고프면 울부짖기 시작하여 언제까지나 그치지 않았다. 이 소리를 듣는 부모들은 견딜 수 없는 고통을 받았다. 그래서 일부 부모들은 어둠을 틈타 아이를 물 속에 던져 버리기까지 했다. 그편이 고통이 짧고 비교적 편하게 죽으리라는 생각에, 애정에서 그렇게 하는 부모도 있었다. 그러나 얼마 남지 않은 식량을 없애는 입을 줄이기 위해서 그렇게 하는 부모도 있었다. 이윽고 부모들만 남은 경우 어느 쪽이 살아남을지 몰래 저울질하는 내외도 있었다.

새해가 왔지만 아무도 그것이 경축할 만한 날이라는 생각을 하지 못했다. 왕후는 부하들의 식사를 절반으로 줄였다. 그 자신도 고기를 끊고 죽 같은 빈약한 것만 먹었다. 어느 날 그가 자기 방에 앉아 지금 빠져 있는 곤경을 생각하고 운명의 신에게 버림을 받은 것은 아닐까 의구심에 잠겨 있는데, 밤낮 입구를 경비하는 호위병 한 사람이 들어와서 말했다.

"병사 여섯 사람이 뵙기를 청하고 있습니다. 군대의 대표자들이라고 하는데, 무언가 말씀드릴 일이 있다고 합니다."

그러자, 침울해 있던 왕후는 휙 고개를 들고 물었다.

"무장하고 있느냐?"

호위병은 대답했다.

"무장하고 있지는 않습니다. 하지만 마음속까지는 짐작할 수는 없습니다."

왕후의 아들이 같은 방에서 조그마한 책상에 앉아 열심히 책을 읽고 있었다. 왕후는 별실에 보내려고 그쪽을 바라보았다. 그러자 소년은 그 순간 일어서서 나갈 듯한 기미를 보였다. 그러나 서둘러 나가려는 아들의 모습을 본 왕후는 갑자기 고집이 생겨, 반항하는 사나운 부하들을 어떻게 다루는가 가르쳐 둘 필요가 있다고 생각하고 큰 소리로 말했다.

"거기 있거라!" 소년은 의아한 표정으로 천천히 자리에 앉았다. 왕후는 호위병을 돌아보고 명령했다.

"호위병을 모두 불러서 내 주위에 세워라. 언제라도 공격할 수 있도록 총을 준비한 뒤에 그 병사 여섯 명을 이리 데리고 오너라."

왕후는 큼직하고 오래된 안락의자에 앉아 있었다. 전에 노현장이 쓰던 의자다. 그 등에는 추위를 막기 위해 호랑이 가죽이 걸려 있었다. 그 의자에 왕후는 깊숙이 들어앉았다. 호위병이 들어와서 좌우로 정렬했다. 왕후는 수염을 쓰다듬고 있었다.

여섯 사람의 병사들이 들어왔다. 두려움을 모르고 흥분하기 쉬운, 대담한 젊은이들뿐이었다. 그들은 번쩍이는 총구를 자신들의 머리를 향해 겨누고 있는 호위병들에게 둘러쌓인 채 앉아 있는 장군을 보고 공손히 경례했다. 그리고 대표로 선출된 한 병사가 다시 한 번 정중하게 경례한 다음 입을 열었다.

"자애로우신 장군 각하. 저희들은 좀더 식량을 늘여 주시도록 부탁드리기 위해서 전우들에게서 선출되어왔습니다. 이런 때이므로 급료에 대해서는 말하지 않겠습니다. 밀려 있는 급료도 아무 말씀 드리지 않겠습니다. 그러나 식량이 모자라서는 곤란합니다. 저희들은 나날이 체력이 쇠약해 갑니다. 저희들은 병사이므로 이 몸 하나가 자본입니다. 저희들은 날마다 한 조각의 빵을 지급받고 있을 뿐입니다. 각하의 공정한 조치를 부탁드리겠습니다!"

왕후는 무식한 인간들이란 어떤 것이며, 이런 패들은 위압해 두지 않으면 지도자의 명령을 듣지 않게 된다는 것을 잘 알고 있었다. 그래서 그는 무섭게 화가 난 듯 수염을 비틀었다. 그리고 가슴속에 분노가 타오르기를 기다렸다. 그는 생각했다. 자기가 얼마나 부하들에게 친절을 베풀어 주었던가, 전쟁 중에도 그들을 혹사시키지 않고, 자기 의사를 거스르면서까지 포위전 뒤에는 약탈까지 허락해 주지 않았던가, 늘 급료를 지불하고 피복을 지급해 주지 않았던가, 다른 많은 장군들과는 달리 자신이 얼마나 선량했으며 주색에도 빠지지 않고 욕심도 없었던가, 이러한 것을 생각하자 격렬한 노여움이 마음속에 타오르는 것을 느꼈다. 이놈들은 현재의 고난을 나와 같이 참아낼 수 없단 말인가! 이 고난은 하늘의 뜻이지 나의 책임은 아니다. 이렇게 생각하면서 그는 노여움을 더욱 부채질하여 타오르게 했다. 그는 언제나 분노가 타오르는 것을 느끼면 재빨리 그 힘을 이용했다. 그는 지금 어떤 조치를 취해야 할 것인가 알고 있었기에 크게 소리쳤다.

"너희들은 호랑이의 수염을 뽑으러 왔느냐? 내가 너희들을 굶어죽일 줄 아느냐? 일찍이 굶어 죽인 일이 있더냐. 나는 벌써 계획을 세워 놓았다. 이제 얼마 안 있으면 외국에서 식량이 오기로 되어 있다. 하지만 안 되겠다, 네놈들은 반란병이다! 나를 믿지 않는단 말이지!"

그러고는 격노를 한껏 불러일으켜 우렁찬 소리로 호위병에게 명령했다.

"이 여섯 명의 반란병을 죽여라!"

그러자 여섯 사람의 젊은 병사들은 땅바닥에 머리를 조아리며 목숨만 살려달라고 애원했다. 그러나 왕후로서는 살려 줄 수가 없었다. 만일 그가 부하들에 대한 통제력을 잃으면 그들은 서슴지 않고 약탈하기 시작할 것이다. 아들을 위해, 가족을 위해, 그리고 이 지방 일대의 민중들을 위해 그들을 용서해 주어서는 안 된다. 자비를 베풀 때가 아니다. 그는 절규했다.

"쏴라! 모조리 사살하라!"

호위병들은 일제히 발사했다. 큰 방이 온통 총성과 화약 연기로 가득 찼다. 연기가 걷히자 여섯 명의 병사들은 시체가 되어 쓰러져 있었다.

왕후는 곧 일어나서 명령했다. "이 시체를 들고 가서 이자들을 대표로 보낸 자들에게 전하라. 이것이 나의 회답이라고!"

그러나 호위병들이 시체를 끌어 일으키려고 몸을 굽히기도 전에 갑작스런 사태가 벌어졌다. 왕후의 아들은 매우 침착한 아이라 여느 때 자기 주변에서 일어나는 일을 거의 거들떠보지도 않는 듯이 보였는데, 지금 그가 아버지도 처음 볼 만큼 정신없이 달려가 젊은이의 시체 하나에 엎드려 찬찬히 들여다보더니 이어 하나씩 재빨리 여기저기 만지기도 하고, 정신 나간 눈으로 바라보기도 하고, 축 늘어진 팔다리를 살펴보더니 이윽고 아버지 앞에 서서 미친듯이 소리쳤다.

"아버지가 죽였어! 모두 죽었어요. 이 병사들은 저도 잘 압니다. 내 친구들입니다."

그러고는 갑자기, 왕후가 무어라 형용할 수 없는 공포를 느낄 만큼 절망적인 눈으로 아버지를 쳐다보았다. 아버지는 눈을 다른 데로 돌리며 변명하듯 말했다.

"이렇게 할 수밖에 없었다. 이렇게 하지 않으면 다른 자들을 선동해서 폭동을 일으켜 우리들이 죽게 되는 거야."

그러나 소년은 목멘 소리로 겨우 말했다. "이 사람들은 다만 식량을 요구했을 뿐인데……." 갑자기 그는 얼굴을 일그러뜨리면서 흐느끼기 시작하더니 밖으로 뛰어나갔다. 아버지는 망연히 서서 그 뒷모습을 바라보았다.

호위대는 명령받은 임무를 수행했다. 뒤에 홀로 남은 왕후는 밤낮으로 자기 곁에 붙어 있는 병사 두 사람마저 밖으로 내보내고 혼자 두 손으로 머리를 감싼 채 한두 시간 생각에 잠겼다. 신음하면서 그 여섯 명의 청년들을 죽이지 말 것을 하고 생각했다. 괴로움을 이기지 못한 그는 큰 소리로 아들을 불렀다. 잠시 뒤 소년이 천천히 들어왔다. 그는 고개를 숙이고 외면한 채 아버지를 보지 않았다. 왕후는 가까이 오라고 말하고, 소년의 튼튼하지만 가냘픈 손을 잡고 전에 없이 다정하게 어루만지며 나직이 말했다.

"너를 위해서 한 게야."

그러나 소년은 대답하지 않았다. 열심히 감정을 누르고 입을 다문 채 몸을 도사리며 아버지의 사랑을 견디고 있었다. 왕후는 탄식하며 아들을 놓고 말았다. 그는 아들에게 뭐라고 말해야 좋을지, 어떻게 하면 아들에게 자기 애정을 이해시킬 수 있을지 알지 못했다. 왕후의 마음은 아팠다. 이 넓은 천지에 자기만큼 고독한 자는 없다는 기분으로 하루 이틀 고뇌에 잠겼다. 그리고 어떻게 하면 좋을지 몰랐으므로 이 사건은 그대로 잊자고 생각하고 억지로 마음을 다잡았다. 그리고 아들에게도 사건을 잊게 하기 위해서 무언가 해주자고 생각했다. 그렇다, 외국제 시계라든가 신식 소총이라든가 뭐 그런 것을 사주면 아이의 마음을 다시 자기 쪽으로 끌어올 수 있겠지. 이렇게 그는 마음을 고쳐 먹고 자기 스스로를 위로했다.

그러나 여섯 명의 병사가 부하들을 대표하여 진정하러 온 것은 자신이 얼마나 궁지에 몰렸는지를 왕후에게 가르쳐 주었다. 그도, 부하들의 충성심을 붙들어 두기 위해 어떻게든 식량을 입수할 방법을 찾아야 한다는 것을 깨달은 것이다. 외국에서 식량이 이미 오게 돼 있다고 말한 것은 거짓말이었지만, 이렇게 되면 어디든지 가서 식량을 구해 와야만 했다. 그는 다시 형 왕 상인을 생각했다. 이런 때야말로 형제는 서로 도와야 한다. 한번 고향으로 돌아가서 집안 형편도 살필 겸 어느 정도의 원조를 얻을 수 있는가 조사해 보자고 생각했다.

그래서 그는 은과 식량을 잔뜩 가지고 돌아오겠다고 병사들에게 약속했다. 그들은 힘을 되찾고 기대에 가슴을 부풀리면서 그에 대한 희망과 충성심을 조금 회복했다. 그는 부하 중에서 정예를 골라 집을 경비시키고 호위대에 여행 준비를 명령했다. 출발 당일, 작은 배를 여러 척 모으게 하여 아들과 호위대와 말을 모두 싣고 물을 건너 둑이 아직 물에 잠기지 않은 곳까지 갔다. 거기서 일행은 말을 타고 왕후의 형들이 살고 있는 도시로 향했다.

좁은 둑 위를 기마대는 서서히 나아갔다. 양쪽에는 물이 바다처럼 펼쳐져 있고, 둑 위에는 피난민들이 밀치락달치락하며 몰려 있었다. 사람뿐 아니라 쥐, 뱀 따위 온갖 야생 동물까지 마른 땅을 찾아 인간과 다투고 있었다. 이 야생 동물들은 인간에 대한 공포도 잊고, 조금 남은 힘으로 어떻게든 자리를 차지하려고 다투고 있었다. 그러나 인간에게 남아 있는 활기라고는, 뱀 같은 동물이 너무 많아지면 짜증이 나서 때리는 정도였다. 그러나 어떤 때는 동물을 떨쳐 낼 만한 기력조차 없었다. 뱀이 똬리를 틀거나 제멋대로 돌아다니고 있었으나 사람들은 넋을 잃은 듯 앉아 있을 뿐이었다.

그 사이를 헤치고 왕후는 말을 몰아 나갔다. 정말 무장한 호위대와 총이 필요했다. 그것이 없었더라면 이 궁지에 몰린 인간들은 죽자사자 덤벼들었으리라. 경계가 엄했으므로 여기저기서 남자나 여자가 일어나 말도 나오지 않는 절망 속에 흐릿한 마지막 희망으로 왕후의 말다리에 매달려 구걸을 하는 것이 고작이었다. 왕후도 마음속으로는 그들을 동정했다. 그들을 말굽으로 짓밟을 수는 차마 없어 말을 멈추고 호위병 중의 누군가가 달려와 그 난민을 떼내어 땅바닥에 밀어던질 때까지 가만히 기다리고 서 있었다. 그러면 왕후는 뒤도 돌아보지 않고 말을 몰아 나갔다. 팽개쳐진 난민중에는 그대로 쓰러져서 늘어져 버리는 자도 있었고, 끔찍스러운 비명을 지르고는 물 속에 뛰어들어 스스로 자기 목숨과 고통을 끊는 자도 있었다.

왕후의 아들은 줄곧 아버지와 말머리를 나란히 하여 나아갔다. 소년은 한 마디도 말을 하지 않았고 왕후도 말을 건네지 않았다. 여섯 병사를 총살한 이래 두 사람 사이는 차갑게 식은 것이다. 그리고 왕후는 아들에게 말을 건네는 것이 주저되었다. 소년은 거의 얼굴을 숙이고 있었으나 이따금 살며시 고개를 들어 굶주린 난민들을 보았다. 그럴 때면 그의 얼굴에 무어라 형용할 수 없는 공포의 빛이 떠올랐다. 왕후는 차마 더는 볼 수 없어서 마침내 말을 걸었다.

"저들은 아주 천한 인간들이야. 이삼 년에 한 번쯤은 이런 꼴을 당하고 있으니까 습관이 되어 있어. 저런 인간들은 몇만 명이고 있다. 만일 죽는다 해도 이삼 년만 지나면 아무도 슬퍼하지 않는다. 벼나 마찬가지로 연신 태어난단 말이야."

그러자 느닷없이 소년이 소리쳤다. 북받치는 감정을 억누르고, 아버지 앞에서 울지 않으려고 하는 바람에 그 목소리는 여느 때와 달리 병아리 소리처럼 삑삑거렸다.

"하지만 저 사람들도 우리나 높은 관리들과 똑같이 죽는 것은 고통스러울 것이 아닙니까."

이렇게 말하고 소년은 입을 꼭 다물려 했으나, 너무나도 비참한 광경을 보고는 아무리 애를 써도 입술의 떨림은 멎지 않았다.

왕후는 어떻게든 위로하려 했으나 아들의 말에 너무나 놀라 말이 나오지 않았다. 이런 하층 백성들이 자기와 마찬가지로 괴로움을 느낄 수 있으리라고는 꿈에도 생각지 않았었다. 인간이란 태어날 때부터 저마다 다르다, 자신의 운명을 받아들일 수밖에 없는 것이다, 그는 생각했던 것이다. 괴로워하는 인간에 대한 동정심을 죽이지 못하는 심약한 마음으로는 도저히 군벌이 될 수 없다. 왕후는 아들이 한 말에 전적으로 찬성할 수 없었다. 그러기에 위로의 말이 생각나지 않았던 것이다. 지금 먹을 것을 손에 넣을 수 있는 것은 썩은 고기를 찾아 물 위를 유유히 원을 그리며 날고 있는 까마귀 정도일 것이다. 왕후는 이렇게만 말했다.

"이 잔인한 하늘의 뜻 아래서는 누구나 마찬가지야."

그 뒤 왕후는 아들을 상대하지 않았다. 소년의 생각을 알았으므로 이제 아무것도 물으려 하지 않았다.

27

고향으로 가는 길에 왕후는 아들을 두고 올 것을 하고 몇 번이나 생각했다. 그러나 사실을 말하면 여섯 병사를 죽인 것을 원망하여 복수를 꾀하고 있는 자가 부하들 속에 있을지도 모르므로 그렇게 할 수도 없었다. 그러나 그는 아들이 살해당하는 것을 무서워하는 것만큼이나 형들 집에 데리고 가는 것을 두려워했다. 맏형의 아들들은 유약하고, 둘째 형의 아들들은 노골적으로 돈에만 집착한다. 그래서 함께 온 군사 교관과 심복 부하 언청이에게 결코 아들 곁에서 떠나지 말도록 명령하고, 노련한 병사 열 사람에게 밤낮 아들 곁에 붙어 있게 하고는, 자기 아들에게는 집에 있을 때와 똑같이 공부하라고 일렀다. 그러나 "여자가 있는 곳에 가면 안 된다." 말할 용기는 없었다. 이미 아들이 그런 생각을 하고 있는지 알 수 없었던 것이다. 아들을 자기 방에 데려온 뒤부터 여자는 한 사람도 가까이하지 못하게 했다. 하녀도, 노예도, 하물며 창부 따위는 그림자도 보이지 못하게 했다. 소년은 자기 어머니와 누이동생 말고는 완전히 여자를 몰랐다. 근년에 들어와서 소년이 아주 가끔 안부를 여쭈러 어머니를 방문할 때라도 왕후는 결코 혼자 보내지 않고 반드시 병사를 딸려 보냈다. 이렇게 왕후는 자기 아들을 여성으로부터 지켰다. 그는 아들에게, 세상 남자들이 사랑하는 여자에게 품는 것보다 더 질투심이 강했다.

그런 남모르는 걱정은 있었으나, 그 아들과 말을 나란히 하여 맏형 집 대문을 들어섰을 때 왕후는 너무나도 기뻤다.

무슨 바람이 불었는지, 그는 양복 직공을 시켜 아들의 옷을 자기 것과 똑같이 만들게 해놓고 흡족해 했다. 외국산 옷감에서부터 금단추, 견장, 모자, 휘장에 이르기까지 똑같았다. 또 소년이 열세 살 나던 생일에 사람을 몽고까지 보내어 털빛이 똑같은 크고 작은 두 필의 말을 구해 오게 했다. 양쪽 다 털빛은 적갈색이었으며, 흰 눈이 동글동글했다. 그러므로 아버지와 아들은 말까지 한 쌍이었다. 사람들이 부대가 지나가는 것을 길거리에 서서 바라보며 이렇게 소리치는 것을 들었을 때 왕후의 귀에 그 말은 아주 달콤한 음악처럼 들렸다.

"저것 보게나, 저기 가는 대장군과 작은 장군을. 마치 두 개의 앞니처럼 똑같잖아!"

왕후 부자가 왕이의 대문 앞에 도착하자 소년은 아버지를 따라 날렵하게 말에서 내려 차고 있는 칼집을 쥐고 아버지와 나란히 서서 천천히 걸음을 옮겨 갔다. 그러나 그는 자기의 동작이 아버지와 똑같다는 것을 깨닫지 못했다. 형의 집에 안내되어 들어가서 두 형과 그 자식들을 비롯하여 왕후가 도착했다는 소식을 듣고 속속 나타난 사람들이 인사를 하기 위해 방안으로 들어오자 왕후는 사람들의 얼굴을 죽 둘러보았다. 그리고 얼굴마다 자기 아들에 대한 찬탄의 빛이 떠있는 것을 보았다. 그것이 그에게는 목마를 때 마시는 미주(美酒)처럼 기분 좋았다. 그날부터 이 집에 묵는 동안 그는 저도 모르게 형의 아들들을 열심히 관찰했다. 자기 아들이 그들보다 뛰어나다는 것을 확인하고 싶어 견딜 수 없었으며, 자기 아들로써 마음의 위안을 받고 싶었기 때문이었다.

사실 왕후는 많은 위안을 얻을 수 있었다. 첫째 왕이의 장남은 아직 아이는 태어나지 않았으나 완전히 결혼 생활에 익숙해져서, 내외가 부모와 한집에 살고 있었다. 이 장남은 벌써 배가 튀어 나오고 그 날씬했던 몸에는 부들부들 두꺼운 지방이 붙기 시작했다. 벌써 얼마쯤 아버지를 닮아 버린 것이다. 게다가 피로한 얼굴을 하고 있는 것까지 아버지와 흡사했다. 확실히 피로할 만한 까닭이 있었다. 왜냐하면 그의 처와 어머니와의 사이가 원만하지 않았기 때문이다. 그녀는 건방지게 새로운 지식을 자랑하고, 단둘이 있을 때 남편에게 주의를 듣거나 하면 당당하게 반박했다.

"무슨 말씀이에요? 저런 오만한 할머니의 하녀가 되란 말씀이에요? 현대의 젊은 여성은 자유이며 시어머니에게 봉사하지 않아도 된다는 걸 어머니는 모르는 걸까요?"

사실 이 젊은 며느리는 시어머니를 도무지 무서워하지 않았다. 또한 노부인은 그 새침한 태도로 들으랍시고 말하는 것이었다.

"내가 젊었을 때는 마땅한 의무로 알고 시어머니를 모셨지. 아침마다 시어머니한테 차를 들고 가서 문안을 드리곤 했단 말이야. 그런 가정 교육을 받았으니까."

그러면 며느리는 단발한 머리를 뒤로 젖히고 전족을 하지 않은 아름다운 발로 방바닥을 구르며 무례한 말투로 대답했다.

"하지만 우리들 현대 여성은 누구 앞에서나 무의미하게 고개를 숙이지는 않습니다!"

이런 말다툼이 그치지 않았으므로 남편은 기분이 울적했다. 전처럼 환락으로 기분을 풀 수도 없었다. 아내가 감시하여 남편이 놀러 가는 장소를 다 알려고 했기 때문이다. 그녀는 그가 가는 곳이면 어디라도 따라가는 대담함이 있어서 예사로 뒤를 따라 거리로 나와서는 '저도 함께 가겠어요' 라든가, '현대 여성은 결코 집 안에만 들어박혀 있지 않아요' 라든가, '남녀는 동등합니다' 등의 말을 큰 소리로 거침없이 지껄여대는 것이었다. 그러면 지나가던 사람들이 재미있어하면서 흘끔거렸다. 몹시 창피한데다가 아내는 대담해서 어디나 따라올 것 같은 기세이므로 젊은 남편은 놀러 가는 것은 단념하고 말았다. 또 이 젊은 아내는 무척 질투심이 강해서 전부터 몸에 밴 남편의 습관을 타파하고 자연스런 욕망을 막았다. 곱게 생긴 하녀에게 추파를 던지는 것마저 용서하지 않았다. 친구의 권유에 못이겨 마굴에라도 가는 날이면, 돌아오자마자 무서운 기세로 울고불고하여 온 집안이 들썩들썩하는 대소동을 일으켰다. 그가 친구에게 푸념을 늘어놓으면 친구는 이렇게 충고했다.

"첩을 두겠다고 협박해 보게나. 어떤 여자라도 얌전해질걸!"

그런데 그가 그대로 해 보니 아내는 얌전해지기는커녕 동그란 눈으로 그를 쏘아보며 말했다.

"요즘 세상에 우리 여성들이 그따위 짓을 참고 있을 줄 알아요!"

그러고는 눈깜짝할 사이에 조그마한 두 손을 펼쳐 고양이 새끼처럼 그의 두 볼을 할퀴었다. 선명하게 붉은 손톱 자국이 네 줄 생겼다. 어째서 생겼는지 누가 보아도 명백했으므로 창피해서 그는 닷새 동안 방안에만 들어박혀 있었다. 아내의 오빠는 친구이고, 장인은 경찰서장이자 이곳 세도가였으므로 아내를 공공연히 욕할 수도 없었다.

그래도 밤이 되면 그는 여전히 그녀를 사랑했다. 그녀는 정답게 그에게 매달리며 상냥하게 기분을 맞추었으며 그에게 한 짓을 후회하는 듯한 태도를 보이므로 그는 그만 귀여워져서 흐뭇한 표정으로 그녀의 이야기에 얼빠진 듯 귀를 기울였다.

이런 때 그녀가 늘 되풀이해서 말하는 것은 아버지에게서 돈을 받아 내어 두 사람만이 따로 살자는 것이었다. 해안 지방의 개항(開港) 도시로 가서 자기들과 같은 사람들과 섞여 새로운 형식의 생활을 하자는 말이었다. 아름다운 팔을 벌려 그에게 매달려서 아내는 그렇게 보챘다. 그가 듣지 않으면 화를 내고 울고 하면서 침상에서 일어나지도 않고 식사도 하지 않았다. 온갖 방법으로 그를 괴롭히며 약속할 때까지 그치지 않았다. 하는 수 없이 동의하여 아버지에게 말하면 왕이는 늙어 흐릿한 눈을 들어 말하는 것이었다.

"그런 큰돈이 어디 있느냐? 그런 큰돈은 줄 수 없다." 요즈음 왕이는 날마다 거의 잠자는 듯이 나른하게 살아가고 있었는데, 지금도 꾸벅 조는가 싶더니 잠시 사이를 두고 말했다.

"남자는 여자에겐 참는 게 가장 수니라. 아무리 좋은 여자라도 불평이나 싸움만 하고 싶어하거든. 학문이 있거나 없거나 마찬가지야. 그러나 아무것도 무서운 것이 없으니 학문이 있는 쪽이 더 처치 곤란일 게다. 집안일은 여자에게 맡겨 두어라. 남자는 어디 다른 데서 즐거움을 찾으면 되는 거야. 이게 내 지론이다. 너도 그렇게 하는 편이 좋을 게다."

그러나 젊은 아내는 그렇게 간단히 문제를 끝내려고 하지 않았다. 몇 번이나 남편을 몰아세워 아버지에게 간청하러 보냈다. 너무나 귀찮아서 왕이도 마침내 두 손을 들고 어떻게 해주마고 약속했다. 어떻게 해준다고 해야 아직도 가지고 있는 얼마 안 되는 토지의 대부분을 파는 수밖에 없다는 것을 본인도 잘 알고 있었다. 그런데 젊은 아내는 그다지 기대할 수도 없는 그런 약속을 들은 것만으로 벌써 이 집을 나가는 것처럼 떠들고 다니기 시작했다. 그리고 저쪽에 간 뒤의 여러 가지 생활 설계를 지껄여 댔다. 그 해안 도시에는 끊임없는 생활의 즐거움이 있다느니, 여자들의 복장이 화려하다느니, 오늘 자기가 입고 있는 옷 따위는 누더기나 마찬가지며 이따위 촌구석에서나 입을 수 있는 옷이므로 새 옷이며 모피 외투를 사야 한다고 끊임없이 떠들었다. 이런 이야기도 남편이 자기가 말하는 꿈 같은 세상이 보고 싶어져서 집을 나가는 데 더 열성적이 되도록 부추기기 위한 속셈에서 그러는 것이었다.

왕이의 둘째아들 셍(盛)도 벌써 어른이 다 되어 있었다. 이 아들은 무엇이든 형을 따라 해왔다. 그는 오직 하나에 열심이었다. 형이 가진 것은 반드시 자기도 갖는다는 것이 그것이다. 그는 아름다운 형수를 남몰래 숭배했다. 그리하여 머지않아 형이 집을 나가면 어떻게든 자기도 그 뒤를 따라가서 형수처럼 아름다운 새 시대의 여성들이 많이 있다는 그 도시로 갈 참이었다. 그러나 머리가 좋은 그는 형의 별거가 이루어질 때까지는 이 계획에 대해서 아무 말도 하지 않기로 하고 그저 집에서 빈들빈들 그날이 오기를 기다렸다. 그리고 그 해안 도시가 얼마나 멋진 곳이며, 얼마나 새로운 것들과 외국의 사정에 정통한 새로운 사람들로 가득 차 있는가 형수한테서 듣고 집주변이나 성내에서 본 모든 것을 모두 경멸하게 되었다. 왕후의 아들마저 속으로는 업신여기며 바라보았다. 왕후는 그 기미를 눈치채고 이 청년을 싫어했다.

그러나 왕 상인의 집에서는 겉보기에라도 아들들이 왕이의 자식들보다 훨씬 겸손했다. 밤이 되어 모두 가게에서 돌아오면 의자에 비스듬히 앉아 사촌을 건너다보았다. 상인으로 자라난 이 조카들이 자기 아들에게 던지는 시선이 왕후에게는 은밀한 기쁨이었다. 아들이 차고 있는 황금을 아로새긴 검을 그들이 바라보는 것도 놓치지 않았다. 아들은 가끔 그것을 풀어 무릎 위에 올려 놓고 어린아이들이 바라보게도 하고 손가락으로 만져보게도 했다.

그때의 왕후는 자기 아들이 그저 자랑스러워 그가 자신에게 냉정하다는 것을 잊었다. 아들은 교관에게 배운 대로 아버지나 백부가 들어오면 힘차게 일어서서 경례했으며, 손위 어른이 자리에 앉기를 기다렸다가 예의바르게 자기도 앉았다. 그런 모습을 지켜보는 것이 기뻤던 왕후는 귀여워서 못견디겠다는 듯이 수염을 쓰다듬으며 아들을 바라보았다. 아들은 나이는 어렸지만 왕 상인의 아들보다 키도 크고 근육도 단단하고 체격도 좋았다. 자세도 곧아서 사촌처럼 흐늘흐늘하지 않고 얼굴도 창백하지 않았다. 그것을 보고 있노라면 왕후는 일찍이 겪어 보지 못했을 만큼 유쾌해졌다.

형들의 집에 묵고 있는 동안 왕후는 줄곧 세심한 주의를 기울여 자기 아들을 보호했다. 회식 때는 자기 옆에 앉히고 아들이 마시는 술의 양에 주의했으며, 시중드는 사람이 석 잔 따른 뒤는 절대로 따르지 못하게 했다. 사촌들이 어디 놀러 가자고 아들에게 권하면 군사 교관, 언청이, 그리고 노련한 병사 열 사람을 반드시 따라가게 했다. 매일 밤 구실을 만들어서 자리를 뜨고는 몸소 아들 침실로 들어가서 소년이 자기 침대에서 잠들어 있고 입구에 호위병 이외에 아무도 없는 것을 확인할 때까지는 아무리 해도 안심이 되지 않았다.

두 형이 이렇게 느긋하고 풍요롭게 살고 있는 집에 머물러 있으니 왕후는 이 지방에 기근이 있는 것도, 대홍수가 수확기의 전답을 휘덮은 것도, 사람들이 굶어 죽어가고 있는 것도 모두 거짓말처럼 여겨졌다. 그러나 왕이도 왕일도 그들의 평화로운 저택 밖에서는 얼마나 비참한 일이 일어나고 있는가 잘 알았다. 그러므로 왕후가 자기의 어려움을 설명하고, 찾아온 목적을 이야기하면서 "내 무력이 형님들을 안전하게 지켜 드리고 있는 것이니까 나를 이 위기에서 구해 준다는 것은 형님들의 이익도 되는 것입니다." 말했을 때는 두 사람 모두 아우의 말이 맞다고 생각했다.

왜냐하면 이 고장의 변두리에서도 굶어 죽어 가는 농민들이 많으며, 그들은 왕가 형제들을 몹시 미워하고 있었기 때문이었다. 그들이 지주 왕이를 원망하는 것은 그가 아직도 토지를 소유하고 있어서, 그 밭을 소작하는 농민들은 자기들이 땅에서 땀흘려 얻은 수확을 노동이라고는 전혀 하지 않는 그와 나누어야 하기 때문이었다. 그들의 눈으로 보면 농민들은 추위와 더위를 무릅쓰고 비가 오거나 날이 개거나 등뼈가 휘도록 밭을 가는 이상, 토지도 그 수확도 자기들 것이라고 생각했다. 수확 때가 되면 그 절반을 도시의 저택에서 아무것도 하지 않고 앉아 있던 인간에게 넘겨 주어야 한다는 것, 더욱이 아무리 흉년이라도 마찬가지로 소작료를 내야 한다는 것이 참으로 가슴아팠던 것이다.

왕이가 지주가 된 뒤로 땅을 팔기는 했으나 그가 결코 호락호락한 지주는 아니었다. 마음이 약하고 기력없는 인간이면서도 심하게 욕설을 퍼붓고 다투고 했던 것이다. 그리고 토지에 대한 혐오를 그 땅 위에서 뼈빠지게 일하는 소작인에게 퍼붓는 것이었다. 토지가 싫어서만 소작인을 미워하는 게 아니었다. 가족의 비용이나 자기의 용돈에도 이따금 곤란을 느낄 때가 있었으므로, 그가 부친으로부터 물려받은 마땅히 자기 것이어야 하는 것을 소작인들이 속이고 주지 않는다고 생각하고 더더욱 소작인들을 못살게 굴었다. 그래서 그의 모습을 보면 소작인들은 하늘을 쳐다보고 이렇게 중얼거리기까지 했다.

"악마가 나타났으니, 비가 오겠구나!"

때로는 맞대놓고 욕을 퍼붓는 사람도 있었다.

"당신은 불초의 자식이군. 당신 아버님께서는 나이를 자시고, 부자가 된 뒤에도 인정 많은 분이었어. 옛날에 우리와 똑같이 피땀 흘리며 일했던 것을 잊지 않고 소작료를 재촉한 일도 없거니와 흉년에는 받지도 않았지. 그런데 당신은 손톱 끝만한 고생도 한 일이 없으니 인정 따위가 당신 가슴속에 생겨날 리가 없지!"

이토록 원한을 사고 있었던 것이다. 그것이 이 흉작으로 하여 뚜렷이 표면에 드러났다. 밤이 되어 왕이의 집 대문이 닫히면 몰려와서 문을 쾅쾅 두드리기도 하고 돌층계 위에 드러누워 들으랍시고 커다란 소리로 끙끙 앓는 자들이 그치지 않았다.

"우리들은 굶어죽어 가는데 당신네 집엔 아직 쌀이 있지, 술을 담글 쌀까지 있더란 말이야!" 문앞을 지나며 길에서 소리치는 자도 있었다. 대낮이라도 서슴지 않았다.

"아아, 이런 부자를 때려죽이고 우리한테서 뺏어 간 것을 다시 찾고 싶구나!"

처음에는 왕이도 왕얼도 그리 마음을 쓰지 않았다. 그러나 나중에는 도시의 병사들을 몇 사람 채용하여 문지기로 세우고, 이 집에 볼일이 없는 자들은 쫓아 버렸다. 흉년이 들면 언제나 그렇지만 자포자기한 비적들이 여기저기서 무리를 짓기 시작하여, 연말이 가까워짐에 따라 성안에서나 성 밖에서 그들의 습격을 받는 부호들의 수가 늘어났다. 그러나 왕룽의 두 아들만은 병사들을 많이 부하로 거느린 경찰서장의 딸이 며느리인데다 왕후가 군벌로서 그다지 멀지 않은 곳에 자리잡고 있었으므로 안전했다. 궁핍한 백성들은 왕가의 문전에서 다만 신음소리를 내거나 욕설을 퍼붓거나 할 뿐 그 이상의 짓은 감히 하지 못했다.

또 궁핍한 백성들은 왕가네 일족을 미워하고 있었어도 왕가의 소유에 속하는 그 흙벽집은 습격하지 않았다. 그 집은 이제 가까스로 줄어들기 시작한 홍수 속의 언덕 위에 서 있어서 리화가 백치와 곱사등이와 함께 무사히 쓰라린 겨울을 견디어 내고 있었다. 리화가 자비롭다는 사실을 모르는 사람이 없었고, 그녀가 왕가에서 비축해둔 식량을 나누어 받고 있다는 것을 사람들은 알고 있었다. 그러므로 많은 이재민들이 조각배나 큰 함지를 타고 그녀 집에 찾아와서 자비를 호소했다. 그녀는 그들에게 밥을 주었다. 한번은 왕 상인이 그녀에게 와서 말했다.

"이런 어수선한 세상이니 성안으로 들어와서 함께 살면 어떻소?"

그러나 리화는 여느 때의 그 부드러운 어조로 대답했다.

"아녜요. 그렇게 할 수는 없어요. 그다지 무서울 것도 없고, 나를 의지로 삼는 사람도 있고 해서요."

그러나 겨울이 깊어지고 추위가 심해지자 그녀도 이따금 무서워질 때가 있었다. 아직 배에서 사는 사람들이나 나뭇가지에 의지해서 사는 사람들은 굶주림에 시달리고 얼어붙은 수면을 휘몰아치는 한풍에 씻겨 야수처럼 되어서, 리화가 아직도 백치와 곱사등이를 먹여 살리고 있는 것에조차 울분을 터뜨렸기 때문이다. 그녀가 주는 음식물을 손에 들고도 그녀가 보는 앞에서 이렇게 중얼거렸다.

"팔다리가 멀쩡한 아이들을 둘셋씩 거느린 어른이 굶어죽어 가고 있는데, 아직도 이런 병신들에게 밥을 먹이고 있나요?"

이런 중얼거림이 횟수가 잦아지고 차츰 그 소리가 높아져 갔으므로 리화로서도 두 사람이 병신 주제에 만족하게 먹고 있다는 이유로 언제 살해될지 알 수 없는 일이고, 힘없는 자기로서는 막을 수도 없을 것이므로 성안의 저택으로 데리고 가야겠다고 궁리하고 있는데, 이미 쉰 살이 넘었는데도 정신은 어린아이 그대로였던 백치가 속절없이 갑자기 죽고 말았다. 어느 날 백치는 식사를 끝내자 여느 때처럼 천 조각을 가지고 놀고 있더니 이윽고 어정어정 문 밖으로 나갔다. 그러고는 온통 물이 범람해서 이제는 그녀가 날마다 앉아 있던 마른 땅과는 다르다는 것을 모른 채 물 속으로 들어갔다. 리화가 따라가서 끌어 냈을 때는 벌써 얼음 같은 물에 흠뻑 젖어서 덜덜 떨고 있었다. 그 때문에 감기에 걸려 리화의 정성어린 간호도 보람 없이 몇 시간 만에 죽어 버렸다. 백치는 살아 있는 동안에 무슨 일에도 자기의 의사라는 것을 가진 적이 없었는데 죽을 때도 아주 간단하게 죽어 버렸다.

리화는 성안 저택으로 사람을 보내어 관을 마련해 달라고 부탁했다. 마침 왕후도 체재 중이었으므로 3형제가 함께 찾아왔다. 왕후는 아들도 데리고 왔다. 그들은 가엾은 백치가 입관되는 것을 지켜보았다. 백치는 그 자리에 죽음만이 줄 수 있는 위엄으로 생전 처음 영리해 보이는 진지한 표정으로 누워 있었다. 진심으로 슬퍼하고 있는 리화는 자기 자식처럼 보살펴 온 백치의 그 표정에 얼마간 위안을 얻었던지 그녀 특유의 그 조용하고 중얼거리는 듯한 어조로 말했다.

"죽어서 이 사람의 병은 나았습니다. 겨우 영리한 사람이 된 거예요. 이젠 우리들과 다름없어요."

그러나 백치는 여태까지 숨어 사는 몸이었으므로 형제들은 공식 장례식을 올리지 않았다. 왕후는 자기 아들을 흙벽집에 남겨 놓고 형들과 함께 리화와 소작인 마누라와 머슴을 데리고 조각배로 집안 무덤이 있는 높직한 저쪽 언덕까지 저어가 한 단 낮지만 흙담 안쪽에 백치를 묻었다.

매장이 끝나 흙벽집으로 돌아가서 형제들이 성안으로 되돌아갈 준비를 하고 있을 때 왕후는 리화의 얼굴을 보았다. 그리고 착 가라앉은 차가운 목소리로 비로소 리화에게 말을 건네었다.

"이제부터 어떻게 하실 작정이지요?"

리화는 얼굴을 들어 왕후를 보았다. 이런 용기가 난 것은 생전 처음이었다. 이미 머리도 하얗게 세고 얼굴에도 주름이 많아 이미 옛날처럼 젊지 않다는 것을 스스로 알고 있었기 때문이다.

"저는 오래전부터 그 사람이 죽으면 근처의 여승방에 들어갈 생각으로 있었습니다. 여승들은 제가 오기를 기다리고 있습니다. 벌써 몇 해 동안이나 여승들과 친히 사귀고 수양도 해왔지요. 여승들은 저를 잘 알고 있으니까 거기 가면 가장 행복한 여생을 보낼 수 있을 줄 압니다." 그러고는 왕이 쪽을 돌아보고 말했다.

"내외분이 의논하셔서 이 아이의 장래에 대해서는 벌써 정해 놓고 계신다지요. 이 아이를 보내실 절은 여승방 바로 옆이니까, 앞으로도 여러 가지로 돌봐줄 수 있을 것 같습니다. 저도 이미 이렇게 나이를 먹어서 이 아이의 어머니라고 해도 괜찮을 나이이니 상관없을 것입니다. 아드님은 자주 앓고 열이 나곤

하니까 그럴 때는 달려가서 간호를 해줄 수 있겠지요. 그리고 승려와 여승은 아침저녁으로 독경을 함께 하니까, 설혹 말은 하지 않더라도 하루에 두 번은 만날 수 있는 셈이지요."

세 형제는 리화 옆에 서 있는 곱사등이 소년을 바라보았다. 소년도 리화와 함께 뒷바라지를 했던 백치가 죽어 버렸으므로 얼떨떨해하고 있었다. 그도 이미 어른이었다. 사람들의 시선을 받고 곱사등이는 슬픈 듯이 미소지었다. 왕후는 키도 크고 건장한 자기 아들이 이제까지 들은 적도 없는 사정에 얼떨떨하니 서 있는 모습을 보자 왠지 가슴이 뭉클했다. 그리고 자기 아들이 곱사등이에게 친밀한 미소를 던지고 있는 것을 깨닫자 정답게 곱사등이에게 말을 건네었다.

"안됐구나. 행복하게 살아 다오. 몸만 튼튼했더라면 네 사촌처럼 기꺼이 데려가서 네 사촌에게 해준 것처럼 너한테도 해줄 수 있을 텐데, 그러나 그것도 할 수 없는 일이니 네가 가는 절에 봉납금(捧納金)이라도 더 내도록 하마. 그리고 리화님, 여승방에도 시주를 하겠습니다. 돈은 어디서나 효력이 있으니까요. 절에서도 마찬가지가 아니겠습니까……."

그러나 리화는 부드럽지만 똑똑한 어조로 말했다.

"제 몫은 받지 않겠습니다. 필요가 없으니까요. 여승들과는 서로 마음으로 통하고 있으므로 함께 지내게 되면 제가 가진 재산은 공동의 것이나 마찬가지가 됩니다. 하지만 이 아이의 몫은 받겠습니다. 소용이 있을 테니까요."

그녀가 이렇게 말한 것은 왕이에 대한 조금의 비난이 담겨져 있었다. 왜냐하면 왕이 부부가 자기 아들을 승려로 만들기로 결정하면서 절에 바친 금액은 아주 적은 것이었기 때문이다. 그러나 왕이는 그녀의 말을 비난이라고 깨달으면서도 모르는 체했다. 그는 자리에 앉은 채 동생들의 이야기가 끝나기를 기다렸다. 너무 뚱뚱해져 서 있기가 고통스러웠던 것이다. 그러나 왕후는 아직도 곱사등이한테서 눈을 떼지 않았다. 그는 다시 한 번 물었다.

"절 말고 가고 싶은 데는 없느냐?"

그러자 그때까지 왕후의 아들을 부러운 듯이 바라보던 곱사등이 소년은 갑자기 눈을 떼더니 고개를 숙이고 자기의 나지막하게 굽은 육체를 바라보며 조용히 대답했다.

"이런 몸이니 달리 방법이 없습니다." 그리고 잠시 말을 끊었다가 가라앉은 어조로 말했다. "중의 법의는 분명 저의 이 곱사등을 감추어 주겠지요."

곱사등이는 다시 한 번 사촌의 모습을 바라보았다. 그러더니 갑자기 사촌의 모습이나 금을 아로새긴 칼을 더는 보고 있을 수가 없었던지, 눈을 내리깔고 절룩절룩거리며 서둘러 방을 나가 버렸다.

그날 밤, 형들의 집으로 돌아온 왕후는 언제나와 마찬가지로 아들의 잠자는 얼굴을 보러 갔다. 아들은 자고 있기는커녕 무언가가 신경쓰이는 표정으로, 아버지를 보자마자 이렇게 물었다.

"아버지, 그 흙벽집도 할아버지의 것이었습니까?"

왕후는 뜻밖의 질문에 놀랐다. "그래, 나도 어릴 때는 거기서 살았지. 그 뒤 아버지가 이 집을 사서 모두 이리로 옮겨온 게야."

소년은 침대 위에 반듯이 누워서 두 손을 베개와 머리 사이에 넣어 깍지를 꼈다. 아버지의 얼굴을 지그시 쳐다보며 열의에 찬 소리로 말했다.

"저는 그 집이 맘에 듭니다. 그 흙벽집처럼 밭 한가운데 있는 집에 살아 보고 싶습니다. 아주 조용하고 나무가 무성하고 소도 있고!"

왕후는 조마조마해졌다. 왜 그런지는 자기도 알 수 없었다. 결국 자기 아들은 그다지 나쁜 말을 한 것이 아니라는 사실을 알고 있었기 때문이다.

"너는 너 자신이 하는 말의 뜻을 모르고 있는 게야. 나는 잘 안다. 나는 어릴 때 거기서 자랐다. 불쾌하기 이를 데 없는 천한 생활이었지! 나는 밤낮 거기서 달아나는 일만 생각했었다."

그러나 소년은 이상하게 고집스러웠다.

"부러워요. 저는 그 집이 마음에 드는 걸요!"

이 몇 마디를 소년은 매우 열의를 가지고 말했다. 너무 열의가 넘쳤으므로 왕후는 뜻모를 분노가 솟아올라 일어서서 그 방을 나왔다. 그러나 소년은 그대로 누운 채, 그날 밤 그 흙벽집이 자기 집이 되어, 밭에 둘러싸여 사는 꿈을 꾸었다.

리화는 여승방으로 가고 곱사등이는 절로 들어갔다. 오랜 세월 세 사람이 살던 낡은 흙벽집에는 사는 사람이 없어졌다. 왕룽의 자손들 가운데 아무도 흙에 사는 사람이 없어진 것이다. 거기에는 소작인 노부부만이 남아서 살고 있었다. 오랫동안 모시면서 정답고 조용한 리화를 사랑하게 된 노파는, 이따금 흙 속에 묻어 둔 시든 양배추라든가 자기 먹을 것을 줄여 남겨둔 고기 같은 것을 보자기에 싸서 리화에게 주려고 여승방을 찾아갔다. 이렇게 기근이 들었을 때조차 노파는 그 모자라는 식량에서 얼마를 들고 가는 것이었다. 문간에서 리화가 나오기를 기다리고 있으려니, 이제는 회색 법의로 몸을 감싼 리화가 나타났다. 노파는 그녀의 귀에 입을 갖다 대고 소곤거렸다.

"한 마리 남아 있는 닭이 알을 낳았길래 갖고 왔어요."

그러고는 가슴에 손을 넣어 조그마한 달걀을 꺼내들고 두 손으로 감추듯이 하며 리화에게 받게 하려고 이런저런 소리로 달랬다.

"마님, 자 잡수세요! 육식을 하지 않겠다고 맹세를 하고도 예사로 고기를 먹는 중도 많습니다요. 고기를 먹고 술을 마시는 중도 여럿 있구요. 여기서 아무도 보지 않을 때 이 갓 난 달걀을 잡수시도록 하세요. 안색이 창백하십니다요!"

그러나 리화는 아무리 해도 먹으려 하지 않았다. 진심으로 맹세를 했기 때문이다. 그녀는 회색 모자를 쓴 삭발 머리를 설레설레 저으며 노파의 손을 조용히 밀어내면서 말했다.

"아녜요, 할머니가 자셔요. 당신이야말로 나보다 자셔야 해요. 나는 필요한 만큼 충분히 먹고 있답니다. 또 설혹 충분히 먹고 있지 않더라도 맹세를 한 이상 그건 먹을 수가 없어요!"

그러나 노파는 들으려 하지 않았다. 달걀을 리화의 법의 옷섶에 밀어넣어 놓고 타고 온 큰 함지 속으로 얼른 들어가 버렸다. 그러고는 그것을 저으며 얼른 절문에서 멀어져 갔다. 리화도 물 속까지 따라갈 수는 없었다. 노파는 만족하여 빙글빙글 웃으면서 돌아갔다. 그러나 리화는 반 시간도 지나기 전에 물 속에서 절 문까지 기어온, 가엾게도 굶주린 여자에게 그 달걀을 주어 버렸다. 여윈 젖먹이를 안고 있는 어머니였다. 전에는 풍만하고 통통했겠지만 이제는 가죽만 남아 한 주먹도 안 되는 유방을 다 죽어 가는 어린아이에게 빨리고 있었다. 자비를 비는 힘없는 목소리를 듣고 달려 나온 리화에게 여자는 자기 가슴팍을 가리켜 보였다.

"저의 가슴을 좀 보십시오! 전에는 동글동글하게 부풀어 있었지요. 이 애도 토실토실 살이 쪄서 하느님처럼 복스러워 보였답니다!"

이렇게 말하고 젖이 마른 유방에 매달린 다 죽어가는 어린애를 가만히 내려다보았다. 리화는 옷섶에서 아까 그 달걀을 꺼내 여자에게 주었다. 그리고 이렇게 좋은 것을 줄 수 있게 된 것을 매우 기쁘게 생각했다.

리화는 그 뒤로도 이런 평화로운 생활을 보내며 그 생애를 마쳤다. 왕후는 두 번 다시 그녀를 볼 기회가 없었다.

왕 상인은 그럴 생각만 있으면 왕후의 곤궁을 구하는 것쯤 아무것도 아니었다. 사실 그는 곡물을 대량으로 비축해 두고 있었다. 기근이란 많은 사람들에게는 빈궁을 가져오지만 왕얼 같은 상인들에게는 거대한 부를 제공하는 법이다. 그는 흉년이 들 듯한 형세를 눈치채자 막대한 양의 곡물을 매점하여 저장해 두었다가 구매력이 있는 부자들에게는 이따금 이쪽에서 정한 비싼 값으로 팔았으며, 그러고는 다시 밀가루라든가 쌀 같은 것을 다른 지방에서 사들였다. 대리인을 가까운 성으로 보내 그런 물품을 사들이게 했으므로 그의 많은 창고가 곡물로 그득 그득 차 있었다.

그는 전보다 훨씬 많은 은도 갖고 있었다. 매점해 둔 곡물을 이곳 부자, 저곳 시장 등으로 팔아먹기 때문에 거대한 은이 들어오는 것이다. 그해에는 은을 어떻게 처리하면 좋을지, 어떻게 하면 안전하게 보관해 둘 수 있을지 모를 만큼 무거운 은의 무게에 신음했다. 그는 상인이므로 토지는 필요 없었지만, 이런 때에 그에게서 돈을 빌리고자 하는 농민들은 물에 잠긴 땅 말고는 제공할 만한 담보가 없었다. 그는 위험을 무릅쓴다는 구실로 비싼 이자로 돈을 빌려 주고 앞으로 거둬들일 수확을 담보로 잡았다. 물이 빠지고 다시 경작을 할 수 있게 되면 그 지방 일대의 수확물 전체가 왕얼의 창고로 들어가는 것이 아닐까 생각할 만큼의 담보였다. 그러나 그의 부가 얼마나 막대한지 아는 사람은 아무도 없었다. 그는 자식들조차 푼돈에도 곤란을 느끼게 했다. 아이들 앞에서도 경기가 좋지 않은 듯한 표정을 지으면서 가게나 시장으로 내보내어 점원으로 일하게 했다. 그러므로 왕후에게 가 있는 장남을 제외하고 나머지 아들들은 모두 빨리 아버지가 죽기를 바라고 있었다. 아버지가 죽으면 가게나 시장에서 일하지 않고, 아버지가 이제껏 절대로 입혀 주지 않던 사치스런 옷을 입기도 하고 환락에 돈을 쓰기도 하면서 마음껏 놀아야지 생각하는 것이었다.

왕얼의 심한 취급을 원망하는 것은 자식들뿐만이 아니었다. 부근 일대의 농민들 가운데도 많았다. 그 가운데 한 사람으로 왕릉이 죽은 뒤 왕가의 넓은 땅을 산 버드렁니 농부 같은 이는 그 토지의 대부분이 물에 잠겨서 심한 어려움을 겪고 식량이 떨어져서 아이들이 굶어 죽게 되었으나, 그래도 왕 상인에게는 돈을 빌리지 않았다. 그는 물이 빠질 때까지 남쪽 도시에서 걸식을 하며 기다리겠노라고 가족을 이끌고 남쪽으로 떠나갔다. 왕 상인에게 땅을 빼앗기기보다는 그런 생활이 훨씬 낫다고 여긴 것이다.

그러나 왕 상인은 자기로서는 정당한 일을 하고 있다고 생각했다. 이렇듯 궁핍한 때에 돈을 빌리거나 곡물을 사는 데 있어서 여느 때와 똑같은 이자나 값을 기대한다는 것은 옳지 않은 일이며 그렇지 않고서야 상인이 어떻게 돈을 벌 기회가 있겠는가 하고 자기도 생각했고, 빌리러 오는 사람들에게도 누구에게나 공언했다. 그러므로 스스로 정당하다고 믿지 않는 일은 절대로 하지 않은 셈이다.

그러나 그도 바보는 아니었으므로 이런 시절에는 사람들이 도리라는 것을 그다지 신경 쓰지 않는다는 것도, 자기가 깊이 원한을 사고 있다는 점도 알고 있었다. 왕후가 군벌이라는 사실만으로도 자기 집안의 안전에 꽤 크게 기여하고 있다는 것도 알고 있었다. 그래서 그는 큰맘 먹고 왕후에게 대량의 곡물을 보낼 것과 거액의 은을 빌려 주겠다는 약속을 했다. 이자도 2할 넘게 받지 않기로 했다. 어느 날 찻집에서 두 사람 사이에 이 교섭이 이루어졌을 때 입회한 왕이는 깊은 한숨을 쉬면서 말했다.

"나도 왕얼처럼 부자였다면 좋으련만. 사실 나는 해마다 가난해질 뿐이야. 왕얼처럼 장사할 줄 모르고 남에게 조금 빌려 준 돈과 부모에게서 물려 받은 얼마 안 되는 땅밖에 없거든. 그러나 형제 가운데 부자가 있다는 건 좋은 일이구나!"

이 말을 듣고 왕 상인은 매우 불쾌한 기분이 들어 쓴웃음을 짓지 않을 수 없었다. 그리고 노골적으로 말했다. 그는 완곡한 말투나 고상한 기지 따위는 모르는 사나이였다.

"나한테 얼마쯤의 재산이 있다면 그것은 스스로 일해서 번 것입니다. 아이들은 가게에서 일을 시키고, 비단옷은 절대로 입히지 않습니다. 게다가 여자라면 마누라밖에 없지요."

왕이는 근년에 와서 그다지 화를 내지 않게 되었으나 이렇게 노골적인 말에는 참을 수가 없었다. 두 아들을 해안 지방으로 보내기 위해 남아 있던 토지마저 대부분 팔아버린 것을 왕얼이 비난한다는 것을 알고 잠시 화를 참고 있었으나 마침내 일어나 큰 소리로 말했다.

"아비가 자식을 먹여 살리는 것은 마땅한 일이다. 나는 자식들을 너보다는 소중하게 생각하고 있어. 판매대 앞에서 귀중한 청춘의 힘을 낭비시키고 싶진 않단 말이야. 아버지의 손자를 소중하게 생각한다면 비참한 생활을 시킬 수야 없지. 내 자식을 기르는 것은 내 의무야. 다만 내 아들을 귀공자처럼 키웠던 게 나의 의무인지는 잘 모르겠다만……"

그는 더 이상 말을 계속할 수가 없었다. 요즈음은 마른 기침이 줄곧 그를 괴롭혀 왔다. 지금도 그것이 가슴에서 세차게 솟아나 그를 괴롭혔다. 잠시 동안 말도 나오지 않아 다만 앉아서 화를 참았다. 두 눈은 살찐 두 볼 사이로 움푹 꺼졌고 두두룩한 목덜미가 아래쪽부터 조금씩 빨개지기 시작했다. 왕얼은 여위어 메마른 볼에 희미하게 미소를 띠었다. 비꼬아서 한 말이 형에게 적중했으므로 이제 더 말할 필요가 없었던 것이다.

그 교섭이 성립되었을 때 왕 상인은 차용 증서를 만들어 두고 싶다고 했다. 이 말을 들은 왕후는 후끈 달아올랐다.

"뭐라고요? 우린 형제간이 아니오!"

그러자 왕 상인은 변명하듯이 말했다.

"나 혼자 기억해 두려고 그러는 거야. 나는 요즘 건망증이 여간 심하지 않거든."

그러고는 붓을 내밀므로 왕후도 어쩔 수 없이 서명할 수밖에 없었다. 왕얼은 여전히 웃으면서 말했다.

"도장도 갖고 있겠지?"

어쩔 수 없이 왕후는 늘 허리춤에 넣고 다니는 큼직한 석인(石印)을 꺼내어 증서에 찍었다. 그것이 끝나자 왕 상인은 서류를 받아 알뜰히 접어서 허리에 찬 주머니에 집어넣었다. 그것을 지켜보던 왕후는 화가 났다. 필요한 것을 손에 넣을 수는 있었으나, 빨리 어떻게든 해서 영지를 넓혀 두 번 다시 형의 신세는 지지 말아야겠다고 속으로 맹세했다. 지난 몇 해를 헛되이 보낸 것이 한없이 분했다.

그러나 형 덕분에 왕후는 먼저 부하들에게 급료를 줄 수 있게 되었다. 그는 자기 아들과 호위병들에게 출발 준비를 시켰다. 이제 봄도 상당히 가까워져서 물도 빠르게 빠져나갔다. 여기저기에서 농민들은 물 밑에서 나타난 밭에 씨를 뿌리기에 바빴다. 너나할것없이 비참했던 겨울이며 죽은 사람들의 일을 잊고 또다시 오는 봄에 희망을 걸고 있었다.

왕후 또한 앞날의 희망이 새로 되살아나는 것을 느끼고 형들에게 작별 인사를 했다. 형들은 그를 위해서 송별연을 베풀어 주었다. 연회가 끝나자 왕후는 조상의 위패를 모셔 놓은 방으로 가서 분향을 했다. 아들에게도 분향을 하게 했다. 진한 연기가 자욱히 피어오르는 속에서 왕후는 조상의 영혼에 배례를 올렸다. 아들에게도 배례를 시켰다. 배례하는 아들의 씩씩한 모습을 보고 있노라니 왕후는 가슴속에 흐뭇한 마음이 솟아나는 것을 느꼈다. 그리고 조상들의 영혼이 모두 모여 자기들의 혈통으로부터 이렇듯 훌륭한 인간이 태어난 것을 찬탄하고 있는 듯한 기분이 들었다. 그리고 왕씨 일족으로서 자기도 할 일을 다 했다고 생각했다.

출발 준비가 다 끝나고 향로 속의 선향은 재가 되었다. 왕후는 말에 올라앉았다. 아들도 말을 탔다. 그러고는 호위병을 거느리고 이제는 완전히 물이 빠진 마른 대지를, 그들 자신의 근거지를 향해 말을 달렸다.

28

왕후의 아들이 만 열다섯 살이 된 봄, 그를 위해 채용한 교관이 어느 날 왕후가 홀로 정원을 거닐고 있는데 다가와서 말했다.

"장군 각하, 저는 아드님에게 제가 가르칠 수 있는 것은 모두 가르쳤습니다. 이제부터는 군관 학교에 가서 많은 동료들과 함께 군사학을 공부하실 필요가 있습니다."

왕후는 이날이 올 것을 알고 있었으나 10년 남짓한 세월이 손바닥을 뒤집는 동안에 지나가 버린 듯이 느껴졌다. 그는 정원으로 나오도록 아들을 부르러 보내고는, 갑자기 늙어서 지쳐버린 기분으로 정원의 노간주나무 아래 있는 돌에 걸터앉아 아들을 기다렸다. 이윽고 소년이 정원과 정원 사이에 있는 원형문을 지나 힘찬 걸음으로 조금 천천히 나타났다. 왕후는 이제까지와 다른 눈으로 자기 아들을 바라보았다. 참으로 소년은 키가 어른만했으며 얼굴에는 다부진 곡선이 나타나고 입술은 꽉 다물려 있었다. 이미 아이의 얼굴이 아닌, 훌륭한 어른의 얼굴이다. 왕후는 아들의 얼굴을 가만히 응시하는 동안, 전에는 아들이 자라는 것이 무척 더디게 느껴져서 혹시 어린애의 시기가 끝없이 계속

되지나 않을까 하고 걱정했던 것을 회상했다. 그것이 지금은 마치 어린애의 시기를 단숨에 껑충 뛰어 어른의 시대로 들어온 듯한 기분이 들었다. 왕후는 탄식하며 속으로 중얼거렸다.

'학교가 남방이 아니면 좋으련만, 그 조막손 만하게 생긴 남방인들과 함께 공부시키고 싶지는 않은데……'

옆에 서서 윗입술에 조금 나 있는 수염을 잡아당기고 있는 교관에게 왕후는 물었다.

"아무래도 그 학교에 유학시키는 게 좋다고 생각하는가?"

교관은 고개를 끄덕이며 찬성의 뜻을 나타냈다. 왕후는 가슴이 아픈 듯 소년을 바라보고 있다가 마침내 물었다.

"너도 가고 싶을 테지?"

왕후가 아들의 의견을 묻는 것은 매우 드물었다. 아들을 위해서 해야 할 일은 자기가 가장 잘 안다고 스스로 믿고 있었기 때문이다. 그러나 이때는 아이가 가고 싶지 않다고 말하지나 않을까, 그렇게 말하면 그것을 구실로 보내지 않겠다는 가냘픈 희망을 품고 있었다. 그러나 소년은 깜짝 놀란 듯이, 노간주나무 아래 피어 있는 백합을 바라보고 있던 눈을 재빨리 들어 아버지의 얼굴을 쳐다보고 대답했다.

"가게 되면 가겠습니다만, 다른 학교에 갈 수 있다면 더욱 기쁘겠습니다."

이 대답은 왕후로서는 조금도 기쁘지 않았다. 그는 굵은 눈썹을 모으고 수염을 잡아당기면서 시무룩하니 말했다.

"군관 학교 말고 네가 갈 만한 학교가 있느냐? 군벌이 되어야 할 사람이 책만 읽어서 무슨 소용이 있겠느냐?"

소년은 나직한 소리로 조심조심 대답했다. "사람들이 하는 소리를 들었습니다만, 요즘에는 밭 경작법이라든가 농업에 대한 여러 가지 일을 가르쳐 주는 학교가 있다고 합니다."

왕후는 이 어처구니없는 말을 듣고 놀랐다. 그런 학교가 있다고는 들은 적도 없었다. 느닷없이 그는 소리쳤다.

"그런 학교가 있다고 한다면 참으로 얼빠진 일이다! 그래 요즘의 농민들은 밭을 갈고 씨를 뿌리고 수확하는 방법을 학교에서 배운단 말이냐? 나는 분명히 기억하고 있지만, 너의 할아버지께서는 늘 말씀하셨다. 농민은 배울 필요가 없다, 옆 사람이 하는 것을 보고 있으면 족하다고 말이야!" 그리고 왕후는 냉엄하게 덧붙였다. "헌데, 그런 일이 나나 너와 무슨 관계가 있단 말이냐? 우리는 군벌이야. 너는 군관 학교에 가야 한다. 다른 학교에는 절대로 보내지 않을 테다. 싫거든 여기 남아서 내 군대를 이어받아라."

아들은 탄식했다. 그리고 아버지가 호통을 치면 언제나 그렇듯이 풀이 죽어 뒤로 물러나서는 이상할 만큼 참을성 있게 조용히 대답했다.

"그럼 군관 학교에 가겠습니다."

이 참을성 있는 태도가 어딘지 모르게 왕후에게는 불만이었다. 그는 수염을 쓰다듬으면서 아들을 바라보았다. 생각하는 것을 좀더 서슴지 말고 말하면 좋을 텐데 하고 생각했다. 그러나 동시에 아들이 가슴속에 품고 있는 것을 모조리 털어놓는다면 자기는 틀림없이 격분하게 될 거라고 생각했다. 울화가 치밀어서 그는 소리쳤다.

"여행 준비를 하거라. 내일 출발한다!"

소년은 교관한테 배운 대로 경례하고 말없이 뒤로 돌아 아버지 앞에서 사라졌다.

그날 밤 방에 혼자 앉아 왕후는 아들을 먼 곳으로 떠나보낼 것을 생각하니 공포가 엄습해 오는 것을 느꼈다. 남방인은 교활하고 믿을 수가 없다. 아들에게 어떤 일이 일어날지 알 수 없다. 그래서 그는 병사에게 심복 부하 언청이를 불러오게 했다. 그러고는 추하지만 충실한 얼굴을 들여다보면서, 주인이 부하에게 하는 말투가 아닌 오히려 애원하는 듯한 어조로 말했다.

"나한테 하나밖에 없는 아들인 저 애가 내일 군관 학교에 들어가게 되었다. 군사 교관이 따라가지만, 그는 여러 해 동안 외국에 유학하던 자다. 어떻게 그 마음속까지 알 수 있겠는가. 눈은 안경으로 가렸고 입은 수염으로 가렸다. 내 아들을 저 교관에게만 맡기게 되면 불안해서 안 되겠어. 그러니 너도 함께 가 주었으면 한다. 나는 너를 안다. 너만큼 내가 잘 아는 사람도 없다. 너는 내가 가난하고 외로웠을 때 나를 도와 주었지. 그리고 내가 강대해진 오늘과 마찬가지로 옛날에도 충실했지. 내 아들은 나의 가장 소중한 보배야. 나 대신 따라가서 감독해 다오."

그러자 뜻밖의 일이 일어났다. 왕후의 말을 들은 순간 언청이는 완강히 거부한 것이다. 그 무시무시한 기세는 말과 함께 이 사이로 바람이 소리를 내며

새어나올 정도였다.

"장군. 저는 이 명령만은 따를 수가 없습니다. 저는 장군 옆을 떠나지 않겠습니다. 도련님이 유학하신다면 제가 믿을 수 있는 부하들을 한 50명 골라서 수행시키지요. 그들의 임무는 제가 잘 가르쳐 주겠습니다. 그러나 저는 장군 곁을 떠나지 않겠습니다. 장군께서는 충실한 인간이 측근에 있다는 것이 얼마나 중요한가 모르십니다. 이만큼 큰 군대가 되면 반드시 내부에서 불만이 있고, 암투가 있고, 분개하는 자가 있는가 하면, 다른 장군을 칭찬하는 자도 있는 것입니다. 더욱이 남방에서 이상한 전쟁이 일어나려 한다는 기괴한 소문이 한참 떠돌고 있는 요즘이니까 저는 이곳을 떠나지 않겠습니다."

왕후도 고집스럽게 대답했다.

"너는 자신을 너무 과대 평가하고 있어. 네가 없어져도 아직 돼지 백정이 있지 않느냐?"

그러자 언청이는 매우 경멸하는 표정이 되었다. 흥분한 나머지 얼굴이 끔찍스럽게 일그러졌다.

"저 바보 말입니까? 그렇습니다, 그자는 날아가는 파리를 치는 것에는 명수입니다. 제가 누구를 언제 치라고 가르쳐 주기만 하면 큼직한 주먹으로 한 대쯤 갈길 수도 있습니다. 그러나 상황을 꿰뚫어 보는 머리가 없습니다. 이것을 봐야 한다고 말하지 않으면 그 녀석은 아무것도 보지 못하니까요."

언청이는 단호히 말하며 양보하지 않았다. 다른 사람들이 명령을 거부하면 절대로 용서하지 않는 왕후지만 그의 반항은 참고 몇 번이나 부탁했다.

"좋습니다. 그렇다면 저는 자결하겠습니다. 좋고말고요. 여기 칼도 있으니까요."

결국 이렇게 완고한 사나이에게는 양보하지 않을 수 없었다. 왕후도 명령을 거두기로 했다. 그러자 언청이는 방금 전까지도 슬퍼하며 자결하느니 어쩌느니 했으나 갑자기 기운이 났다. 그리하여 달려나가 그날 밤으로 잠든 부하 가운데 50명을 골라 깨워서 마당에 정렬시켰다. 그들이 잠에서 막 깨어 하품을 하거나 이른 봄밤의 공기에 떨고 있는 것을 보자 언청이는 마구 욕지거리를 퍼붓고는 찢어진 입술 사이로 커다란 소리를 내어 명령했다.

"알았느냐, 도련님의 이가 아파도 네놈들의 책임이다. 이 돼지다만 놈들아! 네놈들의 임무는 도련님이 가시는 곳이면 어디나 따라가서 경호하는 것뿐이다. 밤에는 도련님의 침대 곁에서 자거라. 그리고 낮에는 어느 놈도 믿지 말아라. 어느 놈의 명령도 듣지 말아야 해. 설령 도련님의 명령이라 해도 들을 필요없다. 만일 도련님이 고집을 피워서, 네놈들이 있으면 귀찮으니까 어디든 가버리라고 말씀하시거든 이렇게 대답하는 거다. '저희들은 도련님의 아버님이신 장군님의 명령을 들을 뿐입니다. 장군님께서 저희들에게 급료를 주십니다. 그러니까 장군님께만 복종하면 됩니다' 하고 말이다. 그래, 네놈들은 도련님의 의사를 거역하고라도 경호를 하는 거다." 그리고 언청이는 50명의 부하들에게 그들의 책임이 얼마나 중요한가를 명심시키기 위해 실컷 욕을 퍼붓고 위협해 놓았다. 그리고 마지막으로 말했다.

"그 대신 너희들이 충실히 직무를 완수하면 상금을 두둑히 주겠다. 우리들의 장군님처럼 너그러운 분은 안 계시다. 내가 너희들을 위해서 부탁해 주마."

병사들은 큰 소리로 임무를 완수하겠다고 서약했다. 왕후 장군에게 가장 신뢰를 받고 가장 가까이 접근할 수 있는 것은 그의 아들을 빼놓고는 이 심복 부하 언청이밖에 없다는 것을 그들은 알고 있었기 때문이다. 게다가 사실을 말하면, 모르는 고장에 가서 신기한 것들을 볼 수 있다는 것도 그들에게는 기뻤다.

이튿날 아침이 되자 왕후는 잠을 이루지 못하고 보낸 침상에서 나와 아들을 출발시켰다. 그리고 차마 그냥 헤어질 수가 없어 도중까지 전송했다. 그러나 그것도 한때의 위안에 지나지 않았으며, 헤어질 운명을 조금 늦추는 데 불과했다. 잠시 아들과 말을 나란히하여 나아가던 왕후는 말고삐를 끌어당기고 갑자기 아들에게 말했다.

"예로부터 말하지 않더냐. 벗을 전송하여 더불어 가기를 3천 리, 마침내 이별 있도다. 나도 마찬가지야. 잘 다녀 오너라!"

왕후는 말 위에서 의연히 자세를 바로잡았다. 그런 다음 아들의 경례를 받았다. 그리고 아들이 다시 말에 올라 50명의 부하와 군사 교관을 이끌고 멀어져 가는 것을 지켜보았다. 이윽고 말머리를 돌려 다시는 아들 쪽을 돌아보지도 않고 텅 빈 자기 집으로 돌아갔다.

사흘 동안 왕후는 억제하려 하지 않고 슬픔에 잠겼다. 사자로서 아들과 함께 보낸 부하들이 보고하러 돌아올 때까지 아무 일도 시작할 기분이 나지 않았다. 아무 계획도 세울 수 없었기 때문이다. 사자는 서너 시간마다 도중의 여러 장소에서 저마다 보고를 갖고 돌아왔다. 한 사람은 말했다.

"도련님은 매우 건강하십니다. 평소보다 더 명랑하실 정둡니다. 두 번 말에서 내려 밭으로 걸어가서 농민들과 이야기를 나누셨습니다."

"농부들과 대체 무슨 말을 하더냐?" 왕후는 놀라며 물었다.

사자는 기억하고 있는 것을 충실하게 보고했다.

"도련님은 무슨 씨를 뿌리고 있느냐고 물으시고 씨를 보셨습니다. 또 소에 쟁기를 매는 방법을 보셨습니다. 호위병들은 재미있어서 웃었습니다만 도련님은 조금도 신경 쓰지 않으시고 계속해서 바라보고 계셨습니다."

왕후는 당황하며 말했다. "군벌의 우두머리가 될 자가 소에 쟁기를 매는 방법이라든가, 종자가 무엇인가 하는 것 따위를 왜 보고 싶어 한단 말인가!" 그리고 잠시 뒤 조마조마해져서 물었다. "더 보고할 말은 없느냐?"

사자는 잠시 생각하더니 말했다. "그날 밤은 여관에 드셨습니다. 도련님은 만두와 고기와 쌀밥과 생선을 맛있게 잡수시고, 조그마한 잔으로 술도 한 잔 하셨습니다. 저는 거기서 헤어져서 보고하러 돌아왔습니다."

잇달아 사자가 돌아와서 아들이 무엇을 했으며 무엇을 먹고 마셨는가 보고

했다. 그리하여 사흘째 마지막에 소년은 나루터에 이르렀다. 거기서부터 큰 강을 내려가 바다로 나가는 것이다. 그날부터는 편지를 기다리는 수밖에 없었다. 사자도 거기서부터는 따라갈 수 없었기 때문이다.

아들이 떠나간 외로움을 견딜 수 있을지는 왕후 자신도 알 수가 없었다. 그러나 두 가지 사건이 일어남으로써 그의 관심을 다른 데로 돌려 주었다. 하나는 남방에서 돌아온 첩자들이 괴이한 정보를 가져온 것이다.

"매우 이상한 전쟁이 남방에서 일어날 듯합니다. 그것은 지금까지처럼 군벌과 군벌과의 전쟁이 아니고 모든 것을 뒤집어 엎는 혁명의 전쟁이라고 합니다."

왕후는 조금 업신여기는 듯이 대답했다. 요즘 그는 기분이 좋지 않았다.

"그것은 뭐 그다지 신기할 것도 없다. 나도 젊었을 때 혁명 전쟁을 한다고 생각하고 참가해서 싸웠지. 그런데 결국 지나고 보니 단순한 전쟁이더군. 군벌들이 한때 연합해서 제정(帝政)을 쓰러뜨렸지만 성공하니까 다시 또 분열되고 말더란 말이야!"

왕후는 이렇게 말했지만, 돌아오는 첩자마다 모두 같은 보고를 했다.

"아닙니다. 암만해도 색다른 전쟁 같습니다. 국민군이라고 부르며 국민 전체를 위한 전쟁이라고 말하고 있습니다."

"국민들이 어떻게 싸울 수 있단 말인가?" 왕후는 미간을 찌푸리며 얼빠진 첩자들을 꾸짖었다. "그들이 소총을 갖고 있더냐? 곤봉이나 쇠스랑이나 낫으로 전쟁을 할 수 있다고 생각하느냐?" 그러고는 번들거리는 눈으로 첩자들을 쏘아보았으므로 그들은 몸을 움츠리며 마른 기침을 하거나 서로 얼굴을 쳐다보곤 했다. 마지막으로 한 사람이 조심조심 대답했다.

"저희들은 들은 것을 그대로 말씀드렸을 뿐입니다."

그러자 왕후는 너그럽게 그들을 용서했다.

"그래야지. 그것이 너희들의 임무니까, 하지만, 쓸데없는 소리만 듣고 왔구나."

그는 첩자들을 자기 방에서 물러나게 했다. 그러나 그도 그들이 말한 것을 완전히 잊어버릴 수는 없었다. 이 움직임에는 주의해야 한다. 실체를 파악해야만 한다고 생각했다.

그러나 그 일을 그리 오래 생각할 겨를도 없이 또 하나의 사건이 영토 안에서 일어나 그의 마음에서 다른 생각을 모두 쫓아 버렸다.

여름이 가까워졌다. 하늘만큼 변덕스러운 것도 없어서 지난해와는 전혀 다른 아름다운 여름이었다. 갠 날과 흐린 날이 잘 조화되어 홍수는 물러가고 뒤에는 기름진 경작지가 남았다. 그리고 곳곳에서 농민들은 있는 종자를 모두 긁어모아, 뜨거운 햇볕 아래 김을 내며 허덕이는 듯한 뜨거운 숨을 땅에 뿌렸다. 생명은 흙 속에서 분출하고 풍요한 수확이 모든 사람들에게 약속되어 있었다.

그러나 수확의 시기를 기다리는 사람들이 있는 한편에 굶주리고 있는 사람들도 많았다. 이해 여름에는 왕후의 영내에도 여태까지 없던 악질 비적들이 들끓기 시작했다. 실로 왕후가 대군을 거느린 이 지방에서조차 자포자기가 되어 비적단을 조직하여 왕후를 아랑곳하지 않는 인간들이 있었던 것이다. 더욱이 왕후가 군대를 파견해서 수색시켜 보면 그림자도 보이지 않았다. 신출귀몰하여, 마치 유령 일단과 흡사했다. 첩자들은 잇따라 달려와서 피해를 알렸다.

"어제 비적들이 북쪽에 나타나서 진가네 마을을 불살랐습니다." 혹은 또 이런 보고도 했다. "사흘 전에 비적패거리가 상인들을 습격해서 모두 죽이고 아편과 비단을 탈취해 갔습니다."

이런 무법 행위가 자행된다는 소식을 듣고 왕후는 크게 분노했다. 특히 그가 노한 것은, 왕얼에게 진 빚을 빨리 갚고 싶은데 그 재원인 상인들로부터의 세수입을 비적들이 가로챘기 때문이었다. 그는 자기 손으로 비적 두목의 목을 치고 싶을 정도였다. 그래서 그는 병영 앞뜰에 우뚝 서서 큰 소리로 부대장을 소집하여 저마다 부하를 이끌고 영토 전 지역에 출동하라고 명령했다. 그리고 비적의 목 하나를 잘라온 자에게는 은 1냥의 상금을 주기로 했다.

그러나, 이 상금이 탐이 나서 비적을 잡으러 출동한 부대는 한 사람의 비적도 발견하지 못했다. 그도 그럴 것이 비적의 대부분은 보통 농민으로 군대에 추격당하지 않을 때만 나타났기 때문이다. 그들은 군대가 오는 것을 보면 밭에서 괭이질을 하다가 자기들이 얼마나 비적단에게 괴로움을 당했는가를 병정들에게 호소했다. 다만 결코 자기들이 한 일에 대해서는 이야기하지 않았다. 만일 다른 누군가가 자기들의 일을 언급하려 하면 입을 벌리고 멍청한 표정으로 그런 비적은 들은 적이 없다고 시치미를 뗐다. 그러나 왕후가 상금을 약속하는 바람에 욕심 많은 부하들 중에는 닥치는 대로 농민을 죽여 그 목을 비적의 것이라 하며 들고 오는 자도 있었다. 이런 까닭으로 죄없이 살해당한 자도 많았다. 그러나 모두 잠자코 있었다. 왕후가 군대를 출동시킨 것은 훌륭한 합법적인 명목에 따른 것임을 알았고, 또 어설프게 불평을 하다가는 병사들의 눈에 띠어 여기에도 목이 있구나 하는 생각을 갖게 한다는 것을 알았기 때문이다.

한여름이 되어 수수가 사람 키보다 더 크게 자랄 무렵이 되자 불이 확 타오르는 듯 갑자기 여기저기에 비적이 나타났다. 지난 몇 년 동안 싸움터에 나간 적이 없는 왕후는 매우 분개하여 어느 날 몸소 비적을 토벌하러 나섰다. 한 마을에 비적 떼가 숨어 있다는 말을 듣고 첩자를 보내어 정찰시켜 보니 그 마을 사람 전체가 낮에는 농부가 되고 밤에는 비적이 된다는 사실이 밝혀졌기 때문이다. 그 사람들의 토지는 저지대에 있어서 마을 전체가 하나의 큰 분지를 이루고 있었으므로 다른 데보다 파종이 늦어 지난해 겨울부터 금년 봄까지 굶어 죽기를 면해온 사람들도 여태껏 식량을 대지 못하는 형편 같았다.

왕후는 그 마을 사람들이 밤이 되면 다른 마을로 가서 식량을 빼앗고 저항하는 자는 죽인다는 사실을 알자 크게 분노하여, 스스로 부하를 이끌고 그 마을로 가서 마을을 포위해 한 사람도 달아나지 못하게 했다. 그러고는 다른 부하들과 함께 마을 안으로 들어가서 마을 주민들을 한 사람 남김없이 묶었다. 남녀노소 합해서 1백 73명이었다. 그들을 밧줄로 꽁꽁 묶어 촌장 집앞의 탈곡장으로 끌어 오게 하여, 말 위에서 왕후는 그들을 쏘아보았다. 그 가운데는 울며 떨고 있는 자도 있었고 얼굴이 흙빛으로 변한 자도 있었다. 그러나 자포자기하여 부루퉁한 얼굴로 겁없이 미소를 짓는 자도 있었다. 오직 노인들만이 태연하게 운명에 따르는 태도였다. 살날이 얼마 남지 않았으니 죽어도 괜찮다고 체념한 것이었다.

눈앞의 비적들을 쏘아보는 동안 왕후는 살의가 사그라져 가는 것을 느꼈다. 그는 그전처럼 인정사정없이 사람을 죽일 수 없었다. 그 여섯 병사들을 죽였을 때 아들의 눈초리를 보고부터는 남몰래 심약해져 있었던 것이다. 그 심약함을 감추기 위해서 그는 굵은 눈썹을 모으며 입을 굳게 다물었다. 그리고 무시무시한 소리로 호통쳤다.

"네놈들은 죽어 마땅하다! 한 놈도 남김없이 말이다! 내가 오랜 세월 동안 내 영토 안에서 도둑질을 허락하지 않았다는 것을 네놈들은 모르느냐! 허나 나는 인정을 아는 사람이다. 네놈들의 부모나 자식들을 생각해서 이번만은 죽이지 않기로 한다. 다음 번에 또 내 말을 듣지 않고 비적질을 한다면 그때는 반드시 사형에 처하고 말 테다!"

그리고 그들을 둘러싼 부하들에게 명령했다.

"내가 지금 말한 것을 언제까지나 기억하도록 칼을 갈아 이놈들의 귀를 잘라 버려라!"

병사들은 앞으로 나와 구두 밑창에다 칼을 갈아 비적들의 귀를 잘라서 왕후 앞의 땅바닥에 쌓아올렸다. 왕후는 비적들을 바라보았다. 저마다 얼굴에서 두 줄기의 피가 흘러내리고 있었다. 그는 차갑게 말했다.

"이 귀를 잘 기억해 두라!"

그러고는 말머리를 돌려 달려갔다. 말을 달려가는 동안 왕후의 가슴속에는 차라리 비적들을 모조리 죽여 자기 영내를 청소함으로써 다른 자에 대한 본보기로 삼았어야 옳지 않았나 하는 의문이 솟았다. 그리고 지나치게 너그러운 조치를 취했던 것은 자기가 나이를 먹어 심약해졌기 때문이 아닐까 하는 걱정도 스쳐갔다. 그러나 이렇게 생각하며 스스로를 달랬다.

'그들의 생명을 구해 준 것은 내 아들을 위해서다. 언젠가 그 녀석을 만나면, 너를 위해 1백 73명의 목숨을 살려 주었다고 이야기해 줘야지. 아마 무척 좋아하겠지.'

29

이렇게 하여 왕후는 아들이 떠난 뒤의 고독한 나날을 보냈다. 영내의 비적도 평정되었고 수확기가 와서 농민들도 먹을 것을 얻게 되자 왕후도 안도의 숨을 내쉬게 되었다. 그 해 가을, 바람도 아직 차갑지 않고 햇빛도 약해진 때를 보아 그는 소부대를 이끌고 영내 순시에 나섰다. 아들이 돌아올 때를 대비하여 영내의 질서를 잘 유지해 두고 싶었기 때문이다. 왕후는 아들이 유학에서 돌아오면 이 지방의 군대지휘권을 맡겨 거대한 군대를 넘기고, 자기는 소수의 호위대만 거느리고 은거할 계획이었다. 그때 그는 쉰다섯 살일 터이며 아들은 스무 살로 어엿한 어른이리라. 이런 몽상을 가슴에 품고 왕후는 영내를 돌아보았다. 마음으로는 손자의 모습을 그려보았고, 바깥 눈으로는 농민과 토지를 보고 수확량과 얼마만한 세수입이 들어올 것인가를 면밀히 살폈다. 홍수가 지나간 뒤 이 땅 사람들은 2년에 걸친 흉작의 그림자를 아직 떨쳐 버리지 못했으나 착착 회복의 기미를 보이고 있었다. 땅은 아직도 충분한 결실을 맺지는 못했다. 사람들은 아직도 두 볼이 꺼져 있었으며 노인과 어린이는 거의 눈에 띄지 않았다. 그러나 생명은 다시 싹트고 있었다. 임신한 여자도 많이 보였다. 그러한 광경을 바라보고 왕후는 기뻐하면서 생각했다.

'하늘은 나로 하여금 천명에 다시 눈뜨게 하기 위해 기근을 내려 주셨나 보다. 몇 년 동안 나는 너무나 안일에 빠져 있었다. 현상에 지나치게 만족해 있었다. 그 기근은 나를 분발시키기 위해 하늘이 내려 주신 것이다. 후계자로서 그렇게 훌륭한 아들이 있으니 나는 더 위대한 공적을 세워야만 한다.'

그의 부친은 살아 있을 때 흙의 신을 믿고 있었으나 왕후는 보다 총명해서 그런 것을 믿지 않았다. 그러나 왕후도 운명과 하늘만은 믿었다. 자기 몸에 들이닥친 일들은 결코 우연에 의한 것이 아니고, 사는 것도 죽는 것도 모두 하늘의 뜻이요 천명이라고 믿었던 것이다.

여름도 다 지나고 쓸쓸해지는 9월, 왕후는 기세도 등등한 부대의 선두에 서서 말을 몰아가고 있었다. 곳곳에서 그는 극진한 환영을 받았다. 그가 오랜 세월에 걸쳐 공정한 통치를 해온 권력자임을 모두 인정하고 있었기 때문이다. 사람들은 미소를 띠고 그를 맞이했다. 그가 머문 도시나 마을에서는 유지들이 주연을 베풀었다. 다만 밭에서 일하는 농민들만은 공손하지 않았다. 가난한 농부들은 군대가 오는 것을 보자 등을 돌리고 정신없이 일하는 척했으며 지나가 버리면 울분을 토하기 위해 연거푸 침을 뱉었다. 병사들 중에서 누군가가, 왜 침을 뱉느냐고 화를 내며 물으면 멍청하고 얼빠진 표정으로 말했다.

"방금 많은 말이 지나가서요, 입 안이 온통 먼지투성이외다."

그러나 왕후는 도시에서나 마을에서나 누구에게도 주의를 기울이지 않았다.

이 순시 여행 도중에 왕후는 일찍이 자기가 공략한 현성에 이르렀다. 지난 몇 년 동안 조카인 곰보가 그의 대리로서 경비 사령을 맡는 도시다. 왕후는 먼저 곰보에게 사자를 보내어 자신의 도착을 알렸다. 그러고는 이 현성이 조카의 지배 아래서 어떻게 되어 있나 살피려고 날카로운 시선을 여기저기로 던지며 입성했다.

곰보도 이제는 어리지 않았다. 의젓한 어른이 되어 견직업자의 딸인 아내와의 사이에 아이가 하나 둘 태어나 있었다. 그는 숙부가 찾아와 성내에 들어왔다는 소식을 듣자 크게 당황했다. 그는 이곳에서 여러 해 동안 평화로운 생활을 보내며, 참으로 한가로이 살아왔으므로 자기가 군인이라는 사실조차 거의 잊고 있었기 때문이다. 그는 늘 명랑하고, 놀기 좋아했으며, 새로운 것에만 큰 흥미를 보였다. 그는 이곳 생활이 마음에 들었다. 왜냐하면 이 성안에서 으뜸가는 권력을 갖고 있었으므로 사람들은 그를 정중히 대했고, 세금을 받는 일 말고는 그다지 할 일도 없었기 때문이다. 그는 살이 제법 쪄 있었다. 근년에는 군복도 벗어 버리고 헐렁한 두루마기만 입고 있어서 유복한 상인 같은 풍채였다. 사실 그는 성안의 상인들과 매우 친밀했다. 상인들이 왕후에게 바치는 세금을 곰보에게 보내면 곰보는 자기 몫으로 구전을 뜯었다. 그것도 상인다운 수법이었다. 그리고 이따금 숙부의 이름을 빌려서 새로운 세금을 받아먹기도 했다. 그러나 상인들은 그런 것을 눈치채고도 눈감아 주었다. 자기들도 그와 같은 지위에 오르면 그러겠거니 하고 이해했기 때문이다. 그들은 곰보를 좋아해서 이따금 선물도 보냈다. 그러면 곰보가 숙부에게 잘 보고해서 그다지 심한 변을 당하지 않으리라는 속셈에서였다.

그러므로 그의 생활은 명랑했다. 그는 그다지 외도를 하는 사람이 아니었으므로 아내와의 금실도 좋았다. 이따금 친구가 특별히 성대한 연회를 베풀어 흥을 더하기 위해 기녀를 부를 때가 아니면 좀처럼 그를 자기 집 규방에서 유인해 낼 수 없었다. 그러한 연회에는 반드시 초대되었는데, 그것은 지위도 지위였지만 그의 인품 때문이었다. 그는 참으로 기지가 있고 농담을 잘해서 그때그때 아주 적절한 말로 사람을 웃게 만들었다. 특히 거나하게 취기가 돌면 재미있는 말들이 잇따라 쏟아져 나왔다.

그는 숙부가 왔다는 말을 듣자 서둘러 아내에게 어느 상자엔가 쑤셔넣어 놓은 군복을 찾아오게 했다. 그리고 부하 병사들의 소집을 명령했다. 이 부하들도 지나치게 안일한 생활을 하고 있었으므로 병사라기보다는 그의 하인 같은 꼴이 되어 있었다. 그는 살찐 다리를 바지에 꿰면서 이렇게 갑갑한 군복을 잘도 입고 지냈구나 하고 감탄했다. 아랫배도 청년 시절보다 훨씬 튀어나와서 윗도리 앞이 여며지지 않아 배에 넓은 띠를 두르고 적당히 감추기로 했다. 그래도 그럭저럭 군복을 입고, 부하들도 정렬했다. 그리고 그들은 왕후의 입성을 기다렸다.

이삼 일 동안에 왕후는 성안의 상황을 완전히 파악했다. 상인들이 자기와 경비 사령관을 위해서 베풀어 준 호화로운 연회의 뜻도 알았다. 또 그는 조카가 군복을 갑갑해하면서 땀을 흘리는 것도 잘 알고 있었다. 하루는 바람도 불지 않고 햇볕이 몹시 뜨거워 곰보는 참지 못하고 넓은 띠를 끌렀다. 그러자 군복 앞이 벌어진 것이 보였다. 왕후는 차갑게 웃으며 생각했다.

'둘째 형의 아들이라 이놈도 결국은 상인이다. 고맙게도 내 아들은 이런 놈과는 달라. 그 녀석이 훌륭한 귀공자인 것이 기쁘다.'

그리고 곰보를 적당히 상대하고 칭찬도 하지 않았다. 그저 냉담하게 말했다.

"네게 맡겨 둔 군대는 총을 다루는 법조차 잊은 모양이구나. 암만해도 다시한 번 전쟁을 시킬 필요가 있겠군. 내년 봄에는 네가 선두에서 이끌어 저놈들을 전쟁에 익숙해지게 해 보면 어떠냐?"

이 말을 듣자 곰보는 어찌할 바를 몰라 하며 땀을 흘렸다. 사실 그는 겁쟁이도 아니고, 일단 정한 군인의 길을 걸어가고 있다면 전쟁도 할 수 있을 테지만, 부하를 지도하거나 승복시킬 인물은 되지 못했다. 게다가 이곳에서의 생활이 더할 나위 없이 좋았다. 왕후는 그가 당황하는 것을 보고 여느 때처럼 소리 없이 웃고 있다가 갑자기 장검의 칼집을 꼭 쥐면서 벼락 같은 소리를 질렀다.

"어떠냐, 너도 이렇게 잘 살고 성안도 유복하니까 세금을 올려도 좋겠구나! 나도 아들 녀석 때문에 비용이 많이 든다. 남방에 유학을 보내 놓았는데 그 녀석이 돌아올 때까지는 이런저런 준비도 해두고 싶다. 너도 좀 희생을 해서 여기 세금을 두 배로 올리도록 하자!"

그러나 곰보는 만일 숙부가 세금을 올리려고 하거든, 이 도시가 가난하다든가 불경기라든가 하면서 숙부를 설득해 주면 좋겠다, 그 일에 성공하면 사례금을 드리겠다는 밀약이 이미 상인들과 되어 있었다. 그래서 그는 재빨리 우는 소리로 숙부의 마음을 돌리려고 애썼다. 그러나 아무리 애원해도 숙부의 마음은 좀처럼 움직이지 않았다. 숙부는 마침내 거칠게 말했다.

"나는 이 도시의 상태를 잘 알고 있다. 매가 한 일만이 나에 대한 모반은 아니다. 하지만 나의 근본적인 치료법은 언제나 같다!"

막대한 은을 놓치게 된 곰보는 시무룩해진 표정으로 이 사실을 상인들에게 알렸다. 그들은 대표를 뽑아 왕후에게 직접 호소했다.

"세금은 각하에게 드리는 것만이 아닙니다. 시세(市稅)도 있고 성세(省稅)도 있습니다. 각하에게 드리는 것이 다른 세금보다 많습니다. 이래서는 무슨 장사를 하더라도 이익이 없습니다."

왕후는 처음에는 정중한 말투로 대응했으나, 슬슬 칼의 위력을 보여 줄 때가 왔다고 보고 끝에는 무뚝뚝하게 말했다.

"알겠다. 그러나 나에게는 권력이 있어. 정중히 부탁해서 안 된다면 무력으로 받아낼 뿐이다."

이런 식으로 왕후는 조카를 혼내 준 다음 다시 그 자리에 앉혀 마찬가지로 그 현성 및 그 밖의 전 영토에 대한 지배력을 확보한 것이다.

모든 것이 확실하게 안정된 상태에 이르자 그는 자기 집으로 돌아가서 겨울이 지나기를 기다렸다. 그러는 동안에도 봄이 되면 대규모 정복전을 개시하려는 계획을 세우고 곳곳에 첩자를 띄우기도 하고 여러 작전 계획을 짜기도 하며 바쁘게 보냈다. 그리하여 이미 늘그막에 접어들으나 아직도 성(省) 하나를 손안에 넣어 아들에게 물려주는 일쯤은 가능하리라는 생각에 가슴은 두근거렸다.

긴 겨울 동안 왕후는 그 생각에만 매달렸다. 참으로 쓸쓸한 겨울이었다. 너무도 쓸쓸해서 몇 번이나 저도 모르게 여자들이 있는 별채로 가려 했을 정도였다. 그러나 그리로 가봐야 별수 없었다. 학문이 없는 쪽의 아내와 딸들이 있을 뿐이다. 그녀들에게 할 말도 없었다. 그러므로 홀로 우울하게 앉아 그녀들이 자신의 가족이라고조차 생각하지 않았다. 이따금 그는 학문이 있는 쪽의 아내는 어떻게 지내고 있을까 생각했다. 그녀는 딸을 해안 쪽에 있는 학교에 입학시키기 위해 데리고 가서 그 길로 몇 년째 돌아오지 않았다. 한 번 그녀는 딸과 함께 찍은 사진을 보내온 적이 있었다. 왕후는 한참 동안 그 사진을 들여다보았다. 딸의 아름답고 당돌해 보이는 조그마한 얼굴이, 단발 머리 아래로 검은 눈을 크게 뜨고 대담하게 자기를 바라보고 있었다. 왕후는 암만해도 자기 딸이라는 생각이 들지 않았다. 그녀도 분명 요즈음의, 말 많고 명랑한 소녀이겠거니 생각했다. 그리고 학문이 있는 쪽의 아내를 묵묵히 들여다 보았다. 정말 그는 이 아내에 대해서는 아무것도 알지 못했다. 밤에 그녀를 찾아가던 그때에조차 전혀 알지 못했다. 그는 딸보다 아내 쪽을 오래 바라보았다. 사진 속에서 그녀는 자기를 보고 있었다. 그러나 일찍이 아내 앞에 있을 때 느끼던 불안을 다시 느꼈다. 그가 듣고 싶지 않은 말을 꺼낼 것만 같았다. 그가 들어 주고 싶지 않은 요구를 하고 있는 것 같았다. 사진을 눈에 띄지 않는 곳에 밀쳐 놓고 그는 혼자 중얼거렸다.

'남자는 일생 동안에 그렇게 뭐든지 생각할 수 있을 만큼 여가가 있는 게 아니다. 나는 바빴어. 여자 일로 소비할 시간이 없었던 거야.'

그는 스스로 자기 기분을 돋우면서 지난 몇 해 동안 아내들에게조차 접근하지 않았던 것은 잘한 일이라고 생각했다. 그는 조금도 그녀들을 사랑하지 않았던 것이다.

가장 쓸쓸한 시간은 밤에 화로 옆에 홀로 앉아 있을 때였다. 낮에는 어떻게든 바쁘게 시간을 보낼 수 있었다. 그러나 다시 밤이 찾아오면 지난날 그가 통렬히 맛보았듯이 밤은 어둡고 구슬프게 그의 마음에 번져 왔다. 그런 때는 동요하는 자신을 의식하고, 자기가 노쇠해서 내년 봄이 되더라도 새로운 영토를 정복할 수 없지나 않을까 생각했다. 그는 처량한 미소를 화롯불 쪽으로 돌리고 턱수염을 씹으면서 슬픈 듯이 생각에 잠겼다.

'누구든 자기가 하고자 한 것을 다 완수하는 자는 없을 것이다.' 잠시 뒤에는 또 생각했다. '남자란 아들이 생기면 삼대 앞의 일까지 자기가 살아 있는 동안에 계획해놓는 것인지도 모른다.'

왕후의 심복인 언청이는 요즘도 늙은 주인의 뒷바라지에 세심한 주의를 기울였다. 왕후가 낮에 부하들의 훈련에 흥미를 잃고 그들을 멋대로 놀려 두거나, 밤에 화로를 껴안고 부질없는 생각에 잠기거나 하면 이 늙은 심복은 그다지 말도 하지 않고 따끈하게 데운 맛좋은 술과 여기에 어울리는 소금에 절인 고기를 들고 방에 들어와서 주인의 기분이 편해지도록 이것저것 자질구레한 일에 마음을 썼다. 그러면 왕후는 울적한 기분에서 깨어나 술을 조금 마셨다. 잔을 거듭하는 동안에 기분이 좋아져서 잠이 잘 왔다. 이렇게 마셨을 때는 잠들기 전에 생각했다.

'그래, 내게는 아들이 있다. 내 평생에 못한 일은 그 애가 해줄 것이다.'

그해 겨울 왕후는 자기도 깨닫지 못하는 동안에 주량이 크게 늘었다. 이것은 왕후를 사랑하는 언청이로 봐서는 매우 기쁜 일이었다. 어쩌다 왕후가 술병을 물리치는 일이 있으면 이미 노인이 된 언청이는 왕후를 달래듯이 하며 열심히 권했다.

"드십시오, 장군님. 사람이란 누구나 나이를 먹으면 편안하게 살고, 즐기며 살아야 합니다."

그러면 왕후는 언청이의 충고를 존중한다는 것을 보여 주어 그를 기쁘게 하기 위해 술잔을 집어 들었다. 그렇게 하면 마음도 편해지므로 이 쓸쓸한 겨울밤에라도 깊이 잠들 수가 있었다. 그리하여 취하면 일찍이 아들과 다투었던 일도 잊어버리고 아들에 대한 신뢰감이 솟아나는 것이었다. 그런 날에는 아들의 꿈이 자기의 꿈과 같지 않을지 모른다는 불안은 왕후의 마음에 조금도 떠오르지 않았다. 이렇게 그는 오로지 돌아오는 새봄을 기다렸다.

아직 봄이 되지 않은 어느 날 밤이었다. 왕후는 따뜻한 방에서 기분 좋게 취기가 돌아 꾸벅꾸벅 졸고 있었다. 술은 바로 옆 탁자 위에서 식어 가고 있었다. 그의 장검은 허리에서 끌러져 술병 옆에 놓여 있었다.

난데없이 겨울밤의 정적을 깨뜨리고 안마당으로 몰려드는 말발굽소리와 병사들의 발소리가 들리는가 싶더니 갑자기 그쳤다. 어느 부대일까, 내가 꿈을 꾸는 것일까 의아해하면서 왕후는 의자의 팔걸이에 손을 대고 엉거주춤 일어섰다. 아직 다 일어나기도 전에 한 병사가 뛰어 들어와서 정신없이 소리쳤다.

"장군님, 아드님께서 돌아오셨습니다!"

그날 밤은 추워서 술이 좀 지나쳤던 왕후는 머리가 얼른 맑아지지 않았다. 손으로 입을 문지르고 중얼거렸다.

'적의 습격이라고 꿈속에선 생각했는데.'

그러고는 가까스로 잠을 뿌리치고 일어나 커다란 문을 지나 정원으로 나갔다. 주위는 많은 병사들이 손에 손에 횃불을 들고 서 있어서 한낮처럼 밝았다. 그 빛 한가운데 아들의 모습이 보였다. 청년은 말에서 내려 잠시 기다렸다가 아버지의 모습을 보자 머리를 숙였는데, 그때 그는 좀 이상한, 거의 적의에 찬 듯한 시선을 아버지에게 던졌다. 왕후는 추워서 몸을 떨며 외투의 깃을 여미고 놀란 얼굴로 아들에게 물었다.

"네 교관은 어디 있느냐. 어째서 돌아왔느냐?"

청년은 거의 입술을 움직이지 않고 대답했다.

"그와는 사이가 틀어져서 헤어졌습니다."

이 말을 듣자 왕후는 취한 머리가 얼마간 정신이 나서, 무슨 일이 있었구나 하고 깨달았다. 병사들이 주위에 몰려 있었다. 싸움이라면 언제라도 구경해주자고 기다리는 이런 인간들 앞에서 부질 없는 소리는 할 수 없었다. 그래서 두 사람은 왕후의 방으로 들어갔다. 모든 사람들을 물리치고 부자 둘이만 남았다. 그러나 왕후는 앉지 않고 그대로 서 있었다. 아들도 마찬가지였다. 왕후는 자기 아들을 처음 보듯 머리 꼭대기에서 발끝까지 찬찬히 살펴보았다. 잠시 뒤 천천히 말했다.

"너는 묘한 군복을 입고 있구나."

청년은 고개를 쳐들고 조용하지만 고집스러운 말투로 대답했다.

"이것은 신흥 혁명군의 제복입니다." 청년은 입술을 축이고 아버지의 말을 기다렸다.

그 한순간에 왕후는 아들이 무슨 일을 저질렀으며, 지금 어떤 신분인가를 깨달았다. 이 군복이야말로 그가 소문으로 듣던 새로운 전쟁에서의 남방군의 군복이 아닌가. 그는 말끝에 힘을 주어 뇌까렸다.

"내 적군의 복장이군!"

그러고는 갑자기 그는 털썩 자리에 주저앉았다. 갑자기 숨이 가빠져서 멈출 것 같았기 때문이다. 앉아 있는 동안에 그 여섯 사람의 병사를 죽인 이래 처음으로 거센 분노가 치미는 것을 느꼈다. 그래서 옆에 있던 가느다랗고 날카로운 장검을 움켜잡으며 예나 다름없이 호통치는 어조로 말했다.

"너는 적이다. 죽여야만 한다."

왕후는 괴로운 듯 씩씩거리기 시작했다. 이번에는 분노의 폭발 상태가 매우 빠르고 거칠어서 느닷없이 가슴이 메스꺼워졌기 때문이다. 그는 자기도 모르게 연거푸 침을 삼켰다.

그러나 청년은 어릴 때와 달리 이번에는 조금도 겁을 먹지 않았다. 조용히 그러나 단호한 태도로 그 자리에 선 채 두 손을 들어 윗도리를 양쪽으로 헤치고 매끄러운 가슴을 아버지 앞에 내밀었다. 그러고는 비통한 목소리로 말했다.

"아버님이 저를 죽이겠다고 하실 줄 알고 있었습니다. 그것이 옛날부터 아버님의 유일한 해결책이니까요."

청년은 눈을 아버지의 얼굴에 고정시킨 채 조금도 감정을 싣지 않고 말했다.

"자, 죽여 주십시오." 그는 태연히 서 있었다. 촛불 빛에 또렷이 드러난 얼굴의 윤곽이 다부져 보였다.

그러나 왕후는 아들을 죽이지 못했다. 자기에게는 죽일 권리가 있다. 누구

에게나 아비에게 반역하는 자식을 죽일 권리가 있다. 그것은 정의로운 일로 여겨진다는 것을 알고 있었으나 죽이지 못했다. 그는 노여움의 흐름을 제지당한 듯한 기분이 들었다. 노기가 마음속에서 사그라져 갔다. 그는 장검을 돌을 깐 바닥에 내팽개치고 떨리는 입술을 손으로 가리며 중얼거렸다.

"나는 너무 마음이 약하다. 언제나 너무 약했어. 군벌로서는 너무 약하단 말이다……."

청년은 아버지가 장검을 내던지고 손으로 입을 가리며 앉아 있는 것을 보자 윗도리의 단추를 잠근 다음 노인을 타이르듯 조용하고 침착하게 설득했다.

"아버님, 아버님은 잘 모르실 줄 압니다. 나이드신 분들은 아무도 이해못하십니다. 아버님은 우리나라가 전체로서 얼마나 미력한가, 얼마나 멸시받고 있는가……."

그러나 왕후는 웃었다. 그의 독특한 소리 없는 웃음을 그치고 소리내어 크게 웃었다. 다만 손은 입에서 떼지 않았다.

"옛날에는 그런 이야기가 없었던 줄 아느냐? 내가 젊었을 때 말이다. 너희들 젊은 놈들은 너희들이 처음이라지만……."

왕후는 아들이 여태까지 들어 본 적이 없는 이상한 웃음을 터뜨렸다. 그것이 마치 처음 보는 무기처럼 청년의 마음을 후끈 달게 했다. 그리고 이번에는 아들 쪽이, 아버지가 일찍이 본 일 없는 노기를 불태웠다. 청년은 별안간 소리쳤다.

"우리는 다릅니다! 우리가 아버님을 뭐라고 부르는지 아십니까? 아버님은 국가의 반역잡니다. 비적의 두목입니다. 저희 동지가 아버님을 안다면 아버님을 배반자라고 욕할 것입니다. 그러나 그들은 아버지의 이름도 모릅니다. 아버님 같은 시골의 소군벌 이름은 알지도 못한단 말입니다."

왕후의 아들은 말했다. 어릴 때부터 줄곧 참아 온 아들은 마침내 이토록 심한 말을 쏟아내고 만 것이다. 그러고는 아버지의 얼굴을 보자 갑자기 부끄러워졌다. 그는 입을 다물고 말았다. 목덜미까지 새빨개졌다. 그는 눈을 내리깔고 천천히 가죽 탄띠(彈帶)를 끌러 바닥에 떨어 뜨렸다. 총탄이 여기저기로 튀었다. 그는 입을 다물었다.

그러나 왕후는 대답하지 않았다. 입을 손으로 가리고 앉은 채 움직이지 않았다. 아들의 말에 납득이 가자 기운이 온 몸에서 서서히 스러져가는 것을 느꼈다. 아들의 말이 마음속에서 메아리쳐 들려 왔다. 그렇다, 나는 소군벌에 지나지 않는다. 시골의 하찮은 소군벌이다! 왕후는 입에 손을 댄 채 예부터 내려오는 습관이기라도 하듯이 힘없는 소리로 중얼거렸다.

"그러나, 나는 비적의 두목은 아니다."

그의 아들은 이번에는 정말 부끄러워져서 재빨리 대답했다.

"그럼요. 아니고말고요." 그리고 수치심을 감추기라도 하려는 듯이 청년은 말을 이었다. "아버님, 솔직히 말씀드리겠습니다. 혁명군이 승리를 노리고 북상해 올 때 저는 피신해야 합니다. 그 교관은 오랜 세월 저를 잘 훈련해 주었습니다. 그 사람은 저에게 희망을 걸고 있었습니다. 그 교관이 저의 대장이었습니다. 아버님, 그러나 저는 아버님을 택했습니다. 제가 아버님을 택한 것을 그는 절대로 용서하지 않을 것입니다."

청년의 목소리는 갑자기 낮아졌다. 흘깃 아버지를 보았다. 그 시선에는 한 가닥의 온정이 깃들어 있었다.

그러나 왕후는 대답하지 않았다. 아무것도 들리지 않는 듯이 앉아만 있었다. 청년은 계속 말했다. 그리고 이따금 아버지의 얼굴에 탄원하는 눈길을 쏟았다.

"제가 숨는 데는 그 오래된 흙벽집이 좋을 것 같습니다. 그리로 가겠습니다. 만일 그들이 찾으러 와서 저를 발견하더라도 평범한 농부가 되어 있다면 설마 군벌의 아들이라고는 생각지 않겠지요." 청년은 자기의 이 말에 희미하게 미소지었다. 이런 덧없는 농담으로 아버지의 마음을 달래려고 한 듯했다.

그래도 왕후는 대답하지 않았다. "아버님, 저는 아버님을 택했습니다." 이렇게 말한 아들의 말뜻을 알 수 없었던 것이다. 왕후는 묵묵히 꼼짝도 하지 않고 있었다. 생애의 고통이 그의 마음을 온통 휘저었다. 오랫동안 짙은 안개 속을 걸어온 사람이 갑자기 훤하게 밝은 곳에 나오듯이 그 순간 왕후는 꿈에서 깼던 것이다. 그는 아들을 바라보았다. 거기 있는 것은 자기가 모르는 청년이었다. 그는 자기 아들에게 꿈을 걸고 그 꿈에 맞도록 아들을 길러 왔다. 그러나, 오늘 여기 서 있는 아들은 자기가 모르는 청년이었다. 평범한 농민이었다! 왕후는 다시 아들을 바라보았다. 그러자 이제는 친숙해진 기묘한 무력감이 다시 마음에 스며드는 것을 깨달았다. 그것은 소년 시절에 그 흙벽집이 감옥처럼 여겨졌을 때 느낀 것과 똑같은 우울한 무력감이었다. 대지에 잠들어 있는 부친이 다시 흙으로 더럽혀진 손을 뻗쳐 그를 붙잡은 것이다. 왕후는 자기 아들을 곁눈질로 바라보며 입에 손을 댄 채 중얼거렸다.

"……군벌의 아들이라고는 생각지 않을 거라고!?"

불현듯 왕후는 아무리 손으로 눌러도 입술의 떨림이 멎지 않을 것 같은 기분이 들었다. 울고 싶었다. 그 순간 문이 열리고 심복인 늙은 언청이가 들어오지 않았던들 그는 목놓아 울었으리라. 언청이는 술병을 들고 들어왔다. 새로 데운 술에서 솟아오르는 김이 향긋하게 코를 찔렀다.

이 충실한 노인은 언제나처럼 문을 열자마자 곧 주인 쪽으로 시선을 돌렸다. 그리고 왕후의 안색을 살피더니 얼른 달려와서 탁자 위의 비어 있는 술잔에 뜨거운 술을 따랐다. 그러자 왕후는 입에서 손을 떼고 애가 타듯 술잔을 집어 입에 대고 단숨에 들이켰다. 좋은 술이었다. 뜨거운 술이 목에 스며들었다. 그는 다시 잔을 내밀면서 조용히 말했다.

"한 잔 더 다오."

결국 그는 울고 싶지는 않았던 것이다.

제3부
분열된 집안

주요인물

왕옌(王元) 왕후 장군의 둘째 부인에게서 난 외아들. 남방의 혁명군에 가담하여 아버지의 기대를 배반한다. 시(詩)를 좋아하는 내성적인 성격. 미국에 6년간 유학하여 서양 문명의 장단점 양면을 배워 조국애와 민족 의식에 눈을 뜨고 번민한다. 제3부의 주인공.

노부인 왕후 장군의 첫째 부인. 교양 있는 총명한 여인으로 외딸의 교육과 고아원 경영에 반생을 바친다.

아이란(愛蘭) 노부인의 딸. 옌의 배다른 누이동생.

성(盛) 왕이의 넷째 아들. 그와 맏형과의 사이에는 자살한 형과 중이 된 꼽추형이 있다. 옌과 함께 미국 유학을 하고 서양 문명에 심취한다.

맹(孟) 왕이의 다섯째 아들. 옌의 사촌형. 신정부 수립에 광분하는 혁명군 장교.

윌슨 교수 왕옌을 지도한 미국의 대학 교수.

메리 윌슨 교수의 딸. 옌에게 호감을 갖는다.

메이링(美齡) 고아로 노부인의 양딸이 되어 의사를 지망한다. 뒤에 옌과 사랑한다.

우(吳) 소설가. 뒤에 아이란과 결혼한다.

제3부
분열된 집안

1

이리하여 왕후의 아들 왕옌(王元)은 태어나서 처음으로 왕룽의 흙벽집에 들어갔다.

왕옌이 남방에서 돌아와 아버지와 다툰 것은 열아홉 살 때였다. 북풍에 날리는 눈이 격자창에 끊임없이 휘몰아치는 겨울밤이면, 왕후는 넓은 방에서 홀로 숯불이 벌겋게 타는 화로를 껴안듯이 하며 골똘히 생각에 잠겼다. 그는 이렇게 몽상에 잠기기를 좋아했다. 언젠가는 아들이 돌아온다. 아비가 뜻을 세웠다가 그 전에 늙어 버려 끝내 이루지 못한 승리를 차지할 만한 훌륭한 남자로 성장하여, 아비의 군대를 이끌고 출진하기 위해 돌아온다고 늘 꿈꾸었다. 그러던 어느 날 밤, 생각지도 못했을 때 아들 옌이 불쑥 돌아온 것이다.

눈앞에 선 아들은 낯선 군복을 입고 있었다. 그것은 왕후 같은 군벌의 적인 혁명군의 군복이었다. 그 뜻을 뚜렷이 깨달았을 때 노인은 꿈에서 깨어나 늙은 몸을 벌떡 일으켜 자기 아들을 쏘아보며, 늘 몸에서 떼어 놓지 않는 가늘고 날카로운 장검을 뽑아 적이 된 아들을 죽이려 했다. 그러나 왕후의 아들은 마음속으로 간직하고는 있었으나 여태까지 한 번도 아버지 앞에서 보이지 않았던 노기를 생전 처음으로 폭발시켰다. 그는 쪽빛 윗도리를 헤쳐 햇볕에 그을린 매끄럽고 탄력 있는 가슴을 드러내고 젊디젊은 목소리로 커다랗게 소리쳤다.

"아버님이 저를 죽이겠다고 하실 줄 알고 있었습니다. 그것이 옛날부터 아버님의 유일한 해결책이니까요. 자, 죽여 주십시오!"

그러나 이렇게 소리치면서도 그는 아버지가 자신을 죽이지 못하리라는 것을 알고 있었다. 그는 쳐든 아버지의 팔이 서서히 내려오고 칼도 엉거주춤하게 떨어지는 것을 보았다. 아들이 눈을 떼지 않고 지켜보고 있자 아버지의 입술은 당장이라도 울음을 터뜨릴 듯이 몹시 떨렸고, 그 떨림을 감추려는 듯 아버지는 손으로 입을 가렸다.

아버지와 아들이 이렇게 노려보고 있을 때, 젊을 때부터 왕후에게 봉사해 온 충실한 언청이 노인이 자기 전에 주인의 기분을 달래려고 언제나처럼 데운 술을 들고 들어왔다. 이 노인에게 청년은 눈에 들어오지도 않았다. 보이는 것은 늙은 주인의 모습뿐이었는데, 떨고 있는 얼굴과 덧없는 노여움의 빛이 갑자기 사그라지는 것을 보자 그는 소리를 지르며 달려와 얼른 술을 따랐다. 그러자 왕후는 아들도 잊고 칼을 내던진 채 떨리는 두 손으로 큰 잔을 잡아 입으로 가져가서 몇 잔이나 들이켰다. 충실한 노복은 들고 있는 놋술병으로 연거푸 따라주었다. 왕후는 끊임없이 "더 부어라, 더 부어!" 중얼거림으로써 울음을 참을 수가 있었다.

청년은 우뚝 선 채 두 사람을 지켜보았다. 한 사람은 상처 입은 마음을 달래려고 정신없이 뜨거운 술을 마셨으며, 한 사람은 보기 흉한 언청이 얼굴을 주인을 생각하는 애정으로 일그러뜨린 채 몸을 굽히고 열심히 술을 따랐다. 그들은 이런 때에는 술에서 위안을 찾을 생각밖에는 하지 못하는 평범한 두 늙은이에 지나지 않았다.

청년은 자기가 잊혀졌음을 느꼈다. 그렇게나 고집스럽고 뜨겁게 고동치던 심장도 식고, 목에 엉겨 있던 덩어리가 녹아 갑자기 눈물이 나올 것 같았다. 그러나 눈물을 흘리지는 않았다. 군관 학교에서 배운 엄한 단련이 지금 그에게 도움이 된 것이다. 그는 몸을 굽혀 아까 버린 가죽 탄띠를 집어들고 말없이 등을 쭉 펴고 자리에서 일어나, 어릴 때 늘 젊은 군사 교관과 공부하던 방으로 들어갔다. 그 군사 교관은 그 뒤 군관 학교에서 그의 대장이 되었다. 어두운 방안에서 그는 책상 옆에 있는 의자를 더듬어 걸터앉았다. 부서져버린 마음에 몸이 몹시 무거웠다.

이제 생각해 보니, 아버지를 두려워한 나머지—그렇다. 그것은 아버지를 사랑해서는 아니었다—이 노인 때문에 동지와 대의를 버릴 만큼 흥분할 필요는 없지 않았나 하는 느낌이 들었다. 옌은 방금 보고 온 아버지, 지금 방에서 술을 마시는 아버지를 몇 번이나 되풀이해서 생각했다. 그는 아버지를 새로운 눈으로 보았다. 그것이 자신의 아버지인 왕후라고는 믿어지지가 않았다. 왜냐하면 옌은 아버지를 두려워했으나 그러면서도 그를 사랑해왔기 때문이다. 설령 그것이 마음을 다한 사랑이 아니라 은밀한 반항심이 섞인 것이었다 해도 말이다. 왕후의 성급한 노여움이며 그 노성이며, 늘 몸에서 떼어 놓지 않는 번쩍이는 가느다란 장검으로 찔러 대는 몸짓 따위가 무서웠던 것이다. 늘 쓸쓸했던 어린 시절에 옌은 무언가 하찮은 일을 저질러 아버지를 노하게 하는 꿈을 꾸고는 땀에 흠뻑 젖어 자주 밤중에 눈을 뜨곤 했다. 왕후가 아들에 대해 언제까지나 노해 있을 까닭이 없으므로 사실 그렇게 무서워할 필요는 없었다. 그러나 아버지가 누군가에게 화를 내거나 분노한 듯한 모습을 하고 있는 것을 옌은 흔히 보아왔다. 왕후가 부하를 통솔하는 무기로서 그 노여움을 이용했기 때문이다. 어릴 때 옌은, 아버지가 노했을 때의 불을 뿜는 듯한 큰 눈이며 검은 수염을 부르르 떠는 모습 등을 생각하고는, 어둠 속에서 이불을 덮어쓰고 떨곤 했었다. 부하들 사이에서는 이런 농담이 소곤소곤 오고갔다.

"호랑이의 수염은 건드리지 않는 게 좋아!"

그토록 화를 잘 내는 왕후도 아들만은 귀여워했다. 옌도 그 사실을 알고 있었다. 아는 만큼 그 애정이 무서웠다. 그 애정은, 노여움과 마찬가지로 거세고 충동적이어서 어린 옌에게는 너무도 버거웠기 때문이다. 그것은 왕후의 주변에 그의 가슴속에서 타는 불꽃을 꺼줄 여자가 없었기 때문이다. 다른 군벌의 장군들은 전쟁에서 돌아와 휴양할 때나 노경에 접어들면 여자에게서 즐거움을 찾았지만 왕후는 아예 여자를 접근시키지 않았다. 둘이나 있는 아내조차 만나러 가지 않았다. 그 가운데 한 아내는 의사의 외동딸이었는데, 친정 아버지가 죽었을 때 유산을 물려받은 그녀는 이미 몇 해 전부터 해안 지방에 있는 대도시로 옮겨가서, 왕후와의 사이에서 태어난 딸 하나를 그곳 외국식 학교에 보내 공부시키고 있었다. 따라서 옌에게는 아버지만이 모든 애정과 공포의 대상이었으며, 이 애정과 공포가 뒤섞인 감정이 보이지 않는 곳에서 그를 짓눌렀다. 그는 아버지에 대한 공포, 아버지의 사랑이 집중된 것이 오직 자기 하나뿐이라는 생각에, 마음도 영혼도 사슬에 묶여 감옥에 갇혀버린 기분이었다.

이렇게 왕후는, 자신은 깨닫지 못했으나 옌이 전례 없는 곤경에 처했을 때도 그를 꼭 움켜쥐고 있었다. 그것은 남방의 군관 학교에서 전우들이 대장 앞에 서서, 조국의 정권을 탈취하여 지금의 자리에 앉은 무력한 대총통을 타도

하고, 군벌과 외국 군대의 압박 아래 신음하는 민중을 위해서 싸우며, 그리하여 다시 위대한 국가를 세우겠다고 맹세했을 때의 일이었다. 젊은이들이 잇달아 목숨을 바치겠다고 서약했을 때, 옌은 지금 타도를 부르짖는 군벌인 아버지에 대한 공포와 애정에 묶여 이 움직임에 참여할 수 없었다. 심정에서는 그도 전우와 마찬가지였다. 고통에 허덕이는 민중의 기억들이 그의 머릿속에도 있었다. 잘 익은 작물을 아버지의 부하들이 말굽으로 짓밟을 때의 민중의 표정을 그는 기억했다. 어느 마을에서 왕후가 비록 말투는 부드러웠으나 부하를 위해 식량과 돈과 세금을 요구했을 때, 한 노인의 얼굴에 떠오른 안타까운 증오와 공포의 표정도 기억했다. 길바닥에 쓰러진, 아버지나 부하가 거들떠보지도 않은 숱한 시체, 또 홍수나 기근을 기억했다. 어느 땐가 아버지와 함께 말을 타고 둑 위를 지나간 일이 있었다. 주변은 온통 물이었으며 둑은 굶주려서 피골이 상접한 남녀들로 새까맣게 덮여 있었다. 그들이 왕후와 그의 소중한 아들에게 덤벼들지 않도록 병사들은 피도 눈물도 없는 잔인한 짓을 했다. 확실히 옌은 이러한 정경을 수없이 많이 기억했고, 또 이러한 광경을 차마 볼 수가 없어 자기가 군벌 장군의 아들이라는 사실을 증오한 일도 기억했다. 전우들과 섞여 있을 때도, 아버지 때문에 신명을 바쳐도 아깝지 않은 대의로부터 슬며시 몸을 뺐을 때도 그는 자기 자신을 증오했다.

어릴 때 쓰던 방의 어둠 속에 혼자 앉아 옌은 아버지를 위해서 치른 이 희생, 이제 와서는 완전히 헛된 것이 되고 만 희생을 생각했다. 아버지는 자기의 희생을 이해하지 못했고 또 그 가치를 인정하지도 않는다. 이런 희생을 치르지 않았어도 좋았을 것을 하고 옌은 생각했다. 이 늙은 아버지를 위해 또래의 청년들과 그들과의 우정도 버렸는데, 과연 왕후는 얼마만큼이나 이에 감격했단 말인가? 옌은 자신은 날 때부터 희생만 당해오고 오해만 받아왔다고 느끼고 갑자기, 어릴 때 자기가 좋아하는 책을 읽고 있을 때 계속 읽고 싶었는데도 부하들의 전쟁 연습을 보여 준다면서 억지로 끌고 나갔던 일이며, 먹을 것을 얻으러 온 사람들을 총살한 일 등 아버지가 자기에게 준 상처들을 하나하나 떠올렸다. 그런 참기 힘든 많은 것을 회상하면서 옌은 이를 악물고 중얼거렸다. '아버지는 여태까지 날 사랑한 일이 없다! 자신은 사랑하고 있는 줄 알고 나를 유일한 보배처럼 생각하고는 있지만, 내가 진실로 무엇을 바라고 있는가 한 번도 물어 본 적이 없고, 묻는다 하더라도 내가 하는 말이 자신의 뜻과 다를 때는 거절할 뿐이었으므로, 나는 아버지가 바라는 대로 말하기 위해 언제나 미리 헤아려 보고 입을 열어야 했다. 내게는 자유가 없었다!'

그리고 옌은 전우를 생각하고 그들이 자기를 경멸하고 있을 것이 틀림없다고 생각했다. 이렇게 된 이상 그들과 더불어 위대한 조국 재건에 참가할 수도 없다고 생각하며 반항하듯 중얼거렸다. '나는 처음부터 군관 학교에는 가고 싶지 않았다. 그런데도 아버지가 강요했기 때문에 할 수 없이 갔던 거야!'

옌의 마음속에 이런 노여움과 외로움이 차츰 더 커져갔다. 그는 침을 꿀꺽 삼키고 어둠 속에서 눈을 깜박이며 기분이 상한 어린애처럼 홧김에 중얼거렸다. '아버지가 어떻게 생각하든, 화를 내든 이해하든, 나는 혁명군에 투신했어야 옳았다! 대장을 따라가야 했다. 오늘의 내겐 아무도 없지 않은가, 아무도……'

이와 같이 옌은 이 세상에 자기만큼 고독한 자는 없다고 생각하고 무척 쓸쓸한 기분으로 혼자 앉아 있었으나 아무도 찾아오지 않았다. 언제까지 있어도 하인 한 사람 상황을 보러 오는 자가 없었다. 부자가 다투는 동안 격자창에는 은밀한 눈과 귀가 있었으므로 주인 왕후가 아들에게 화를 내고 있다는 것을 모르는 자는 없었기에, 아들을 달래어 왕후의 노여움을 사려는 용기 있는 자는 한 사람도 없었던 것이다. 옌을 아무도 돌보지 않는 것은 이번이 처음이었다. 그러기에 그는 더욱더 외로웠다.

그는 언제까지나 그대로 앉아 있었다. 초도 켜지 않았고 하인을 부르지도 않았다. 책상 위에 두 팔을 포개고 그 위에 머리를 얹은 채 우울의 파도가 밀어닥치는 대로 몸을 맡겼다. 그러다가 마침내 잠들고 말았다. 지칠 대로 지쳤고 아직 젊었기 때문이다.

눈을 떴을 때는 부옇게 날이 밝아 오고 있었다. 그는 퍼뜩 고개를 들고 주위를 둘러보았다. 그 순간 아버지와 다툰 것을 떠올리고 마음에 아직 아픔이 남아 있음을 느꼈다. 그는 일어서서 밖으로 통하는 문으로 가서 안마당을 바라보았다. 안마당은 사람 그림자도 없이 한적했으며, 어둑한 잿빛에 싸여 있었다. 바람은 없고 한밤에 내린 눈은 이미 녹았다. 문 곁에는 문지기가 따뜻한 자리를 찾아 벽 귀퉁이에서 몸을 웅크리고 잠들어 있었다. 대나무통과, 이것을 두드려 도적을 쫓아 버리기 위한 막대가 돌을 깐 바닥 위에 뒹굴고 있었다.

옌은 그의 잠든 얼굴을 바라보았다. 입을 벌리고 제멋대로 박힌 이를 드러낸 그 너절한 모습을 보고 어쩌면 이토록 비참할까 하고 우울해졌다. 그는 무척 마음씨 좋은 사나이로 옌은 어릴 때, 그것도 최근까지 축제일이나 무슨 날이면 곧잘 과자며 장난감을 사러 보내곤 했었다. 그러나 오늘의 옌에게는 이 문지기도 젊은 도련님의 고뇌 따위는 전혀 모르는, 늙고 보기 흉한 사나이에 지나지 않는다고 생각했다. 이 집에서 자신의 온 생애가 공허한 것이었다고 생각하니 갑자기 그 생활에 대한 노여움으로 미칠 듯한 기분이 되었다. 아버지에 대한 반항은 오늘 새삼스레 시작된 것은 아니었다. 옛날부터 그와 아버지 사이에 있던 감추어진 싸움이 그가 깨닫지 못하는 사이에 심각해져 마침내 바깥으로 드러난 것이다.

옌이 아직 어렸을 때 그를 교육하고 훈련하며, 밤낮 혁명과 국가 개조 이야기를 해준 사람은 서양 교육을 받고 돌아온 젊은 군사 교관이었다. 어린 마음은 그런 용감하고 아름다운 말이 뜻하는 것들에 훨훨 타올랐다. 그러나 군사 교관이 소리를 죽이고 진지하게, "훗날 이 군대가 너의 것이 되면 조국을 위해서 사용하는 거다. 더는 군벌의 존재를 허용해 둘 수 없기 때문이다"라고 하는 말을 들으면 언제나 타오르던 불꽃은 꺼졌다.

이처럼 왕후가 모르는 동안에 군사 교관은 교묘하게 아들이 아버지에게 반항하도록 교육을 했던 것이다. 아이는 젊은 군사 교관의 반짝이는 눈을 비참한 얼굴로 바라보며, 그 불을 토하는 듯한 말에 홀려 뼛속 깊이 감동했다. 그러면서도 마음속에서는 분명한 형태를 이루었으나 입 밖으로는 낼 수 없는 "하지만 우리 아버지는 군벌 장군이에요!" 하는 말 때문에 꼼짝도 하지 못했다. 이처럼 어린 시절부터 옌의 마음은 두 개로 나뉘었으나 그것을 아는 사람은 아무도 없었다. 그 때문에 그는 나이에 비해 진지하고 과묵했으며 언제나 우울해 보였다. 아버지를 사랑하면서도 아버지를 자랑스럽게 여길 수 없었기 때문이다.

지금 먼동이 트는 희미한 빛 속에 서서 옌은 오랜 세월에 걸친 마음의 전쟁에 이미 기진맥진해 있었다. 이런 세상에서 달아나고 싶었다. 모든 전쟁으로부터, 그 어떤 대의명분으로부터도 달아나고 싶었다. 그러나 어디로 가야 하는가? 언제나 엄중한 호위를 받으며 아버지의 애정 아래 이 집의 벽 속에 갇혀 있던 그에게는 친구도 갈 곳도 없었다.

그때 문득 옌은 전투와 전투 이야기 속에서 자라 온 여태까지의 생애 중에서 그토록 평화로운 것은 없다고 기억하는 장소가 떠올랐다. 그것은 조그마한 옛 흙벽집으로, 한낱 농부에 지나지 않았던 조부 왕룽이 부자가 되어 성안으로 옮겨가 왕 대인이라고 일컬어지기까지 살던 집이었다. 그 집은 지금도 작은 마을의 어귀에 있었으며 삼면이 조용한 밭으로 둘러싸여 있었다. 집에서 가까운 높직한 언덕 위에는 왕룽의 무덤을 비롯하여 다른 가족들과 조상의 무덤이 있는 것을 옌은 기억했다. 어릴 때 아버지가 그 흙벽집과 가까운 도시에 살고 있는 두 형, 지주 왕이와 상인 왕얼을 찾아갔을 때 한두 번 가본 일이 있었기 때문이다.

그 조그마한 옛집으로 가면 평화롭게 홀로 살 수 있으리라고 옌은 생각했다. 그 집에는 옌이 요즘도 기억하는 조용하고 어두운 얼굴을 한 여자가 여승이 된 뒤로는, 아버지가 들어가 살게 한 늙은 소작인이 있을 뿐 다른 사람은 살고 있지 않았다. 옌은 그 여자를 한 번 본 적이 있다. 그녀는 기묘한 두 사람과 함께 살고 있었는데, 한 사람은 얼굴이 흰 백치였으나 이미 죽었고, 한 사람은 백부의 셋째 아들로 곱사등이였는데 중이 되었다. 그 가라앉은 표정의 여자는 자기가 봤을 때도 이미 여승처럼 느껴진 것을 옌은 기억했다. 삭발은 하지 않았으나, 남자를 보면 고개를 돌려 상대편의 얼굴을 보려 하지 않았으며, 회색 옷을 가슴 위까지 여미어 입고 있었기 때문이다. 그러나 얼굴은 초승달처럼 창백했고, 살갗은 결이 곱고 가냘픈 골격을 매끄럽게 싸고 있어서, 가까이 다가가 머리칼 같은 잔주름을 볼 때까지는 무척 젊어 보였다.

그러나 그 여자도 이제는 없다. 집에는 늙은 소작인 내외가 있을 뿐이므로 거기라면 괜찮으리라.

갈 곳도 정해지고 한시바삐 이곳을 나가고 싶은 심정으로 옌은 다시 한 번 방안을 둘러보았다. 그러나 무엇보다 먼저 이 지긋지긋한 군복부터 벗어야 했다. 그래서 돼지 가죽을 덮은 궤를 열고 예전에 입었던 옷을 찾아, 양가죽 두루마기와 베신과 흰 속옷을 꺼내어 서둘러 갈아 입었다. 그러고는 말을 끌어낸 뒤 밝아지기 시작한 안마당을 소리 없이 가로질러, 총을 메고 잠든 경비병 옆을 빠져나가 문을 열어 둔 채 가볍게 말에 올라 앉았다.

옌은 한참 말을 몰아 큰길에서 벗어나자 골목으로 들어갔다. 그 골목을 지나니 밭이 나왔다. 이윽고 저 멀리 야산 너머에서 빛이 넘실대는가 싶더니 해가 얼굴을 내미는 기척이 보였다. 그리고 갑자기 늦겨울 아침의 차가운 대기 속에서 고귀할 만큼 붉고 뚜렷하게 해가 솟아올랐다. 너무나 아름다운 경치여서 저도 모르게 슬픔이 누그러진 옌은 갑자기 시장기를 느꼈다. 그래서 길가 음식점 앞에 말을 세웠다. 흙벽집의 나직한 문에서 따뜻한 김이 흘러나와 식욕을 돋우었다. 그는 뜨끈뜨끈한 쌀죽과 소금에 절인 생선과 깨를 뿌린 찐빵, 그리고 고동색 항아리에 담긴 차를 주문했다. 깨끗이 다 먹고 나서 차를 마신 다음 하품을 하고 있는 음식점 주인에게 돈을 치렀다. 주인은 그동안에 머리를 빗고 세수를 해서 좀 깨끗한 얼굴이 되어 있었다. 돈을 치른 옌은 다시 말에 올라탔다. 이미 높이 떠오른 태양이 서리에 덮인 어린 밀이며, 서리 앉은 마을의 지붕을 비추고 있었다.

이런 아침 풍경을 보자, 짐짓 아직 어렸던 옌은 갑자기 자기 인생을 포함하여, 어떤 인생이든 그렇게 나쁘기만 하겠느냐는 기분이 들었다. 마음이 들떠서 말을 몰아 나가는 동안에 넓은 땅을 바라보며, 나무와 밭이 있고 가까운 곳에 강이 있어 물소리가 들리는 그런 곳에 살고 싶다고 자기가 늘 말해 온 것을 떠올리며 그는 속으로 생각했다. '아마도, 지금이라면 할 수 있겠지. 누구에게도 방해받지 않고 내가 하고 싶은 대로 해도 괜찮은 거야.' 그리하여 이런 새로운 희망이 솟아오르자 저도 모르게 마음속에서 시심(詩心)이 생겨나 모든 고민을 잊고 말았다.

청년이 된 뒤로 옌은 시를 짓는 취미를 자기 속에서 발견하고 있었다. 그는 짤막하고 우아한 시를 곧잘 지어 그러한 시들을 부채나 자기 방의 흰 벽 등 곳곳에 붓으로 써갈겼다. 군사 교관은 그런 그를 보고 늘 웃었다. 왜냐하면 왕옌의 시는 가을 물 위에 떨어지는 나뭇잎이라든가, 연못에 비치는 새싹이 튼 수양버들이라든가, 부연 물안개 속에서 말갛게 피어난 복숭아꽃이라든가, 갓 갈아엎은 검고 기름진 밭고랑이라든가, 그런 우아하고 아름다운 것뿐이었기 때문이다. 그는 군벌 장군의 아들다운 전쟁이나 승리의 시를 읊지는 않았다. 전우들이 억지로 권하는 바람에 혁명시를 짓기는 했으나 그것은 승리보다 죽음을 읊은 것이어서, 전우들이 기대한 것과는 달리 연약한 가락이 되어 모두 기뻐해 주지 않자 옌은 곤란해 하곤 했다. 그는 "운을 맞추려면 이렇게 되어 버리는 거야" 중얼거리듯이 말하고는 다시 고쳐 짓지 않았다. 그는 보기에 얌전하고 유순해 보였지만 마음속은 완고함과 남모르는 고집을 갖고 있었기 때문에, 그런 일이 있고부터는 지은 시를 아무에게도 보여 주지 않았다.

오늘 옌은 태어나 처음으로 누구의 명령도 받지 않아도 되는 자기 혼자가 되었다. 그것은 그에게는 아주 근사한 일이었으며, 이제까지 동경하던 토지로 혼자 말을 타고 가는 것이므로 그 기쁨은 더했다. 어느 사이에 우울함도 누그러졌다. 청춘의 피가 끓어오르고 온몸에 활기가 되살아남을 느끼고, 차갑고 맑은 대기가 상쾌하게 코를 찔러서 순식간에 마음에 떠오르는 시의 기쁨 말고는 모든 것을 잊었다. 그는 조급하게 시를 짓지는 않았다. 그는 주위를 바라보고, 구름 한 점 없는 푸른 하늘을 배경으로 뚜렷이 모습을 드러낸 벌거숭이 산들처럼 완전한 형태로 시가 떠오르기를 기다렸다.

이렇게 하여 감미로운 고독의 하루가 지나가고 이윽고 마음이 가라앉자, 그는 사랑도 공포도 전우도 전쟁도 모두 잊을 수 있었다. 밤이 되자 시골 주막에서 묵었다. 주인은 자식이 없는 노인이었으며, 거동이 조용한 후취 마누라도 그리 젊지는 않아서 늙은 남편과 살고 있어도 지루해 하지 않는 것 같았다. 그날 밤의 손님은 옌뿐이었으므로 주인 내외는 그를 잘 대접해 주었다. 마누라는 잘게 썬 돼지고기로 만든 만두를 대접했다. 옌은 식사를 마치고 차를 마신 다음, 마련된 침실로 가서 기분 좋은 피로감을 느끼며 침대에 누웠다. 잠들기 전에 아버지며, 아버지와의 입씨름이 한두 번 가슴을 찔렀으나 그것도 곧 잊을 수 있었다. 그날 저녁 해가 지기 전에 꿈꾸던 대로 뚜렷이 시가 떠올라 왔기 때문이다. 그 또한 한 마디 한 마디가 수정처럼 맑은 완전한 사행시(四行詩)로 그가 바라는 대로 지어졌다. 그래서 그는 즐거운 기분으로 잠들 수 있었다.

이처럼 사흘동안 여유롭게, 날마다 기쁨이 더해가는 마음으로, 산과 골짜기에 가득히 쏟아지는 유리 가루처럼 마른 겨울 햇빛 속에서 말을 달린 옌은 마음의 상처도 낫고 희망에 차서 조상이 살던 마을에 닿았다. 해가 높이 떠오른 아침 조그마한 마을에 들어서자, 모두 20채 남짓한 초가 흙벽집이 보였다. 그는 열심히 주위를 둘러 보았다. 거리에는 농민들과 아낙네들 또는 아이들이 문간에 서거나 입구에 쭈그리고 앉아 떡과 죽으로 식사를 하고 있었다. 옌의 눈에는 그들이 모두 좋은 사람들로 보였고, 자기 친구들처럼 여겨져 따뜻한 호의를 품었다. 대장이 민중을 위해서라고 몇 번이나 소리치는 것을 들었는데,

이것이 바로 그 민중인 것이다.

그런데 옌을 바라보는 그들의 눈에는 강한 의구심과 경계의 빛이 서리어 있었다. 왜냐하면, 사실 옌은 전쟁이나 전술 등을 증오했으나 자기도 깨닫지 못하는 사이에 군인의 모습을 하고 있었기 때문이다. 그의 기분은 어떻든 아버지가 옌의 체구를 강하고 억세게 단련해 놓았으므로 말 위에 앉은 모습은 장군처럼 늠름하고 너절한 데가 없었으며, 어느 모로 보아도 농민 같지는 않았다.

따라서 마을 사람들은 옌을 수상쩍은 눈으로 본 것이다. 정체를 알 수 없거나, 어쨌든 본 적 없는 사람이 하는 행동을 마을 사람들은 늘 두려워했다. 아이들은 떡을 손에 들고 그가 어디로 가나 보기 위해 우르르 그를 따라왔다. 그가 흙벽집에 이르자 그를 빙 둘러싸고 쳐다보며 떡을 먹기도 하고, 서로 밀치기도 하고 코를 훌쩍거리기도 했다. 아이들은 이윽고 구경에 싫증이 나자, 그 거무스레하고 키 큰 젊은 사람이 왕가네 집 앞에서 크고 붉은 말에서 내려 수양버들에 말을 매고는 집 안으로 들어갔는데, 집 입구가 낮아서 들어갈 때 등을 굽혀야 했다는 이야기를 부모에게 일러바치기 위해 하나둘 달려가 버렸다. 길거리에서 그런 말을 지껄이고 있는 아이들의 떠들썩한 소리가 옌의 귀에도 들려왔으나 그는 아이들이 지껄이는 말에 조금도 신경쓰지 않았다. 그러나 아이들의 말을 들은 부모들은 한결 더 옌에 대한 의심이 짙어져서, 어디의 누군지도 모르는 얼굴빛이 검고 키 큰 젊은이 때문에 무슨 봉변을 당해서는 안 된다는 생각에 모두 왕가네 흙집 가까이로는 접근하지 않았다.

이와 같이 옌은 대지에서 살던 조상의 집에 낯선 손님으로서 걸어 들어갔다. 그는 가운뎃방으로 들어가서 걸음을 멈추고 주위를 둘러보았다. 늙은 소작인 내외는 그가 들어오는 소리를 듣고 부엌에서 나왔으나 그의 모습을 보고도 누군지 알지 못했으며 그들 또한 겁에 질려 있었다. 그들이 겁에 질린 것을 보고 옌은 살며시 웃으면서 말했다.

"무서워할 거 없어. 나는 왕후 장군의 아들이야. 아버지는 옛날 여기서 살던 우리 할아버지의 셋째 아들이야."

노부부를 안심시키고 자기는 이 집에 들어올 권리가 있음을 나타내기 위해 이렇게 말했으나, 그들은 여전히 안심하지 않았다. 아까보다 더 겁을 집어먹고 서로 얼굴을 바라보았으며, 씹던 떡이 바싹 말라 돌처럼 목구멍에 메였다. 이윽고 노파는 들고 있던 떡 조각을 식탁 위에 놓고 손등으로 입을 닦았다. 노인은 턱을 움직이다 말고 앞으로 나서며 헝클어진 백발 머리를 한 번 꾸벅 숙이고는 떨면서 목에 걸린 떡을 삼키려고 애쓰며 말했다.

"도련님, 무슨 볼일이신지요? 저희들이 어찌 하면 되겠습니까요?"

옌은 의자에 앉아 다시 조금 웃어 보이고 고개를 저으며 맘 편히 대답했다. 여태까지 이런 민중들을 찬양하는 말만 들어왔으므로 두려워할 필요는 없다고 생각했기 때문이다. "나는 아무것도 필요 없어. 다만 조상 대대로 내려오는 이 집에 잠시 숨어 있고 싶을 뿐이야. 어쩌면 쭉 살게 되는지도 모르지. 오래 전부터 밭이라든가 나무라든가 시냇물이 있는 곳에서 살고 싶었거든. 하기야 흙의 생활이라는 것이 어떤 것인지 알진 못하지만. 하지만 어쩌다 보니 한동안 피신해야 할 일이 생겨서 여기 숨어 있으려는 거지."

이것도 늙은 내외를 안심시키기 위해서 한 말이었으나 이번에도 두 사람은 마음을 놓지 않았다. 두 사람은 서로 얼굴을 마주보더니 이윽고 노인도 떡을 내려놓고, 주름살투성이인 얼굴에 불안한 빛을 띤 채 조금 남아 있는 흰 수염을 턱 위에서 떨면서 결심한 듯이 말했다. "도련님, 몸을 숨기시려면 여기는 정말 좋지 않은 곳입니다요. 도련님 집안의 이름은 이 근방에선 모르는 사람이 없습니다요. 게다가 저는 도련님 같은 지체 높은 분 앞에서는 어떻게 말해야 좋을지 모르는 천한 인간이라서요. 용서해주시길 바랍니다만, 도련님의 아버님은 군벌이라고 해서 주위에서 미워들 하고 있고, 백부님들 또한 좋아하는 사람들이 없으니까요."

노인은 여기서 말을 끊고 주위를 둘러보더니 옌의 귀에 입을 갖다대고 조그마한 소리로 말했다. "이 지방 사람들이 몹시 미워해서 큰백부님도 마님들도 무서워서, 외국 군대가 지켜 주는 해안 도시에 가서 사시려고 자제분들을 데리고 가버리셨고, 작은백부님도 소작료를 거두실 때는 도시에서 고용한 병사들을 데리고 오셔야 할 형편입니다요! 세월이 하도 수상해서 이 지방 사람들은 전쟁이다 세금이다 하는 데 그만 지쳐서, 이제는 될 대로 되라는 생각들입니다요. 도련님, 저희들은 벌써 세금을 10년치나 미리 바쳤지요. 그러니까 여기는 도련님이 피신할 만한 곳이 못됩니다요."

그리고 노파도 금이 주욱주욱 간 거친 두 손을 누덕누덕 기운 푸른 무명 앞치마로 싸고 울상을 지으면서 말했다. "정말 몸을 감추시기에는 좋은 곳이 못 되지요."

늙은 부부는 불안한 얼굴로 그가 이 집에서 떠나 주기를 간절히 바라며 서 있었다.

그러나 옌은 두 사람의 말을 믿지 않았다. 그는 자유의 몸이 된 것이 기뻐서 눈에 들어오는 모든 것이 마음에 들었고, 밝게 빛나는 햇빛에 마음이 들떠서 무슨 일이 있더라도 여기서 살겠다고 생각하면서 기쁨에 미소를 짓고 응석받이 어린아이처럼 소리쳤다. "그래도 나는 여기에 머무를 테야! 아무 걱정할 필요 없어. 당신들이 먹는 것을 먹여 주기만 하면 돼. 어쨌든 한동안 여기서 살테니까."

그는 아무런 장식도 없는 방에 앉아 벽에 세워 놓은 괭이며 쟁기, 실에 꿰어 벽에 걸어 놓은 빨간 고추, 한두 마리의 닭과 함께 묶어 놓은 양파 같은 것을 둘러보았다. 모든 것이 마음에 들었다. 죄다 그에게는 신기했던 것이다.

갑자기 시장기를 느낀 그는 노부부가 먹고 있던 마늘을 싸 넣은 떡이 무척 맛있어 보였다. "아, 시장하다. 뭐 먹을 것 좀 안 주겠어, 할멈?"

이 말을 듣고 노파가 소리쳤다. "하지만 도련님 같은 분의 입에 맞을 만한 것은 아무것도 없는걸요. 닭이 네 마리 있으니까 먼저 그걸 한 마리 잡겠습니다만, 기껏해야 이런 맛없는 떡밖에 없습니다요. 그것도 밀가루로 만든 것도 아니랍니다."

"그게 먹고 싶어. 난 그게 좋다고!" 옌은 진심으로 말했다. "여기 있는 건 뭐든지 좋아."

그래서 노파는 반신반의의 표정으로 마늘 줄기를 얇은 떡으로 싼 것을 들고 나왔다. 그러나 그것으로는 마음이 내키지 않아, 가을에 소금에 절여 두었던 생선을 꺼내어 대접할 생각으로 거기에 곁들였다. 옌은 그것을 깨끗이 먹어 치웠다. 정말로 맛있었다. 여태까지 먹은 어떤 식사보다 맛있었다. 왜냐하면 자유의 몸으로 먹었기 때문이다.

다 먹고 나자, 갑자기 그때까지 깨닫지 못했던 피로가 몰려왔다. 그는 일어서서 물었다. "침대는 어디 있지? 잠시 자고 싶은데."

노인이 대답했다. "평소에 쓰지 않던 방이 하나 있습지요. 조부님께서 옛날에 거처하시던 방인데, 그 뒤 셋째 부인이신 리화님께서 쓰셨지요. 리화님은 우리 모두가 좋아한 부인이랍니다. 무척 신심이 깊은 분이라 결국에는 여승이

되셨습니다요. 그 방에 침대가 있으니 거기서 주무십시오."

이렇게 말하고 노인은 옆의 벽에 있는 나무 문을 열었다. 그것은 창이라고 하여 조그맣게 네모난 구멍을 뚫고, 그 위에 흰 종이를 바른 어둡고 좁은 방이었다. 그 방에 들어가서 문을 닫으니, 여태까지는 언제나 누군가에게 감시를 받는 생활이었으나 이제야 비로소 정말로 혼자서 잘 수 있게 되어 편안한 기분이었다. 고독이란 그에게는 고마운 것이었다.

그러나 이 어둠침침한, 사방이 흙벽으로 둘러싸인 방 한가운데에 선 순간, 갑자기 아직도 이 안에는 억센 노인의 생명이 숨쉬는 듯한 묘한 느낌에 사로잡혔다. 그는 이상한 듯이 주위를 살펴보았다. 삼베 휘장을 두른 침대, 원목 탁자와 걸상, 오랜 세월을 두고 밟아서 딴딴하게 움푹 들어가 버린 흙바닥 등 그것은 여태까지 본 적이 없는 검소한 방이었다. 자기 말고는 아무도 없는데도 그는 가까이에 자기로는 이해하기 어려운, 대지에 뿌리박은 억센 영혼을 느꼈다. 그러나 그렇게 생각한 순간 그것은 사라져 버렸다. 갑자기 그는 다른 생명을 느끼지 않게 되고 다시 혼자가 되었다. 그는 미소를 띠고, 기분 좋은 피로감에 자야겠다고 생각했다. 눈꺼풀이 저절로 감겼다. 그는 폭이 넓은 큼직한 시골 침대로 다가가서 휘장을 열어 몸을 내던지고는, 안쪽 벽에 붙여서 개어 놓은 파란 꽃무늬의 헌 이불을 몸에 덮었다. 그리고 눕자마자 곧 잠들어 버렸다. 옛날 그대로인 집의 깊은 정적 속에서 몸과 마음을 쉬었던 것이다.

겨우 눈을 떴을 때 날은 이미 어두워 있었다. 그는 어둠 속에서 몸을 일으켜 휘장을 젖히고 방안을 보았다. 벽을 네모로 도려낸 구멍에서 비쳐 들던 가냘픈 빛도 없었고, 어디를 보나 소리 하나 없는 따스한 암흑뿐이었다. 일찍이 혼자서 깨어나 본 적이 없는 그는 이제껏 느껴 보지 못한 편안한 기분으로 다시 드러누웠다. 그가 눈을 뜨기를 기다리는 하인이 가까이에 없는 것까지 그에게는 기분이 좋았다. 오늘은 이 기분 좋은 정적 이외에 아무것도 생각하고 싶지 않았다. 무슨 소리 하나 들리지 않았다. 잠든 채 몸을 뒤척이는 거친 위병의 잠꼬대도, 돌을 깐 안마당에 울리는 말굽 소리도, 느닷없이 칼자루에서 뽑는 긴 칼의 쇳소리도 들리지 않았다. 다만 이루 말할 수 없이 달콤한 정적이 흐를 뿐이었다.

그런데 갑자기 무슨 소리가 들려 왔다. 고요를 깨뜨리고 가운뎃방에서 사람들이 걸어다니는 소리와 말소리가 들려 온 것이다. 옌은 몸을 일으켜 휘장 너머로 서투르게 짠 장식 없는 문 쪽으로 눈길을 돌렸다. 문이 조금씩 소리 없이 열렸다. 촛불 빛이, 그리고 그 빛 속에 사람의 머리가 보였다. 그리고 그 머리가 물러나더니 이번에는 다른 머리가 들여다보고 그 밑으로는 더 많은 머리가 보였다. 그때 옌이 몸을 움직이는 바람에 침대가 소리를 냈다. 그러자 재빨리 문은 조용히 닫히고 방은 다시 캄캄해졌다.

옌은 이제 잠이 오지 않았다. 눈을 뜬 채 드러누워 벌써 아버지가 자기가 숨은 곳을 알고 데려오기 위해 사람을 보낸 것일까 하고 생각했다. 그러면서도 방금 있었던 일이 몹시 마음에 걸려 도무지 가만히 누워 있을 수가 없었다. 그때 문득 말 생각이 났다. 말을 탈곡장 수양버들에 묶어 둔 채 먹이를 주도록 노인에게 일러 놓지 않았으니 아직도 그대로 있겠구나 생각하고 그는 일어났다. 왜냐하면 그는 보통 사람들보다 그런 데에는 정다운 마음을 갖고 있었기 때문이다. 방안은 몹시 공기가 찼으므로 양피 윗도리를 꼭 여며 입고 구두를 찾아 신고는 벽을 따라 손을 더듬어 문을 찾아 열고 나갔다.

등불을 켜놓은 가운뎃방에는 젊은이 늙은이 합쳐서 약 20여 명의 농부들이 모여 있었다. 옌의 모습을 보자 한 사람 일어나서 그를 빤히 바라보았다. 그는 놀라며 그들을 돌아보았으나 그 늙은 소작인밖에는 아는 얼굴이 하나도 없었다. 이윽고 그들 중에서 가장 나이 많고 온화한 얼굴을 한, 푸른 옷을 입은 농부가 앞으로 나왔다. 예나 다름없는 시골풍으로 아직도 백발을 변발(辮髮)로 땋아 내리고 있었다. 그는 절을 하고 옌에게 이렇게 말했다. "이 마을 늙은이들이 도련님께 인사를 드리러 왔습니다."

옌은 가볍게 인사하고 그들에게 자리에 앉도록 이르고는, 자기를 위해 비워 놓은 흰 나무 탁자의 맨 윗자리에 가서 앉았다. 조금 있다가 이윽고 아까 그 노인이 입을 열었다. "아버님은 언제 오십니까?"

옌은 짧게 대답했다. "아버지는 안 오셔. 나는 한동안 혼자 있고 싶어서 여기 온 거야."

이 말을 듣자 그들은 파랗게 질린 얼굴로 서로 쳐다보았다. 그 노인이 다시 헛기침을 하고 입을 열었다. 이 노인이 그들의 대표라는 것을 옌은 알았다.

"이 마을 사람들은 모두 가난뱅이뿐이고 또 벌써 빼앗길 만큼 빼앗겼습니다. 도련님의 큰백부님께서는 먼 해안 도시에서 살게 되시고부터는 그 전보다도 쓸쓸이가 심해져서 저희들 힘에 넘치는 소작료를 어거지로 긁어 가고 계십니다. 군벌에게도 세금을 바쳐야 하고, 비적을 피하기 위해서도 돈을 내야 하니, 저희들은 먹을 것조차 없는 형편입니다. 그래도 금액을 말씀해 주시면 어떻게든 마련해서 드릴 테니 제발, 어디 다른 데로 가셔서 이 이상 더 저희들을 괴롭히지 말아 주십시오."

옌은 은근히 놀라면서 주위를 둘러보고 조금 화가 나서 말했다.

"그저 할아버지 집에 온 것뿐인데 그런 말을 들어야 하다니 참으로 뜻밖이군. 나는 당신들한테서 돈을 받을 생각은 조금도 없다." 그리고 잠시 사이를 두고 농민들의 정직해 보이는, 그러나 불안해하는 얼굴들을 바라보면서 말을 계속했다. "당신들을 믿고 사실을 이야기하는 것이 가장 좋겠군. 지금 남방에서 혁명이 일어나고 있는데 그것은 북방의 군벌을 쓰러뜨리기 위해 일어난 거야. 그러나 아들인 나로서는 아버지에게 맞서서 무기를 잡을 수는 없어. 전우들과 함께 한다고 하더라도 그런 짓은 할 수 없는 일이야. 그래서 나는 밤낮을 가리지 않고 탈출해서 호위병과 함께 집에 돌아왔는데, 아버지는 내 군복을 보고 화를 내시더군. 그래서 마침내 나는 아버지와 싸우고 말았지. 게다가 혁명군의 대장도 나에게 무척 화가 나 있으니까 결국 찾아내서 죽이려고 할 거야. 그래서 나는 잠시 몸을 숨기는 편이 좋을 것 같아서 이리 온 거야."

여기까지 말하고 옌은 입을 다물었다가, 주위의 진지한 표정들을 휘둘러보고 다시 입을 열어 아주 열심히 이야기하기 시작했다. 왜냐하면 그는 그들을 어떻게든 납득시키고 싶었으며 또 그들의 지나친 의심에 좀 화가 났기 때문이다.

"그러나 나는 다만 피신만을 위해서 여기 온 건 아니야. 시골의 고요함이 좋아서 온 거야. 아버지는 나를 군인으로 키우셨지만, 나는 피라든가 살인이라든가 화약 냄새라든가 군대의 소란이라든가 그런 것이 싫단 말이야. 나는 어릴 때 아버지를 따라 이 집에 와서 한 여인과 기묘한 두 사람을 만난 적이 있는데, 그때도 그 사람들이 부러워서, 군관 학교에 가서 전우들과 사는 동안에도 늘 여기 생각을 하고는 언젠가 꼭 가봐야지 하고 생각했었지. 이 마을에 가정을 갖고 있는 당신네들이 나는 정말 부러워."

이 말을 듣고 그들은 다시 서로 얼굴을 마주 보았다. 자기들과 같은 생활을 부러워할 사람이 있으리라고는 생각도 할 수 없었고 믿을 수도 없었다. 그들에게 생활은 그토록 고통스러웠다. 열심히, 끈질기게, 자기 생각을 이야기하는 이 청년에 대한 그들의 의혹은 차츰 더 강해질 뿐이었다. 이 청년이 흙벽집이 좋으니 어쩌니 지껄이고 있기 때문이다. 그가 여태까지 얼마나 호화로운 생활을 해왔을지 그들은 잘 알았다. 그의 사촌들과 백부들이 어떤 생활을 하고 있는가를 그들은 잘 알고 있기 때문이었다. 백부 한 사람은 먼 도시에서 왕족 같은 생활을 하고 있고, 이제 그들의 지주가 되어 있는 상인 왕얼은 고리대금을 하여 엄청난 부자가 되어 있다. 이 두 사람을 그들은 부러워하면서도 미워했다. 그러므로 그들은 이 젊은이도 거짓말을 하고 있는 것이라고 생각하고 증오와 공포의 눈으로 바라보았다. 그들은 이 세상에 커다란 저택에 살 수 있는 신분이면서 흙벽집에 살고 싶다는 인간이 있으리라고는 도저히 믿을 수가 없었기 때문이다.

그들은 자리에서 일어났다. 옌도 망설이다 일어섰다. 이런 경우 그가 자리에서 일어나는 것은 손위 어른에 대한 예의라고 할 수 있었는데 그는 누덕누덕 기운, 색이 바랜 헐렁한 무명옷을 입은 농부들에게 어떻게 예의를 차려야 좋을지 짐작할 수 없었던 것이다. 그러나 어떻게든 그들의 호감을 사두고 싶었으므로 그는 자리에서 일어나 일일이 절을 하며 한두 마디 의례적인 말을 건넸다. 그들은 그 정직한 얼굴에 여전히 불신의 빛을 띤 채 돌아갔다.

뒤에 남은 것은 소작인 노부부뿐이었다. 두 사람은 불안한 듯 옌을 바라보고 있다가 이윽고 늙은이가 호소하듯 말했다.

"도련님이 여기 오신 까닭을 솔직하게 말씀해 주십시오. 그러면 어떤 화가 미칠지, 저희들은 미리 알 수가 있으니까요. 사정을 살피기 위해서 도련님을 보내신 걸 보면, 아버님은 대체 어떤 전쟁을 시작하실 생각이신지 가르쳐 주십시오. 저희들 가난한 사람들을 살려 주십시오. 저희들은 하느님이나 군벌이나 부자나 관리나 그런 힘센 악당들이 하라는 대로 할 수밖에 없습니다요."

옌은 그들의 공포의 원인을 알았으므로 대답했다. "난 사정을 염탐하러 온 게 아냐. 아버지의 명령대로 온 게 아니란 말이야. 모조리 이야기했잖아, 그건 거짓말이 아니야."

그래도 늙은 부부는 그의 말을 믿을 수가 없었다. 노인은 한숨을 쉬고 얼굴을 돌렸으며 노파는 금방 울음을 터뜨릴 듯한 표정으로 잠자코 서 있었다. 옌이 두 사람에게 어떻게 해명해야 좋을지 몰라 조바심이 나고 울화가 치밀어오르려 했을 때 마침 말 생각이 났다. "내 말은 어떻게 됐을까? 잊어버리고 있었는데……."

"부엌에 넣어 두었습니다요." 노인이 대답했다. "짚과 말린 콩을 먹이고 연못 물도 길어다 주었지요." 옌이 고맙다고 인사하자 그는 말했다. "그까짓 것, 아무 것도 아닙니다요. 도련님은 옛 주인마님의 손자분이 아니십니까." 이 말을 하고 나더니 그는 느닷없이 옌 앞에 무릎을 꿇고 큰 소리로 신음하듯 말했다.

"옛날에는 도련님 할아버님도 저희들과 똑같은 농부였습지요. 한낱 백성으로, 저희와 똑같이 이 마을에서 살았습니다요. 하지만 언제나 가난하고 힘든 생활을 하는 저희와는 달리 운이 좋았지요. 그러니 옛날엔 저희와 같은 농부였던 할아버님을 생각하셔서라도 도련님이 여기 오신 까닭을 솔직하게 말씀해 주시지 않겠습니까요."

옌은 노인을 안아 일으켰다. 그러나 그것은 그다지 다정스럽다고는 할 수 없었다. 왜냐하면 그는 이렇듯 뿌리 깊은 의심에 진저리가 나기 시작했으며, 또 높은 사람의 아들로서, 여태까지는 자기 말이 언제나 그대로 신뢰를 받아 왔기 때문이다. 그래서 그는 호통을 치고 말았다.

"아까 말한 대로다. 몇 번이나 같은 말을 되풀이 하기는 싫어! 나 때문에 재난이 일어날지 어떨지는 곧 알게 될 거야!" 그리고 노파에게 말했다. "할멈, 배가 고프니 먹을 것 좀 줘."

노부부는 묵묵히 시중을 들고 그는 먹었다. 그러나 아침에 먹을 때만큼 맛있다고 느끼지는 않았다. 곧 질려 버렸으므로 그 이상 아무 말도 하지 않고 일어나 다시 침실로 들어가서 자려고 드러누웠다. 한동안 잠이 오지 않았다. 그 어리석은 농민들에게 화가 났던 것이다. 그는 마음속으로 소리쳤다.

'바보들 같으니! 정직할지는 모르지만 바보들이야! 이런 좁은 땅에 살고 있어서 세상 돌아가는 걸 아무것도 모른단 말이야!' 옌은 이따위 인간들을 위해서 전쟁을 할 가치가 있을까 생각했다. 그리고 그들에 비하면 자기는 매우 영리한 것 같은 기분이 들었다. 그렇게 생각하니 마음이 놓여서 어둠과 고요 속에서 그는 다시 깊은 잠에 빠져들어갔다.

아버지에게 발견되기까지의 6일 동안, 옌은 이 흙벽집에서 살았다. 그 기간은 그의 온 생애를 통해서 가장 즐거운 시간이었다. 다시는 쓸데없는 일을 물으러 오는 자도 없었고, 노부부는 묵묵히 시중을 들어 주었으며, 그는 자기에 대한 두 사람의 의혹도 잊어버리고, 과거도 미래도 생각하지 않고, 오직 그날 그날을 즐기며 살았다. 도시에는 가지 않았으며 저택에 사는 백부조차 찾아보지 않았다. 밤마다 어두워지면 자고 아침이면 밝은 겨울의 햇빛 속에서 일어나, 식사도 하기 전에 문 밖에 서서 겨울 보리로 연한 초록빛을 띤 밭을 바라보았다. 눈앞에는 대지가 아득히 저편으로 펼쳐져 있었고, 쪽빛 얼룩 같은 것이 점점이 보였다. 그것은 곧 찾아올 봄을 대비해서 밭을 갈고 있는 농부들과, 밭두렁길로 다른 마을이나 도시로 왔다갔다하는 사람들의 모습이었다. 그리고 매일 아침 그는 시를 지었다. 그리하여 갈색 피부를 드러내고, 구름 하나 없는 푸른 하늘을 배경으로 우뚝 솟아 있는 먼 산의 아름다움을 하나하나 마음에 새기며 처음으로 조국의 아름다움을 이해했다.

어린 시절 옌은, 군사 교관으로부터 언제나 '우리 나라' '우리들의 국토'라는 말을 들어 왔다. 때로는 옌에게 굳은 얼굴로 '당신의 나라'라고 말한 적도 있다. 그러나 그러한 말들을 들어도 옌은 가슴이 뛰는 듯한 감정을 느낀 적은 없다. 그 까닭은 옌이 장군 공관에서 아버지와 함께 매우 좁고 격리된 생활을 하고 있었기 때문이다. 병사들이 떠들고 먹고 자고 하는 병영에도 거의 가본 적이 없었고, 아버지가 출정할 때조차 옌은 중년의 호위병들에게 에워싸여 있었다. 그 호위병들은 도련님 가까이에서는 정숙하게 해야 한다, 부질없는 소리를 해서는 안 된다고 엄명을 받고 있었다. 따라서 옌의 눈은 언제나 병사들에게 가로막혀, 볼 수 있는 것도 보지 못했던 것이다.

오늘의 그는 날마다 보고 싶은 것을 볼 수 있었다. 옌의 눈을 가로막는 것은 아무것도 없었다. 그는 하늘과 땅이 맞닿은 곳까지 가로막힌 것 없이 바라볼 수 있었다. 멀리 서쪽으로 청자빛 하늘을 향해 톱니 모양으로 꺼멓게 치솟은 도시의 성벽을 볼 수도 있었고, 대지 위에 점점이 흩어진 숲으로 둘러싸인 작은 마을을 볼 수도 있었다. 이렇게 날마다 실컷 풍경을 자유로이 바라보기도 하고, 대지를 걷기도 하고 말을 달리기도 하고 있으니까, 이제 비로소 '조국'이 어떤 것인가를 알 듯했다.

그런데 묘한 일이 일어났다. 옌은 말을 타는 일조차 그만둔 것이다. 왜냐하면 그것이 자기를 대지로부터 떼어 놓는 듯한 느낌이 들었기 때문이다. 처음에는 이제까지의 습관대로 말을 탔다. 그에게 말을 탄다는 것은 자기의 두 다리를 쓰는 거나 마찬가지였기 때문이다. 그런데 이제는 어디를 가나 농부들이 자기를 바라보았다. 그를 모르는 사람이면 반드시 서로 수군거렸다. "저건 틀림없는 군마야. 보통 짐을 싣는 말이 아니야." 그리고 이삼 일이 지나자 자기에 대한 소문이 퍼져서 농부들이 하는 말이 귀에 들려 왔다. "왕후의 아들이 와서 아무 데나 큰 말을 타고 다니며, 그 일족답게 뻐기고 있군. 도대체 뭣 땜에 왔나? 틀림없이 영감쟁이 대신에 토지를 돌아보고 작물을 조사해서 전쟁에 쓸 새로운 세금을 짜낼 속셈으로 온 게 틀림없지." 옌이 옆을 지나면 그들은 노려보다가 얼굴을 돌리고는 땅에다 침을 뱉었다.

처음 한동안은 이런 경멸하듯 침 뱉는 꼴을 보고 옌은 화도 나고 놀라기도 했다. 아버지 말고는 무서운 것이 없었고, 또 명령만 하면 달려오는 하인들만 보아 온 그에게는 이런 취급을 받는 것은 처음이었기 때문이다. 그러나 얼마가 지나자, 그는 이 농민들이 얼마나 압박받아 왔을지를 생각하게 됐다. 군관 학교에서도 그렇게 배워서 짐작은 했지만 이유를 확실히 알고 나니 마음도 너그러워지고 농민들에게 실컷 침을 뱉게 내버려두기로 했다.

그래서 그는 말을 매둔 채 걸어다녔다. 처음에는 자기 다리를 사용하는 것이 좀 힘이 들었지만 하루 이틀 지나자 걷는 데도 익숙해졌다. 이제까지 신던

가죽 구두를 벗어 던지고 농부들이 신는 짚신을 신었는데, 발바닥으로 몇 달 동안이나 계속되는 겨울의 햇살에 바싹 마른 밭두렁길이며 도로의 딱딱한 대지를 느끼는 것은 기분 좋았다. 사람들과 스쳐지나갈 때도 공포의 대상인 군벌 장군의 아들로서가 아니라 매우 평범한 타향 사람으로서 자기를 보아 주는 것도 기뻤다.

겨우 며칠 동안에 옌은 처음으로 조국을 사랑하게 되었다. 그리고 더없이 자유롭고 고독했으므로, 언제나 아름다운 시상(詩想)이 마음속에 떠올라왔다. 의식해서 언어를 찾을 필요는 없었고 다만 마음속에 있는 것을 그대로 쓰면 되었다. 흙벽집에는 공책도 종이도 없고 다만 낡은 붓 한 자루가 있을 뿐이었다. 아마 옛날 조부가 토지 매매 증서에 이름을 적던 붓인 모양이다. 그래도 그 붓은 아직 쓸 수 있었으므로 이것과 잘도 찾아낸 먹 조각으로 옌은 가운뎃방 흰 벽에다 자작시를 적어 나갔다. 소작인 노부부는 읽을 수 없는 내용이었지만 반 찬탄, 반 공포의 눈으로 바라보았다. 옌은 이제 조용한 연못 위를 쓰다듬는 수양버들이라든가, 하늘에 떠다니는 구름이라든가, 은빛 빗줄기라든가, 지는 꽃이라든가 하는 시가 아니라 새로운 시를 지었다. 그것은 그의 마음 깊숙한 곳에서 솟아나는 것으로서 자기의 조국과 조국에 대해 자연스레 우러나는 애정을 읊은 것이었다. 그러므로 그리 쉽게 지을 수는 없었다. 전에 그가 지은 시는 마음의 수면에 떠도는 물거품처럼 곱기는 했으나 공허한 것이었다. 그러나 새로운 시는 그렇게 곱지는 않았으나 전보다 깊은 의미를 지녔다. 그러나 그는 그 의미를 완전히는 파악하지 못한 채, 훨씬 거칠고 흐트러진 운율과 싸워야만 했다.

이렇게 시간은 흘러갔으나, 옌은 넘치는 큰 사상을 품고 혼자 생활했다. 자신의 장래가 어떻게 될지는 그도 알 수 없었다. 미래를 뚜렷하게 보여줄 만한 것은 무엇 하나 마음에 떠오르지 않았다. 당분간은 구름 하나 없이 반짝이는 햇살 속에서, 새파란 하늘에서 쏟아지는 넘칠 듯한 푸른 빛에 둘러싸인 북국의 뚜렷하고 밝은 풍토 속에서 호흡하는 데 만족했다. 그는 조그마한 마을의 길거리에서 사람들이 이야기하는 말에 귀를 기울였다. 길가 반점에 모인 사람들 사이에 끼여 자기는 거의 한 마디도 하지 않고, 잘 알지는 못해도 귀와 마음에 사무치는 그 말들에 귀를 기울였다. 전쟁 이야기 따위는 없었다. 어느 집에 아들이 태어났다든가, 어느 땅이 팔렸다든가, 값은 얼마였다든가, 아무개가 장가를 가고 아무개가 시집을 갔다든가, 어떤 씨를 뿌리면 된다든가, 이런 평범하고 흔해 빠진 이야기밖에 없는 그 평화 속에서 그는 마음에 평안을 얻었다.

이러한 생활의 즐거움은 나날이 더해 가고, 그것이 억누를 수 없을 만큼 커지면 마음속에 한 편의 시가 떠올랐다. 붓을 들어 쓰고 나면 한동안은 마음이 위안을 얻었다. 그런데 한 가지 이상한 일이 있었다. 나날을 즐겁게 느끼고 있는데도 떠오르는 시는 언제나 밝은 시가 아니고, 마치 그의 마음속에 슬픔의 샘이 있기라도 하듯이 짙은 우수의 색을 띠는 것이다. 어째서 그런지는 그도 알 수가 없었다.

그러나 왕후의 외아들이 되는 자가 어떻게 이런 생활을 언제까지나 계속할 수 있을 것인가, 여기저기에서 농민들은 말했다. "키가 크고 얼굴이 거무스름한 젊은이가 마치 얼간이처럼 여기저기 돌아다니고 있어. 왕후의 아들이고 왕 상인의 조카라나. 헌데, 어떻게 그렇게 높은 사람의 아들이 혼자서 나다닐 수가 있나. 왕릉의 낡은 흙벽집에 살고 있는데, 아마 머리가 돈 모양이지."

이 소문은 성안에 사는 왕 상인의 귀에도 들어갔다. 그는 이 이야기를 가게의 늙은 점원한테서 듣고 날카롭게 말했다. "나를 보러 오지도 않고 소식도 안 전하는 것을 보면, 그건 물론 내 아우의 아들이 아닐게다. 내 아우가 소중한 아들에게 그런 방종한 짓을 시켜 둘 까닭이 없어. 내일이라도 하인을 보내서, 아버님 소작인에게 빌려 준 집에 살고 있는 자가 대체 어떤 놈인가 조사하게 해야겠다. 동생한테서 그 집을 맡고 있는 내가 그 집에 살아도 괜찮다는 허락을 아무한테도 해준 적이 없으니 말이야." 그리고 그는 그자가 비적의 첩자인지도 모른다고 속으로 두려워했다.

그런데 그 내일이라는 날은 끝내 오지 않았다. 왜냐하면 그보다 앞서 왕 장군의 병영에도 그 소문이 퍼졌기 때문이다. 그날 옌은 언제나와 마찬가지로 일어나 식사를 하고 차를 마신 뒤, 아득히 펼쳐진 밭을 바라보고 공상에 잠겨 있었는데, 멀리 몇 사람이 메고 오는 가마가 하나, 다시 또 하나가 보였다. 그 둘레를 한 무리의 병사들이 따르고 있었는데, 그는 그 병사들이 아버지의 군대라는 사실을 군복을 보고 알았다. 그는 갑자기 음식이 넘어가질 않아 집 안으로 들어가 음식을 탁자 위에 놓고는 가만히 서서, 불안스러운 기분으로 생각했다. '분명 아버지일 게다. 무어라고 입을 열면 좋을까?' 가능하다면 어린애처럼 밭을 가로질러 도망치고 싶었다. 언젠가 한 번은 아버지와 얼굴을 맞대리라는 것과, 끝내 달아날 수만은 없다는 것을 알고 있었다. 그는 매우 초조한 심정으로 기다렸다. 어린애 같은 공포를 억지로 뿌리치고 기다리는 동안 그는 아무것도 먹을 기분이 나지 않았다.

그런데 도착한 가마 안에서 내린 사람은 아버지가 아니었다. 남자가 아닌 여자 둘이었다. 한 사람은 어머니, 한 사람은 하녀였다.

좀처럼 어머니와 만난 적이 없었고 또 여태까지 어머니가 집을 나온 기억이 없었으므로 옌은 깜짝 놀랐다. 대체 어찌된 일일까 궁금해 하면서 인사를 하기 위해 천천히 걸어나왔다. 어머니는 하녀의 팔에 의지하여 아들 쪽으로 걸어왔다. 머리는 희고 고상한 검은 옷을 입고 있었으며, 이가 다 빠져서 두 볼이 우묵하게 꺼져 있었다. 그러나 보기에는 아직도 아름다운 혈색이었다. 표정은 단순했으며 얼마간 천진해 보였으나 아직도 정다움이 넘쳐흘렀다. 아들의 얼굴을 보자 어머니는 시골풍으로 꾸밈없이 말을 건넸다. 어머니는 젊을 때 시골에서 자란 처녀였다. "옌, 아버님이 편찮으셔서, 돌아가실 날도 머지않다고 너에게 전하라시면서 나를 보내셨다. 돌아가시기 전에 곧 돌아와 주기만 하면 네가 하고 싶은 대로 해 주시겠다고 그러시더라. 노여워하고는 있지 않으니까 돌아와 주기만 하면 좋겠다고, 그렇게 말씀하셨단다."

그녀는 이 말을 누구나 다 들을 수 있도록 큰 소리로 말했다. 사실 그때쯤에는 마을 사람들이 이 모습을 구경하려고 몰려나와 있었다. 그러나 옌의 눈에는 그들의 모습이 보이지 않았다. 지금 들은 이야기로 그는 몹시 당황하고 있었다. 지난 며칠 동안의 생활로 그는 이 집을 떠나지 않겠다고 굳게 결심하고 있었는데, 아버지가 정말로 돌아가실 지경이라면 어떻게 그 청을 거절할 수 있겠는가. 그러나 사실일까? 그는 문득 술로 마음의 위안을 얻으려고 손을 내밀었을 때 아버지의 손이 떨리고 있었던 것이 떠올라 어쩌면 사실인지 모른다는 기분이 들었으며, 그렇다면 아들 된 몸으로 어쨌든 아버지의 말씀을 거역할 수는 없다고 생각했다.

그때 하녀는 옌이 미심쩍어하는 것을 보자 주인을 돕는 것이 자신의 의무라 생각하고, 또 마을 사람들에게 자기가 얼마나 충성스러운지를 과시하기 위해서 주위를 돌아보며 커다란 소리로 말했다.

"오오, 도련님 정말입니다. 저희들도, 의사 선생님도 모두 미칠 지경입니다. 노장군님의 수명도 이제는 길지 않으시니까, 만일 살아 계실 때 만나고 싶으시거든 오늘 곧 돌아가셔야 합니다. 맹세코 노장군님은 이제 얼마 더 사시지 못합니다. 만일 그게 거짓말이라면 저를 죽여도 좋습니다!"

마을 사람들은 이 말을 열심히 듣고 있다가 왕후가 머지않아 죽는다는 말에 서로 뜻깊은 눈길을 나누었다.

그래도 옌은 두 여자의 말을 의심했다. 어떻게든 자신을 데려가겠다는 기색이 느껴졌기 때문이다. 하녀는 그가 아직도 의심하는 것을 보자 그 앞에 몸을 내던지고 탈곡장의 딱딱한 흙바닥에 머리를 부딪치면서 짐짓 울음소리를 높여 말했다. "어머님을 보세요. 천한 몸이기는 합니다만 저를 보세요. 저희들은 진심으로 부탁드리고 있는 것입니다."

이런 행동을 한두 번 되풀이하고 나더니 그녀는 일어서서 회색 무명옷에 붙은 먼지를 털고, 입을 멍하니 벌린 채 바라보는 마을 사람들 쪽으로 업신여기는 듯한 시선을 던졌다. 이것으로 의무는 다한 것이다. 그녀는 자랑스러운 명문 집안의 긍지 높은 하녀는 이런 데 사는 촌놈들과는 격이 다르다는 태도로 옆으로 물러나 섰다.

그러나 옌은 하녀는 거들떠 보지도 않고 어머니를 바라보고, 아무리 싫더라도 자식으로서의 의무만은 다해야 한다고 생각했다. 그는 어머니에게 안으로 들어가서 앉으시라고 권했고, 어머니는 권하는 대로 안으로 들어갔다. 마을 사람들도 뒤를 따라 문께까지 와서 떠나지를 않았다. 그러나 지체 높은 사람을 보고 싶어하는 평민들을 오래 보아 온 어머니는 그들을 조금도 신경 쓰지 않았다.

그녀는 가운뎃방을 신기한 듯이 둘러보며 말했다.

"이 집에 온 것은 처음이란다. 할아버지께서 부자가 되셨다는 이야기며 찻집 여자를 사오셨다는 이야기, 한동안 그 여자에게 빠져 사셨다는 이야기를 어릴 때 곧잘 들었었지. 그 여자가 어떤 얼굴을 하고 있다느니, 무엇을 먹고 무엇을 입느니 하는 이야기까지가 소문이 되어, 이 지방 곳곳에 전해졌었지. 하기야 내가 아직 어렸을 때 할아버지께서는 벌써 노인이었으니까 그때도 이런 건 다 옛 이야기였지만, 지금도 기억하고 있지만 할아버님은 그 여자에게 루비반지를 사주기 위해서 땅을 팔았다는 소문도 났단다. 나중에 다시 사들이셨지만.

그 여자는 내 결혼식 때 꼭 한 번 만났을 뿐이야. 정말이지, 죽기 전엔 너무나 살이 쪄서 두 눈 뜨고는 못봐 줄 정도였다는구나!"

그녀는 이 빠진 입으로 웃으며 주위를 돌아보았다. 옌은 어머니가 침착하게 아무 이야기나 하는 것을 보니, 사실 여부를 확인할 용기가 났다.

"어머니, 정말 아버님은 편찮으십니까?"

이 말을 듣고 어머니는 다시 자기의 목적이 생각난 듯 이가 빠져 바람 소리가 나는 입으로 말했다. "아버님은 어느 정돈지는 모르지만 편찮으시단다. 주무시려고는 하지 않고 의자에 앉아 술만 자신단다. 아무것도 안 자시고 술만 자셔서 참외처럼 누렇게 되셨다. 그렇게 누런 얼굴은 처음 봤다. 게다가 큰 소리로 호통만 치시니 누구 하나 옆에 가서 말도 건네지 못하는 형편이야. 그 호통은 전에도 무시무시했지만 그보다 더하단다. 저렇게 아무것도 안 자신대서야 암만 봐도 오래 사실 것 같지 않다."

"네, 네, 정말입니다요. 아무것도 안 잡수시니까 오래 사시지는 못하세요." 하녀도 거들었다. 그녀는 주인이 앉은 의자 옆에 서서 고개를 끄덕이며 자기가 한 말의 슬픔에 젖어 있었다. 그리고 두 여자는 함께 한숨을 쉬고 제법 근심스러운 표정으로 살며시 그의 기색을 살폈다.

옌은 안절부절못하며 잠시 생각하다가 입을 열었다. 왜냐하면 아직도 의심이 남아 있었고 게다가 여자는 모두 바보라고 한 아버지의 말이 맞다는 생각이 들었으나, 아버지의 병이 심각하다는 말이 사실이라면 돌아가야 한다고 생각했기 때문이다.

"그렇다면 돌아가겠습니다. 하지만 어머니는 피곤하실 테니까 하루이틀 여기서 쉬다 오시면 어떻겠습니까?"

그는 어머니를 편히 쉬게 하기 위해 배려하여, 이제 자기 방처럼 여겨져서 떠나기가 아쉬워진 그 방에 어머니를 안내했다. 그리고 어머니가 식사를 마치자, 즐겁고 아름다웠던 나날의 추억을 떨쳐버리고 다시 말에 올라, 말 머리를 아버지가 있는 북쪽으로 돌렸다. 그러나 그는 이때 다시 두 여자의 말이 수상쩍게 여겨졌다. 그가 돌아가는 것을 보고 그녀들이 너무나 들떠서 떠들어 댔기 때문이다. 주인이 중병에 걸린 것 치고는 지나치게 쾌활한 모습이었다.

그의 뒤에는 아버지의 병사가 20명쯤 따라오고 있었다. 그들이 무언가 음탕한 소리를 지껄이며 크게 웃는 소리를 듣자 그는 더는 참을 수가 없어, 귀에 익숙한 말굽 소리조차 불쾌하여 화를 내며 고개를 돌려 쏘아보았다. 그러나 그가 왜 따라오느냐고 사나운 어조로 묻자 그들은 아무렇지 않게 대답하는 것이었다. "적이 이런 기회를 노려서 도련님을 사로잡아 몸값을 요구하거나 죽이는 일이 없도록 곁을 떠나지 말라는 명령을 받고 있습니다. 이 근방에는 비적도 많고 또 도련님은 노장군님껜 하나밖에 없는 소중한 아드님이시니까요."

옌은 대답도 하지 않았다. 그는 신음하는 듯한 소리를 내며 말머리를 북쪽으로 돌렸다. 자유로운 몸이라니, 이 얼마나 바보였던가, 자기는 아버지의 외아들이 아닌가. 그것은 벗어날 수 없는 숙명이었다.

그가 지나가는 것을 지켜보던 농민들 가운데 그가 떠나는 것을 기뻐하지 않는 자는 한 사람도 없었다. 왜냐하면 그들은 옌을 전혀 이해하지도 믿지도 않았기 때문이다. 자신이 떠나는 것을 그들이 매우 기뻐하고 있음을 옌도 알았다. 그리하여 이 광경은 지난 즐거웠던 자유의 나날의 추억 속에 언제까지고 검은 오점으로 남았다.

이렇게 하여 옌은 마음에도 없이 호위병을 거느리고 아버지의 집으로 향했다. 호위병들은 가는 길에 잠시도 그 곁을 떠나지 않았으며, 그들이 옌의 신변을 보호하는 것이 비적 때문이 아니라 그가 어디로 달아나지 않도록 경계하기 위해서임을 이윽고 그도 알았다. "걱정하지 마라. 내가 아버지한테서 달아날 줄 아느냐. 나는 내 발로 아버지에게 돌아가는 거다!" 그는 몇 번이나 이렇게 말해주고 싶었다.

그러나 그는 아무 말도 하지 않았다. 경멸에 찬 눈으로 잠자코 시선을 던질 뿐 입을 열지 않고 그저 말을 달리며, 자기 말의 걸음이 빠른 데 자랑스러운 기쁨을 느꼈다. 그들은 그를 따라가기 위해 자기들의 말을 가엾도록 채찍질 해야만 했다. 그러나 옌은 아무리 달려 봐야 자기가 사로잡힌 인간임을 알고 있었다. 이제는 시도 떠오르지 않았고 아름다운 풍경도 눈에 들어오지 않았다.

이러한 강행군의 이틀째 밤에 그는 아버지 집에 닿았다. 말에서 내리자 갑자기 마음속 밑바닥까지 피로를 느끼며 그는 아버지가 늘 머무르는 방으로 천천히 걸음을 옮겼다. 병사들과 하인들이 살며시 쳐다보는 것도 못 본 체했으며 인사를 받아도 답해 주지 않았다.

그런데 벌써 해가 졌는데도 아버지는 침실에 있지 않았다. 서성거리는 위병에게 물어 보니, "장군님은 넓은 방에 계십니다." 라는 대답이었다.

이 말을 듣자 옌은 조금 화가 났다. 어차피 아버지의 병은 그리 심하지 않으며 자기를 집에 데려오기 위한 책략에 지나지 않았던 것이라고 생각했다. 그리고 아버지를 무서워하지 않으려고 그 노여움을 일부러 불태웠다. 밭으로 둘러싸인 즐거웠던 고독의 나날을 생각하면 아버지에 대한 노여움을 새롭게 불태울 수 있었다. 그러나 방에 들어가서 아버지의 모습을 본 순간, 노여움은 얼마간 누그러졌다. 그것이 책략이 아니었음을 한눈에 알 수 있었기 때문이다. 아버지는 조각을 한 의자에 앉아 등에 호랑이 가죽을 걸쳐 놓고 불꽃이 활활 피어오르는 화로를 앞에 두고 앉아 있었다. 털이 북슬북슬한 양피 옷을 입고 높다란 모피 모자를 썼는데도 아버지는 매우 추워 보였다. 피부는 해묵은 가죽처럼 누렇고, 눈은 열 때문에 말라서 거뭇하게 꺼졌으며 면도를 하지 않은 입가의 수염은 잿빛으로 꺼칠꺼칠했다. 아들이 들어가자 얼굴을 드는 듯하더니 다시 화로 위로 몸을 숙인 채 말을 걸지 않았다.

옌은 아버지 앞으로 걸어 나가서 머리를 숙이고 말했다.

"편찮으시다기에 돌아왔습니다."

그러나 왕후는 나직한 소리로 말했다. "나는 아프지 않다. 그 따위 소리는 여자들이나 하는 말이야." 그는 아들을 보려고도 하지 않았다.

그래서 옌은 물었다. "편찮으시다면서 저를 부르신 것은, 그럼, 아버님이 아니셨군요?" 그러자 왕후는 다시 중얼거리듯이 말했다. "나는 부르러 보내지 않았다. 네 거처를 여자들이 묻길래, 나는 지금 있는 곳에 그냥 내버려두라고 말했을 뿐이야." 노인은 화롯불을 들여다보면서 솟아오르는 열에 손을 쬐었다.

이런 말을 들으면 누구나 화를 낼 것이다. 부모를 존경하지 않는 요즘의 청년들 같으면 더욱이나 그럴 것이다. 옌도 마음을 굳게 먹고 다시 집을 뛰쳐나가 자기 좋을대로 살 수도 있겠지만, 송장처럼 핏기도 없이 꺼칠꺼칠한 두 손을 떨며 열심히 온기를 구하는 아버지의 모습을 보고서는 노여움의 말이 쑥 들어갔다. 다정한 마음을 가진 아들에게는 반드시 그런 때가 오는 법이지만, 오늘 옌은 고독한 생활 속에서 아버지가 다시 어린애로 돌아간 것을 보았다. 아무리 듣기 싫은 소리를 하더라도 화내지 말고 어린애 어르듯이 대해야 한다

는 것을 깨달았다. 아버지의 이 약해진 모습이 옌의 노여움을 뿌리째 뽑고, 여느 때보다 더 눈시울이 뜨거워지는 것을 느꼈다. 그는 두 손으로 아버지를 안아주고 싶어졌다. 그러나 타고난 수줍음이 앞서서 그렇게 하지 못했다. 그래서 옆에 있는 의자에 조용히 걸터앉아 넌지시 아버지를 지켜보면서 잠자코 끈기 있게 그가 다시 입을 열기를 기다렸다.

그러나 바로 이 순간에 옌은 자유를 느꼈다. 아버지에 대한 공포가 영구히 사라진 것을 느꼈다. 이 노인의 고함 소리, 험악한 얼굴, 찌푸린 검은 눈썹 등, 왕후가 겁을 집어먹게 하기 위해 써온 술책을 이제 옌은 무섭다고 여기지 않았다. 왜냐하면 옌은 이러한 술책은 아버지가 일부러 쓴 무기에 지나지 않는다는 것을 알아챘기 때문이다. 아버지는 스스로는 의식하지 못했지만, 그것을 방패로서 사용했던 것이다. 칼을 뽑고도 진짜로 벨 생각은 없이 휘두르듯이 그런 술책을 써 왔던 것이다. 이러한 술책으로 실은 군벌의 거두가 될 만한 비정함도 냉혹함도 쾌활함도 갖지 못한 자신의 마음을 지켜 온 것이다. 이 순간 그것을 꿰뚫어 본 옌은 아버지를 바라보는 동안 공포를 잊고 사랑하기 시작했다.

그러나 왕후는 아들의 마음에 이러한 변화가 일어났다는 것을 알 까닭도 없이, 아들이 그 자리에 있다는 것조차 잊은 듯 계속 말없이 생각에 잠겨 있었다. 그는 오래도록 꼼짝하지 않았다. 마침내 옌이 아버지의 안색이 나쁜 것과 지난 며칠 동안에 수척해져서 광대뼈가 툭 튀어나온 것을 보고 다정하게 말했다.

"아버지, 이제 주무시지요."

아들의 목소리를 듣고 왕후는 병자처럼 천천히 고개를 들어 수척해진 눈길을 아들에게 돌려 잠시 바라보더니 이윽고 쉰 목소리로 한 마디 한 마디 천천히 말했다.

"너를 위해서, 죽여도 괜찮을 놈들을 나는 1백 73명이나 살려 준 적이 있다." 그는 전에 곧잘 하듯이 오른손을 입으로 가져갔으나 그 손은 다시 내려지고 말았다. 그러고는 손을 축 늘어뜨린 채 여전히 아들을 바라보고 말했다. "정말이다. 너를 위해서 그놈들을 죽이지 않았다."

"기뻐요, 아버지." 옌은 말했다. 그 사람들이 살았다는 것도 기쁘지만, 자기를 기쁘게 해주고 싶어하는 어린애 같은 소망을 아버지에게서 발견하고 감동한 것이다.

"저는 사람이 살해되는 모습을 보기가 싫어요, 아버지."

"그래, 나도 안다. 너는 옛날부터 까다로운 아이였거든." 노장군은 힘없이 말하고 다시 입을 다문 채 화로의 불을 들여다보았다.

옌은 어떻게든 해서 아버지를 주무시도록 해야겠다고 생각했다. 아버지의 얼굴이나, 여위어서 축 처진 입가에 나타난 병든 기색을 차마 더 바라보고 있을 수가 없었기 때문이었다. 그는 일어서서 문 옆에서 책상다리를 하고 잠에 곯아떨어진 심복 부하 언청이에게 다가가서 목소리를 죽이고 말했다. "아버지를 어떻게든 설득해서 침상으로 모시고 갈 수 없나?"

언청이는 옌의 목소리에 잠이 깨어 비틀거리며 일어나 쉰 목소리로 대답했다.

"저도 여러 번 권해 보았습니다, 도련님. 그런데 제 말은 도무지 소용이 없어서 밤에도 침실에 들어가시지 않습니다. 누우셔도 한 시간 남짓해선 곧 일어나셔서 다시 의자에 앉고 마십니다. 저도 하는 수 없이 여기 이렇게 앉아 있습니다만. 어찌나 졸리는지 죽을 지경입니다. 그래도 장군님은 저렇게 앉으신 채 언제까지나 깨어 계십니다."

옌은 아버지에게 되돌아가 달래듯이 말했다.

"아버님, 저도 피로합니다. 함께 침대로 가서 주무시도록 하시지요. 저도 무척 피곤해서요. 저도 아버지 곁에서 잘테니 불안하시면 언제든 부르십시오."

이 말을 듣자 왕후는 일어날 듯이 조금 몸을 움직였다. 그러나 그대로 다시 힘없이 의자에 앉더니 고개를 저으며 일어나려고 하지 않고 말했다.

"아니, 나는 아직 해야 할 말을 다 하지 못했다. 또 할 말이 있어. 그런데 생각이 나지 않는구나. 꼭 말해야 할 것을 두 가지만 오른손으로 꼽아 놓았었는데, 거기 어디 앉아서 내가 생각 날 때까지 기다려 다오."

왕후의 말투에는 옛 그대로의 기백이 깃들어 있었으므로 옌은 어릴 때 이런 말을 들으면 잠자코 가서 앉던 버릇이 생각났다. 그러나 한편으로는 아버지를 더는 무서워하지 않게 되었으므로, 그의 마음은 어느덧 아들의 의무에 반항하여 소리 높이 외치고 있었다. '아버지라고 하지만 따분하고 완고한 늙은이에 지나지 않잖은가. 그런데도 나는 그 기분을 맞추려고 가만히 기다리고 있어야 한단 말인가!' 옌의 눈이 고집스레 번쩍이고 막 생각을 입 밖에 내려고 하는데, 심복 노인이 눈치 채고 얼른 다가와 달래듯이 말했다. "아버님께서 바라시는 대로 해 드리십시오, 도련님. 건강이 좋지 않으시니까. 뭐라고 말씀하시든 참으십시오. 우리 모두 그렇게 하는 수밖에 도리가 없으니까요." 그래서 옌은 마음에도 없이, 하기야 여태까지 거절의 소리를 들어 본 적이 없는 아버지가 이런 때 거절을 당하면 정말 병이 더해질지 모른다고 생각하고 그대로 의자에 앉았다. 그러나 이미, 아까와 같은 인내심은 사라지고 없었다. 느닷없이 왕후가 말했다.

"이제 생각났다. 첫째, 너를 어딘가 숨겨야 한다. 네가 어제 돌아와서 한 말을 나는 잊어버리지 않았다. 나의 적으로부터 너를 숨겨 놓아야 한단 말이야."

이 말을 듣고 옌은 저도 모르게 소리쳤다.

"아니, 아버님. 그건 어제가 아닙니다."

그러자 왕후는 옛날과 다름없이 화가 나는 듯한 시선으로 아들을 쏘아보더니 앙상한 주먹을 휘두르면서 소리쳤다.

"내 말이 맞다! 네가 다시 온 것이 어째서 어제가 아니란 말이냐. 실제로 어제 돌아오지 않았느냐!"

여기서 다시 언청이 노인이 왕후와 아들 사이에 끼어들어 간청하듯 말했다.
"네, 네, 맞습니다. 바로 어제입니다!"

옌은 화를 꾹 참고 입을 다문 채 고개를 숙였다. 이상한 일이지만 아버지에
게 느꼈던 최초의 연민의 정이 살짝 스쳐지나가는 미풍처럼 가슴에서 사라져
버리고, 아버지가 던진 노여움의 눈초리가 연민보다 더 깊은 어떤 감정을 옌의
가슴속에 품게 했다. 화가 치밀어올라 그는, 다시는 무서워하지 않으리라, 그러
기 위해서는 끝까지 자기 고집을 지켜야 한다고 다짐했다.

한편 아버지도 옛날부터 고집이 셌으므로 좀처럼 입을 열지 않았다. 아버지
가 말을 하고 있는데 아들이 건방지게 참견을 하다니 괘씸한 일이라고 생각하
여 필요 이상으로 오래 입을 다물고 있었다. 그러나 사실을 말하면, 왕후는 하
고 싶지 않은 말을 해야 하므로 쉽게 입이 떨어지지 않았던 것이다. 그러는 동
안에 아버지에 대한 옌의 분노가 전에 없이 사납게 떠올랐다. 그는 이 사나이
로부터 수없이 침묵을 강요당했던 옛날이 생각났다. 싫은데도 무기를 잡고 지
내야 했던 긴 시간들, 그리고 모처럼 자유의 나날을 보내고 있는데 그것을 중
단해야 했던 것을 생각하자 갑자기 그는 아버지가 참을 수 없이 미웠다. 이 노
인에게 육체적인 혐오감마저 들었다. 몸도 씻지 않은데다가 수염도 깎지 않고,
술과 음식을 옷에 흘리는 이런 너절한 아버지가 불쾌해서 참을 수가 없었다.
이 순간만큼은 아버지에게는 사랑할 만한 것이 아무것도 없었다.

왕후는 아들의 가슴속에 이런 혐오가 끓어오르는 줄은 꿈에도 모르고, 마
침내 피할 수 없는 문제를 입 밖에 냈다. "헌데, 너는 나의 단 하나밖에 없는
소중한 아들이다. 너 말고는 내게는 아무런 희망도 없다. 네 어머니가 꼭 한
번 현명한 말을 한 적이 있지. 나한테 와서 말하더군. '옌이 결혼하지 않는다면
어디서 손자를 얻습니까?' 그래서 나는 말했지. '어디 가서 착하고 튼튼한 규
수를 찾아오구려. 몸이 튼튼해서 빨리 애를 낳을 만한 여자라면, 누구라도 좋
아. 여자란 모두 다 비슷비슷해서 누구든 상관할 것 없어. 그런 여자를 데려와
서 옌과 결혼시켜, 이 전쟁이 끝날 때까지 어디 외국에라도 가서 숨어 있으면
돼. 그러면 씨는 남을 테니까.'"

왕 장군은 미리 생각해 둔 대로 매우 신중하게 말했다. 아들을 자기 곁에서
떠나 보내기 전에 아버지로서 아들에게 이만한 의무는 다하겠다고 늙은 머리

를 쥐어짠 것이다. 이것은 세상의 아버지라면 마땅히 해야 하는 일에 지나지 않고, 뉘집 자식이라도 마땅히 각오하고 있어야 하는 일이다. 자식이란 양친을 위해서 양친이 선택한 아내와 아무 소리 없이 결혼해서 아이를 낳기만 하면, 그 다음에는 어디서 좋아하는 여자를 만들든지 자유였다. 그러나 옌은 그런 아들이 아니었다. 그는 신시대에 물들어, 자기도 알 수 없는 자유에 대해 남몰래 집요한 동경을 품고 있었으며, 여자에 대해서는 아버지에게서 물려받은 증오를 느끼고 있었다. 한편에는 이 증오, 한편에는 그 자유로운 사고방식 때문에 그는 지금 온갖 노여움이 한꺼번에 폭발하려 했다. 이때의 그의 노여움은 막아둔 홍수와 같아서 모든 생명이 위험을 안고 불타올랐다.

처음 그는 아버지가 이런 말을 진정으로 했다고는 믿지 않았다. 왜냐하면 이 나이에 이르기까지 아버지가 늘 여자를 바보라고 하는 것을 들어왔기 때문이다. 바보가 아니면 배신자요, 믿을 수 없는 존재라고 말해 왔다. 그러나 지금 똑똑히 그렇게 말하고서 아버지는 가만히 의자에 앉은 채 여전히 화롯불을 들여다보고 있는 것이다. 이제 와서 생각하니 어머니와 하녀가 그를 집에 데려오기 위해 그토록 열심이었던 것과, 그가 돌아올 결심을 했을 때 무척 기뻐한 이유가 갑자기 뚜렷해졌다. 그런 여자들은 혼담이라든가 결혼이라든가 하는 것 말고는 머릿속에 없는 것이다.

그랬었구나, 하지만 여자들이 생각하는 대로는 되지 않을 테다, 옌은 속으로 중얼거렸다. 그는 벌떡 일어나서 그때까지 아버지를 무서워하고 사랑한 것을 잊고 소리쳤다.

"저는 이런 일을 예상하고 있었습니다. 그렇습니다, 군관 학교의 친구들이 억지로 결혼을 강요당했다는 이야기를 했어요. 그들 중엔 그 사실만으로 자기 집을 뛰쳐나온 사람도 있었어요. 저는 이 점에서 저 자신의 행운이 언제나 믿어지지 않았습니다. 그러나 아버님도 세상 사람들과 마찬가집니다. 낡은 사람들은 모두 우리들을 구속하고 싶어합니다. 우리들을 몸으로 묶어 놓으려 하고 있습니다. 자기들이 고른 여자와 억지로 결혼시키고, 자식에게 묶어 놓으려 합니다. 그러나 저는 묶이기 싫습니다. 내 인생을 아버지의 인생에 구속시키기 위해서, 제 몸을 희생하고 싶진 않습니다. 저는 아버지가 싫습니다. 옛날부터 미워했습니다. 저는 정말로 아버지가 싫습니다."

옌의 온몸에서 세찬 증오의 말이 솟아나와 그는 심하게 흐느끼기 시작했다. 이러한 분노에 깜짝 놀란 언청이 노인은 얼른 달려가서 옌의 허리에 팔을 두르고 무슨 말을 하려 했으나 입술이 비틀려서 말이 나오지 않았다. 옌은 지그시 이 사나이를 노려보았다. 옌은 이미 제정신이 아니었다. 느닷없이 주먹을 불끈 쥐고, 그 보기 흉한 얼굴을 내리쳤다. 노인은 쿵 하고 방바닥에 넘어졌다.

왕후는 비틀비틀 일어났다. 그러나 아들 쪽으로 가지는 않았다. 마치 아들이 한 말을 이해할 수 없다는 듯이 멍청한 눈으로 옌을 바라보았을 뿐이었다. 그러고는 노복이 쓰러져 있는 것을 보고 다가가서 안아 일으키려 했다.

이때 옌은 몸을 돌려 달려나갔다. 지금 한 짓을 돌아보려고도 하지 않고 안마당을 가로질러 자기 말이 나무에 매여 있는 것을 보고, 눈이 둥그레진 병사들을 남겨 놓고 바깥 대문으로 달려나가 말에 올라타기가 무섭게 이 집에서 정신없이 달려 나갔다. 이것으로 영원히 작별이라고 그는 마음속으로 소리치고 있었다.

옌은 미칠 듯한 노여움 속에서 아버지의 집을 뛰쳐나왔다. 그러나 이 노여움의 열을 식혀야만 했다. 그대로라면 죽고 말 것이다. 그러나 노여움은 결국 식었다. 친구와도 아버지와도 인연을 끊은 고독한 청년으로서 자기는 무엇을 할 수 있을 것인가 생각했다. 그날 하루라는 시간 자체가 그의 머리를 식히는 데 도움이 되었다. 그 흙벽집에서 보낸 나날에서는 그토록 끝없이 계속될 듯이 여겨지던 겨울 햇살도 결코 그렇지 않았기 때문이었다. 이윽고 날이 저물어 잿빛이 되고, 동쪽에서 바람이 살을 에일 듯이 차갑게 휘몰아쳐 오더니, 말도 지난 며칠 동안의 여행에 지쳐 힘없이 걸었다. 주변의 풍경은 잿빛으로 물들어 가고, 옌은 그 잿빛 속에 자기가 삼켜져서 식어가는 느낌이었다. 밭에서 일하는 사람들도 같은 잿빛이 되었다. 그들이 디디고 선 대지의 빛에 따라 그들도 변하는 것이었다. 말소리와 동작도 잿빛에 잠긴 듯 조용해진다. 해가 비치고 있을 때는 그들의 얼굴에도 생기가 돌고 쾌활해 보일 때도 있었다. 그러나 이제는 잿빛 하늘 아래서 그들의 눈도 흐리고 입술에는 미소도 떠오르지 않으며 입고 있는 것도 우중충해지고 몸의 움직임도 느려졌다. 여느 때에 햇빛 때문에 또렷해 보이던 들이나 산의 숨 쉬는 듯한 색채, 농부의 남빛 옷, 아이들의 빨간 옷, 처녀들의 진분홍빛 바지 등도 지금은 퇴색해 버렸다. 이렇듯

우중충한 어두운 색 땅을 말을 타고 지나면서 전에는 어떻게 이런 것을 사랑할 수 있었던가 하고 옌은 이상하게 생각했다. 그 마을 사람들과 또 그들이 자기를 차갑게 대하는 것을 생각하지 않았던들, 그리고 오늘 하루 동안 스치고 지나온 사람들의 너무나도 불쾌한 시선에, 쓸쓸한 기분으로 '이런 인간들을 위해 목숨을 내던져?' 속으로 부르짖지 않았던들, 옌은 어쩌면 옛 대장에게로 돌아가 혁명에 참여했을지도 모른다. 실로 이날은 대지마저도 그에게 무뚝뚝해 보였다. 게다가 그것만으로는 아직 모자라기라도 하는 듯이 말이 다리를 절기 시작했으므로, 지나치던 조그마한 도시 가까이에서 내려 살펴 보니, 말은 돌에 발을 다쳐 더는 탈 수 없었다.

옌이 말을 세우고 쭈그리고 앉아 말굽을 살펴보고 있는데 굉음이 들려 왔다. 눈을 드니 시커먼 연기를 토하면서 엄청난 속력으로 기차가 눈앞을 지나 갔다. 그러나 옌은 철로 바로 옆에 있었으므로 아무리 기차가 빨라도 승객의 모습을 볼 수 있었다. 승객이 따뜻하고 편안하게 앉은 채 매우 빠른 속도로 달리는 것을 보고 옌은 부러워져서, 자기 말이 느리고 더욱이 이제는 쓸모도 없다는 생각에 속으로 소리쳤다. '도시에 들어가거든 말을 팔아 기차를 타고 멀리 가버리자. 되도록 먼 곳으로.' 이렇게 생각하니 그것은 좋은 방법이라는 느낌이 들었다.

그날 밤은 여인숙에서 묵었다. 조그마한 도시의 무척 지저분한 여인숙이었는데, 옌은 빈대가 물어 대는 통에 잘 수가 없어서 눈을 뜨고 누운 채 앞으로 어떻게 해야 될 것인가를 생각했다. 돈은 조금은 갖고 있었다. 어느 때 돈이 필요할지 모른다고 아버지가 언제나 돈을 몸에 지니게 했기 때문이었다. 게다가 말을 팔 수도 있었다. 그러나 어디로 가서 무엇을 하면 좋을지 오래도록 마음이 정해지지 않았다.

옌은 보통의 무식한 청년은 아니었다. 자기 나라의 고전에도 통달했고 가정교사의 가르침으로 서양의 새로운 지식도 갖고 있었다. 또 가정교사한테 배워서 외국어도 잘했으므로 다른 청년들처럼 무력하지도 않고 무식하지도 않았다. 그래서 그는 여인숙의 딱딱한 판자 침대 위에서 이리저리 몸을 뒤척이며 현재 갖고 있는 돈과 지식으로 무엇을 시작하면 좋을까 궁리했다. 군관 학교의 대장에게로 되돌아가는 쪽이 낫지 않을까 몇 번이나 생각했다. 돌아가서 "제가 틀렸었습니다. 다시 복학시켜 주십시오" 말하면 그만이다. 그리고 아버지와 인연을 끊었으며 아버지의 심복 부하를 때려눕히고 왔노라고 말하면 그것으로 충분하다. 왜냐하면 이 혁명군 조직에서는 부모에게 반발하는 것이 가입 허가증이 되는 것이며, 언제나 충성의 증거로서 인정되기 때문이었다. 청년들 중에는 남녀를 떠나서 자기의 충성을 표시하기 위해 부모를 죽인 자도 있었다.

그러나 옌은 자기가 환영받을 것은 알 수 있었으나 왠지 그 혁명이라는 대열로 돌아가고 싶지는 않았다.

잿빛의 하루에 대한 기억이 아직도 답답하게 마음속에서 사라지지 않았고, 그 더러운 민중을 생각하니 사랑할 기분이 나지 않았다. 그는 속으로 중얼거렸다. '나는 이제까지 즐거움이란 것을 맛본 적이 없다. 다른 청년들이 맛보는 작은 즐거움조차 나는 알지 못한다. 지금까지의 나의 생활은 아버지에 대한 의무와 나로서는 따라갈 수 없는 그 대의밖에 없었다.' 그리고 갑자기 여태까지 본 적도 없는 생활, 명랑한 웃음에 찬 생활을 하고 싶다고 생각했다. 느닷없이 옌은, 오늘까지의 자기 생활은 진지하기만 하고 함께 놀 상대도 없었으나, 인생에는 일 뿐만 아니라 즐거움도 틀림없이 있을 것이라는 기분이 들었다.

논다는 것을 생각하자 그의 기억은 훨씬 어린 때로 거슬러 올라가서, 한때 함께 산 적이 있는 누이동생이 언제나 웃으며 조그마한 발로 여기저기 뛰어다니던 일이며, 누이와 함께 있으면 자기도 잘 웃던 일이 생각났다. 그렇다, 누이를 찾자. 그녀는 누이다. 피를 나눈 사이다. 그는 아버지의 생활에 지나치게 오랫동안 묶여 있었으므로 달리 피를 나눈 사람이 있다는 것을 잊었던 것이다.

갑자기 그러한 사람들의 모습이 머리에 떠올랐다. 그에게는 많은 친척들이 있다. 백부 왕 상인을 찾아가도 된다. 한순간 다시 그 집에 가면 즐거우리라고 생각하니 기억 속에 명랑하고 쾌활한 얼굴이 떠올랐다. 백모의 얼굴이다. 그는 백모와 사촌들을 생각했다. 그러나 곧바로 생각을 고쳤다. 아니다, 아버지로부터 그렇게 가까운 곳에 가서는 안 된다. 백부가 틀림없이 아버지에게 알릴 것이다. 거기는 너무 가깝다는 생각이 들었다. 기차를 타고 멀리 가자. 누이는 먼 해안 도시에 있다. 한동안 그 도시에 살면서 누이도 만나고 화려한 도시를 즐기며, 아직 듣기만 하고 본 일이 없는 외국의 풍물들을 접해 보고 싶어졌다.

그렇게 생각하니 마음이 조급해졌다. 그는 날도 새기 전에 뛰어 일어나 뜨거운 세숫물을 가져 오라고 큰 소리로 여인숙 하인을 부르고는 옷을 벗어 빈대를 훌훌 털고 나서, 하인이 나타나자 이런 불결한 곳에 재웠다고 호통을 치고는 한시바삐 떠나려고 준비를 했다.

하인은 옌이 성을 내는 것을 보고 그가 부잣집 아들이라는 것을 알았다. 가난한 사람들은 그렇게 쉽게 화를 내지 않기 때문이었다. 그래서 줄곧 아첨을 떨어 대며 재빠르게 시중을 들어 주었으므로 날이 새기 전까지 옌은 식사를 다 마치고, 팔아 버리기 위해 붉은 말을 끌고 여인숙을 나섰다. 이 가련한 말을 그는 푸줏간에 가서 헐값으로 팔았다. 한순간 옌이 고통을 느낀 것은 사실이다. 자기 말이 고기가 되어 사람들의 뱃속에 들어갈 것을 생각하니 기분이 좀 언짢았으나, 곧 그는 이렇게 심약해서야 되겠느냐고 마음을 모질게 먹었다. 이제 말은 필요 없었다. 자신은 더 이상 장군의 아들이 아니다. 자기는 어디를 가든 무엇을 하든 자유로운 청년 왕옌인 것이다. 그리하여 그날로 그는 해안의 대도시로 자기를 실어다 줄 기차에 올랐다.

왕후의 학문이 있는 쪽의 아내가 해안 도시에서 보내온 편지를 몇 번인가 아버지에게 읽어 준 적이 있었는데, 그것이 옌에게는 행운이었다. 왕후는 늙어 감에 따라 무엇을 읽기가 귀찮아진데다가, 젊을 때는 책도 곧잘 읽었으나 늘그막에 접어들자 잊어버린 글자가 많아져서 읽기에 힘이 들었다. 1년에 두 번 부인한테서 편지가 오는데 그녀는 매우 달필이어서 읽기가 어려웠다. 그래서 옌이 그 편지를 읽고 설명해 주곤 했었다. 기억을 더듬어 보니 부인이 그 대도시의 무슨 동네에 살고 있는가 생각이 났다. 그래서 기차가 강을 건너고 호수를 한두 개 돌아 많은 산을 넘고, 봉오리가 싹트고 있는 기름진 밀밭을 가로질러 하루 밤 하루 낮을 달린 뒤 기차에서 내렸을 때 옌은 어디로 가야 하는가를 알았다. 역에서 그리 가깝지 않았으므로 그는 인력거를 타고 가기로 했다. 밝은 불이 켜진 거리를 그는 홀로 자신만의 모험을 찾아 나아갔는데, 가는 도중 누구 하나 자기를 아는 사람이 없다고 생각하니 시골 사람처럼 거리낌없이 이곳저곳 두리번거리며 살폈다.

그는 여태까지 이렇게 큰 도시를 본 적이 없었다. 거리의 양쪽 건물은 너무 높아서, 눈부시도록 등불이 반짝여도 어두운 하늘의 어딘가로 숨은 꼭대기는 보이지도 않았다. 그러나 그렇게 치솟은 건물 아래 지금 옌이 있는 거리는 아주 밝아서 사람들이 마치 한낮처럼 걸어다니고 있었다. 이곳에는 온 세계 사람들이 모여 있었다. 온갖 인종, 온갖 피부빛의 사람들이 있었다. 그의 눈에 검은 피부의 인도인 남자가 비쳤다. 여자들은 자기의 검은 피부를 돋보이게 하기 위해서 금색 천과 순백 모슬린, 새빨간 옷을 입고 있었다. 그리고 발랄한 백인 여자며 그들과 함께 걷는 백인 남자의 모습이 보였는데, 그들은 모두 같은 옷차림에 하나같이 코가 높아서, 그런 남자들을 바라보면서 옌은 백인 여자는 자기 남편과 다른 남자를 어떻게 구별하는 것일까 생각했다. 그토록 그들은 모두 비슷했다. 다만 어떤 자는 배가 툭 튀어나왔거나 또는 머리가 벗어졌거나, 그런 식으로 아름다움이 모자란 점이 다를 뿐이었다.

그러나 대부분의 사람들은 옌과 같은 인종이었다. 옌은 도시에서 국내 각지에서 온 사람들을 보았다. 그 가운데는 부자도 있었다. 그들은 큼직한 자동차를 환락장 입구까지 갖다대려고 요란스런 경적을 울리면서 달려왔다. 옌을 태우고 있던 인력거꾼은 옛날 임금님의 행차 때처럼 그들이 지나갈 때까지 길가에 비켜서서 기다려야 했다. 부자가 있는 한편에는 가난뱅이도 있기 마련이어서 거지와 불구, 병자들이 자기들의 불운을 늘어놓고 얼마 안 되는 돈을 얻으려 기를 쓰고 있었다. 그러나 돈을 얻기는 쉽지 않아서, 부자의 지갑에서 흘러나오는 돈은 얼마 되지 않는 잔돈에 지나지 않았다. 주로 부자라는 사람은 코를 위로 쳐들고 거들떠 보지도 않은 채 지나가 버렸다. 옌은 자기도 즐거움을 찾아 여기에 왔으나 이렇듯 오만한 부자들에게는 약간 증오를 느끼며, 거지들에게 조금은 동정을 베풀어 주는 것이 마땅하지 않겠느냐고 생각했다.

이렇게 북적대는 군중 속을 옌은 허술한 인력거를 타고 전혀 남의 눈에 띄지 않은 채 지나갔다. 이윽고 인력거꾼은 숨을 헐떡이면서 어느 대문 앞에 인력거를 세웠다. 그 대문에는 긴 담이 이어져 있었고 길 양쪽에는 그 밖에도 많은 문이 있었다. 그 집이 바로 옌이 찾아온 집이었다. 그는 인력거에서 내려 약속한 돈을 꺼내어 인력거꾼에게 주었다. 옌은 조금 전에 돈 많은 남녀들이 거지의 애걸에는 귀도 기울이지 않고 그들이 내미는 여윈 손을 뿌리치며 지나가는 것을 보고 분개했었다. 그러나 지금 이 인력거꾼이 주저주저 떨면서, 달려온 뒤라 온통 땀에 젖은 채 옌의 비단옷과 혈색 좋은 얼굴을 쳐다보며, "나리, 조금 더 봐주십시오" 말했을 때, 이것과 그것과는 다른 문제라고 생각했다. 옌은 자신을 부자라고 생각하지도 않았고, 이런 자들은 암만 주어야 만족하지 않는다는 말을 들었기 때문이었다. 그래서 그는 딱 잘라 말했다. "약속한 삯은 그뿐 아닌가." 그러자 인력거꾼은 한숨을 쉬면서 대답했다. "네, 약속하신 건 이것뿐입니다. 하지만 나리의 인정 많은 마음씨에 기대고 싶어서……."

그러나 옌은 이 사나이를 상대하지 않았다. 냉큼 문앞으로 다가서서 초인종을 눌렀다. 인력거꾼은 자기가 무시당한 것을 알고 목에 둘렀던 더러운 천 조각으로 다시 한 번 땀을 흘린 얼굴을 닦고, 살을 에일 듯한 밤바람에 떨면서 거리로 돌아갔다. 그 땀은 바람 속에서 어느덧 얼음으로 변해 있었다.

문을 열러 나온 하인은 옌을 수상쩍은 듯이 바라보며 한참 동안 문안에 들여 놓지 않았다. 이 도시에서는 잘 차려 입은 사나이가 초인종을 누르고, 자기는 이 집에 사는 사람의 친구라든가 친척이라고 하면서 들어와서는 외국제 권총을 들이대고 강도, 살인, 그 밖에 제멋대로 하고 싶은 짓을 자행했으며, 때로는 무리를 지어 들어와서는 아이나 어른들을 납치해 가서 몸값을 요구하는 일이 자주 있었기 때문이었다. 하인은 얼른 문을 닫고, 아무리 큰 소리로 이름을 말해도 한참 동안 옌을 문 밖에서 기다리게 했다. 이윽고 다시 문이 열리고 이번에는 몸집이 큰 백발의, 자줏빛 옷을 입은 조용하고 엄숙한 표정의 부인이 나타났다. 그녀가 옌을 보자 옌도 그 여자를 바라보았다. 상냥해 보이는 창백하고 둥근 얼굴이었으며, 주름은 그다지 없었으나 결코 아름답다고 할 수는 없었다. 입이 너무 크고 코도 옆으로만 퍼졌을 뿐 낮았다. 그래도 그 눈은 부드럽고 머리가 좋아 보였으므로 옌은 용기를 내어 수줍은 듯 잠깐 웃어 보이고 말했다.

"이렇게 갑자기 찾아온 것을 용서해 주십시오. 저는 왕 장군의 아들 옌입니다. 아버지한테서 도망쳐 나왔습니다. 달리 의지할 곳도 없으니, 들여보내 주십시오. 어머님과 누이를 뵙기만 하면 됩니다."

그가 이렇게 말하는 동안 부인은 지그시 그를 바라보다가 부드럽게 말했다.

"하인이 알려 왔을 때는 곧이들리지 않았어. 만난 것이 하도 오래 전 일이라 기억할 수도 없지만 아버지를 아주 쏙 뺐군그래. 누구라도 네가 왕 장군의 아드님이라는 것을 몰라보지는 않을 거야. 자, 들어와서 편히 좀 쉬어라."

하인은 여전히 미심쩍은 표정을 짓고 있었으나 부인은 옌을 불러들였다. 그

태도는 부드럽고 침착해서 조금도 놀라지 않은 것 같았다. 아니, 사실대로 말하면 세상에서 무슨 일이 일어나도 이 부인은 놀라지 않을 것 같았다. 부인은 옌을 좁은 현관으로 안내하고 하인에게 침대 있는 방을 치우라고 시키고, 옌에게 식사는 했느냐고 물으며 객실로 통하는 문을 열고 앉아서 푹 쉬라고 일렀다. 그동안에도 하인이 준비한 방에서 옌이 불편을 느끼는 일이 없도록 여러 가지 물건을 가지러 갔다. 부인은 이러한 일들을 모두 어색함이 없이 기쁜 듯이 했으므로, 옌은 마음이 가볍고 훈훈해져서 마침내 자기가 환영받고 있다는 생각이 들었다. 아버지와의 사이에 일어난 일 때문에 지쳐 있던 옌에게는 참으로 행복한 일이었다.

그는 객실의 안락의자에 앉아 기다렸다. 이런 방은 이제까지 본 적이 없어서 놀랐으나, 얼굴은 언제나와 마찬가지로 엄숙한 표정으로 놀라움이나 흥분의 빛을 보이지는 않았다. 그는 어두운 빛깔의 비단으로 지은 옷을 입고 조용히 앉아 잠깐 방안을 둘러보았다. 그러나 두리번거리거나 하지 않았으므로 누가 들어오더라도 그가 실내의 모양에 놀라고 있다고는 깨닫지 못했을 것이다. 어떤 장소에서도 그는 익숙지 않아서 안절부절못하는 듯이 보이기를 싫어했다. 조그마하고 네모진 그 방은 청소가 잘 되어 있었고 바닥에는 꽃무늬 융단이 깔려 있었는데 거기에도 얼룩 한 점 보이지 않았다. 융단 한가운데는 탁자가 하나 놓여 있는데 붉은 벨벳 천이 덮여 있었으며 그 가운데는 분홍빛 조화를 꽂은 꽃병이 얹혀 있었다. 그 조화는 생화와 똑같았으나 다만 잎이 초록이 아니고 은빛이었다. 그가 앉아 있는 것과 똑같은 의자가 여섯 개 있었다. 시트는 부드럽고 분홍빛의 공단 커버가 덮여 있었다. 창문에는 얇고 하얀 커튼이 걸렸고, 벽에는 유리를 끼운 액자에 서양화가 걸려 있었다. 그것은 푸르고 높은 산과 마찬가지로 푸른 호수와 산 위에 서 있는, 옌이 처음 보는 외국풍의 집을 그린 그림이었다. 이 또한 참으로 밝고 아름다웠다.

갑자기 어디선가 벨이 울렸으므로 옌은 입구를 돌아보았다. 서둘러 달려오는 발소리에 이어 큰 소리로 드높게 웃는 소녀의 목소리가 들려 왔다. 그는 귀를 기울였다. 소녀가 누구와 말을 하고 있는 것을 알 수 있었으나 상대편의 목소리는 들리지 않았으며, 가끔씩 외국어가 섞이는 듯, 그 잔물결처럼 빠른 말을 옌은 거의 알아들을 수가 없었다.

"어머, 당신이에요? 아니, 볼일은 없어요. 오늘은 너무 피곤해요. 간밤에 너무

늦게까지 춤을 춘걸요. 놀리지 말아요. 그분 나보다 훨씬 예쁘잖아요? 나를 비웃고 있나봐. 그분, 춤도 나보다 훨씬 잘 춰요. 백인 남자들이 모두 함께 추고 싶어할 정도니까. 응, 정말이에요. 그 미국인과 춤을 췄어요. 정말 잘 춰요! 그 사람이 한 말? 아니, 가르쳐 주기는 싫어. 안 돼, 안 돼요! 그럼 오늘 밤엔 당신과 같이 갈게요. 10시, 그 전에 만찬회가 있으니까……."

아름다운 여울물소리 같은 웃음소리가 들리는가 싶더니 갑자기 문이 열리고 한 소녀가 나타났다. 그는 자리에서 일어나 상대편을 마주 보지 않도록 예의 바르게 시선을 내리깔고 인사했다. 그런데 그녀는 제비처럼 날렵하고 우아하게 두 손을 내밀며 다가왔다. "옌 오빠시죠!" 그녀는 귀엽고 상냥한 목소리로 명랑하게 소리쳤다. 높고 공중에 떠도는 듯한 목소리였다. "오빠가 난데없이 나타났다고 엄마가 말씀하셨어요." 그녀는 옌의 손을 잡고 웃었다. "그런 긴 옷을 다 입고, 오빠는 아직 구식이네. 이렇게 악수하는 거예요. 요새는 누구나 다 악수해요."

옌은 누이의 조그마하고 부드러운 손이 자기 손을 잡는 것을 느끼고 너무나 부끄러워 얼른 손을 뽑았다. 손을 뽑으면서 가만히 누이를 바라다보았다. 누이는 다시 웃으면서 의자의 팔걸이에 걸터앉아 옌을 올려다 보았다. 새끼 고양이 같은 세모나고 귀여운 얼굴이었으며, 매끄러운 검은 머리가 토실토실한 볼 위에서 굽이쳤다. 그러나 그의 마음을 사로잡은 것은 그 눈이었다. 밝고 새까만 눈동자로부터 빛과 웃음이 반짝이며 쏟아져 나오고 있었다. 그리고 그 밑에는 도톰하고 새빨갛지만 작고 귀여운 입술이 있었다.

"앉으세요." 그녀는 귀여운 여왕처럼 말했다.

그는 그녀와 몸이 닿지 않도록 의자 끝에 조심스레 걸터앉았다. 그녀가 다시 웃었다.

"전 아이란(愛蘭)이에요." 그녀는 나비가 바람에 나는 듯한 목소리로 말했다. "오빠, 나 기억나세요? 난 잘 기억해요. 오빠 옛날보다 훨씬 더 미남자가 되셨네요. 옛날의 오빠는 보기 흉했죠, 얼굴이 길어서. 하지만, 오빠, 새옷을 맞추어야겠어요. 사촌들은 이제는 모두 양복을 입고 있어요. 양복을 입으면 오빠 아마 근사할 거야. 키가 크니까. 오빠 춤출 줄 아세요? 난 춤을 무척 좋아해요. 사촌들은 알고 계세요? 가장 위의 사촌오빠 부인은 마치 선녀처럼 춤을 춰요! 큰아버지도 만나셔야죠! 큰아버지도 춤을 추고 싶어 하시지만 연세가 많은데다가 살이 뚱뚱하게 쩌서 큰어머니가 못 추시게 해요. 큰아버지가 예쁜 여자 애들을 보려다가 큰어머니께 혼나는 광경을 보여 드리고 싶어요!"

또다시 그녀는 밝은 목소리로 크게 웃었다.

옌은 살며시 그녀를 바라보았다. 이제까지 본 여자 중에서 누구보다도 날씬했다. 몸집은 어린아이처럼 작았으며 그 몸을, 꽃받침이 꽃봉오리를 감싸듯 초록빛 비단옷이 착 감싸고 있다. 깃은 가느다란 목에 딱 달라붙었고, 귀에는 금과 진주의 조그마한 귀걸이가 걸려 있었다. 그는 눈을 돌리고 입에 손을 대며 가볍게 기침을 했다.

"저는 어머님과 누이에게 인사를 드리러 왔습니다." 그는 말했다.

이 말을 듣자 옌의 고지식한 태도를 놀리듯 그녀는 미소를 지었다. 온 얼굴이 환하게 빛나는 미소였다. 그리고 그녀는 일어서서 문간으로 갔다. 그 발걸음이 너무나 빨라 마치 번개 같았다.

"어머님을 찾아 오겠습니다, 오라버님." 그녀는 옌의 흉내를 내어 점잔을 빼며 말했다. 그리고 다시 웃고는 새끼 고양이 같은 검은 눈동자로 장난꾸러기처럼 시선을 던졌다.

그녀가 사라지자 방안이 조용해졌다. 마치 심하게 불던 바람이 갑자기 멎은 듯한 기분이었다. 옌은 이 소녀를 이해할 수 없어서 놀라운 마음으로 앉아 있었다. 그녀는 그가 군인 생활을 하는 동안에 본 여자들과는 전혀 달랐다. 옌은 아버지가 자기를 어머니의 곁에서 떼어 오기 전, 누이도 자기도 어렸을 때의 추억을 떠올려 보려 했다. 오늘과 마찬가지로 종종걸음으로 달렸었고 커다란 검은 눈동자의 움직임도 빨랐다. 그리고 누이와 헤어지고부터 처음 한동안은 나날이 얼마나 무미건조했던가 생각했다. 그러한 회상에 잠겨 있으니 지금도 이 방안이 정적에 잠겨 쓸쓸한 기분이 들어서 누이가 빨리 돌아와 주었으면 하고 생각했다. 그리고 누이의 그 웃음소리를 좀더 듣고 싶었으므로 잠시만 오래 같이 있어 주었으면 하고 바랐다. 문득 그는 또다시 이제까지 자기의 생애에 얼마나 웃음이 없었는지를 깨달았다. 언제나 이것저것 의무뿐이었고, 가난한 아이들처럼 길에서 놀거나, 노동자 무리들이 대낮의 햇빛 아래서 쉬며 함께 식사를 하는 것과 같은 즐거움조차 겪은 일이 없었다. 그의 심장이 조금 두근거렸다. 이 도시에는 무엇이 기다리고 있을까, 젊은이라면 누구나 좋아할 만한 즐거움, 빛나는 새로운 생활이 기다리고 있을까?

문이 열리는 소리가 났으므로 옌은 열띤 눈을 그쪽으로 돌렸으나 이번에는 아이란이 아니었다. 그것은 노부인이었다. 그녀는 이 집안을 언제나 즐겁고 평화롭게 만들려고 애쓰는 사람인 듯 조용히 들어왔다. 뜨끈뜨끈한 음식 접시를 쟁반에 든 하인이 따라 들어오자 부인은 말했다.

"음식을 여기 놓아라. 자아 옌, 나를 기쁘게 만들어 주고 싶거든 좀 들거라. 기차간의 음식물에는 이런 요리가 없으니까. 자, 어서 먹으렴. 내 아들아. 내게는 달리 아들이 없으니까, 네가 일부러 나를 찾아와 준 것이 나는 얼마나 반가운지 몰라. 그리고 어째서 여기까지 오게 되었는지 그 까닭도 들려다오."

옌은 부인의 이 정다운 말을 듣고는 그 얼굴의 표정도 마음씨도 진실한 것을 보고, 마음을 따뜻하게 해주는 목소리를 듣고, 탁자 옆의 의자를 끌어당겨 주었을 때의 조그마하고 온화한 눈에 넘치는 친절의 빛을 보자 그만 저도 모르게 눈물이 찡 하고 솟아나는 것을 느꼈다. 그는 타는 듯한 마음으로 생각했다. 어디를 가나 이렇게 정답게 대해준 사람은 없었다. 갑자기 이 집의 따뜻한 방 색깔의 밝음, 귀에 남은 아이란의 웃음소리, 노부인의 친밀한 태도, 그런 것들이 하나가 되어 그를 푸근하게 감쌌다.

그는 실컷 먹었다. 몹시 시장기를 느꼈고, 요리는 기차에서 사먹은 것과는 달리 정성껏 조리되어 있었으며 기름과 소스도 듬뿍 사용한 것이었다. 옌은 전에 시골 음식을 맛있게 먹은 것도 잊어버리고, 이토록 맛있는 음식은 또 없으리라고 생각하면서 잔뜩 먹었다.

옌이 먹는 동안 기다리던 부인은 식사가 끝나자 다시 그를 안락의자에 안내했다. 따뜻해지고 배가 불렀으므로 기분이 느긋해진 옌은 부인에게 이것저것 자기도 뚜렷이 의식하지 않았던 일까지 모두 털어놓았다. 노부인의 그 진지하게 들어 주는 부드러운 시선과 마주치니 수줍음도 사라져서 자기의 희망 즉, 전쟁이 싫다는 것과 대지에 뿌리박은 생활을 하고 싶다는 것, 그것도 농민과 같은 무지한 생활이 아니라 농민들에게 좀더 교양 있고 훌륭한 생활 방식을 가르쳐 줄 만한 지식을 가진 사람으로서 살고 싶다는 이야기 등을 모두 털어놓았다. 그리고 아버지 때문에 군관 학교를 몰래 탈출했다는 이야기도 했다. 가만히 자기를 보는 노부인의 슬기로운 눈에 이제까지 깨닫지 못했던 자신의 정체를 알게 된 그는 얼떨떨해서 말했다.

"저는 아버지의 적이 되어 싸우는 게 싫어서 탈출했다고 생각했습니다. 하지만 오늘 다시 생각해 보니, 비록 대의명분은 있더라도 언젠가는 전우들이 사람을 죽이게 되는 것이 싫었다는 이유도 있었음을 깨달았습니다. 저는 사람을 죽이지 못합니다…… 그런 용기는 없습니다. 그것은 저도 잘 알고 있지요. 사실을 말씀드리자면, 사람을 죽일 만큼 철저하게 미워할 수가 없습니다. 살해당하는 사람이 어떤 기분일까 하는 것까지 알 수 있으니까요."

그는 자신의 나약함을 드러내놓은 것을 부끄럽게 여기면서 조심조심 노부인을 바라보았다. 그녀는 조용히 대답했다.

"아무나 사람을 죽일 수 있는 것은 아니야. 정말이야. 그렇지 않다면, 우린 모두 죽어야지." 그리고 잠시 사이를 두었다가 그녀는 한결 다정하게 말했다.

"네가 사람을 죽일 수 없다는 것이 나는 기뻐. 사람의 목숨을 빼앗는 것보다 구하는 편이 좋은 일이니까. 나는 불교 신자는 아니지만 그렇게 생각한단다."

그러나 옌이 수줍은 듯 망설이며, 왕후가 상대편 여자를 좋아하든 싫어하든 아랑곳하지 않고 옌을 결혼시키려 했다는 말을 하자 노부인은 그게 충격을 받은 듯했다. 그때까지 부인은 그의 이야기를 친절하게 충분한 이해를 가지고 들으며, 그가 잠깐 말을 끊을 때는 가끔 동조의 말을 하기도 했었다. 그는 고개를 숙이고 말했다.

"아버지에게 그럴 권리가 있다는 것은 저도 잘 알고 있습니다. 저도 법률이나 관습은 알고 있습니다. 하지만 저는 그런 일을 참을 수가 없습니다. 도저히 견딜 수가 없단 말입니다. 저는 제 몸은 제 것으로서 자유롭고 싶습니다……." 여기까지 말하자 아버지에 대한 미움의 기억에 마음이 흐트러지고 어떻게든 그것을 고백해야만 할 기분이 되어 이런 말까지 했다. 모든 것을 이야기하고 싶어진 것이었다. "요즈음은 아버지를 죽이는 사람도 있다지만, 그 사람들의 기분을 알 듯합니다. 제가 그렇게 할 수는 없겠지만 저보다 손이 바른 그런 인간들의 기분도 알 것 같습니다."

그는 이런 말을 해서 놀라지 않았나 하고 노부인을 살폈으나 그런 것 같지는 않았다. 부인은 여태까지보다 훨씬 힘을 주며 뚜렷하게 말했다.

"네가 옳다, 옌. 그럼. 나는 요즘 젊은 사람들의 부모들에게 늘 말하지! 아이란의 친구들의 부모님, 네 백부 내외분이나 젊은 사람들에게 언제나 불만을 품고 있는 부모들에게, 적어도 이 문제에서는 젊은 사람들 쪽이 옳다고 말이야.

그렇고말고. 네가 하는 말이 옳다는 것을 나는 잘 알아. 나는 아이란에게 절대로 결혼을 강요하지 않을 생각이다. 그리고 이 문제로 네가 아버님에게 반항하는 데도 힘을 빌려 줄 테야. 그건, 네가 올바르다는 것을 확신하기 때문이지.”

그녀는 슬픈 듯이 이 말을 했는데 거기에는 그녀의 인생에서 유래하는 정열이 은밀히 깃들어 있었다. 옌은 부인의 작고 조용한 눈이 아까와는 달리 빛나고, 침착한 얼굴에 감동의 빛이 강해지는 것을 보고 이상하게 여겼다. 그러나 그는 아직 젊었으므로 자기 문제 말고는 오래 생각하지 못했다. 다시 부인의 말이 주는 위안과 이 고요한 집이 주는 위로가 하나가 되어, 그는 꿈꾸듯이 말했다.

“앞으로 어떻게 해야 좋을지 알게 될 때까지 잠시 여기 있게 해주셨으면 합니다.”

“암, 있어도 좋고말고.” 부인은 따뜻하게 대답했다. “네가 있고 싶을 때까지 언제까지라도 있어. 나는 옛날부터 아들이 갖고 싶었는데, 마침 네가 와주었구나.”

부인은 이 키가 크고 살빛이 거무스레한 청년이 갑자기 좋아졌다. 보통의 표준에서 말한다면 광대뼈가 너무 튀어나오고 입이 지나치게 커서 미남이라고는 할 수 없었으나, 그의 얼굴에 나타난 정직한 표정과 여느 청년들보다 훤칠한 키가 마음에 들었고, 고집이 센 점은 있었으나, 말을 할 때 그다지 자신이 없는 것처럼 어딘가 수줍은 듯 힘없어 보이는 점도 마음에 들었다. 그러나 힘없어 보이는 것은 다만 말투뿐이었으며 목소리는 깊이가 있고 사내다웠다.

옌은 자기가 부인의 마음에 든 것을 알고 차츰 더 마음이 흐뭇해져서, 이 집이 더욱더 자기 집 같은 기분이 들기 시작했다. 잠시 이야기를 더 나누다가 부인은 그의 방이 될 조그마한 방으로 옌을 안내했다. 그곳은 층계를 올라가 다시 조그만 나선 계단을 올라간 다락방이었는데, 말쑥하게 청소되고 필요한 것은 모두 갖추어져 있었다. 부인이 나가고 혼자 남자 옌은 창가로 가서 밖을 내다보았다. 많은 거리에는 곳곳마다 등불이 켜져서 도시 전체가 번쩍번쩍 빛을 내뿜었다. 높고 어두운 데서 바라보니 마치 이제껏 본 적이 없는 천국이라도 들여다보는 듯한 기분이었다.

드디어 옌은 새로운 생활로 들어갔다. 그때까지 꿈에도 생각지 못한 생활이 시작되었다. 아침에 일어나 세수를 한 다음 옷을 갈아입고 내려가니, 부인이 벌써 기다리다가 오늘 아침도 지난 밤과 마찬가지로 명랑한 얼굴로 그를 안심시켜 주었다. 부인은 옌을 아침식사가 차려진 식탁으로 안내하고 곧 그를 위해 생각해 둔 계획을 이야기하기 시작했다. 그러나 그의 뜻에 어긋날 듯한 말은 하지 않으려고 줄곧 매우 세심한 주의를 기울였다. 부인은 그가 단벌로 왔으므로 먼저 옷을 몇 벌 사줘야겠다고 말했다. 그리고 이 도시의 청년들이 다니는 학교에 입학시킬 생각이라고 말했다.

"그렇게 서둘러서 직업을 찾을 필요는 없단다. 요즘에는 먼저 새로운 학문을 완전히 익히는 게 좋아. 그렇게 하지 않으면 장래의 수입이 아주 줄어들거든. 너는 내 아들이야. 나는 아이란이 희망한다면 해 줄 생각으로 그 애를 위해서 계획해 둔 일이 있는데, 너한테도 그렇게 해주고 싶어. 그러니 앞으로의 목적이 뚜렷해질 때까지 이곳 학교에 다니도록 해라. 그리고 졸업하거든 직업을 구하는 것도 좋고, 잠시 외국에 유학하는 것도 좋을 거야. 요즘 젊은 사람들은 모두 외국에 가고 싶어하는데 내가 보기에도 그건 좋은 일이야. 네 백부님 같은 분은 외국에 가는 것은 헛일이며 모두 이상한 기술이나 능력만 잔뜩 갖고 돌아오므로 도저히 상대해 줄 수가 없다고 말씀하시지만, 그래도 나는 그 사람들이 외국에 가서 되도록 많은 것을 배워서 돌아와 그것을 나라를 위해 사용한다는 것은 좋은 일인 줄 안다. 나는 아이란이······." 여기서 부인은 말을 끊고 얼굴빛을 흐리면서 마음속 근심 때문에 이야기 도중이라는 것도 잊은 듯이 보였다. 그러나 곧 부인은 다시 환한 얼굴로 돌아와 분명하게 말했다. "나는 아이란의 일생을 억지로 정해줄 생각은 없어. 그 애가 싫다면 그렇게 하지 않아도 되는 거야. 내가 결정해선 안 돼. 나는 다만 네가 하고 싶은 일이 있다면, 그때는 나도 그 방법을 생각해 주겠다는 거야."

옌은 이와 같은 새로운 이야기를 쉽게 받아들이지는 못하고 그저 기뻐서 더듬거리며 말할 뿐이었다. "저는 그저 감사할 따름입니다. 말씀하시는 일이라면 기꺼이 하겠습니다." 이렇게 말하고 그는 식탁에 앉아, 젊은이다운 새로운 식욕과 평안을 얻은 마음과 자기 집이 될 장소를 얻은 기쁨으로 아침식사를 했다. 부인은 웃으면서 흡족한 기분으로 말했다. "정말, 네가 먹고 있는 것을 보기만 해도 네가 와준 것이 기쁘구나. 아이란은 조금이라도 살이 찌면 안 된다면

서 도무지 먹으려 들질 않거든. 새끼 고양이가 먹는 정도밖에 먹질 않아. 그러
곤 음식을 보면 먹고 싶어진다며 아침엔 아예 일어나지도 않지. 그 애는 무엇
보다도 아름다워지는 데만 마음을 쓰고 있어. 하지만 나는 젊은 사람들이 먹
는 모습을 보는 것이 즐겁거든."

　이렇게 말하면서 부인은 자기 젓가락으로 생선이며 닭고기의 가장 맛있어
보이는 부분을 옌에게 집어 주고, 자기가 먹는 것보다 그의 건강한 식욕을 보
는 데서 훨씬 커다란 즐거움을 느끼는 듯했다.

　이렇게 옌의 새로운 생활이 시작되었다. 먼저 부인은 외국에서 수입한 비단
이며 모직물을 파는 커다란 가게에 갔으며 이어 재봉사를 집으로 불렀다. 재
봉사는 치수를 재고 천을 재단하여 도회식으로 옌의 옷을 만들었다. 부인은
재봉사를 재촉했다. 왜냐하면 옌은 아직 예전 옷을 입고 있었으며, 그것은 헐
렁헐렁하고 촌스러워서 그런 옷을 입고 있는 동안에는 백부나 사촌 집을 찾아
가게 하고 싶지 않았기 때문이었다. 그런데 아이란이 이야기해 버렸는지, 백부
와 사촌들은 옌이 와 있다는 사실을 알고 환영연을 열 테니 꼭 참석하라고 알
려 왔다. 그러나 부인은 옌의 외출복이 완성될 때까지 그들을 하루 더 기다리
게 했다. 그것은 공작깃털 비슷한 파란 공단에 같은 빛깔의 꽃무늬를 새긴 두

루마기와 소매가 달린 흑공단의 짧은 조끼였다. 옌은 부인의 배려에 감사했다. 새로 지은 옷을 입고 마을 이발사를 불러 머리를 깎고, 면도를 한 다음 부인이 사다준 새 가죽 구두를 신고, 검은 비단 조끼를 걸치고, 청년이면 누구나 쓰고 다니는 외국식 중절모자를 쓰고 자기 방 벽에 걸려 있는 거울을 들여다본 옌은, 자신이 참으로 훌륭한 청년이며 이 도시 청년들에게 전혀 뒤지지 않는다는 것을 인정하지 않을 수 없었다. 이러한 일을 기쁘게 여기는 것은 매우 마땅한 일이었다.

그러면서도 그렇게 의식하니 얼굴이 화끈거려서 부인이 기다리는 방에 매우 수줍은 듯이 들어갔다. 그 방안에 아이란도 있다가 그의 모습을 보자 손뼉을 치며 소리쳤다.

"어머, 굉장한 미남이 되셨네요!" 이렇게 말하고 그녀가 놀리듯이 웃었으므로 옌은 갑자기 피가 올라와 얼굴에서 목덜미까지 새빨개졌다. 아이란은 그 모습을 보고 다시 웃었다. 그러나 부인은 딸을 가볍게 나무라고 옌을 이리저리 돌려 보면서 마음에 안 드는 데는 없나 하고 살펴보았다. 조금도 흠이 없었으므로 아주 만족해했다. 그의 몸은 늘씬하고 늠름해서 이토록 훌륭한 풍채가 된 것을 보니 애쓴 보람이 있었다는 생각이 들었다.

그리고 이틀째 되는 날 환영연이 베풀어져서 옌은 누이와, 이제는 어머니라고 부르는 부인과 함께 백부 집으로 갔다. 어찌된 일인지 어머니라는 말이 친어머니를 부를 때보다 더 술술 나왔다. 세 사람은 마차가 아니라 차를 타고 갔는데, 그것은 내부에 장치된 엔진으로써 움직이며 하인이 운전을 했다. 옌은 이런 것은 여태까지 타본 적이 없었으나 마치 얼음 위를 미끄러지듯 부드럽게 달리는 점이 썩 마음에 들었다.

백부 집에 도착하기 전에 옌은 백부와 백모와 사촌들에 대해서 많은 것을 알게 되었다. 아이란이 웃기도 하고, 한 마디 한 마디 뜻을 강조하기 위해 장난꾸러기 같은 표정을 짓기도 하고, 조그마하고 붉은 입술을 삐죽거려 보이기도 하면서 백부 댁에 대해 이것저것 생생하게 들려주었던 것이다. 그녀의 이야기를 들으며 옌의 눈앞에는 그들의 모습이 선하게 떠올랐다. 누이의 이야기가 무척 기지에 차고 재미있어서, 언제나 예의바르던 그도 웃음을 터뜨리지 않을 수가 없었다. 아이란이 백부를, "꼭 산 같아. 커다란 배가 불룩 튀어나와서 그 배를 지탱하려면 아무래도 다리 하나가 더 있어야 할 거야. 그리고 얼굴 살이 어깨까지 축 처지고 머리는 꼭 중처럼 맨질맨질하게 벗어졌어! 하지만 그 벗어진 모양이 중은 어림도 없지. 큰아버진 또 살이 찐 사실에 몹시 신경이 쓰이나 봐! 더군다나 그 이유가 아들들처럼 춤을 추며 젊은 여자를 끌어안고 싶지만 그게 안 되기 때문이래요." 그것을 생각하고 아이란은 큰 소리로 웃음을 터뜨렸다. 그러자 부인이 가볍게 나무랐으나, 그러는 그녀의 눈도 재미있는 듯 웃고 있었다.

"아이란, 말조심해. 네 큰아버님이셔."

"그래요. 그러니까 생각한 대로 말하는 거 아니에요." 그녀는 태연히 말했다. "그리고 큰어머니 이야긴데, 이분은 큰아버지의 첫째 부인이야. 큰어머니는 이 도시가 싫어서 시골로 돌아가고 싶어 하셔. 그러면서도 큰아버지가 혼자 있으면 돈을 노린 젊은 여자가 큰아버지를 차지하지나 않을까, 젊은 여자는 현대식이니까 첩 같은 것은 되지 않고 본처가 되어서 자기를 쫓아내지나 않을까, 그게 걱정이시지. 큰어머니 두 분은 적어도 이 점만은, 다시 말해서 셋째 부인을 갖게 하지 않겠다는 점만은 의견 일치야. 요즘 흔히 말하는 하나의 부인 동맹이지. 그리고 사촌오빠들은, 가장 위는 오빠도 알듯이 결혼했어. 그런데 그 부인이 집안에서는 주인격이라 남편을 마구 다룬다나봐. 그래서 가엾은 오빠 부인 몰래 살며시 즐길 수밖에 없지. 하지만 부인이 어찌나 약은지, 남편 몸에 스민 향이나 윗도리에 조금 묻어 있는 분도 알아채고, 호주머니를 뒤져 편지를 찾아내는 거야. 그 오빠는 큰아버지의 전철을 밟고 있는 셈이야. 둘째 오빠 셍(盛)은 시인이야. 꽤 괜찮은 시인이지. 잡지에 시를 쓰고 사랑을 위해서 죽는 소설 같은 것도 쓰는 이른바 반항아야, 상냥하고 귀엽게 웃는 반항아. 언제나 새로운 연애를 하고 있어. 그런데 맨 끝의 사촌은 진짜 반항아야. 혁명가거든. 난 다 알고 있어."

이 말을 듣고 부인은 정색하며 말했다.

"아이란, 말조심해라! 그 애는 친척이야. 요즘 이 도시에서 그런 말을 하면 위험해요."

"자기 입으로 나한테 그랬는걸." 아이란은 말했으나 목소리를 낮추고, 차를 운전하고 있는 사나이의 등으로 흘끗 시선을 던졌다.

그녀는 계속해서 더 많은 것을 이야기해 주었으므로 옌은 백부의 집에 들어갈 때는 그 집안 사람들을 모두 분별했을 정도였다.

백부의 집은 일찍이 왕룽이 북방의 시골 도시에 사서 아들들에게 남겨 준 커다란 집과는 전혀 달랐다. 그 집은 오래되고 크며 방은 괜히 크기만 해서 깊고 어둡거나, 여러 개의 안마당을 둘러싸고 어둡고 좁은 방들이 늘어서 있거나 했다. 이층이 없는 대신 옆으로 방이 몇 개나 이어져 있었고, 쓸데없이 넓고 지붕이 높으며 대들보가 보이고, 낡았다. 격자창으로, 남방에서 가져온 조개와 같은 것으로 장식되어 있었다.

그런데 이 새로운 외국풍 도시의 새 집은 비슷비슷한 집이 죽 늘어선 거리에 세워져 있었다. 그 집은 서양식으로 높고 좁고 안마당도 없었으며 방은 가득 들어차서, 모두 작고 창살 없는 유리창이 많아서 매우 밝았다. 방마다 햇빛이 강하게 비쳐들어와서, 벽이며 꽃무늬의 공단 커버를 덮은 의자며 테이블이며 부인복의 밝은 비단이며 입술에 칠한 립스틱 등등 모든 색채를 비추어 내고 있었으므로, 옌은 친척들이 모인 방에 들어갔을 때 아름답다고 느끼기 보다는 눈이 어지러웠다.

그때 백부가 커다란 배를 무릎에서 두 손으로 떠받들듯이 하며 일어났다. 그 배에는 비단 두루마기가 커튼처럼 드리워져 있었다. 백부는 숨을 헐떡이며 손님들에게 인사했다.

"여러분, 잘 오셨소. 이제 보니, 옌도 키가 크고 살색이 거무스레한 게 아버지를 많이 닮았구나. 아니다. 아버지보다는 좀 얌전해 보이는구나."

백부는 큰 북 같은 배를 출렁이면서 웃고 다시 간신히 자기 의자에 가서 앉았다. 이어 백모가 일어섰는데, 균형이 잡힌 회색 얼굴에 검은 공단 윗도리와 치마를 입은 매우 수수하고 고상한 부인으로, 두 손을 소매에 넣어 앞으로 모아 쥐고 전족을 한 조그마한 발로 서 있는 것이 좀 불안해 보였다. 그녀는 모두에게 인사하고 말했다.

"다들 건강해 보여서 다행입니다. 아이란은 여위었구나. 너무 말랐어. 요즘 젊은 아가씨들은 마르기 위해서 먹을 것도 제대로 먹지 않고, 남자들처럼 대담하게 몸에 꼭 붙은 옷을 입더구나. 자, 모두들 앉으세요."

백모 옆엔 옌이 모르는 여자가 서 있었다. 박박 씻은 듯한 붉은 볼, 비누로 씻어서 반짝이는 살결, 시골식(式)으로 이마에서 곧장 늘어트린 머리칼, 매우 빛나지만 그리 지혜스러워 보이지 않는 눈을 가진 여자였다. 아무도 그 여자의 이름을 가르쳐 주지 않아서 하녀인지 아닌지 옌은 짐작할 수가 없었다. 이

옥고 어머니가 그 여자에게 공손히 인사를 했으므로 백부의 둘째 부인이라는 것을 알았다. 그래서 옌이 살짝 고개를 숙이니 여자는 얼굴을 붉히고 시골 여자가 하듯 두 손을 소매에 넣고 인사했으나 입은 열지 않았다.

인사가 다 끝나자 사촌들은 별실에서 차를 마시자고 옌에게 권했다. 그와 아이란은 어른들한테서 해방되는 것을 기뻐하며 초대에 응했다. 옌은 잠자코 사촌들이 하는 말을 들었다. 그들끼리는 서로 잘 알았지만 옌은 사촌이라고는 해도 거의 남과 다름없는 존재였다.

옌은 그들을 한 사람 한 사람 관찰했다. 가장 위 사촌은 벌써 젊은 나이도 아니고 날씬하지도 않아서 아버지처럼 배가 나오기 시작했다. 짙고 어두운 빛깔의 모직 양복을 입고 있어서 서양 사람처럼 보였다. 흰 얼굴은 아직도 미남 축에 들었고 부드러운 손은 살이 올라서 포동포동했으나 사촌누이 아이란 쪽을 계속해서 흘끔거렸으므로 그의 아름다운 처는 날카로운 소리로 잠깐 비꼬아 주고는 곧 다른 화제로 말을 돌렸다. 그리고 둘째 사촌, 시인 셍이 있었다. 길게 기른 머리가 얼굴을 뒤덮고, 손가락은 가늘고 하얬으며, 얼굴에는 짐짓 명상적인 미소를 띠고 있었다. 셋째 사촌은 용모도 동작도 부드러운 점이 없었다. 열여섯 살쯤 되어 보이는 소년으로 흔히 보는 회색 교복을 입고 목까지 단추를 채웠는데, 얼굴은 인사치레로라도 아름답다고 할 수가 없었다. 울퉁불퉁하게 생긴 얼굴에 여드름이 잔뜩 났고 억센 두 손은 소매에서 길게 축 처져 있었다. 다른 사람들은 즐겁게 말하고 있는데 그만은 입을 열지 않고, 가까운 쟁반에 담긴 땅콩만을 아주 굶주린 듯이 먹어댔다. 표정은 젊은이답지 않게 우울해서, 마치 싫은데 억지로 먹는 느낌이었다.

방안에서는 그들의 발치를 어린아이들이 뛰어다녔다. 열 살과 여덟 살 먹은 사내아이가 둘, 여자아이가 둘, 그리고 하녀가 쥔 끈에 묶여 칭얼거리고 우는 두 살짜리 아이, 유모에게 안겨 젖을 먹는 아기 등이었다. 이 아이들은 백부의 둘째 부인의 아이와 사촌형의 아이였는데 옌은 아이를 대하는 것이 서툴러 상대하지 않았다.

처음 한동안은 이야기가 그들 사이에서만 왔다갔다 했으므로 옌은 잠자코 앉아 있었다. 조그만 테이블 위의 쟁반에 담긴 여러 가지 과자를 마음대로 먹으라고 권하며 사촌형수가 하녀에게 차를 따르도록 시켰을 뿐, 그들은 옌의 존재를 잊은 듯이 보였으며 옌이 배운 사교상의 예의범절 따위에는 아예 마음을 쓰려고 하지도 않았다. 그래서 그는 소리 없이 호두를 까고 차를 마시며 그들의 이야기에 귀를 기울였으며 이따금 수줍어 하면서도 어린아이에게 호두 알맹이를 주었다. 그러면 아이는 버릇없이 허겁지겁 먹어 치우고는 인사도 하지 않았다.

그러나 곧 사촌들의 잡담도 사그러졌다. 맨 위 사촌형은 옌에게 어느 학교에 갈 생각이냐고 물었다. 옌이 외국에 유학할지도 모른다고 말하자 부러운 듯이 말했다.

"나도 외국에 가고 싶었지만 아버지가 나 때문에 돈 쓰기를 매우 싫어해서 말이야." 이렇게 말하고 그는 하품을 하고는 콧구멍에 손가락을 넣고 시무룩하게 생각에 잠겨 있더니, 이윽고 가장 어린 사내아이를 무릎에 올려 과자를 주고 잠깐 놀리다가 아이가 화를 내는 것을 보고 웃어 대더니, 아이가 조그마한 주먹을 쥐고 대들자 더 재미있다는 듯이 껄껄댔다. 아이란은 사촌의 아내와 소곤소곤 이야기를 주고받고 있었다. 사촌의 아내가 시어머니가 요즈음 여자라면 도저히 견딜 수 없는 일까지 요구한다고 화난 듯한 어조로 소리를 죽여 말하는 것이 그에게도 들렸다.

"이만큼 많은 하인들이 있는데도 시어머님은 꼭 나를 불러 차를 따르라고 그런단 말이야. 그리고 지난 달보다 조금이라도 쌀이 더 많이 축나면 내 책임이라며 나무라잖아. 나도 더 참을 수가 없어. 요새는 시부모와 함께 사는 여자가 그리 많지 않거든. 나도 이제는 지긋지긋해졌어."

그런 식의 이야기들이 한참 오고 갔다.

그들 중에서 옌이 가장 호기심을 가지고 바라본 사람은, 아이란이 시인이라고 한 둘째 사촌 셍이었다. 하나는 옌 자신이 시를 좋아하기 때문이고, 하나는 이 청년을 감싸고 있는 우아함이 마음에 들었기 때문이었다. 호리호리한 몸에 깃든 기품은 어두운 빛깔의 수수한 양복을 입고 있어서 더한층 돋보였다. 그는 미남이었다. 그리고 옌은 아름다운 것을 매우 좋아했다. 그래서 셍의 빛이 나는 듯한 갸름한 얼굴이며 젊은 처녀의 눈 같은, 살구 모양의 검고 꿈꾸는 듯한 눈에서 시선을 뗄 수가 없었다. 이 사촌에게는 어떤 감촉이라고 할까, 마음 깊숙이 도사린 이해심이 있어 보였고, 그것이 옌의 마음을 끌었다. 옌은 셍과 이야기해 보고 싶었다. 그러나 셍도 셋째 사촌 맹(孟)도 전혀 말이 없었고, 이윽고 셍은 책을 읽기 시작하고 맹은 땅콩이 다 없어지자 슬그머니 나가 버렸다.

이렇게 사람들이 가득 있는 방에서 이야기를 나눈다는 것은 그리 쉬운 일이 아니었다. 아이들은 걸핏하면 울음을 터뜨리고, 차와 음식을 나르는 하인들이 끊임없이 드나들어 문은 끽끽 소리를 내고, 사촌형수는 소곤소곤 이야기를 하고 있는가 하면 아이란은 그 이야기가 재미있는 듯 큰 소리로 웃어 대고 있었다.

이렇게 하여 긴 하룻저녁이 지나갔다. 호화로운 만찬회가 열리고 백부와 첫째 사촌은 믿을 수 없을 만큼 많이 먹었다. 그리고 요리가 생각한 것만큼 맛있지 않을 때는 둘이 함께 투덜거렸으며, 고기 요리와 과자의 솜씨를 비교하여 맛있는 요리가 있으면 큰 소리로 칭찬하다가 자기들의 평을 들려 준답시고 요리사를 불러냈다. 요리사는 부엌에서 일하던 그대로 새카맣게 더러워진 앞치마를 두르고 와서 주인이 하는 말을 걱정스럽게 듣고 있다가 칭찬을 받으면 개기름이 번지르르한 얼굴에 웃음을 띠고, 비난을 들으면 앞으로 조심하겠다며 사과하고 고개를 숙였다.

백부의 첫째 부인은 요리에 고기가 들어 있지나 않나, 돼지 기름을 쓰지 않았나, 달걀을 쓰지나 않았나 하는 것에만 정신을 썼다. 그녀는 나이를 먹자 모든 육류를 끊고 불교도의 맹세를 하여, 그녀 전용의 요리사를 따로 두고 있었다. 그 요리사는 채소로 어떤 고기의 모양도 교묘하게 만들 줄 알았다. 수프에 비둘기 알이 들어 있는 줄 알았는데 비둘기 알이 아니고, 눈도 비늘도 꼭 진짜 생선처럼 교묘하게 만든 것이 나오므로, 잘라 보고 살도 뼈도 없는 것을 알고는 모두가 놀랄 정도였다. 첫째 부인은 남편의 첩에게 이런 모든 일을 맡겨 놓고, 들으랍시고 말했다.

"이런 것은 본디 며느리가 해야 할 일이야. 하지만 요즘은 며느리라고 하지만 며느리가 아니야. 내게는 며느리가 없어. 아니, 없는 거나 마찬가지야."

그러나 며느리는 새침하게 앉아 있었다. 미인이었으나 표정에 차가움이 서렸으며 그런 말은 못 들은 체했다. 그러나 사람이 좋아 언제나 조정역을 맡곤 하는 둘째 부인은 상냥하게 대답했다.

"저는 아무렇지도 않아요. 바쁜 것을 좋아하니까요."

이렇게 그녀는 여러 자질구레한 일을 가로맡아 바삐 일하며 사람들 사이를 조정했다. 혈색이 좋고 건장해 보이며 언제나 생글생글 웃는 못생긴 그녀의 가장 큰 행복은 잠깐 여가가 있으면 수를 놓는 것이었다. 언제나 주위에는 공단 천이며 꽃, 새, 잎 따위의 깨끗하게 도려낸 종이 본을 놓아 두었고, 목에는 언제라도 쓸 수 있도록 많은 비단 색실을 걸고 있었으며, 가운뎃손가락에는 늘 청동 골무를 끼고 있었다. 하도 줄곧 골무를 끼고 있어서 밤에도 잊어버리고 그냥 자는 일이 흔했고, 또 골무가 없어졌다고 여기저기 뒤지다가 자기 손가락에 그냥 끼워져 있는 것을 발견하고는, 어린아이처럼 명랑하게 웃어젖히는 바람에 나중에는 다른 사람들까지 모두 함께 웃음을 터뜨리곤 했다.

아이들의 울음소리며 식사의 어수선한 소리 등 이런 가정적인 잡담과 소음 속에서 교양 있는 왕후의 첫째 부인만은, 조용한 품위를 간직하여 누가 말을 건네면 대답하고, 품위 있게 먹으면서도 그다지 먹는 것에 관심을 두지도 않고, 아이들도 예의바르게 다루었다. 그녀의 온화하고 침착한 눈은 그 사려 깊은 듯한 무게만으로도 걸핏하면 말이 너무 많아지는 아이란의 혀와 웃음의 씨를 찾으려고 빛을 내는 약삭빠른 눈을 눌렀으며, 자비롭고 부드러운 표정으로 그녀가 앉아 있는 것만으로도 다른 사람들도 모두 마음이 상냥해지고 예의를 지키게 되는 것이었다. 옌은 그 모습을 보고 더욱더 존경의 마음이 일었으며 그녀를 어머니라고 부를 수 있는 데 자랑을 느꼈다.

그로부터 한동안 옌은 이런 생활이 있을 줄은 꿈에도 생각하지 못했을 만큼 한가한 생활을 보냈다. 그는 노부인에게 모든 일을 맡기고 부인의 말을 마치 어린아이처럼 기꺼이 따랐다. 부인은 그에게 덮어 놓고 명령하는 것이 아니고, 언제나 자기는 이렇게 생각하는데 너는 그래도 괜찮겠느냐고 물었으며, 더욱이 너무나 사려 깊게 물어보기 때문에 언제나 옌은 자기가 먼저 생각했더라도 반드시 그런 생각을 택했으리라고 여기는 것이었다. 부인 집에 와서 아직 얼마 되지 않은 어느 날, 아이란은 일어나지 않으므로 여전히 단둘이서 아침 식탁에 앉았을 때, 부인이 말했다.

"네 거처를 아버님에게 알리지 않고 그냥 있는 것은 좋지 않아. 너만 좋다면 내가 아버님께 편지를 해서 네가 무사히 지내고 있다는 것과, 그리고 이 해안 도시는 외국의 지배를 받고 있으므로 전쟁에 휘말려 들어갈 걱정도 없으니 너도 아버님의 적으로부터 안전하다는 사실을 알려 드리는 게 좋을 것 같다. 그리고 결혼 문제도, 요즘 젊은이들처럼 앞으로 자기가 배우자를 고르도록 해주십사고 부탁드려 보자. 그리고 네가 이곳 학교에 다니게 되었다는 것과 건강하다는 것, 내가 내 아들로 돌보겠다는 말씀을 드릴까 한다."

옌도 아버지의 일이 조금 신경 쓰였었다. 낮에 거리를 구경하러 나가서 낯선 도시 사람들 사이에서 휩쓸려 다닐 때라든가, 이 조용한 집에서 새로운 학교에 가기 위해 산 책들을 읽고 있을 때, 자신의 의지를 지켜 이렇게 자유로운 생활을 보낼 권리가 자기에게는 있으며, 아무리 아버지라도 억지로 자기를 데려갈 수는 없는 일이라고 속으로 부르짖을 수가 있었다. 그러나 밤이나 새벽 일찍 거리에서 들려오는 소음에 익숙해지지 않아 어둠 속에서 눈을 떴을 때는, 자유란 도대체 얻을 수 없는 것이라는 기분이 들고 지난 어린 시절의 공포가 되살아나 그는 속으로 소리쳤다. '여기서 계속 살아갈 수 있을지 알 수 없는 일이다. 아버지가 병사들을 데리고 다시 나를 데리러 온다면 어떻게 될까?'

그럴 때에는 아버지의 온화함과 깊은 애정을 잊고 아버지가 노령에다 병들어 있다는 것을 잊었으며, 그저 아버지가 곧잘 화를 낸 일이며 자기의 의사를 강요하는 데 열심이었다는 것만이 생각나서, 어릴 때의 슬픈 마음을 지치게 했던 공포가 다시 엄습해 오는 것을 느꼈다. 여태까지도 몇 번이나 뭐라고 아버지에게 편지를 쓸 것인가, 만일 아버지가 온다면 어떻게 다시 몸을 숨길 것인가, 그런 것을 줄곧 생각해 왔던 것이다.

그래서 지금 노부인이 말하는 것을 들으니 그것이 가장 편하고 확실한 방법인 듯해서 옌은 감사한 마음으로 말했다.

"어머니, 그렇게 해주시면 저한테도 큰 도움이 되겠습니다." 그리고 식사를 하면서 계속 생각하고 있으니 자연스레 마음이 가벼워져서 조금 응석을 부리고 싶은 기분이 났다. "다만, 편지 쓰실 때 아버지는 옛날처럼 눈이 좋지 않으시니까 알아보기 쉽게 써주세요. 그리고 저는 돌아가서 결혼할 마음이 없다는 것도 분명하게 써 주세요. 그런 노예 같은 처지에 떨어질 위험이 있다면 저는 아버지를 뵈러 가지도 않겠습니다."

노부인은 옌의 흥분한 모습을 보고 조용히 미소지으면서 부드럽게 말했다. "그래, 틀림없이 그렇게 쓸게. 하지만 좀더 정중한 말투로 말이야." 부인은 매우 침착하고 자신에 차 있는 듯이 보였다. 옌은 마지막 공포도 사라지고 노부인이 마치 친어머니인 것처럼 부인에게 완전히 의지했다. 그는 이제 불안하지 않았다. 여기 있는 한 자기 인생은 완전하며 확실하다고 생각하고 오로지 이곳 생활의 다양한 국면에 강한 호기심을 불태웠다.

이제까지의 인생은 참으로 단순했다. 아버지의 장군 공저에서 그가 할 수 있는 일은 거의 없이 늘 같은 생활의 반복이었고, 아버지 곁을 떠나 생활한 유일한 장소인 군관 학교에서도 독서와 군사훈련과, 놀기 위해 주어진 얼마 안 되는 시간에 사귄 청년들과의 논쟁이나 사귐 등 비슷한 생활이었다. 왜냐하면 군관 학교에서는 일반 사람들과 멋대로 교제하는 것을 허락하지 않았으며, 그들의 대의를 위해서 그리고 머지않아 일어날 전쟁을 위해서 엄격하게 훈련하고 있었기 때문이었다.

그런데 이 소란하고 분주한 대도시에 와 보니 옌은 자기의 생활이, 한번에 끝까지 읽어야 하는 책과 같이, 동시에 수십 가지나 되는 생활을 경험하고 있는 기분이었다. 게다가 그는 매우 욕심이 많아서 불타듯이 끓어오르는 정열을 품고 있었으므로 어느 것 하나도 지나칠 수가 없었다.

가장 가까운 이 집에는 그가 동경하는 생활이 있었다. 여태까지 다른 아이들과 웃고 떠들며 자기의 의무를 잊어버릴 만큼 유쾌하게 놀아 본 적이 없는 옌은, 누이 아이란과 함께 살게 됨으로써 비로소 지나간 어린 시절을 다시 발견했다. 두 사람은 전혀 화를 내지 않고 말다툼을 할 수도 있었고, 두 사람만의 놀이를 생각해 냈으며, 옌은 마지막에는 모든 것을 잊고 웃었다. 처음 한동안은 누이 앞에 나가면 겸연쩍어서 소리를 내어 웃지도 못하고 다만 미소지을 뿐이었으며, 가슴이 무언가에 막혀 자연스럽게 웃을 수가 없었다. 그는 너무 오랫동안, 진지하라, 품위를 잃지 않도록 천천히 행동하라, 얼굴은 엄숙하게 정면을 향하라, 잘 생각한 뒤에 대답하라, 이런 식의 교육을 받아 왔으므로, 이 장난꾸러기 누이를 어떻게 대해야 좋을지 몰랐다. 아이란은 그를 놀리며 그의 고지식한 표정을 그 조그마한 얼굴로 흉내 내 보이곤 했는데, 그것이 그의 긴 얼굴과 너무나 비슷해서 노부인도 무심코 미소를 짓고 옌도 웃음을 터뜨리지 않을 수 없었다. 여태까지 그런 일을 당한 적이 없었으므로 처음에는 자기가 놀림을 받는 것이 좋은지 어떤지 알 수가 없었다. 그러나 아이란은 절대로 그에게 엄숙한 얼굴을 짓지 못하게 했다. 그가 자기의 익살에 응수할 수 있게 되기까지 멈추지 않았으며, 또 그가 기지 있는 대답을 하면 그것을 아낌없이 칭찬해 주었다.

어느 날 그녀가 큰 소리로 말했다.

"어머니, 우리 집의 성자(聖者)님도 꽤 젊어지셨어요. 우리가 이제 청년으로 되돌려 드려요. 방법은 알고 있어요. 양복을 지어 드리고, 내가 댄스를 가르쳐서 이따금 댄스 파티에 모시고 나가는 거야."

그러나 옌이 새로 발견한 생활을 즐거워했다고는 해도 그것만은 지나친 일이었다. 아이란이 댄스라고 부르는 외국 오락 때문에 자주 나가는 것을 옌도 알고 있었고, 밤에 이따금 화려한 전등불이 번쩍이는 집 앞을 지나는 그녀를 보기도 했는데, 그때마다 그는 시선을 돌렸다. 자기 아내도 아닌 여자를 남자가 꼭 껴안는다는 것은 너무 대담한 행위로 보였고, 비록 자기 아내라 하더라도 사람들 앞에서 저러는 것이 아니라고 여겨졌기 때문이다. 갑자기 엄숙해진 그의 얼굴을 보자 아이란은 매우 집요하게 자기 생각을 고집했으며, 그가 우물거리듯 변명하며 "나는 할 수 없어. 다리가 너무 긴걸" 하고 말하자 이렇게 대답했다. "서양인 중에는 오빠보다 다리가 긴 사람이 얼마든지 있어요. 그래도 아무 탈 없이 춤추는걸. 지난번에도 난 루이스 링 집에서 백인과 춤을 추었는데, 내 머리카락이 그 사람의 조끼 단추에 걸릴 정도로 키가 컸어요. 그래도 그 사람 바람에 흔들거리는 나무처럼 춤만 잘 추던데 뭐. 안 돼요, 다른 핑계를 생각해요, 오빠!"

그가 부끄러워서 진짜 이유를 말하지 못하고 있으니 그녀는 웃으면서 조그마한 집게손가락을 그의 눈앞에서 흔들어 보이며 말했다.

"난 이유를 알고 있어. 오빠는 여자애들이 다 오빠에게 반할까봐 그러지? 연애하는 게 무섭지?"

이 말을 듣던 노부인이 부드럽게 말했다. "아이란, 좀 얌전해지렴." 옌은 불편한 듯이 웃고 그 자리는 얼버무리고 말았다.

그러나 아이란은 그대로 그치지 않고 날마다 그를 붙잡고 말했다. "도망치려 해도 소용 없어요. 오빠에게 무슨 일이 있더라도 댄스를 가르치고 말 테니까!"

그녀의 생활은 거의 노는 데 소비되고 있었다. 학교에서 날듯이 돌아오면 책을 집어던지고 화려한 옷으로 갈아입고는, 연극이라든가 사람들이 실물과 똑같이 움직이고 지껄이고 하는 영화라는 것을 보러 갔다. 이런 가운데서도 잠시라도 옌과 얼굴을 맞대기만 하면 댄스 연습을 시작하겠다고 그를 놀리므로, 그는 연애에 대해 생각하고 긴장하지 않을 수 없었다.

이 문제가 앞으로 어떻게 펼쳐질 것인가 옌은 알 수 없었다. 왜냐하면 아이란을 찾아오는 아름답고 잘 재잘거리는 처녀들이 그는 아직 무서웠으며, 또 아이란이 그녀들의 이름을 말하고 그녀들에게 "우리 옌 오빠야"라고 소개해주어도, 옌의 눈에는 모두 똑같이 아름다워서 아직 누가 누군지 분간할 수가 없었기 때문이다. 게다가 이렇게 아름다운 아가씨들보다도 옌에게는 오히려 자기의 마음속 깊숙이 도사리고 있는, 그녀들의 작고 가벼운 손길이 휘저어 놓을지도 모르는 자기 안의 은밀한 힘이 무서웠던 것이다.

그런데 어느 날, 아이란이 장난을 칠 절호의 기회가 찾아왔다. 그날 밤 옌이 저녁 식사를 하러 자기 방에서 나오니 노부인이 혼자 식탁에 앉아 기다리고 있었다. 아이란이 없었으므로 식탁은 매우 조용했다. 이런 일은 옌에게는 새삼스럽지 않았다. 아이란이 친구들과 놀러 가버리고 없을 때면 두 사람만이 식사를 하는 일이 자주 있었기 때문이었다. 그가 식탁에 앉자마자 부인이 조용히 입을 열었다.

"옌, 벌써부터 너에게 부탁할 일이 있었는데, 네가 너무 열심히 공부하고 아침에는 일찍 일어나니까 밤에는 잘 자야 한다고 생각해서 여태까지 말을 꺼내지 않았었지. 하지만 솔직히 말하면 나는 지금 무척 골머리를 앓고 있어. 누군가의 힘을 빌려야겠는데, 난 너를 내 친아들처럼 생각하고 있으니까 다른 사람에게는 부탁 못할 일도 너한테는 부탁할 수 있을 것 같아."

이 말을 듣고 옌은 몹시 놀랐다. 부인은 언제나 확신에 차고 침착해서 지혜라든가 이해력에 있어서 조금도 부족함이 없었으므로, 남의 도움이 필요하리라고는 생각지 못했던 것이다. 그는 밥공기를 든 채 부인을 쳐다보고 궁금한 듯이 물었다.

"무슨 일이든지 하지요. 어머닌 제가 여기 온 뒤로 친어머니보다도 더 잘해주신걸요. 일일이 헤아릴 수 없을 만큼 친절을 베풀어 주시지 않았습니까."

그의 목소리나 얼굴에 나타난 솔직한 선량함은 부인의 엄숙함도 조금 누그러지게 했다. 부인은 입술을 떨면서 말했다.

"네 누이에 대한 거야. 난 그 애를 위해서 일생을 바쳐 왔어. 그 애가 남자가 아닌 것이 먼저 나의 첫 고민이었지. 네 어머님과 나는 거의 같은 무렵에 임신을 했는데 아버님이 출정하셨다가 돌아오셨을 때는 두 사람 모두 아기를 낳았던 거야. 나는 네가 내 아들이었더라면 하고 얼마나 생각했는지 모른다. 아버님은 나를 거들떠보지도 않으셨어. 도무지 관심이 없으셨지. 그분에게는 무언가를 느끼는 힘이 있어. 이상한, 깊은 마음을 가지고 계셨는데, 아무도 그 마음을 차지하지 못했지. 너 하나만은 제외하곤 말이야. 아버님이 여자를 어째서 그토록 싫어하시는지 나는 몰라. 하지만 사내아이를 갖고 싶어하신 것은 전부터 알고 있어서, 전쟁에 나가신 뒤에도 사내아이를 낳았으면 하고 끊임없이 생각했었지. 나는 세상 여자들처럼 그렇게 우둔하지는 않아. 친정 아버님께서 알고 계시는 모든 학문을 가르쳐 주셨거든. 나는 언제나 생각했지. 어떻게든 아버님이 진정한 내 모습을 보아주시기만 한다면, 내 마음을 알아만 주신다면 부족하나마 갖고 있는 지혜로써 위안을 드릴 수도 있을 텐데 하고 말이야. 하지만 그분에게 나는 아들을 낳을지도 모르는 여자에 지나지 않았어. 게다가 나는 끝내 사내아이를 낳지 못하고 아이란만 낳았단 말이야. 개선하고 돌아오셨을 때 아버님은 네 어머님 품에 안겨 있는 너만을 보셨어. 나는 아이란에게 사내아이들이 입는 빨강과 은빛의 늠름한 옷을 입혀 놓았지. 거기다가 아이란은 무척 예쁜 아이였어. 그런데도 아버님은 거들떠 보지도 않으시잖겠니. 몇 번이나 이런저런 구실을 만들어서 아이란을 아버님에게 보내기도 하고, 내가 직접 데리고 가기도 했었지. 그 애는 영리해서 나이에 비해 지능의 발달이 빨랐으니까 얼마나 훌륭한 아이인가 아버님도 틀림없이 아시게 되겠지 생각했던 거야. 그런데 아버님은 여자라면 묘하게 어색해 하시거든. 그래서 저 애도 보통 여자애로밖에 보이지 않은 거야. 마침내 나는 쓸쓸함을 견디지 못해서 그 집을 나갈 생각을 했지. 대놓고 말하지는 못하고 딸을 교육한다는 구실로 말이야. 그리고 아이란에게는 남자아이와 똑같이 공부시키고, 여자로 태어난 불리함을 없애는 데 온 힘을 다하자고 결심한 거야. 아버님은 너그러우셨어. 어김없이 돈도 부쳐 주셨거든. 아무런 부족도 없었다. 다만 내가 살든지 죽든지. 그리고 아이란이 어떻게 되든지 전혀 신경을 써주지 않는 것을 빼놓곤 말이야……. 내가 너에게 친절하게 한 것도 아버님을 위해서가 아니라 너를 위해서야. 너를 내 아들이라고 생각하기 때문이란다.”

부인은 여기까지 말하고 깊은 생각을 담은 눈길을 그에게 돌렸다. 옌은 이 눈길과 마주치고 이렇게나 부인의 생활과 마음속을 들여다보게 된 것에 당황했다. 자신보다 훨씬 나이가 많은 부인에게서 이런 일을 고백받자 겸연쩍어서 말이 나오지 않았다. 부인은 이야기를 계속했다.

"나는 아이란을 위해서 평생을 바쳐 왔어. 그 애는 귀엽고 명랑한 아이야. 언젠가는 훌륭한 화가나 시인, 아니면 요즘은 여의사도 있으니까 내 친정 아버님처럼 의사가 되는 것이 가장 바람직하긴 하지만, 적어도 우리나라 신시대의 여성 지도자가 될 것이 틀림없다고 나는 늘 생각했지. 내가 낳은 하나밖에 없는 자식은 내가 되고 싶어했던, 학식 있고 총명하고 위대한 여성이 될 것이 틀림없으리라는 생각이었어. 나는 외국 학문을 익히고 싶었지만 뜻대로 되진 않았어. 그 애가 팽개친 교과서를 읽고 모르는 데가 많아서 슬퍼지더구나……. 하지만 이제 와서는 그 애가 내가 바라는 훌륭한 사람이 되진 못하리라는 사실을 알게 됐어. 그 애의 재능이라고는 웃는 것과 남을 놀리는 것과 예쁜 얼굴로 사람 마음을 휘어잡는 것뿐이야. 무엇에든 노력을 하려 하지 않아. 노는 것 말고는 아무것도 좋아하지 않는단 말이야. 친절하기는 하지만 그 친절에는 깊이가 없어. 친절하게 하는 편이 불친절한 것보다 나아 보이니까 친절하게 하는 거야. 나도 이젠 그 애의 한계를 알게 됐어. 나는 배신당한 것이 아니야, 더 이상 꿈은 갖지 않을 거야. 이제는 그 애가 지혜로운 결혼을 하는 것밖에 바라지 않아. 왜냐하면, 그 애는 결혼하는 것 말고는 길이 없거든. 그 애는 남자의 보호를 받아야 할 여자야. 하지만 그 애는 제멋대로 자라서 내가 고른 사람하고는 결혼을 안 할 것이고, 자기 멋대로 누군지도 모르는 청년이나 나이 차이가 많은 어리석은 남자에게 몸을 맡겨 버리지나 않을까 걱정이다. 그 애는 어딘가 좀 비뚤어진 데가 있어서, 한때는 백인과 가깝게 지내면서 그 사람과 함께 있는 것을 누가 보면 우쭐거리곤 했었지. 하지만 지금은 그런 걱정은 없어. 다시 바람의 방향이 바뀌었으니까. 내가 걱정하는 것은 오히려 요즘 늘 같이 다니는 남자야. 내가 늘 그 애 뒤를 따라다닐 수도 없고, 사촌들도 그 댁도 믿을 수가 있어야지. 옌, 부탁이니 이따금 그 애와 함께 밤에 나가서 실수가 없도록 좀 돌봐주지 않겠니?"

부인이 이 긴 이야기를 막 마쳤을 때 아이란이 놀러 나갈 채비를 하고 방에 들어왔다. 은빛으로 가장자리를 두른 진한 장밋빛의 날렵한 옷을 입고, 서양식으로 뒤꿈치가 높은 은빛 구두를 신고 있었다. 깃은 최신 유행형으로 깊숙이 패어 있어서 어린아이같이 가늘고 매끄러운 목을 완전히 드러내 보였으며, 소매도 어깨 바로 밑에서 잘려 있어 가늘면서도 뼈가 앙상하지 않은 부드럽고 통통한 살에 덮인 아름다운 팔이 그대로 드러나 있었다. 어린아이처럼 가늘지만 여자답게 둥그스름한 손목에는 조각을 한 은팔찌를 끼었고, 두 손의 가운 뎃손가락에는 은과 비취로 된 반지를 끼었으며, 검은 구슬처럼 반드르르한 검은 머리는 공을 들여 화장한 얼굴 주변에서 물결쳤다. 어깨엔 부드러운 눈처럼 흰 외투를 걸치고 있었는데 방에 들어오자 그것을 휙 벗어던지고, 자기가 아름답다는 것을 충분히 인식하고 그것을 천진난만하게 뽐내듯이 처음에는 옌 쪽을, 이어 어머니 쪽을 방긋 웃으면서 바라보았다.

부인도 옌도 아이란에게서 시선을 뗄 수가 없었다. 아이란도 그것을 알고 진심으로 기쁜 듯, 승리를 자랑하는 듯한 웃음소리를 냈다. 이 웃음소리로 부인은 비로소 딸에게서 눈을 떼고 조용히 물었다.

"오늘 밤엔 누구와 함께 가니?"

"셩의 친구하고 가요." 아이란은 명랑하게 대답했다. "작가예요, 엄마. 유명한 소설가 우리양(吳麗陽)이라고 있잖아요."

그것은 옌도 가끔 들어 본 이름이었다. 그는 서양식 소설로 유명한 인물이며, 그 소설은 자유분방한 남녀간의 연애를 다루는데, 대부분의 경우 주인공의 죽음으로 끝을 맺었다. 그런 소설이므로 옌은 숨어서 살며시 읽었으며, 읽은 것을 부끄럽게 생각하면서도 짐짓 소설가에게 적지 않은 호기심을 갖고 있었다.

"때로는 옌 오빠도 좀 데려가 주렴." 어머니는 부드럽게 말했다. "너무 공부만 한다고 내가 늘 말했었지. 가끔 누이나 사촌들과 기분 전환을 하는 것도 나쁘지는 않을 거야."

"그래요, 옌 오빠. 나도 벌써부터 데려가고 싶었어." 아이란은 활짝 웃으면서 커다란 검은 눈으로 그를 바라보며 말했다.

"하지만, 먼저 양복이 있어야지. 엄마, 오빠에게 양복과 구두를 맞춰 주세요. 이 구식 옷보다 양복 쪽이 다리가 자유로워서 춤추기 쉬워요. 나는 남자들의 양복 입은 모습이 참 보기 좋더라. 내일 나가서 모두 갖추도록 해요. 오빠가 양복만 입으면 누구한테도 지지 않을 만큼 멋질 거야. 그리고 내가 춤을 가르쳐 줄게. 내일부터 당장 시작하도록 해요."

옌은 고개를 저었으나 전처럼 거절하지는 못했다. 부인의 부탁을 생각하고, 이제까지 부인이 얼마나 자기에게 친절하게 해주었는가를 생각하면, 이거야말로 은혜에 보답하는 길이라고 여겨졌기 때문이었다. 그러자 아이란이 소리쳤다.

"댄스를 할 줄 모르면 곤란하답니다. 혼자서 가만히 테이블에 앉아 있기만 할 수도 없잖아요. 젊은 사람들은 모두 출텐데!"

"그게 요즘 유행이야, 옌." 부인은 한숨을 섞어서 말했다. "서양에서 들어온 기묘하고 야릇한 유행이지. 나는 싫어하고, 현명한 일이라고도 좋은 일이라고도 생각지 않지만 그게 유행이라는구나."

"엄마는 너무 구식이셔. 하지만 난 엄마가 좋아." 아이란은 웃으면서 말했다.

옌이 입을 열기도 전에 문이 열리더니 검은 옷에 흰 조끼의 서양식 차림을 한 셍이 들어왔다. 또 한 남자가 나란히 들어왔는데 그가 바로 그 소설가라는 사실을 옌은 금방 알 수 있었다. 그리고 여자도 한 사람 있었다. 색이 초록과 금빛이라는 것 외에는 아이란과 똑같은 옷을 입고 있었다. 그러나 옌에게는 처녀는 모두 같아 보였다. 모두 아름답고, 모두 어린애처럼 가냘팠으며, 꼼꼼히 화장을 했고, 구슬 같은 목소리를 내고 끊임없이 즐거움이나 슬픔의 비명 소리를 냈다. 옌은 여자 쪽을 보지 않고 그 유명한 청년 쪽을 보았다. 그는 키가 크고 미끈한 사나이였으며, 크고 허여멀건 얼굴에 얇고 붉은 입술, 검고 가느다란 눈, 한일자로 그어진 가늘고 검은 눈썹이 매우 아름다웠다. 그러나 가장 눈에 띄는 것은 이야기를 하지 않는 동안에도 끊임없이 움직이는 그의 손이었다. 큰 손이었으나 여자 손 같아서, 손끝이 가늘고 뿌리 쪽은 굵고 부드러웠으며, 윤기 있는 올리브빛 살결은 향유를 바른 듯 좋은 냄새가 나는 퍽 육감적인 손이었다. 옌은 인사를 하기 위해 그 손을 잡았을 때, 그 손이 자기 손 안에서 녹아 흐를 듯한 느낌이 들어 갑자기 만지는 것이 꺼림칙해졌다.

아이란과 그 사나이는 친근하게 서로 눈인사를 교환했으며 그의 눈은 그녀의 아름다움을 대담하게 이야기하고 있었다. 그 모습을 보자 어머니의 얼굴에 곤혹의 빛이 떠올랐다.

이윽고 그들 네 사람은 꽃향기를 나르는 바람처럼 갑작스레 나가 버렸다. 그리고 조용해진 방에는 다시 옌과 부인만이 남았다. 부인은 옌을 가만히 쳐다보고 말했다.

"옌, 내가 그런 부탁을 한 까닭을 이젠 알겠지? 저 사람은 이미 결혼했어. 나는 다 알고 있지. 셍에게 캐물으니, 처음에는 말하려고 하지 않더니 마침내 그런게 무슨 상관이냐며, 아내가 부모가 골라 준 구식 여자라면 남자는 다른 여자와 교제해도 무방하게 생각한다고 가볍게 말하더라. 하지만 나는 내 딸을 그렇게 내버려두고 싶지는 않아, 옌."

"제가 함께 다니겠습니다." 옌은 말했다. 그리고 이제까지 나쁜 일이라고 생각했던 사실조차 잊을 수 있었다. 그것은 부인을 위해서 하는 일이기 때문이었다.

이렇게 하여 옌은 양복을 짓기 위해 아이란과 어머니와 함께 외국인 가게에 갔다. 그 가게에서는 재단사가 그의 치수를 재고 그의 몸을 찬찬히 뜯어보았다. 그리고 상하의로는 검은 천이, 낮에 입을 조끼로는 암갈색의 좀 꺼칠꺼칠한 천이 선택되었다. 그리고 가죽 구두며 모자며 장갑, 그 밖에 외국인들이 쓰는 자질구레한 것들을 모두 샀다. 물건을 사는 동안 아이란은 줄곧 지껄이며 웃고, 귀여운 손을 내밀어 이것저것 물건을 꺼내거나 뒤집어 보곤 했으며, 고개를 갸웃거리면서 옌에게 어떤 것이 더 잘 어울리나 살펴보기도 했다. 마침내 옌도 좀 어색하고 부끄러우면서도 일찍이 없었던 명랑한 기분이 되어 웃음을 터뜨렸다. 아이란이 너무나 분방하고 아름다웠으므로 점원들까지 그녀의 말을 듣고 웃었으며, 살며시 그녀의 얼굴을 건너다보곤 했다. 다만 어머니만은 미소는 띠고 있었으나 한숨을 쉬었다. 아이란은 그 언행이 모두 경망해 보이고 사람을 웃게 하려는 것만 생각하여, 저도 모르는 사이에 사람들의 눈에 자기가 어떻게 비치는가를 살피면서, 남자가 자신을 아름답다고 생각한다고 확인하면 한결 더 쾌활해지는 것이었다.

이렇게 하여 옌은 아침내 양복을 입게 되었는데, 이제까지 헐렁한 두루마기를 입고 있던 다리 언저리가 왠지 그냥 노출된 듯한 기분에 익숙해지니까 그는 양복이 매우 마음에 들었다. 걷기도 자유로웠고 주머니가 많아서 평소에 쓰는 자질구레한 것들을 넣는 데도 편리했다. 또 새로 맞춘 양복을 처음 입던 날 아이란이 손뼉을 치면서 "오빠, 근사해! 엄마, 보세요. 잘 어울리지 않아요? 이 빨간 넥타이⋯⋯. 오빠의 거무스레한 얼굴에는 잘 맞겠다고 생각했는데 역시 맞았어" 이렇게 말했을 때는 솔직히 말해서 그도 유쾌했다. 그리고 아이란은 말했다. "옌 오빠, 난 오빠를 어디나 으스대면서 데리고 다닐 테야. 미스 진, 우리 오빠 옌이야. 친구가 되어 줘. 미스 리, 우리 오빠야!"

이렇게 아이란은 잇달아 아름다운 아가씨들에게 옌을 소개하는 흉내를 냈다. 옌은 겸연쩍어서 어떻게 할지 몰라 두 볼을 새로 산 넥타이처럼 빨갛게 물들이고 꼼짝도 못했다. 그러나 왠지 기분은 좋아서, 아이란이 축음기 뚜껑을 열고 온 방을 음악으로 가득 채우고는 그를 붙잡아 한 팔을 자기 몸에 두르게 하고 다른 손을 잡고 살짝 밀듯이 춤을 추기 시작했을 때도, 반은 얼떨떨해하면서도 그녀가 하자는 대로 맡겨 놓고 있었다. 더없이 즐거웠던 것이다. 몸이 자연히 리듬을 타고 얼마 안 가서 발이 저절로 음악에 맞추어 움직였다. 아이란은 그가 어렵지 않게 음악에 맞추어 춤추는 것을 익히자 매우 기뻐했다.

이렇게 하여 옌의 새로운 즐거움은 시작되었다. 정말로 즐거웠다. 춤출 때 그의 피를 끓게 하는 욕정을 부끄럽게 생각할 때도 있었다. 그리고 이 욕정이 솟으면 상대가 누구이건 간에 그 처녀를 더욱 세게 끌어안고, 서로 욕정에 빠지고 싶어졌기 때문에 자신을 억눌러야 하는 일도 있었다. 여태까지 옌은 여자의 손을 만져 본 적도 없고 누이나 사촌 말고는 젊은 여자에게 말을 건넨 적도 없었던 만큼, 따뜻하고 밝은 방에서 야릇하게 울리는 외국 음악의 리듬을 타고 팔에 젊은 여자를 안은 채 움직인다는 것은 그리 쉬운 일이 아니었다. 처음으로 춤추러 간 날 밤은 발이 말을 듣지 않아 스텝이 틀리시나 않을까 하는 데만 신경이 쓰여 정확하게 스텝을 밟는 것 말고는 아무것도 생각할 수가 없었다.

그러나 곧 발이 저절로, 다른 누구에게도 뒤지지 않을 만큼 자연스레 움직이게 되자 음악이 이끄는 대로 옌도 발에 신경을 쓰지 않게 되었다. 이 대도시의 댄스홀에 모인 온갖 인종과 국적을 가진 사람들 사이에 섞이니 옌도 그를 모르는 사람들 사이에 묻혀, 그저 군중 속의 한 사람에 지나지 않았다. 그는 혼자였다. 그리고 고독한 가운데 자기가 젊은 여자와 몸을 맞대고 여자의 손을 쥐고 있다는 사실을 발견했다. 처음 그는 상대를 고르지 않았다. 모두 아름답고 모두 아이란의 친구였으며 모두 다른 남자와 마찬가지로 자기에게도 친절했다. 그로서는, 그저 한 여자를 끌어안고 달콤하게 타는 가슴의 불을 지피면서도, 그 불 속에 완전히 나를 맡길 용기는 없는, 그런 세계만으로 충분했다.

아침이 되어 열기도 식고, 진지한 학교 생활로 돌아가면 부끄러워지는 일은 있었으나 그래도 이런 생활은 위험하니 피해야 한다고 자기에게 타이를 필요는 없었다. 왜냐하면 이것은 부인에 대한 의무이며 자기는 부인을 돕고 있다

는 변명이 있었기 때문이다.

그가 누이를 감시하고 있었던 것만은 사실이다. 매일 밤 댄스가 끝나면 아이란이 귀가 준비를 마칠 때까지 기다렸으며, 다른 처녀에게 함께 가자고 권하는 일은 없었다. 그렇게 하면 그 처녀를 배웅해 주어야 하고 아이란과 떨어져야 하기 때문이었다. 자기가 이렇게 즐기는 것을 정당화해야 했으므로 그는 주의 깊게 마음을 놓지 않고 감시했다. 우라는 사나이가 아이란과 자주 만나는 것은 사실인지라 더욱 눈을 뗄 수가 없었다. 이런 일로 말미암아 옌은 음악 소리에 맞춰 상대 여자가 몸을 붙여올 때 느끼는 감미로운 애절함도 잊을 수 있었다. 아이란이 우와 함께 다른 방으로 모습을 감추거나, 차가운 공기를 마시러 발코니로 나가거나 하면 더욱 그러했다. 그럴 때는 댄스가 한 곡 끝나고 자신도 그 방을 나와 그녀를 찾아내어 옆에 붙어설 때까지 마음이 놓이지 않았다.

그러나 아이란도 그런 것을 언제까지나 참고 있지 않았다. 그녀는 자주 뾰로통한 얼굴을 보이고 때로는 화를 내며 소리칠 때도 있었다.

"내 옆에만 붙어 있지 말아요, 오빠. 오빠도 이제는 혼자서 다른 아가씨를 찾아도 좋을 때야. 이젠 내가 없어도 되잖아, 춤도 제대로 추게 됐으니 난 좀 내버려둬요."

이에 옌은 아무 말도 하지 않았다. 그는 노부인에게 부탁받은 일을 실토하지 않았으며, 아이란도 아무리 화가 났을 때라도 그렇게 노골적으로 자기의 뜻을 고집하지는 않았다. 옌이 듣고 싶지 않은 말을 할까봐 두려워하는 눈치가 보였으나, 화가 가라앉으면 다 잊어버리고 다시 그의 유쾌한 친구가 돼주었다.

그러는 동안에 그녀도 꾀가 늘어서 아예 화를 내지 않게 되었으며, 오히려 웃으면서 그를 늘 자기 편으로 만들고 싶다는 듯이 어디든지 따라다니게 했다. 아이란이 가는 곳에는 언제나 그 소설가가 있었다. 집에는 결코 오지 않는 것을 보면 아이란의 어머니가 자기를 싫어한다는 것을 그도 아는 듯했다. 그러나 다른 곳에서는, 공개 석상이건 친구의 집이건, 아이란이 나타날 것을 알고 있기라도 한 듯이 언제나 그녀 옆에는 그가 있었다. 옌은 그 남자와 춤추고 있을 때의 아이란을 주의해 보기 시작했는데 그럴 때의 그녀는 예쁜 얼굴에 진지한 표정을 짓고 있었다. 그 진지한 표정이 그녀와는 너무나도 어울리지 않았으므로 옌은 때때로 불안해져서, 한두 번 부인에게 그 이야기를 할까 하는 생각까지 했다. 하지만 아이란은 여러 남자들과 춤추기 때문에 특히 그만을 꼬집어서 말할 수도 없었다. 어느 날 밤 옌은 함께 돌아오면서 아이란을 보고 그 남자와 춤출 때는 왜 그렇게 진지한 얼굴을 하느냐고 물었다. 그러자 그녀는 웃으면서 아무렇지도 않은 듯이 말했다. "아마 그 사람과 추는 것이 싫어서 그럴 거야." 그러고는 입을 오므리고 놀리듯이 빨갛게 칠한 입술을 옌 쪽으로 내밀어 보였다.

"그럼 왜 추니?" 옌은 퉁명스럽게 물었다. 그녀는 눈에 장난기를 가득 담고 한참 웃다가 말했다. "그렇다고 실례되는 일을 할 순 없잖아, 오빠." 결국 납득은 가지 않았지만 그 일을 마음속에서 몰아낼 수는 있었다. 그러나 그것은 그의 즐거움에 일말의 검은 그림자를 남겼다.

그 밖에 또 한 가지 그의 즐거움을 손상시키는 일이 있었다. 예사로이 볼 수 있는 작은 일이기는 하나, 그것이 그에게는 마음에 걸렸다. 꽃으로 장식되고 술과 요리가 넘쳐나는 뜨거울 정도인 심야의 화려한 방에서 나올 적마다, 옌은 잊어버리고 싶은 또 하나의 세계에 발을 내디디는 기분이 들었다. 그것은 어둠 속이나 새벽녘 흐린 빛 속에, 거지나 허기진 빈민들이 문 밖에 몰려 있었기 때문이었다. 잠을 자려고 드러누워 있는 자도 있었으나, 그 가운데에는 손님이 떠나간 뒤의 환락장에 들개처럼 숨어들어 테이블 밑을 뒤져서 흐트러진 음식부스러기를 훔치려고 하는 자도 있었다. 그러나 그것도 잠깐 동안이었다. 보이들이 고함을 지르며 발길질을 하고 팔을 잡아 끌어내고는 문을 닫아 버리기 때문이었다. 아이란과 그녀의 친구들에겐 이런 가엾은 사람들이 보이지 않았다. 또 보이더라도 본 척 만 척, 마치 들개라도 보듯이 돌아보고는 저마다 차에서 웃어 대고 까불어 대고 하다가 즐겁게 자기 집 침대로 돌아가는 것이었다.

그러나 옌의 눈에는 그들의 모습이 비쳤다. 보지 않으려고 해도 보였다. 그리고 깊은 밤 환락 중에도, 음악과 춤에 취해 있을 때에도, 어둡고 추운 거리에 나가 빈민들의 배고파하는 모습과 늑대 같은 얼굴을 봐야 한다고 생각하면 멍해지곤 했다. 어떤 때는 거지 하나가 떠들썩한 부자들의 무관심을 참다못해 손을 뻗어 부인의 공단 옷자락에 매달리는 때도 있었다.

그럴 때는 남자의 소리가 위협하듯이 뒤따랐다. "손 놔! 그 더러운 손으로 부인의 공단 옷을 만져서 더럽히다니, 무슨 짓이야!" 그러면 주변에 서 있던 경관이 뛰어와서 손톱이 기다란 더러운 손을 곤봉으로 마구 때리는 것이었다.

그러나 옌은 고개를 숙인 채 서둘러 집으로 돌아갔다. 그는 곤봉으로 맞은 것이 자기 살이며, 뼈가 부러져 축 늘어지는 손이 자신의 굶주린 손이라고 느꼈다. 그 무렵의 옌은 쾌락을 좋아하고 가난한 사람들을 보는 것이 싫었지만, 보고 싶지 않다고 생각하면서도 그들의 모습을 보고 있었다.

그러나 옌의 생활은 그러한 밤으로만 이루어진 것은 아니었다. 친구들과 책상 앞에 앉아 학교에서 엄격하게 공부하는 생활이 있었고, 지금은 아이란이 시인 그리고 반역자라고 부르는 사촌 셍과 맹도 더 잘 알게 되었다. 학교에서 그들은 자기의 참된 모습을 솔직히 드러냈으며, 교실이나 운동장에서 공 던지기 같은 걸 할 때도 세 사촌들은 자기들의 성격을 나타냈다. 모두가 죽 늘어선 책상에 앉아 강의를 듣거나, 친구들에게 덤벼들거나 큰 소리로 외치거나, 누가 경기에 실수라도 하면 한바탕 웃어 주거나 하며, 옌은 가정에서는 몰랐던 사촌들의 모습을 알게 되었던 것이다.

가정에서 손윗사람과 함께 있을 때의 청년들은 결코 그들의 본 모습을 드러내지 않으며, 사촌들도 그러했다. 셍은 언제나 말이 없고 누구에게나 예의가 발랐으며 시에 대해서는 내색도 하지 않았다. 맹은 늘 우울한 얼굴을 하고 자질구레한 것이나 밥공기들이 잔뜩 얹힌 테이블에 잘 부딪쳐서 자주 어머니에게 꾸중을 들었다.

"이런 물소 같은 애는 처음 보겠구나. 셍처럼 점잖게 조용히 걷지 못하겠니?"

그런데 셍이 놀러 가서 늦게 들어와 이튿날 늦잠을 자 지각을 하게 되면 어머니는 셍에게 말하는 것이었다.

"정말 나만큼 고생하는 에미도 없을 게다. 자식이라야 굼뜨고 게으른 것들뿐이니. 맹처럼 집에 좀 붙어 있으면 어떠냐! 그 애가 양놈 같은 옷을 입고 밤에 슬쩍 빠져나가서 나쁜 곳에 가는 걸 본 적은 없어. 너를 그런 나쁜 곳에 끌어 넣은 것은 형이고, 형을 그렇게 만든 것은 아버지야. 결국은 아버지가 나쁘지. 아무튼 나 같은 에미는 또 없을 거다."

실은 셍은 형이 가는 오락장에는 결코 가지 않았다. 셍은 형보다 취미가 고상하고 화려한 쾌락을 구하고 있었기 때문인데, 아이란이 가는 장소에서 옌은 곧잘 그의 모습을 보았다. 가끔은 옌이나 아이란과 함께 가는 적도 있었지만, 주로 그때그때 사랑하는 여자와 단둘이 가서 아무 말없이, 밤새 즐겁게 춤을 추었다.

이렇게 형제들은 저마다 이 거대하고 잡다한 도시의 비밀 생활에 몰두하고 있었다. 그런데 셍과 맹 두 사람과 큰형 사이에는, 어릴 때 목매어 죽은 형과 중이 된 꼽추 형이 있어서 큰형과는 꽤 나이 차가 있기에 꿈처럼 싸울 수가 없었다. 그리고 셍과 맹 또한 거의 싸우는 일이 없었다. 그 이유의 하나는 셍이 싸움 같은 것을 부질없는 짓이라고 생각하는 얌전하고 온화한 인품의 청년으로 맹에게 간섭을 하지 않았기 때문이며, 또 하나는 두 사람이 서로의 비밀을 알고 있었기 때문이었다. 셍이 좋지 못한 장소에 드나드는 것을 맹이 아는가 하면, 셍은 맹이 비밀혁명 단원이며 목적은 다르지만 자기가 다니는 장소보다 더 위험한 비밀 회합 장소에 드나드는 것을 알고 있었던 것이다. 그러므로 두 사람은 서로의 비밀을 지키고, 어머니 앞에서도 상대를 폭로하여 자기를 변호하는 짓은 하지 않았다. 그러나 시간이 갈수록 둘은 다 옌의 성품을 알게 되고 그에게 호의를 갖게 되었다. 그것은, 두 사람이 저마다 옌에게만 이야기한 것을 옌은 결코 떠들어 대거나 하지 않았기 때문이었다.

　이제는 학교가 옌의 생활에서 큰 즐거움이었다. 그는 참으로 학문을 좋아했다. 옌은 책을 산더미처럼 사서 두 겨드랑에 끼고 왔고, 연필도 샀으며, 다른 학생들이 다 갖고 있는 외국제 펜을 사서 자랑스레 윗도리에 꽂고는, 전부터 쓰던 붓은 한 달에 한 번 아버지에게 편지를 쓸 때 말고는 쓰지 않았다.

　옌에게 책이란 모두 마법의 세계였다. 그는 아직 읽어 보지 않은 페이지를 열심히 넘기며 한 마디 한 마디를 머리에 새기려고 했으며, 학문을 사랑하기 때문에 끝없이 배우려고 했다. 눈만 뜨면 새벽부터 일어나서 책을 읽었고, 모르는 것이 있으면 암기했다. 이렇게 읽은 것을 모두 기억해 나갔다. 그리고 이른 아침식사를 끝내면—학교에 가는 날엔, 아이란이나 어머니보다도 빨리 일어났으므로 혼자서 식사를 했다—그는 얼른 집을 나가 아직 오가는 사람이 적은 거리를 뛰어가서 언제나 가장 먼저 학교에 갔다. 그리고 교사가 조금이라도 빨리 오면 그 기회를 이용해서 수줍음과 소심함을 무릅쓰고 모르는 것을 질문했다. 때로는 휴강을 할 때도 있었는데, 그럴 때 다른 학생들은 놀 수 있다고 좋아하지만 옌은 좋아하지 않았다. 오히려 손해를 보았다고 생각하고 그 시간에는 교사가 강의할 곳을 자습하며 보냈다.

　이렇게 공부하는 것은 옌에게는 가장 큰 즐거움이었다. 세계 각국의 역사, 외국의 소설과 시, 생리학 등등 아무리 공부해도 싫증이 나지 않았다. 그 중에서도 식물의 잎, 씨, 뿌리의 내부 구조를 연구한다든가, 비와 태양이 흙에 미치는 영향을 배운다든가, 작물은 언제 심으며, 어떻게 씨를 선택하며, 어떻게 수확을 늘리는가 하는 것을 배우기를 좋아했다. 이런 것들과 그 밖에 많은 것을 옌은 배웠다. 그는 식사와 수면 시간조차 아까웠으나 그의 젊고 왕성한 육체가 언제나 시장해서 음식과 수면을 요구하기 때문에 그것은 어쩔 수가 없었다. 노부인은 이러한 것들을 잘 지켜보고 있었다. 그러나 아무 말도 하지 않았으며 그가 눈치 채지 못하게 부인은 잘 주의하여, 그가 즐겨하는 요리를 될 수 있는 대로 식탁에 많이 올려놓으려고 신경을 썼다.

　그는 사촌들과도 자주 만났으며, 그들은 날로 옌의 생활의 일부가 되어 갔다. 성은 옌과 동급이었는데, 곧잘 자작시와 작문을 낭독하여 칭찬을 받았다. 그럴 때 옌은 겸허하고 부러운 마음으로 그를 바라보며 자기도 그만큼 부드러운 운을 밟은 시를 지어 보고 싶다고 생각했다. 셍은 겸손하게 눈을 내리깔고, 칭찬에 신경쓰지 않는 체했다. 그러면 다른 사람들도 그것을 거의 진정이라고 생각하게 되지만 이윽고 셍은 아름다운 입가에 자랑스런 미소를 떠올려 무심코 본심을 드러냈다. 옌은 그 무렵 거의 시를 짓지 않았다. 공부로 머리가 가득 차서 시상(詩想)이 떠오르지 않았고, 이를테면 시를 쓰더라도 치졸한 말밖에 떠오르지 않아서 그전처럼 마무리가 잘 되지 않았다. 그는 자기 사상이 너무 크기 때문에 형태가 잡히지 않고, 언어의 틀에 맞추기가 어렵다는 기분이 들었다. 여러 번 퇴고(推敲)하여 정성들여 썼을 경우에도 노선생은 이렇게 말하는 것이었다.

"재미있군, 꽤 잘 됐어. 허나, 네가 말하고 싶은 뜻을 난 모르겠단 말이야."

어느 날 옌이 종자(種子)를 주제로 해서 시를 썼을 때도 노선생은 머뭇거리며 말을 했는데, 옌도 자기가 이야기하고자 하는 뜻을 확실히 말할 수가 없어서 더듬거렸다.

"제가 말하고자 하는 것은, 종자 속에는, 종자라는 궁극적인 원자 속에는, 그것이 내지에 뿌려졌을 때 그 종자는 더는 물질이 아니라 영혼 같은 힘이랄까 생명이랄까, 정신과 물질의 중간단계가 되는 순간이 있어서, 종자가 성장하기 시작하는 변형의 순간을 잡아 그 변화를 이해할 수만 있다면……."

"음, 그렇구나." 선생님은 이해 안 가는 얼굴로 말했다. 그는 친절한 노인으로 언제나 안경을 코 끝에 걸고 있었으며, 지금도 그 안경 너머로 옌을 바라보았다. 오랫동안 학생을 가르쳐 왔기 때문에 자기가 학생에게 구하는 것이 뚜렷하게 정해져 있고, 어떤 것이 좋다는 표준이 확립되어 있었다. 선생은 옌의 시를 내려놓고 안경을 치켜올리고는 다음 종이를 집어들면서 반쯤은 무의식 중에 말했다. "아무래도 자네도 잘 모르는 것 같군……. 자 여기 더 잘된 시가 있다. '하일만보(夏日漫步)'라는 제목이지. 매우 잘 됐더군. 내가 읽어 줄까." 그것은 셍이 지은 시였다.

옌은 말없이 자기 사상을 마음속에 간직하고 선생이 읽고 있는 시를 들었다. 그는 셍의 아름답고 막힘 없이 흐르는 사상과 가지런한 운율을 부러워했다. 그러나 그것은 몸을 죄는 듯한 부러움이 아니고, 아주 겸허한, 찬탄의 마음이 깃든 선망이었으며, 자기보다 훨씬 아름다운 셍의 미모를 남몰래 사랑하는 것과 같은 기분이었다.

그러면서도 옌은 생의 참다운 모습을 알지 못했다. 생은 언제나 생글생글 웃고 공손하고 언뜻 개방적으로 보이지만 누구도 그를 진정으로 이해하는 사람이 없었다. 그는 언제든 따뜻하게 칭찬하고 호의에 넘치는 말을 하고 스스럼없이 이야기하지만, 무슨 말이든 그의 본심을 말하는 것은 아니었다. 그는 옌에게 와서, "오늘 학교가 끝나면 영화 보러 가지 않겠나. '대세계좌'에서 무척 좋은 외국 영화를 하고 있는데 말이야." 이런 말을 할 때가 있었다. 그래서 함께 영화관으로 가서 세 시간이나 있다가 밖으로 나와도 옌은 생과 함께여서 즐거웠다는 생각은 들지만, 잘 생각해 보면 생이 말을 한 기억이 없었다. 기억나는 것은 다만 어두컴컴한 영화관 속에서의 생의 미소짓는 얼굴과 빛나는 달걀형의 묘한 눈뿐이었다. 단 한 번, 생은 맹과 맹이 믿고 있는 주의에 대해서 이야기한 적이 있었다.

"나는 그런 무리들과는 다르단 말이야. 나는 혁명 당원 같은 것은 되고 싶지 않아. 나는 내 인생을 사랑하고 있고, 게다가 나는 아름다움밖에 사랑하지 않거든. 내 마음을 움직이는 것은 아름다운 것뿐이야. 어떤 주의건, 그 때문에 죽고 싶지는 않아. 곧 외국에 가겠지만, 외국이 더 아름다우면 돌아오지 않을지도 몰라. 알 수 없잖아? 나는 민중을 위해 고생하고 싶은 생각은 없어. 놈들은 더럽고 마늘 냄새만 난단 말이야. 멋대로 죽으라지. 그까짓 것들 없더라도 곤란할 것은 없어."

그는 이러한 것을 참으로 조용히 즐겁게 말하는 것이었다. 그때 두 사람은 화려한 극장 안에 있었으며, 주위의 잘 차려 입은 남녀들이 과자나 호두를 먹으며 외제 담배를 피우는 것을 보고 있었는데, 그의 말은 그러한 사람들을 대표해서 한 것인지도 몰랐다. 옌은 이 사촌에게 호의를 품고 있었으나 '멋대로 죽으라지'라는 말을 아무렇지 않게 지껄이는 그에게서 냉혹함을 느끼지 않을 수 없었다. 옌은 지금도 죽음을 두려워했기 때문이다. 오늘의 그는 가난한 사람들과는 먼 존재였으나, 그래도 그들이 죽는 편이 낫다고 생각한 적은 없었다.

그러나 그날 생이 한 말 때문에, 옌은 맹에 대해 좀더 물어 보고 싶다고 생각했다. 맹과 옌은 그다지 이야기를 나눈 적은 없었으나 축구를 함께 할 때가 있어서, 옌은 맹의 돌격하는 기세며 도약의 격렬함에 호감을 느끼고 있었다. 맹은 다부지고 탄탄한 육체를 지녔다. 학생들은 거의 창백하고 축 늘어진 몸을 하고 있었으며, 많은 옷을 껴입고서 벗으려 하지 않았기 때문에, 달음박질하는 것도 어린아이 같았고, 공을 집는 것도 무척 서툴렀으며, 던지는 꼴도 마치 계집아이처럼 옆으로 던지는가 하면, 차는 것도 힘이 없어서 번번이 공이 슬슬 굴러가서 금방 멎어 버리곤 했다. 그런데 맹은 마치 적에게 돌진하듯 공에 덤벼들어 딱딱한 구둣발로 힘껏 찼다. 공은 높이 솟아올랐으며 떨어지면 크게 튕겨 다시 솟아올랐다. 맹의 체구는 축구로 단련되어서 옌은 셍의 미모를 사랑하듯 맹의 몸을 사랑했다.

그래서 어느 날 옌은 셍에게, "맹이 혁명 당원이라는 사실을 어떻게 알지?" 하고 물었다. 그러자 셍은 대답했다. "맹이 제 입으로 말하더군. 언제나 나한테는 제가 하는 일을 조금 말해주지. 맹이 말해 주는 상대는 아마 나뿐일 거야. 때로는 나도 걱정스러울 때가 있어. 아버지나 어머니, 형한테도 맹이 하는 일을 말할 수는 없으니 말이야. 말하면 맹에게 잔소리를 할 테고, 맹은 금방 후끈 달아오르는 성질이니까 집을 뛰쳐나갈지도 모르거든. 요즘은 나를 믿고 이런 얘길 해주니까 그 녀석이 뭘 하고 있는지 알지만, 털어놓지 않는 비밀이 있다는 것도 난 알아. 과격한 구국의 맹약에 참가해서 손가락을 칼로 베어 피를 흘려서는 그 피로 맹세를 쓴 모양이거든."

"학교에도 혁명 당원이 많아?" 옌은 좀 걱정이 되어서 물었다. 그때까지 이곳이라면 안전하다고 생각했는데 암만해도 그리 안전하지 않은 듯한 느낌이 들기 시작했기 때문이다. 그래서는 군관 학교 친구들이 했던 짓과 같았고, 자기는 역시 그 사이에 끼고 싶지 않았다.

"많아." 셍은 간단히 대답했다. "여학생도 있지."

옌은 눈이 둥그레지며 놀랐다. 그 학교에는 여학생도 있었다. 남자 학교라도 여학생의 입학을 허가하는 것이, 이 진보적인 해안 도시에서는 관례가 되어 있었던 것이다. 학문을 익히고자 하는 여학생이 그다지 많지는 않았으나 그의 학교에만도 삼사십 명은 있어서 교실에서 드문드문 그 모습을 볼 수 있었는데, 그녀들은 주로 아름답지 못하며 또 언제나 공부만 하고 있어서 옌은 그들에게 주의를 기울이지 않았고, 자신의 인생과는 관계 없다고 생각하고 있었던 것이다.

그런데 이날 이후, 셍의 말이 마음에 걸려서 옌은 여학생들을 전보다 호기심을 갖고 보게 되었으며, 책을 옆에 끼고 눈을 내리깐 여학생과 스쳐 지날 때마다 이렇게 정숙한 여자가 비밀 음모에 가담한다는 것이 과연 있을 수 있는 일일까 생각했다. 그 가운데서도 특히 그의 주의를 끈 여학생이 있었다. 옌과 셩의 학급에 있는 유일한 여학생이었기 때문이다. 굶주린 참새처럼 앙상했으며 얼굴은 뾰죽한데다가 광대뼈가 높고 오뚝한 코 밑의 얇은 입술은 빛깔이 좋지 않았다. 교실에서는 거의 말을 하지 않고, 쓰는 문장은 좋지도 나쁘지도 않아 선생에게 비평을 받는 일도 없었으므로 그녀의 사상은 누구도 알지 못했다. 그러나 그녀는 언제나 강의에 나와서 선생이 하는 말에 열심히 귀를 기울였으며, 이따금 그 가느다랗고 음울한 눈에 흥미의 빛을 보이기도 했다.

옌은 호기심에서 곧잘 그 여학생 쪽을 바라보았다. 그러다가 어느 날 마침내 그녀는 그의 시선을 느끼고 그의 쪽으로 시선을 돌렸다. 그 뒤 옌이 그녀 쪽을 보면 언제나 그녀도 살며시 자기를 보고 있는 것을 발견했으므로 그녀를 보지 않기로 했다. 옌은 셩에게 그녀에 대해 물어 보았다. 언제나 조용히 혼자 있었기 때문이다. 셩은 웃으면서 대답했다.

"저거, 바로 그 패거리들의 하나야. 맹의 친구지. 둘이서 언제나 비밀 의논이며 계획을 짜고 있지. 저 차가운 얼굴을 좀 봐. 차가운 인간이라야 가장 확실한 혁명가가 되지. 맹은 지나치게 뜨거워서 오늘 열중해 있는가 하면 내일은 절망에 빠지곤 한단 말이야. 그런데 저 여자는 언제 보아도 얼음처럼 차갑고 변하지 않으며 단단하거든. 나는 언제나 똑 부러지고 차가운 여자는 싫더라. 그러나 저 여자는 맹이 흥분해서 조급히 계획을 발표하려 할 때는 냉정하게 식혀주고, 절망해 있을 때는 언제나 변함 없는 태도로 기운을 내게 해준단 말이야. 저 여자는 이미 혁명이 일어나고 있는 깊숙한 내륙 출신이야."

"저 사람들은 대체 무슨 계획을 하고 있지?" 옌은 호기심을 못 이기면서 목소리를 낮추어 물었다.

"혁명군이 오면 크게 환영할 계획을 짜는 거야." 셩은 말하고 어깨를 움츠리더니 남이 듣지 않도록 슬슬 걸어가기 시작했다. "저 친구들이 가장 힘을 들여 공작을 하는 대상은, 날마다 몇 푼 안 되는 임금밖에 받을 수 없는 공장 노동자들이야. 그리고 인력거꾼들에게도, 그들이 얼마나 짓밟히고 있으며, 외국 경찰이 얼마나 잔혹하게 그들을 탄압하고 있는가를 떠들어 대고, 승리의 날이 오면 그러한 하층 계급이 일제히 일어나 바라는 것을 얻을 수 있도록 공작하고 있는 거야. 두고 봐, 옌. 놈들은 너를 설득하러 올 테니까. 머지않아 맹이 올 거야. 전번에도 나한테 묻더군. 옌은 어떤 인간일까, 마음속으로는 혁명에 찬성하고 있을까 하고 말이야."

마침내 어느 날, 옌은 맹에게 붙잡혔다고 생각했다. 맹은 한 손을 옌의 어깨에 얹고 한 손으로는 옷소매를 잡은 채, 여느 때와 마찬가지로 기분이라도 나쁜 듯이 무뚝뚝한 어조로 말했다.

"형과 나는 사촌간인데도 둘이서만 이야기한 적도 별로 없고, 이래서야 마치 남이나 다름없잖아. 교문 앞에 있는 찻집에 가서 함께 뭐라도 마실까?"

그날은 수업이 끝나고 할 일도 없었으므로, 옌은 거절할 수도 없고 해서 맹과 함께 나갔다. 두 사람은 한동안 잠자코 앉아 있었으나 맹은 특별히 할말이 있는 것은 아닌 모양이었다. 그저 거리를 바라보며 지나가는 사람을 보고 있을 뿐이었으며, 어쩌다가 입을 열더라도 그것은 눈에 띄는 것을 신랄히 비판하기 위해서였다.

"저 차를 타고 가는 거만해 보이는 돼지놈 좀 봐! 착취 계급이지. 고리대금업자나 은행가나 아니면 공장주일 거야. 보면 알아. 분화구 위에 앉아 있다는 것을 저놈은 깨닫지 못하고 있어!"

사촌이 하는 말의 뜻은 알았으나 옌은 잠자코 있었다. 속으로는 그 사람보다 맹의 아버지 쪽이 더 뚱뚱하다고 생각했다.

맹은 또 이런 말도 했다.

"저 인력거를 끌고 가는 사람 좀 봐. 굶어 죽기 직전이로군. 저것 봐, 교통 위반을 했네. 시골서 갓 나온 친구라 순경이 손을 들고 있을 때는 길을 가로질러 가면 안 된다는 것을 모른단 말이야. 저것 좀 봐, 순경이 때리고 있어. 인력거를 뒤집어엎고 방석을 내던졌어! 저것으로 저 사람은 인력거도 오늘의 벌이도 다 날려 버리고 만 거야. 하지만 오늘 밤에도 인력거 주인에게 삯을 내야 한단 말이야."

그리고 인력거꾼이 절망적으로 고개를 푹 숙인 채 사라지는 모습을 보면서 맹의 목소리가 떨리기 시작했다. 옌이 돌아보니 놀랍게도 맹은 자기의 분노에 못 이겨 울고 있었으며 눈물을 흘리지 않으려고 애쓰고 있었다. 옌이 동정의 눈초리로 자기를 보고 있는 것을 깨닫고 맹은 목멘 소리로 말했다.

"이야기를 할 수 있는 데로 가자. 이야기라도 해야지 못 견디겠어. 저렇게 얌전히 탄압에 견디는 우매한 인간들을 보면 차라리 죽고 싶어진단 말이야."

옌은 맹을 달래기 위해 자기 방으로 데려가서 문을 닫고 흥분이 가라앉을 때까지 이야기하게 했다.

이때 맹과 이야기한 것이 동기가 되어 옌이 속으로 잊고 싶다고 생각했던 양심이 눈을 떴다. 옌은 요즈음 안락한 생활을, 쾌락과 자극을, 의무로부터의 해방을, 자기가 하고 싶은 일만 하고 있으면 그만인 생활을 사랑하고 있었다. 함께 사는 노부인과 아이란이 칭찬과 애정을 아낌없이 주므로 그는 따뜻함과 상냥함에 싸인 채 살고 있었다. 세상에는 몸을 따뜻하게 할 옷도 없고, 배를 채울 밥도 없는 사람들이 있다는 사실을 잊을 수 있다면 잊고 싶었다. 자기가 너무나 행복했으므로 슬픈 것을 생각하고 싶지 않았고, 때로는 새벽녘의 어둠 속에서 아버지가 아직도 자기를 뜻대로 할 수 있다고 생각되는 때가 있어도 노부인의 지혜와 친절에 기대어 그런 걱정을 쫓아 버렸다. 그런데 오늘 맹이 말한, 가난한 사람들의 일이 또다시 그의 생활에 어두운 그림자를 던졌으며 그는 그 그림자와 정면으로 맞설 수가 없었다.

그렇지만 이러한 이야기로 하여 옌은 여태까지와는 다른 눈으로 조국을 보는 방법을 배웠다. 흙벽집에 있을 때 그는 조국을 그저 광활하고 아름다운 대지로서 보았다. 그는 말하자면 조국의 아름다운 육체를 본 것이다. 그때도 그는 민중이라는 존재를 깊이 느끼지 않았다. 그런데 이 도시 거리에서, 조국의 영혼을 보는 방법을 맹은 가르쳐 준 것이다. 하층 계급이나 노동자에게 가해지는 아무리 사소한 모욕에도 맹은 분노로써 주의를 기울이는데, 옌은 자기보다 나이 어린 청년에 의해서 그러한 것에 주의하는 방법을 배운 것이다. 매우 부유한 사람들이 있는 곳에는 반드시 무척 가난한 사람이 있는 법이다. 거리를 걷노라면 가난한 사람들이 더 눈에 많이 띄었다. 왜냐하면 대부분의 사람들이 가난했기 때문이다. 가장 비참한 것은 눈 멀고 병 들고 더러워질 대로 더러워진, 굶어죽기 직전의 어린아이들이었다. 양쪽에 온갖 상품을 늘어놓은 커다란 상점들이 있고, 머리 위에는 비단 깃발이 나부끼고, 발코니에서는 악단이 음악을 연주하면서 손님을 끌고 있는 화려하고 밝은 거리마다 너절한 거지들이 구슬픈 소리로 구걸을 했다. 보이는 얼굴마다 여위고 흙빛이었으며, 아직 해도 지지 않았는데 손님들을 찾기 위해 매춘부들이 우글거렸다.

옌은 그러한 모든 것을 보았다. 그리고 마침내 맹보다 더 깊은 상처를 입었다. 맹은 그저 주의(主義)에 봉사하는 인간, 주의를 위해서 무엇이든 이용하지 않고는 못 견디는 인간이었다. 굶주린 사람들이라든가, 외국에 달걀을 수출하는 공장 밖에 내던져진 썩은 달걀을 줍기 위해 몰려드는 빈민들이라든가, 1전짜리 죽을 사서 먹고 있는 빈민들이라든가, 소나 말에게도 무거울 짐을 힘겹게 지고 가는 짐꾼이라든가, 빈민들이 구걸을 하는 데도 못 본 척 시시덕거리는 게으르고 빈들거리는 부자들과 비단을 걸치고 화장을 한 여자들을 볼 때마다 맹의 분노는 폭발하고, 이러한 모든 것에 대한 해결책으로서 그는 언제나 이렇게 부르짖었다.

"우리들의 주의가 승리하지 않으면 이 상태는 절대로 좋아지지 않는다. 절대로 혁명이 필요하다. 우리들은 부르주아를 때려눕히고, 우리들을 탄압하는 외국인들을 쫓아내, 가난한 사람들을 구해주어야 한다. 그러기 위해서는 오직 혁명이 있을 뿐이다. 옌 형, 형은 언제 이 사상을 인정하고 우리들의 주의에 참가해 줄 참이야? 우리는 형이 필요해. 조국은 우리 모두를 필요로 하고 있는 거야!"

맹은 노기에 불타는 눈초리를 옌에게 돌렸다. 그 눈길은 옌이 약속할 때까지는 돌리지 않을 기세였다.

그러나 옌은 약속할 수가 없었다. 그는 그 주의가 무서웠다. 결국 그것은 그가 도망쳐 온 바로 그 주의와 같은 것이 아닌가.

게다가 옌은 병폐를 해결하는 주의라는 이야기를 전혀 믿을 수 없었으며, 맹처럼 부자라면 누구든 격렬하게 미워할 수도 없었다. 뚱뚱하게 살찐 부자들의 몸뚱이, 손가락에 낀 반지, 모피로 안을 댄 외투, 부인들의 귀에 건 보석, 얼굴에 한 화장, 그러한 것들이 모두 맹을 그 주의로 몰아 세웠다. 그런데 옌은 부자의 얼굴이라도 다정한 표정이면 인정하지 않을 수 없었으며, 공단 옷을 입고 있더라도 거지에게 돈을 주는 여자의 눈에서 연민의 빛을 읽을 수도 있었으며, 부자의 입에서 나오든 가난한 사람의 입에서 나오든 그는 웃음소리를 좋아했다. 혹 나쁜 사람으로 알고 있더라도 웃는 사람은 좋았다. 맹은 피부색에 따라서 사람을 사랑하기도 미워하기도 하지만, 옌은 암만 해도 '이 사람은 부자니까 악인이다, 이 사람은 가난하니까 선인이다' 생각할 수는 없었으며, 따라서 그것이 아무리 위대한 주의라도 완전히 그걸 믿을 수는 없었다.

옌은 이 도시의 복잡한 길거리에서 마주치는 외국인들을 맹처럼 미워할 수는 없었다. 이 도시는 세계 각지와의 무역이 성했으므로 온갖 피부색과 온갖 나라 말을 지껄이는 외국인들로 넘쳐났으며, 어디를 가나 그들의 모습이 눈에 띄었다. 점잖은 사람이 있는가 하면 소란스럽고 성질이 고약한 주정뱅이도 있었고, 가난한 자도 부자도 있었다. 맹이 특히 미워한 대상은 돈 많은 외국인이었다. 술취한 외국 선원이 인력거꾼을 걷어차고 있다든가, 백인 여자가 장사치에게 무엇을 사고 달라는 값을 다 주려 하지 않는다든가, 많은 국적의 인간들이 모여서 함께 생활하는 항구 도시에서는 곧잘 볼 수 있는 광경도, 맹은 견딜 수가 없었다.

맹은 외국인에게 공기를 마시게 하는 것조차 불쾌해 했다. 외국인을 만나면 절대로 길을 양보하지 않았다. 화난 청년의 얼굴을 한결 더 험악스럽게 하여 어깨를 쫙 펴고는, 설혹 상대가 여자라도 외국인이 길을 비켜서 지나가면 만족해하며 증오에 찬 어조로 중얼거렸다.

"저런 놈들은 우리나라에 오지 않아도 돼. 놈들은 우리를 약탈하기 위해 온 거야. 놈들은 종교로 우리들의 영혼을 빼앗고 무역으로 물건과 돈을 빼앗고 있어."

어느 날 맹과 옌이 학교에서 돌아오는 길에, 시내에서 백인처럼 피부가 희고 코는 높으나 눈과 머리는 백인답지 않게 새카만 마른 사나이를 만났다. 그러자 맹은 분노에 찬 시선을 던지더니 옌을 돌아보고 말했다.

"이 도시에서 무엇보다 싫은 것은 저런 인간이야. 이것도 아니고 저것도 아닌 녀석이야. 피가 섞여서 믿을 수가 없어. 마음도 둘로 나뉘어져 있거든. 중국인이면서, 남자건 여자건 외국인의 피와 자기 피를 섞을 만큼 자기를 잊다니, 나는 이해할 수 없어. 나는, 방금 만난 그런 놈들을 모두 매국노로 죽이고 싶단 말이야."

그러나 옌은 그 사람의 온화한 표정이나, 희지만 인내심이 강해 보이는 얼굴을 잊을 수 없었다.

"하지만 따뜻해 보이는 사람이잖아. 피부빛이 희고 혼혈이라는 이유만으로 악인이라 생각할 수는 없어. 부모가 한 일을 어떡하란 말이야."

그러나 맹은 소리쳤다.

"형은 그를 미워해야 해, 옌! 백인들이 우리나라에 어떤 짓을 했는지 몰라? 잔혹하고 부당한 조약으로 우리들을 죄수처럼 괴롭히고 있다는 것을 형은 몰라? 우리들은 우리 자신의 법률마저 가질 수가 없단 말이야. 백인이 우리 중 국인을 죽여도 그들은 제대로 처벌도 받지 않아. 우리나라의 법정에조차 출두 하지 않는단 말이야."

맹이 격분해서 이런 말을 지껄이는 동안 옌은 미안한 듯한 미소를 띤 채 듣 고 있었다. 상대가 아무리 격분해 있어도 그는 온화했으며, 국가를 위해 미워 하는 것이 옳다고 생각하면서도 그는 좀처럼 미워할 기분이 나지 않았다.

그래서 옌은 아직 맹의 주의에 가담하지 못하고 있었다. 맹이 권하면 조용 한 미소를 띨 뿐 아무 소리도 하지 않았다. 싫다고 말할 수는 없어서 바쁘다 는 핑계를 댔다. 그런 주의를 위해서조차 그는 시간을 낼 수가 없다고 했다. 마 침내 맹도 단념하고 그와는 말도 하지 않게 되었으며, 만나도 무뚝뚝하게 조 금 고개를 숙일 뿐이었다. 축제일이라든가 구국기념일이라든가 하여 모두가 깃 발을 흔들고 노래를 부르며 행진할 때는 옌도 매국노라는 비난을 받지 않기 위해 행진에 참가했다. 그러나 비밀 회합이라든가 모의에는 가담하지 않았다. 이따금 그들 패거리의 이야기를 들을 때가 있었다. 어느 권력자를 암살하기 위해 몰래 방에 감추어 두었던 폭탄이 발각되어 붙잡혔다는 이야기였다. 그리 고 한번은 외국인과 교제한다는 이유로 주목하던 교수를 그들 패거리가 집단 폭행을 한 사건도 있었다. 그러나 옌은 이런 이야기를 들으면 더더욱 집중하여 책을 읽으며 흥미를 다른 데로 돌리지 않으려고 애썼다.

사실 그 무렵 옌의 생활은 해야 할 일이 너무 많아서 무엇 하나 철저히 파 고들어 생각할 겨를이 없었다. 빈부문제를 골똘히 생각할 짬도 없는가 하면, 맹의 주의의 뜻을 이해할 여유도 없었으며, 또는 환락을 충분히 즐길 겨를도 없는 채 벌써 다른 일이 머릿속에 떠올랐다. 학교에서 배우는 것도 잔뜩 있었 다. 여태까지 모르던 학과며, 실험실에서 펼쳐지는 과학의 마술이며, 그는 정말 로 많은 것을 배우고 많은 일을 했다. 화학 실험 때 코를 찌르는 심한 악취는 싫었으나, 그는 자기가 만든 화합물에 넋을 잃었다. 두 개의 아무것도 아닌 액 체를 섞어서 하나로 만들면 갑자기 부글부글 거품이 일면서 새로운 생명, 새 로운 빛깔, 새로운 냄새를 낳으며 제3의 물질이 생기는 것을 그는 경이의 눈으 로 바라보았다. 그 무렵 그의 마음속에는 온 세계가 하나로 모인 이 대도시의 온갖 사상이나 지식이 스며들어와서, 낮에도 밤에도 그 하나하나가 무엇을 뜻하는지 파악할 겨를조차 없었다. 너무나 수가 많아서 그는 한 가지 지식에 몰두할 수가 없었으며, 가끔은 사촌들이나 누이가 매우 부러워질 때도 있었다. 생은 꿈과 낭만 속에 살았고, 맹은 주의를 위해 몸을 바쳤으며 아이란은 미모와 쾌락 속에서 살았다. 너무나 다양한 지식 속에서 살고 있는 옌의 눈에는 그것이 극히 즐거운 생활인 것처럼 느껴졌다.

이 대도시에서도 빈민은 그리 보기 좋은 존재가 아니었다. 그러므로 옌은 그들에게 반드시 연민의 정만을 느낄 수도 없었다. 그는 그들을 측은하게 여기고 음식물이나 옷을 주고 싶었으며, 잔돈을 갖고 있을 때 거지가 팔을 잡거나 하면 거의 돈을 던져 주었다. 그러나 돈을 던져 주는 것은 연민의 정에서만이 아니라 달라붙는 그들의 더러운 손이나, 귓가에서 "적선합쇼, 도련님. 자비를 베푸십쇼, 저희 아이들이 굶어 죽습니다" 울부짖는 소리로부터 벗어나고 싶기 때문이기도 했다. 이 도시에는 거지보다 한결 더 소름이 끼치는 존재가 있었다. 그것은 거지들의 아이들이었다. 조그만 얼굴에 여위고 가련한 표정이 이미 굳어져 있는, 가냘프게 우는 극빈자의 아이들을 옌은 차마 똑바로 쳐다볼 수가 없었다. 더 심한 것은 뼈와 가죽만 남은 어머니의 가슴에 안겨 젖을 빠는 벌거숭이나 다름없는 아기의 모습이었다. 옌은 그런 사람들로부터는 몸을 움츠리며 시선을 돌렸다. 그는 돈을 던져 주고 눈을 다른 데로 돌리며 얼른 지나갔다. 그리고 혼자 속으로 생각했다. '가난한 사람들이 저토록 추악하지만 않다면 나도 맹의 주의에 참가할 텐데.'

그러나 이와 같은 동포들로부터 그의 마음이 완전히 멀어지는 것을 막는 것이 있었다. 그것은 대지와 밭과 나무에 대한, 그가 예부터 지녔던 애정이었다. 도시에 살면 겨울 동안은 그 애정이 희미해져서 옌도 잊어버릴 때가 많았다. 그러나 봄이 가까워지면 다시 마음이 들뜨기 시작했다. 따뜻해지면 도시의 조그마한 공원 나무에도 새싹이 트고, 거리에는 막대의 양쪽 끝에 바구니를 달고 꽃을 피운 홍매화 화분이며 제비꽃, 봄 백합 따위를 큼직하게 묶은 꽃다발을 짊어진 꽃장수의 모습이 나타났다. 온화한 봄바람을 쐬니 옌은 근질근질해졌다. 봄바람은 그에게 흙벽집이 있는 조그마한 마을을 떠오르게 하고, 발로 도시의 보도가 아닌 어딘가의 흙을 밟아 보고 싶다는 충동을 느끼게 했다. 그래서 옌은 신학기부터 토지의 경작을 가르쳐 주는 과목에 등록했다. 그리고 그도 다른 학생들과 함께 교외의 조그마한 실습지를 할당받았다. 교실에서 배운 것을 실습하기 위해서였으며, 여기서 씨를 뿌리고 잡초를 뽑는 것이 공부의 일부였다.

옌에게 주어진 토지는 우연히 맨 가장자리에 있어서 한 농부의 밭과 이웃했다. 처음 그 실습지를 옌이 혼자 보러갔을 때 그 농부는 빙글빙글 웃으면서 서 있다가 큰 소리로 말을 건네 왔다.

"학생들이 여기서 대체 무엇을 하는 거요? 학생은 책을 공부하는 줄로만 알았는데."

그래서 옌은 대답했다.

"요새는 수확하는 것도 씨 뿌리는 것도 배웁니다. 그리고 씨를 뿌리기 전에 땅을 가는 방법도 배우지요. 저는 오늘 그것을 해 볼 생각으로 왔습니다."

이 말을 듣자 농부는 껄껄 웃으면서 몹시 무시하듯이 말했다.

"나는 이 나이가 될 때까지 그런 학문은 들은 적이 없는걸. 농사라는 것은 부모가 자식에게 가르치고, 그리고 그 자식이 또 그 자식에게 가르치는 거야. 곁에서 하는 것을 보고 그대로 하면 그만이지."

"그러나 옆에서 하는 방법이 틀렸을 때는 어떻게 하지요?" 옌은 싱글싱글 웃으면서 말했다.

"그런 때는 다른 잘하는 사람 것을 보면 되지 뭐." 농부는 말하고 나서 다시 껄껄 웃고는 자기 밭을 갈기 시작했다. 그는 홀로 중얼거리기도 하고 일손을 멈추고 머리를 긁적긁적 긁기도 하고, 몸을 흔들면서 또 웃기도 하더니, 이윽고 커다란 소리로 말했다. "음, 나는 여태까지 그런 말은 들은 적이 없는데, 내 아들은 학교 같은 데 보내지 않기를 잘했지. 돈을 들여 농사일을 배우다니! 학교에서 배우는 것보다 내가 더 많이 가르쳐 줄 수 있을걸."

옌은 이제까지 괭이를 쥐어 본 일이 없었으므로, 자루가 길어 다루기가 힘든 그 물건을 손에 쥐니 너무 무거워서 잘 쓸 수가 없었다. 아무리 높이 쳐들어도 딱딱해진 땅을 파고들 수가 없었으며, 언제나 옆으로 빗나가 버렸다. 땀에 흠뻑 젖을 때까지 했으나 일은 전혀 진척되지 않았다. 그날은 봄날치고는 추워서 살을 에는 바람이 불었는데 그는 마치 한여름처럼 땀을 흘렸다.

마침내 그는 절망하여, 농부가 어떻게 하고 있는가 슬쩍 살폈다. 농부의 괭이는 규칙적으로 오르내렸으며 조금도 겨냥이 틀리지 않았다. 옌에게도 얼마쯤의 긍지가 있었으므로, 자기가 보고 있다는 사실을 농부가 눈치 채지 못하기를 바랐다. 그러나 옌은 곧 농부가 자기 쪽을 보고 있을 뿐 아니라 아까부터 쭉 그랬으며, 옌이 마구 괭이를 휘두르는 모습을 보고 속으로 웃고 있었다는 것을 알아차렸다. 옌과 눈이 마주치자 그는 다시 큰 소리로 웃으며 흙덩이를 넘어와서 말했다.

"책에서 다 배웠으니까, 설마 옆에 있는 농부가 어떻게 하나 넘겨다보지야 않았겠지!" 이렇게 말하더니 웃으며 다시 땅파기를 계속했다. "당신네들 책에는 괭이 쥐는 방법도 씌어 있지 않던가?"

옌은 괜히 화가 치밀고 조금은 불쾌했다. 이런 서민의 비웃음소리를 참고 들어 넘기기가 어려웠고, 또 한편 이런 보잘것없는 땅마저 갈지 못해서는 씨도 뿌릴 수 없다는 것을 서글프지만 그 자신도 알고 있었기 때문이었다. 그러나 이성의 힘이 겨우 그의 굴욕감을 눌렀다. 그는 괭이를 내려놓고 자기도 웃어 주고는 농부의 비웃음을 참고 땀투성이 얼굴을 닦으며 솔직하게 말했다.

"당신이 말한 대롭니다. 그런 건 책에 씌어 있지가 않아요. 가르쳐 주시면 당신을 선생님으로 모시겠습니다."

이 솔직한 말에 농부는 기뻐하며 옌에게 호의를 갖고 빈정대기를 그만두었다. 자기와 같은 비천한 농부라도 이런 청년에게, 말씨라든가 풍채라든가 누가 보아도 학문 있는 청년에게 가르쳐 줄 수 있는 지식을 갖고 있다는 사실이 짐짓 속으로 자랑스러웠던 것이다. 그래서 농부는 조금 우쭐대며 옌을 보고 제법 엄숙한 표정으로 말했다.

"먼저, 나와 당신 어느 쪽이 땀을 흘리지 않고 쉽고 자유롭게 괭이를 쓸 수 있는 차림인지 생각해보게."

옌이 보니 농부의 햇볕에 탄 몸은 허리까지 벌거숭이가 되어 있었으며, 다리는 무릎까지 걷어올렸고 짚신을 신은데다가 햇볕과 바람에 단련된 얼굴은 검붉어, 어느 모로 보나 건강해 보였다. 옌은 아무 말도 하지 않고 빙그레 웃고는 위에 입고 있던 외투를 벗고, 다시 그 속의 윗도리를 벗은 다음 소매를 팔꿈치까지 걷어올리고 똑바로 섰다. 농부는 그것을 가만히 보고 있더니 느닷없이 소리쳤다.

"마치 여자 같은 살결이군. 내 팔을 좀 보게나." 그는 자기 팔을 옌의 팔과 나란히 하여 손가락을 벌렸다. "당신도 손가락을 펴 보게. 그 봐, 손바닥이 물집 투성이잖아! 그건 괭이를 느슨하게 쥐었기 때문인데, 그렇게 하면 내 손이라도 물집투성이가 되지."

그리고 농부는 괭이를 들고 어떻게 쥐어야 하는가 가르쳐 주었다. 한쪽 손으로 자루를 꽉 쥐고 다른 손으로 그보다 조금 앞을 쥐어 내려치는 방향을 정한다. 옌은 배우기를 부끄럽게 생각하지 않고 몇 번이나 연습해서 마침내 괭이의 쇠날이 똑바로 떨어질 때마다 흙덩이가 깨지게 되었다. 그 모습을 보고 농부가 그를 칭찬해 주자, 그저 농부가 칭찬해 준 것뿐인데 이상하게도 옌은 그것이 선생님이 시를 칭찬해 주던 것보다 더 기뻤다.

날마다 옌은 자기 밭으로 갔다. 그는 다른 학생이 아무도 없을 때 가는 것을 좋아했다. 여러 사람들이 있으면 그 농부는 가까이 오지 않고 좀더 멀리 있는 다른 밭으로 가버리기 때문이었다. 그러나 옌이 홀로 있는 것을 보면 가까이 와서 말을 건네기도 하고, 씨는 어떻게 뿌리며 싹이 트면 어떻게 솎으며, 싹이 트면 먹어치우려고 기다리는 나쁜 벌레는 어떻게 예방하는지 가르쳐 주었다.

그러는 동안에 옌에게도 가르쳐 줄 차례가 왔다. 어떤 해충이 나타났을 때 옌은 마침 그것을 죽이는 외국제 약품에 대해 책에서 읽어 알고 있었으므로 그 약을 써보았다. 그가 처음 약을 썼을 때 농부는 웃으면서 말했다.

"요전번에도 결국 내가 하는 것을 보고 배우지 않았나. 당신네 책에는 엉터리만 씌어 있어서, 콩은 어느만큼 깊게 심으며 언제쯤 제초를 하는가 가르쳐 주지도 않잖아."

그러나 살충제를 맞고 콩에 붙었던 해충이 몸을 비틀며 죽는 것을 보자 농부는 정색하고 목소리를 낮추어 물었다.

"정말 그게 될 줄은 몰랐군. 그럼 이 해충은 하느님의 뜻이 아니란 말이지? 인간의 힘으로 없앨 수 있는 거란 말이지. 책에도 더러는 쓸 만한 게 씌어 있기는 있는 모양이군. 음, 이건 대단한데. 씨를 뿌려도 벌레에게 몽땅 먹혀서야 아무것도 안 되거든."

이렇게 말하고 농부가 자기 밭에 쓸 살충제를 달라고 부탁했으므로 옌은 기꺼이 나눠주었다. 이러한 일로 두 사람은 그럭저럭 친구가 되었다. 옌의 밭은 가장 많은 수확을 거두었고 이에 그는 농부에게 감사했으며, 농부도 그의 콩이 다른 사람들 밭과는 달리 벌레에 먹히지 않고 잘 자라는 것에 대해 옌에게 감사했다.

　이러한 친구가 있고, 얼마 되지 않지만 일할 땅을 가진 것은 옌에게는 좋은 일이었다. 봄이 한창일 때 대지 위에서 열심히 일하면서 그는 그때까지 몰랐던 만족감을 몇 번이나 느꼈다. 옌은 농부가 입는 옷으로 갈아입고 신도 짚신으로 바꿔 신었다. 농부는 시집 가지 않은 딸도 없고 마누라는 벌써 나이를 먹어 보기 흉했으므로 옌을 자유로이 자기 집에 드나들게 했다. 그래서 옌은 들에서 일할 때 입는 옷을 농부 집에 맡겨 놓았다. 그리하여 옌은 날마다 여기 오면 금방 농부로 변했다. 옌은 자기가 생각한 이상으로 땅에 애착을 느꼈다. 씨가 싹트는 것을 보고 있노라면 참으로 기분이 좋았으며, 거기에는 시적인 정취가 있었다. 그러나 그것을 표현하기는 어려워서, 아무리 시로 만들어보려고 해도 잘 되지 않았다. 그는 밭일 자체를 사랑했으며, 자기 일이 끝나면 자주 농부의 밭일을 거들었다. 그리고 날씨가 따뜻해지자, 농부가 청하는 대로 탈곡장에서 그의 아내가 차린 음식을 함께 먹는 일도 있었다. 그의 피부는 차츰 억세고 굳건하게 햇빛에 타기 시작했다. 어느 날 그를 본 아이란이 이렇게 말했다.

　"옌 오빠, 어찌 된 거예요 ? 나날이 검어지잖아. 꼭 농부 같아."

　옌은 빙그레 웃으면서 대답했다.

　"난 농부야, 아이란. 너에게는 곧이들리지 않겠지만."

책을 읽을 때라든가 그 보잘것없는 밭과는 전혀 다른 세상에서 밤의 환락을 즐기는 동안에도, 그는 갑자기 밭 생각이 났다. 책을 읽거나 놀면서도 이번에 뿌릴 새로운 종자를 생각하기도 하고, 오늘 심은 채소는 여름 전에 거두어들일 수 있을까 생각하기도 하고, 어떤 잎의 끝이 누렇게 마르기 시작하던 것을 떠올리며 걱정하기도 했다.

이따금 옌은 생각했다. '가난한 사람이 모두 그 농부만 같다면, 나도 기꺼이 맹의 주의를 받들고 운동에 참가하겠는데……'

옌이 할당받은 이 조그마한 땅에서 남몰래 참된 만족을 느낀 것은 행복한 일이었다. 그러나 그것은 어디까지나 비밀이었다. 비록 자신이 행복을 느끼더라도 누가 물으면 자기가 밭에서 일하는 것을 좋아한다고는 말할 수 없었다. 도시 청년들 사이에서는 시골 사람들을 '촌놈'이라든가 '시골 백성'이라든가, 이런 식으로 경멸하듯 부르는 것이 유행이었으므로 그의 나이엔 스스로도 밭일을 좋아하는 게 조금은 부끄러웠다. 그리고 옌은 친구들이 할 말도 마음에 걸렸다. 그래서 그는 문득 서로의 눈에 띈 빛깔이라든가 형태의 아름다움처럼, 무엇이든 화제로 삼아 이야기할 수 있었던 셍에게조차 이 이야기만은 하지 못했다. 더욱이나 아이란에게는 자기가 한 뙈기의 땅에 이상한, 깊고 건실한 즐거움을 느끼고 있다는 이야기를 도저히 할 수 없었다. 어머니라고 부르는 노부인에게는 형편에 따라 말해도 좋다고 생각했다. 두 사람 모두 마음속에 있는 것은 그다지 털어놓지 않았으나, 두 사람만 있을 때의 식탁에서 부인은 곧잘 진지하게 자기가 하고 싶은 이야기를 했기 때문이었다.

부인은 조용히, 훌륭한 일을 많이 했으며 이 도시의 부인네들처럼 노름이나 연회, 경마나 경견(競犬)에 열중한다든가 하는 일이 없었다. 그러한 일들은 부인에게는 즐거움이 아니었다. 아이란이 가고 싶다고 말하면 함께 가는 일은 있었으나, 그런 때 그것은 단지 의무이며, 재미를 느껴서 보는 것이 아니라는 듯 혼자 단정하게 앉았다 오곤 했다. 부인의 참된 즐거움은 그녀가 아이들을 위해서 하고 있는 자선 사업이었다. 가난한 부모가 귀찮아서 버린 갓난 여자아이들을 보살피는 일이었다. 부인은 이러한 아이를 발견하면 자기가 경영하는 육아원에 데려오는데, 거기에는 여자를 둘 채용해서 보모를 시키고 자기도 날마다 가서 아이들을 가르치거나 병들어 쇠약해진 아이들을 돌보거나 했다. 그런 버려진 아이들을 20명 가까이 데리고 있었다. 이 자선 사업에 대해서 부인은 몇 번인가 옌에게 이야기한 적이 있었다. 그 여자아이들에게도 성실하게 살아갈 길을 가르쳐서, 농부건 상인이건 직공이건 착하고 부지런한 아내를 맞이하고 싶어하는 정직한 사람과 결혼시키고 싶다는 이야기를 했다.

한번은, 옌도 부인과 함께 이 고아원에 가본 적이 있다. 그는 이 진지하고 침착한 부인이 변하는 모습을 보고 놀랐다. 고아원의 시설은 빈약하고 소박했다. 부인은 이와 같은 사업을 하면서도 아이란에게 지출되는 비용이 많아서 여기에는 그다지 많은 돈을 쏟아 넣을 수가 없었던 것이다. 그러나 문 안으로 들어선 순간, 아이들이 와 하고 부인 앞에 몰려들어 그녀를 엄마라고 부르면서 옷자락이나 손을 끌어당기며 애정을 표시하려 했다. 그러자 부인은 크게 웃음을 터뜨리고는 부끄러운 듯 옌 쪽을 돌아보았다. 옌은 그때까지 부인이 소리내어 웃는 모습을 본 적이 없었으므로 눈이 둥그레져서 서 있었다.

"아이란은 이 아이들의 일을 알고 있습니까?" 그는 물었다.

이 말을 듣자 부인은 갑자기 다시 여느 때의 진지한 얼굴로 돌아가서 고개를 끄덕이며 이렇게 말할 뿐이었다. "그 애는 지금 자기 생활로 머리가 꽉 차 있어서."

부인은 간소한 고아원 안을 여기저기 옌에게 구경시켜 주었다. 안마당에서 부엌까지 모두 소박하긴 했으나 청결했다. 그리고 부인은 말했다. "이 아이들에게는 그다지 돈이 들지 않아. 머지 않아 일하는 사람의 아내가 될 테니까." 그리고 덧붙였다. "이 가운데서 한 사람, 단 한 사람이라도 좋으니, 내가 아이란에게 바랐던 그런 사람이 될 수 있는 아이가 있다면…… 나는 그 아이를 내 집에 데려가서 그 아이를 위해 일생을 바칠 생각이야. 그런 아이가 하나 있기는 한데. 아직 뭐가 될지는 모르지만 말이야……."

부인이 부르니 다른 방에서 한 여자아이가 들어왔다. 다른 아이들보다 나이가 많아서 열세 살쯤 되었을까, 침착한 얼굴을 한 그 아이는 두려워하는 빛도 없이 가까이 와서 부인의 손을 잡고 얼굴을 들고 맑은 목소리로 말했다. "무슨 일이세요, 어머니?"

"이 아이는" 부인은 자기를 바라보는 아이의 얼굴을 내려다보면서 열기 띤 어조로 말했다. "뭐랄까, 어떤 정신이 살아 있어. 하지만 그것이 어떤 것인지 아직은 알 수 없어. 갓 낳았을 때 이 집 문앞에 버려진 것을 내가 발견했지. 이 아이는 글씨도 곧 익히고, 무엇을 가르쳐도 열심이며, 매우 의지가 굳센 아이라서 이대로 가면 한두 해 안에 집으로 데려갈 수 있을 것 같아……. 그럼 메이링(美齡), 가도 좋아.”

그 아이는 부인에게 밝은 미소를 보이고 나서 옌에게 깊은 시선을 던졌다. 그녀는 아직 어린아이에 지나지 않았으나 옌은 그 시선을 잊을 수가 없었다. 그것은 매우 맑고 무언가 묻고 싶은 듯한 눈동자로, 특히 그에게만 던졌다고는 생각되지 않으나 마음을 꿰뚫는 시선이었다. 그리고 그녀는 방에서 나갔다.

이러한 부인에겐 옌도 털어놓을 수 있었으나 결국 이야기할 필요는 없었다. 옌은 밭에서 보내는 시간이 즐겁다고 스스로 알고 있으면 그로써 좋았다. 그 시간은 그로 하여금 마음속에 있는 뿌리와 연결시켜 주었다. 그러므로 그는 다른 많은 사람들처럼 이 도시 생활의 표면을 부평초처럼 떠돌고 있지 않았다.

왠지 모를 불안을 느꼈을 때, 옌은 몇 번이나 자기 밭에 가서, 맑게 갠 날은 땀을 흘리며, 차갑게 비가 내리는 날은 비에 젖으며 묵묵히 일하거나 또는 옆의 농부와 조용히 이야기를 나누었다. 그러나 노동이나 이야기를 나누고 있는 그때는 아무 소용도 없고 그다지 뜻도 없는 듯이 생각되었으나, 밤이 되어 집으로 돌아와 보면 마음의 초조가 깨끗이 가시어 있었다. 대지에서 배운 침착성을 마음에 갖고 있으면 책을 읽을 때도 마음을 담아 행복한 기분으로 사색에 잠길 수 있었고, 아이란이나 친구들과 함께 외출하여 소음과 빛 속에서 춤을 춰도 불안함 때문에 괴로워하지 않았다.

그리고 대지가 주는 침착한 마음, 굳건한 뿌리가 옌에게는 필요했다. 이해 봄, 그의 생활은 꿈에도 생각지 못한 방향으로 기울어져 갔기 때문이다.

한 가지 일에 있어서만은 옌은 셍이나 아이란보다 뒤져 있었다. 맹과 비교해도 뒤져 있었다. 이 셋은 옌이 일찍이 몰랐던 열기 넘치는 세상 속에서 살고 있었다. 이 대도시에서 청춘을 보내는 그들의 피에는 그 온갖 열기가 흘러들어 왔다. 여기에는 청춘들의 피를 들끓게 하는 무수한 자극이 있었다. 연애하는 모습과 미인의 그림이 벽에 걸려 있고, 외국 남녀들의 사랑을 그린 영화가 상영되는 영화관, 얼마 안 되는 돈으로 하룻밤 여자를 살 수 있는 댄스 홀, 이런 것들이 생생한 자극 요소였다.

이 밖에 연애를 다룬 소설이나 시가 조그마한 서점에서도 판매되고 있었는데, 옛날에는 이런 것들을 음란한 것으로 보고, 남녀 마음에 불을 지르는 흥분제라고 하여 아무도 공공연히 읽지 않았었다. 그런데 오늘날에는 외국의 방심할 수 없는 사상이 침입해 와서, 예술이라든가 천재라든가 하는 미명 아래, 젊은 사람들이 여기저기에서 이런 작품들을 읽고 연구하는 것이었다. 그러나 아무리 이름은 아름다워도 여전히 흥분제는 흥분제였으며, 예나 다름없이 욕망의 불을 붙였다.

젊은 사람들은 남녀를 가리지 않고 대담해지고 지난날의 조신함을 잃어 갔다. 남녀가 손을 잡아도 그전처럼 음란한 행위로는 보지 않았고, 남자가 직접 여자에게 청혼해도 여자의 부친이 남자를 고소하는 일도 없어졌다. 이 습관은 옛날 뿐만 아니라, 요즘도 외국의 타락한 습관에 물들지 않은 깊숙한 지방에서는 여전히 지켜지고 있었지만 말이다. 그리고 두 사람이 약혼을 하고 나면 그들은 마치 야만인처럼 거리낌없이 왕래했다. 그리고 예측할 수 있듯이 때로는 피가 끓어올라 성급하게 살과 살이 맞닿는 일이 있어도, 부모들이 젊었을 때처럼 명예를 더럽혔다고 살해당하는 일도 없었다. 오히려 결혼 날짜가 빨라질 뿐이었으며 이와 같이 하여 아이가 태어나도 젊은 부부는 장한 일이나 한 듯 태연했다. 그리고 부모는 속으로 씁쓸하게 생각하면서 뒤에서 못마땅한 얼굴로 서로 마주 볼 뿐, 가만히 참는 도리밖에 없었다. 이것이 새 시대라는 것이었기 때문이다. 많은 부모들은 아들 딸을 염려하여, 새 시대를 저주했다. 그러나 뭐니뭐니해도 이것이 새 시대였으며, 옛날로 되돌아갈 도리는 없었다.

셍은 이러한 새 시대의 아이였다. 동생 맹도 아이란도 그러했다. 그들은 새 시대의 일부였으며 다른 시대를 몰랐다. 그러나 옌은 그렇지 않았다. 왕후는 그를 모든 옛 전통 속에서 길렀고 여성에 대한 자기의 증오까지 거기에 더해주었다. 그래서 옌은 여자를 생각해 본 적이 없었다. 만일 기분이 해이해져서 잠자는 동안에 여자의 꿈이라도 꾸게 되면, 눈을 뜬 다음 무척 부끄러운 생각이 들어서 침상에서 뛰어나와 맹렬히 공부를 하거나, 한참 거리를 거닐거나 하여 마음 속의 음탕한 생각을 쫓았다. 언젠가는 다른 남자와 마찬가지로 자기도 결혼하여 자식을 가질 것을 알고 있었으나, 그런 것은 공부에 정진해야 할 요즘과 같은 때에 생각할 일이 아니었다. 지금의 그는 오로지 학문에만 몰두했다. 아버지에게도 똑똑히 그렇게 써 보냈고 지금도 그 기분은 변하지 않았다.

그런데 이해 봄에는 밤마다 꿈 때문에 괴로워했다. 낮에 연애라든가 여자를 생각한 일도 없는데, 이상한 일이었다. 그러나 잠이 들면 그의 마음은 그런 음란한 일로 가득 찼다. 잠에서 깨면 부끄러움으로 식은땀이 흘렀다. 그런 날에는 그는 서둘러 밭으로 가서 죽을힘을 다해 일했다. 그러면 개운해지는 기분을 느꼈다. 게다가 오랜 시간 일한 날은 밤에도 꿈을 꾸지 않고 기분 좋게 푹잘 수가 있었다. 그래서 그는 한결 더 열심히 밭에서 일하게 되었다.

그러나 자기는 몰랐으나, 옌의 피도 모든 젊은이들과 마찬가지로 타고 있었던 것이다. 수많은 감미롭고 권태로운 생각에 몸을 맡기고 있는 셩보다도, 자신의 주의에 몸을 태우고 있는 맹보다도 더 격렬하게 타오르고 있었다. 더욱이옌은 어린 시절의 차가운 장군 공저(公邸)에서 자극이 심한 도시로 나온 것이다. 여태까지 여자의 손을 만져 본 적조차 없는 그는, 여자의 가느다란 허리에팔을 두르고 그 손을 잡고 있으면 무슨 나쁜 짓이라도 하는 듯한 기분이 들고, 여자의 숨결을 볼에 느끼면서 음악에 맞추어 마음대로 여자를 이끌어가고 있으면 기분이 좋으면서도 동시에 불안한 느낌을 감출 수가 없었다. 게다가 옌은지나치게 예의가 발라서 아무리 아이란이 놀려대도 여자의 손을 겨우 닿을까말까 할 정도로만 잡았다. 다른 남자들은 여자의 몸을 꼭 끌어당기고 싶어했으며 또 그것을 누구도 비난하지 않았으나, 옌은 그렇게 하지 않았다. 그런데아이란의 놀림을 자꾸 받게 되자, 그의 기분도 은연중에 그 자신도 바라지 않았던 방향으로 움직여 가는 것이었다.

아이란은 이따금 귀여운 입을 내밀며 외쳤다. "옌 오빠는 너무 구식이야! 상대를 그렇게 멀리 밀쳐놓고 어떻게 춤을 잘 출 수 있겠어. 여자를 안을 때는이렇게 하는 거예요!"

그리고 아이란은 어쩌다 집에 있는 밤에는 가족들이 모두 있는 방에다 축음기를 틀어 놓고, 자기 몸을 옌의 팔에 착 갖다붙이며 다리를 휘감듯이 하여춤을 추었다. 그리고 다른 처녀들이 구경하면 더욱 재미있어하며 놀렸다. "옌오빠와 춤출 때는 꼭 안아야 해. 우리 오빠 상대를 벽에 밀쳐 놓고 혼자 추길좋아하니까." 그리고 또 이런 말도 했다. "오빠는 정말 미남이야. 하지만 여자들이 다 반해 버릴까봐 걱정할 필요는 없어. 우리들 중엔 벌써 좋아하는 사람을정해 놓은 사람도 많은걸."

아이란은 친구들 앞에서 이런 식으로 옌을 놀려 사람들을 웃게 만드므로, 본디 대담한 처녀들은 더더욱 대담해져서 옌과 출 때는 부끄러움도 없이 몸을 밀어댔다. 옌은 그런 대담한 짓을 멈추게 하고 싶었지만 아이란이 더 신이 나서 놀릴 것 같아 겨우 참고 있었다. 그러자 얌전한 처녀들까지도 그와 출 때는 방긋이 웃고, 가장 대담한 사나이와 출 때보다 더 대담해져서 추파를 던지며 웃어 보이기도 하고, 힘을 주어 손을 쥐고는 다리를 비벼 대는 등, 여자가 자연히 알고 있는 온갖 기교를 부리는 것이었다.

마침내 옌은 꿈에 시달리고, 아이란 덕분에 알게 된 처녀들의 분방함이 괴로워서 두 번 다시 아이란과 함께 나가지 말아야지 하고 생각했다. 그러나 노부인이 요즘도 "옌, 네가 아이란과 함께 있어 준다고 생각하면 나도 안심이다. 그 애가 다른 남자와 갔을 때라도 네가 그 자리에 있겠거니 하고 생각하면 마음이 놓여" 말하므로 그럴 수도 없었다.

그리고 아이란도 옌과 함께 가는 것을 좋아했다. 왜냐하면 옌은 키가 크고 풍채도 나쁘지 않아서 친구들 가운데는 그를 데리고 가면 기뻐하는 처녀도 있었으므로, 그녀는 그를 과시하며 우쭐한 기분이 들었던 것이다. 이런 이유 때문에 옌의 마음속에는 이미 정열의 불이 언제라도 타오르게끔 준비되어 있었으며, 다만 그는 거기에 불을 붙이려 하지 않았을 뿐이었다.

그러나 마침내 그 불이 점화되는 사건이 일어났다. 그것은 그도 예상할 수 없었고 누구도 예상할 수 없었던 일이었다.

그 일은 이렇게 일어났다. 어느 날 옌은 선생이 숙제로 흑판에 써 놓은 영시(英詩)를 베끼려고 교실에 남아 있었다. 그리고 늦어졌으므로 다른 학생은 모두 돌아가고 없겠거니 생각하고 있었다. 그 과목은 셍도, 그리고 혁명당원이라는 얼굴이 창백한 여학생도 출석하는 강의였다. 옌이 다 베끼고 난 뒤 노트를 덮고 펜을 주머니에 넣으며 막 일어서려 하는데 그의 이름을 부르며 말을 건네는 사람이 있었다.

"옌 씨, 마침 계시니, 이 시의 뜻을 좀 설명해 주시지 않겠어요? 저보다 더 잘하시니까 가르쳐 주시면 고맙겠어요."

매우 아름다운 여자의 목소리였다. 그것도 아이란이나 그녀의 친구들 같은 요염한 목소리가 아니었다. 여자로서는 조금 낮고 깊이가 있어 몸에 스며 오는 듯한 어조였으므로, 아무렇지도 않은 말을 해도 단순한 말 이상의 뜻을 가지는 듯이 느껴지는 목소리였다. 옌이 얼른 고개를 들어 보니 놀랍게도 옆엔 그 혁명 당원이라는 여학생이 있었다. 그 얼굴은 그가 생각했던 것보다도 창백했으나, 이렇게 바로 옆에 서 있는 것을 보니 그 검고 가느다란 눈은 조금도 차가운 데가 없고 오히려 따뜻한 마음의 다정한 감정이 넘쳐서, 그것이 얼어붙을 듯한 차가운 표정 아래서 불타고 있었다. 그녀는 지그시 그를 바라보며 조용히 옆에 앉아 그의 대답을 기다렸다. 여느 때에 누군가에게 말을 걸 때와 같은 냉정한 태도였다.

그는 더듬거리면서 겨우 대답했다. "네, 좋습니다. 다만, 저도 잘 모릅니다. 이, 이런 뜻이 아닌가 싶습니다만, 어쩐지 외국 시는 알기가 어려워서요. 이것은 송시(頌詩)로, 말하자면" 이렇게 그는 더듬거리면서 겨우 설명을 했으나, 그 동안에도 자기 얼굴에, 시의 어구에 지그시 던져지고 있는 그녀의 깊은 시선을 의식했다. 그가 가까스로 설명을 끝내자 그녀는 일어서서 인사를 했는데, 이번에도 단순한 말인데도 그 목소리의 탓인지, 매우 고마워하는 기분이 스며 있는 듯해서 옌은 어떤 노력도 그만한 감사를 받을 만한 값어치는 없는 것처럼 느꼈을 정도였다. 그리고 두 사람은 자연스럽게 함께 교실에서 나가 이미 학생들이 모두 돌아가고 없는 조용한 복도를 지나 교문 쪽으로 걸어갔는데, 그 동안에도 여자가 도무지 입을 열지 않아서 옌은 예의상 한두 가지 질문을 했다.

"성함을 알고 싶습니다." 그는 엄하게 배운 대로 옛날식으로 예의바르게 물었다. 그녀는 바로 대답했으나 말도 짧고 무뚝뚝했으며, 예의 따위는 의식하지 않는 듯했다. 그러나 이번에도 목소리 때문인지 한마디 한마디에 무게가 느껴졌다.

마침내 교문까지 왔으므로 옌은 정중하게 고개를 숙였다. 그녀는 조금 고개를 숙였을 뿐 서둘러 사라져 가버렸다. 그녀가 확실하고 재빠른 걸음걸이로 군중들 사이를 빠져나가 마침내 보이지 않게 될 때까지 바라보고 있던 옌은, 그녀가 보통 여자보다 약간 키가 큰 것을 알았다. 이윽고 옌은 도깨비에 홀린 듯한 기분으로 그녀가 어떤 여자일까를 생각하며 인력거를 타고 집으로 향했으나, 그 눈과 목소리가 표정과는 다른 것을 이야기하고 있었던 것은 어째서였는지 수수께끼는 풀리지 않았다.

이 조그만 일을 계기로 우정이 생겼다. 옌은 여태까지 여자 친구를 가진 적이 없고 또 사실상 친구 자체가 그다지 없었다. 딴 학생들은 조그마한 무리를 만들어 그 속에서 자연히 자기의 친구를 만들었는데 옌에게는 그런 무리도 없었기 때문이다. 사촌들은 모두 친구가 있었다. 셩은 새 시대의 시인, 소설가, 화가로 자처하며 그 우라는 지도자를 넋을 잃고 추종하는, 자기와 비슷한 청년들의 그룹에 속해 있었다. 맹에게는 혁명 당원 무리가 있었다. 그러나 옌은 그런 무리에 속해 있지 않았으며, 만나면 인사를 할 정도의 청년이 20명쯤 있고, 잠깐 서서 이야기를 나눌 만한 아이란의 친구가 몇 있긴 했으나 친구라고 할 만한 정도는 아니었다. 그러다가 저도 모르는 사이에 그 여학생과 친구가 되고 만 것이다.

그 경위는 이러하다. 처음 교제를 청해 온 것은 그녀 쪽이었으며 조금이라도 기교를 아는 여자라면 누구나 하는 방법이지만, 무슨 일이 있을 때마다 그에게 설명이나 조언을 청해 오곤 했다. 그리고 모든 남자들과 마찬가지로, 이런 단순한 수단에도 옌은 넘어가고 만 것이다. 그도 남자이고 젊었으므로 여자에게 조언을 해준다는 것은 기분 좋은 일이었으며, 따라서 그녀의 논문 같은 것도 도와주게 되었다. 그리하여 이런 구실 저런 핑계를 만들어서 공공연하지는 않았으나 날마다 만나게 되었다. 누군가가 옌에게 그 여자를 어떻게 생각하느냐고 묻는다면 그저 친구이며, 그 이상은 아니라고 대답했으리라. 사실이 여자는 그가 아름답다고 생각한 어느 여자와도 매우 달랐다. 하기야 그는 여태까지 진심으로 생각해 본 여자가 한 사람도 없었다. 만일 여자를 염두에 둔 일이 있었다고 한다면 그것은 아이란처럼 아름다운 꽃 같은 처녀였다. 아이란은 조그마하고 고운 손과 귀여운 용모와 우아한 몸가짐을 하고 있었는데 이런 매력을 아이란의 친구들은 모두 갖추고 있었다. 그러나 옌은 그녀들 가운데 누구에게도 애정을 느끼지 않았다. 다만 마음속으로, 만일 자기가 사랑을 한다면 상대 여자는 장미꽃처럼 아름답거나 혹은 갓 피기 시작한 오얏꽃처럼 가련하고 실제적이 아닌 여자여야 한다고 생각했을 뿐이었다. 그는 이따금 그와 같은 여성에게 바치는 시를 남몰래 지은 적도 있으나, 한 줄이나 두 줄뿐이었으며 언제나 끝까지 완성되지 않았다. 왜냐하면 그 감정이 너무 약하고 막연해서 모든 여성 중에 시로 읊을 만큼 두드러지게 자기 앞에 나타난 여자가 한 사람도 없었기 때문이다. 그의 연정은 해뜨기 전의 어스름한 빛과 같이 희미했다.

그가 연애의 상대로서 생각했던 것은 이 여자처럼 엄격하고 고지식하고, 언제나 쪽빛 또는 잿빛 옷에 가죽 구두를 신고, 늘 책이나 주의에 몰두하고 있는 여자가 아닌 것만은 확실했다. 사실 지금도 그는 이 여자를 사랑하고 있지는 않았다.

그런데 여자 쪽은 그를 사랑했다. 이것을 언제 깨달았는지 옌도 잘 모른다. 그러나 그는 그것을 알았다. 어느 날 두 사람은 멀리 떨어진 곳에서 만나 운하를 따라 고요한 길을 거닐었다. 해질 무렵이었으므로 발길을 돌리려고 하다가 문득 그는 그녀가 자신을 바라보고 있는 것을 느꼈다. 그녀의 눈을 보니 여느 때와 달리 매달리는 듯한, 그리고 타는 듯한 깊은 눈이었다. 그리고 그녀의 것으로 여겨지지 않는 아름다운 목소리가 들렸다.

"옌, 나는 무엇보다도 보고 싶은 것이 하나 있어요."

자기는 그녀를 사랑한다고 생각하지 않는데도 옌은 갑자기 심장이 두근거리는 것을 느끼면서 그것이 무엇이냐고 물었다. 그녀는 말을 이었다. "옌이 우리 주의에 가담해 주시는 것을 보고 싶어요. 옌, 난 옌을 친오빠처럼 생각하고 있지만, 동지라고도 부르고 싶어요. 우리는 옌이 필요해요. 옌의 성실함과 용기가 필요해요. 옌은 맹 같은 사람보다 두 배나 훌륭한 분이에요."

갑자기 옌은 그녀가 교제를 요구해 온 이유를 알 것 같았고, 그것이 그녀와 맹이 공모한 일이라고 생각하니 갑자기 울화가 치밀어 흥분했던 감정도 식고 말았다.

그러나 그녀는 계속 말했다. 그 목소리는 황혼 속에 부드럽게 퍼졌다. "옌, 그 밖에 또 이유가 있어요."

그러나 옌은 이미 그 이유를 물어 볼 기운이 없었다. 단번에 마음이 약해진 그는 가슴이 답답하고, 온몸이 떨리는 것을 느꼈다. 그는 뒤돌아보고 속삭이듯 말했다. "난 가야 해. 아이란과 약속이 있어서."

그대로 아무 말도 없이 두 사람은 되돌아왔다. 그런데 헤어지게 되었을 때 그들은 여태까지 하지 않았던 일을 했다. 그럴 생각도 없었고 물론 전부터 계획한 일도 아니었다. 두 사람은 서로의 손을 잡은 것이다. 여자의 손을 잡은 순간, 옌의 마음에는 어떤 변화가 일어났다. 두 사람은 이제 단순한 친구가 아니며, 뭔지는 모르나 더는 친구라고는 부를 수 없다는 것을 깨달았다.

그날 밤 아이란과 함께 나가서 이 처녀와 이야기를 하고 저 아가씨와 춤을 추고 하는 동안, 그는 이제까지와는 다른 눈으로 그녀들을 바라다보며, 세상 여자들이란 어쩌면 이렇게도 여러 가지로 다를까 신기하게 생각했으며, 그날 밤 자리에 누워서도 오래도록 이것을 생각했다. 그가 여자라는 존재를 생각한 것은 이때가 처음이었다. 그는 한 여자를 오래오래 생각했다. 그러고는 그 눈을 생각하고 전에는 그 눈이 창백한 얼굴에 흐릿한 광택의 얼룩 마노(瑪瑙)처럼 차가웠던 것을 회상했다. 그런데 이제는 그가 말을 건네면 그 눈이 따뜻하고 아름답게 빛나는 것을 보았던 것이다. 그리고 또 그는 그녀의 목소리가 언제나 달콤하고 풍부하며, 그 풍부함이 그녀의 조용한 태도나 표면상의 차가움과는 어울리지 않는다는 것도 생각이 났다. 그러나 그것은 틀림없는 그녀의 목소리였다. 그런 것을 생각하는 동안에 그는 그녀의 또 하나의 이유라는 것을 물어 봤으면 좋았을 텐데 하고 생각했다. 그 이유라는 것이 그가 상상하는 바로 그것이라면 그녀의 목소리로 그 말을 듣고 싶었다.

그러나 역시 사랑하지는 않았다. 자신이 그녀를 사랑하고 있지 않다는 사실을 옌은 잘 알고 있었다. 그리고 마지막으로 그의 손 안에 꼬옥 눌려졌던 그녀의 손의 감촉을 생각했다. 그렇게 손바닥과 손바닥을 맞댄 채 두 사람은 가로등도 없는 거리의 어둠 속에 한순간 서 있었는데, 두 사람이 다 뿌리를 내린 듯 꼼짝도 하지 않았으므로 인력거가 비켜서 지나갔다. 인력거꾼이 큰 소리로 외칠 때까지 두 사람 모두 깨닫지 못했으며 소리를 쳐도 신경 쓰지 않았다. 너무 어두워서 그에게는 그녀의 눈이 보이지 않았다. 그녀는 입을 열지 않았고 그도 말을 하지 않았다. 다만 알 수 있는 것은 서로 꼭 쥔 손의 감촉뿐이었다. 그것을 생각했을 때 그는 몸속 무언가에 불이 붙는 것 같았다. 그녀를 사랑하지 않는다는 것을 알고 있었던 옌으로서는 그 정체가 무엇인지 알 수 없었다.

이 여자의 손에 닿은 것이 셍이었더라면 미소만 짓고 잊을 수 있을 것이다. 셍은 이미 실컷 여러 여자의 손을 뜨겁게 잡았었기 때문이다. 또는 그 여자가 자기를 사랑한다는 것을 알아도 셍은 얼마든지 실컷, 흥미를 느끼지 않게 될 때까지 그 손을 쥐어 보고서는 소설 한두 편이나 시라도 한 편 쓰면 마음의 부담 같은 것도 느끼지 않고 잊어버릴 수 있었을 것이다. 또 맹도 오래 두고 황홀해하지는 않았을 것이다. 왜냐하면 그들의 운동에는 여자가 많이 끼여 있어서 남자도 여자도 같이 대담하게 행동하는 것을 목적으로 삼고 서로를 동지라고 부르며, 남녀는 늘 동등하며 서로 사랑하는 것도 자유라는 것을 맹은 늘 듣고 있고 또 남에게도 말했기 때문이었다.

그러나 입으로는 그런 자유를 주장해도 그들의 운동 속에는 그렇게 과도한 자유란 실제로는 없었다. 왜냐하면 이러한 젊은 남녀들은 맹과 마찬가지로 욕망과는 다른 사명에 불타고 그 사명이 그들을 정화(淨化)해 주고 있었기 때문이다. 그중에서도 가장 깨끗하고 맑은 것은 맹이었다. 아버지의 치정이나 형의 침착하지 못한 눈을 보고 애욕에 대한 혐오 속에서 성장해 온 그는, 여자와 더불어 보내는 즐거움 따위는 주의를 위해서 바쳐야 할 몸과 마음을 낭비하는 것처럼 생각되어, 몹시 경멸했다. 이제까지 맹은 여자와 접촉한 적이 없었다. 다른 사람과 마찬가지로 결혼제도에 구속되지 않는 자유연애라든가 연애의 권리라든가 하는 것을 지껄이기는 하지만 실행한 적은 한 번도 없었던 것이다.

그러나 옌에게는 불처럼 모든 것을 정화해 주는 주의는 없었다. 게다가 생처럼 적당히 가벼운 마음으로 여자와 사귀는 안전한 방법도 몰랐다. 그러므로 태어나 처음 여자에게 손을 쥐니 그 일이 좀처럼 잊히지 않았다. 게다가 놀라운 사실이 또 하나 있었다. 그것은 다시 생각해 보니 그의 손을 잡은 그 여자의 손바닥이 따뜻했었다는 것이다. 그녀의 손이 따뜻하리라고는 생각지도 않았다. 그녀의 창백한 얼굴과, 이야기를 할 때도 거의 움직이지 않는 차갑고 퇴색한 입술 등을 생각해 본다면 그녀의 손은 여위고 차갑고 손가락에도 힘이 없으리라고 생각했던 것이다. 그러나 그렇지 않았다. 그녀의 손은 불타듯이 뜨겁고, 매달리듯 꼭 그의 손을 잡고 있었다. 손, 목소리, 눈, 이것들이 그녀의 뜨거운 마음을 고백하고 있었다. 그리고 이 여자의 마음은 대담하고 침착하고 게다가 내성적이어서 참으로 묘했다. 옌은 자기의 성격이 내성적이라 잘 알 수 있었다. 그런 것을 이리저리 생각하니 옌은 잠이 오지 않아 침대에서 뒤척이며 그녀의 손을 다시 한 번 만져보고 싶어졌다.

그러다가 잠이 들고, 서늘한 봄날의 아침에 잠이 깨자, 옌은 자기가 그녀를 사랑하지는 않는다는 사실을 알았다. 아침이 되자 생각하는 힘이 되살아나, 그녀의 손이 얼마나 뜨거웠나 생각하면서도, 그렇더라도 사랑하고 있지 않다고 단언할 수 있었다. 그리고 그날 학교에서도 무척 주의를 기울여 그녀를 보지 않도록 하고, 오후가 되자 곧장 밭으로 가서 미친 듯이 일했다. 그리고 생각했다. '손에 느끼는 대지의 느낌은 어느 여자의 손에서 느끼는 감촉보다도 좋다.' 그리고 간밤에 침상에서 고민하며 생각한 것을 회상하고 부끄럽게 여기

며 이 일이 아버지에게 알려지지 않아 다행이라고 생각했다.

한참 있으니 그 농부가 와서 옌이 무밭의 잡초를 뽑고 있는 것을 보고, 잘한다고 칭찬하고 웃으며 말했다.

"처음 밭을 갈았을 때 일을 기억하는가? 그게 오늘이었다면 무도 잡초도 한꺼번에 마구 뽑았을 거야." 그는 크게 웃고 위로하듯 말했다. "하지만 자네는 농부가 될 가망이 있어. 팔의 근육이며 등의 넓이를 보면 알지. 다른 학생들은 ─그런 시들어 빠진 풀같이 빈약한 놈들은 본 적이 없지만─안경을 끼고, 가느다란 팔을 축 늘어뜨리고 금니를 해박고는 막대기 같은 다리를 외국 바지에 끼우고 있단 말이야. 내 몸집이 그랬더라면 긴옷이나 입고 어떻게든 감출 연구를 할 텐데." 그리고 또 농부는 웃으며 말했다. "우리 집에 가서 잠시 쉬지 않겠나?"

옌은 권하는 대로 농부의 집으로 쉬러 갔다. 농부가 큰 소리로 도시인을 욕하고, 특히 젊은 사람들과 혁명 당원을 욕하는 것을 들었다. 옌이 그들을 위해서 부드럽게 옹호하듯 말하자 농부는 한 마디로 호통을 치고 말했다. "그렇다면, 그놈들이 대체 우리를 위해서 얼마만큼 도움이 되는 일을 해주었나? 나는 땅과 집과 소를 갖고 있어. 이 이상 땅도 필요 없고 먹을 것도 있단 말이야. 나라에서 세금만 좀 줄여준다면 고맙겠지만, 우리 같은 사람은 언제나 세금으로 뺏긴단 말이야. 그 인간들은 왜 찾아와서 나나 우리 가족들을 편안하게 해주겠다고 지껄이는 거지? 생전 처음 보는 사람 덕분에 좋은 일이 있었다는 이야기는 들은 적도 없어. 집안 사람도 아닌데 무엇 때문에 친절하게 해주겠나? 무엇인지 자기들이 노리는 게 있으니까 그럴 테지. 난 다 알고 있어. 그건 내 소나 아니면 땅일 거야."

그리고 한참 동안 그는 욕설을 퍼부어 댔다. 그런 아들을 낳은 어머니를 욕하고, 자기와 같은 생각을 갖고 있지 않은 사람들을 실컷 욕했는데, 그러는 동안 유쾌해진 듯 옌이 밭에서 일을 잘한다고 칭찬하고는 웃었다. 옌도 함께 의 좋게 웃었다.

대지의 건강함과 청결함으로부터 집으로 돌아가자 옌은 그대로 자리에 누웠다. 그날 밤에는 어디에도 놀러 나가고 싶지 않았다. 여자 따위 전혀 흥미가 생기지 않았고 손도 잡고 싶지 않았으며 다만 밭일과 공부에만 열중하고 싶었다. 그런 결심을 굳히며 그날 밤은 푹 잤다. 이처럼 대지는 잠시 동안 그의 괴로움을 치유해 주었다.

그러나 그의 마음속에는 이미 정열에 불이 붙어 있었다. 하루 이틀이 지나자 그의 기분은 다시 변해서 침착성이 없어졌다. 어느 날 그는 그 여자가 교실에 있나 생각하며 살며시 뒤돌아보았다. 그녀는 제자리에 앉아 있었으며 다른 학생들의 머리 너머로 두 사람의 눈길이 마주쳤다. 그는 곧 시선을 돌렸으나 여자의 눈은 집요하게 따라왔다. 그는 그녀를 잊을 수가 없었다. 다시 하루 이틀 지난 뒤 그는 교실을 나오는 길에 무심코 말하고 말았다. "오늘 산책하러 가지 않겠습니까?" 그녀는 깊이 있는 눈길을 내리깔고 고개를 끄덕였다.

그날 그녀는 그의 손을 쥐려 하지도 않고 지난번보다 떨어져서 걷는 듯한 기분이 들었다. 잠자코 있을 때가 많았고 이야기에 신도 나지 않았다. 그러나 놀라운 일은 옌의 마음에 여느 때와는 반대의 기분이 일어난 것이었다. 그때까지는 그녀가 손을 만지는 것도 싫었고 가까이 오는 것도 싫다고 생각하고 있었다. 그런데 잠시 걸어가는 동안 손을 잡아 주었으면 하는 기분이 들기 시작한 것이다. 헤어질 때조차도 자기 쪽에서는 손을 내밀지 않으면서, 그녀 쪽에서 손을 내밀어 주면 이쪽에서도 잡을 수밖에 없다고, 계속 기회를 기다렸다. 그러나 그녀는 손을 내밀지 않았다. 그는 왠지 속은 듯한 기분으로 집에 돌아갔다. 그런 기분에 휩싸였던 것이 화가 나고 부끄러워서, 이젠 절대로 그녀와 산책하지 않겠다, 내겐 할 일이 있다, 하고 속으로 맹세했다. 그리고 다음 날, 사나이란 모름지기 고독하게 살고 학문에 정진하며 여자를 멀리해야 한다고 격렬한 문장을 써서 온화한 노선생을 놀라게 했으며, 그날 밤에는 그 여자를 사랑하지 않아서 다행이라고 백 번이나 자기에게 타일렀다. 그리고 한참 동안 날마다 밭을 오가며 여자의 손을 잡고 싶어지는 것을 억누르려고 애썼다.

사흘쯤 지난 어느 날, 가느다란 해서체(楷書體)로 쓴 낯선 필적의 편지를 받았다. 옌에게는 그다지 편지가 오지 않았으며, 어쩌다가 오는 편지라고는 군관학교 시절의 친구로, 지금도 그에게 호의를 갖고 있는 친구들한테서 오는 것이 고작이었다. 그런데 지금 받은 편지는 친구들의 글씨처럼 휘갈긴 것이 아니었다. 겉봉을 뜯어보니 속에는 그가 사랑하고 있지 않은 여자의 편지가 들어 있었다. 매우 짧은, 한 장밖에 되지 않는 편지였는데, 이런 사연이 똑똑하게 씌어 있었다. 〈제가 무언가 당신을 언짢게 했나요? 저는 혁명 당원이며 현대 여성입니다. 다른 여자들처럼 자신을 감출 필요를 느끼지 않습니다. 저는 당신을 사랑합니다. 당신은 저를 사랑해 주실 수 없겠습니까? 결혼 따위는 요구하지 않습니다. 결혼은 낡은 시대의 속박입니다. 하지만 만일 저의 사랑이 필요하시다면 언제라도 드리겠습니다.〉 그리고 마지막으로 그녀의 이름이 잘 알아볼 수 없는 수수께끼처럼 적혀 있었다.

이리하여 처음으로 옌은 사랑의 고백을 받은 것이다. 이 편지를 손에 들고 자기 방에 혼자 앉은 그는 싫더라도 연애에 대해서, 연애가 무엇인지 생각해야만 했다. 자기만 손만 내밀면 언제라도 그의 손에 몸을 맡기겠다고 하는 여자가 있다. 그의 피는 몇 번이나 그녀를 안으라고 소리쳤다. 그는 이 짧은 몇 시간 동안에 어린아이 같던 청춘시절을 벗어나 고동치는 가슴과 타는 듯한 피 속에서 성숙한 남자로 성장했다. 그의 육체는 이미 소년의 육체가 아니었다.

그로부터 며칠 동안 끓어오르는 정열은 그를 성숙시켰고, 그는 정욕에 불타는 어엿한 남자가 되었다. 그러나 그는 아직 편지를 쓰지 않았으며 학교에서도 그녀를 보지 않도록 노력했다. 이틀 밤을 그는 책상에 앉아 회답을 쓰려고 했으며, 두 번 그의 펜 끝에서는 〈나는 당신을 사랑하고 있지 않다〉라는 말이 써지려고 했다. 그러나 아무래도 확실하게 쓰지는 않았다. 그의 호기심에 타는 육체가 그 구하는 것을 들어 달라고 그에게 강요하기 때문이었다. 이리하여 그는 피와 마음이 시커멓게 뒤엉키는 소용돌이 속에서 회답을 쓰지 않고 자기 마음의 추이를 지켜보았다.

그러나 그는 잠을 이루지 못하고 자주 화가 난 듯 신경질을 부렸으므로 어머니인 노부인은 걱정스러운 듯이 그를 지켜보았다. 그도 부인이 궁금해 한다는 것을 느끼고 있었다. 그러나 고백할 수는 없었다. 사랑하지 않는 여자를 자기 것으로 만들지 못해서 화를 내고 있는 것이다, 여자가 주려는 것이 갖고 싶으면서도 그 여자를 사랑할 수 없어 화를 내고 있다고는 도저히 말할 수가 없었다. 그래서 그는 이 마음의 갈등을 그대로 내버려두었다. 그는 전쟁이 시작되기 전의 아버지처럼 음울한 기분이 되어 있었다.

모든 일에 조금씩 마음을 빼앗기고 그러면서도 무엇 하나 철저하게 하지 못하는 이런 엉거주춤한 옌의 생활에 돌연 뚜렷한 해결을 재촉해 온 사람이 있었다. 그것은 바로 옌의 요즈음 사정을 전혀 모르는 아버지 왕후였다. 처음 노부인이 편지를 보낸 이래 몇 달이 지나도 왕후는 회신을 보내지 않았다. 장군은 공저의 넓은 방에서 쓰디쓴 얼굴로 한 마디도 대답하지 않으려 했던 것이다. 부인은 옌에게는 알리지 않고 두 번 세 번 편지를 썼다. 그리고 이따금 옌이 아버지한테서 왜 답장이 오지 않을까 물으면 부인은 달래듯이 대답했다. "내버려두자. 아무 말도 하지 않는 이상, 나쁜 일도 없을 테니까." 그리고 사실 옌도 내버려두는 것이 마음이 편했다. 날마다 이곳에서의 생활에 쫓겨 마침내 아버지에 대한 두려움과 애당초 자신이 아버지의 지배 아래에서 도망쳐 온 것마저 모두 잊고 있었다. 그리고 이 도시에서의 생활에 완전히 만족했던 것이다.

봄도 다 지날 무렵의 어느 날, 왕후가 다시 아들에게 손을 뻗어 왔다. 그때까지의 침묵을 깨뜨리고 부인에게가 아니라 직접 아들에게 편지를 보내 온 것이다. 그것은 비서에게 쓰게 한 편지도 아니었다. 오래도록 쓰지 않던 자기 붓으로 왕후가 손수 아들에게 몇 마디를 적어 보낸 것이다. 문자는 난폭하고 거칠게 씌어 있었으나 그 뜻은 매우 뚜렷했다.

'나의 결심은 변하지 않는다. 돌아와서 결혼하라. 날짜는 이달 30일로 정했다.'

그날 밤 옌은 놀러 갔다가 돌아와서 방에 이 편지가 놓여 있는 것을 보았다. 그가 환락에 취하고 흥분하여, 음악에 맞추어 몸을 움직이면서 그 여자가 주려 하는 애정을 받아들이자고 거의 결심하고 돌아왔다. 이튿날, 아니면 그 다음 날쯤 그녀가 가고 싶다는 곳으로 가서 그녀가 요구하는 대로 하자는 흥분으로 가득 차 있었다. 적어도, 그렇게 하자는 생각을 했었다고는 말할 수 있을 것이다. 그런데 그때 탁자 위를 보자 편지 한 통이 놓여 있었다. 겉봉의 필적이 눈에 익어 어디서 온 편지인가를 금방 알 수 있었다. 그는 편지를 집어 구식 봉투의 질긴 종이를 찢어 속을 꺼냈다. 거기에 그런 사연이 왕후가 눈앞에서 호통을 치듯이 똑똑하게 씌어 있었다. 확실히 그 말은 옌에게 호통을 치는 것 같았다. 편지를 다 읽고 나자, 방안이 마치 큰 소리가 울린 뒤처럼 갑자기 조용해진 것 같았다. 그는 편지를 접어 다시 봉투에 넣고 정적 속에 숨을 죽이고 앉았다.

어찌 하면 좋을까? 아버지가 내린 명령에 어떻게 대답하면 좋을까? 30일? 그렇다면 앞으로 20일도 안 남았잖은가? 그러자 또다시 어린 시절의 공포가 되살아났다. 마음속에 절망이 기어 들어왔다. 결국 아버지에게 반항한다는 것은 불가능한 일이 아닐까? 이제까지 끝내 반항해 본 적이 있었던가? 언제나 결국은 공포와 애정으로, 아니면 비슷한 다른 힘으로 아버지는 끝내는 어떻게든 자기의 뜻을 관철했던 것이다. 젊은 사람이란 연장자의 손아귀를 벗어날 수 없었던 것이다. 일단 돌아가서 이것만은 아버지의 명령대로 하는 편이 좋지 않을까 하고 옌은 소심하게 생각했다. 돌아가서 그 처녀와 결혼하고 하룻밤이나 이틀 밤쯤 신랑의 의무만을 이행한 다음, 다시 돌아와서 두 번 다시 가지 않으면 되지 않는가. 그렇게 하면 그 뒤엔 무슨 짓을 하든 법에 저촉되는 일도 없고, 그의 죄라고도 할 수 없게 된다. 아버지의 명령에 따른 뒤라면 좋아하는 여자와도 자유로이 결혼할 수 있다. 그런 식으로 이리저리 생각하면서 자리에 누웠으나 도저히 잠을 이루지 못했다. 환락의 뜨거운 흥분도 완전히 식어 버렸다. 아버지가 골라서 대기시켜 놓은 여자에게 자기 육체를 줄 것을 생각하니, 씨를 받기 위해 가축을 빌려 오는 것과 같은 기분이 들어서 등줄기가 차갑게 얼어붙는 느낌이었다.

한잠도 자지 못한 그는 이런 위축된 기분이 되어, 아침 일찍 자리에서 일어나 침실 문을 두드려서 부인을 깨웠다. 그리고 부인이 문을 열자 잠자코 아버지의 편지를 내주고는 읽는 동안 기다렸다. 사연을 읽자 부인의 낯빛이 변했다. 그녀는 조용히 말했다. "몹시 고단해 보이는구나. 아침식사를 하거라. 억지로라도 먹어야 한다. 먹으면 힘이 날 거야. 지금은 아무것도 목을 넘어가지 않겠지만, 먹어야 해. 나도 곧 갈게."

옌은 얌전하게 시키는 대로 했다. 식탁에 앉자 하녀가 뜨끈뜨끈한 쌀죽과 부인이 좋아하는 외국 빵을 내왔다. 그는 먹고 싶지 않았으나 억지로 쑤셔 넣었다. 따뜻한 음식 덕분에 몸이 더워지고 지난 밤보다 힘이 돌아왔다. 부인이 나왔을 때 그는 얼굴을 보자마자 이런 말을 했다. "이제 절대로 돌아가지 않겠다고 할 수 있을 것 같습니다."

부인은 식탁에 앉아 빵을 집어 생각하듯 천천히 먹더니 이윽고 말했다. "그렇다면 그렇게 말하렴, 나는 찬성이야. 네 결단을 강요하는 일은 하지 않아. 그것은 너 자신의 평생이 걸린 문제이고, 상대는 네 아버님이시니까. 아버님에 대한 의무감이 너 자신보다 소중하거든 아버지에게로 돌아가거라. 너를 책망하지는 않을 테다. 하지만 돌아가고 싶지 않거든 여기 있어. 무슨 일이 있더라도 힘이 되어 줄게. 나는 두렵지 않단다."

이 말을 듣고 옌은 용기가 솟아나는 것을 느꼈다. 아버지에게 맞서서 싸울 수 있는 용기였다. 그리고 이 용기를 완전히 굳히는 데는 아이란의 저돌적인 격려가 필요했다. 아이란은 우에게 받은 강아지와 객실에서 놀고 있었다. 털이 길고 코가 검은 애완용 강아지로서 그녀가 매우 귀여워하고 있었다. 옌이 들어가자 그녀는 얼굴을 들어 말했다. "옌 오빠. 오늘 엄마한테 들었어. 엄마는 나도 젊으니까 젊은 사람끼리 잘 이야기해 보랬어. 요즘의 젊은 처녀가 어떤 의견을 가지고 있나 오빠도 알아 두는 편이 좋을 거라고 엄마는 생각하셔. 오빠, 그런 노인의 말에 귀를 기울이다니 바보야. 우리 아버지라고 해서 그게 어쨌다는 거야. 그건 어쩔 수가 없잖아. 오빠, 나도 내 친구들도, 만난 적도 없는 사람과 결혼한다는 그런 어처구니없는 일은 생각조차 할 수 없어. 돌아가지 않겠다고 대답해 버려. 아버지가 어떻게 하실라구. 설마 군대를 끌고 와서 오빠를 잡아 가기야 할라구. 그럴 순 없어. 이 도시에 있으면 안전해. 오빠도 이젠 어린애가 아닌데. 오빠 인생은 오빠가 결정하면 되는 거야. 곧 오빠가 바라는 대로 결혼할 때가 올 거야. 자기 이름도 쓸 줄 모르는 무식한 아내라니 오빠가 너무 아까워. 거기다가 전족까지 했는지도 모르잖아. 그리고 우리 새 시대의 여성들은 절대로 첩은 되지 않아. 이 점 잊지 마, 오빠. 그런 짓을 어떻게 해. 아버지가 고른 여자와 결혼해도 결혼은 결혼이야. 그 여자가 오빠의 부인이 되는 거야. 나는 둘째 부인 따위 되지 않을 거야. 만일 유부남이 좋아진다면, 나는 그 부인과 이혼시켜서 동거를 그만두게 할 거야. 나만이 아내가 되는 게 아니라면 동의하지 못 해. 나는 그렇게 정했어. 우리 새 여성은 동맹을 결성해서, 첩으로 결혼할 경우라면 차라리 결혼하지 않겠다고 맹세했어. 그러니까 아버지의 말 따위는 듣지 않는 게 좋아. 지금 결혼해 버리면 나중에 성가신 일이 될 거야."

이런 아이란의 말은 옌이 혼자서는 가질 수 없었던 용기를 주었다. 여느 때의 미덥지 못한 고집쟁이답지 않게 열의에 찬 그녀의 말을 듣고 이 도시에는 아이란과 같은 여성이 수없이 많다는 것이 떠오르자, 그녀의 화려하고 자유로운 매력에 묶이기라도 한 듯, 그는 생각했다. '나는 아버지 시대의 인간이 아니다. 이제 아버지라고 해서 나를 구속할 권리는 없다. 그것은 사실이다. 그렇다.'

이렇게 새로운 힘을 얻자 그는 곧 자기 방으로 돌아가서 용기가 사라지기 전에 부랴부랴 편지를 썼다. 〈저는 그런 것을 위해서 돌아갈 수 없습니다. 이제 저에게도 살아갈 권리가 있습니다. 이것이 새 시대입니다.〉 다 쓰고 나서 옌은 잠시 생각하고 글이 너무 무례하지 않은가 돌아보면서, 좀더 부드러운 말투를 덧붙이면 나아질 것 같아 써 보탰다. 〈그리고 요즘은 학기말이라 돌아가기에는 매우 형편이 좋지 않은 시기입니다. 지금 돌아가면 시험을 칠 수도 없고 몇 달 동안이나 한 공부가 물거품으로 돌아갑니다. 그러니 용서해 주십시오. 사실을 말씀드리자면 저는 결혼하고 싶지 않습니다.〉 그리고 편지의 앞과 끝에는 예의를 갖춰 정중하게 인사말을 썼다. 그런 부드러운 말을 덧붙이기는 했으나 옌은 할 말은 분명하게 쓴 것이다. 그는 이 편지를 하인에게 부탁하지 않고 자기 손으로 우표를 붙이고, 햇빛이 비치는 거리를 걸어가 우체통에 넣었다.

편지가 우체통 속으로 들어가자 그는 힘이 나고 마음이 가벼워졌다. 편지에 쓴 내용을 다시 떠올리려고도 하지 않았다. 집으로 돌아가는 길도 즐겁고, 거리를 오가는 사람들 사이에 섞여 있으니 전보다 더 힘이 나고 자신감이 붙었다. 지금 세상에 아버지가 그에게 요구하는 것 같은 일은 참으로 어처구니없었다. 오늘 이 거리를 걷는 사람들에게 그의 이야기를 한다면, 그건 낡은 방식이라고 웃어넘기고, 그런 일을 고민하는 그를 바보라고 할 것이다. 이렇게 사람들 속에 섞여 있으니 옌은 갑자기 마음이 편해졌다. 이것이야말로 나의 세계다. 이 새로운 세계, 자유로운 남녀의 세계, 저마다 자기 방식대로 사는 세계. 옌은 어두운 마음이 갠 듯한 기분이라 돌아가서 공부할 생각이 나지 않았다. 잠시 어디 가서 놀고 싶어졌다. 바로 옆에 화려한 극장이 있고, 간판에는 여러 나라 말로, "금일 상영. 올해 최고의 영화. 〈사랑의 길〉"이라는 글이 쓰여 있었다. 옌은 뒤로 빙글 돌아 극장의 활짝 열린 입구로 들어가고 있는 사람들의 줄에 끼어섰다.

그러나 왕후는 그렇게 간단히 물러설 위인이 아니었다. 일주일도 되지 않아서 그는 다시 편지를 보내왔다. 이번에는 세 통이 왔는데, 한 통은 옌 앞으로 보낸 것이고, 한 통은 부인 앞으로, 또 한 통은 큰형 왕이 앞으로 보낸 편지였다. 쓰는 방식은 모두 달랐으나 뜻은 같았으며, 이번에는 자신이 직접 쓴 편지가 아니라 그만큼 말투는 부드러웠다. 그러나 그 부드러움 때문에 오히려 말이 차갑고 노해 있는 듯이 느껴졌다. 편지의 뜻은 이런 것이었다.

〈아들 옌을 이달 30일에 결혼시키기로 했다. 궁합 보는 이가 이날을 길일이라고 말했기 때문이다. 학교 시험 때문에 옌이 그날 돌아오지 못한다고 하니 대리인을 세워서 결혼시키기로 하겠다. 대리인은 옌의 사촌인, 둘째 형님의 장남으로 하겠는데, 이 사람이라면 대리인으로서 가장 적당하다고 생각한다. 이러한 사정이니 옌은 자신이 돌아와서 결혼한 것과 마찬가지로 그날부터 정식으로 결혼한 사실이 성립된다.〉

이러한 사연을 옌은 아버지의 편지에서 읽었다. 왕후는 끝내 자기 뜻을 관철한 것이다. 그리고 노여움에 못 이겨서가 아니라면 아버지가 이토록 잔인한 행동을 할 까닭이 없다고 생각하고, 옌은 아버지의 노여움이 다시 무서워졌다.

사태는 마침내 옌으로서는 어떻게 할 수 없는 지경에 이르고 말았다. 낡은 법률에 비추어보면 왕후는 마땅한 권리를 행사하여, 다른 부친들이 옛날부터

행하는 일을 하는 데 지나지 않기 때문이다. 옌은 이것을 잘 알고 있었다. 편지가 도착한 날 옌이 집으로 돌아오니 하인이 문간에서 편지를 주었다. 그는 좁은 현관에 선 채 혼자 그것을 읽었는데 갑자기 모든 용기가 쑥 빠져나가는 듯한 기분이었다. 고독한 젊은이에 지나지 않는 그가, 어떻게 한 덩어리가 되어 덤벼드는 오랜 역사의 무게에 대항할 수 있을 것인가? 그는 느릿느릿 몸을 움직여 객실로 들어갔다. 아이란의 애견이 방에 있다가 코를 벌름거리면서 몸을 비벼왔으나 옌이 쳐다보지도 않자 요란한 소리로 한두 번 짖어 댔다. 여느 때 같았으면 이 성깔 있는 강아지에게 웃으면서 상대를 해 주었겠지만, 오늘은 거들떠볼 마음도 나지 않았다. 그래서 의자에 앉아 두 손으로 머리를 감싸고 제멋대로 짖게 내버려두었다.

개가 짖는 소리를 듣고 부인이 누구 낯선 사람이라도 찾아왔나 하고 살펴보러 왔다. 그녀는 옌의 모습을 보자 무슨 일이 일어났는지 금방 깨달았다. 부인은 자기 앞으로 온 편지를 이미 읽었으므로 위로하듯이 말했다. "아직 단념해서는 안 돼. 이렇게 되면 너 혼자서 처리할 수 있는 문제가 아냐. 큰아버님과 큰어머님, 그리고 가장 위의 사촌형까지 여기 불러서, 어떻게 하면 좋을까 의논하기로 하자. 왕가의 일족은 아버님 혼자도 아니고, 또 아버님이 가장도 아니시니까. 큰아버님이 분별 있게만 해주신다면, 아버님이 뜻을 바꾸시도록 설득할 수도 있을 거야."

그러나 쾌락만 추구하는 나이 먹고 살찐 백부를 생각하고 옌은 외치듯이 다만 이렇게 말할 뿐이었다.

"큰아버님이 언제 분별 있게 하신 일이 있습니까! 이 나라에서 강한 사람이라면 무장한 군대를 가진 자들뿐입니다. 그들은 다른 사람들을 모두 자기 뜻대로 복종시킵니다. 그것은 제가 누구보다 잘 알고 있습니다. 아버지가 죽이겠다고 일단 결심하면 뜻을 관철하는 것을 저는 몇백 번이나, 아니 몇만 번이나 보아 왔습니다. 아버지는 칼과 총을 갖고 있으므로 모두 두려워합니다. 이제 저는 아버지의 말씀이 옳다고 생각합니다. 마지막에 이기는 것은 그와 같은 힘입니다."

그리고 옌은 어쩔 줄 모르며 흐느껴 울기 시작했다. 모처럼 달아나온 것도, 자기 의지대로 살려던 것도 이제 모두가 물거품으로 돌아가고 만 것이다.

그러나 부인의 격려와 위로를 받고 간신히 진정했다. 그날 밤 부인은 조촐

한 연회를 베풀어 백부 가족을 초청했다. 식사가 끝나자 모두 모인 자리에서 부인은 이 문제를 꺼냈다. 모두의 의견을 들어 보기 위해서였다.

셍도 맹도 아이란도 이 자리에 참석했다. 그러나 친족 회의와 같은 것이므로 부인은 구습에 따라 순서를 정해서 젊은이들은 끝에 앉혔다. 젊은 사람들은 예의에 따라 잠자코 앉아 있었다. 아이란까지 마음속으로는 이 거창해 보이는 광경을 비웃으면서 나중에 놀려 주자고 생각하는 듯이 눈을 반짝이고는 있었으나 짐짓 잠자코 앉아 있었다. 셍은 다른 즐거운 일을 생각하는 모양이었다. 가장 묵묵히 그리고 조용히 앉아 있는 것은 맹이었다. 그의 새빨간 얼굴은 굳어 있어서 몹시 화를 내는 것 같았다. 그는 이 문제만 생각하고 있었으며, 입을 다물고 있어야 하는 게 괴로웠던 것이다.

누구보다 먼저 입을 여는 것은 가장 연장자인 왕이의 의무였으나, 될 수 있는 대로 그런 의무를 피하고 싶어하는 것이 그의 태도에 뚜렷이 나타났다. 그 모습을 보고 옌은 자기에게 힘이 되어 주지 않을까 하고 가냘프나마 백부에게 걸고 있던 희망조차 단념해 버렸다. 왕이가 그런 태도를 보인 까닭은 두 사람을 겁내고 있었기 때문이다. 첫째는 아우 왕후가 무서웠다. 아우가 젊을 때 얼마나 과격한 성질이었나를 기억했고, 또 자신의 둘째 아들은 내륙 깊숙이 들어간 도시에서 호화로운 생활을 하고 있으며 왕후의 이름을 방패 삼아 거의 현지사와 같은 지위를 차지하고 있었다. 이 아들은 아버지에게 돈이 필요할 때면 언제라도 보내 주었다. 돈 쓸 곳이 얼마든지 있는 이 외국통치의 도시에서 돈이 필요 없는 때란 거의 없다고 해도 과언이 아니었다. 그래서 왕이는 왕후의 기분을 상하게 하고 싶지 않았다. 그가 겁을 내는 또 한 사람은 자신의 아내, 즉 아들들의 어머니였다. 그녀는 그가 해야 할 말을 똑똑하게 일러 두었던 것이다. 그가 집을 나오기 전에 그녀는 남편을 자기 방으로 불러 말했다. "결코 옌 편을 들어서는 안 됩니다. 첫째, 우리들 나이든 사람들은 힘을 합해야만 하고 둘째, 만일 앞으로 혁명이 일어난다는 소문이 사실이 된다면 언제 서방님의 힘을 빌려야 할지 모르니까요. 우리는 아직 북부에 땅을 가지고 있으니까 그것도 생각해야 합니다. 우리 재산을 잊어서는 안 돼요. 게다가 법으로 말하더라도 아버지 쪽이 옳으니까 아들은 그것을 따르는 것이 마땅해요."

이런 말을 아내한테서 강경하게 듣고 왔으므로 지금 이 노인은 가만히 자기를 바라보고 있는 아내의 시선과 마주치자 땀을 흘리며, 입을 열기 전에 면도한 머리를 닦고 차를 한 모금 마신 다음 기침을 하고는 한두 번 침을 삼키면서 어떻게든 시간을 끌려고 했으나, 모두 그의 발언을 기다리는 눈치였으므로 가쁜 숨을 쉬며 마침내 의견을 말했다. 너무 비대해서 지방이 내장을 압박하여 요즘에는 늘 숨을 헐떡였다. "아우한테서 편지가 왔다. 옌에게 결혼을 시킨다는 이야기야. 헌데, 옌은 결혼하고 싶지 않다고 말했다는구나. 헌데, 헌데 말이다……."

여기까지 말하자 그는 말문이 막히고 말았다. 부인의 눈길을 피하면서 다시 땀을 뻘뻘 흘리며 머리를 닦았다. 그 순간 옌은 백부가 진심으로 미워졌다. 이런 사나이에게 나의 일생을 맡길 수는 없다고 분연히 생각했다. 그때 갑자기 강렬한 시선을 느끼고 고개를 돌리니, 맹의 두 눈이 모멸이라도 하듯 지그시 자기를 바라보고 있었다. 그 눈은 말하고 있었다. '늙은이들에게 희망을 걸어서는 안 돼. 전부터 그토록 내가 말했잖아.'

그때 노인은 부인의 차가운 시선에 몰려 재빨리 말했다. "내 의견을 말하자면, 내가 생각하기로는, 자식은 부모를 따라야 해. 성현의 말씀에도 있지. 그래서, 아무튼……" 여기서 왕 노인은 겨우 자기 의견이 생각나기라도 한 듯이 별안간 빙그레 웃었다. "아무튼 말이다, 옌, 여자란 다 비슷해서 말이다, 처음에는 마음에 안 들겠지만 그것도 한동안뿐이야. 내가 네 학교의 교장에게 편지를 써서 시험을 면제받도록 해 주마. 아버지를 기쁘게 해 드려라. 무척 과격한 성품이고, 결국 언젠가는 우리도 그 녀석을 의지해야 할지 모르니까."

여기서 다시 부인 쪽을 보았으나 부인의 눈이 엄하게 쓸데없는 소리는 하지 말라고 하고 있었으므로 그는 갑자기 힘없이 말을 맺었다. "나는 그렇게 생각한다." 그러고는 장남 쪽을 돌아보며 안도의 숨을 내쉬면서 말했다. "이번에는 네 차례야. 의견을 말해 보아라."

그래서 장남이 입을 열었는데 그의 말은 아버지의 의견보다는 이치가 뚜렷했다. 그러나 그는 아무에게도 불쾌감을 주지 않을 생각이었으므로 이것도 저것도 아닌 의견이 되고 말았다. 그래도 그는 배려심 있게 말했다. "옌이 자유를 바라는 기분은 잘 알겠습니다. 젊을 때 나도 자유를 구했었으니까요. 내 결혼 때도 큰 소동을 일으켜서, 좋아하는 여자와 결혼하겠다고 고집을 부렸었지요." 그는 조금 차갑게 웃고 나서, 기가 센 아름다운 처가 이 자리에 있었다면 감히 생각할 수도 없을 만큼 대담하게 말했다. 그의 아내는 참석하지 않았다. 해산할 날이 가까웠기 때문이었는데, 이미 아이가 넷이나 있는데도 또 아기를 낳아야 되므로 요즘은 기분이 매우 언짢아서, 더는 임신하지 않는 외국의 피임법을 어떻게 하면 배울 수 있느냐고 밤낮으로 말하고 있었다. 아내가 없었으므로 그는 아버지 쪽을 돌아보며 잠깐 웃고 말했다. "사실을 말씀드리자면, 그 무렵 왜 그렇게 소란을 피웠을까 생각할 때가 자주 있습니다. 왜냐하면 결국 아버님이 말씀하신 대로였으며, 여자란 모두 같고, 어떤 결혼이든 결과는 모두 같은 것이거든요. 어차피 사랑은 곧 식으니까. 부모님 말씀대로 냉정하게 결혼하는 편이 낫더군요. 게다가 사랑이라는 것은 젊은이들이 생각하듯이 그리 오래 계속되는 것이 아니거든요."

그것으로 끝이었다. 다른 사람들은 아무 발언도 하지 않았다. 아이란의 어머니도 입을 열지 않았다. 이와 같은 사나이들을 앞에 놓고 무슨 말을 해봐야 소용이 없다는 사실을 알았기 때문이었다. 하고 싶은 말은 옌에게만 할 작정이었다. 젊은 사람들도 잠자코 있었다. 그것은 그들에게 있어서도 이따위 의견을 주고받는 것은 시간 낭비에 지나지 않았기 때문이다. 젊은 사람들은 되도록 빨리 한 사람씩 자리를 떠나 다른 방에 모여 거기서 저마다의 의견을 옌에게 말했다. 성은 모든 것이 우스꽝스럽다고 여기고 있었으므로 그대로 옌에게 말했다. 그는 곱고 하얀 손으로 머리를 매만지면서 말했다. "내가 너라면 이런 소환장(召還狀)에는 답장도 안 썼겠어. 널 동정한다. 그리고 내 부모님이 이런 짓을 하지 않는 것을 고맙게 생각한다. 아무리 새로운 방식을 욕한다 하더라도, 지금 이 도시 생활에 익숙해져서 아버지도 어머니도 진정으로 나한테 강요하시지는 않거든. 그래서 푸념만 늘어놓으면서 정력을 소모하고 있는 거야. 내버려둬. 너 자신의 인생이나 사는 거야. 화를 내고 불평할 필요는 없어. 자기가 하고 싶은 일을 하는 거야. 돌아갈 필요는 없다."

그러자 아이란이 흥분하여 소리쳤다. "셍 오빠가 말하는 대로야, 옌! 이 따위 일은 이젠 두 번 다시 생각할 필요도 없어. 언제까지나 여기서 우리와 함께 살면 되잖아. 우리는 모두 새로운 시대의 사람들이야. 오빠도 시시한 다른 일은 다 잊을 거야. 이 도시에는 우리를 한평생 재미있게 살게 해줄 만한 것이 있어. 난 다른 곳에 가고 싶다는 생각은 해본 적이 없어!"

그러나 맹은 다른 사람들의 이야기가 끝날 때까지 잠자코 있었다. 그러다가 맨 나중에 매우 심각하게 천천히 말했다.

"모두 어린애 같은 소리를 하고 있군. 법률에 따르면 옌 형은 아버지가 정한 날에 결혼한 게 되는 거야. 이 나라의 법률에 따라서 형은 두 번 다시 자유롭게 되지 못 해. 형에게는 자유가 없어. 자신이야 자유라고 말하든 자유라고 생각하든, 혼자 멋대로 살건 그런 것은 문제가 아냐. 아무튼 자유가 아니거든……. 옌 형, 이제라도 혁명 운동에 가담하지 않겠어? 왜 우리들이 싸워야만 하는가, 이것으로 알게 되었다고 생각하는데."

옌은 맹을 보았다. 맹의 타는 듯이 격렬한 시선과 부딪치고 그의 마음속 깊이 숨어 있는 깊은 절망을 읽었다. 옌은 잠시 망설이다가 이윽고 절망 속에서 조용히 대답했다.

"나도 가담한다!"

이렇게 하여 왕후는 자기 아들을 적으로 만들었던 것이다.

조국을 구하기 위해 이제부터 이 주의에 몸과 마음을 쏟아 넣겠다고 옌은 생각했다. 여태까지는 〈우리는 조국을 구해야만 한다〉는 호소를 들었을 때 그것이 마땅히 해야 할 일이라고 느끼고 언제나 마음이 움직이기는 했으나 왜 구해야만 하는가, 만일 구한다 하더라도 무엇으로부터 구하는가, 또 이 조국이란 대체 무엇인가 하는 것마저 똑똑히 알 수 없었으므로 옌은 선뜻 마음의 결정을 내리지 못했다. 아버지 집에 있던 어린 시절, 가정교사가 그렇게 가르쳐 주었을 때도 그는 이 구국이라는 것에 충동을 느끼고 조국을 위해서 자신도 무엇을 하고 싶다고는 생각했으나 무엇을 해야 좋을지 알 수 없었다. 군관학교에서는 외적이 조국에 가하고 있는 여러 악행을 귀에 못이 박이도록 들었으나, 그때는 아버지 또한 적이라고 했으므로 아무래도 이해할 수 없었다.

이 도시의 학교에서도 마찬가지였다. 그는 맹으로부터 어째서 조국을 구해야만 하는가 하는 주장을 늘 들었다. 왜냐하면 맹은 주의에 대한 이야기 말고는 화제가 없었기 때문이다. 그는 요즘 줄곧 비밀 회합에 바빠 학업은 거의 거들떠 보지도 않았다. 그의 동지들은 언제나 학교나 시 당국에 항의서를 들이대고 외적타도, 불평등 조약반대, 시 조례나 학교의 단속 규칙반대 등, 그들의 주의에 맞지 않는 것은 모조리 반대하고 나서서 깃발을 흔들며 시내를 행진했다. 그들은 많은 사람들에게 비록 자기들의 의사에 어긋나더라도 이 행진에 참가할 것을 강요했다. 맹은 군벌 두목에 못지않은 무시무시한 얼굴을 하고 참가를 강요했으며, 우물쭈물하는 학생에게는 호통을 쳤다. "네 녀석은 그래 가지고 애국자라 할 수 있는가? 외국인의 앞잡이가 아닌가! 우리들의 조국이 외적에 의해서 바야흐로 파멸에 직면한 이때, 네 녀석은 춤이나 추며 놀아나야 한단 말인가!"

어느 날 옌이 바빠서 행진에 참가할 여가가 없다고 말하자 맹은 옌에게조차 호통을 쳤다. 셍 같으면 맹이 와서 거친 소리를 해 봐야 여느 때의 유쾌한 듯한 웃음을 짓고 놀려 댈 수도 있었다. 맹은 젊은 혁명 당원의 지도자이기 전에 그의 동생이었기 때문이다. 그러나 옌은 사촌에 지나지 않았으므로, 이 화를 잘 내는 청년으로부터 되도록 교묘히 빠져나가야만 했다. 그리고 이러한 때 가장 좋은 피신처는 그 밭이었다. 맹이나 그 동지들은 꾸준히 밭을 간다는 어리석은 노동을 할 겨를이 없었으므로 여기에 있으면 옌은 그들을 피할 수가 있었다.

그러나 이제는 옌도 조국을 구한다는 것이 무엇인지 알았다. 왕후가 왜 적인가 하는 것도 알았다. 이제 조국을 구하는 것은 자기 자신을 구하는 길이요, 아버지가 자기의 적이며, 스스로 자기를 구하지 않으면 누구도 구해 주지 않는다는 것을 알았기 때문이다.

옌은 주의에 몸을 던졌다. 그는 맹의 사촌이며 맹이 그를 위해서 보증인이 되어 주었으므로 충성을 증명할 필요는 없었다. 또 맹도 주의에 대한 옌의 진실성을 인정할 수가 있었다. 그는 옌이 분노하고 있는 이유를 알고 있었기 때문이며, 주의에 대한 열의의 유일한 보증은 언제나 옌이 지금 품고 있는 것과 같은 개인적인 분노임을 알고 있었기 때문이다. 옌은 이제 구시대가 구체적인 적이 되었으므로 구시대를 증오할 수가 있었다. 그것을 통해서밖에 자기를 해방시킬 수가 없으므로 조국을 해방시키기 위해서 싸울 수 있었다. 이렇게 하여 그는 그날 밤 바로 맹을 따라 꼬불꼬불한 골목 끝에 있는 낡은 집의 한 방에서 열린 비밀 회합에 참석했다.

그 거리는 가난뱅이를 상대하는 창부들의 소굴로 알려진 곳이며, 수상한 복장을 한 남자들이 많이 왔다갔다했으므로 젊은 노동자들이 드나들어도 특히 관심을 기울이는 사람이 없었다. 맹은 앞장서서 이 길로 옌을 데리고 갔다. 시끄럽게 손님을 불러들이는 소리에도 맹은 아랑곳하지 않았다. 꽤 익숙해 있었으므로 여기저기 입구에서 여자들이 손님을 잡으려고 뛰쳐나와도 얼굴조차 보려 하지 않았다. 옷자락을 잡고 끈질기게 놓지 않는 여자라도 있으면 성가신 벌레라도 처리하듯 손을 뿌리쳤다. 다만 여자가 옌을 붙잡고 놓지 않으려 할 때만 맹은 소리쳤다. "그 손 놔! 우리들이 가는 집은 정해져 있으니까." 그는 그대로 성큼성큼 걸음을 옮겨 놓았다. 뒤따라 가는 옌은 여자가 손을 놓아주자 안심했다. 여자가 하도 천하고 끔찍스런 얼굴을 하고 있었으며, 젊지도 않은데 추파를 던지고 교태를 부리는 꼴이 소름 끼쳤기 때문이었다.

이윽고 한 집에 도착하자 여자가 안으로 들여보내 주었다. 맹은 층계를 올라가서 어느 방으로 들어갔다. 거기에는 50명 남짓한 남녀가 앉아 기다리고 있었다. 지도자인 맹 뒤에서 따라 들어온 옌을 보자 웅성거리던 소리가 딱 멎고 한순간 의혹에 찬 침묵이 흘렀다. 그러자 맹이 말했다. "걱정할 필요는 없소. 이 사람은 내 사촌이오. 전부터 말했지만 나는 이 사람이 우리 운동에 가담해 주기를 매우 바라고 있었소. 그는 우리에게 크게 도움이 될 인물이니까. 그의 아버지는 군대를 갖고 있는데 이것은 뒷날 우리들의 도움이 될지도 모르오. 그런데 그는 가담하는 것을 여태까지 동의하지 않았소. 그런데 오늘, 우리들의 아버지가 모두 적인 것과 마찬가지로 자기 아버지가 적이란 사실을 깨달았소. 그는 이런 점을 깨닫게 될 때까지 이 운동의 올바름을 뚜렷이 느끼지 못하고 있었던 거요. 이제 그도 결심했소. 결심하기에 충분한 증오를 갖고 있는 거요."

옌은 잠자코 이 말을 들으며 주위 사람들의 타는 듯한 얼굴을 휘둘러보았다. 아무리 창백하건, 아름답지 않건, 타는 듯한 표정을 띠지 않은 얼굴은 하나도 없고 눈도 모두 불타는 듯했다. 맹의 말을 듣고 이들의 얼굴을 보다가 그의 심장은 잠시 멎었다. 나는 정말 아버지를 미워하고 있는 것일까. 그는 갑자기 아버지를 미워하는 것이 괴로워졌다. 미워한다는 말에 그는 심하게 흔들리고 겁을 먹었다. 나는 아버지가 하는 일을 증오한다. 아버지가 하는 일은 분명히 증오하지만……. 그가 동요하고 있는 그 순간, 어두운 구석에서 일어나 그에게 와서 손을 내민 사람이 있었다. 그 손이 눈에 익었으므로 돌아보니 눈에 들어온 것은 잘 아는 얼굴이었다. 그 여자였다. 그녀는 그 묘하게 아름다운 목소리로 말했다. "당신이 언젠가는 가담해 주실 줄 알고 있었어요. 분명 함께 해 주실 거라고 생각했어요."

이 여자의 얼굴을 보고 그 손을 만지며 그 목소리를 들으니 옌은 따뜻하게 환영받고 있다는 것을 느꼈다. 그리고 새삼 아버지가 한 일이 생각났다. 그렇다, 아버지가 본 적도 없는 여자와 결혼시키려는 증오할 만한 일을 한다면 나도 아버지를 미워해 줄 테다. 그는 여자의 손을 잡았다. 그녀가 자기를 사랑한다고 생각하자 미칠 듯이 기뻤다. 그녀가 이 자리에서 자기 손을 잡아 주었으므로 그는 갑자기 그들의 동지가 된 기분이 되었다. 그는 얼른 방안을 둘러보았다. 여기 있는 사람들은 모두 자유다. 자유롭고 젊은 동지들이 모여 있는 것이다! 맹은 아직도 이야기하고 있었다. 두 사람이, 남녀가 손에 손을 잡고 서 있는 것을 누구도 이상하게 보지 않았다. 여기서는 모두 자유이기 때문이다. 맹이 말을 맺었다. "그는 내가 보증하겠소. 만일 그가 배신한다면 나도 죽겠소. 나는 그를 위해서 맹세하겠소."

그가 말을 마치자 여자가 옌의 손을 잡은 채 함께 두세 걸음 앞으로 나가서서 말했다. "저도 이분을 위해서 맹세합니다."

이렇게 그녀는 옌을 자기와 동지들에게 결속시켰다. 그래서 한 마디도 반대하지 않고 옌은 맹세했다. 모든 사람이 지켜보는 앞에서, 맹이 칼로 옌의 손가락 끝을 잘라 약간의 피를 받았다. 이 피에 맹이 붓을 적셔 옌에게 주었으며, 옌은 그 붓으로 서약서에 서명했다. 그것이 끝나자 모두 기립하여 그를 당원으로서 받아들이고 함께 서약서를 낭독한 다음 당원이라는 것을 증명하는 휘장을 옌에게 주었다. 이리하여 마침내 옌은 그들의 동지가 된 것이다.

당원이 된 옌은 이제까지 모르던 많은 것을 알았다. 이 결사는 곳곳에 있는 다른 무수한 결사와 그물처럼 연결되었으며, 그 그물은 전국 각 성(省)의 많은 도시, 특히 남방으로 뻗어나가고, 결사의 중심은 군관 학교가 있는 화남(華南)의 대도시에 있었다. 이 중앙 본부로부터 비밀 암호에 따라서 지령이 나왔다. 맹은 이 암호의 수신법과 해독법을 알고 있어서 지령에 따라 즉각 동지를 소집하고 파업을 일으키라든가, 성명서를 내라든가 하고 전달했다. 그리고 이와 똑같은 일이 많은 도시에서 동시에 행해졌다. 이런 식으로 비밀리에 많은 청년 남녀들이 전국적으로 결합되어 있었다.

이와 같은 결사의 회합 하나하나가 미래의 대계획을 실현하는 첫걸음이었다. 그리고 이 대계획은, 사실 옌에게는 그다지 새로운 게 아니었다. 철이 들고 나서부터 줄곧 그는 그런 이야기를 들어 왔기 때문이다. 그가 어릴 때부터 아

버지는 늘 말했었다.

"나는 정권을 획득해서 위대한 국가를 만들 참이다. 새 왕조를 창시하는 거다." 왕후도 청년 시절에는 이런 대망을 품고 있었던 것이다. 그리고 옌의 가정교사도 남몰래 이렇게 가르쳤다. "언젠가 우리는 정권을 차지해 새로운 국가를 만들어야 한다……." 그리고 군관 학교에서도 같은 말을 들었고, 오늘도 같은 말을 들은 것이다. 그러나 많은 사람들에게는 이것은 새로운 부르짖음이었다. 상인의 아들, 교사의 아들, 조용하게 사는 일반 사람들의 아들, 따분하고 평범한 생활을 보내는 그들에게 이토록 강력한 부르짖음은 여태까지 없었다. 새 국가 건설을 말하고, 조국을 이제까지와는 다른 위대한 국가로 만들자고 하고, 외국에 투쟁을 선언한다는 것은 평범한 청년들에게 큰 꿈을 주었고, 지배자, 정치가, 장군이 된 자신들의 미래를 꿈꾸게 했다.

그러나 옌에게는 그 부르짖음이 그리 신선하지도 않았으므로 다른 사람들과 소리를 합하여 높이 부르짖을 수가 없었다. 이따금 그는, '어떻게 하면 그것이 실현됩니까?'라든가, '학교에 가지 않고 시위 행진에만 시간을 허비하고서야 어떻게 나라가 구해집니까?' 물음으로써 그들을 짜증나게 만들었다.

그러나 얼마 안 가서 그는 침묵하는 법을 배웠다. 다른 사람들이 이런 이야기를 무척 싫어했으며, 그가 다른 동지들과 같은 행동을 하지 않으면 맹이나 그 여자의 입장이 곤란해지기 때문이었다. 맹은 단둘이 있을 때 이렇게 말하기도 했다. "상부로부터 오는 지령에 의문을 품을 권리는 형에겐 없어. 우리는 복종해야만 해. 그렇게 함으로써만이 앞으로의 목적을 이룰 수 있으니까 말이야. 다른 동지들에게도 허용하지 않으니까, 형한테도 질문을 허용할 수 없어. 다들 사촌이라 봐준다고 말할 테니까."

그런 식으로 자기가 이해하지 못하는 일도 무조건 따라야 한다면 어디에 자유가 있느냐고 묻고 싶었지만 옌은 그 의문을 억눌러야만 했다. 그는 자기에게 타일렀다. 앞으로 자유를 얻을 거야, 틀림없어. 또 이렇게도 생각했다. 아버지에게서 자유를 얻지 못하는 이상, 그리고 이미 동지들과 더불어 운명을 함께 하기로 한 이상, 달리 길은 없다.

그래서 요즘은 지령받은 대로 자기의 의무를 완수했다. 행진하는 날에는 깃발을 준비했다. 그는 다른 사람보다 글씨를 또렷하게 잘 썼으므로 무언가 학교에 요구할 일이 있을 때는 요청서를 썼다. 학교 당국이 요구를 받아들이지 않는다고 하여 동맹 휴학을 할 경우에는 그도 학교를 쉬었다. 그러나 학과에 뒤지지 않도록 혼자서 공부했다. 그는 또 노동자들의 집을 찾아다니면서 소책자를 나누어 주었다. 거기에는, 그들이 얼마나 혹사당하고 있는가, 임금이 얼마나 적은가, 그들 덕분에 경영자들이 얼마나 살이 찌고 있는가 하는, 이미 누구나 다 아는 것들이 씌어 있었다. 노동자들은 거의 글자를 읽을 줄 모르므로 옌이 읽어 주곤 했는데, 그들은 기꺼이 귀를 기울이면서 자기들이 생각하던 것보다 더 혹사당하고 있음을 알고는 깜짝 놀란 눈으로 서로 마주보며 저마다 소리치는 것이었다. "정말이야. 우리는 배불리 먹어 본 일이 없어." "맞아, 우리는 밤낮으로 일하면서 자식들을 제대로 먹이지도 못한단 말이야." "우리 같은 인간들에게 무슨 미래가 있나, 내일도 모레도 언제까지나 변함없지. 날마다 버는 대로 먹어 버리니까 말이야."

그들의 모습을 보고 그들의 말을 들으며 옌은 측은한 느낌이 들었다. 그들은 늘 혹사당하고, 그들의 아이들은 영양 부족으로 안색이 나쁜 채 방직 공장이나 외국제 기계 공장에서 날마다 장시간 일하면서 이따금 공장 안에서 죽기도 했지만 누구도 거들떠보지 않았다. 부모조차 그다지 마음을 쓰지 않았다. 아이란 자꾸 태어나서, 가난한 집에는 언제나 필요 이상으로 아이들이 많았기 때문이었다.

그러나 이토록 가엾게 생각하면서도, 옌은 그들 집에서 나오면 안도의 한숨이 절로 나왔다. 가난한 사람들 집에는 늘 악취가 떠돌았고, 그의 후각은 매우 민감했기 때문이다. 집에 돌아와서 몸을 씻고 그들과 멀리 떨어져 있는데도 여전히 주변에는 그 냄새가 떠도는 듯한 기분이었다. 자기의 조용한 방에서 홀로 책을 읽고 있다가도 문득 얼굴을 들면 그 악취가 엄습해 왔다. 옷을 갈아입어도 냄새가 났다. 환락의 장소에 있을 때도 역시 냄새가 났다. 여자를 안고 춤을 추고 있을 때 그 여자의 향수 냄새조차 압도했으며 훌륭하게 조리된 요리의 향료 냄새까지 뒤덮어, 그는 언제나 가난한 사람들의 악취를 맡고 있어야 했다. 그것은 곳곳에 스며 있어서 옌을 불쾌하게 만들었다. 전부터 옌에게는 이러한 약점이 있었으며 그 때문에 무엇을 해도 온 영혼을 다 쏟아 넣을 수가 없었다. 그런 보잘것없는 것에 신경을 쓰느라 큰일을 그르치는, 자기의 인물됨이 작은 것을 부끄러워하면서도, 그는 악취로부터 자신의 육체가 뒷걸음치는 것을 보고 주의에 대해서 자기의 정열이 식는 것을 느꼈다.

그 결사의 교우 관계에서 또 하나 곤란한 일이 있었다. 그것은 운동의 장애가 되고 다른 동지들과의 사이에 어두운 그림자를 던졌다. 바로 그 여자였다. 옌이 이 운동에 가담하고부터 그녀는 옌이 자기 사람이 되었다고 확신했는지 놓아 주려 하지 않았다. 이런 젊은 사람들 사이에는 대담하게 동거하는 남녀도 있었으며, 그것은 부도덕한 것으로 간주되지도 않았고 무어라고 나무라는 사람도 없었다. 그들은 동지라고 불리며 두 사람의 관계는 그들이 희망하는 동안만 지속되었다. 그 여자는 옌이 자기와 동거해 주기를 희망했다.

그런데 여기에 묘한 일이 생겼다. 만일 옌이 운동에 가담하지 않고 그전처럼 즐거운 꿈 같은 생활을 계속하면서, 그녀와도 다만 교실에서 얼굴을 맞댄다든가 이따금 단둘이 산책을 한다든가 하는 정도였더라면, 어쩌면 그녀의 대담성이나 아름다운 목소리나 솔직한 눈초리나 정열에 타는 손이, 그가 그때까지 알던 여자들, 아이란의 친구들과는 매우 색다르다는 점에서 그를 매혹했을지 모른다. 옌은 여자에게 무척 소심했으므로 오히려 대담함이 그에게는 매력으로 여겨졌을 것이다.

그런데 그는 지금 이 여자와 날마다 여기저기에서 얼굴을 맞대었으며, 그녀는 옌을 자기 사람이라 결정해 놓고 매일 학교가 끝나면 기다리다가 함께 돌아갔다. 그러니 다른 학생들이 눈치 채지 않을 까닭이 없었다. 모두 옌을 놀리며 말을 건네었다. "그 여자가 기다린다. 널 기다리고 있어. 도저히 달아날 수 없겠는걸……" 이런 야유가 늘 그의 귀에 들어왔다.

처음 한동안 옌은 그런 말을 못 들은 체했다. 부득이 들었을 경우에는 처량한 얼굴로 쓴웃음을 지었다. 그러는 동안에 그는 부끄러워져서 수업이 끝나도 되도록 오래 교실에 남아 있거나, 사람들이 눈치 채지 못하는 출구로 빠져나가곤 했다. 그러면서도 그녀에게 솔직하게 "당신이 늘 기다리는 바람에 진절머리가 난다"라고는 말하지 못했다. 오히려 그녀가 기다려 주는 것이 고맙다는 듯이 대했다. 비밀 회합에 나가면 그녀도 출석하고 있어서 언제나 자기 옆에 그의 자리를 잡아 놓았다. 사람들은 이것은 두 사람이 모든 점에서 결합된 증거로 보았다.

그런데 아직 두 사람은 하나가 되지 않았다. 옌이 이 여자를 도저히 사랑할 수 없었기 때문이다. 만나는 기회가 늘어 그녀가 그의 손을 잡을 기회가 많아질수록, 그녀는 자주 그의 손을 잡고 오래도록 쥐고 있었으며, 욕망을 감추려고도 하지 않았다. 하지만 그럴수록 두 사람의 사랑은 식어갈 뿐이었다. 그래도 그녀의 존재는 소중히 대해야만 했다. 옌은 그녀가 매우 충실하고 진실로 자기를 사랑한다는 것을 알고 있었으며, 내심 부끄러워하면서도 이따금 그녀의 이 충실함을 이용하는 일이 있었기 때문이다. 그가 그다지 내키지 않는 일을 명령받거나 하면 그녀는 그가 싫어하는 것을 곧 알아차리고, 만일 그녀가 할 수 있는 일이라면 그것은 자기가 하고 싶다면서 교대해 주었으므로 옌은 자기가 좋아하는 일, 이를테면 글을 쓰거나, 악취가 나는 빈민굴에 들어가는 대신 농촌으로 나가서 농민들과 이야기하는 일 같은 것을 맡을 수가 있었다. 그런 식이었으므로 옌은 그녀의 호의를 고맙게 생각하고 섭섭하게 만들고 싶지 않았다. 하지만 그도 남자였으므로 그녀의 호의를 받으면서도 사랑하지 못하는 것을 부끄럽게 여기지 않을 수 없었다.

말로는 표현하지 못하지만 옌은 오랫동안 그녀의 사랑을 거절했다. 그런데 옌이 그녀의 사랑을 거부하면 거부할수록 그녀의 애정은 격렬해져서 어느 날 마침내 그녀는 사랑을 고백하기에 이르렀다. 이런 문제에서는 그렇게 되는 것이 당연했다. 그날 옌은 어느 농촌으로 파견되었으므로 그는 혼자서 갔다가, 돌아오는 길에 들러 자기 밭을 보고 올 생각이었다. 당의 운동이라는 과외 일이 생겨서 바빴으므로 요즘은 밭에도 마음대로 갈 수 없었던 것이다. 늦봄의 화창한 날이었다. 그는 먼저 마을까지 걸어가서 농민들과 잠시 이야기를 나누고 살며시 소책자를 나누어 준 다음 동쪽으로 돌아와서 자기 밭에 들를 작정이었다. 그는 농민들과 말하기를 좋아해서 자주 대화를 나누었다. 그는 언제나 억지로 설득하지 않고 보통 대화를 나누듯 말했다. 또 그들이 "하지만 말이야. 토지를 부자들한테서 뺏어가지고 우리들한테 나누어 준다니, 그런 소리는 들은 적도 없는걸. 될 일이 아니야. 게다가 그렇게는 안 되는 편이 좋아. 나중에 무슨 벌이라도 받으면 큰일이니까. 지금 이대로가 좋아. 그저 고생을 낙으로 알고 사는 편이 좋아. 옛날부터 있었던 고생인걸, 우린 다 알아" 이런 말도 잘 들어 주었다. 그들 중에서 새 시대의 도래(到來)를 환영하는 사람은 땅이 없는 사람들뿐이었다.

옌이 그런 혼자만의 즐거운 시간을 꿈꾸며 계획을 세우고 있자, 갑자기 그녀가 나타나서 그 자신감 넘치는 목소리로 말하는 것이었다. "당신과 함께 가서 나는 여자들과 이야기하겠어요."

옌은 그녀와 함께 가고 싶지 않았다. 이유는 여럿 있었다. 그녀가 앞에 있으면 주의를 설명하는 데 격렬한 말을 써야만 하는데 그는 그러한 격렬함을 좋아하지 않았다. 또 단둘이 되어 손을 잡히는 것이 무서웠다. 게다가 그 사람 좋은 농부가 있는 밭에도 들를 수가 없었다. 자신이 운동에 참가하고 있음을 그 농부에게는 말하지 않았었고 또 그러한 것은 알리고 싶지도 않았기 때문에 이 여자를 데려가고 싶지 않았다. 그리고 무엇보다도 그가 스스로 씨를 뿌리고 농작물을 가꾸고 있다는 것을 이 여자에게 보이고 싶지가 않았다. 그러한 일에 그가 품고 있는 묘하게 낡고 강한 애착을 이 여자에게 알리고 싶지 않았던 것이다. 그녀가 비웃을 것을 걱정하지는 않았다. 왜냐하면 그녀는 무엇을 보고도 웃어 버릴 여자는 아니었기 때문이다. 그래도 그녀가 놀랄 것과 이해해 주지 않을 것이 걱정되었다. 자기가 이해하지 못하는 것은 곧바로 경멸하는 것은 아닌지 옌은 그것이 불안했다.

그러나 그는 그녀를 뿌리칠 수는 없었다. 그녀는 맹을 움직여서 옌과 동행하도록 지령을 받아 놓았기 때문이다. 그래서 두 사람은 함께 출발했으나, 옌은 말도 하지 않고 길 한쪽을 걸어갔으며 그녀가 가까이 오면 곧 걸어가기 쉽다느니 하는 구실을 만들어서 반대쪽으로 건너갔다. 시내의 도로가 좁은 시골길로 바뀌고 이것이 다시 오솔길로 바뀌어 두 사람이 앞뒤로 서서 걸어가게 되자, 옌은 속으로 기뻐하며 그녀의 모습을 보지 않고 주위를 돌아볼 수 있도록 앞장서서 걸어갔다.

물론 그녀도 진작부터 그의 기분을 눈치 챘다. 처음에는 그에게 조용히 말을 건네고 그의 무뚝뚝한 대답도 신경 쓰지 않는 체했으나 이윽고 그녀도 입을 다물어 마침내 두 사람은 말없이 묵묵히 걸어갔다. 그동안에도 옌은 그녀의 감정이 차츰 고조되어 오는 것을 느끼고 두려운 생각도 들었으나, 그래도 모른 체하고 걸음을 옮겨 놓는 수밖에 없었다. 그러면서 두 사람은 길 모퉁이까지 왔다. 거기엔 옛날에 심어 놓은 오래된 수양버들이 몇 그루 있었는데, 해마다 가지를 꺾이고 매년 돋아나는 새 가지가 마침 붓끝처럼 탐스럽게 늘어져 오솔길 위에서 뒤얽혀 짙은 그늘을 만들고 있었다. 이 적적하고 조용한 장소를 지나가려 했을 때, 옌은 뒤에서 어깨에 손이 닿는 것을 느꼈다. 그녀는 그가 뒤돌아 보자 순간 그의 가슴에 몸을 던지더니 갑자기 흐느껴 울며 말했다.

"당신이 왜 나를 사랑해 주지 않는지 나는 알아요. 당신이 밤이 되면 어디에 가시는지도 알고요. 요전날 밤, 당신이 누이와 함께 가시는 것을 뒤따라 가 봤더니 당신은 커다란 호텔로 들어갔어요. 거기에는 여자들이 많았어요. 당신은 나보다 그런 여자가 더 좋은 거야. 당신이 함께 춤을 춘 여자도 보았어요. 분홍빛 야회복을 입고 있던 여자 말이에요. 부끄러움도 없이 당신에게 매달리고……."

그녀의 말대로 요즘도 이따금 옌은 아이란과 함께 외출하고 있었다. 아이란이나 노부인에게는 운동에 가맹하고 있음을 밝히지 않았던 것이다. 때로는 바빠서 아이란처럼 자주 놀러갈 수 없다는 구실을 붙여 가지 않을 때도 있지만, 이따금 함께 가주지 않으면 아이란이 수상해할 것이고, 노부인은 지금도 그가 딸과 함께 외출해서 자기를 안심시켜 주기를 바라고 있었기 때문이다. 지금 그녀가 울면서 하는 말을 들으니 옌도 생각이 났다. 그는 이삼 일 전 밤에 커다란 외국식 호텔에서 열린 아이란 친구의 생일 파티에 아이란과 함께 참석한 일이 있었다. 그는 그 친구와 함께 춤을 추었는데 홀에는 도로 쪽으로 커다란 유리창이 나 있었으므로, 이 여자의 빈틈 없는 눈이 다른 손님들 속에서 그의 모습을 찾아 냈던 모양이다.

그는 몸을 도사리고 화를 내면서 말했다. "누이동생과 함께 간 거야. 나는 초대받았었단 말이야."

그녀는 자신의 뜨거운 손으로 쥐고 있던 그의 손이 차가워지는 것을 느끼고 홱 몸을 빼고는 옌보다 더 화난 목소리로 소리쳤다.

"나는 다 봤어요. 당신은 그 여자를 껴안고 예사로 손을 쥐고 있었어요. 그러면서도 왜 나한테서는 마치 뱀한테서 달아나듯이 자꾸만 달아나려고 해요! 우리들이 미워하고 타도하려는 사람들과 당신이 놀아나고 있다는 것을 다른 동지들에게 이야기하면 당신이 어떻게 되는지 알아요? 당신 목숨은 내 손 안에 있는 거예요."

그것은 사실이었으며 옌도 잘 알았다. 그러나 조용히 경멸하듯 그는 말했다. "그런 말을 한다고 내가 당신을 사랑하게 될 줄 알아?"

그러자 그녀는 다시 그에게 쓰러지듯 매달린 채 조용히 울었다. 그녀는 그의 두 팔을 잡다 자기 몸에 두르게 했고 그대로 두 사람은 가만히 서 있었다. 옌은 흐느껴 우는 그녀를 보자 마음이 움직여 가엾은 생각이 들었다. 조금 뒤에 그녀가 말했다.

"내 마음은 당신한테서 떨어질 수 없게 되었어요. 우리 두 사람이 결합되는 것을 당신이 바라고 있지 않듯이 나도 바라지 않았었어요. 나는 어떤 남자에게도 마음을 빼앗기고 싶지 않았거든요. 그런데 이제, 나는 당신한테서 떨어지느니 차라리 혁명당을 버리겠어요. 나는 이제 아무 쓸모없는 약한 여자가 되어 버렸어요."

이 말을 듣자 옌은 갑자기 연민의 정이 솟아 마음에도 없이 그녀를 안은 팔에 힘을 실었다.

한참 뒤에 그녀도 침착을 되찾고 그에게서 떨어져서 눈물을 닦았다. 두 사람은 다시 걸어가기 시작했다. 그녀는 슬픈 듯이 입을 다물고 있었다. 마을에서 두 사람은 지시받은 일을 마쳤으며, 그날은 그 이상 아무 말도 나누지 않았다.

그러나 옌도 그녀도 두 사람 사이에 무슨 일이 일어났는지는 알고 있었다. 그러자, 옌의 비뚤어진 성격이 고개를 들기 시작했다. 그때까지 옌은 아이란의 친구에게 마음이 끌린 적이 없었다. 그러한 부잣집 처녀들의 높고 쾌활한 목소리며, 명랑한 웃음소리며, 화려하고 아름다운 의상이며, 귀에 건 보석 귀걸이며, 매끄러운 살결이며, 물들인 손톱 같은 것이 모두 똑같이만 보였다. 그는 다만 흥겨운 음악의 리듬을 사랑하고, 그것을 여자들과 함께 누리는 일이 즐거웠을 뿐이며, 요즘은 그전처럼 여자들 때문에 마음 괴로운 일도 없었다.

그런데 그 여자의 질투심이 그를, 그녀가 질시하는 여자들 쪽으로 내몰고 말았다. 그녀가 명랑하지 않은 만큼 그 처녀들의 명랑함이 그의 관심을 끌고, 그녀들의 화려함과 즐기는 일 이외에는 아무런 주의나 사상을 갖고 있지 않은 점에서 어떤 유쾌함을 발견하는 것이었다. 그는 그중에서 두세 사람, 특히 좋아하는 여자가 생겼다. 청조(淸朝)가 무너진 이래 이 도시로 망명한 옛 황족의 왕녀로, 그렇게 귀엽고 고운 여자를 옌은 본 적이 없었다. 그 아름다움은 어디 한 곳 나무랄 데가 없었기에 옌은 그녀의 모습을 보는 것이 즐거웠다. 또한 사람은 그보다 나이가 많은 여자로 옌의 젊음과 용모에 호의를 품고 있었는데, 이 도시에서 양장점을 경영하며, 한평생 결혼하지 않고 사업만 하겠다고 입으로는 말하면서도 남자들과 놀기를 즐겼고, 옌을 마음에 들어했다. 옌도 그 사실을 알고 있었으며, 그녀의 긴 칼처럼 날씬한 몸매며, 짧게 깎아 매끈하게 빗어 내린 검은 머리에 괴로울 정도의 자극을 느꼈다.

이 두 여자와 그 밖에 한두 명의 여자를 덧없이 떠올리던 옌은 그녀에게 비난받을 때마다 마음이 켕겼다. 그녀는 흥분하여 간절히 호소하는가 하면 어떤 때는 차갑고 증오에 찬 듯한 태도를 보였다. 옌은 이 여자와 묘하게 동지로서 결합되어 있었으므로 아무리 해도 떨어질 수 없었으나 그래도 사랑할 수는 없었다.

아버지가 멀리 떨어진 도시에서 그를 결혼시키기로 결정한 날까지 며칠 밖에 남지 않은 어느 날, 옌은 자기 방 창가에 서서 홀로 우울하게 이 문제를 생각하고 있었다. 그리고 오늘 그 여자와 만나야 한다는 생각에 불쾌해졌다. '아버지가 속박하기 때문에 나는 반항한 것이다. 그런데 이번에는 그 여자에게 속박을 받다니, 이 얼마나 어처구니없는 일인가!' 그는 이제까지 그 사실을 깨닫지 못했다는 것과, 자신이 또다시 자유를 잃은 데 놀라며, 어떻게 빠져나갈 길은 없을까, 이 새로운 속박으로부터 어떻게든 벗어나는 방법은 없을까 여러모로 궁리해 보았다. 이 새로운 속박은 비밀스러운 밀접한 관계인 만큼, 아버지의 속박에 못지않은 무거운 짐이었다.

그런데 갑자기 그는 해방되었다. 그동안에도 혁명 운동은 화남 지방에서 갈수록 더 세력이 커져, 이제는 그 시기가 왔다는 듯이 혁명군은 화남의 도시에서 벌판의 불길처럼 이 나라의 중심부까지 번져 나왔다. 남해안에서 일어나

연안 지방을 휩쓸며 북상하는 태풍과 같이, 차츰 혁명군은 살과 피와 진리를 지니게 되어, 초인적인 힘을 발휘하기에 이르렀다. 농촌부터 도시까지, 혁명군의 위력과 계속되는 승리의 소문은 그들의 움직임과 전후하여 곳곳에 퍼졌다. 이 군대의 병사들은 모두 젊은 사람들이었으며 여자들도 끼어서 알 수 없는 힘을 드러냈으므로, 그 싸우는 모습은 다만 급료를 받기 위해 전투에 참가하는 병사들과는 전혀 달랐다. 그들은 자기들의 생명인 주의를 위해서 싸웠으므로 흔들리거나 굽힐 줄을 몰랐으며, 군벌의 고용병들은 가을바람에 휘날리는 낙엽처럼 패주했다. 그들이 나아가는 앞에는 그들의 놀랄만한 위력과 죽음을 무서워하지 않는 대담함에 대한 소문이, 그들이 나타나기 전부터 예고(豫告)처럼 전해져 왔다.

그래서 이 도시 지배자들은 공포에 질려, 이 도시의 혁명 당원을 일제히 잡아들이기 시작했다. 시중에 있는 음모단이 내습하는 혁명군과 합류하는 것을 두려워했기 때문이었다. 맹이나 옌이나 그 여자 같은 당원이 다른 학교에도 무척 많았다. 지배자들은 학생들이 사는 집에 닥치는 대로 난폭한 병사들을 보내어 책이라든가 종이쪽지라든가 깃발이라든가, 그 밖에 혁명 운동과 관계 있는 것이 발견되기만 하면 남녀 구별 없이 사살했다. 사흘 동안에 이 도시에서 죽임 당한 젊은 남녀는 몇백 명에 이르렀으나, 같은 무리로 취급되어 목숨 잃을까봐 그에 대해 항의하는 자도 없었다. 살해된 사람들 가운데는 무고한 사람도 많았다. 원한을 품은 나쁜 자들이 상대의 이름을 밀고하여 그 사람이 혁명 당원이라는 가짜 증거를 제시하면 그것만으로도 많은 사람들이 살해되었기 때문이다. 시내의 혁명 당원들이 외부에서 공격해 오는 혁명군에 호응하지 않을까 하는 지배자들의 공포는 그토록 강했다.

그런 어느 날, 아무런 예고도 없이 한 사건이 일어났다. 그날 아침 옌은 교실에 앉아 여느 때처럼 그녀가 자기를 보고 있음을 알았다. 절대로 뒤돌아보지 않겠다고 생각하면서도 왠지 돌아보아야 할 것 같아 고개를 살짝 움직이려고 하는데 그 순간, 병사들이 우르르 교실 안으로 들어왔다. 대장이 "전원 기립하라. 지금부터 신체 검사를 한다!" 소리쳤다. 학생들은 무슨 영문인지도 모르고 겁에 질린 채 일어섰다. 병사들은 학생들의 몸을 수색하고 책을 조사했다. 한 병사가 학생들의 주소를 수첩에 기록했다. 모든 것은 완전한 침묵 속에서 진행되었으며, 선생도 별 수 없이 잠자코 서 있었다. 들리는 소리라고는 병사들의 군화에 부딪치는 칼소리와, 판자를 깐 마루를 밟는 그들의 무거운 구두 소리뿐이었다.

겁에 질려 조용해진 교실에서 무엇인가를 갖고 있다가 발견된 학생 셋이 끌려나왔다. 둘은 남자였으나 한 사람은 그 여자였다. 주머니에 합법적이지 않은 서류를 갖고 있었던 것이다. 병사들은 세 사람을 앞세우고 칼을 꽂은 총으로 그들을 재촉하면서 끌고 갔다. 옌은 그녀가 끌려가는 광경을 어쩔 도리 없이 멍청하니 보고 있었다. 문간까지 갔을 때 그녀가 그를 돌아보았다. 가만히 호소하는 듯한 무언의 눈초리였다. 곧 한 병사가 총 끝으로 그녀를 밀어내자 그녀의 모습은 사라졌다. 옌은 두 번 다시 그녀의 모습을 볼 수 없으리라고 생각했다.

그가 맨 먼저 생각한 것은 이제 그녀로부터 해방되었다는 생각이었다. 그러나 솟아오르는 기쁨을 곧 부끄럽게 생각했다. 더욱이 그녀가 끌려 나가면서 그에게 던진 무척 슬퍼 보이던 눈을 잊을 수 없었다. 그녀는 진심으로 자기를 사랑해 주었는데 자기는 사랑하지 않았기 때문이다. '어찌할 도리가 없지 않았는가. 그녀를 원하지 않는데 달리 어떻게 할 수가 있었단 말인가' 이렇게 변명하려 했으나, 또 한편으로는 '그녀가 이렇게 곧 죽을 줄 알았더라면 조금은 위로해 주어도 좋지 않았을까, 하는 또 다른 소리가 마음속에서 속삭였다.

그러나 그런 생각을 오래 할 여유는 없었다. 그날은 도저히 수업할 형편이 못 되어 선생이 강의를 그만두기로 했으므로 학생들은 모두 서둘러 교실을 나갔기 때문이다. 부랴부랴 돌아가는데 누군가 옌의 팔을 잡았다. 돌아보니 셍이었다. 셍은 아무도 없는 곳으로 그를 살며시 데리고 가서 목소리를 낮추어 말했다. 여느 때의 그 아름다운 얼굴이 오늘만은 공포에 질려 있었다. "맹이 어디 있는지 모르나? 그 녀석은 오늘의 단속을 모르고 있어. 만일 녀석이 몸수색이라도 당하는 날이면, 맹이 살해되는 날이면, 아버지는 죽어 버릴 거야."

"나도 몰라." 옌은 셍을 바라보고 말했다. "지난 이틀 동안 맹을 만나지 못했어……."

셍은 그대로 가버렸다. 각 교실에서 나오는, 저마다 겁에 질려 입을 다문 학생들 무리 속을 그의 재빠른 몸이 헤치고 나가는 것이 보였다.

옌은 사람의 통행이 적은 뒷골목을 골라서 집으로 돌아와 부인에게 오늘 일어난 일을 이야기하고, 마지막으로 안심시키기 위해서 덧붙였다. "물론, 제 걱정은 안 하셔도 돼요."

그러나 옌보다 훨씬 사려깊은 부인은 얼른 이렇게 말했다. "생각해 봐. 네가 맹과 함께 있는 것을 사람들은 보았어. 사촌간이고 게다가 맹은 이 집에도 온 적이 있어. 네 방에 책이나 서류나 그 밖에 작은 것이라도 두고 가지는 않았을까? 여기도 수색하러 올 거다. 옌, 얼른 방에 가서 살펴 봐. 그동안에 나는 너를 어떻게 하면 좋을까 생각해 볼 테니까. 아버님은 너를 무척 사랑하셔서. 만일 너한테 무슨 일이라도 일어나는 날이면 그건 모두 내 탓이야. 아버님이 돌아오라고 그러셨을 때 돌려보내지 않은 것은 나니까." 그리고 부인은 옌이 이제까지 본 적이 없는 깊은 공포에 사로잡혔다.

부인은 그와 함께 방으로 가서 그의 소지품을 모두 조사했다. 부인이 책꽂이라든가 서랍 속이라든가 선반 위를 모조리 뒤지는 동안, 옌은 그 여자가 전에 보낸 편지를 찢지 않고 둔 것이 생각났다. 소중히 간직했던 것은 아니었으나, 어쨌든 그것은 사랑을 고백하는 편지였으며, 그것은 그가 생전 처음 받은 사랑의 고백이었다. 한동안은 그것만으로도 마법 같은 힘을 갖고 있었기에 시집 속에 넣어 두었었는데 어느 사이엔가 잊어버리고 만 것이다. 그는 부인이 저쪽을 보는 틈을 타 그것을 꺼내서 손바닥으로 구겨 뭉쳐 들고는, 적당한 핑계를 만들어 방을 나가서 다른 방으로 들어가 성냥불을 붙였다. 손가락 사이에서 편지가 타고 있을 때, 그는 가련한 여자를, 그리고 자기에게 던져진 그 마지막 시선을 떠올렸다. 그것은 토끼가 사나운 들개의 습격을 받고 물려 죽기 직전의 눈이었다. 옌은 그녀를 생각하며 슬픔에 잠겼다. 오늘도, 아니 지금은 전보다도 더 자기가 그녀를 사랑하고 있지 않다는 것과 아무리 해도 사랑할 수 없음을 알고 미안한 마음이 들면서도, 그녀가 죽어도 섭섭하게 여기지 않으리라는 것을 알기 때문에 묘하게 깊은 슬픔이 치밀어 올랐다. 이리하여 그녀의 편지는 그의 손가락 사이에서 재가 되어 버렸다.

설혹 옌이 슬퍼할 만한 애정을 갖고 있었다고 하더라도 슬퍼할 겨를이 없었다. 편지가 다 탈까말까 했을 때 현관문이 열리고 백부와 백모와 가장 위 사촌형과 생이 들이닥치며 모두 맹을 보지 못했느냐고 소리쳤기 때문이었다. 부인도 옌의 방에서 나와, 모두 겁에 질린 채 이것저것 서로 물었다. 백부는 뚱뚱한 몸집을 공포에 떨면서 울먹이며 말했다. "내가 이 도시로 온 것은 잔인하고 흉폭한 소작인들을 피하기 위해서였다. 여기는 외국 군대가 보호해 주니까 안전하다고 여겼기 때문이다. 이런 일이 일어나고 있는데도 잠자코 보고만 있다니, 외국 군대는 대체 무엇을 하는 거야? 게다가 맹의 모습이 보이지 않는데, 셍의 말을 들어 보면 맹은 혁명 당원이라고 하지 않나? 나는 전혀 몰랐다. 어째서 나한테 말하지 않았을까? 알고 있었더라면 벌써 옛날에 손을 썼을 텐데."

"하지만 아버지." 셍이 나직한 목소리로 걱정스러운 듯이 말했다. "아버지한테 말했다가는 여기저기 떠들고 다니실 테니 소동만 더 커지겠다고 생각한 거지요."

"그렇고말고, 아버지가 하시는 일이란 기껏해야 그 정도지." 셍의 모친이 비난하듯이 말했다. "만일 비밀이 있다면 우리 집에서 비밀을 지킬 수 있는 것은 나뿐이야. 하지만 그런 나한테도 털어놓고 말해 주지 않은 게 유감이다. 맹은 내가 가장 귀여워하는 아들인데!"

얼굴이 재처럼 새하애진 형은 근심에 차서 말했다. "바보 녀석 하나 때문에 우리 모두가 위험에 처하게 되었어. 우리 집에도 군인들이 와서 심문을 하고 혐의를 걸 것이 틀림없어."

이어 옌이 어머니라고 부르는 노부인이 조용히 말했다. "이렇게 위험한 때를 맞았으니, 어찌하면 좋을지 다 함께 생각해 보기로 합시다. 옌은 내가 맡고 있으니까 나는 옌의 신변의 안전을 생각해야 해요. 나는 이렇게 생각해요. 옌은 앞으로 외국의 학교에 유학시킬 생각이었으니까 곧 보내도록 하겠어요. 되도록 빨리 서류가 갖춰지는 대로 출발시키겠습니다. 외국에 있으면 안전할 거예요."

"그럼, 우리도 다 가지." 백부가 열심히 말했다. "외국에 있으면 모두 안전하니까."

"아버지는 안 됩니다." 셍이 참을성 있게 말했다. "외국에서는 공부를 하러 왔다든가 무슨 특별한 이유가 없으면 중국인의 입국을 허락해 주지 않습니다."

이 말을 듣자 노인은 가슴을 펴면서 조그마한 눈을 크게 뜨고 말했다. "하지만 그쪽 사람들은 우리나라에 멋대로 상륙하고 있지 않나."

노부인은 사람들을 달래면서 말했다. "우리들 일은 지금 의논할 필요가 없습니다. 우리 늙은이들은 괜찮아요. 설마하니 우리들처럼 성실하게 사는 늙은

이들을 혁명 당원이라고 하며 죽이기야 하겠어요. 그리고 큰조카도 처자도 있고 이젠 젊지도 않으니까 걱정 없을 거예요. 하지만 맹은 당원이라는 사실이 알려져 있고, 맹과의 관계로 셍도 옌도 위험합니다. 어떻게든 외국으로 피신시켜야 합니다."

그래서 그들은 그 방법을 의논했다. 노부인은 아이란의 외국인 친구가 생각나서, 그 사람에게 부탁하면 해외로의 출국에 필요한 서류나 수속이 빨리 갖춰질지 모르겠다고 생각했다. 부인은 일어서서 하녀를 불러 친구한테 가 있는 아이란을 부르러 보내려고 문고리를 잡았다. 아이란은 요즘 날마다 세상이 소란하여 침울해지는 것을 못 참고, 학교에 갈 기분도 나지 않는다고 오늘은 아침부터 놀러 가 있었다.

노부인이 문에 손을 대는 순간, 아랫방에서 커다란 소리가 들렸다. 매우 거칠고 기세 있게 소리치는 목소리였다.

"왕옌이라는 자가 사는 집이 여기냐?"

이 소리에 안에 있던 사람들은 깜짝 놀랐다. 백부는 쇠고기의 지방(脂肪)처럼 창백해져서 어디 숨을 곳은 없나 두리번거렸다. 그러나 노부인이 가장 먼저 생각한 것은 옌이었으며, 그 다음은 셍이었다.

"두 사람 다." 부인은 신음하듯이 말했다. "빨리, 이 지붕 아래 다락방에 숨어……."

그 방으로는 통하는 계단도 없었으며 입구라고는 지금 그들이 모여 있는 방의 천장에 뚫어 놓은 네모난 구멍뿐이었다. 그러나 부인은 이렇게 말하면서 이미 그 구멍 아래로 테이블을 밀어다 놓고 의자도 끌고 갔다. 먼저 언제나 옌보다 재빠른 셍이 먼저 일어나고 옌도 그 뒤를 따랐다.

그러나 두 사람 다 늦었다. 그들이 허둥대는 동안, 문이 태풍에 날린 듯이 사납게 열리고, 입구엔 군인들이 열 사람쯤 서 있었다. 대장이 먼저 셍을 보고 소리쳤다. "네가 옌이냐?"

셍은 낯빛이 새파랗게 변했다. 그는 대답하기 전에 무어라고 말해야 좋을까를 생각하듯이 잠깐 망설이더니 이윽고 나직한 소리로 대답했다. "아닙니다."

그러자 대장이 짖어 대듯이 말했다. "그럼 이쪽이 왕옌이구나. 그 여자가 말한 것을 기억하고 있지. 키가 크고, 살빛이 거무스레하고 눈썹이 짙다고 했어. 하지만 입매는 부드럽고 붉다고 말이야. 그래, 틀림없이 저놈이다."

한 마디 항변도 하지 못하고 옌은 뒤로 손을 묶였다. 누구도 이것을 막을 수는 없었다. 백부는 울며 떨고 있고, 노부인이 애원하듯 앞으로 나와 무겁고 침착한 어조로 "여러분들은 과오를 범하고 있습니다. 옌은 혁명 당원이 아닙니다. 제가 보증하겠습니다. 이 아이는 착실하고 신중한 아이예요. 내 아들이에요. 그런 운동에 가담한 적도 없습니다" 호소했으나 소용 없었다.

군인들은 야비하게 웃을 뿐이었다. 그리고 얼굴이 크고 둥글둥글한 병사 하나가 말했다. "아주머니, 어머니는 아들 일을 잘 모릅니다. 남자에 대해서는 여자에게 물어 보는 게 으뜸이지요. 어머니는 안 됩니다. 그 여자는 왕옌이라는 이름도, 이 집 번지도 말했고, 인상착의도 아주 정확하게 가르쳐 주었습니다. 인상과 풍채 구석구석을 알고 있는 모양이던데요. 그 여자가 이 사람이 제 1지도자라고 합디다. 처음엔 뻔뻔스레 화를 내고 있었는데요, 한참 잠자코 있더니, 고문도 하지 않았는데 자기 입으로 술술 이자의 이름을 댔단 말입니다!"

노부인은 이 말을 듣더니 영문을 모르겠다는 듯이 망연히 서 있었다. 옌은 아무 말도 할 수 없었다. 잠자코 있으면서 마음속에 희미하게 짚이는 것이 있었다. '그렇다면 그녀의 사랑이 미움으로 변한 것이군! 사랑으로 나를 묶지 못했으니 미움이라면 나를 묶을 수 있다고 생각한 거야!' 이리하여 그는 연행되어 갔다.

끌려가는 순간 이미 옌은 사형을 각오했다. 지난 며칠 동안 혁명 운동에 가맹하고 있었다는 사실이 드러난 자는 모두 사형되었다. 그것은 공표되지는 않았으나 그도 알고 있었으며, 그 여자가 그의 이름을 댔다면 그의 죄상에 대해 이보다 확실한 증거는 없었기 때문이다. 이렇게 자신을 타일렀으나 죽음이라는 말이 그에게는 실감되지가 않았다. 그와 비슷한 청년들이 콩나물 시루처럼 갇혀 있는 감방에 떠밀려 들어갔을 때도, 캄캄한 입구에서 발이 걸려 넘어지자, 간수가 "네 발로 일어나라. 내일은 다른 사람이 일으켜 주겠지만" 하고 소리쳤을 때도 그는 죽음이라는 말의 뜻을 이해할 수 없었다. 간수의 말은 내일을 위해 그를 기다리고 있을 총알처럼 그의 심장을 꿰뚫었으나, 옌은 흐릿한 어둠 속에서 사람들이 꽉 들어찬 감방 안을 둘러볼 만한 여유가 있었다. 그 속에는 남자뿐이며 여자가 없는 것을 보고 그는 마음을 놓았다. '여기에 그 여자가 있어서 내가 죽는 모습을 그녀에게 보이고 내가 결국 그녀의 것이 되

었다는 것을 알리기보다는, 그래도 안심하고 죽을 수 있겠군' 그는 생각했다. 그러자 그는 마음이 편해졌다.

　모든 일이 너무나 갑작스레 이루어졌으므로 옌은 왠지 여기서 구출될 듯한 기분이 자꾸만 들었다. 처음에는 지금 당장이라도 구출되겠거니 생각했다. 그는 노부인을 매우 믿고 있었으므로, 생각하면 생각할수록 부인이 구출되도록 손을 써주리라는 확신이 강해졌다. 처음 몇 시간 동안 그는 굳게 그렇게 믿었다. 그리고 같은 방에 있는 사람들을 둘러보니 그들보다 자기가 훨씬 낫다는 느낌이 들고, 그들은 하나같이 가난한 사람 같은 모습을 하고 있는데다가 자기보다 덜 총명하며, 돈도 세력도 없는 집안 출신들 같아서 그 확신은 갈수록 더 강해져 갔다.

　잠시 뒤 해가 져서 감방 안은 캄캄해졌다. 암흑의 침묵 속에서 그들은 흙바닥 위에 앉아 있기도 하고 드러누워 있기도 했다. 자기 입에서 유죄를 입증할 만한 꼬투리가 잡히지 않도록 하기 위한 조심에서 아무도 입을 열지 않았으며, 저마다 서로를 경계했으므로, 어렴풋이나마 얼굴을 분간할 수 있는 동안에 위치를 바꾸기 위해 몸을 움직이는 소리 말고는 어떤 소리도 들리지 않았다.

이윽고 밤의 어둠이 내리고 서로의 얼굴을 분간 못 하게 되자, 암흑으로 말미암아 각자 저 혼자 갇힌 기분이 들었다. 그러자 누군가가 희미한 울음소리를 냈다. "어머니…… 어머니……" 그것은 곧 둑이 터진 듯 흐느껴 우는 소리로 변했다.

이 울음소리는 모두 자신의 울음소리 같은 기분이 들어서 도저히 듣고 있을 수가 없었다. 누군가가 울음소리를 제압하듯 더 큰 소리로 기분이 상한 듯이 소리쳤다. "조용히 해! 어머니를 부르며 울다니, 어린애로구나. 나는 충실한 당원이다. 나는 어머니를 죽이고, 동생은 아버지를 죽였다. 우리는 주의 말고 아버지도 어머니도 없어. 그렇지 않니, 아우야."

그러자 어둠 속에서 방금 말한 목소리를 많이 닮은 또 다른 목소리가 대답했다. "그래, 나는 아버지를 죽였다." 그러자 먼저 소리가 말했다. "너는 후회하느냐?" 그러자 나중 소리가 비웃는 듯한 어조로 다시 대답했다. "만일 아버지가 20명 있더라도 나는 기꺼이 모두 죽일 거야." 그러자 누군가가 힘을 얻어서 소리쳤다. "맞았어. 그런 늙은이나 할망구들은, 나이를 먹은 뒤 자기들을 뜨뜻하게 입혀 주고 먹여 줄 하인이라도 삼을 생각으로 우리를 기른 거야." 그러나 가장 먼저 들렸던 소리죽여 우는 소리는 이런 말들이 귀에 들리지도 않는 듯이 "어머니…… 어머니……" 하면서 여전히 신음했다.

그러나 밤이 깊어짐에 따라 마침내 울음소리도 멎었다. 다른 사람들이 지껄이는 동안 옌은 한 번도 입을 열지 않았으나, 그들이 모두 조용해지고 지칠 대로 지친 듯한 깊은 정적 속에서 밤이 언제까지나 계속되자, 마침내 그도 더는 참을 수 없게 되었다. 모든 희망이 썰물처럼 사라지기 시작했다. 지금이라도 곧 문이 열리며 "왕옌, 나오라! 석방이다!" 이런 소리가 들리지는 않을까 목이 타게 고대했으나 그런 말은 영영 들리지 않았다.

옌은 마침내 이 정적을 견딜 수가 없게 되어 무슨 소리든지 들려오기를 바랐다. 생각하는 데 지치고 만 것이다. 그는 문득 자신의 생애가 얼마나 짧았는지를 생각했다. '아버지가 하라는 대로 했더라면 지금쯤, 이런 데 갇혀 있지는 않았을 텐데' 하고 생각하고, 그러면서도 '아버지 말대로 했으면 좋았을 텐데'라고는 아무래도 생각할 수가 없었다. 오히려 그것을 생각할 때 그의 속에 있는 고집스런 마음이, '그래도 아버지가 그런 요구를 한 것은 잘못이다' 정직하게 말하는 것이었다. 그리고 또 이런 일도 생각했다. '조금 참고 그 여자 말을 들었더라면?' 그러자 다시 불쾌감이 솟아올라와서, '그래도 그런 일은 하고 싶지 않았다' 이렇게 정직하게 말했다. 그리하여 과거는 이미 결정된 것이며 돌이킬 수 없는 일이라고 생각하니 오직 앞으로의 일만 머릿속에 남아, 그는 죽음을 생각하지 않을 수 없었다.

뭐든지 좋으니 이 암흑 속에서 무슨 소리가 들렸으면 좋겠다, 아까 그 청년이 어머니를 부르는 소리라도 들렸으면 좋겠다고 옌은 생각했다. 감방 안은 마치 사람이 하나도 없는 듯이 조용했다. 더구나 그 암흑은 잠들어 있는 것이 아니었다. 암흑은 공포와 침묵으로 가득 차, 가만히 눈을 뜬 채 무언가를 기대하는 듯 숨쉬고 있었다. 처음에는 그도 공포를 느끼지 않았다. 그러나 밤이 길어지자 무서워졌다. 여태까지 잘 느껴지지 않았던 죽음이라는 것이 이제는 현실로서 눈앞에 나타났다. 칼로 목을 칠까, 아니면 총살을 할까 갑자기 숨막히는 듯한 기분으로 생각했다. 신문에 보면 요즈음 내륙 깊은 곳의 도시 성문에는 혁명 운동에 참가했던 젊은 남녀의 목이 효수(梟首)되어 있다고 한다. 해방군의 진출이 예정보다 늦었기 때문에 각지의 혁명 당원들은 싸워보기도 전에 지방 관헌에게 붙잡힌 것이다. 그는 자기의 목이 보이는 듯한 기분이 들었다. 그러다가 곧, '여기는 외국풍의 도시니까 아마 틀림없이 총살할 거야' 이렇게 생각하고 위안 비슷한 것을 느꼈으며, 죽은 뒤 목이 몸뚱이에 붙어 있을까 어떨까를 생각할 수 있는 자신이 신기해서 쓴웃음이 지어졌다.

이러한 고뇌 속에서, 등을 두 벽 사이의 구석에 밀어넣고 두 무릎을 세운 채 쭈그리고 앉아서 오래도록 웅크리고 있자, 느닷없이 문이 열리고 이른 새벽의 부연 빛이 감방에 비쳐들면서 벌레가 엉기듯 뒤섞여 뒹굴고 있는 수감자들의 모습이 드러났다. 갑자기 밝아지는 바람에 그들은 부스럭댔으나, 채 일어나기도 전에 크게 외치는 소리가 들렸다.

"모두 밖으로 나와라!"

그리고 군인들이 감방 안으로 들어와 총으로 쿡쿡 찔러 모두를 일으켜 세웠다. 잠이 깬 그 청년은 "어머니…… 어머니……" 하고 다시 울기 시작했으며 군인들이 총의 개머리판으로 머리를 힘껏 후려쳐도 밖으로 나가려 하지 않았다. 마치 우는 것이 곧 숨쉬는 것이라 멈출 수가 없고, 멈추면 질식하여 죽기라도 할 것처럼 울음소리를 그치지 않았다.

이 청년 말고 다른 사람들은 모두 말없이 비틀비틀 걸어나갔다. 다들 자기 운명을 알고는 있었으나 그저 멍하게 서 있었다. 그러자 한 군인이 손에 쥔 회중 전등을 들어 한 사람 한 사람 얼굴을 비췄다. 옌은 맨 마지막으로 나갔는데 나갈 때 빛이 그의 얼굴을 드러냈다. 오랜 시간 어둠 속에 있었으므로 갑자기 비치는 불빛에 눈이 부셨고, 눈앞이 캄캄해지는 순간 그는 다시 방안으로 떠밀려 들어갔다. 너무 억세게 밀리는 바람에 그는 단단한 흙바닥에 나뒹굴고 말았다. 다음 순간 문에 자물쇠가 채워지는 소리가 나고 그는 오로지 혼자, 살아서 감방 안에 남았다.

이런 일이 세 번 일어났다. 그날 중으로 감방은 새로 잡혀온 청년들로 가득 채워지고, 그날 밤도 그 다음 날 밤도 옌은, 어떤 때는 침묵하고 어떤 때는 저주하고 어떤 때는 울부짖고 또 어떤 때는 광인처럼 외치는 그들의 소리를 들어야만 했다. 세 번째 날이 새고, 세 번째로 옌은 감방 안으로 혼자 떠밀려 들어가고 문에는 자물쇠가 채워졌다. 음식도 주지 않았고, 이야기를 하거나 질문을 할 기회도 전혀 없었다.

첫날은 그도 희망을 품지 않을 수 없었다. 이틀째도 얼마간 희망을 갖고 있었다. 그러나 사흘째가 되자 먹지도 마시지도 않았으므로 쇠약해져 몽롱한 채, 살건 죽건 아무래도 좋다는 기분이 들었다. 이튿날 새벽에는 일어설 기력조차 없고 혀는 바짝 말라 부어 있었다. 그래도 군인은 소리를 지르고 쿡쿡 찌르며 그를 일으켜 세웠다. 옌이 두 손으로 문을 잡고 가까스로 일어나자 다시 회중 전등이 얼굴을 비췄다. 그런데 이번에는 방안으로 밀려 들어가지 않았다. 다른 수감자들이 피할 수 없는 운명의 길을 걸어가서 마침내 그 발자국 소리의 메아리마저 들리지 않게 되자, 그 군인은 그를 부축하여 다른 복도를 통해 빗장이 걸려 있는 문께로 데리고 갔다. 그리고 빗장을 끄르더니 한마디 말도 없이 문 밖으로 옌을 떠밀어 버렸다.

옌은 자기가 좁은 길에 서 있음을 깨달았다. 어느 도시의 뒷골목에도 있는, 언뜻 봐서는 알 수 없는 깊숙하고 꼬불꼬불 굽은 길이었다. 골목은 희미한 새벽빛 속에 아직 어둑어둑했으며 사람 그림자조차 보이지 않았다. 아직 머릿속은 몽롱했으나 옌은 한 가지만은 똑똑히 알 수 있었다. 어찌된 일인지는 모르나 자신이 석방되었다는 사실이었다.

좌우를 두리번거리며 어느 쪽으로 달아나면 좋을까 생각하는데, 흐릿한 어둠 속에서 사람 그림자가 둘 나타났다. 옌은 문간 쪽으로 뒷걸음질쳤다. 그런데 그중의 하나, 키는 크지만 아직 어린 여자가 달려 오더니 가만히 옌을 들여다보았다. 옌은 그 큼직하고 검은 진지한 두 눈을 보고, 나지막하고 열띤 목소리를 들었다. "옌 오빠야! 여기 있어. 여기 있어."

그러자 나머지 한 사람도 가까이 왔다. 그가 어머니라고 부르는 노부인이었다. 그러나 그는 접니다, 하고 말하려고 해도 입이 제대로 열리지 않았으며, 몸이 부들부들 떨리며 녹아드는 듯한 기분이 되고 갑자기 눈앞이 캄캄해지더니 소녀의 검은 눈이 차츰 크고 검어져서 그대로 사라져 버렸다. 어딘가 먼 곳에서 "저런, 가엾게도……" 하는 소리가 흐릿하게 들려 왔다. 다음 순간 그는 쓰러져서 아무것도 들리지 않고 아무것도 보이지 않게 되었다.

눈을 떴을 때 옌은 무언가 흔들리는 것 위에 자기가 있는 듯한 기분이었다. 그는 침대에 누워 있었는데, 그 침대는 올라갔다 내려갔다하고 있었으며, 정신을 차려 가만히 살펴 보니 여태까지 본 적이 없는 조그마한 방이었다. 벽에 장치한 등불 아래서 누군가가 자기를 가만히 지켜보고 있었다. 옌이 기를 쓰고 살펴보니 그것은 사촌형 셍이었다. 옌을 지켜보던 셍도 옌이 깨어났다는 것을 알고 의자에서 일어나 싱긋 웃음을 띠었다. 그것은 여느 때의 웃는 얼굴이었으나 그는 이토록 상냥하게 웃는 얼굴은 본 적이 없는 것처럼 느껴졌다. 셍은 조그마한 테이블 위에 있던 뜨끈뜨끈한 수프 그릇을 들고 옌을 위로하듯 말했다. "너희 어머니한테서, 네가 눈을 뜨면 바로 이것을 먹이라는 부탁을 받았다. 벌써 두 시간 동안이나 어머니가 가져 오신 알코올 램프에 올려 놓고 데우고 있었단 말이야."

그는 어린아이에게라도 먹이듯이 수프를 옌에게 먹였다. 옌도 어린아이처럼 잠자코 받아먹었다. 너무나 지쳐서 머리가 흐릿했던 것이다. 어떻게 여기까지 왔으며 여기가 어딘지 생각할 기력도 없이 어린아이처럼 입에 넣어주는 대로 얌전히 수프를 먹었다. 바짝 말라서 부어 있던 혓바닥에 뜨끈뜨끈한 액체가 스며드니 기분이 좋았을 뿐이었다. 셍은 스푼으로 수프를 뜨면서 조용히 말했다. "여기가 어디며 어째서 이런 데 와 있는가 이상하게 생각할 거야. 우린 지금 조그마한 배 안에 있어. 상인이신 작은아버지가 근해의 섬에 상품을 운반하는 배야. 작은아버지 주선으로 타게 됐지. 우리는 가까운 항구까지 이 배로 가서 외국에 가는 데 필요한 서류를 기다리게 돼 있어. 너는 자유의 몸이 된 거야. 하지만 그렇게 하기까지 엄청난 돈이 들었다. 너희 어머니도 우리 아버지도 형도 긁어모을 수 있는 돈은 깡그리 긁어 모았고, 상인이신 작은아버지한테서 많은 돈을 빌렸다. 너희 아버지는 마치 미친 사람처럼 되셔서, 자기도 여자에게 배신당한 적이 있다, 자기도 아들도 이제는 영원히 여자와는 인연을 끊는다고 소리치셨단다. 네 결혼도 단념하시고 결혼 비용이며 모을 수 있는 돈은 모두 모아 부쳐 오셨어. 그 돈을 모두 모아서 너를 석방시키고 이 배로 탈출할 수 있게 된 거야. 위에서 아래까지 돈을 뿌리고 말이야……."

셍이 이런 말을 하는 동안 옌은 듣고는 있었으나 너무 지쳐서 그 뜻이 잘 이해되지 않았다. 다만 배가 아래위로 흔들리는 것과 굶주린 위장으로 흘러들어가는 수프의 온기뿐이었다. 이윽고 셍이 갑자기 웃는 얼굴이 되면서 말했다. "하지만 맹이 무사하다는 사실을 몰랐더라면, 살아남았더라도 나는 이토록 기쁜 마음으로 고국을 떠날 수 없었을 거야. 그 애는 정말 빈틈 없는 녀석이야! 나는 그 녀석을 무척 걱정했어. 너는 감옥에 끌려가서 사형이 확실했고, 맹은 소식도 없으니 무사한지 이미 살해되었는지 알 수가 없어서, 부모님들은 너와 맹의 일 때문에 제정신이 아니셨어. 그런데 어제 네 집과 우리 집 사이에 있는 거리를 걷고 있으니까 누가 살며시 종이 쪽지 하나를 쥐어 주었어. 보니 맹의 필적으로 이렇게 쓰여 있었어. 〈저를 찾거나 걱정하지 마십시오. 아버님도 어머님도 저를 잊어 주십시오. 저는 무사하며 자유의 몸입니다.〉"

셍은 웃고 나서 빈 그릇을 내려 놓더니 성냥을 그어 담배에 불을 붙이고는 하던 말을 이었다. "나는 지난 사흘 동안 담배도 제대로 피우지 못했어. 그러나 이젠 안심해도 좋아. 그 녀석이 안전하다는 사실을 알았으니까 말이야. 그 이야기를 아버지한테 했더니 아버지는 화를 버럭 내면서 앞으로는 맹 같은 놈은 자식으로 여기지 않겠다느니 어쩌니 하셨지만, 아마 지금쯤은 가슴을 쓸어 내리면서 오늘 밤엔 어디 축배를 들러 가 계실 것이 틀림없어. 형님은 극장에라도 가 있을 거야. 요즘 새로운 연극이 상영되고 있는데, 남자가 여자로 분장하지 않고 정말 여자가 나오는 연극이야. 형님은 본래 그런 기묘한 연극을 좋아하거든. 그리고 어머니는 한동안 아버지에게 화를 내셨지만, 맹도 무사하고 너와 나는 이렇게 탈출했으니 이제는 모든 일이 다 잘 된 거야." 셍은 잠시 담배를 피우더니 이번에는 여느 때보다 진지한 어조로 말했다. "하지만 말이야, 옌. 이런 형편으로 가더라도 나는 외국에 간다 생각하니 여간 기쁘지 않다. 입 밖에 내진 않았지만 혁명 운동에도 가담하지 않고 되도록 즐겁게 살려고 했었는데, 나는 도대체 이 나라와 전쟁이 지긋지긋하단 말이야. 너희들은 모두 나를 시만 생각하고 늘 태평스레 웃으며 사는 줄 알겠지만, 실은 나도 슬퍼하고 절망할 때가 자주 있었다. 다른 나라에 가서 그 나라 사람들이 어떤 식으로 생활하는가 볼 수 있다는 게 기뻐서 못 참겠어. 이 나라를 떠난다고 생각하니 가슴이 다 두근거린다."

그러나 셍이 이야기하고 있는 것을 옌은 더는 듣고 있을 수가 없었다. 수프를 먹어 기분은 좋았고, 흔들리는 좁은 침대는 부드러웠으며, 자기가 자유로운 몸이 되었다고 생각하니 그는 온몸이 안도감에 싸여 희미한 미소가 떠오를 뿐 눈꺼풀이 무거워졌다. 셍은 그것을 보고 상냥하게 말했다. "좀 자거라. 자고 싶은 대로 실컷 자게 하라고 작은어머니도 말씀하시더군. 천천히 푹 자도 돼. 너는 이제 자유니까."

이 말을 듣고 옌은 다시 한 번 눈을 떴다. 자유? 그렇다, 마침내 모든 것에서 해방된 것이다…… 그때 셍이 결말을 짓듯 다시 말했다.

"너도 나와 같은 기분이라면 이 나라에는 그다지 미련도 없을 거다."

옌은 잠에 빠져들면서 그의 말을 생각했다. 고국에 남겨 두어 아까울 만한 것은 아무것도 없다…… 잠이 들려는 순간, 그의 눈앞에는 그 콩나물 시루 같은 감방과 그곳에서 몸부림치던 사람들의 모습, 그 몇 날 밤, 그리고 죽음으로 나아가기 전에 고개를 돌려 자기를 바라보던 그 여자의 모습이 떠올랐다. 그러나 여기서 뚝 하고 끊기더니 그는 잠이 들었다. 다음 순간, 어느새 그는 매우 평화로운 기분이 되어 그 작은 밭에 있는 꿈을 꾸었다. 그가 일군 한 뙈기의 밭이다. 그 풍경이 그림처럼 뚜렷하게 보였다. 완두콩은 깍지 속에서 익었고, 초록빛 수염의 보리는 자랄 대로 자랐으며 그 친절한 농부는 바로 옆의 밭에서 일하고 있었다. 그런데 거기에는 그녀도 있었다. 그 손은 차가웠다. 몹시 차가웠다. 너무 차가워서 그는 잠깐 눈을 떴다. 그리고 자기는 자유의 몸이라는 사실을 떠올렸다. 아무런 미련도 없다고 셍은 말했다…… 없다. 그러나 오직 하나, 그 조그마한 밭만이 마음에 걸렸다.

드디어 깊이 잠들기 전에 옌은 이렇게 생각하며 위안을 느꼈다. '하지만 내가 돌아왔을 때도 그 땅만큼은 거기에 남아 있겠지…… 대지는 언제나 거기 있는 거니까…….'

2

왕옌이 고국을 떠난 것은 스무 살 때였는데 여러 점에서 그는 아직 어린아이였다. 갖가지 꿈만이 어지럽게 소용돌이치고 있을 뿐, 겨우 손을 댄 계획도 어떻게 하면 완성할 수 있는 것인지 몰랐다. 아니 그것보다도, 정말로 자기에게 완성할 생각이 있는지조차 분명치 않은 상태였다. 태어나서 오늘에 이르기까지 줄곧 누군가에게 보호와 감독을 받았던 그는, 언제나 누군가가 보살펴주는 것이 인생이라고 생각했으므로, 감방에 수감되어 있던 3일 간의 경험 이후에도 참된 슬픔의 맛조차 알지 못했다. 그는 외국에 6년 동안 있었다.

스물 여섯 번째의 생일이 얼마 남지 않은 여름날에 그는 고국으로 돌아갈 준비를 시작했다. 여러 면에서 이미 훌륭한 어른이 되어 있었으나, 한 사람의 어른이 되기 위한 마지막 손질로서의 슬픔은 아직 겪은 적이 없어서, 그것이 필요하다는 것조차 그는 몰랐다. 아마 누가 물으면 그는 자신만만하게 이렇게 대답했을 것이다. "저는 어른입니다. 자기 생각과 앞으로의 목적도 똑똑히 알고 있습니다. 지난날의 꿈은 이제 실현될 수 있는 계획이 되어 있습니다. 학업도 마쳤습니다. 고국으로 돌아가서 생활할 준비는 완전히 끝났습니다."

옌에게 지난 6년간의 외국 생활은 그가 여태까지 살아온 생활의 절반에 필적하는 듯이 여겨졌다. 오히려 그 전의 19년간의 인생 체험보다도 외국에서의 6년간이 더 가치있고 귀중한 체험이었다. 왜냐하면 이 6년이야말로 자기의 진로를 확실히 보여준 시기였기 때문이다. 사실 그는 미처 깨닫지 못했으나, 그가 자각하지 않은 동안에도 그가 가야 할 길은 이미 결정되어 있었던 것이다.

만일 누가 앞으로의 인생을 살아가는 준비가 어떤 식으로 되어 있단 말인가? 하고 묻는다면, 그는 진심으로 이렇게 대답했으리라. "저는 훌륭한 외국의 대학을 졸업하여 학위도 받았습니다. 더욱이 그 나라 사람들보다 더 훌륭한 성적으로 말입니다." 그는 자랑스럽게 말했겠지만, 그 외국인 학생들 중에는 다음과 같이 그를 나쁘게 말하는 사람들이 있었다는 추억은 아마 말하지 않았을 것이다. "그야 누구라도 죽자사자 공부한다면야 우수한 성적을 낼 수 있지. 그러나 대학이라는 곳은 그것만이 전부가 아니야. 하지만 그 녀석은 책만 들여다볼 줄 알았지, 학생 활동에는 하나도 참여하지 않았단 말이야. 모두가 저런 식이라면 대학의 풋볼이나 보트 레이스는 도대체 어떻게 되겠나?"

옌은, 늘 학우들과 활동하는 것을 좋아하는 명랑한 그 나라 학생들이 자신에 대해 그렇게 말하는 것을 알고 있었다. 그들은 뒤에서 소곤대지 않고 식당 같은 데서 보란 듯이 지껄였던 것이다. 그러나 옌은 태연히 가슴을 펴고 다녔다. 교수들의 칭찬이라든가 몇 번이나 있었던 수상식에서 들은 말 덕분에 그는 자신을 갖고 있었다. 수상식 때마다 그의 이름이 가장 먼저 불렸으며, 그때마다 상을 주는 사람에게서 "언어가 다른 나라에서 공부하고 있는데도 다른 학생들보다 좋은 성적을 올렸다"라는 말을 들었다. 그 때문에 학우들이 싫어하는 것을 알면서도 옌은 긍지를 잃지 않고 살아왔다. 그는 자기 민족의 능력을 과시할 수 있음을 기뻐했으며, 자기가 스포츠 따위를 아이들 놀이와 다름없는 것으로 생각한다는 것을 아무렇지 않게 보여주었다.

또 누군가가 "남자로서 인생을 살아가는 데 어떤 마음의 준비가 되어 있는가?" 묻는다면 그는 대답했을 것이다. "나는 수없이 많은 책을 읽었습니다. 그리고 이 나라에서 배울 수 있는 모든 것을 배웠습니다."

이것은 거짓이 아니었다. 지난 6년 동안 옌은 새장 속의 새처럼 고독한 생활을 계속해 왔다. 아침에는 일찍 일어나 책을 읽고, 하숙집 벨이 울리면 아래층으로 내려가서 식탁에 앉아, 거의 말도 하지 않고 아침식사를 했다. 같은 하숙에 든 사람들과도, 그 집의 안주인과도 그다지 말을 하지 않았다. 그들과의 잡담으로 시간을 허비하고 싶지 않았던 것이다.

점심때에는 대학의 큰 식당에서 학생들과 섞여서 점심을 먹었다. 그리고 오후에는, 실습도 강의도 없을 때는 자신이 가장 좋아하는 것을 하면서 보냈다. 도서관의 수많은 책 속에 파묻혀 닥치는 대로 읽기도 하고, 기억해두고 싶은 것을 적기도 하고, 여러 문제에 대해서 사색에 잠기기도 했다. 그러는 동안에 그는 이른바 서양인이라는 존재가 맹이 매도했던 것과는 달리, 그렇게 야만 민족은 아니고 모든 학문이 진보되어 있음을 인정하지 않을 수 없었다. 흔히 옌은 이 나라에 사는 자기 동포들이, 백인은 물질의 지식과 이용에서는 뛰어나지만 인간 정신의 양식이 되는 문화 면에서는 뒤떨어진다고 말하는 것을 들었다. 그러나 지금 그는 이 도서관의 각 도서실마다 철학이나 시나 미술 등

분야에 따라 나뉜 책이 가득 차 있는 것을 보고, 이 이국땅에 있는 한 결코 입 밖에 내고 싶지 않았으나 과연 자기 조국이 이보다 나을까 하는 의문이 드는 것이었다. 그는 자기 나라의 고금 성현들의 말도 서구어로 번역되어 있고, 동양 미술을 논한 책들도 있다는 사실을 발견하고, 그 학문의 수준이 높은 데 아연해지고 말았다. 그리고 이와 같은 학식을 가진 국민을 반은 부러워하고 반은 미워했다. 자기 나라 국민들 가운데는 책을 읽지 못하는 사람이 많으며, 여성은 더 심하다는 사실을 생각하고 그는 불쾌해졌다.

이 나라에 온 뒤부터 옌의 마음은 둘로 나뉘어져 있었다. 그는 배 안에서 힘을 되찾고 죽음에 직면했던 3일간의 타격에서 다시 일어났을 때 살아있어서 다행이라고 생각했다. 그리고 살아있다는 기쁨을 느낌에 따라, 이번 여행과 눈앞에 펼쳐질 진기한 풍경과 낯선 나라에 대한 기대로 가슴이 벅차오르는 셍의 기분이 그에게로 옮겨왔다. 그래서 옌은 마치 구경거리를 보러 가는 어린아이처럼 가슴을 두근거리며 무엇을 보더라도 즐거운 기분으로 이국땅을 밟은 것이었다.

사실 무엇을 보나 유쾌해질 수 있었다. 처음으로 이 새로운 나라의 서해안에 있는 큰 항구 도시에 상륙했을 때, 그는 모든 것이 듣던 것 이상이라고 느꼈다. 건물은 듣던 것보다 높이 치솟았고, 거리는 마치 집안의 바닥처럼 포장되어 있어서, 그냥 앉거나 드러누워도 먼지가 묻지 않을 것처럼 깨끗했다. 사람들의 흰 피부라든가 깨끗한 옷차림은 바라보기만 해도 정말 기분이 좋았으며 모두 부자에다 영양이 풍족해 보였다. 옌은 적어도 이 땅에서는 가난한 사람들이 부자들 속에 섞여 있지 않은 것만도 즐겁다고 생각했다. 이 나라에서는 부자들도 여유롭게 거리를 걸어다닐 수 있는 것이다. 거지에게 소매를 붙잡히고, 큰 소리로 자비를 베풀라는 요구를 받거나 푼돈을 빼앗기는 일도 없다. 아무에게도 돈에 부족함이 없었기 때문에 자기도 안심하고 생활을 즐길 수가 있었다. 모두들 넉넉하게 먹고 있으므로 자기도 마음 놓고 식사를 할 수 있는, 그런 나라였다.

이렇게 하여 도착한 뒤 며칠 동안 옌과 셍은 눈에 띄는 것마다 모두 화려하고 훌륭해서 그저 감탄의 소리를 지를 뿐이었다. 이 나라 사람들은 모두 궁전에 살고 있었다. 그렇게 훌륭한 집들은 처음 보는 두 청년에게는 궁전처럼 느껴졌다. 이 도시에서는 도심지를 벗어나면 넓은 도로에 큰 가로수가 그림자를 드리우고, 집집마다 높은 담을 쌓을 필요가 없이, 어느 집이고 잔디가 옆집 뜰과 이어져 있었다. 도둑맞을 것이 겁이 나서 담을 쌓고 살 필요가 없을 만큼 너나 할 것 없이 모두 이웃을 믿는 것일까? 옌과 셍에게는 그것은 하나의 경이였다.

이렇게 처음에는 이 도시의 모든 것이 완전무결한 것으로 여겨졌다. 높이 치솟은 네모낳고 커다란 건물이 금속을 발라 놓은 듯한 푸른 하늘을 구획 짓고 있는 것이 그들에게는 마치 신이 살지 않는 장엄한 신전(神殿)처럼 보였다. 그리고 그 건물들 사이로 도시의 부유한 신사숙녀들을 태운 수없이 많은 자동차가 놀라운 속력으로 달리고 있었다. 걸어다니는 사람들도 있었으나 그것은 즐기기 위해서이지 자동차를 탈 수 없기 때문에 걷는 것은 아닌 것처럼 보였다. 처음에 옌은 셍에게 말했었다. "저렇게 많은 사람들이 바쁘게 걸어가고 있는데, 무슨 일이 일어난 게 아닐까?" 그런데 한참 보고 있으려니, 사람들은 모두 웃는 얼굴로 담소하고 있었으며 귀에 들리는 말소리들도 우울하지 않고 명랑한 것을 깨달았다. 어떤 사고도 일어나지 않았으며 그들은 그저 속도를 사랑하기 때문에 빨리 다녔다. 그들의, 이곳 국민들의 기질이었던 것이다.

여기서는 공기나 햇빛마저 묘한 활력을 지녔다. 옌의 모국에서는 공기마저 졸음기를 가져다주기 일쑤여서, 여름에는 자는 시간이 길어지고 겨울에는 좁은 방에 들어가 뜨뜻하게 자고 싶어진다. 그러나 이 새로운 나라에서는 바람에도 햇빛에도 사람들을 달리게 만드는 강렬한 힘이 가득 차 있었다. 그러므로 옌도 셍도 평소보다 빨리 걷게 되었다. 강한 햇살 아래서 사람들은 휘날리는 먼지처럼 바삐 돌아다녔다.

그러나 모든 것이 신기하고 즐겁기만 했던 첫 이틀 동안에, 벌써 옌은 그 즐거움에 찬물이 끼얹어지는 순간을 경험했다. 그것은 매우 사소한 사건이었으나 6년이 지난 오늘날에도 그는 그 순간의 일을 완전히 잊었다고 할 수가 없었다. 상륙한 그 다음 날에, 그와 셍은 많은 사람들이 식사를 하는 한 식당에 들어갔다. 손님들은 그렇게 부자들 같지는 않으나 자기가 먹고 싶은 것은 먹을 수 있을 만한 생활을 하는 사람들인 듯했다. 두 사람이 입구의 문을 들어섰을 때 옌은 백인 남녀들이 자기와 셍을 빤히 바라보는 것을 느꼈으며, 또 자기와 셍을 피하는 듯한 생각이 들었다. 하기야 백인에게서는 그들이 즐겨 먹는 치즈 같은, 악취라고까지는 할 수 없으나 조금 색다른 냄새가 났기 때문에 옌에게는 사실 그 편이 고마울 정도였다. 두 사람이 드디어 식당 안으로 들어가니 카운터에 있는 여자가 이곳 습관에 따라, 두 사람의 모자를 받아 다른 많은 모자와 함께 걸어 두었다. 그리고 돌아갈 때 두 사람이 모자를 요구하자, 여자는 한꺼번에 여러 개의 모자를 내놓았다. 그때 어떤 사나이가 옌이 말릴 틈도 없이 자기 것인 줄 알고, 옌의 갈색 모자를 잡아 머리에 얹고 성큼성큼 문밖으로 나가 버렸다. 옌은 바뀐 것을 알고 얼른 뒤쫓아가서 공손히 말을 걸었다.

"여보세요, 선생님 모자는 이겁니다. 제 싸구려 모자와 바뀌었군요. 제가 손을 내미는 것이 늦었지요. 미안하게 됐습니다."

옌은 고개를 숙이고 그 사나이의 모자를 내밀었다.

그러나 그다지 젊지 않은 그 사나이는 여윈 얼굴에 불안하고 날카로운 표정을 띤 채 옌의 말을 짜증스럽게 듣더니, 다 듣고 나자 자기 모자를 낚아채듯이 받아쥐고 매우 불쾌한 태도로 자기가 썼던 옌의 모자를 벗었다. 그러고는 한 마디를 뱉듯이 뇌까리고 사라져 버리는 것이었다.

옌은 자기 모자를 손에 들고 뒤에 남았다. 그 사나이의 반들반들 빛나는 대머리가 싫었으므로, 아니, 그보다 그가 뱉은 더러운 말이 무엇보다도 불쾌했으므로 그 모자를 다시 쓰기조차 싫어졌다. 셍이 옆에 와서 물었다. "어째서 머리라도 한 대 얻어맞은 듯이 멍청하게 서 있나?"

"저자한테 한 대 먹었어. 뜻은 모르지만 그게 나쁜 말이라는 것만은 나도 알아."

셍은 그 말을 듣고 웃었으나 그 웃음에는 희미한 불안이 섞여 있었다. "아마, 이 '동양의 촌놈아'라고 했겠지 뭐."

"나쁜 말이었어, 분명히." 옌은 조금 침울해지는 것을 느끼며 불쾌한 듯 말했다.

"여기선 우리는 외국인이야." 셍은 어깨를 으슥해 보이더니 말했다. "어느 나라나 오십보백보야."

옌은 아무 말도 하지 않았다. 그러나 그는 이제까지처럼 유쾌해질 수 없었으며 무엇을 보아도 진심으로 즐길 수 없게 되었다. 마음 속의 완고하고 반항적인 자아(自我)가 단단히 굳어진 것이다. 나는 왕후의 아들, 왕릉의 손자, 옌이다. 비록 몇백만의 백인 속에 섞여 있더라도 자기를 잊어서는 안 된다. 나는

영원히 나다.

　그날 받은 마음의 상처를 그는 좀처럼 잊을 수가 없었다. 마침내 셍이 그것을 눈치채고 웃으며 좀 짓궂게 말했다. "여기가 우리나라였더라면 맹은 아까 그런 자에게, 이 양키야! 하고 소리쳤을 거야. 그랬다면 감정이 상하는 편은 저쪽이었겠지." 그리고 그때부터는 셍이 눈에 띄는 신기한 것마다 하나하나 가리키면서 쉬지 않고 이야기를 늘어놓았으므로 옌도 간신히 기분을 돌릴 수가 있었다.

　그로부터 며칠 그리고 그 뒤 오랜 세월 동안, 볼만한 것, 놀라운 일이 참으로 많았으므로 그 조그마한 사건 따위는 잊었다고 말하고 싶었지만 실은 그러지 못했다. 마치 오늘 일어난 일처럼 똑똑하게, 그 사나이의 화난 얼굴이 떠오르고, 부당하다는 생각밖에 들지 않는 마음의 상처가 6년 전과 똑같이 아파왔다.

　그러나 잊지 않았다고는 하지만, 그 기억은 마음의 밑바닥에 묻혀 있을 때가 많았다. 옌도 셍도 유학 초기에는 수없이 많은 아름다운 경치를 잇달아 접했기 때문이다. 두 사람을 태운 기차가 넘어간 대산악 지대 기슭의 언덕에는 따뜻한 봄이 왔다고 하는데 봉우리는 눈이 쌓인 채 높이 창공에 솟아 있었다.

산과 산 사이에는 검은 골짜기 깊숙이 격류가 물보라를 날리며 흘렀다. 이 놀라울 만큼 아름다운 광경에 압도되어 옌은, 이것은 꿈속이 아닐까, 화가가 붓가는 대로 분방한 색채를 칠해 놓은 서양화가 열차 아래 깔려 있는 것은 아닐까 생각했다. 이 나라의 너무나도 강렬한 색채들이 자기 조국의 흙이나 바위나 물과 같은 것으로 이루어져 있다고는 도저히 생각할 수 없었다.

산악 지대를 지나고 나니, 몇 개의 나라를 합친 듯한 넓이를 가진 비옥한 들판이 펼쳐지고, 그 풍요한 대지에서 막대한 작물을 생산해 내기 위해 거대한 짐승 같은 기계가 여기저기서 날뛰고 있었다. 그 광경을 옌은 아주 똑똑하게 보았는데 이것은 그에게 풍경 이상의 놀라움이었다. 그는 거대한 기계를 유심히 바라보면서, 늙은 농부가 그에게 괭이 쥐는 방법과 목표한 제자리에 떨어지도록 괭이의 사용법을 가르쳐 준 일을 떠올렸다. 그 농부는 지금도 그렇게 땅을 갈고 있다. 다른 농부들도 모두 마찬가지다. 옌은 농민들의 조그마한 밭이 저마다 서로 정확하게 경작되는 것과, 인분을 모아 두었다가 때를 맞춰 얼마 되지 않는 경작지에 뿌려 되도록 많이 열매 맺도록 무르익게 하고, 한 포기의 보리도 한 자의 땅도 그 가치를 최대한으로 발휘시키고 있는 것을 생각했다. 그러나 이 나라에서는 한 포기 보리나 한 자의 땅에 신경을 쓰는 사람은 없었다. 여기서는 밭은 마일을 단위로 측량하고, 작물의 포기 수 따위는 누구도 세어 보지 않았다.

이렇게 하여 처음에는 식당에서의 그 대머리 남자의 말을 빼놓으면 옌에게는 모든 것이 좋게 생각되고 자기 나라 것보다 훌륭한 듯이 여겨졌다. 마을은 모두 깨끗하고 생활은 풍족했다. 밭에서 일하는 사람은 도시에 사는 사람과는 옷차림이 달랐으나 농촌 사람들도 누더기를 걸치지는 않았으며, 이 나라 가옥에는 흙이나 짚으로 만든 것이 하나도 없었고, 닭이나 돼지가 제멋대로 돌아다니지도 않았다. 모두 감탄할 만한 일이다. 적어도 옌은 그렇게 생각했다.

그러나 그 무렵부터 이미 옌은 이 나라의 대지가 자기 나라와는 달리 원시상태 그대로라는 사실을 깨달았다. 시간이 흐름에 따라 시골길을 걷거나 대학 농장에서 고국에 있을 때 한 것처럼 자기 손으로 경작하거나 함으로써 그 땅에 익숙해지자 그 차이는 차츰 더 잊을 수 없게 되었다. 이 나라 백인들을 기르는 땅도 옌의 민족을 기르는 땅과 같은 대지이기는 하나, 그것을 상대로 일해 보고 나서는 그의 조상이 뼈를 묻은 그 대지와는 다르다는 사실을 알았다.

이 토지는 아직 새로워서 인간의 뼈가 묻혀 있지 않았다. 그 때문에 인간의 것이 아닌 것이다. 옌의 고국 땅이 그 위에 사는 인간의 골육이 스며있는데 반해 이 새로운 나라의 민족은 아직 흙에까지 스며들도록 많이 죽지 않았다. 그렇기 때문에 이 대지는 그것을 소유하려고 애쓰는 인간보다 강력하고, 그 야성의 자연에 감화되어 인간 또한 야성을 잃지 않았으며, 학식이 풍부하면서도 여전히 그 정신이나 외모에 야만성이 남아 있다.

여기서는 대지가 정복되어 있지 않았다. 몇 마일이나 이어지는 삼림 그대로의 산들, 일찍이 사람 손이 닿은 적이 없는 거목과 쓰러진 나무며 낙엽이 그대로 쌓여 있었다. 끝없이 펼쳐지는 평야에는 잡초가 무성한 짐승들의 세상이고, 넓은 도로는 제멋대로 여기저기 뻗쳐 있었다. 이런 것들은 모두 대지가 정복되지 않았음을 나타내는 것이다. 사람들은 앞일은 생각하지 않고 필요한 것만을 사용하고 있었다. 팔지도 못할 만큼 엄청난 수확을 올리고, 나무는 자꾸 베어냈으며, 가장 좋은 밭만 갈고 나머지는 황폐한 대로 내버려두었다. 그래도 땅은 다 쓰지 못할 만큼 많았으며 인간보다 더 큰 힘을 갖고 있었다.

옌의 고국에서는, 대지는 정복되고 인간이 그 주인이었다. 삼림은 벌써 오래전에 발가숭이가 되어 버렸고, 이제는 들풀마저 인간의 연료로 깨끗이 베어지고 있었다. 인간은 빈약한 땅에서 얻을 수 있는 데까지 작물을 짜내고, 대지는 온 힘을 다해 인간을 위해 일해야 했으며, 그것도 모자라서 인간은 자기 땀과 배설물과 뼈를 흙속에 집어넣어 대지의 순수성은 완전히 잃어버리고 말았다. 인간은 인간을 원료로 삼아 토양을 만들고 있었던 것이다. 인간이 없었더라면 대지는 벌써 옛날에 다 소모되어 아이를 낳지 못하는 자궁이나 다름없게 되었으리라.

이 새로운 국토와 그 비밀을 생각할 때 옌이 느낀 점은 이런 것이었다. 자기에게 주어진 땅을 갈 때 그가 가장 먼저 생각한 것은 무엇을 이 땅에 집어넣을까 하는 것이었다. 그런데 이 이국의 대지는 아직 사용된 적이 없어 그대로도 충분히 기름졌다. 얼마 안 되는 것을 투입하는 것만으로 그것은 넘치는 생명력을 드러내 막대한 것을 생산해 냈다.

옌의 이 경탄하는 마음에 증오가 섞이게 된 것은 언제부터일까? 6년째에 접어들어 과거를 돌이켜보니, 그에게 미움의 첫 걸음을 내디디게 한 것은 모자를 바꿔 쓰고 나간 그 사나이였고, 두 번째의 불쾌한 사건은 다음과 같은 일이었다.

옌과 셍은 일찌감치 헤어졌다. 그 첫 기차 여행이 끝났을 때이다. 셍은 동포들이 많이 사는 대도시가 무척 마음에 들어, 자기처럼 시와 음악과 철학 공부를 좋아하는 사람들에게는 이 도시의 대학이 가장 좋겠다는 말을 꺼냈다. 더욱이 그는 옌과는 달리 흙에 대한 애착을 조금도 갖고 있지 않았다. 옌은 이 나라에 와서 무엇을 할 것인가 마음속으로 정해 둔 것이 있었다. 그것은 그가 전부터 희망하던 것, 농작물을 기르고 거친 땅을 일구는 농학의 연구였는데, 이 나라의 국력도 땅에서 나는 수확물의 풍부함에 덕입은 바 크다고 믿게 되었으므로 이 결심은 더 확고해졌다. 그래서 옌은 그 대도시에 셍을 남겨 놓고 자기의 희망을 채워 줄 다른 도시의 대학으로 갔던 것이다.

먼저 옌은 자기가 식사를 하고 잠을 잘 장소, 이 타향에서 자기 집이라 부를 수 있는 방을 찾아야 했다. 대학에 가니 백발의 백인이 친절하게 그를 맞이하여, 그가 기숙하고 식사할 수 있는 장소를 몇 군데 가르쳐 주었다. 옌은 그 중에서 가장 좋을 듯한 집을 찾아 나섰다. 그가 처음으로 벨을 누른 집의 문이 열리자 꽤 나이가 많은, 엄청나게 몸집이 큰 여자가 아무렇게나 드러낸 굵고 뻘건 팔을 앞치마로 닦으면서 그 문 앞에 나타났다.

옌은 이처럼 큰 몸집을 가진 여자를 본 적이 없었으므로 첫눈에 도저히 못 견디겠다는 생각이 들었으나, 그래도 정중하게 물었다. "바깥 주인 계십니까?"

그러자 여자는 두 손을 허벅지로 내린 채 매우 무겁고 커다란 소리로 말했다. "여기는 내 집이오. 남자 주인 같은 건 없습니다." 이 말을 듣고 옌은 도망을 쳤다. 아무리 이국땅이라도 이런 못생긴 여자와 한집에서 살 수는 없다는 생각이 들었고, 게다가 남자 주인이 있는 집에 사는 편이 낫다고 생각했기 때문이다. 인간이라고는 믿어지지 않을 만큼 큰 여자였다. 허리도 가슴도 엄청나게 굵었으며, 짧은 머리 빛깔에 이르러서는 인간의 피부에서도 이런 머리가 나는 일이 있을까 의심이 될 정도였다. 그것은 부엌의 기름이나 그을음으로 조금 색이 바래기는 했으나 화려하고 붉은 빛을 띤 황색이었다. 이 기괴한 머리색에 동글동글하게 살찐 얼굴 또한 붉은 빛이었지만 머리색과는 다른 자줏빛을 띠고, 날카로운 두 눈은 새로 구워진 도기(陶器)에서 곧잘 볼 수 있는 파란 빛을 내고 있었다. 도저히 마주볼 수 없어서 눈을 내리까니, 거기에는 여자의 볼품없이 생긴 두 다리가 버티고 있었다. 이 또한 참을 수 없어서 그는 대강대

강 인사를 하고 나와 서둘러 다른 데를 찾아가기로 했다.

그러나 뜻밖에도 그 다음에 찾아간 한두 집에서는 〈방 있음〉이라는 광고가 붙어 있는데도 그는 거절당했다. 처음에는 그 까닭을 알 수 없었다. 어떤 여자는 "다 찼어요" 말했지만, 〈빈 방 있음〉이라는 표찰이 걸려 있었으므로 거짓말을 하고 있는 것이 분명했다. 그 다음도 또 그 다음도 마찬가지였다. 그러다가 마침내 진짜 이유를 알았다. 한 사나이가 무뚝뚝하게 말한 것이다. "유색 인종에게는 방을 빌려 주지 않아." 처음 옌은 그 뜻을 이해할 수 없었다. 엷은 황색의 자기 피부가 보통 사람의 살색이 아니라고는 생각지도 않았고, 자기의 검은 눈이나 머리칼이 인간의 평범한 눈과 머리칼 색이라고 생각했기 때문이다. 그러나 곧 그는 그 뜻을 이해했다. 그것은 이 나라 여기저기서 흑인들을 보았는데, 그들이 백인들로부터 인간 대우를 못 받고 있다는 인상이 남아 있었기 때문이다.

심장의 피가 확 머리로 치밀었다. 그의 얼굴이 타는 듯이 검붉어지는 것을 보고 사나이는 변명하듯 말했다. "세상이 불경기라서 마누라가 하숙을 쳐서 생활을 도와주고 있는데, 그럭저럭 하숙인들도 정착을 하고 있는 판에 외국 사람을 받으면 모두 나가 버린단 말이야. 하지만 외국 사람에게 방을 빌려 주는 집도 있어." 그렇게 말하며 그가 가르쳐 준 집의 주소는 옌이 그 무서운 여자를 만난 집이었다.

이 일이 그에게 증오를 갖게 한 두 번째 사건의 전말이었다.

그는 마음속 깊이 자존심을 감추고 깍듯이 사나이에게 인사하고는 첫 번째 집으로 돌아가서, 여자의 끔찍스러운 모습을 외면한 채 방을 보여 달라고 청했다. 조그마한 다락방이었으나 청결했으며 계단으로 다른 곳과 분리되어 있어서 그의 마음에 들었다. 여주인을 안 볼 수만 있다면 이 방으로 충분하다고 생각했다. 여기라면 혼자서 조용히 공부할 수 있을 것 같았다. 게다가 침대 위의 천장이 기울어진 것도 재미있었고, 그곳에 있는 탁자, 의자, 옷장도 마음에 들었다. 그래서 그는 이 집에 하숙하기로 결정했으며, 이 방이 6년 동안 그의 거처가 된 셈이다.

그리고 사실 여주인은 겉보기만큼 나쁜 여자가 아니었으므로, 그는 대학에 다니는 동안 줄곧 여기서 살았다. 세월과 더불어 여자는 그에게 친절해졌으며 그도 그 볼품없는 외모나 거친 태도에 감추어진 그녀의 친절한 마음을 이해하게 되었다. 옌은 승려처럼 간소하고 단정하게 살았으며, 몇 가지 안 되는 소지품도 언제나 제자리에 놓여 있었다. 여자는 차츰 그에게 호의를 갖게 되어 이따금 폭풍 소리 같은 한숨을 쉬면서 이렇게 말했다. "내 자식들이 모두 당신처럼 자기 일을 알아서 해주었더라면 나도 이런 여자가 되지 않았을 거야."

며칠이 지나지 않아 그는 이 투박한 여자가 거칠기는 하지만 매우 친절한 사람임을 알았다. 그녀의 큰 소리에는 진저리가 쳐졌고, 두껍고 뻘건 팔이 어깨까지 드러난 것을 보면 소름이 끼쳤지만, 자기 방에 말없이 사과를 갖다놓는다든가 할 때면 짐짓 그녀가 고마웠다. 또 식탁 너머로 "왕 씨, 당신을 위해서 쌀밥을 지었다우! 당신들이 평소에 먹는 음식을 먹고 싶을 것 같아서 말이야" 하고 큰 소리로 지껄이는 것도 친절에서 우러나는 것임을 알았다. 거기에 계속해서 그녀는 거리낌 없이 웃으며 떠들어 대는 것이었다. "하지만 내가 할 수 있는 것은 기껏해야 쌀밥 정도야. 뱀이라든가, 쥐라든가, 개라든가, 당신들이 잘 먹는 그런 것은 난 만들 수 없어!"

그런 것은 자기 나라에서도 먹지 않는다고 옌이 아무리 항의해도 여자는 귀를 기울이지 않았다. 그렇게 얼마가 지나자 그는 여자가 그런 농담을 할 때는 말없이 미소를 지으며 넘기고, 그 여자가 도저히 다 못 먹을 만큼 식사를 권하거나, 그의 방을 따뜻하게 해주고 깨끗이 청소해 주거나, 그가 좋아하는 음식을 일부러 애써서 만들어 주거나 하는 친절을 생각하려 했다. 그리고 마침내 그는 여전히 불쾌하기 짝이 없는 그녀의 얼굴은 절대로 보지 않고 그녀의 친절만을 생각할 수 있게 되었다. 시간이 흐름에 따라, 같은 동네에 사는 동포 몇 사람을 만나 형편을 들어 보니 더 끔찍한 여자가 있는 하숙도 많은 듯했으며, 하숙집 여주인이란 주로 입이 거칠고 식사는 인색한데다가 인종이 다른 사람들을 경멸한다는 것을 알게 되어, 한결 자기 하숙의 여주인을 고맙게 생각하게끔 되었다.

그런데 옌에게 무엇보다도 이상하기 짝이 없었던 것은, 이 추하고 목소리 큰 여자가 한 번 결혼한 적이 있었다는 사실이었다. 그의 고국 같으면 새 시대가 되기 전에는, 젊은 남녀란 어떤 상대하고든 반드시 결혼해야 했고 남자는 아무리 추한 여자가 주어지더라도 아내로 맞이해야만 했다. 그러나 이 나라에서는 옛날부터 남자는 자기가 신부를 골랐다. 그렇다면 일찍이 자기 스스로 이 여자를 택한 사나이가 있었다는 이야기가 된다. 그리고 그 남편이 죽기 전에 그녀는 아이를 하나 낳았다. 딸이었다. 벌써 열일곱 살쯤 된 딸은 요즘도 그녀와 함께 살고 있었다.

그리고 더욱 신기한 일은 그 딸이 아름답다는 사실이었다. 백인 여자가 아름답다고 생각한 적이 없는 옌은 이 소녀가 피부가 새하얗기는 하나 미인이라는 것 정도는 알았다. 어머니에게 물려받은 철사 같은 붉은 머리칼도 젊음의 마술 때문인지 부드럽게 곱슬거리는 적갈색 머리칼로 변하여, 짧게 자른 그 머리칼이 모양이 예쁜 머리에서부터 하얀 목덜미를 덮으며 물결쳤다. 눈도 어머니를 닮았으나 부드럽고 더 빛이 짙고 컸다. 그리고 그녀는 눈썹과 속눈썹을 어머니의 엷은 빛과는 다르게 갈색으로 물들였다. 입술도 부드럽고 도톰하고 붉었다. 몸은 어린 나무처럼 가늘었으며 손도 두껍지 않았고 날씬한데다가 긴 손톱을 빨갛게 칠하고 있었다. 그녀의 옷차림은, 옌도 젊은 사나이로서 저절로 눈이 갔는데, 아주 얇은 것을 걸치고 있었으므로 가는 허리며 조그마한 가슴이며 몸의 선의 움직임이 환히 들여다보였다. 젊은 남자들의 시선이 거기에 끌리고 있음을 그녀 자신도 알고 있었다. 옌은 그 사실을 그녀가 알고 있음을 깨달았을 때, 그녀가 무서워지고 혐오감마저 들었다. 그래서 되도록 조심하며, 그녀가 인사를 하더라도 그저 머리를 숙이는 정도로 그치도록 노력했다.

그런 그를 안심시킨 것은 그녀의 목소리가 아름답지 않다는 점이었다. 그는 낮고 상냥한 목소리를 좋아했는데 그녀의 목소리는 낮지도 않고 상냥하지도 않았다. 무엇을 말할 때도 언성이 높았으며 오만하게 콧소리를 냈다. 그래서 그녀의 자태가 부드러운 데 마음이 움직였을 때라든가 식탁에서 우연히 그녀 옆에 앉아 흰 목덜미에 시선이 갔을 때도 그녀의 목소리가 아름답지 않아서 마음이 놓였다. 그러는 동안에 그는 이 밖에도 자기가 좋아할 수 없는 점을 발견했다. 그녀는 어머니의 가사일을 거들기 싫어했으며, 식사 때 어머니가 식탁에 꺼내 놓는 것을 잊은 게 있어 갖다 달라고 하면 언제나 부루퉁한 얼굴로 일어나 "엄마는 언제나 제대로 식탁 준비를 못한다니까, 꼭 무언가 잊어버리거든" 이렇게 투덜거리기가 일쑤였다. 또 그녀는 자기 손만 소중히 여겼고, 그 손을 버릴까봐 허드렛일에 손대기를 싫어했다.

이렇게 6년 동안, 옌은 자기가 좋아할 수 없는 점을 그녀에게서 발견할 때마다 기뻐하고 언제나 똑똑히 그것을 머릿속에 새겨 왔다. 그는 그녀의 아름다운 손이 자기 옆에서 꼼지락거리는 것을 보면 저것은 게으름뱅이의 손이다, 그녀 자신 이외의 누구를 위해서도 일하지 않는 손이며 따라서 훌륭한 처녀의 손이라고 할 수는 없다고 생각할 수 있었다. 그러나 옌도 이성에게 욕정을 느낀 경험이 있으므로 때로는 그녀가 가까이에 있다는 것이 마음에 걸렸다. 그러면 그는 곧, 이 이국땅을 밟고 처음으로 들은 그 한 마디 말을 생각해 내었다. 그러면 그는 자기가 이 처녀에게도 외국인이라는 것, 서로 인연이 없다는 것을 생각하고, 어디까지나 초연하게 고독한 길을 갈 수 있었다.

그리고 그는 '너는 이제 여자가 지긋지긋하지 않은가, 실컷 배신당하지 않았는가' 하고 스스로에게 타일렀다. 만일 이 외국에서 배신을 당한다면 누가 너를 도와 주겠는가? 여자는 가까이 하지 않는 편이 낫다, 이렇게 생각하고 그는 되도록 이 여자를 보지 않기로 했으며 그녀의 가슴 언저리를 보지 않도록 애썼다. 그녀는 대담하게도 이따금 그에게 춤추러 가자고 권유했으나 그는 고집스럽게 거절했다.

그러나 그에게도 잠을 이루지 못하는 밤은 있었다. 그는 침대에 누워 그 죽은 여자의 일을 생각하고, 어째서 어느 나라에서나 남자와 여자 사이에는 뜨거운 정열이 타오르는 것일까 슬프게 생각하고, 동시에 가슴을 두근거렸다. 하지만 그는 마지막까지 그녀를 잘 알지 못했고, 끝에 가서는 그런 심한 꼴을 당했으므로 그것은 요컨대 쓸데없는 의문이었다. 달이 밝은 밤이면 특히 잠이 오지 않았다. 겨우 잠이 들었는가 하면 금방 눈이 떠져서, 바깥 나뭇가지가 밝은 달빛을 받아 방안의 흰 벽에 던진 그림자가 소리도 없이 너울거리는 모습을 드러누운 채 말없이 지켜 보았다. 그러다가 마침내 답답해져서 몸을 뒤척이며 눈을 감고 생각했다. '달빛이 너무 밝다. 그 때문에 내 가슴에 동경이 피어올랐다. 나는 가져보지도 못한 가정이라도 동경하는 것일까.'

뭐니뭐니해도 지난 6년간은 옌에게 깊은 고독의 세월이었기 때문이다. 날마다 그의 고독은 짙어 갔다. 언제나 누가 말을 걸어오면 겉으로는 예의바르게 대답했으나 누구에게도 자기가 먼저 인사를 건네는 일은 없었다. 날이 갈수록 그는 새로운 나라의 좋지 않은 것으로부터 멀어져 갔다. 태어난 나라에 대한 긍지, 서구 세계보다도 오랜 역사를 지닌 민족의 무언의 긍지가 그의 내부에서 확고히 이루어져 갔다. 그는 거리에서 자기에게 돌려지는 어리석은 호기심의 시선에도 묵묵히 참고 견디는 것을 배웠다. 일용품을 사려면, 머리를 깎고 수염을 깎으려면, 이 조그마한 거리의 어느 가게에 들어가야 하는가를 그는 환히 알았다. 가게에 따라서는 그를 손님으로 받지 않는 곳도 있었다. 무뚝뚝하게 거절하는 곳도 있었고, 물건값을 두 배로 받는 곳도 있었으며, 겉으로는 정중하게 "이 땅에서 장사를 하고 있으면 이목이 중요해서 외국 분과는 거래를 하지 않고 있습니다" 변명하는 곳도 있었다. 그래서 옌은 난폭하게 거절당하거나 정중하게 거절당하거나 잠자코 그 자리를 떠나는 태도를 배웠다.

며칠이고 아무와도 말을 하지 않고 견딜 수 있었으므로 마침내 그는 이 분주한 이국 사회 속에 흘러들어온 단 한 사람의 이질 분자처럼 되었다. 그에게 그의 조국에 대해서 묻는 사람조차 좀처럼 없었다. 백인 남녀는 모두 자기들만의 생활에 몰두해서 살고 있으므로 다른 나라 사람들이 무엇을 하거나 결코 신경 쓰지 않았다. 나라가 다르기 때문에 생기는 차이점을 물어도, 무식하기 때문에 만족스럽게 살지 못하는 인간이라도 보듯이 관용스러운 미소를 보일 뿐이었다. 함께 공부하는 학생들도, 이발소의 주인도, 하숙집 여주인도, 중국인이 모두 쥐나 뱀을 먹고 아편을 피운다든가, 여자는 모두 전족을 했고 남자는 모두 변발을 늘어뜨리고 있다든가 하는 고정 관념에 사로잡혀 있다는 사실을 옌은 알았다.

처음 옌은 열심히 이런 무지를 깨우치려고 애썼다. 자기는 쥐나 뱀을 먹어본 적이 없다고 단언했다. 그리고 아이란이나 그 동무들은 어느 나라 처녀들 못지않게 춤을 잘 춘다고도 이야기했다. 그러나 아무런 소용이 없었다. 그들은 곧 그의 이야기를 잊어버렸고, 전과 똑같은 것밖에 기억하지 못했다. 그 결과 옌 자신도 착각에 빠져, 이런 무지에 분노한 나머지 결국 그는 이 나라 사람들이 하는 말에도 옳은 점 진실한 점이 있다는 것을 잊어버리고, 자기 나라 전체가 해안 대도시처럼 문화적이며, 처녀들은 모두 아이란과 같은 아가씨들뿐인 것처럼 믿게 되었다.

옌이 토양학을 공부하는 두 강의에서 언제나 자리를 함께 하는 학생이 있었다. 그는 농가 출신으로 시골에서 자랐기 때문인지 매우 붙임성이 좋고 누구에게나 친절한 청년이었다. 우연히 교실에서 옆에 앉는 일이 있어도 옌 쪽에서 말을 건네지 않았는데 청년이 먼저 말을 걸어 왔다. 그러다가 가끔은 옌과 함께 교실에서 나와 양지바른 곳에 앉아 잡담을 나누게 되었으며, 어느 날 마침내 그는 함께 산책을 하자고 청해 왔다. 그때까지 옌은 그런 친절한 대우를 받아 본 적이 없었으므로 이 산책은 뜻밖에도 즐거웠다. 그만큼 그는 고독했다.

얼마 안 가서 옌은 새로 생긴 친구에게 자신의 신상을 이야기하게끔 되었다. 함께 길가 나무 그늘에 앉아 대화를 나누고 있을 때 갑자기 청년이 조바심이 난 듯 말했다. "이제부터 나를 짐이라고 불러 줘. 자네 이름은 뭐지? 왕이라, 옌왕이군. 나는 번즈야, 짐 번즈."

옌은 자기 나라에서는 성이 앞에 온다는 것, 지금처럼 이름을 앞에 오게 부르면 마치 물구나무를 선 듯한 기분이라고 설명했다. 이 말을 듣고 청년은 재미있어하면서 자기 이름을 거꾸로 불러 보고 크게 웃었다.

이런 부질없는 이야기를 나누며 함께 웃는 일이 많아지자 두 사람의 우정은 자라가서 이윽고 더 깊은 이야기를 하게 되었다. 짐은 자기가 여태까지 줄곧 농가에서 자라온 이야기를 하고, "우리 아버지의 농장은 2백 에이커쯤 되지" 하고 말했으므로 옌은, "그럼 자네 부친은 부자시군" 말했다. 그러자 짐은 놀라면서 그의 얼굴을 보고, "여기서는 그까짓 거 보잘것없는 농장이야. 자네 나라에서는 그만해도 큰 편이야?" 물었다.

여기에는 옌도 솔직하게 대답하지 못했다. 상대의 경멸을 살 것이 두려워서, 자기 나라의 농가가 얼마나 소규모라는 것을 차마 말하지 못하고 그저 이렇게만 대답했다. "우리 조부는 그것보다 더 큰 농장을 갖고 있어서 부자라는 소리를 들었지. 하지만 우리나라는 땅이 기름져서 더 작은 토지라도 생활하기에는 충분해."

그런 이야기에서 시작하여 그는 도시에 있는 큰 저택이며 아버지 왕후에게로 이야기를 옮겨 갔다. 그는 이제 아버지를 군벌의 거두라고 말하지 않고 장군이라 불렀다. 그는 또 해안의 대도시며 어머니라고 부르는 노부인, 누이 아이란과 그녀가 즐기고 있는 근대적인 향락에 대한 것 등을 이야기했다. 그리하여 날마다 짐이 열심히 여러 가지 묻는 대로 옌도 어느새 온갖 이야기를 했다.

옌은 대화하는 것이 유쾌했다. 이국에 있는 그는 몹시 외로웠던 것이다. 자신이 의식하는 이상으로 외로웠을 뿐만 아니라, 그에게 가해지는 온갖 모욕에 대해 누가 물으면 그런 것은 아무렇지 않다고 태연히 대답했지만 사실은 꽤나 참고 있었다. 그의 긍지는 몇 번이나 짓밟혔으며, 결코 아무렇지 않을 수는 없었다. 그랬던 만큼 백인 젊은이와 함께 앉아 자기의 민족과 가문, 자기 나라의 영광을 계속 이야기하고 있으니 그의 마음도 가라앉았다. 짐이 경탄하며 눈이 둥그레지는 것을 보는 일은 그의 마음의 상처를 치료하는 좋은 약이 되었다. 짐은 무척 겸손하게 그에게 말했다. "자네 눈으로 보면 우리는 무척 가난뱅이 겠군. 자네는 장군의 아들로 많은 하인들을 부리고 있으니 말이야. 나는 여름 방학에 자네를 집에 초대할 생각이었는데, 자네 고향 이야기를 듣고 보니 말을 꺼내지 못할 것 같은데!"

그래서 옌은 정중하게 인사하고 조심스럽게 대답했다. "나는 자네 아버님의 저택이 틀림없이 크고 즐거울 줄 알고 있네." 그리고 그는 상대편이 감탄해하는 모습에 기분 좋게 취했다.

그런데 이러한 대화는 옌의 마음속에 남몰래 하나의 열매를 맺게 했다. 그는 자기도 깨닫지 못한 채, 자기의 모국을 자기가 이야기한 대로라고 생각하게 된 것이다. 그는 자기가 일찍이 왕후의 전쟁과 정욕에 눈이 먼 그 부하들을 미워한 것을 잊고, 어느새 왕후를 훌륭한 홀에 의젓하게 앉아 있는 고귀하고 당당한 장군으로 여기게 되었다. 또 그는 왕룽이 살던 조그마한 마을과 거기서 조부가 굶어죽을 뻔하면서 노동과 간사한 꾀로 겨우 입신한 것을 잊고, 자기가 어릴 때 본, 조부가 도시에서 손에 넣은 수많은 정원이 딸린 큰 저택만을 마음에 그렸다. 그 낡고 조그마한 흙벽집, 비슷한 집이 수없이 많은, 흙으로 벽을 바르고 짚으로 지붕을 이은 집에 가난한 가족들이 살고, 때로는 가축까지 함께 살기도 하는 그런 집들을 잊고, 해안의 대도시, 그 호사와 환락의 거리만을 똑똑하게 생각했다. 그래서 짐이, "자네 나라에도 여기와 같이 자동차가 많이 있나?"라든가, "자네 나라의 집도 우리나라의 집과 마찬가진가?" 하고 물었을 때 옌은 천연스럽게, "있고말고. 모두 있지" 대답했다.

거짓말을 한 것은 아니다. 어느 정도까지 그는 진실을 말했으며, 또 날이 감에 따라 먼 고국이 차츰 더 완벽한 것이 되어가는 옌의 입장에서는, 전혀 거짓 없는 진실을 말한다고 생각했다. 그는 아름답지 않은 것, 어디서나 볼 수 있는 비참한 생활 따위는 완전히 잊고, 세계에서 다만 한 군데, 자기 나라만은 농민들이 모두 성실하고 만족해하며, 하인들은 하나같이 충실하고, 주인들은 모두 친절하며, 자식들은 부모에게 효성스럽고, 처녀들은 정숙하고 얌전하다고 여겼던 것이다.

먼 조국에 대한 이런 믿음이 너무나 강해져서, 그는 마침내 어느 날, 이 신념의 힘에 끌려 많은 사람 앞에서 자기 나라의 변호를 하게 되었다. 그것은 이

나라 사람들이 교회라고 부르는 사원에, 오랫동안 중국에 살던 미국인이 와서 중국의 사진을 보여 주며, 그 국민과 풍속을 이야기한다는 광고를 보았을 때의 일이다. 종교를 믿지 않는 옌은 아직 한 번도 이 이국의 사원에 들어가 본 적이 없었으나, 그 미국인의 말을 들을 겸 사진이라는 것도 보고 싶어 그날 밤 그 사원으로 갔다.

이윽고 군중 속에 옌도 자리를 잡았다. 처음 보는 순간부터 옌은 그 연사가 마음에 들지 않았다. 그 인물이, 말로는 들었으나 아직 본 일이 없는 선교사라는 종류의 인간이라는 것을 깨달았기 때문이다. 소년 시절 군관 학교에서 배운 바로는, 선교사란 종교를 팔러 외국에 가서 순수한 민중을 현혹해 어떤 비밀 목적을 위해 자기 종파에 끌어들이는 자들이라고 했다. 그 목적이 무엇인가는 여러 가지로 상상은 되었으나 누구도 확실하게 몰랐다. 아무튼 사람이 아무런 목적도 없고 개인적인 이익도 없이 자기 나라를 떠나올 까닭이 없는 것만은 누구나 아는 사실이었다. 이윽고 그 키 큰 연사가 차가운 표정으로 일어났다. 비바람에 단련된 얼굴에 눈이 푹 꺼져 있었다. 그는 이야기하기 시작했다. 옌의 나라의 빈민과 기근에 대해서, 곳에 따라서는 계집애를 낳으면 죽인다는 것과, 형편없는 움막집에 살고 있다는 것 등 더럽고 어두운 이야기만 했다. 옌은 끝까지 들었다. 다음으로 연사는 사진을 보여 주었다. 그것은 모두 그가 실제로 보고 온 광경이라고 했다. 옌은 스크린에서 거지가 이쪽을 향해 구걸하는 것을 보았다. 얼굴이 문드러진 문둥병환자, 주린 배가 부풀어오른 거지 아이, 좁고 지저분한 거리와 소나 말에게도 무거울 짐을 진 노동자들을 보았다. 온실에서 자란 옌이 본 적도 없는 비참한 정경이 스크린에 잇달아 나타났다. 마지막으로 연사는 무거운 목소리로 말했다. "보시다시피 이 가엾은 나라에는 그리스도의 복음이 필요합니다. 우리는 여러분의 기도를 바랍니다. 여러분의 성금을 바랍니다." 이렇게 말하고 연사는 자리에 앉았다.

옌은 이제 더 참을 수가 없었다. 무지한 외국의 청중들 앞에 모국의 오점이 폭로되는 것을 보고 부끄러움과 불안이 뒤섞인 분노가 쌓여왔던 것이다. 아니, 이것은 단순한 오점이 아니다. 그 자신이 연사가 말한 것 같은 풍경은 본 적이 없었기 때문에, 그로서는 이 참견쟁이 선교사가 나쁜 데만 샅샅이 찾아내어 서양인의 차가운 눈 앞에 드러내 놓았다고밖에 생각할 수가 없었다. 이처럼 잔인하게 폭로해 놓고 마지막으로 이 연사가 성금을 호소한 것은 한결 심한

모욕으로밖에 생각되지 않았다.

옌은 노여움 때문에 자기 자신을 잊었다. 그는 자리에서 벌떡 일어나 앞줄의 의자를 두 손으로 움켜쥐고 큰 소리로 외쳤다. 눈에는 분노가 활활 타고 얼굴은 빨갛게 상기됐으며, 온몸이 부들부들 떨렸다. "저 사람의 말도, 방금 보여준 사진도 모두 거짓입니다! 우리나라에는 저런 곳은 없습니다. 그런 광경은 나 자신도 한 번도 본 적이 없습니다. 문둥이 따위는 본 적이 없습니다. 굶주린 어린애도, 지저분한 집도 본 적이 없습니다! 우리 고향 집에는 수십 개의 방이 있습니다. 그런 집이 얼마든지 있습니다. 저 사람은 여러분한테서 돈을 긁어내기 위해 거짓을 꾸며낸 것입니다. 나는 내 조국을 대신해서 말하겠습니다! 우리는 저런 사람을 필요로 하지 않습니다. 여러분의 돈도 원치 않습니다. 여러분한테서 아무런 적선도 받고 싶지 않습니다!"

옌은 이렇게 소리치고 울음이 터져나올 것 같아 입술을 깨물고 자리에 앉았다. 청중은 이 뜻밖의 사건에 놀라 물을 끼얹은 듯 조용해졌다.

연사는 희미한 웃음을 띠고 그의 말을 듣더니 천천히 일어나서 부드럽게 말했다. "거기 그 젊은 분은 새 시대의 학생인 모양이군요. 젊은 분에게 내가 말하고 싶은 것은, 나는 오늘 보여 드린 빈민 속에서 내 생애의 절반을 보냈다는 사실입니다. 당신도 조국에 돌아가시거든 내가 사는 변두리 소도시로 한번 찾아오십시오. 이와 같은 곳을 모두 보여 드릴 테니까…… 그럼, 기도를 드리고 폐회하기로 할까요?"

그러나 옌은 기도 따위를 할 마음이 들지 않았다. 그는 일어나서 밖으로 뛰어나갔다. 바로 뒤에서 몇 사람씩 짝을 지어 집으로 돌아가는 발소리가 들렸으며, 그날 밤 이국에서 받은 세 번째 굴욕이 그를 기다렸다. 두 남자가 옌인 줄 모르고 앞질러 걸어갔는데, 그 가운데 한 사람이 말하는 것이었다. "정말 웃겼어, 중국놈이 일어서서 항변하다니. 대체 어느 쪽 주장이 옳을까?"

그러자 다른 한 사람이 대답했다. "양쪽 다 옳은 게 아닐까. 한쪽의 이야기를 무조건 믿는 것은 위험해. 하지만, 외국인이야 어쨌든 상관없지 않은가. 우리와는 아무 관계도 없는 일인걸!" 그리고 그 사나이가 하품을 하자 그의 친구는 아무렇지 않게 말했다. "하긴 그래. 내일은 비가 올 모양이야." 그리고 그들은 서둘러 가버렸다.

이 대화를 듣던 옌은 두 사나이의 무관심함에 더욱 마음이 상했다. 만일 선교사의 말이 옳았다 하더라도 그들은 관심을 가져야 했고, 그것이 거짓말이었으니만큼 더욱 진실을 알고 싶어해야 옳지 않은가 하고 그는 생각했다. 분노를 가슴에 품은 채 그는 침대에 들어가 몇 번이나 몸을 뒤척이면서 노여움으로 눈물마저 흘렸다. 그리고 이 나라 사람들에게 조국의 위대함을 가르쳐 주기 위해서 무언가 해야겠다고 맹세했다.

이런 일이 있은 뒤 옌의 마음을 달래 준 것은 그 새로운 친구였다. 그는 이 소박한 시골 청년과 만나면 마음이 편해져서 자기 조국에 대한 뜨거운 신뢰를 이 젊은이에게 감추지 않고 털어놓았다. 옛 조상들의 고귀한 정신을 가르쳐 주었으며, 오늘날까지도 국민이 살아갈 신조를 형성하여, 이 나라처럼 도덕이 흐트러지지 않은 아름다운 나라로 만들어 준 성현의 가르침을 이야기했다. 조국에서는 남자고 여자고 품위 있고 선량한 질서를 유지한다. 그 선량한 질서 속에서 아름다움이 태어난다. 그들에게는 이 나라에서처럼 법률 따위가 필요 없다. 여기서는 아이들조차 법률로 보호되고 여성도 법의 비호(庇護)가 없으면 위험하지 않은가. 우리나라에서는 아이들이 피해를 받지 않기 위한 법률

같은 건 필요없다. 왜냐하면 아이들을 해치려는 사람이 없기 때문이다, 라고 옌은 열정적으로 말했으며 스스로도 그렇게 믿었다. 그 순간 그는 노부인한테서 들은 버려진 아이들의 이야기조차 까맣게 잊고 있었다. 또 그는 여자는 언제나 안전하며 가정에서도 존중받는다고 말했다. "그럼 여자의 발을 묶는다는 건 사실이 아니군?" 이렇게 백인 젊은이가 질문하자 옌은 자신있게 대답했다. "그런 것은 옛날옛적 이야기야. 자네 나라에서도 옛날에는 여자가 허리를 꽉 졸라맨 적이 있잖아. 이제 그건 과거지사야. 어디 가도 볼 수 없네."

이렇게 그는 조국을 변호하는 입장에 섰으며 그것이 그의 가장 큰 임무가 되었다. 그 때문에 그는 이따금 맹을 떠올릴 때가 있었으며, 이제야 그의 진가를 알 것 같았다. '맹은 옳았다. 우리나라는 몹시 멸시 당하고 부당한 평가를 받고 있다. 이제야말로 우리는 힘을 합해서 조국을 지켜야 한다. 맹, 역시 너는 나보다 올바르게 진실을 보고 있었어. 이 말을 너한테 하고 싶구나.' 맹에게 편지를 써서 이를 알리고 싶었으나 그의 주소를 알 수 없어 옌은 유감으로 생각했다.

아버지에게는 보낼 수 있었으므로 그는 편지를 썼다. 이제 그는 전보다 상냥한 말투로 자상하게 편지를 쓸 수 있었다. 새롭게 싹튼 조국 사랑이 가족에 대한 애정도 깊게 해 준 것이다. 그는 이렇게 썼다.

저는 때때로 고향에 가고 싶어 못 견딜 것 같습니다. 내 나라만큼 좋은 나라는 없다는 기분이 듭니다. 우리나라의 생활 양식, 우리나라의 음식이 세계 으뜸입니다. 귀국하면 저는 당장 기꺼이 집으로 돌아가겠습니다. 제가 이곳에 머무르고 있는 것은 다만 배울 것을 배우고 그것을 나라를 위해 이롭게 쓰고 싶은 생각에서일 뿐입니다.

그리고 이어, 아들이 아버지에게 표시하는 의례적인 인사를 덧붙이고 봉하여 우표를 붙이고 한길가의 우체통에 넣으러 갔다. 주말 휴일밤이었는데, 거리에는 불이 밝게 켜져서 젊은 남자들이 큰 소리로 마구 노래를 부르며 젊은 여자들과 함께 어울려 웃고 소리치고 있었다. 이런 야만스러운 풍경을 보고 옌은 냉소로 입술을 일그러뜨렸으며, 방금 편지에 썼던 상념은 아버지가 혼자 살고 있는 집의 무거운 정적 속으로 날아갔다. 적어도 아버지는 몇백 명이나 되는 병졸들을 거느린 존재이다. 적어도 군벌의 거두로서 자기가 믿는 규범에 따라 나무랄 데 없이 살아가고 있다. 어린 시절 언제나 보았듯이, 아버지가 호랑이 가죽을 등받이에 걸치고 숯불이 활활 타오르는 구리 화로를 앞에 놓고, 호위 병사들을 거느린 채 왕자처럼 당당하게 조각을 한 커다란 의자에 앉아 있는 모습이 선하게 눈에 떠올랐다. 그때 옌은 여기저기서 외치는 소리, 댄스 홀에서 흘러나오는 외설스럽고 오직 시끄럽기만 한 음악 속에서, 일찍이 느껴 본 적이 없을 만큼 민족에 대한 커다란 긍지를 느꼈다. 나는 저런 자들과 다르다. 역사가 오랜 왕가의 혈통을 이어받고 있다. 그는 이렇게 생각하면서 독서에 몰두했다.

그가 증오를 가슴에 간직한 세 번째 사건은 이것이었다.

네 번째 사건은 다른, 좀더 가까운 원인에서 왔다. 그것은 새로 생긴 그 친구가 도화선이었다. 두 젊은이의 우정은 전보다 열이 식었으며, 옌의 화제도 차갑게 열이 식어 공부 이야기라든가 교수들한테서 배운 것이 많아졌는데, 그 까닭은 짐이 옌의 하숙에 찾아오는 일이 자기를 만나기 위해서가 아니라 하숙집 딸을 보러 오는 것임을 옌이 알았기 때문이었다.

일의 발단은 아주 작은 것이었다. 옌은 어느 날 밤 비가 와서, 언제나처럼 산책도 할 수 없고 하여 새로운 친구를 자기 방으로 데리고 갔다. 하숙에 들어가자 문간에 있는 방에서 음악 소리가 들리고 문이 조금 열려 있었다. 축음기를 틀어 놓은 것은 하숙집 딸이었으며, 문이 열려 있음을 그녀가 알고 있다는 것은 틀림없었다. 지나가면서 짐은 안을 들여다보고 처녀를 보았다. 처녀도 짐을 보고 그 매혹적인 시선을 던졌다. 짐은 그것을 깨닫고 옌에게 말했다. "저런 피치(예쁜 아가씨)가 있다는 것을 왜 알려주지 않았나?"

옌은 짐의 천한 눈초리를 보고 참을 수가 없어 냉정하게 대답했다. "무슨 말을 하는지 모르겠군." 그러나 피치란 말은 알 수 없었지만 다른 말은 다 알았으므로 옌은 매우 불쾌했다. 나중에 얼마간 진정이 되어, 그런 일은 잊어버리자, 그깟 계집애 때문에 우정을 상하게 할 수는 없다, 이 나라에서는 그 같은 일을 아주 가볍게 여기니까, 하고 자기에게 타일렀다.

그러나 그 같은 일이 또다시 일어났을 때, 어쩌면 지나친 생각이었을지도 모르지만, 옌은 울고 싶도록 깊은 상처를 입었다. 어느 날 밤 늦게까지 공부할 생각으로 밖에서 저녁을 먹고 돌아와 보니 하숙인들이 공동으로 쓰는 응접실에서 짐의 말소리가 들렸다. 그때 옌은 매우 피로해 있었고, 세로쓰기에 익숙한 눈으로 가로쓰기로 된 서양책을 장시간 읽어서 눈에 아픔을 느끼고 있던 참이라, 친구의 목소리를 듣자 반가운 생각이 들어서 한 시간쯤 이야기나 할까 생각했다. 그래서 조금 열린 문을 열고 기쁜 듯이, 그로서는 드물게 허물없는 태도로 소리쳤다. "여어 짐, 지금 돌아왔네. 내 방으로 가세."

그러나 방안에는 두 사람뿐이었다. 짐은 마침 얼빠진 웃음을 띠고 과자 상자의 포장을 벗기려 하고 있었으며, 그의 앞 깊숙한 의자에는 단정치 못하게 주름이 잡힌 옷을 입은 하숙집 딸이 누워 있었다. 옌이 들어오는 모습을 보자 여자는 그를 쳐다보고 붉은 곱슬머리를 뒤로 넘기면서 놀리듯이 말했다. "이 사람은 오늘 나를 만나러 온 거예요, 왕 씨." 그러고 나서 두 청년의 얼굴을 번갈아 바라보는 동안에 옌의 볼에는 핏기가 올라 거무스름해졌으며, 아무 스스럼도 보이지 않던 그 얼굴이 순식간에 뚱한 무표정이 되었다. 또한 짐은 얼굴이 벌게져서, 내가 하고 싶은 것을 하는데 무엇이 나쁘냐는 듯이 적의를 드러냈다. 여자는 토라진 듯이 소리쳤다.

"하지만, 짐이 왕 씨 방에 가고 싶다면, 가도 좋아요."

두 청년 사이에 무거운 침묵이 흘렀다. 여자가 소리내어 웃자, 옌이 조용히 말했다. "물론, 짐은 하고 싶은 대로 하면 됩니다."

그는 짐의 얼굴이 보기 싫어져서 2층으로 올라가 조용히 문을 닫고 한참 동안 침대에 누운 채, 왜 이런 질투와 노여움이 가슴에 솟아나는지 곰곰이 생각했다. 무엇보다도 짐의 평범하고 선량한 얼굴에 떠 있던 바보스러운 표정을 잊을 수가 없었으며, 그 표정에 대한 반감을 누르지 못해 그의 마음은 견딜 수 없이 불쾌했다.

그때부터 그는 전보다 더 고고한 태도를 취하게 되었다. 백인은 남자나 여자나 모두 정말로 자제심이 없고 짐승처럼 욕정이 강한 인종이며, 마음속에 생각하는 것이라고는 모두 이성에 대한 것뿐이라고 그는 스스로를 타일렀다. 이렇게 생각하자 그의 머리에 떠오른 것은 백인들이 잘 보러 가는 영화였다. 큰 거리에 화려하게 내어 걸린, 언제나 거의 발가벗은 여자만 그려 놓은 간판이었다. 밤늦게 돌아올 때 어두운 길모퉁이에서 추잡한 광경을 보지 않은 적이 없었다. 남자가 여자를 껴안고 서로 팔이 얽힌 채 음탕한 모양으로 서로 더듬고 있는 광경으로 온 거리가 차 있었다. 옌은 그러한 모습을 볼 때마다 기분이 나빠져, 이 저속하기 짝이 없는 광경에 구역질이 나기까지 했다.

그 일이 있은 뒤 그는 다시는 짐을 가까이하지 않았다. 짐의 목소리가 집 안 어디선가 들려오면 그는 잠자코 계단을 올라가 자기 방에서 독서를 시작했다. 짐이 따라 들어와도 서먹서먹하게 대했다. 짐이 어쩌면 이렇게도 태연스레 자기 방에 들어올 수 있는지 옌은 이해할 수 없었다. 짐은 하숙집 딸에 대한 자기의 감정이 옌과의 우정에는 아무런 방해가 되지 않는다는 듯 여전히 명랑하고, 옌이 쌀쌀맞게 말도 하지 않게 된 것조차 깨닫지 못하는 듯했다. 하기야 때로는 옌도 여자의 일을 잊고 이전처럼 잡담을 나누며 가볍게 짐을 놀리는 때도 있었다. 그러나 적어도 이제는, 짐이 오기 때문에 만날 뿐이었다. 전처럼 그를 만나고 싶다는 적극적인 기분은 이제 가질 수 없었다. 옌은 조용히 자기에게 말했다. '짐이 만나고 싶으면 나는 여기 있다. 내 기분이 변한 것은 아니다. 만나고 싶다면 저쪽에서 오면 된다.' 그러나 변하지 않았다고 입으로는 말해도 그는 변했다. 그는 다시 고독해진 것이다.

옌은 기분을 풀기 위해, 거리나 대학생활 속에서 마음에 들지 않는 일에 하나하나 주의를 기울이게 되었다. 그리하여 그의 마음에 들지 않는 것은 어떤 사소한 일이라도 그의 순진한 마음에 칼처럼 날카롭게 상처를 입혔다. 그는 거리에서 사람들이 지껄이는 말을 듣고, 그 목소리도 발음도 귀에 거슬리며, 자기 나라 말이 흐르듯이 매끄러운 것과는 거리가 멀다고 생각했다. 학생들의 멍한 표정, 교수 앞에서 횡설수설하는 그들의 모습을 마음에 새겼다. 그때마다 그는 갈수록 더 자신에게 신경을 쓰게 되었으며, 타국 말이기는 했으나 회화를 더 완전하게 하고 학업에서도 그들 이상의 훌륭한 성적을 올려, 이 또한 나라를 위하는 일이라고 생각하는 것이었다.

그가 모르는 동안에 백인을 멸시하게 된 것은 그들을 경멸하고 싶은 기분이 그의 가슴 속에 있기 때문인데, 한편으로 그는 그들의 여유로운 생활, 지위, 커다란 건물, 그들이 이룩한 많은 발명, 공기와 바람과 물과 번개에 대한 그들의 온갖 지식 등이 부럽기도 했다. 그러나 그들의 지혜, 이에 대한 자신의 감탄은 한결 그들을 싫어하게 만드는 원인이 되었다. 놈들은 어느 틈에 잘도 이런 힘을 손에 넣었구나. 왜 그토록 자신감이 넘쳐서 내가 그들에게 품는 증오조차 눈치 채지 못하는 것일까 생각했다. 어느 날 그는 도서관에서 한 권의 놀라운 책을 읽고 있었다. 그 서적은 식물의 몇 대에 걸친 생태를, 종자가 땅에 심어지기도 전의 모습부터 설명해 주고 있었다. 발육의 법칙을 정확하게 알고 있기 때문이었다. 옌에게는 참으로 놀라운 일이었으며, 인간의 능력을 훨씬 뛰어 넘은 일 같았으므로 마음속으로 은밀한 탄성을 지를 수밖에 없었다. 그는 씁쓸한 기분으로 생각했다. '우리 국민은 세계가 아직 밤이라 생각하여 모두 자는 줄 알고 커튼을 내린 채 긴 단잠을 즐겨 왔다. 그런데 밤은 이미 오래전에 밝아져서 서양인들은 일어나 일하고 있었…… 우리는 과연 이 긴 세월 동안에 잃어버린 것을 되찾을 수 있을까?'

이렇게 하여 옌은 지난 6년 동안 남몰래 깊은 절망에 빠졌으며, 이 절망이 그의 마음에 일찍이 아버지 왕후가 품었던 생각을 불어넣었다. 옌은 처음으로 국가의 발전을 위해 이 한몸을 내던지겠다는 결심을 하게 되었으며, 이 결의는 이윽고 그로 하여금 스스로를 잊게 했다. 그는 이 나라 사람들 속에 섞여 길을 걸어갈 때나 말을 할 때나 이제 자기를 왕옌 개인으로 보지 않고, 조국 자체, 머나먼 이국에서 온 국민을 대표하는 존재로서 보게 되었다.

옌이 자신은 아직 어려서 이와 같은 사명을 완수할 힘이 없다는 것을 느끼게 할 수 있었던 사람은 셍뿐이었다. 셍은 지난 6년 동안 처음 살기로 정했던 그 대도시를 한 걸음도 떠나지 않았다. 셍은 이렇게 말했다. "왜 여기서 떠날 필요가 있나? 평생을 해도 다 배우지 못할 것이 여기 있는데, 나는 많은 땅을 조금씩 알기보다 이 도시를 깊이 알고 싶다. 이 도시를 알면 이 나라의 인간을 알게 돼. 왜냐하면 이 도시는 이 나라 전체를 대변하기 때문이지."

그래서 셍은 옌이 사는 곳으로 갈 생각은 없었으나, 옌을 만나보고는 싶었다. 옌은 셍의 매력과 장난기 넘치는 편지의 권유에 못 이겨 셍이 있는 도시에서 여름 방학을 보내게 되었다. 그는 셍의 집 응접실에 묵으면서 그곳에 모여드는 사람들의 온갖 이야기를 들었다. 때로는 끼어들 때도 있었으나 거의 잠자코 듣기만 했다. 그것은 셍이 얼마 안 가서 옌이 좁은 세계에 틀어박혀 너무나 외톨이로 살고 있는 것을 알고 옌을 거침없이 비판했기 때문이다.

옌에게는 상상 밖이랄 만큼 날카로운 비판이었다. 그것은 옌이 좀더 견문을 넓혀야 한다는 충고였다.

"우리나라는 책만을 숭배했다. 그 결과가 지금과 같은 꼴이다. 이 나라 사람들은 세계 어느 민족보다도 책에 관심을 기울이지 않는다. 실생활의 행복에만 관심을 갖는다. 그들은 학자를 숭배하지 않고 오히려 얕잡아보지. 그들이 지껄이는 농담의 절반은 교사를 대상으로 한 거야. 교사의 급여는 하인에게 주는 것보다 적을 정도다. 그러한 늙은 선생들로부터 이 나라의 비밀을 알 수 있다고는 생각하지 않는다. 또 농부의 아들 하나에게서 배우는 것만으로 충분하다 할 수도 없어. 옌, 너는 생각이 너무 편협해. 너는 한 가지 일, 한 사람의 친구, 한 군데의 도시에만 달라붙어서 다른 것은 모두 놓치고 있는 거야. 어느 나라 국민보다도 이 나라 사람들은 책을 읽어서는 이해하지 못 해. 그들은 자기들 도서관에 온 세계의 책을 모아 놓고 마치 밀이나 돈을 사용하듯 그것들을 사용하지. 책은 그들이 가진 계획을 위한 자료에 지나지 않는 거야. 옌, 너는 만 권의 책을 읽더라도 그들의 번영의 비밀을 알지 못할 거다."

이러한 것을 셍은 몇 번이나 되풀이해서 옌에게 말했으며, 옌도 셍의 자신감과 명석함에 감탄하며 듣다가 마지막에 물었다. "그렇다면 형, 더 잘 알기 위해서 난 어떻게 하면 좋지?" 그러자 셍이 대답했다. "모든 것을 보는 거야…… 어디든지 가서, 되도록 여러 사람들과 사귀는 거야. 너의 그 조그마한 밭은 잠시 내버려두고, 책에서도 떠나는 거야. 네가 배운 것에 대해서는 다 들었다. 이번에는 내가 배운 것을 보여 줄 차례구나."

셍의 태도는 참으로 능숙했다. 앉은 모습도, 화술도, 담뱃재를 떠는 모습도, 날렵한 상앗빛 손끝으로 기름을 발라 반질반질한 검은 머리를 빗어올리는 모습도 모두 자신만만해서, 옌은 그만 주눅이 들어 자기가 더없이 촌스러운 인간 같았고, 셍은 무슨 일에서나 자기보다 훨씬 잘 아는 것 같았다. 훤칠한 키에 꿈 많은 미청년이었던 시절에 비하면 셍도 참 많이 변했다. 고작 이삼 년 동안에 그는 민첩하고 혈기 넘치는 사나이가 되어 자기의 신념과 용모에 자신을 가진 한창때의 남자가 되어 있었다. 그 밑바탕에서는 정열이 느껴졌다. 이 새로운 나라의 전류 같은 공기에 닿아 그의 게으른 점은 사라져 버린 모양이다. 이 나라 사람들과 마찬가지로 그는 잘 움직이고 잘 지껄이고 잘 웃었는데, 발랄함 속에도 어딘가 한(漢)민족의 아취와 깊이와 여유가 남아 있었다. 이런 현재의 셍의 모습을 보면 볼수록 옌은 이만한 아름다움과 재능을 아울러 갖춘 사나이는 달리 없으리라고 생각했다. 그는 공손한 기분으로 물었다. "형은 요즘도 시나 소설을 쓰고 있어?"

셍은 명랑하게 대답했다. "응, 전보다 더 열심히 쓰고 있지. 시집을 낼 만큼 많이 써 놨어. 시뿐만 아니라 소설도 썼는데, 이제까지 쓴 소설로 한두 가지 상도 탈 것 같아." 셍은 조금도 오만하지 않았으며, 단지 자신의 역량을 아는 만큼 자신감이 넘칠 뿐이었다. 옌은 잠자코 있었다. 그에 비하면 자기는 아무 것도 하지 않은 듯한 기분이 들었다. 자기는 이 나라에 처음 왔을 때와 마찬가지로 촌놈인 데다가 친구도 없다. 지난 몇 해 동안에 자기 생활의 자취라고 할 수 있는 것은 산더미 같은 노트와 얼마 안 되는 땅에서 가꾼 작물뿐이 아닌가.

그는 셍에게 한번 물어보았다. "고향에 돌아가면 형은 뭘 할 셈이지? 아무래도 줄곧 도시에서 살 생각이야?"

옌은, 셍도 조국의 곤궁함에 괴로워하고 있는지 확인해보고 싶어 이렇게 물은 것이었다. 그러나 셍은 명랑하고 자신있게 대답했다. "그럼, 계속 그렇게 할 참이다! 나는 다른 땅에서는 살지 못해. 실은 말이야 옌, 우리끼리 얘긴데, 우리나라에는 그 해안 도시 말고는 우리 같은 인간이 살 만한 곳은 없어. 인텔리가 즐길 만한 오락이라든가 쾌적한 장소를 다른 어디서 구할 수 있겠나? 시골은 내가 기억하는 한 도저히 좋아질 것 같지가 않아. 사람들은 모두 불결하고, 아이들은 여름엔 발가숭이인데다가 개는 사납고 어디에나 파리가 새까맣게 들끓으니 말이야, 너도 알잖아. 나는 도시가 아닌 곳에서는 살지도 못하고 살 생각도 없다. 뭐니뭐니해도 서구인들은 쾌적하고 즐겁게 산다는 점에서는 우리들이 배울 만한 것을 갖고 있어. 맹은 서양인을 싫어하지만, 몇 세기나 외국과 격리된 동안에 우리는 수도, 전기, 영화 같은 것들을 무엇 하나 고안해내지 못했단 말이야. 난 그걸 잊을 수 없다. 나는 가능한 한 즐겁고, 가장 좋고, 편한 생활을 할 수 있는 곳에서 살며, 그 안에서 시를 써 갈 작정이야."

"다시 말해서, 이기적으로 살아가겠단 말이지." 옌은 솔직하게 말했다.

"그렇게 말해도 무방해." 셍은 냉랭하게 대답했다. "그러나 이기적이 아닌 인간이 있나? 우리는 모두가 이기적인 거야. 맹도 주의에 가담하고 있는 점에서 벌써 이기적이야. 주의라구? 흥! 그 운동의 지도자들을 좀 봐라, 옌. 그들이 이기적이 아니라고 할 수 있나…… 전에 비적(匪賊)이었던 놈도 있다. 늘 처지를 바꾸어서 유리한 쪽으로만 움직이는 놈도 있고, 주의를 위해서라는 구실 아래 긁어모은 돈으로만 먹고 사는 놈도 있고 말이야! 내가 보기에 정직하게 자기를 이기적이라고 말하는 편이 훨씬 사내답다고 생각해. 나는 그렇게 하고 있지. 나는 안락하게 살 거야. 그러니까 이기적이라는 소리를 듣더라도 아무 상관 없다. 하지만 나는 탐욕스러운 인간은 아냐. 다만, 나는 아름다움을 사랑한다. 가정이나 환경에는 세련된 품위가 필요해. 가난한 생활은 하고 싶지 않다. 나는 평화와 아름다움과 조금의 즐거움이 주위에 있으면 그것으로 만족한다."

"그러면 평화도 즐거움도 누릴 수 없는 국민은 어떻게 되지?" 들끓는 가슴을 누르며 옌이 물었다.

"내가 그걸 어떻게 할 수 있단 말이야?" 셍이 대답했다. "몇백 년도 전부터 가난한 사람은 사라지지 않고, 기근과 전쟁은 줄곧 있지 않았나. 내 한평생동안에 그것을 완전히 바꿀 수 있다고 생각할 만큼 내가 어리석어 보이냐? 나는 싸움 속에서 스스로를 망칠 뿐이야. 스스로를 망치고 고귀한 자신을 매장하게 되지. 나 자신을 망치면서까지 민중의 숙명에 저항해봐야 무슨 소용이 있지? 내가 뛰어들면 바닷물이 말라 기름진 땅이라도 된단 말이야?"

이렇듯 명쾌한 주장에 옌은 대답할 말이 없었다. 그날 밤 셍이 침실로 가버린 뒤 얼마 있다가 자리에 누운 그는, 한 순간도 멈추지 않는 대도시의 소음이 눈앞의 벽에 부딪쳐오는 것을 듣고 있을 뿐이었다.

이렇게 귀를 기울이고 있으니 옌은 무서워졌다. 마음의 눈은 겨우 벽 하나를 사이에 둔 저쪽에서 큰 소리로 사납게 울부짖는 어두운 이국의 세상을 바라보고 있었다. 그 세상이 또렷하게 떠오르자 그는 자기의 하찮음을 견디지 못하고, 불현듯 셍의 양식 넘치는 말이나, 가로등에 환하게 밝혀진 실내의 온기, 아니, 의자나 탁자 등 평범한 일상생활의 도구에조차 매달리고 싶어졌다. 변화와 죽음과 미지의 생활 속에서 이 조그마한 장소만이 안전했다. 셍이 안전과 안락함을 택한다고 단언하는 것을 듣고 그토록 컸던 자기의 꿈이 어리석게 느껴지기 시작하다니, 이런 이상한 일도 있을까! 셍의 곁에 있으면 옌은 어느샌가 본래의 자기 자신을 잃고, 용기와 증오마저도 잊고, 어린아이처럼 무언가에 매달리고 싶어지는 것이었다.

그러나 옌은 이와 같이 늘 셍 곁에 붙어 있을 수는 없었다. 셍은 이 도시에 아는 사람들이 많아서 밤이 되면 젊은 여자와 춤추러 가는 일이 많았다. 옌도 셍과 함께 갔지만 거기서도 그는 고독했다. 처음 그는 떠들썩한 장소에서 떨어진 구석 자리에 앉아서 셍의 용모와 사교성, 여성에 대한 대담성 등을 질투와 선망의 눈으로 바라보았다. 때로는 자신도 춤춰 보려고도 했으나 잠시 뒤면 반드시 외면하고 싶은 광경을 보고 말아서, 이제 여자와는 말을 하지 않겠다고 홀로 중얼거리기 일쑤였다.

그것은 이런 이유에서였다. 셍이 교제하는 여성들은 거의 외국인들이었다. 그녀들은 백인이거나 아니면 흑인과 백인의 혼혈인 경우가 많았다. 옌은 그 어느 쪽과도 아직까지 접촉한 일이 없었다. 왠지 생리적으로 접촉할 기분이 나지 않았던 것이다. 그는 아이란과 함께 참석한 야회 같은 데서도 이러한 여성을 본 적이 있었다. 그 해안의 대도시에서는 온갖 피부색을 한 인간들이 잡다하게 섞여 있었다. 그러나 그는 그러한 여성과 춤춘 적은 없었다. 그 까닭의 하나는 여자들이, 옌으로서는 수치를 모른다고밖에 생각할 수 없는, 등이 훤히 드러난 옷을 입고 있었기 때문이었다. 함께 춤을 추는 남자는 그 하얀 맨살에 손을 대야만 하는데 옌은 속이 메스꺼워져서 도저히 그럴 수가 없었다.

그러나 옌이 춤을 추지 않는 데는 또 하나의 이유가 있었다. 셍이나 옌이 가까이 가면 방긋 웃으며 아는 체하는 여자들은 주로 천박한 여자들에 한하고, 기품이 있어 보이는 여자들은 셍이 가까이 가면 외면해버리고 백인 남자만 상대하는 듯이 여겨졌기 때문이다. 보면 볼수록 그렇게 여겨졌으며, 셍 자신도 그 사실을 알고 있어서, 쉽게 웃어 주는 여자들만 상대한다는 생각까지 들었다. 옌은 이 사촌을 위해서 정말 울화가 치밀어올랐다. 그것은 어느 의미에서는 자기를 위한 것이기도 하고 또 자기 나라를 위한 것이기도 했다. 다만 그가 확실히 알 수 없는 것은 여자들이 왜 그러한 태도를 취하는가 하는 것이었다. 셍에게 그런 이야기를 꺼내는 것은 조금 겸연쩍기도 했고, 셍의 마음을 아프게 할까봐 염려가 되어 물을 수가 없었다. 그는 마음속에서만 중얼거렸다. '셍이 조금만 더 긍지를 가지고 저런 여자들과 춤을 추지 않으면 좋을 텐데. 상류 계급 여자들이 상대해주지 않는다면 그녀들 모두 멸시하면 되는 거야.'

그러자 셍은 자존심이 없어서 그런 여자를 상대로 유쾌한 것처럼 보였으므로 옌은 못 견디도록 마음이 아팠다. 그런데 이상한 것은 맹이 아무리 외국인에 대해서 분노를 터뜨려도 옌은 그 때문에 증오심이 일어난 일은 없었는데, 지금 셍이 가까이 가면 얼굴을 돌리는 오만한 여자들을 보고 있으니 옌은 그녀들을 미워할 생각이 들고 또 사실 미워했으며, 이들 소수의 여자들 때문에 백인 전체를 증오할 기분이 되는 것이었다. 그럴 때마다 옌은 밖으로 나가 버렸다. 그 자리에 있으면서 셍이 멸시받는 것을 보고 싶지 않았기 때문이다. 그리고 그는 혼자서 독서를 하거나 밤하늘과 거리를 바라보거나, 마음속에 소용돌이치는 여러 문제를 고민하거나 하면서 밤을 보냈다.

이런 식으로 여름이 올 때마다, 옌은 끈기있게 셍의 뒤를 따라다니며 이 대도시의 여기저기를 돌아다녔다. 셍은 친구가 많았다. 언제나 식사를 하는 음식점에 들어가면 남자고 여자고 아무런 거리낌없이 "헬로, 죠니!" 이렇게 말을 걸어 왔다. 그들은 셍을 죠니라고 불렀다. 처음 이 말을 들었을 때 옌은 충격을 받고 셍에게 조그만 소리로 말했다. "어째서 저런 이름으로 불러도 예사로 듣는 거야?" 그러나 셍은 웃으며 대답했다. "저 친구들도 서로를 그런 식으로 불러. 나는 그들이 죠니라는 이름을 붙여주어서 기분이 좋아. 그리고 그들이 그렇게 하는 것은 친밀감을 느끼기 때문이야. 옌, 좋아하는 사람은 친숙한 이름으로 부르는 거야."

정말 셍이 친구가 많다는 것은 확실하게 알았다. 밤이 되면 두 사람, 혹은 세 사람씩 셍의 방으로 찾아왔다. 더 많은 사람들이 올 때도 있었다. 셍의 침대에도, 방바닥에도, 마치 포개지듯이 앉아 담배를 피우며 지껄이는 이들 청년들은 서로 누가 가장 재치있고, 엉터리 같은 생각을 잘하는가, 다른 사람이 방금 한 말을 누가 가장 빨리 뒤엎을 수 있는가 경쟁하고 있었다. 옌은 이렇게 요령도 요점도 없는 담화를 들은 적이 없었다. 때로는 그들 모두가 정부에 반항하는 사람들처럼 여겨져서 셍을 걱정한 적도 있었다. 그러나 조금만 있으면 이야기의 방향이 달라져서, 여태까지 몇 시간이나 떠들었던 화제를 단숨에 날려 버리고, 마지막에 가서는 더할 나위 없이 유쾌한 현재 상태를 만끽하면서 모든 새로운 것을 경멸하기에 이른다. 이어 담배와 저마다가 들고 온 술냄새를 마구 풍기면서 큰 소리로 작별 인사를 나누고, 자기들과 세상에 대해 절대적인 호의를 보이며 기분 좋게 빙글빙글 웃으면서 돌아가는 것이었다. 때로는 노골적으로 여자 이야기를 하는 때도 있었다. 그러면 이런 일에 대해서도 아무 것도 모르고, 한 처녀의 손을 잡은 경험밖에 없는 옌은 잠자코 귀를 기울였는데, 모두 가슴 속이 메스꺼워지는 이야기뿐이었다. 그들이 돌아간 다음 그는 정색을 하고 셍에게 물었다. "그 사람들이 말하는 이야기가 모두 사실이야? 그렇게 뻔뻔한 여자가 있을까? 이 나라 여자들은 모두 그럴까? 순결한 처녀나 정숙한 아내는 한 사람도 없단 말이야?" 그러자 셍은 놀리듯이 웃으면서 말했다. "그 사람들은 모두 젊어, 너나 나와 다름없는 학생들이야. 네가 여자에 대해서 얼만큼 안다고 그래?"

옌은 솔직하게 대답했다. "하긴 나는 여자에 대해서 아무것도 모르지만……."

그래도 그 뒤로 옌은 길거리에서 얼마든지 볼 수 있는 여자들을 전보다 주의 깊게 보게 되었다. 그녀들도 이 나라 사람의 일부인 것이다. 그러나 그는 그녀들을 도무지 알 수 없었다. 그녀들은 화려한 옷차림과 짙은 화장을 한 얼굴로 빠르게 걸었다. 그러나 그녀들의 요염하고 대담한 시선이 옌의 얼굴에 던져질 때 그 표정은 공허했다. 아주 잠깐 그를 바라보는가 하면 그대로 지나쳐 버리는 것이다. 그녀들에게 그는 남자가 아니었다. 스쳐 지나는 외국인에 지나지 않았다. 그러므로 남자로 볼 만한 가치가 없는 것이라고 그 눈은 말했다. 옌은 그리 똑똑하게 이해하지는 못했으나 그 차가움과 공허함은 느낄 수 있었으므로 속으로 굴욕감을 느꼈다. 그의 눈으로 보면 그런 여자들은 태도가 너무나 오만했고, 차갑게 자기 행동에 자신을 갖고 활보했으므로 옌은 무서웠다. 서로 스치고 지나칠 때도, 자칫 화라도 내는 날이면 감당할 수 없을 것이므로 몸이 닿지 않도록 조심했다. 그녀들의 빨갛게 칠한 입술, 당당하게 쳐든 깔끔하게 정리한 머리, 걸어갈 때 몸을 흔들어 대는 모습 등은 모두가 그로 하여금 뒷걸음질치게 하는 것들이었다. 그러한 것에서 그는 여성적인 매력을 전혀 느낄 수 없었다. 하지만 그녀들이 이 도시에 생생한 빛을 보태고 있는 것만은 확실했다. 며칠 낮 며칠 밤 그런 경험을 한 뒤에야 겨우 그는, 이 나라 사람들은 책을 읽어서는 알 수 없다고 한 셍의 말을 납득했다. 멀리 솟아 있는 높다란 빌딩의 금빛으로 빛나는 꼭대기를 쳐다보면서 저러한 것은 책에는 나오지 않는다고 옌은 생각했다.

처음 옌은 이 나라 건축의 아름다움을 인정하지 않았다. 그의 눈은 낮은 기와지붕들과 완만한 집들이 줄을 지은 풍경에 익숙했기 때문이다. 그러나 이제는 그 아름다움을 이해했다. 이질적인 미에는 틀림이 없었으나 아름답다는 사실에는 변함이 없었다. 그리고 이 나라에 와서 처음으로 그는 시가 쓰고 싶어졌다. 어느 날 밤 셍이 잠든 뒤 그는 침대에 누워 자기의 생각을 정리하려고 애를 썼다. 그러나 운율이 잘 만들어지지 않았다. 일찍이 전원이나 구름을 읊는 데 썼던 차분한 운율은 소용이 없었다. 그는 날카로운 언어, 모가 난 언어가 필요했다. 모국어는 쓸 수가 없었다. 그것은 오랜 세월동안에 다듬어져 세련되고 완곡하며 매끄러운 말뿐이었다. 아무래도 이 새로운 외국어 속에서 말을 찾아야 했다. 그런데 그것은 마치 새로운 연장과 같아 사용하기에는 너무나 무거웠다. 뿐만 아니라 형식이나 음조에도 익숙하지 않았다. 결국 그는 단념하고 말았다. 시는 형태를 이루지 못한 채 그의 마음속에 남았으며, 시간이 흐를수록 그는 조바심이 났다. 왜냐하면 이 마음을 시의 형태로 만들어 마음에서 토해내기만 하면 이 나라 사람들의 의미를 손에 잡듯 똑똑히 알 수 있을 것 같았기 때문이다. 그러나 그것이 되지 않았다. 이 나라 사람들은 그에게 자신들의 영혼을 보여주려 하지 않았고, 그는 다만 그들이 바쁘게 움직이며 돌아다니는 속에서 이리저리 헤맬 뿐이었다.

셍과 옌은 매우 다른 영혼의 소유자였다. 셍의 영혼은 그에게서 유려(流麗)하게 흘러나오는 시와 흡사했다. 셍은 어느 날 금테를 두른 두꺼운 종이에 아름다운 필적으로 쓴 시를 옌에게 보이며 일부러 아무렇지도 않은 듯이 말했다.

"물론 시시한 거야. 가장 잘된 건 아니라구. 최고의 작품을 쓰기에는 아직 멀었어. 이것은 이 나라에 대한 인상의 단편을 마음에 떠오르는 대로 써 본 거야. 하지만 대학의 교수들은 칭찬해 주더군."

옌은 잠자코 경의를 표시하면서 주의깊게 읽어 나갔다. 아름다운 시라고 생각했다. 금반지에 꼭 끼여 있는 보석처럼 시어(詩語)들도 한 글자 한 글자 빈틈없이 그 자리에 놓여져 있었다. 셍이 아는 여성이 곡을 붙여준 작품도 있다는 것이었다. 그 여성에 대해 한두 번 이야기한 뒤 그는 그 곡을 들려주기 위해서 옌을 그녀의 집에 데리고 갔다. 거기서 옌은 다시 새로운 종류의 여자를 보았고, 또 셍의 생활의 또 다른 일면을 알았던 것이다.

그녀는 어느 홀에서 노래를 부르는 가수였다. 결코 흔해빠진 가수는 아니었지만 그녀 자신이 생각하듯이 대단한 가수도 아니었다. 그녀는 여러 가정이 한데 모여 사는 큰 건물에서 홀로 살고 있었다. 그녀가 기거하는 방은 어둡고 조용했다. 바깥에는 밝은 해가 비치고 있었으나 이 방에는 한 줄기 빛도 스며들지 않았다. 높다란 청동 촛대에 촛불이 켜져 있었다. 탁한 공기 속에 향수 냄새가 숨이 막힐 듯이 자욱했다. 쿠션 없는 딱딱한 의자는 하나도 없고 한쪽에는 큼직한 소파가 놓여 있었다. 이 긴 의자에 여자는 누워 있었다. 옌은 그녀의 나이를 짐작할 수 없었다. 키가 큰 금발의 여자였다. 셍을 보자 그녀는 소리를 지르고, 그때까지 담배를 피우던 가는 파이프를 내저으며 "달링, 정말 오래간만이에요!" 말했다.

셍은 전에도 자주 그렇게 한 일이 있는 듯 서슴지 않고 그녀 옆에 가 앉았으며, 그러자 그녀가 또 큰 소리로 말했다. 그 목소리는 낮아서 조금도 여자다운 느낌을 주지 않는 이상한 목소리였다. "당신의 그 아름다운 〈사원의 종〉의 작곡이 겨우 끝났어요! 지금 마침 당신에게 전화를 걸려던 참이에요……."

"내 사촌 옌입니다." 셍이 말했으나 여자는 옌을 제대로 보지도 않았다. 긴 다리를 어린애처럼 조심성 없이 움직이며 일어서려던 그녀는 파이프를 입에 문 채 뚜렷하지 않은 목소리로 "아, 그래요, 헬로, 옌!" 인사했다. 그러고는 그는 안중에도 없다는 듯이 피아노로 다가가서, 물고 있던 파이프를 내려 놓고는 건반 위에서 천천히 손가락을 움직이기 시작했다. 옌이 들은 적도 없는 낮고 느릿한 가락이었다. 얼마 뒤 그녀는 노래를 부르기 시작했다. 그 소리는 조금 떨렸으며 그녀의 손가락이 치는 가락과 마찬가지로 낮은 음조가 매우 정열적이었다.

그녀가 부르는 것은 셍이 모국에 있을 때 쓴 짧은 시였는데, 곡 때문인지 어딘가 조금 달라져 있었다. 셍이 지은 시구는 사원 벽의 달빛에 비친 대나무 그림자처럼 슬프고도 섬세했다. 그런데 이 가련한 시구를 노래하는 이국 여자는 그것을 정열적인 느낌으로 바꿔 버려서, 그림자는 검고 뚜렷했고, 달빛은 타는 듯이 뜨거웠다. 시구가 주는 이미지에 비해 곡이 너무 무거운 듯하여 옌은 곤혹을 느꼈다. 이 여자 자신이 정열적인 것이다. 그녀의 동작 하나하나가 요염한 빛을 띠었으며, 말이나 표정 그 어느 하나도 순수하지 못했다.

갑자기 옌은 이 여자가 싫어졌다. 그녀가 사는 이 방도 마음에 들지 않았다. 밝은 빛깔 머리칼에 어울리지 않는 검은 눈도 싫었다. 그녀가 셍을 보는 눈초리도, 줄곧 그를 "달링" 하고 부르는 말투도, 노래가 끝난 다음 이리저리 걸어다니면서 셍에게 일부러 몸을 갖다대는 동작도, 악보를 셍에게 주고는 그의 위로 덮치듯이하여 그의 머리카락에 볼을 갖다 누르며 매우 호들갑스러운 어조로 "달링, 당신 머리 염색한 거 아니에요? 언제 보아도 윤이 너무 나서……" 속삭이는 것도 모두 싫었다.

한 마디도 없이 앉아 있던 옌은 이 여자에게 혐오감이 치밀었다. 그것은 그의 조부가, 또는 그의 아버지가 그에게 물려준 건강한 혐오감이었다. 이 여자는 하는 짓, 하는 말, 보이는 태도 모두가 천박하다는 단순한 의식이었다. 셍이 그녀를 물리치기를, 조용하게라도 물리칠 것을 그는 기대했다. 그러나 셍은 그러지 않았다. 자기 쪽에서 여자 몸에 손을 대지도 않았고, 그녀의 말에 같은 말로 응하거나 손을 내밀어 그녀의 손을 마주 잡거나 하지도 않았으나, 그래도 그는 그녀가 하는 행동과 말을 잠자코 받아들이고 있었다. 그녀의 손이 살짝 그의 손을 눌렀을 때도 그는 그대로 있었으며, 옌이 바라듯이 손을 빼지는 않았다. 여자가 지그시 그의 눈을 들여다보았을 때도 반쯤 웃으면서 그녀의 대담함과 교태를 받아들이듯, 보고 있던 옌이 더 민망해지도록 그도 지그시 바라보았다. 옌은 석상처럼 꼼짝도 하지 않고, 아무것도 보지 않고 듣지 않은 채 셍이 일어설 때까지 그대로 있었다. 돌아갈 때가 되었을 때도 여자는 두 손을 셍의 한쪽 팔에 걸고는 그녀가 베푸는 파티에 나와 달라고 셍을 졸랐다. "달링, 나는 당신을 여러 사람에게 보이고 싶어서 그래요. 당신의 시에는 새로움이 있어요. 당신 자신이 새로운 거예요. 난 동양을 사랑해요. 그 곡도 나쁘지 않잖아요? 사람들에게 들려 주고 싶어요. 그다지 많은 사람들은 아니고, 몇몇 시인과 러시아 무용가 정도예요. 아참, 달링, 좋은 수가 있어요. 무용가에게 그 곡으로 춤을 추게 하면 어떨까요? 동양적인 춤 말이에요. 당신의 시는 춤으로 만들면 아마 근사할 거야. 네, 해봐요." 여자가 끝까지 졸라 대었으므로 셍은 마침내 그녀의 두 손을 팔에서 떼어 놓으며 그녀의 바람대로 하겠다고 약속했다. 그다지 마음이 내키지 않는다는 태도였으나 옌은 셍이 겉으로만 그런다는 것을 알았다.

겨우 여자 방에서 나오자 옌은 한두 번 심호흡을 하고 밝은 햇빛 속 풍경을 기쁜 마음으로 바라보았다. 두 사람 모두 한동안 잠자코 있었다. 옌은 솔직하게 털어놓으면 셍의 마음이 상할까 봐 잠자코 있었고, 셍은 셍대로 얼굴에 엷게 웃음을 띠고 혼자만의 생각에 잠겼다. 이윽고 옌은 셍을 시험해 보고 싶어져서 입을 열었다.

"나는 여자 입으로 달링이라는 말을 듣기는 오늘이 처음이야. 무슨 소린지 잘 못 알아듣겠더군. 그 여자는 어지간히 형을 사랑하는 모양이지."

그러나 셍은 웃으며 대답했다. "그런 말에는 아무런 뜻도 없어. 그 여자는 누

구에게나 그런 말을 쓰거든. 그게 저런 여자들의 수법이야. 하지만 곡은 나쁘지 않아. 내 기분을 잘 알아차렸지." 옌은 그때 셍의 얼굴을 보고 셍 자신도 깨닫지 못한 표정을 보았다. 셍이 여자가 말한 달콤하고 유혹적인 말을 좋아한다는 것, 자기를 칭찬하고 자신의 시를 작곡함으로써 보여준 그녀의 교태가 마음에 들었음을 그 얼굴은 명백히 말하고 있었다. 그래서 옌은 입을 다물었다. 그러나 마음속에서는, 셍과 나는 살아가는 방식이 다르다, 나에게는 내 방식이 가장 좋다, 그것이 어떤 방식인지는 잘 알 수 없으나 셍의 방식이 아닌 것만은 확실하다고 생각했다.

그러므로 셍을 기쁘게 하기 위해 이 도시에 한동안 머무르면서 여기저기 구경도 하고 지하철이라든가 번화가를 돌아다니기는 했으나, 셍이 한 말과는 달리 여기에 인생의 모든 것이 있다고는 생각하지 않았다. 그 자신의 인생은 이곳에는 없었다. 그는 고독했다. 그가 아는, 혹은 이해할 수 있는 것은 여기에는 하나도 없었다. 적어도 옌은 그렇게 생각했다.

어느 매우 더운 날, 더위에 지친 셍이 누워 낮잠을 자고 있을 때 옌은 혼자서 산책을 나섰다. 전차를 한두 번 바꾸어 타고 이런 도시에 있으리라고는 상상도 못했던 구역으로 들어갔다. 그는 이 도시의 부유한 모습에는 이미 싫증이 나 있었다. 그의 눈에는 모든 건물이 궁전으로 보였다. 사람들은 누구나 먹는 것이든 입는 것이든, 무엇이든 손에 넣는 것이 마땅하다고 생각하여, 이렇게 쉽게 손에 들어오는 것에는 조금도 욕망을 느끼지 않았다. 이런 것보다는 좀더 색다른 즐거움이, 그저 살아가는 데 필요한 것보다 즐기기 위해 더 좋은 것이 얼마든지 있었다. 이 도시의 사람들은 모두 그러했다. 아니, 옌의 눈에는 그렇게 보였다.

그러나 이날 그는 이 도시의 전혀 다른 일면을 발견한 것이다. 빈민가였다. 그는 아무것도 모르고 그곳에 발을 들여놓은 것인데 문득 깨닫고 보니 주위가 모두 빈민들이었다. 얼굴만은 모두 하얬다. 어떤 사람은 야만인처럼 검은 피부를 하기도 했으나, 옌은 그들이 모두 빈민이라는 사실을 알 수 있었다. 그들의 눈초리, 불결한 몸뚱이, 비늘처럼 때가 묻은 손, 여자들의 고함치는 소리, 너무나 많은 아이들의 울부짖는 소리, 그런 것들을 보면 알 수 있었다. 다른 먼 나라의 시가에 사는 빈민의 모습이 아직도 그의 기억에 생생하게 새겨져 있었는데, 그것과 어쩌면 이렇게도 닮았을까! 그것을 깨달았을 때 그는 생각했다. '그렇다면 이 대도시 또한 빈민가 위에 세워진 것이다!' 아이란의 친구들이 깊은 밤 집으로 돌아가려 할 때 만난 남녀들은 바로 이런 사람들이었다.

옌은 하나의 승리감을 느끼면서 생각했다. '이 나라도 빈민을 사람들이 감추고 있는 거다! 이 풍족한 도시에서도 어느 나라에서나 볼 수 있는 불결한 빈민들이 남의 눈에 띄지 않는 곳에 갇혀 있지 않은가!'

마침내 여기서 옌은 책에 있지 않은 것을 발견한 것이다. 그는 멍하니 그런 사람들 속을 걸어갔다. 볕이 들지 않는 좁은 집안을 들여다보고, 길거리에 버려진 쓰레기를 밟지 않도록 조심하면서, 굶주린 아이들이 더위에 벌거숭이가 되어 뛰어다니는 속을 걸어갔다. 빈곤과 비참을 첩첩이 쌓아올린 높은 건물을 우러러보면서 그는 생각했다. '그들은 높은 건물에 산다. 그러나 그것은 문제가 아니다. 빈민굴이라는 점에는 변함이 없지 않은가……'

어두워졌으므로 그는 마침내 발길을 돌리고 가로등이 늘어선 시원한 구역으로 들어갔다. 셍의 집으로 돌아와보니 그는 벌써 일어나서 전과 다름없이 명랑해져 있었다. 이제부터 친구 두어 사람과 극장가로 놀러갈 참이었다.

그는 옌을 보자 큰 소리로 말했다. "어디 갔다 왔나? 길을 잃었나 하고 걱정했었지."

옌은 천천히 대답했다. "형이 말하던, 책에 씌어 있지 않은 생활의 모습을 보고 왔어…… 이 나라의 부와 힘을 가지고서도 역시 빈민은 없앨 수 없는 모양이지." 그리고 그는 갔다 온 장소와 거기서 보고 온 것을 말했다. 그러자 생의 친구 한 사람이 재판관처럼 묵직한 어조로 말했다. "물론, 우리는 머지않아 빈곤 문제를 해결할 겁니다." 또 한 사람이 말했다. "그 사람들도 좀더 능력이 있으면 더 편안한 생활을 할 수 있습니다. 다시 말해서 어딘가 결함을 가진 인간들이라는 겁니다. 출세하고 싶으면 얼마든지 출세할 수 있지요."

옌은 재빨리 말했다. "사실은, 당신들은 빈민의 존재를 보이고 싶지 않은 거요. 마치 사람들이 성병을 부끄러워하듯이 당신들은 그들을 부끄러워하고 있는 겁니다."

그때 생이 명랑하게 말했다. "사촌동생에게 이런 문제를 이야기하게 했다가는 연극에 늦어! 30분밖에 안 남았단 말이야!"

외국인들만이 살고 있는 세계에서 보낸 이 6년 동안에 옌은 가까워진 사람이 셋 있었다. 그 가운데 한 사람은 백발의 늙은 교수였는데, 매우 온화한 사상과 검소한 생활 태도가 엿보이는 얼굴에서 옌은 정겨움을 느꼈다. 이 노인은 시간이 흐름에 따라 옌에게 단순한 교수 이상으로 흉금을 털어놓고 대해 주었다. 옌과 단둘이서 이야기를 하는 시간을 기꺼이 내어 주었을 뿐 아니라, 옌이 언젠가 책으로 출판할 계획으로 적은 노트도 읽어 주었고, 잘못된 곳을 매우 부드럽게 한두 군데 지적도 해 주었다. 옌이 하는 말에는 늘 귀를 기울여 주었으며, 웃음을 띤 푸른 눈에는 언제나 이해가 깃들어 있어서, 옌도 이윽고 완전히 이 노인을 신뢰하여 꽤 비밀스러운 이야기까지 하게 되었다.

여러 이야기를 하다가, 옌은 이 대도시에서 빈민가를 보았다는 말을 하면서, 이렇게나 풍요로운 도시의 한가운데서 빈민들이 그토록 비참한 생활을 하고 있는 것이 신기하다고도 말했다. 이야기가 거기서부터 그 외국인 선교사 이야기로 넘어가서, 그가 옌의 조국을 쓸데없는 사진으로 더럽히고 욕을 보였다고 했다. 노교수는 평소의 온화한 태도로 묵묵히 듣다가 이윽고 이렇게 말했다. "누구든 사물의 전부를 볼 수는 없을 줄 아네. 옛날부터 하는 말이 있듯이, 사람들은 자기가 보고 싶은 것만을 보는 걸세. 자네나 나는 땅을 보면 종자나 수확물을 생각하지만, 건축가는 같은 토지를 보더라도 집을 생각하고, 화가는 그 색채를 생각하지. 선교사는 도움을 필요로 하는 사람에게 눈을 돌리겠지. 그래서 마땅히 선교사의 눈에는 그런 사람들이 가장 뚜렷하게 보이는 것일세."

옌은 잠시 생각해 본 뒤 마지못해 그 말이 맞다고 생각하고, 공평하게 생각해 본다면 그 선교사를 덮어놓고 미워할 수만도 없다고 생각했다. 오늘도 그는 짐짓 선교사 쪽이 틀렸다고 생각하고 있었으므로 미워하고 싶었으나, 이전만큼은 미워할 수가 없었다. 그런 기분에서 그는 말했다. "적어도 그 사람은 우리나라의 극히 좁은 일부밖에 보지 않았던 것입니다." 이에 노인은 여전히 부드러운 말투로 대답했다. "그럴지도 모르지. 그가 마음이 좁은 사람이었다면 분명 좁은 부분밖에 보지 않았을 걸세."

다른 학생들이 돌아간 뒤 밭이나 교실에서의 이와 같은 대화를 통해서 옌은 이 백발노인을 사랑하게 되었다. 노인 쪽에서도 옌을 아껴 그에 대한 태도는 차츰 더 다정해졌다.

어느 날 교수는 좀 말하기 거북하다는 듯 입을 열었다. "오늘 밤 우리 집에 함께 가지 않겠는가, 우리 집은 매우 조촐하게 살지. 아내와 딸 메리와 나 세 사람뿐이야. 자네가 우리 집에 식사하러 와 준다면 모두 좋아할걸세. 내가 자네 이야기를 자주 하니까 아내와 딸도 자네를 만나고 싶어한다네."

지난 몇 해 동안 이런 말을 들은 것은 이번이 처음이었으므로 옌은 크게 감동했다. 교수가 학생을 자기 집에 부른다는 것은 여간한 호의가 아니라고 여겼다. 그래서 그는 자기 나라의 공손한 표현으로 돌아가 조심스럽게 말했다.

"저에게는 그럴 자격이 없습니다."

그러자 노교수는 놀라 눈이 둥그레지더니 미소를 지으면서 말했다.

"그런 말은 우리 집이 얼마나 검소한 생활을 하는지 보고 난 뒤에나 하게! 처음 내가 자네가 와 주면 좋겠다고 아내에게 말했을 때 아내는 말하더군. '그분은 틀림없이 우리 같은 검소한 생활에는 익숙하지 않겠지요' 이렇게 말일세."

그래서 옌은 다시 한 번 의례적으로 사양하고 나서 그 초대를 받기로 했다. 이리하여 그는 나무 그늘이 많은 길을 걸어가서 네모난 앞마당 같은 조그마한 광장에 도착해서, 나무숲 안쪽에 있는 해묵은 목조 가옥의 현관으로 들어서게 되었다. 마중나온 교수 부인은 그가 어머니라고 부르던 부인을 떠올리게 하는 품위 있는 여성이었다. 두 여성은 서로 1만 마일이나 떨어져 있을 뿐 아니라 전혀 다른 언어를 썼고, 뼈도 피도 살갗도 닮지 않았으나 몇 가지 공통점을 지녔다. 희고 반드르한 머리카락, 어머니다운 침착성, 허식 없는 거동, 진지해 보이는 눈, 조용한 목소리, 입술이나 이마에 새겨진 지혜와 인내의 흔적, 이런 것들이 두 사람을 흡사하게 보이게 했다. 그러나 나중에 넓은 객실에 앉았을 때, 옌은 두 사람 사이의 한 가지 차이를 깨달았다. 그것은, 이 부인에게서는 어머니에게는 없는 영혼의 만족과 충실이 느껴졌던 것이다. 이 사람은 평생 동안 살아오면서 마음의 소원을 이룰 수 있었으나, 어머니의 소원은 이루어지지 않았다는 생각이 들었다. 두 사람은 저마다 다른 두 길을 거쳐 훌륭하고 평온한 노년에 이르렀으나, 한 사람은 반려자와 함께 행복한 길을 걸어왔고 다른 한 사람은 어두운 길을 홀로 걸어야만 했던 것이다.

그런데 거실에 들어온 딸은 아이란과 닮은 곳이 전혀 없었다. 이 메리라는 처녀는 완전히 달랐다. 그녀는 아이란보다 나이가 좀 많은 듯했으며 키도 훨씬 더 크고, 아름다움에서는 아이란만 못했으나 보기에 꽤 얌전하고 목소리도 표정도 조심스러웠다. 그런데 그녀가 하는 말을 들어 보니 모두 분별이 있고, 진한 흑회색 눈은 진지할 때는 그리 두드러지지 않았으나 장난기 어린 말을 할 때는 그에 맞게 쾌활하게 빛났다. 부모 앞에서는 얌전하게 행동했으나 그렇다고 결코 두렵기 때문은 아니었으며, 부모도 그녀를 대등한 인간으로 존중하는 것을 옌은 알 수 있었다.

옌은 곧 그녀가 평범한 아가씨가 아니라는 것을 깨달았다. 노교수가 옌이 쓴 논문을 언급하자 메리도 알고 있는 듯 즉각 매우 적절한 질문을 했으므로 옌은 깜짝 놀라 이상하게 생각하며 물었다.

"차오쭤*¹와 워글 같은 고대인에 대해서 질문을 하실 만큼 우리나라 역사를 잘 알고 계시니, 어찌된 일입니까?"

이 물음에 처녀는 겸손하지만, 미소로 눈을 반짝이며 대답했다.

"저는 중국과는 오래전부터 인연이 있었던 모양이에요. 중국에 대해서는 여러 가지 책을 읽었어요. 차오쭤에 대해서 조금 말씀드려 봐도 괜찮을까요? 그러면 제 지식이 얼마나 보잘것없는가 아시게 될 거예요. 실은 저는 아무것도 몰라요. 하지만 그는 어느 수필에서 농업에 대해서 썼더군요. 예전에 번역된 것을 읽은 기억이 조금 있어요. 이런 구절이었던 것 같아요. 〈죄는 가난에서

---

*1 조조(鼂錯, ?~기원전 154년). 전한의 정치가이자 시인. 삼국지의 조조(曹操)와는 다른 인물.

시작되고, 가난은 먹을 것의 부족에서 일어나며, 먹을 것의 부족은 땅을 갈기를 게을리하는 데서 일어난다. 땅을 갈지 않으면 사람은 흙과의 인연을 잃는다. 흙과의 인연이 없으면 사람은 고향을 떠나기 쉬우니, 나는 새나 들짐승과 다를 바 없다. 높은 성, 깊은 못, 엄한 법, 심한 벌도 마음속에 있는 방랑의 기질을 막지 못한다.〉"

옌도 잘 아는 이 구절을 아가씨는 부드럽고 맑은 목소리로 읊었다. 그녀의 목소리는 그 구절의 뜻을 더욱 깊게 하고 있었다. 그녀가 이 구절을 사랑한다는 것은, 그 얼굴에 엄숙함이 나타나고 눈에 신비로운 빛이 서리어 마치 전에 맛본 아름다움을 다시 맛보고 있는 것처럼 보이는 데서도 느낄 수 있었다. 부모는 조용히, 아주 자랑스러운 듯이 딸의 목소리에 귀를 기울이고 있었는데, 아버지인 노교수는 예의상 입 밖에 내지는 않았으나 마음속으로는 '자네도 내 딸이 슬기롭고 교양이 있다는 것을 알았을 줄 아네. 이런 딸이 달리 또 있을까' 외치고 싶다는 눈으로 옌을 보고 있었다.

옌은 기쁨을 말로써 표현하지 않을 수 없었다. 그리고 그 뒤부터는 그녀가 무슨 말을 하면 열심히 귀를 기울이고 그녀에게 친밀감을 느끼게 되었다. 그녀의 말은 아무리 보잘것없는 것이라도 늘 이치에 맞고 표현도 뛰어나서, 그녀 대신 자기가 그 말을 했더라면 좋았을 것을 하고 생각할 만한 말들뿐이었다.

옌은 오늘 밤 처음 방문했다고는 생각되지 않을 만큼 이 집에 친근감을 느끼고, 가족들이 자기와는 다른 인종에 속한다는 사실마저 잊을 정도였으나, 그래도 이따금씩 익숙지 않은 일, 그의 이해가 미치지 못하는 다른 나라 문화에 부닥쳤다. 그들이 작은 방으로 옮겨가서 식탁에 둘러앉았을 때, 옌은 곧 스푼을 들고 식사를 시작하려 했다. 그런데 이 집 사람들은 곧 먹지 않았다. 노교수는 고개를 숙였고, 옌을 제외한 나머지 두 사람도 그렇게 했다. 무슨 일인지 몰라 옌이 보고 있으려니, 교수는 눈에 보이지 않는 신을 향해 짤막한 말이지만 진정으로 소리내어 말했다. 무언가 선물을 받은 것에 감사하는 것 같았다. 그것이 끝나자 더 이상 의식 같은 것은 없었고 모두 먹기 시작했다. 옌도 그때는 아무것도 물어 보지 않고 그저 잡담에만 끼어들었다.

그러나 그때까지 본 적이 없는 이 의식이 무척 신기했으므로, 그는 식사 뒤 베란다에 교수와 단둘이 앉았을 때 이에 대해서 물어 보았다. 그럴 때 어떻게 해야 예의에 어긋나지 않는가 알아 두고 싶었기 때문이다. 그러자 노인은 천천히 파이프를 태우면서 어둑어둑해지는 길거리를 평온한 표정으로 바라보며 잠시 잠자코 있더니, 마침내 파이프를 떼어 놓고 입을 열었다.

"옌, 나는 전부터 자네에게 우리의 종교에 대해서 어떤 식으로 이야기를 하면 좋을지 몇 번이나 생각했지. 아까 자네가 본 것은 우리들의 종교적 의식의 하나로, 나날의 양식을 베풀어 주신 것에 대해서 신에게 감사를 드린 것이라네. 그 자체는 그다지 대단한 것은 아니지만 그것은 우리들의 생활에서 가장 중요한 것, 신에의 신앙을 상징하는 셈이네. 자네는 언젠가 이 나라의 번영과 힘에 대해서 나한테 질문한 적이 있는 것을 기억할 줄 아네만, 나는 그것을 종교의 성과라고 믿네. 나는 자네가 어떤 종교를 갖고 있는지 모르지만, 이 나라에 살고, 날마다 내 수업에 출석하며, 우리 집에까지 와주었으니, 나의 종교에 대해서 말하지 않는다면, 나 자신이나 자네에 대해서나 성실하지 못한 일이 되지 않겠는가."

노교수가 이렇게 말하는 사이에 두 여성도 나와서 자리에 앉았다. 부인은 의자에 앉아 바람에 흔들리듯 천천히 앞뒤로 몸을 흔들거렸다. 그러면서 남편의 말에 귀를 기울이며 온화하게 미소지으며 고개를 끄덕이고 있다가, 남편이 여러 가지 신이라든가 인간의 육체를 만든 신의 신비에 대해서 이야기하다가 잠시 숨을 돌리자, 부인은 온화하면서도 정열적인 목소리로 소리쳤다. "저, 왕 씨, 나는 우리 주인양반한테서 당신이 무척 공부를 잘하신다는 이야기며 아주 훌륭한 논문을 쓰신다는 말을 듣고, 당신은 그리스도의 신자가 될 분이라고 생각하고 있었어요. 만일 당신이 신자가 되셔서 가르침의 증거를 가지고 고국으로 돌아가신다면 그것은 당신 나라에도 참으로 훌륭한 일일 거예요!"

이 말을 듣고 옌은 몹시 놀랐다. 그녀의 말이 무엇을 뜻하는 것인지 그로서는 전혀 짐작이 가지 않았다. 그러나 예의바른 그는 다만 미소를 지으면서 조금 고개를 숙이고 무언가 대답하려 했다. 그때 메리의 목소리가 그를 가로막았다. 그것은 금속처럼 날카롭고 맑았으며, 옌이 처음 듣는 어조였다. 그녀는 의자에 앉지 않고 정원으로 나가는 계단의 맨 위에 걸터앉아, 아버지가 이야기하는 동안 두 손으로 턱을 괴고 그 말에 잠자코 귀를 기울이고 있었다. 그러던 그녀가 갑자기 어둑한 곳에서, 초조하고 불안한 목소리로, 칼로 그 자리의 대화를 잘라내듯이 외친 것이다. "안으로 들어가요, 아버지. 저쪽 의자가 더 편하고 저도 밝은 쪽이 좋아요."

조금 놀란 듯이 교수가 대답했다. "그러냐, 그럼 그렇게 하자꾸나. 나는 또 네가 저녁때는 여기 있기를 좋아하는 줄 알았지. 저녁때마다 우리 모두 잠시 동안 여기 앉아서……."

그러나 메리의 대답은 더욱더 침착을 잃은, 고집스럽게까지 들리는 것이었다. "오늘 밤엔 밝은 데가 더 좋아요."

"오냐, 알았다." 노인은 천천히 일어섰다. 그리고 모두 집 안으로 들어갔다.

밝은 방에 들어간 뒤로 교수는 다시 종교의 신비에 대해서 이야기하지는 않았다. 이번에는 딸이 화제를 꺼내어 옌에게 그의 나라에 대해서 여러 질문을 퍼부었다. 그것은 때로는 너무 예리하거나 깊이가 있었으므로, 옌은 정직하게 자신이 무지하여 모른다고 실토하지 않을 수 없었다. 그녀와 이야기를 하고 있으면 즐거웠다. 그녀는 미인은 아니었으나 얼굴은 총명해 보였으며, 살결은 곱고 흰데다가 입술은 얇고 붉었으며, 머리칼은 곱슬곱슬하지 않고 옌과 같이 검은색에 가까웠으나 옌의 것보다 훨씬 부드러웠다. 또 눈이 무척 아름다웠다. 진지한 표정일 때는 까맣지만 웃으면 귀엽게 빛나는 잿빛으로 변했다. 그리고 그녀는 크게 소리내어 웃는 일은 없었으나 끊임없이 미소를 지었다. 손도 표정이 풍부했다. 가늘고 나긋하며 쉬지 않고 움직이는 손은, 작지는 않으나 너무 여윈 탓일까, 아름답다고 하기에는 윤기가 부족했지만 그 표정이나 움직임에 힘이 있었다.

그러나 옌은 이런 것들 자체가 즐거웠던 것은 아니다. 그녀의 경우, 육체는 단순한 육체가 아니고 그녀의 지성과 영혼을 싸고 있는 껍질임을 그는 알았다. 이와 같은 여성은 만난 적이 없는 옌에게 이것은 새로운 경험이었다. 한 순간 아름답다는 생각이 들어도, 다음 순간이면 지성이 내뿜는 빛과 기지에 찬 말에 마음을 빼앗겨 그런 것은 잊고 말았다. 이 여성의 경우 그 육체는 지성에 따라서 살아 있었으며, 지성은 육체에 대해 생각하는 쓸데없는 짓은 하지 않았다. 그래서 옌은 메리가 여자라는 사실조차 거의 의식하지 않았다. 끊임없이 반짝거리며 변모하여, 뜨거워졌는가 싶으면 이번에는 차가워지고 때로는 갑자기 입을 다물기도 하는, 그런 존재였다. 그러나 그녀의 침묵은 공허에서 오는 것이 아니라, 그녀의 지성이 무언가 옌이 말한 것을 확실히 알아차렸을 때라든가, 그 본질을 뚜렷이 하기 위해 교묘하게 분석하고 있을 때 흔히 시작되었다. 이러한 침묵 속에서 그녀는 흔히 자기를 잊고, 옌이 말을 다 하고 난

뒤에까지 자기가 그의 눈을 가만히 바라보고 있다는 것조차 깨닫지 못했으며, 옌은 이렇게 그녀가 침묵할 때, 몇 번이나 그 시시각각 표정이 변하는, 깊은 생각을 숨긴 검은 눈동자 속을 깊숙이 들여다보는 자신을 깨닫곤 했다.

그녀는 종교의 신비에 대해서는 한 번도 말하지 않았으며 노부부도 그 뒤로는 두 번 다시 꺼내지 않았다. 드디어 옌이 일어서서 인사를 하자 교수는 가볍게 그의 손을 잡고 말했다. "만일 기분이 내키거든 주일에 나와 함께 교회에 가서 어떤 것인가 자신의 눈으로 확인해 보지 않겠나?"

옌은 이것도 친절한 제의의 하나로 받아들이고 꼭 가보고 싶다고 대답했다. 인종이 다른 자기를 마치 아들처럼 대우해 주는 세 사람과 다시 만나게 되는 것이 기뻤으므로 그는 기꺼이 그렇게 대답했다.

자신의 하숙집으로 돌아와서 침대에 누운 옌은 잠을 기다리는 동안 세 사람을 생각했다. 무엇보다도 처녀에 대해서 생각했다. 그녀야말로 자기가 여태까지 만난 적이 없는 여성이었다. 그녀는 자기가 아는 어떤 여성과도 됨됨이가 달랐다. 아이란보다도 훨씬 빛이 났다. 아이란의 명랑함과 새끼 고양이 같은 눈과 잔물결 같은 웃음을 모두 합하더라도 메리 쪽이 훨씬 빛난다. 이 백인 여성은 무척 진지한 표정일 때도 많았지만, 내면에서부터 발하는 강한 빛이 있었다. 그것은 어머니의 훈훈하게 느껴지는 따스함에 비하면 조금 딱딱한 데가 있기는 하나 언제나 맑고 밝은 빛이었다. 그녀는 그 육체조차 함부로 움직이지 않는다. 그녀에게는 육체만의 무의미한 동작이라는 것이 하나도 없다. 하숙집 딸처럼 허벅지나 손목이나 다리를 남의 눈에 띄도록 늘 움직이는 시시한 동작이 전혀 없다. 또 그녀의 말이나 목소리에는 셍의 아름다운 시구를 무겁고 열정적인 음악으로 작곡한 여자와 같은 데도 전혀 없었다. 메리의 말에는 이상한 의미 같은 것은 내포되어 있지 않았다. 그녀는 조리있고 또렷하게 말한다. 한 마디 한 마디의 말이 저마다 무게와 뜻을 갖고 있지만 그 이상의 것은 없었다. 언어는 그녀의 마음을 바르게 전하는 도구이며, 이상한 상상을 불러일으키기 위한 역할은 맡고 있지 않았다.

옌이 그녀를 생각할 때 가장 먼저 떠올리는 것은 빛깔과 형태가 있는 육체에 싸여 있으면서도 결코 육체에 의해 숨겨지지 않는 그녀의 정신이었다. 그는 그녀가 한 말이나, 그가 생각지도 못하는 것을 이야기하는 그 머리의 명석함을 골똘히 생각했다. 애국심이 화제에 올랐을 때 그녀는 말했었다. "이상주의와 광신적인 사상은 달라요. 광신적인 사상은 육체적인 것에 지나지 않아요. 젊음이나 체력이 정신을 활발하게 하죠. 하지만 이상주의는 육체가 늙어서 쇠약해지거나 파괴되더라도 언제까지나 살아 있지요. 그것이야말로 이상을 낳은 영혼의 본질적인 성능이니까요." 이렇게 말한 그녀는 환해진 얼굴에 애정이 깃든 눈으로 아버지를 보면서 말하는 것이었다. "우리 아버지는 진정한 이상주의자라고 저는 생각해요."

그러자 노인이 조용하게 대답했다. "나는 그것을 신앙이라 부른단다, 메리야."

지금 생각해보니, 아버지의 이 말에 그녀는 아무 대답도 하지 않았다.

이렇게 그는 세 사람을 생각하면서, 조국을 떠난 이래 일찍이 느껴보지 못한 영혼의 만족 속에서 잠이 들었다. 이 사람들이야말로 틀림없는 인간이며, 이해할 수 있는 존재라고 여겨졌기 때문이다.

그래서 노교수가 말하는 종교 의식이 행해지는 날에 옌은 좋은 옷을 차려입고 다시 교수의 집을 찾았다. 문이 열리고 메리가 서 있는 것을 보자 그는 잠시 마음이 위축되는 것을 느꼈다. 분명히 그녀는 그를 보고 놀라고 있었다. 눈이 어둡고 조금도 미소가 없었다. 그뿐 아니라 긴 외투를 입고 같은 빛깔의 모자를 쓴 모습은, 옌이 기억하는 그녀보다 키가 더 커보여서 어딘가 압도당하는 기분도 들었다. 그래서 그는 더듬거리며 간신히 말했다. "아버님께서 오늘 교회에 데려다 주신다고 말씀하셨기에……."

그녀는 무언가 난처한 듯한 표정으로 그의 눈을 살피면서 웃지 않고 말했다. "네, 알고 있어요. 들어오시지요. 곧 준비가 될 테니까요."

그래서 옌은 즐거운 우정의 추억이 남아 있는 방으로 다시 들어갔다. 그러나 오늘 아침은 요전번만큼 따뜻한 우정이 느껴지지 않았다. 난로에도 전날 밤처럼 불이 타고 있지 않았으며, 가을 아침의 엄하고 차가운 햇빛이 창문에서 비쳐들어 바닥의 깔개며 의자의 덮개 등의 해진 부분들을 훤하게 드러내고 있었다. 요전 날 밤에는 난로나 등불의 어슴푸레한 불빛 속에서 따뜻하고 친근하게 느껴졌던 그것들은 환한 아래서 보니 너무 낡아서 바꿔야 할 것 같았다.

그러나 노교수와 부인은 교회에 가는 단정한 옷차림을 하고 들어와서 요전 날 밤과 다름없이 친절하게 맞이해 주었다. 교수가 말했다. "잘 와 주었네. 너무 강요하는 것처럼 되어서는 안 될 것 같아서, 그 뒤 교회 이야기는 절대 하지 않았건만."

그러나 부인은 변함 없이 상냥하고 호의가 넘치는 목소리로 말했다. "하지만 나는 기도를 했답니다. 하느님의 인도로 당신이 오도록 해 주십사고 기도 드렸지요. 나는 밤마다 당신을 위해서 기도 드리고 있어요. 하느님께서 내 기도를 들어 주신다면 얼마나 기쁠지 모르겠어요. 만일 내 정성이 통해서……."

그때 이 낡은 방에 한 줄기 햇살이 들이비치듯이 처녀의 소리가 울렸다. 쾌활하고 호의에 찬 목소리이기는 했지만, 옌이 지난번에 들은 것보다 더 차가웠다. "자, 가요. 시간이 없어요."

그녀는 앞장서서 밖으로 나가더니 함께 타고 갈 자동차의 운전석에 앉았다. 노부부가 뒷자리에 앉고 옌은 그녀 옆에 앉았다. 그녀는 핸들을 움직이면서 한 마디도 하지 않았다. 옌도 예의바르게 입을 다물고 있었을 뿐 아니라, 그녀 쪽을 보려 하지도 않았다. 다만 이따금 낯선 바깥 경치를 쫓아 고개를 돌리면서 흘긋 쳐다볼 뿐이었다. 그러나 직접 그녀를 보지는 않더라도 앞에 있는 그녀의 옆얼굴을 볼 수 있었다. 그 얼굴에는 지금 미소도 밝음도 없었다. 슬퍼보이도록 엄숙했으며, 쭉 곧은 코, 흐르듯이 부드러운 턱선, 꾹 다문 뚜렷한 입술, 그리고 회색 눈은 전방의 길 위 먼 쪽만을 응시하고 있었다. 이렇게 능숙한 솜씨로 차를 몰면서 말없이 똑바로 앉아 있는 그녀를 보고 있으니 옌은 좀 무서워졌다. 한 번 흉금을 털어놓고 이야기를 나눈 적이 있는 상대가 아닌 전혀 다른 사람이란 느낌이 들었다.

이리하여 그들은 많은 남녀와 아이들이 들어가고 있는 커다란 건물 앞에 닿았다. 그들도 마찬가지로 안으로 들어가서 자리에 앉았다. 옌은 교수와 딸 사이에 앉았다. 이런 사원에 들어오는 것은 이것이 두 번째로, 호기심에서 옌은 주위를 돌아보지 않을 수 없었다. 고국의 사원은 그도 여러 번 보았는데, 그것은 모두 무지한 하층민들이나 여자들을 위한 것이었으며, 그는 태어나서 아직 어떤 신도 믿어 본 적이 없었다. 몇 번인가 호기심에서 사원에 들어가 거대한 불상을 보기도 하고, 큼직한 종이 울릴 때 사람들을 깨우치는 그 가라앉은 적적한 음색에 귀를 기울인 경험은 있었으나, 잿빛 법의를 입은 승려들을 그는 경멸의 눈으로 보았다. 그것은 어릴 때부터 승려란 민중을 식량으로 삼아 살아가는 무지한 악당들이라고 가정교사들에게 들어 왔기 때문이었다. 그래서 옌은 어떤 신도 섬기지 않았다.

그러나 그는 오늘 이국의 사원에 앉아 똑똑히 살펴보고 있었다. 그것은 밝았다. 초가을의 햇빛이 길쭉한 창문으로 큼직한 무늬가 되어 흘러 들어와서 제단에 장식한 꽃이며, 여자들의 화사한 옷이며, 갖가지 표정을 띤 사람들의 얼굴을 비추어 내고 있었다. 다만 젊은 사람들은 많지 않았다. 이윽고 어디선가 음악소리가 들려왔다. 처음에는 매우 조용한 가락이었으나 차츰 소리가 커져 마침내 교회 안을 뒤흔들듯 높아졌다. 옌이 어디서 소리가 흘러나오는가 하고 고개를 돌리니 옆에 앉은 노교수의 모습이 눈에 들어왔다. 고개를 숙이고 눈을 감은 그 얼굴에는 황홀하고 감미로운 미소가 넘쳐 있었다. 주위를 돌아보니 다른 사람들도 모두 마치 주문에 걸린 듯 고개를 숙이고 있었다. 옌은 이런 경우 어떻게 하면 예의에 맞는지 알 수가 없었다. 그러나 메리를 보니 운전석에 앉아 있을 때와 똑같이 자세를 바르게 세우고 턱을 치켜든 채 눈도 크게 뜨고 먼 곳을 응시했다. 그녀의 그런 모습을 본 옌은 영문도 모른 채 자신도 머리를 숙이지는 않기로 했다.

옌은 문득, 이 나라는 위대한 종교의 힘에 바탕을 두고 있다고 말한 노교수의 말을 생각하고, 그 힘이 무엇인가 알려고 지켜보고 있었다. 그러나 그것은 쉽게 발견되지 않았다. 장중한 음악이 다시 잔잔해져서 이윽고 어디론가 사라져 버리자 긴 겉옷을 걸친 중 같은 사람이 나타나서 무엇인가를 낭독했다. 사람들은 얌전하게 들었으나, 주의해서 살펴보는 옌의 눈에는 자기 옷차림이나 남의 얼굴에만 정신을 팔고 있는 사람들의 모습도 보였다. 그러나 노교수 부부는 열심히 귀를 기울이고 있었다. 메리만은 여전히 무슨 말을 들어도 안색을 바꾸지 않고 먼 곳만 바라보고 있었으므로, 과연 듣고 있는 것인지 알 수 없었다. 음악은 그 뒤에도 몇 번이나 들려왔다가는 그쳤으며, 옌이 알아들을 수 없는 말이 낭송되었다. 그리고 그 긴 옷을 입은 사람이 아까 읽은 큰 책을 보면서 사람들에게 설교했다.

옌은 그것에 귀를 기울였다. 그 호감이 가는 덕 있어 보이는 사람은 이 나라 사람들을 향하여, 가난한 자에게 더 친절하라, 자기를 버리고 신을 섬기라, 하고 설교했다. 어느 나라 승려라도 할 만한 설교라고 그는 생각했다.

설교가 끝나자 승려는 사람들에게 고개를 숙이게 하고 신에게 기도를 드렸다. 이때도 옌은 어떻게 할까 생각하면서 좌우를 돌아보았다. 이번에도 노부부는 경건한 태도로 고개를 숙이고 있었다. 그리고 옆에 앉은 교수의 딸은 당당하게 고개를 쳐들고 있었으므로 옌도 머리를 숙이지 않았다. 그는 눈을 크게 뜨고 그 승려가 우상이라도 꺼내지 않나 지켜보았다. 사람들이 고개를 숙이고 예배드릴 준비를 하는 것 같았기 때문이다. 그러나 승려는 아무런 우상도 꺼내지 않았으며 신의 모습은 어디에도 보이지 않았다. 그리고 잠시 뒤 승려의 기도가 끝나자 사람들은 신이 나타나기를 기다리지 않고 우르르 일어나서 돌아가기 시작했다. 옌도 하숙으로 돌아왔다. 그날 거기서 본 것과 들은 것은 무엇 하나 이해할 수 없었다. 그중에서 무엇보다도 뚜렷하게 생각나는 것은 끝내 한 번도 숙이지 않고 당당히 쳐든 메리의 얼굴 윤곽이었다.

그러나 이날부터 다시 새로운 사건이 옌의 생활에 일어났다. 어느 날 아침, 겨울 밀의 씨를 이것저것 뿌려 놓고 어느 종류가 가장 잘 되는가 시험하고 있던 옌이 밭에서 돌아와 보니 책상 위에 편지 한 통이 놓여 있었다. 옌의 고독한 외국 생활에서는 매우 드문 일이었다. 석 달에 한 번쯤 아버지한테서 온 편지가 책상 위에 놓여 있었다. 그 편지는 모두 거의 같은 문구로, 나는 잘 있다, 봄까지는 휴양하고 다시 전쟁에 나간다, 너는 배우고 싶은 것을 열심히 공부해야 한다, 너는 외아들이므로 학업을 마치면 곧 돌아와야 한다, 이런 사연들이 적혀 있었다. 또 어쩌다가 아이란의 어머니한테서 온 편지도 있었는데, 그녀의 일상 생활에 대한 자잘한 소식이라든가, 아이란을 빨리 결혼시키고 싶다든가, 아이란은 벌써 세 번이나 자진해서 약혼을 했다가 번번이 제 마음대로 파혼을 해버렸다는 사연 등이 적혀 있었다. 아이란의 고집이 심하다는 대목을 읽고 옌은 저도 모르게 떠오르는 미소를 누르지 못했다. 그리고 부인은 자기 마음을 달래기 위해서인 듯 이런 말을 덧붙였다. 〈하지만 메이링(美齡)이 나의 의지란다. 지금은 그 아이를 집에 데리고 와서 교육시키고 있는데, 공부도 잘하고 무엇을 시켜도 틀림없이 하고, 모든 일이 하나도 나무랄 데가 없단다. 이런 딸이야말로 내가 갖고 싶어하던 딸이라는 기분이 든다. 아이란 이상으로 내 딸 같은 느낌이 들 때도 있단다.〉

옌이 기대할 수 있는 것은 이런 편지들뿐이었다. 아이란도 한두 번 편지를 보내 왔었다. 두 나라 말을 마구 섞어서 제멋대로 쓴 편지에는, 돌아올 때는 서양의 반짝이는 보석을 선물로 사오지 않으면 그냥 두지 않겠다느니, 꼭 서양인 부인을 데려 오기 바란다느니 하는 말이 적혀 있었다. 또 셍의 편지도 오기는 왔으나 매우 드물어서 기다릴 수 없는 것이었다. 셍은 아름다운 자태와 좋은 말재주를 가진 청년답게 아주 바빴기 때문이다. 무엇이든 새로운 것을 좋아하는 이 도시 사람들은 외국인인 만큼 셍에게 한결 더 매력을 느끼리라고 조금 슬픈 기분으로 옌은 생각했다.

그런데 오늘 온 편지는 그중의 어느 것도 아니었다. 그것은 희고 네모난 봉투였으며 그의 이름이 똑똑하게 검은 잉크로 적혀 책상 위에 놓여 있었다. 열어 보니 메리 윌슨한테서 온 것이었다. 그녀의 이름은 아래쪽에 큰 글자로 똑똑히 적혀 있었는데, 그 필적에는 힘이 있어서, 월말이면 하숙집 여주인이 들고 오는 청구서의 볼품없는 글씨와는 비교도 되지 않았다. 〈할 말이 있으니 괜찮으실 때 와주셨으면 좋겠어요. 지난번 교회에 함께 간 날부터 마음에 걸리는 일이 있습니다. 말씀드리려고 하면서도 아직 못하고 있는 것이 있는데, 그것을 털어놓고 싶습니다.〉 이런 사연이 적혀 있었다.

그래서 옌은 무슨 일일까 궁금해하면서 흙 묻은 얼굴을 씻고 저녁 식사를 마친 다음, 어두운 색의 고급 양복으로 갈아입고 밖으로 나갔다. 막 하숙을 나오는데 여주인이 말을 건네며, 오늘 어느 여자한테서 온 편지를 책상 위에 올려놨는데 금방 만나러 가느냐고 물었다. 그 자리에 앉아 있던 사람들이 모두 껄껄대고 웃었으며, 그 가운데에서도 딸이 제일 큰 소리로 웃어 댔다. 그러나 옌은 아무 말도 하지 않았다. 다만 이런 야비한 웃음이, 그들 따위는 감히 발 밑에도 미치지 못할 메리 윌슨의 이름을 더럽히는 것 같아 화가 났다. 그들에 대한 분노로 옌의 가슴이 끓었다. 그는 그녀의 이름만은 절대로 자기 입으로 누구에게도 말하지 않겠다고 다짐했다. 마침 그녀를 만나러 나가는 때에 그런 웃음소리를 듣고, 그런 천한 표정이 마음속에 새겨진 것에 화가 치밀었다.

그 기억은 사라지지 않았다. 다시 그 집 현관에 서서 문이 열리고 그녀가 나왔을 때도 그 기억 때문에 그는 딱딱해지고 한순간 주저했으며, 그녀가 손을 내밀었을 때도 못 본 척하며 그 손을 잡지 않았을 만큼, 하숙집 인간들의 야비한 태도가 마음에서 사라지지 않았다. 그 냉담함을 그녀도 알아챘다. 그녀의 얼굴에서 밝은 빛이 사라지고, 그를 맞으러 나왔을 때의 상냥한 미소도 쑥 들어가 버렸으며, "들어오세요" 하는 목소리도 착 가라앉아 따뜻함이 없었다.

그러나 안으로 들어서니 방안은 처음 온 날 밤과 같았으며, 난로에서 타는 빨간 불빛에 따스함이 넘쳤다. 고색 짙은 의자도, 텅 빈 듯한 고요함도 그를 기다린 것처럼 보였다.

그래도 그는 너무 가까이에 자리를 잡고 싶지 않아 그녀가 앉는 것을 확인할 때까지 서 있었다. 하지만 그녀는 그를 보지도 않고 아무렇지 않게 난로 앞에 있는 낮은 걸상에 앉더니 가까이 있는 큰 의자를 그에게 권했다. 옌은 거기 앉으면서, 그녀의 얼굴이 똑똑히 보이기는 하지만 무심코 자기가 손을 내밀거나 그녀가 내밀었을 때 손이 서로 닿지 않을 만큼 의자를 조금 뒤로 밀어냈다. 그렇게 함으로써 그 천박한 인간들의 웃음이 그들만의 천한 웃음에 지나지 않았다는 것을 분명히 해두고 싶었던 것이다.

이렇게 두 사람은 단둘이서 마주 보고 앉았다. 노부부는 어찌된 일인지 모습도 보이지 않고 목소리도 들리지 않았다. 부모에 대해서는 아무 말도 하지 않은 처녀는, 마치 하기 어려운 말이지만 그냥 넘어갈 수 없는 일이기나 한 듯이 단도직입적으로 이야기를 꺼냈다. "제가 오늘 밤 와주십사고 부탁을 드려서 이상하게 생각하셨지요. 우리 두 사람은 거의 아무런 연관도 없는 사이인데 말이에요. 하지만 저는 중국에 대해서 무척 많은 책을 읽었답니다. 제가 도서관에서 일하고 있는 줄은 알고 계시지요? 그래서 중국을 조금은 알고 있고 또 매우 멋진 나라라고 생각하고 있답니다. 오늘 밤 초대한 것도, 그저 당신 개인으로서가 아니라 중국인으로서 와달라고 한 거예요. 저는 현대의 미국인으로서 현대의 중국인인 당신에게 말씀드리는 겁니다."

여기서 그녀는 말을 끊고 잠시 가만히 불을 들여다보고 있더니, 이윽고 난로에 수북이 쌓인 장작더미에서 잔가지 하나를 집어들어 나른한 태도로, 타고 있는 장작 밑의 벌건 석탄을 뒤적거렸다. 옌은 아직도 얼마간 그녀에게 서먹서먹함을 느끼면서 다음 말을 기다렸다. 여성과 단둘이서 이야기를 나누는 데 익숙해 있지 않았기 때문이다. 그러자 그녀가 입을 열었다.

"실은, 아버지와 어머니 두 분이 당신이 기독교에 흥미를 갖도록 하려고 애를 쓰고 계시는 것을 저는 매우 난처해하고 있어요. 우리 부모님에 대해서는 제가 아는 사람들 가운데서 가장 좋은 분이라는 것 말고는 아무 말도 하지 않겠어요. 당신은 아버지를 잘 알고 계시니까 어떤 분인가는 짐작이 가실 거예요. 아마 누구나 다 알 거예요. 저는 이 세상에 태어나서 오늘날까지 아버지가 화를 내시거나 제게 가혹하게 대하시는 모습을 본 적이 없어요. 이보다 더 좋은 부모를 어느 딸이, 어떤 여자가 가졌을까요? 다만 한 가지 곤란한 일이 있다면 아버지는, 그 선량함은 저에게 물려주시지 않았지만 그 머리를 물려주셨다는 거예요. 그런데 자라고 나서 제가 그 두뇌를 사용한 결과, 아버지의 생애를 지탱하는 그 종교에 반대하게 되고 말았어요. 실은 저 자신은 종교를 믿지 않습니다. 아버지처럼 강력하고 뛰어난 지성을 가진 분이 어째서 자기 종교에 그 지성을 사용하시지 않는지, 저는 아무래도 알 수가 없어요. 종교는 아버지의 정서적 욕구를 만족시켜 드리고 있어요. 그러나 아버지의 지적인 생활은 종교 밖에 있어요. 그리고 그 둘 사이에는 아무 연관도 없는 거예요……. 어머니는 물론 지적(知的)인 분은 아니에요. 단순하신 분이니까 어머니의 처지는 이해할 수 있어요. 만일 아버지가 어머니 같은 분이었더라면 나는 두 분이 당신을 크리스천으로 만들려고 애쓰는 것을 재미있게 구경하고 있었을 거예요. 성공할 가망이 없다는 것을 알고 있으니까요."

그녀는 이제 그 성실한 눈을 똑바로 옌에게 돌린 채 조그마한 나뭇가지를 쥔 손의 움직임을 그치고 있었다. 그리고 그를 보는 그녀의 시선은 더 열을 띠어 갔다.

"그런데 제가 걱정하는 점은, 아버지 같으면 당신을 움직일 수 있을지 모른다는 겁니다. 당신은 아버지를 존경하고 있으니까요. 당신은 아버지의 제자이고 아버지가 쓴 책으로 공부하고 있지요. 아버지는 이제까지의 어느 학생보다 더 당신에게 끌리고 계세요. 아마도 아버지는 당신이 그리스도교의 위대한 지도자가 되어 고국으로 돌아가는 모습을 꿈꾸고 계신 것 같아요. 아버지는 옛날에 선교사가 되고 싶어하셨다는 말씀을 하지 않으시던가요? 아버지의 시대에는 선량하고 성실한 소년이나 소녀들은 누구나 해외 전도열이라고 불렸던 것에 심취해 있었답니다. 하지만 아버지는 어머니와 약혼하셨고, 어머니는 해외에 나가실 만큼 건강하지 못하셨어요. 그 뒤 두 분은 아마도 하나의 좌절감을 늘 갖고 계신 모양이에요. 정말 세대의 차이라는 것은 이상해요! 부모님이나 저나 당신에 대해선 같은 기분을 갖고 있는데……." 그녀의 깊고 아름다운 눈은 부끄러움도 교태도 없이 똑바로 그를 바라보고 있었다. "그런데 어쩌면 이렇게도 다를까요! 부모님은 당신이 훌륭한 분이기 때문에 어떻게든 자기들의 신앙에 끌어들이고 싶어하시는 거예요. 저로서는 당신을 지금의 당신 이외의 인간으로 만들 수 있다는 생각은 지나친 자만이라고 생각해요. 특정 종교로 당신을 바꾸려고 하다니 주제넘은 일이라고밖에 생각할 수 없어요! 당신에게는 당신의 민족이 있고 당신의 시대가 있어요. 당신에게 이질적인 것을 강요할 수 있는 사람은 아무도 없어요!"

이러한 말을 그녀는 용솟음치는 듯한 강한 열정을 담아 말했다. 옌은 그 열의에 의해 그녀에게 끌려 들어갔다. 그것은 그녀가 그를 단순히 개인으로서가 아니라, 그가 속한 민족을 대표하는 사람으로서 보고 있다고 믿었기 때문이다. 마치 그를 통해서 수억의 중국 민족에게 말하는 듯이 여겨졌다. 그러나 그와 그녀와의 사이에는, 태어날 때부터 두 사람이 가지고 있는 품성, 지성, 신중함이라는 장벽이 있었다. 그래서 그는 고마움을 느끼면서 말했다.

"말씀 잘 알아들었습니다. 약속드리지요. 아버님께서 저의 지성이 받아들일 수 없는 신앙을 갖고 계시더라도 그로 말미암아 결코 선생님에 대한 저의 존경심이 약해지는 일은 없을 것입니다."

그녀의 눈은 다시 난로 쪽으로 옮겨졌다. 불은 꺼지고 석탄과 재만이 남았다. 그녀의 얼굴과 머리카락과 손과 어두운 붉은 색의 드레스를 선명하게 비춰주고 있었다. 그녀는 생각에 잠기듯이 말했다.

"누가 우리 아버지를 존경하지 않을 수 있을까요? 저로서도 어린 시절 아버지에게서 배운 신앙을 버린다는 것은 쓰라린 일이었어요. 하지만 저는 아버지에게 솔직하게 말씀드렸어요. 아버지와 저는 몇 번이나 의견을 나누었지요. 어머니에게는 아무 말도 할 수 없었어요. 어머니는 언제나 울기부터 하시니까 감당하기가 어려워요. 그러나 아버지는 어떤 점에서나 저의 이야기 상대가 되어 주셨답니다. 그래서 이야기할 수 있었지요. 아버지는 언제나 저의 무신앙을 존중해 주셨어요. 저도 아버지의 신앙을 존중했고, 오히려 전보다 더 존중하게 되었지요. 아버지와 저는, 어느 지점까지는 이성적으로 생각할 수 있었어요. 그러나 그 지점을 넘어서면 지성은 작용하지 않고, 논리없이 믿는 수밖에 없게 되지요. 거기서 우리 둘은 갈라지지요. 아버지는 비약해서 그것을 받아들이십니다. 순순히 믿으며 신앙과 희망의 세계로 들어가실 수 있는 거지요. 하지만 저는 그것을 할 수 없었어요. 저의 세대의 사람들은 그것을 하지 못하는 거예요."

갑자기 그녀는 힘차게 일어서더니 장작 하나를 집어, 뜬숯이 된 석탄 위에 던져 넣었다. 불꽃이 굵고 검은 연통 속으로 솟아오르고 다시 불이 피기 시작했으므로 옌은 새로운 빛 속에서 그녀를 보았다. 그녀는 난로 선반에 기댄 채, 그를 내려다보며 서 있었다. 그리고 진지하게, 그러나 입가에는 미소를 띤 채 말했다. "제가 말씀드리고 싶었던 것은 이 정도예요. 거의 다 말씀드린 것 같네요. 제가 무신앙자라는 것을 잊어버리지 마세요. 아버지나 어머니가 당신을 설득하려고 하실 때는, 두 분의 나이를 생각해 주세요. 아버지나 어머닌 당신이나 저와는 다른 세대의 사람들이에요."

옌은 진심으로 고마워하면서 일어섰다. 그리고 무어라고 말할까 생각하다가 뜻밖의 말이, 미리 준비했던 말과는 전혀 다른 말이 그의 입에서 튀어 나왔다.

"저는" 그는 그녀를 보면서 천천히 말했다. "내 나라 말로 당신에게 이야기할 수 없다는 게 유감스럽습니다. 미국 말은 아무리해도 완전히 자연스럽게는 말할 수가 없군요. 당신은 우리들이 같은 인종에 속하지 않는다는 사실을 잊게 해주셨습니다. 미국에 와서 처음으로 하나의 지성이 저의 지성을 향해 아무런 장벽 없이 이야기를 해준 느낌이었습니다."

그가 정직하고 소박하게 이렇게 말하는 것을 듣고 그녀는 어린아이처럼 똑바로 그의 눈을 보았다. 두 사람의 눈은 똑바로 마주쳤다. 그녀는 조용히, 그러나 더없이 따뜻한 목소리로 말했다. "우린 친구가 될 수 있겠죠, 옌?"

그는 우물쭈물하면서, 어딘가 미지의 세계에 한 걸음 내디딘 듯이 대답했다. 거기에 무엇이 있는지는 모르지만, 무슨 일이 있어도 내디뎌야 할 기분이었다. "당신이 바란다면." 그리고 여전히 그녀에게서 눈을 떼지 않고 부끄러움 때문에 아주 나직한 소리로 덧붙였다. "메리."

그러자 그녀는 반짝 빛나는, 장난꾸러기 같은 미소를 지었다. 그의 말을 받아들이면서도 "오늘 밤은 여기까지 해두기로 해요" 하고 단호하게 제지하는 듯한 미소였다. 그리고 두 사람은 잠시 책 이야기며 가벼운 세상 이야기를 했다. 그러는 동안에 현관에서 발소리가 들려오자, 그녀는 얼른 말했다. "돌아오셨어요, 나의 소중한 두 분이. 기도회에 다녀오시는 걸 거예요. 수요일 밤에는 꼭 가시지요."

그녀는 재빨리 현관으로 가서 문을 열고, 늙은 부모를 맞았다. 노부부는 차가운 가을바람에 빨개진 혈색 좋은 얼굴로 들어왔다. 곧 세 사람은 난롯가로 와서 여태까지보다 더 가족 같은 태도를 보이며 옌을 다시 의자에 앉혔다. 그동안에 메리는 과일과, 부모가 자기 전에 즐겨 마시는 따끈따끈한 우유를 들고 왔다. 옌은 우유는 좋아하지 않았으나 이 가족과의 친밀감을 더 느끼고 싶었으므로 손에 들고 조금 마셨다. 그제야 메리는 비로소 깨닫고 웃으면서 "어머, 깜박 했네요" 하고는 차를 끓여 와서 그에게 권했다. 그것을 화제삼아 한참동안 재미난 이야기가 오고갔다.

그러나 나중에 옌이 가장 잘 기억한 것은 다음과 같은 순간이었다. 이야기가 잠깐 그쳤을 때 부인이 탄식하면서 말했다. "메리, 너도 오늘 밤 함께 갔으면 좋았을 텐데. 아주 좋은 모임이었어. 존즈 박사의 말씀은 참으로 훌륭했거든. 그렇잖아요, 헨리? 아무리 큰 시련이라도 이겨낼 수 있을 만한 굳센 믿음을 가지라는 말씀이었어." 그리고 정답게 옌을 돌아보며 말했다. "당신도 이따금 매우 쓸쓸해질 때가 있을 거예요. 부모님과 이렇게 멀리 떨어져 있으니 얼마나 힘들겠어요. 부모께서도 아드님을 이렇게 멀리 보내 놓으시고 무척 힘드실 거예요. 만일 괜찮으시면, 매주 수요일에는 우리 집에서 함께 저녁 식사를 하고 교회에 와 주신다면 무척 기쁠 거예요."

옌은 참으로 다정한 부인이라고 생각하면서 그저 "감사합니다"라고만 대답했다. 그러나 그때 문득, 메리의 눈과 마주쳤다. 메리는 다시 낮은 의자에 앉아 있었으므로 그녀의 눈은 그보다 낮게 그리고 매우 가까이에 있었다. 그녀의 눈 속에서, 그리고 그 얼굴에서 그는 아름답고 다정하면서도 야릇한 표정을 읽었다. 어머니에 대한 애정과 함께 옌에 대한 이해가 서린 그 표정은 두 사람을 하나로 결합시켰던 것이다. 그 세계에는 그들 두 사람밖에 없었다.

그때부터 옌의 생활에는 남들은 모르는 풍요로움이 싹텄다. 이 나라의 국민도 이제 완전히 인연이 없는 것이 아니고, 그 생활양식도 전혀 이질적인 것은 아니게 되었으며, 요즘에 와서는 자기가 그들을 증오했다는 것도 잊을 때가 많았다. 그리고 그는 자기가 전처럼 그들로부터 멸시 당하고 있지 않다는 생각까지 하게 되었다. 지금 그에게는 그가 들어갈 수 있는 두 개의 문이 있었다. 하나는 형태가 있는 문으로, 그가 늘 자유로이 드나들 수 있고 환영받는 노교수의 가정이었다. 그 오래된 갈색 거실은 이 이국땅에서의 그의 집이 되었다. 전에는 자기의 고독을 참으로 기분 좋은 것이요, 가장 바람직한 것이라 생각했으나, 이제 그의 생각은 변하여 고독이란 불쾌하고 싫은 존재를 쫓아 주는 경우에만 유쾌한 것이지, 사랑할 만한 존재를 발견했을 때에는 더 이상 유쾌하지 않다는 것을 알았다. 노교수의 집 거실에서 그는 사랑할 만한 대상을 발견한 것이다.

거기에는 손때 묻은 책이라는 작은 존재도 있었다. 보기에는 사소하고 말이 없었지만, 이따금 그가 들어가도 한동안 아무도 나타나지 않아 홀로 자리에 앉아 책을 손에 들라치면 그것이 참으로 웅변으로 그에게 말을 걸어 오는 것을 깨달았다. 책은 이 방에서는, 다른 어떤 장소에서보다 친근히 자기에게 말을 걸어 오는 느낌이 들었다. 그것은 이 방이 학문적인 우정과 고요로써 그를 감싸 주기 때문이었다.

또 여기에서 다정한 늙은 교수를 만나는 일도 즐거웠다. 교실에서나 실습장에서도, 이 방만큼 노교수의 좋은 점을 옌에게 가르쳐 주지는 않는다. 노교수는 매우 단순하게 어린아이 같은 생애를 보내 온 사람이었다. 농가에서 태어나 학생이 되고 이윽고 교수가 되었으며, 그리고부터 오랜 세월을 한결같이 살아왔다. 그러므로 그는 세상 일은 거의 몰랐다. 마치 이 사회에서 살아 온 사람이 아닌 것 같이 보였다. 그러나 그는 이성과 영혼이라는 두 세계에서 살아 온 사람이었다. 옌은 여러 질문으로 이 두 세계를 살폈는데, 노인이 그 지식과 신앙을 토로하는 것을 묵묵히 듣고 있으면, 좁고 답답하다는 생각은 조금도 들지 않고, 시간이나 공간에 묶여 있지 않은 드넓은 정신이 펼쳐져 있는 것을 느낄 뿐이었다. 이 정신 안에서는 인간과 신과의 모든 교류가 가능했다. 그것은 현실과 동화의 세계 사이의 경계를 인정하지 않는, 총명한 어린아이의 마음이 갖는 넓은 정신 세계였다. 더욱이 이 소박한 세계는 놀라울 만큼 예지에 차 있었으므로 옌은 그것을 사랑하지 않을 수 없었다. 그리고 다만 자기의 이해력의 협소함을 뉘우치고 괴로워하지 않을 수 없었다. 이러한 괴로움 때문에, 어느 날 그는 혼자 거실에 있을 때 들어온 메리에게 말했다. "나는 아버님 말씀을 듣고 있으면 이제 머지않아 크리스천이 되어 버릴 것 같습니다!"

그녀는 대답했다. "누구나 다 그래요. 하지만 당신도 저와 마찬가지로 그 머지않다는 것이 곧 장애가 된다는 것을 틀림없이 아시게 될 거예요. 우리들의 마음은 아버지와 달라요, 옌. 그토록 단순하지 않고, 확신도 없으며, 훨씬 더 탐구적이거든요."

그녀는 단호하고 냉정하게 이렇게 말했다. 이렇게 그녀와의 유대를 느끼면 옌은 자기의 뜻과 달리 아슬아슬한 지경에까지 끌려갔다가 되돌아올 수 있다고 느꼈는데, 그러나 끌려간 것은 한편으로 자신의 뜻이기도 했다. 왜냐하면 그는 노교수를 사랑했기 때문이다. 그러나 그녀는 그럴 때마다 그를 뒤로 다시 끌어당겼다.

만일 이 집이 형태가 있는 문이라면, 그녀는 그 깊숙한 안쪽으로 통하는 문이었다. 왜냐하면 그는 그녀를 통해서 많은 것을 배웠기 때문이다. 그를 위해 그녀는 자기 나라의 역사를 이야기했다. 이 지구상의 거의 모든 인종과 민족을 망라하는 미국인이 어떻게 하여 오늘 그들이 살고 있는 나라의 해안가로 찾아왔으며, 힘과 책략, 온갖 전술을 구사하여 선주민들로부터 땅을 빼앗아 자기 것으로 만들었는가를 그녀는 이야기했다. 옌은 어릴 때 《삼국지》를 듣던 기분으로 이 이야기에 귀를 기울였다. 그녀는 또 조상들이 얼마나 용감하게 목숨을 걸고 대륙을 동쪽에서 서쪽으로 개척해 나갔는가도 들려주었다. 때로는 거실의 난롯가에서, 때로는 늦가을의 낙엽을 밟고 숲속을 거닐면서 그런 이야기를 듣고 있으면, 옌은 이 여성이 표면의 온순함과는 달리 그 핏속에 강인한 마음을 감추어 갖고 있다고 느꼈다. 그녀의 눈은 반짝반짝, 차갑고도 대담하게 빛났으며, 그녀의 턱은 한일자(字)로 다문 입술 아래서 힘있게 끌어당겨져 있었다. 그리고 자기 민족의 역사를 열정을 담아 자랑스럽게 이야기하는 그녀에게 옌은 거의 압도당하는 기분을 느꼈다.

그런데 정말로 이상했던 것은, 이럴 때 옌이 그녀 안에서 남자다움을 느끼고 자기 안에서는 좀더 연약한, 남자답다고는 할 수 없을 의뢰심을 느끼는 일이었다. 두 사람을 합하면 남녀가 되는 것은 맞다. 그러나 그것은 섞여 있어, 분명하게 그가 남자고 그녀가 여자라고 나눌 수는 없었다. 그리고 때로 그녀의 눈은 그에게 마치 강자가 약자에게 대하는 듯한 표정을 보였으므로, 그 표정이 바뀔 때까지는 몸이 움츠러드는 듯한 기분이 들기도 했다. 그래서 그는 이따금 그녀가 아름답게 생각되고, 그녀의 활력에 넘치는 화살처럼 경쾌한 육체에 이끌리며, 그녀의 적극적인 정신에는 감동하지 않을 수 없었다. 그러나 그러면서도 그녀를 자기 육체와 같은 육체로 느끼거나 손을 대어 애무할 수 있는 여성이라고는 도저히 느낄 수 없었다. 그녀 속에 감춰진 어떤 큰 힘이 그를 위축시켜서 애정의 성장을 막고 있었던 것이다.

그는 그것을 기뻐했다. 왜냐하면 그는 아직도 연애니 여성이니 하는 것을 생각하고 싶지 않았기 때문이다. 그녀에게 마음이 이끌리는 자신을 그로서도 어찌할 수 없긴 했지만 한편으로는 그녀에게 손을 대고 싶어하지 않는 자신의 감정을 기쁘게 생각했다. 지금이라도 만일 누가 묻는다면 그는 이렇게 대답할 것이다. "인종이 다른 사람들끼리의 결혼은 현명하지도 않고 행복하지도 않다. 그 쌍방의 인종에 그러한 결합을 좋아하지 않는 외적인 문제점이 있을 뿐만 아니라 당사자 사이의 내면적인 갈등도 있다. 이 상호 반발은 마치 피의 갈등이 된다. 서로 다른 피 사이의 갈등에는 끝이 없다."

그렇기는 하지만 그녀라면 안전하다는 옌의 확신이 흔들릴 때도 있었다. 이따금 그녀가 혈통으로 보더라도 완전히 이방인은 아니라고 여겨질 때가 있었다. 그것은 그녀가 자기 나라에 대해 그에게 가르쳐 주었을 뿐 아니라, 옌의 나라에 대해서도 그가 여태까지 깨닫지 못한 관점에서 가르쳐 줄 때가 있었기 때문이다. 자기 나라라고 해도 옌도 모르는 바가 많았다. 그는 자기 국민 속에서 살아 왔다고는 하나 그것은 일부분에 지나지 않았다. 아버지의 생활의 일부, 군관 학교와 주의에 대한 정열에 불타고 있는 젊은이들 생활의 일부, 그 흙벽집 생활의 일부, 새로운 대도시 생활의 일부 등, 저마다 어느 일부분에 지나지 않았고, 그 부분들 사이에는 그것을 하나의 세계로 통합하는 점이 없었다. 만일 누가 그 국민에 대해서 질문한다면, 그가 말하는 지식은 모두 따로 따로 떨어져서 서로 연관이 없으며, 이야기를 하는 동안에도 자기가 말하는 것과 반대의 사실을 상기하는 형편이어서, 결국 언젠가 키 큰 선교사가 한 말을 자존심 때문에 부정은 했으나 그 밖에는 아무 말도 하지 못한 것과 마찬가지가 되었다.

그런데 옌의 동포가 생활하는 국토를 본 일조차 없는 이 서양 여성의 눈으로 그는 자기가 보고 싶어하던 조국의 모습을 본 것이다. 요즈음 그녀는 그를 위해서 중국 국민에 대해 읽을 수 있는 모든 서적을 읽고 있었다. 여행자의 저서나 강연, 미국 말로 번역된 소설이나 이야기, 그리고 시, 그녀는 그림이나 사진까지 주의깊게 보았다. 이런 것으로 그녀는 옌의 나라의 양상에 대해서, 하나의 꿈, 마음속 세상을 세워 놓고 있었다. 그녀에게는 그것이 나무랄 데 없는 아름다운 나라, 남자도 여자도 정의와 평화 속에 살고, 성현의 가르침에 세워진 건전한 질서가 주어진 사회에 살고 있는 나라였다.

그리고 옌은 그러한 그녀의 말에 황홀하게 귀를 기울였으며, 마찬가지로 그런 나라로서의 중국을 보았다. 그녀는 말했다. "옌, 내가 보기에 당신의 나라에서는 우리 인간의 문제를 하나도 남김없이 해결해 버린 것 같아요. 아버지와 아들, 벗과 벗, 남자와 남자의 아름다운 관계, 그 모든 것이 충분히 고려되어 있으며, 간결하고 아름답게 표현되어 있어요. 그리고 폭력이나 전쟁에 품고 있는 중국인의 증오는 정말 훌륭하다고 생각해요." 그러면 듣고 있는 옌은 자기의 소년 시절의 일을 잊어버리고 정말 자기가 폭력과 전쟁을 미워했다는 것만을 떠올린다. 자기가 미워했으니 국민도 모두 미워했다고 생각하고, 또 마을 농민들이 전쟁을 하지 말아 달라고 자기에게 애원한 일을 떠올리고는, 메리의 말은 진실이며 절대로 틀리지 않았다는 기분이 되었다.

때때로 그녀는 자기가 발견한 그림을 옌과 함께 보기 위해 스크랩해 두는 일도 있었다. 이를테면, 바위산 꼭대기에 높이 치솟은 불탑(佛塔)이라든가 시골 연못에서 흰 거위가 수양버들 그늘에 떠 있는 풍경이라든가, 그런 것을 들여다보며 그녀는 숨을 죽이고 가만히 한숨을 내뱉었다. "옌, 너무 아름다워요. 어쩌면 이렇게 아름다울까요! 이런 그림을 보고 있으면, 저는 이곳이 제가 전에 살았기 때문에 잘 알고 있는 장소 같은 기분이 자꾸 들어요. 제게는 이런 풍경에 대한 이상한 동경이 있는 모양이에요. 당신의 나라는 세상에서 가장 아름다운 나라임이 틀림없어요."

이런 그림을 볼 때 옌은 그녀의 눈을 바라보았다. 그리고 그 자신이 그 땅에서 겨우 며칠 동안 맛본 아름다운 광경을 회상하면서, 그녀의 말을 순순히 받아들여 조금도 거짓 없이 대답했다. "정말입니다. 정말 아름다운 나랍니다."

그러면 그녀는 괴로운 듯한 얼굴로 그를 바라보며 말을 이었다. "당신 눈으로 보면 아마 우리나라는 모두 거칠고 세련되지 않은 생활을 하는 것처럼 보이겠지요. 우리나라는 정말 역사가 짧고 야만스러워요." 그러자 옌은 갑자기 그것도 사실이라는 기분이 들었다. 그는 자기 하숙의 수다스러운 여주인이 언제나 딸에게 호통을 치며 온 집안을 소란스럽게 만들어 놓는 것을 생각하고 또 그 대도시의 빈민굴도 떠올랐다. 하지만 입으로는 부드럽게 이렇게 말했을 뿐이었다. "적어도 이 댁에만은 우리나라와 마찬가지로 평화와 예절이 있습니다."

그녀가 이런 기분이 되어 있을 때 옌은 거의 그녀를 사랑하고 있었다. 그는 자랑스레 여겼다. '우리나라를 생각하고 꿈꿀 때 이 여자는 상냥하고 부드러운 여자가 된다. 강한 기질이 사라지고 완전히 여자다워진다. 그토록 우리나라는 그녀에게 커다란 힘을 미치고 있는 것이다.' 그리고 그는 언젠가는 자기 의사와 달리 그녀를 사랑하게 되지나 않을까 생각했다. 때로는 정말 그렇게 될 것 같은 기분이 들어 이런 억지 이론을 대는 일도 있었다. '이 여자는 이미 우리나라에 친숙해 있으니까 만일 거기 가서 산다면 언제나 이와 같이 온화하고 여자다운 겸허한 여성이 되어서, 무슨 일이든 나에게 기대게 되겠지.'

그럴 때 옌은, 만일 그렇게 되면 행복할지 모른다고 생각했다. 그녀에게 중국 말을 가르친다면 얼마나 즐거울까. 그녀가 만드는 가정, 자기가 어느샌가 진심으로 사랑하게 된 이 집과 같은 가정, 이렇게 마음이 편해지는 따뜻한 가정에서 산다면 그것도 얼마나 즐거울까.

그러나 그가 이렇게 몽상에 젖어 있으면, 조금 뒤 다시 메리는 완전히 변하여 강한 기질이 내부로부터 뿜어져나와 남을 지배하는 자아가 표면에 나타나는 것이었다. 그러면 그녀는 끝없이 자기 주장을 하고, 비난하고, 비판하고, 날카로운 한두 마디로 상대에게 타격을 주었다. 아버지인 교수에 대해서도 그런 식이었다. 옌에게는 누구에게보다도 다정했으나, 그래도 옌은 다시 그녀가 무서워지고 도저히 자기로서는 감당할 수 없는 야성이 그녀 안에 있음을 느꼈

다. 이리하여 그녀는 몇 번이나 그를 끌어당기고 밀어내곤 했다.

이런 식으로 유학의 5년째에서 6년째에 걸쳐 옌은 줄곧 이 여성과 떨어지지 않았다. 그녀는 늘 그에게 여성 이상의 존재로서 외경의 대상이 되거나, 또는 여성 이하의 존재로서 욕망의 대상이 되는 일은 없었으나, 그렇다고 그녀가 여성임을 완전히 잊어버릴 수도 없는 묘한 상태가 이어졌다. 그러나 그의 깊지만 지나치게 외곬인 성격 때문에 그녀는 결국 그의 유일한 친구가 되었다.

이리하여 조만간에 그녀와 더 가까워지거나 아니면 더 냉랭해지리라는 것은 틀림없었으나, 끝내 그는 헤어지는 길을 택하기로 했다. 그것은 그 자체로서는 아주 사소한 일이 원인이었다.

본래 그는 학생들의 들뜬 소란 속에 결코 끼어들 수 없는 인간이었다. 마지막 해에 이 대학교에 들어온 중국인 유학생 형제가 있었다. 중국인이라고는 해도 남방 출신이라 말이 많고 경박하고 변덕스러웠으며, 작은 일에도 잘 웃었다. 둘 다 애교 있는 청년이었고 주변의 생활에 금세 녹아들었으므로 학우들이 좋아해서, 무슨 모임이 있을 때마다 꼭 불려 다녔다. 그리고 그 중국인 형제는 가수 못지않을 만큼 학생들이 좋아하는 노래며 변화 많은 곡조의 어려운 노래를 멋지게 불렀으며, 어떤 회합 자리에서는 광대처럼 익살을 부리거나 춤을 추거나 하여 사람들의 박수 갈채를 받기를 좋아했다. 이 두 사람과 옌의 사이에는, 옌과 백인 사이 이상의 깊은 틈이 있었다. 남부와 북부는 말이 다르므로 그들이 쓰는 말이 옌과 달랐을 뿐 아니라 옌은 마음속으로 그들을 창피하게 여겼기 때문이었다. 이 나라의 백인이라면 몸을 이리저리 뒤흔들며 바보같은 몸짓을 해도 상관없으나, 자기와 같은 나라 사람이 외국인 앞에서 그런 짓을 한다는 것은 참을 수 없다고 그는 생각했다. 그리고 폭소와 갈채를 들을 때마다 그는 그 떠들썩한 환성의 밑바닥엔 비웃음이 깔려 있다는 것을 알기 때문에, 또는 안다고 믿었기 때문에 얼굴이 차갑게 굳어졌다.

어느 날 밤, 그로서는 도저히 견딜 수 없는 일이 일어났다. 그날 밤 대학의 기숙사에서 공연이 있었으므로 옌은 메리 윌슨을 초대해서 함께 참석했다. 이즈음 그녀는 그와 함께 나란히 공식 석상에 나가게끔 되어 있었다. 두 사람이 관중들 사이에 앉아 구경하고 있는데 바로 그 광동인(廣東人) 형제가 출연하는 차례가 되었다. 두 사람은 늙은 농사꾼 부부로 꾸미고 무대에 나왔다. 남편 쪽은 긴 변발을 등에 늘어뜨리고 아내는 천한 창부처럼 품위 없고 수다스러웠다. 두 사람이 광대극을 해보이며, 천과 깃털로 만든 닭을 가지고 싸움을 시작하여 서로 욕설을 퍼부으면서 조금씩 그 닭을 뜯어 나가는 흉내를 내는 것인데, 그들은 관중들이 알아듣는 말로 지껄이면서도 어딘가 중국 사투리로 말하고 있는 기분도 들었다. 옌은 그것을 가만히 앉아서 지켜보는 처지가 되었다. 사실 이 짤막한 희극은 매우 우스웠으며, 두 사람 다 참으로 재치있고 연기를 잘해 모두 웃지 않을 수 없었다. 옌조차도 속으로는 불쾌하면서도 때로는 웃었을 정도였다. 메리는 재미있어하면서 계속 웃다가, 이윽고 두 연기자가 퇴장하자 그 웃는 얼굴을 옌에게 돌리고 말했다. "저건 중국의 생활을 그대로 보인 거죠, 옌. 재미있는 것을 볼 수 있어서 참 좋았어요."

그러나 이 말은 곧바로 그에게서 웃음을 쫓아 버렸다. 그는 매우 무뚝뚝하게 말했다. "저건 우리나라와는 전혀 다릅니다. 요즘 세상에 변발을 한 농부는 한 사람도 없습니다. 저건 뉴욕의 무대에 나오는 희극 배우들이 하는 단막극과 다름없습니다."

그녀는 그가 왠지 감정이 상한 것을 알고 얼른 말했다. "네, 그건 알아요. 저건 단순한 희극이에요. 하지만 재미있지 않았어요?"

그러나 옌은 대답도 하지 않았다. 그는 그날 밤 끝까지 시무룩한 얼굴을 하고 있었으며, 그녀의 집 앞까지 와서도 고개를 꾸벅했을 뿐, 안으로 들어가자고 권해도 들어가지 않았다. 요즘 그는 안으로 들어가서 따뜻한 거실에 앉아 그녀와 함께 시간을 보내는 것을 즐겼으므로, 그가 거절하자 그녀는 이상한 듯이 그의 얼굴을 보았다. 무엇이 마음에 들지 않는지 모르지만 무언가 언짢은 일이 있다고 생각했다. 갑자기 그녀는 짜증이 나서, 이 청년은 역시 외국인이라 감정 표현이 달라서 다루기가 힘이 든다고 생각했다. 그래서 그녀는 "그럼, 또 봐요" 하고만 말하고 그대로 들어갔다. 걷기 시작한 그는 그녀가 자기를 붙들지 않자 더 마음이 상해서 어두운 기분으로 생각했다. '저 여자는 우리 민족이 그토록 바보스럽다고 생각한 거다. 그 광대극이 나를 보잘것없는 인간으로 보게 만든 거다.'

하숙으로 돌아가는 길에 그녀의 냉담함을 생각하니 갈수록 더 부아가 치민 옌은, 그 두 광대가 하숙하는 집으로 가 문을 두드리고 성큼성큼 안으로 들어갔다. 막 잘 채비를 하던 형제는 깜짝 놀라 옷을 반쯤 벗은 채 그대로 서 있었다. 테이블 위에는 변발의 가발이며, 가짜 수염, 그 밖에 분장에 썼던 도구들이 놓여 있었다. 그것을 보자 옌은 더욱더 열의가 끓어올랐다. 그는 무척 차가운 어조로 말했다. "자네들이 오늘 밤에 한 짓은 잘못된 거야. 이 말을 하기 위해 여기까지 왔네. 우리들을 비웃을 기회만을 노리는 인간들 앞에서 자기 조국을 웃음거리로 내놓는다는 것은, 진정으로 나라를 사랑하는 행동이 아니라고 생각하네."

형제는 이 말을 듣자 몹시 당황해서 처음에는 서로 얼굴을 마주 보다가 옌의 얼굴을 말똥말똥 쳐다보았으나, 이윽고 한 사람이 웃음을 터뜨리자 나머지 한 사람도 웃었다. 그리고 형이 영어로 말했다. 그들과 옌은 중국어로는 뜻이 통하지 않는 것이다. "조국의 명예를 지키는 일은 당신에게 맡기지요, 선배! 당신의 위엄은 백만 인에 필적하니까!" 이렇게 말하고 그 둘은 다시 웃음을 터뜨렸다. 옌은 그들의 큰 입, 조그마하고 명랑한 눈, 땅딸막한 몸 따위가 못 견디도록 불쾌해졌다. 옌은 두 사람이 웃는 동안 가만히 쏘아 보다가 한 마디 말도 없이 밖으로 나와 뒤로 문을 닫았다. '남방인들은 우리 참된 중국인과는 아무런 관계도 없다. 천한 놈들 같으니라구!'

그날 밤 침대에 누워 앙상한 나뭇가지가 달빛이 비쳐드는 흰 벽에 무늬처럼 그림자를 던지는 것을 바라보면서 그는 자기가 남방인들과는 전혀 교류가 없었다는 것, 전에 남방의 군관 학교에도 오래 있지 않았다는 것을 다행으로 생각했다. 그리고 이 외국에서도, 외국인들은 남방인들을 자기와 같은 인종, 마찬가지 국민으로 생각하고 있으나 그들과 자기와는 거리가 멀다는 것을 느꼈다. '나는 혼자이며 긍지를 품고 살고 있다. 참된 중국인이 어떤 것인가 외국인에게 보여 줄 수 있는 것은 나뿐이다' 이렇게 그는 생각했다.

이와 같이 옌은 자신을 격려하기 위해 스스로의 자랑을 차례로 손꼽았다. 오늘 따라 그는 매우 마음이 약해져 있었다. 메리의 칭찬이 무엇보다도 자기에게는 귀중하다는 사실을 알고 있었으므로, 그녀가 자기 국가를 조금이라도 열등하게 본다는 것을 참을 수 없었다. 그녀가 자기마저 그렇게 보는 듯한 느낌이 들어 그것이 그에게는 견딜 수 없는 굴욕이었다. 그는 긍지와 쓸쓸함을 번갈아 맛보면서 침대에 누워 있었다. 중국인인 그 두 사람에게조차 벽이 느껴져 더더욱 쓸쓸했고, 그녀가 집에 들어가자고 권해 주지 않은 것도 섭섭했다. 그는 견딜 수 없이 괴로웠다.

'그 여자가 나를 보는 눈빛이 달라졌다. 마치 내가 그 바보의 하나이기라도 한 듯이 나를 보았다.'

그는 이윽고 더 이상 그런 것에 신경을 쓰지 말자고 결심했다. 그리고 그녀에 대한 기억 속에서 그다지 유쾌하지 않은 것들만을 생각해 보았다. 이따금 그녀가 매정한 태도를 보이는 것, 목소리가 칼날처럼 날카로워지는 것, 때때로 여성으로서 남자 앞에서 해서는 안 될 적극적인 언동을 보이는 것 등등. 그리고 그는 자동차를 몰고 있을 때의 그녀를 떠올렸다. 마치 가축이라도 몰듯이 맹렬한 속도를 내고, 그럴 때의 그 얼굴은 마치 돌처럼 근육 하나 움직이지 않는다. 이러한 기억은 모두 그가 좋아하지 않는 그녀의 일면이었다. 마지막으로 그는 오만하게 속으로 이렇게 결말을 지었다. '나에게는 학업이 있으며, 나는 그것을 훌륭하게 해낼 것이다. 졸업식 날 나는 꼭 수석을 차지할 것이다. 그렇게 함으로써만이 민족의 명예를 빛낼 수 있다.'

그리하여 겨우 그는 잠이 들 수 있었다.

그러나 아무리 쓸쓸해도 그는 예전처럼 고독한 생활에 들어박혀 있을 수는 없었다. 메리가 좀처럼 그렇게 내버려두지 않았기 때문이다. 사흘 뒤에 그녀한 테서 편지가 왔다. 책상 위에 네모난 봉투를 본 그는 가슴이 세차게 뛰는 것을 인정해야 했다. 전보다 더 외로움을 느끼던 옌은, 그녀가 뭐라고 썼을까 생각하며 정신없이 편지를 집어들었다. 그러나 뜯어 보고 그는 조금 실망했다. 편지의 사연은 매우 평범해서, 여태까지 날마다 만난 사람을 사흘이나 만나지 않았을 때 쓰는 편지 같지가 않았기 때문이다. 씌어 있는 것은 단 네 줄뿐이었으며, 무슨 꽃이 피기 시작해서 엄마가 옌에게 보여 주고 싶어하니 내일 아침에 오지 않겠느냐, 내일 아침에는 완전히 다 필 것이다. 오직 그뿐이었다.

이때의 옌은 메리에게 처음이라고 할 수 있는 사랑 비슷한 감정을 품고 있었다. 그러나 그녀의 냉정함에 부아가 치밀자 옛날의 어린애 같은 고집이 머리를 쳐들어 이렇게 중얼거렸다. '좋아, 어머니를 만나러 오라고 한다면, 어머니를 만나야지!' 그러고는 화가 나서, 내일 아침은 부인만 상대하고 메리와는 이야기도 하지 말아야지 하고 생각했다.

그리고 실제로 그는 그렇게 행동했다. 부인과 나란히 화단 앞으로 가서 새하얀 꽃을 감상하는데, 장갑을 끼면서 메리가 나왔다. 그는 말없이 약간 고개만 숙였다. 그러나 그녀는 그 정도의 냉담은 신경 쓰지도 않았다. 어머니에게 무언가 집안일을 이야기했을 뿐 곧 그 자리를 떠났다. 그때 옌을 바라보던 그녀의 표정에는 아무런 동요도 없었으며, 우정 말고는 아무런 감정도 느낄 수 없었다. 옌은 그 순간 불쾌한 감정을 완전히 잊었으며, 그녀가 가버렸는데도 갑자기 꽃이 아름다워 보이기 시작하고 노부인에게도 신선한 흥미를 느꼈다. 그때까지 그는 부인이 지나치게 말이 많고, 누구에게나 한결같이 칭찬하거나 애정이 담긴 말을 너무 남발한다고 생각했다. 그러나 지금 함께 정원에 나와 있으니 부인을 있는 그대로 볼 수 있었다. 그녀는 정말로 친절하고 어린아이나 젊은이에게 다정했으므로, 흙 속에서 열심히 머리를 쳐들고 나오는 어린 식물도 어린아이에게 대하듯 다정하게 가꿀 수 있는 것이다. 그래서 장미 새싹이 잘못하여 꺾어지거나, 어쩌다가 누가 모종이라도 밟는 날이면 금방 울상이 되는 것이다. 그녀는 단지 그런 여성일 뿐이라고 옌은 생각했다. 부인은 흙 속에 손을 넣어 풀뿌리와 씨를 매만지기를 좋아했다.

오늘의 옌은 부인의 기분을 잘 이해할 수 있었다. 그래서 얼마 안 있어 그는 이 아침 이슬에 젖은 정원에서 부인을 도와 잡초를 뽑기도 하고, 싹튼 식물이 마르지 않도록 딴 곳에다 옮겨 심어 연약한 뿌리를 튼튼하게 흙에 뻗을 수 있게 하는 방법을 부인에게 가르쳐 주기도 했다. 그뿐만 아니라, 자기 나라에서 두서너 종류의 종자를 가져올 약속까지 하며, 그곳 양배추는 매우 풍미가 좋으므로 반드시 마음에 들 것이라는 이야기 등을 했다. 이런 작은 일로 하여 그는 다시 이 집의 한 사람이 된 듯한 기분이 들었다. 이 따뜻한 모성애가 넘치는 노부인을, 말이 많으니 어쩌니 하고 생각한 것이 이상하게 여겨질 정도였다.

그러나 화제라고 해야 부인이 가꾸는 꽃과 채소 이야기 말고는 그다지 할 말이 없었다. 그녀는 시골에 있는 옌의 어머니와 마찬가지로 단순한 마음을 가졌으며, 요리에 대한 것이나 이웃 사람들의 소문, 정원을 아름답게 가꾸고 식탁에 내놓을 꽃꽂이 말고는 생각할 줄 모르는 부드럽고도 좁은 마음의 소유자였다. 그녀의 사랑은 신에 대한 사랑과 가족에 대한 사랑이며, 이 사랑 속에서 그녀는 가장 충실하고 단순하게 살아 온 것이다. 옌이 이따금 당황하게 되는 것은 이 단순함 때문이었다. 왜냐하면 그는 이 부인이 어떤 책이나 읽고 그것을 이해할 수 있는데도 마치 자기 고국의 무지한 시골 사람들과 다름없는 해괴한 믿음을 갖고 있다는 것을 알았기 때문이다. 그녀와 이야기를 해보고 그는 그 사실을 알았다. 봄의 축제일 이야기가 나왔을 때 그녀는 말했다.

"우리는 그것을 부활절이라 불러요, 옌. 그날에 우리들의 사랑하는 주 예수님이 죽음에서 되살아나 하늘로 승천하셨답니다."

그러나 옌은 웃을 기분이 나지 않았다. 어느 나라의 민중 사이에도 이런 종류의 전설은 있고, 그 자신도 어린 시절에 그와 비슷한 이야기를 책에서 읽은 기억이 있으나, 설마 이 부인이 그런 이야기를 믿고 있으리라고는 생각할 수 없었다. 그러나 그녀의 부드러운 목소리에는 경건한 믿음이 넘쳐흘렀고, 백발 아래 어린애와 같이 맑고 푸른 그녀의 선량한 눈을 보면 부인이 그 사실을 믿고 있다는 것은 의심할 여지가 없었다.

이리하여 정원에서 몇 시간을 보낸 뒤로는, 처음에 메리가 보인 아무렇지 않은 침착한 표정에도 옌은 조금도 저항을 느끼지 않게 되었다. 메리가 돌아왔을 때 옌은 불쾌한 감정을 모두 잊고, 거기에 대해서는 아무런 말도 하지 않았으며 사흘 동안 떨어져 있었던 일도 없었던 것처럼 그녀를 맞이했다. 단둘이 되자 그녀는 미소 지으면서 말했다. "두 시간이나 어머니 정원에 계셨군요. 어머니 손에 붙잡히기만 하면 누구든 좀처럼 놓아 주지 않으니까, 큰일이랍니다."

그녀의 미소에 기분이 편해져서 옌도 미소를 보이며 말했다. "죽은 자가 되살아났다는 말씀을 하셨는데, 어머님은 진심으로 그렇게 믿고 계실까요? 그런 전설은 우리나라에도 있습니다만, 여성이라도 교양 있는 분은 믿지 않는 경우가 많습니다."

그녀는 대답했다. "어머니는 정말로 믿고 계셔요. 그렇지만 당신이 보기에 그런 신앙은 허위일 것이 틀림없으니까 저는 당신이 그로 말미암아 괴로워하는 일이 없도록 노력할 생각이에요. 동시에 어머니께는 그 신앙이 진실이기도 하고 필요하기도 하니까 어머니가 그것을 잃지 않도록 지켜드릴 작정이에요. 어머니는 그 신앙에 의해서 오늘날까지 살아오셨고 또 그 신앙에 의지해서 돌아가실 테니까요. 만일 그것이 없으면 어머니는 절망하실 거예요. 하지만 우리들, 당신이나 저는 아무래도 우리들의 신념을 가져야 해요. 그에 따라서 살기도 하고 죽기도 하는 신념을 말이에요."

노부인은 그날 아침 이후로 옌이 마음에 쏙 들어 버렸으므로 그 뒤로부터는 옌이 중국인이라는 사실조차 잊을 때가 많아져서, 그가 중국에 대해 말을 꺼낼라치면 야속스러운 듯한 표정을 지으면서 말했다.

"옌, 나는 요즘은 당신이 미국 청년이 아니라는 사실을 거의 잊고 지내요. 당신이 너무 이쪽 생활에 융화되어 있어서 그런가봐."

그러자 메리가 곧 이에 대답했다. "옌은 결코 완전히 미국인이 되지는 않을 거예요. 어머니." 그리고 한번은 나직한 소리로 덧붙였다. "그 사실이 저는 기뻐요. 지금 그대로의 옌을 저는 좋아해요."

옌은 이 일을 기억하고 있었다. 메리가 속에 품고 있던 이러한 말을 한 데 대해 이때만은 부인도 아무 말 없이 불쾌한 눈초리로 딸을 보았다. 이때만은 부인도 그에게 평소보다 냉담한 듯이 느껴졌다. 그러나 그 뒤에도 두세 번 부인의 정원 손질을 거들어 주는 동안에 그런 기분도 사라져 버렸다. 그해 이른 봄쯤, 장미나무에 해충이 끼었으므로 옌은 열심히 부인을 거들어 손질했다. 그러는 동안 그에 대한 부인의 차가움 따위는 어느새 잊어버리고 말았다. 그러나 해충을 구제하는 사소한 일에서조차 옌은 하나의 모순을 느꼈다. 그는 그 잔인한 벌레가 살아 있는 한, 꽃봉오리나 잎의 아름다움이 상하는 것에 심한 증오를 느끼고 한 마리도 남김 없이 눌러 죽이고 싶었다. 그러면서도 그의 손가락은 나무에서 벌레를 집어 내는 일을 싫어하여, 두고두고 메스꺼운 증오가 사라지지 않아 아무리 손을 씻어도 기분이 좋지 않았다. 그런데 노부인은 아니었다. 그녀는 한 마리 집어낼 때마다 기뻐했으며, 해충을 잡을 때마다 간단히 죽이는 것이었다.

이리하여 옌은 부인과 가까워졌으며 마찬가지로 노교수와도 더욱더 친숙해졌다. 그러나 실은 이 노교수에게만은 어느 선(線) 이상으로 더는 가까워질 수 없었다. 그는 깊이와 단순함과 신앙과 지성의 이상한 복합체였던 것이다. 옌은 이따금 그의 저서나 그 속의 사상에 대해 이야기할 기회가 있었는데, 과학적 법칙에 대한 학문적인 이야기 속에서도 교수의 사상은 옌이 도저히 따라갈 수 없는 아득히 먼 세계로 헤매어 나가곤 했다. 그럴 때 교수는 명상에 젖은 목소리로 말했다. "아마 이러한 과학적 법칙은 닫힌 정원의 문을 여는 열쇠에 지나지 않을 걸세. 우리는 이 열쇠를 과감히 던져 버리고 상상력으로써 대담하게 그 정원 안으로 들어가야만 하네. 그 상상력을 신앙의 힘이라고 불러도 좋아. 그곳은 신의 정원이야. 무한하고 변함이 없으며, 존재 자체에 지혜와 정의와 선과 진리라는, 우리들 가난한 인간의 법칙이 지향하는 이상(理想)이 살고 있을 걸세."

이와 같은 이야기를 아무리 열심히 듣고 있어도 도무지 이해할 수 없었던 옌은 어느 날 마침내 말했다. "선생님, 저를 그 문앞에 놓아 두고 가십시오. 저는 그 열쇠를 버릴 수가 없습니다."

노인은 이 말을 듣고 조금 슬픈 듯 미소 지으며 대답했다. "자네는 메리와 똑같군. 자네들 젊은 사람들은 어린 새와 같지. 자기의 날개를 시험하는 것이 두려운 거야. 이미 알고 있는 조그마한 세계를 떠나는 것을 무서워한단 말이야. 자네들이 이성에만 매달리기를 그만두고 꿈과 상상력을 믿게 되기까지는 자네들 속에서 위대한 과학자는 나오지 않을 거야. 위대한 시인도 나오지 않을 거고. 위대한 과학자와 위대한 시인은 언제나 같은 시대에 탄생되는 법이지."

그러나 옌이 이러한 말 속에서 가장 잘 기억하고 있는 것은 다음의 한 마디였다. "자네는 메리와 똑같군."

확실히 그는 메리와 매우 비슷했다. 1만 마일이나 떨어진 곳에서, 결코 서로 섞여 본 적이 없는 혈통에서 태어난 두 사람 사이에 공통점이 있었던 것이다.

더욱이 그 공통점은 이중성을 지녔다. 하나는 어느 시대의 젊은이에게나 변함이 없는 반항성이라는 공통점이고, 하나는 시대나 피와는 관계 없는 남자와 여자 사이의 공통점이었다.

봄이 깊어 가고 나무는 다시 녹색을 띠게 되어, 교수의 집 가까운 숲에서는 겨울의 마른잎 밑에서 싹이 튼 줄기에 조그마한 꽃들이 피기 시작했다. 그러자 옌도 자기 속에서 새로운 피의 약동을 느꼈다. 확실히 이 교수의 집에는 그의 몸을 움츠리게 하는 것은 아무것도 없었다. 여기서는 자신이 이방인이라는 것조차 잊었다. 이 집의 세 사람을 보면서도 자기와 다르다는 것을 잊었으며 노부부의 푸른 눈도 자연스러웠고, 메리의 눈은 그 표정의 변화가 아름다웠으며 이제는 조금도 이상하게 느껴지지 않았다.

옌에게는 그녀가 차츰 더 아름답게 보였다. 지금은 어떤 온화함이 언제나 그녀에게서 사라지지 않았다. 날카로움이 사라지고 목소리조차 그전의 면도날처럼 차가운 데가 없어졌다. 두 볼도 조금 볼록해져 혈색이 좋아졌고, 입매도 부드러워져서 꾹 다무는 일이 없었으며, 동작에도 전에는 없었던 느릿함과 여유로움이 깃들었다.

이따금 옌이 찾아가도 그녀는 바쁜 듯이 드나들어 제대로 만나지 못할 때도 있었다. 그러나 봄이 한창 무르익자 그녀의 태도는 변하기 시작했다. 그다지 이렇다 할 생각도 없이 두 사람은 아침마다 정원에서 만나게끔 되었다. 정원에서 기다리는 옌 곁으로 봄날 아침처럼 산뜻한 모습으로 그녀는 다가왔다. 검은 머리가 부드럽게 귀를 덮고 있었다. 옌은 그녀가 쪽빛 옷을 입었을 때가 가장 아름답다고 생각했으므로, 어느 날 미소를 지으면서 말했다. "우리나라 농촌에서도 사람들이 쪽빛 옷을 입지요. 쪽빛 옷은 당신에게 참으로 잘 어울리는군요." 그러자 그녀는 미소지으면서 대답했다. "정말 기뻐요."

어느 날의 일을 옌은 기억했다. 그날은 아침식사에 초대받았으므로 일찍 찾아가 정원에서 그녀를 기다리는 동안, 조그마한 삼색오랑캐꽃의 싹이 트고 있는 화단에 엎드려 열심히 잡초를 뽑고 있었다. 그때 그녀가 나와서 그가 하는 일을 지켜 보았다. 그 얼굴은 묘하게 상기되어 밝았다. 그가 고개를 들자, 마침 그의 머리에 묻어 있는 나뭇잎인가 풀잎인가를 털어 주려고 내민 그녀의 손이 무심코 그의 볼에 닿았다. 일부러 댄 것이 아님을 그도 알 수 있었다. 그녀는 이와 같은 접촉을 싫어하여 언제나 조심했고, 길이 고르지 못할 때라도 남자가 부축해 주는 것을 싫어하는 듯이 보였었다. 그녀는 기회만 있으면 남자와 닿고 싶어하는 여느 처녀들과는 달랐다. 사실 그가 그녀의 손에 닿은 것은 무심코 인사할 때 악수하는 것 말고는 이것이 처음이었다.

그러나 이때 그녀는 변명하지 않았다. 그녀의 정직한 눈과 갑자기 볼에 비치기 시작한 수줍음으로, 그녀가 그 접촉을 의식하고 또 그도 의식하고 있다는 것을 알고 있음은 분명했다. 두 사람은 서로의 얼굴을 쳐다보고 곧 시선을 다른 데로 돌렸다. 그녀는 조용히 말했다. "식사하러 가세요."

마찬가지로 그도 조용히 대답했다. "손을 씻고 가겠습니다."

이렇게 그 한순간은 끝이 났다.

나중에 그는 이 일을 문득문득 떠올렸으며 그때마다 그의 마음은 아주 오래 전, 이제는 이 세상에 없는 여자의 손이 닿았을 때의 옛 추억으로 날아가는 것이었다. 이상하게도 그때의 열렬한 접촉에 비하면 이번의 가벼운 접촉은 안 한 것이나 다름없는데도 짐짓 이번 쪽이 훨씬 생생하게 느껴졌다. 그는 마음속으로 중얼거렸다. '틀림없이 메리는 모르고 손을 댄 거야. 나는 바보다.' 그는 모두 잊고, 이런 생각에 신경을 쓰지 않도록 좀더 엄하게 마음을 가다듬기로 했다. 사실 그는 그러한 기분에 시달리고 싶지 않았다.

이리하여 이 마지막 해 봄의 몇 개월을 옌은 기묘한 두 가지 기분으로 보냈다. 마음속에 그는 자기만의 장소를 만들고 거기만은 메리에게도 침범받지 않으려고 애썼다. 새로운 계절은 산뜻하고 아름다웠다. 새 잎이 트기 시작한 나무 아래의 길을 둘이서 거닐거나, 때로는 교외에 나가서 사람의 그림자가 드문 오솔길로 들어가곤 했다. 달빛으로 가득 찬 밤의 감미로움, 봄비가 부슬부슬 끊임없이 유리창을 두드리는 소리를 들으면서 단둘이 앉아 있는 거실의 고요, 이렇게 단둘이 있을 때조차도 마음속의 그 장소에만은 발을 들여놓게 하지 않았다. 이따금 확실하게 알 만큼 마음이 흔들리면서도 그것에 굴복하지 않겠다는 자신에게 옌은 감탄했다.

확실히 이 백인 여성은 그의 마음을 두근거리게 하면서도 그를 접근시키지 않았다. 그래서 그는 그녀를 사랑하면서도 사랑할 수 없었다. 그는 미를 사랑했고 미에 대해 무관심할 수 없었으므로, 그녀의 검은 빛깔의 머리와 대조를 이루어 하얗게 드러나는 이마와 목덜미를 진심으로 아름답다고 생각했다. 그러면서도 그 흰빛을 사랑할 수가 없었다. 그녀의 검은 눈썹 밑에 맑은 잿빛 눈이 반짝이는 것을 보고도, 그 눈을 빛나게 하는 지성을 찬미할 수는 있었으나 그 잿빛 눈은 좋아할 수 없었다. 활기차고 날렵하게 움직이고 표정이 풍부하며 힘도 넘치는 아름답고도 단단한 느낌의 손도 어쩐지 사랑할 수 없었다.

그러면서도 그는 그녀가 가진 어떤 힘에 몇 번이나 끌려서, 그 바쁜 봄에도 밭에서 실습을 하다가, 또는 하숙에서, 아니면 도서관에서 문득 그녀의 모습을 그리는 것이었다. 그럴 때 그는 스스로에게 물어보았다. '이 나라를 떠날 때 나는 그 여자와 헤어져서 괴로워할까? 나는 그 여자로 인하여 어느 샌가 이 나라에 매여버린 것일까?' 차라리 이 나라에 머무르면서 더 연구를 계속할까 하는 생각을 해 보는 일도 있었으나 곧 자신을 꾸짖을 여유는 있었다. '유학을 연기하는 진짜 이유는 무엇인가? 그녀 때문이라고 한다면, 백인 여성과 결혼하고 싶지 않다는 것은 분명하니, 요컨대 쓸데없는 일이 아닌가!' 그러나 더욱 마음을 다잡고, '아냐, 역시 귀국하자!' 생각하면 가슴이 찢어질 것 같았다. 그러고는 다시 그녀를 생각하고, 귀국하면 두 번 다시 이 여자와 만나지 못하게 될 것이다, 다시 이 나라에 올 가능성은 없다, 이렇게 생각하니 아무래도 귀국을 연기해야 할 듯한 기분이 들었다.

이와 같은 자문자답을 되풀이하는 동안에 꾸물꾸물 그의 귀국은 연기될 듯이 보였으나, 바다 저편에서 들려 온 소식은 그의 귀국을 재촉하는 조국의 소리처럼 들렸다.

옌은 이 6년 동안 거의 고국의 정세를 모르고 지냈다. 그는 조그마한 내전(內戰)이 몇 번인가 있었다는 것은 알고 있었으나 그런 전쟁은 과거에도 늘 있었던 일이므로 어떤 관심도 기울이지 않았다.

그 6년 동안에 왕후는 그가 참전한 한두 번의 소규모 전쟁에 대해서 옌에게 편지로 알려 왔다. 하나는 새로 대두한 비적 두목과의 전쟁이었으며 또 하나는 어느 군벌이 무단으로 왕후의 영지를 통과했기 때문에 일어난 전쟁이었다. 그러나 이런 소식은 곧 옌의 머리에서 사라져 버렸다. 그는 본래 전쟁을 싫어했으며, 이 평화로운 외국에 살고 있으니 그러한 이야기에 현실감이 들지 않았기 때문이었다. 그러므로 어쩌다가 동료 학생들이 태평스러운 어조로 "이봐, 중국에서 이번에 일어난 전쟁은 대체 어떻게 된 거야? 신문에서 읽으니 창이라든가 탕이라든가 왕이라든가……" 하고 말을 걸어 오면 옌은 부끄러워져서 서둘러 대답했다. "아무것도 아니야. 어디서나 있는 강도 사건 같은 거지."

계절이 바뀔 때마다 잊지 않고 편지를 보내 주는 아이란의 어머니가 소식을 알려 올 때도 있었다. 〈혁명은 갈수록 더 커지는 것 같지만 나는 잘 모르겠다. 맹이 종적을 감춘 이래 집안에는 혁명파가 없어졌지. 듣기로는 마침내 남쪽에서 혁명이 일어난 모양이다. 하지만 맹은 돌아올 수 없다. 편지를 보내와서 알았는데 맹은 혁명군에 섞여 있는 모양이다. 돌아올 생각이 있지만 너무 위험해서 돌아오지 못하는 거지. 이쪽 관헌들은 혁명을 무서워해서 아직도 엄하게 맹 같은 사람들을 체포하고 있기 때문이다.〉

그러나 옌도 조국의 일을 완전히 잊고 있었던 것은 아니다. 혁명에 대해 알 수 있는 모든 소식을 알려고 애를 쓰면서, 무슨 변화를 알리는 기사는 아무리 조그마한 것이라도 빠뜨리지 않고 열심히 읽었다. 이를테면 〈태음력(太陰曆)이 폐지되고 서양식의 새로운 달력을 채용하게 되었다〉든가, 〈여자의 전족은 금지〉라든가, 〈새 법률에서는 일부 다처를 허용하지 않는다〉라든가 하는 기사가 최근에는 신문에 자주 실렸다. 이러한 변화를 옌은 기뻐하며 그대로 믿었다. 그러한 기사로써 나라 전체가 크게 변하고 있음을 알자, 스스로 그렇게 생각할 뿐만 아니라 셍에게 보낸 편지에도 그런 것을 썼다.

〈올 여름 우리가 돌아갈 때쯤에는 우리나라도 몰라보게 달라져 있을 거야. 고작 6년 동안에 이토록 큰 변화가 이루어지다니, 정말 거짓말처럼 생각돼.〉

이에 대해 셍은 여러 날이 지난 다음에야 답장을 보내 왔다. 〈너는 올 여름에 돌아가니? 나는 아직 그럴 생각이 없다. 아버지가 돈만 보내 준다면 앞으로 일 년 더 여기서 살 생각이다.〉

이 사연을 읽고, 옌은 셍의 시에 듣기에도 괴롭고 우울한 곡을 붙인 여자가 생각나서 몹시 불쾌해졌다. 다시는 그 여자를 떠올리고 싶지 않았다. 그러나 셍은 얼른 귀국해 주었으면 싶었다. 셍은 예정보다 오래 대학에 다녔으나 아직 졸업도 하지 않았다. 하지만 그런 것보다도, 조국에서 일어나고 있는 새로운 사태를 셍이 한 마디도 언급하지 않은 것이 옌에게는 불만스러웠다. 그러나 곧 다시 생각해 보니, 이 풍요롭고 평화로운 나라에 있으면서 혁명이라든가 주의를 위한 전쟁을 생각한다는 것은 쉬운 일이 아니었으며, 옌 자신도 평화로운 나날 속에서 그러한 것을 잊을 때가 많았기 때문에 셍을 용서해 줄 기분이 들었다.

그러나 훗날 알게 된 사실이지만, 혁명은 그 무렵 최고조에 달하고 있었다. 혁명 초기부터의 전통에 따라 남방에서 일어난 회색 혁명군은, 옌이 날마다 책에 몰두하는 동안에, 사랑하면서 사랑할 수 없는 백인 여성에 대해 자문자답을 되풀이하고 있는 동안에, 맹도 그 일원에 넣어 장대한 양자강을 향해 그 나라의 심장부로 북진하고 있었다. 양자강 근처에서 처절한 전투가 있었으나, 1만 리 이상이나 떨어져 있는 옌은 아무것도 모르고 편안히 지냈다.

사실, 이처럼 안정되고 평화로운 분위기 속에서 그는 영주하게 되는지도 몰랐다. 왜냐하면 어느 날 갑자기 그와 메리의 애정이 깊어졌기 때문이다. 너무나 오랜 기간을 두 사람은 친구라기에는 조금 깊고 연인이라기에는 좀 모자라는 상태에 머물렀으며, 옌은 매일 밤 노부부가 잠든 뒤 둘이서 산책을 하거나 이야기를 나누는 것을 마땅한 일처럼 받아들이고 있었다. 노부부 앞에서는 두 사람 다 아무런 내색도 하지 않았다. 그랬으므로 만일 누가 물었다면 메리는 정직하게 대답했을 것이다. "하지만 아무것도 할 말이 없어요. 우리들 사이는 우정일 뿐인걸요." 사실 두 사람은 남이 듣고 이상하게 여길 만한 말은 한 번도 나눈 적이 없었다.

그러나 밤마다 두 사람은 설혹 그날 일에 대한 잡담에 지나지 않더라도 잠시 동안이나마 단둘이서 함께 보내지 않으면 하루를 다 보내지 않은 듯한 기분이었다. 그 시간에는 낮 동안의 긴 시간보다 더 서로의 생각이나 기분을 잘 알 수 있었다.

그 봄의 어느 날 밤, 두 사람은 정원의 장미밭 사이로 꼬불꼬불 이어진 오솔길을 거닐고 있었다. 그 오솔길 끝에는 작은 나무 숲이 있었다. 그 끝에 원형으로 심어진 여섯 그루의 느릅나무가 있었는데, 이제는 굵은 노목이 되어 진한 녹음을 만들고 있었다. 그 그늘에 노교수는 나무 벤치를 하나 마련해 놓고 이따금 이곳으로 와서 명상에 잠겼다. 그날 밤은 달이 밝고 맑게 갠 밤이었다. 정원은 여섯 그루의 느릅나무 밑만 남겨 놓고 구석구석까지 달빛이 밝게 비쳤으므로 나무 그늘의 어둠은 더욱 짙었다. 두 사람이 그 나무들 속에서 걸음을 멈추었을 때 메리는 별 생각 없이 말했다.

"여기는 무척 어둡네요. 이 속에 있으면 우리 모습도 보이지 않겠어요."

말없이 서 있던 옌은 달빛이 너무나 밝았으므로 이상하게 두근거림과 기쁨을 느끼며 말했다. "달이 너무 밝아서 나뭇잎의 빛깔까지 알 수 있을 것 같군."

"어두운 데는 춥고, 달빛이 비치는 데는 따뜻한 기분이 들어요." 밝은 곳으로 걸어 나가면서 메리가 말했다.

그리고 여기저기 거닐다가 두 사람은 다시 그 그늘에서 걸음을 멈추었다. 이번에는 옌이 먼저 걸음을 멈추고 말했다. "춥지 않아요, 메리?" 지금은 그도 그녀의 이름을 친근하게 부르고 있었다. 그녀는 대답했다. "아뇨." 반 더듬거리는 듯한 목소리였다. 그러자 어떻게 해서 그렇게 되었는지 모르지만, 나무 그늘 속에서 불안한 기분으로 서 있던 그녀가 느닷없이 그에게 다가서며 그의 손을 잡았고 옌은 자기 품안에 있는 그녀를 느꼈다. 그의 팔은 그녀를 안고 있었으며 뺨은 그녀의 머리칼에 닿아 있었다. 옌은 메리가 떨고 있는 것을 느꼈고 자기도 떨고 있음을 알았다. 껴안은 채 하나가 되어 벤치에 쓰러지자 그녀는 고개를 쳐들고 그를 보며 두 손으로 볼을 누르듯이 그의 얼굴을 안고 소곤거렸다. "키스해 줘요!"

옌은 영화에서는 이런 장면을 보아 왔어도 스스로 해본 경험은 없었으나 자연히, 얼굴을 아래로 숙이고 자기 입술에 닿는 뜨거운 입술을 느꼈다. 그녀는 그에게 매달려 억센 입맞춤을 하고 있었다.

돌연 그는 떨어졌다. 왜 떨어져야 했는지 그도 알 수 없었다. 왜냐하면 그 자신도 더욱 꼭 끌어안고 언제까지나 입술을 누르며 있고 싶은 기분이었기 때문이다. 그러나 그 욕망보다 강한 것은 혐오였다. 자기와 다른 인종의 육체에 대한 혐오라고밖에 생각할 수 없는, 그도 모르던 감정이었다. 그는 재빨리 일어났다. 뜨겁기도 하고 차갑기도 한 것 같은 부끄러움과 혼란이 그를 뒤흔들었다. 그러나 메리는 멍하니 앉아 있었다. 어둠 속에서도 그녀의 흰 얼굴이 그를 쳐다보며 놀란 표정으로 그의 행동을 궁금해하는 것을 알았다. 그러나 그는 죽어도 말할 수 없었다. 절대로 말할 수 없다. 그가 아는 것은 떨어져야 한다는 것뿐이었다. 마침내 그는 조금 들뜬 듯한, 여느 때와는 다른 목소리로 말했다. "추워졌군. 집 안으로 들어가요. 나도 돌아가겠습니다."

그래도 그녀는 꼼짝하지 않았다. 그리고 잠시 뒤 말했다. "돌아가고 싶으면 돌아가세요. 저는 좀더 여기 있고 싶어요."

그래서 자기로서는 달리 방법이 없다고 생각하면서도 무언가 잘못했다는 기분이 들어 그 자리를 모면하기 위해 그는 말했다. "집 안으로 들어가요. 얼겠어."

그녀는 꼼짝도 하지 않고 침착하게 대답했다. "벌써 얼어 버린걸요. 날 상관할 건 없어요."

그 차갑게 식은 목소리를 들은 옌은 곧 몸을 돌려 그녀를 그대로 둔 채 떠났다.

그러나 몇 시간이 지나도 잠이 오지 않았다. 머릿속에는 그녀만이 떠올랐고 그 나무 아래 어둠 속에 아직도 혼자 앉아 있을 것을 생각하니 걱정이 되어 견딜 수 없었으나, 한편으로는 그렇게 하는 수밖에 없었다고 생각했다. 그는 마치 어린아이처럼 혼자서 변명하듯 중얼거렸다. '나는 싫었단 말이야. 그건 정말 싫었어.'

그 뒤 두 사람 사이가 어떻게 되었을지 그것은 옌도 알 수 없었다. 왜냐하면 마치 그가 궁지에 몰린 것을 눈치라도 챈 듯이 그때 조국이 그를 불러들였기 때문이다.

이튿날 아침 눈을 뜬 그는, 메리를 만나러 가야 한다고 생각하면서도 두려움에 우물쭈물하고 있었다. 아침이 되어도 그녀를 배반한 듯한 마음은 좀처럼 사라지지 않았다. 그렇게 할 수밖에 없었다고 생각은 하지만, 아무래도 가기가 어려웠다.

그러나 겨우 결심하고 교수의 집에 가니, 가족 셋이 모두 신문 기사를 앞에 놓고 매우 심각하고 곤란한 표정으로 앉아 있었다. 옌이 들어가자 노교수는 불안한 듯이 물었다. "이런 일이 사실이라고 생각하나?"

옌은 세 사람과 함께 신문을 들여다보았다. 커다란 활자로 중국의 어느 도시에서 혁명군이 백인 남녀를 습격하여 가옥을 약탈하고, 선교사 1~2명, 나이 든 교사 1명, 의사 1명 및 몇몇 사람을 살해했다는 기사가 나 있었다. 옌은 심장이 멎는 듯하여 큰 소리로 외쳤다. "이건 뭔가 잘못된 것입니다."

그러자 노부인이 그의 말을 기다리고 있었다는 듯이 중얼거렸다. "그래요, 옌. 틀림없이 무언가 잘못된 것이라고 나도 생각하고 있었어요."

그러나 메리는 아무 말도 하지 않았다. 방으로 들어갈 때도 옌은 그녀를 보지 않았고 지금도 보고 있지 않았지만, 그는 메리가 거기 앉아서 턱 아래에서 깍지를 낀 채 자기 쪽을 보고 있다는 것을 알고 있었다. 그러나 아직 정면으로 그녀를 볼 용기가 나지 않았다. 옌은 재빨리 신문 기사를 훑어보았다. 읽으면서 그는 몇 번이나 소리쳤다. "사실이 아니에요, 거짓일 게 분명해요. 이런 건 우리나라에서는 결코 일어날 수 없는 일입니다. 일어났다면 무언가 무서운 원인이 있을 겁니다."

그의 눈이 시뻘게져서 그 원인을 찾았다. 그때 메리가 입을 열었다. 그 말투에서 그녀의 감정을 충분히 감지할 수 있을 만큼 지금의 옌은 그녀를 잘 알았다. 그녀의 말은 시원시원하고 명료했으며 언뜻 무관심한 듯했다. 그리고 목소리도 조금 딱딱했으나 평소와 변함이 없었다. "나도 원인을 찾아 보았어요. 하지만 원인이라고 인정할 만한 이유는 아무것도 없어요. 습격당한 사람들은 모두 죄없는, 착한 사람들이었던 것 같아요. 그런데 집 안에 있다가 그런 일을 당한 거예요. 어린애들까지……."

이 말을 듣고 옌은 메리를 보았다. 그녀도 그를 바라보았다. 그 눈은 맑은 잿빛이었으며 얼음처럼 차가웠다. 그를 비난하는 그 눈을 보고 그는 소리없이 외쳤다. '나도 어쩔 수 없었어!' 그러나 그녀의 눈은 끝내 그를 비난했다.

가까스로 평소의 자기를 되찾은 옌은 자리에 앉아, 여느 때보다도 열심히 떠들어 댔다. "사촌형 셍에게 전화를 걸어 보겠습니다. 그는 대도시에 있으니 진상을 알고 있을 겁니다. 저는 우리 국민을 압니다. 이런 짓을 할 수 있는 국민이 아닙니다. 우리는 문명인이지 야만인이 아닙니다. 우리는 평화를 사랑하는 민족입니다. 피를 보는 일은 싫어합니다. 분명 무언가 잘못되었습니다."

그러자 노부인도 열심히 말했다. "잘못되었다는 건 나도 잘 알아요, 옌. 우리나라의 선량한 선교사들에게 그런 일이 일어나는 것을 하느님이 용서하실 까닭이 없어요."

그러나 느닷없이 옌은 이 단순한 말에 문득 깨닫는 바가 있어 하마터면 소리를 지를 뻔했다. '만일 그들이 그와 같은 선교사들이었다면……' 그때 그는 다시 메리에게 시선이 갔다. 그녀는 여전히 그를 보고 있었으나 거기에는 말없는 깊은 슬픔이 서리어 있었다. 그래서 그는 한 마디도 할 수가 없었다. 그의 마음은 필사적으로 그녀에게 용서를 빌고 있었다. 하지만 그 심정조차 자꾸만 뒷걸음질쳤다. 용서를 받기 위해서는 그의 몸이 굴복하지 않겠다고 마음먹은 것에 굴복해야 했기 때문이다.

그가 입을 다물고 말자 아무도 말을 하지 않았다. 그것을 보고 노교수가 일어서며 옌에게 말했다. "그럼, 옌. 무슨 소식이 들어오거든 알려 주게." 그러자 옌도 서둘러 일어섰다. 부인까지 나가서 메리와 단둘이 남게 되는 것이 곤란했기 때문이다. 돌아오는 길에, 방금 그 기사가 사실이라면 하고 생각하니 마음이 무거웠다. 그와 같은 굴욕을 그는 견딜 수 없었다. 메리가 간밤의 행동으로 자신을 비판하고 그것을 그의 의지가 약한 탓으로 돌릴 것이 틀림없다고 생각하니 더욱 견딜 수 없었다. 그래서 더한층 그는 이 사건이 근거없는 사실임을 밝히고 싶었다.

그 이후 옌과 메리는 끝내 가까워지지 않았다. 날이 갈수록 옌은 조국의 무죄를 증명하고 싶은 열정에 휘말려 들어갔다. 만일 그것을 할 수만 있다면 자기 자신의 태도 또한 그것으로 정당화된다는 기분이었기 때문이다. 한 걸음 한 걸음, 그는 자기 나라에는 죄가 없음을 밝혀 나가야 했다. 그런데 셍한테서 사실이라는 연락이 왔다. 전화에서 들려오는 셍의 목소리는 여느 때처럼 침착하게 그 사건은 사실이라고 말했다. 옌은 안절부절못하고 소리쳤다. "하지만 왜, 왜?" 그러자 셍의 목소리가 천연덕스럽게 들려 왔다. 옌은 그가 어깨를 으쓱하는 것이 보이는 듯했다. "그걸 누가 알아. 폭도거나 공산당이거나 뭔가 광신적인 패거리들이겠지. 누구도 그 진상은 알 수 없어."

그러나 옌은 고뇌에 빠졌다. "나는 믿지 않아. 무언가 원인이 있을 거야. 그들이 도발했다든가, 반드시 무언가 있을 거야!"

그러자 셍이 조용히 말했다. "우리들은 결코 진상을 알지 못해." 그리고 그는 화제를 바꾸었다. "이번에는 언제 만날 수 있니? 벌써 오랫동안 너를 못 만났구나. 언제 귀국하지?"

옌은 "곧 귀국해!" 이렇게 대답할 수밖에 없었다. 그는 귀국해야만 한다는 것을 알고 있었다. 만일 조국의 오명을 씻을 수 없다면, 남아 있는 연구가 끝나는 대로 서둘러 돌아가야만 했다.

그 뒤 그는 다시는 노교수의 집 정원에 들어가지 않았으며 메리와 단둘이 시간을 보내는 일도 없었다. 겉으로는 친한 듯이 지냈으나 두 사람 사이에는 아무 할 말이 없었다. 옌은 그녀와 단둘이 만날 일을 피했다. 조국의 무죄를 증명할 수 없는 것이 차츰 확실해짐에 따라 그는 이 더없이 소중한 교수 가족들마저 피하게 된 것이다.

노부부는 그것을 눈치 채고 변함없이 언제나 상냥하게 해주었으나 아무래도 얼마간 서먹서먹해졌다. 결코 그를 비난하는 것이 아니고, 자기들을 피하려는 그의 고뇌를 이해하지는 못한다 하더라도, 딱하게 여기고 되도록 그의 마음의 상처를 건드리지 않도록 했던 것이다.

그러나 옌은 노부부가 자기를 비난했다고 느꼈다. 그는 자기의 어깨에 조국의 명예를 모두 걸머지고 있었다. 이 무렵 그는 날마다 신문을 읽고 고국의 혁명군이 어느 군대나, 승리의 기세를 타고 정복지를 진군할 때 흔히 하는 행위를 하고 있는 것을 읽고 혼자 괴로워했다. 이따금 아버지는 어떻게 하고 계실까 생각했다. 혁명군은 곳곳에서 승리를 거두며 북방의 평원으로 서서히 접근하고 있었기 때문이다.

그러나 아버지의 존재는 매우 멀게 느껴졌다. 가까이에, 너무나 가까이에 상냥하고 아늑한 노교수의 가족이 있었다. 그들이 원했으므로 옌은 지금도 이따금 그 집에 가야만 했다. 그들은 신문 기사는 한 마디도 언급하지 않았다. 옌에게 굴욕감을 안겨줄 것이 뻔한 일은 절대로 입에 담지 않았다. 그러나 아무리 잠자코 있어도 옌은 굴욕을 느꼈다. 그들의 침묵 자체가 비난이었다. 메리의 무뚝뚝한 차가움도, 노부부의 기도도 비난이었다. 이를테면 억지로 그를 초대한 식사 전에 노교수는 나직이 근심에 찬 목소리로 기도를 한 뒤 다음과 같이 덧붙이는 것이었다. "주여, 먼 나라에서 생명의 위험에 처해 있는 당신의 종들을 구하소서." 그러면 노부인은 언제나 진심을 담아 조용히 "아멘" 하고 중얼거렸다.

옌은 이 기도에도, 아멘에도 견딜 수가 없었다. 메리마저, 부모님의 신앙에 휩쓸리지 말라고 충고한 메리마저 요즘은 기도할 때 머리를 숙이고 그들에게 경의를 표했으므로 옌은 더한층 견딜 수 없었다. 그것은 결코 그녀가 신앙을 가졌기 때문이 아니며, 단순히 부모님이 신의 가호를 바라고 있는 대상들이 처한 위험을 그녀도 느끼고 있는 데 불과하다는 것은 그도 알고 있었다. 그 때문에, 그녀는 부모와 함께 나를 비난하는 것이라고 그는 생각했다.

또다시 옌은 고독해졌다. 고독 속에서 그는 학년 말까지 공부를 마치고 다른 학생들과 함께 졸업식에 나갔다. 수많은 학생들 속에서 단 한 사람의 중국인으로서 그는 학위 증서를 받았다. 특별우등생으로 그의 이름이 불리어지는 것도 오직 혼자서 들었다. 축하의 말을 해주는 사람도 몇 있었지만 축하를 받든 안 받든 상관 없다고 그는 생각했다.

혼자서 그는 책과 옷 등 짐을 꾸렸다. 준비가 끝났을 때 그는 문득, 교수 부부는 변함없이 친절했지만 사실은 그의 귀국을 기뻐하는 게 아닐까 하는 생각이 들었다. 옌은 가슴을 펴고 생각했다. '내가 딸과 결혼하는 것은 아닐까 교수 부부는 불안했던 게 아니었을까? 그러기에 나의 귀국을 기뻐하는 것이다!'

그는 쓴웃음을 지으면서 분명히 그렇다고 생각했다. 그리고 메리를 그려 보며 다시 생각했다. '그러나 나는 메리에게 감사해야 한다. 그녀는 내가 크리스천이 되지 않도록 구원해 주었다. 그렇다, 그 사람은 나를 한 번 구해 주었다. 그러나 그 다음 한 번은 내가 스스로를 구원했던 것이다.'

3

어린 시절 부친을 사랑하면서 미워한 것처럼 옌은 이번에는 이 나라를 사랑하고 증오하며 떠났다. 아름답고 젊고 강한 것은 누구나 사랑하지 않을 수 없듯이 그는 미국을 본의 아니게 사랑하지 않을 수 없었다. 그는 미(美)를 사랑했으므로 미국의 산에서 보는 수목을, 무덤 하나 눈에 띄지 않는 초원을, 목장에서 여유롭게 풀을 뜯는 건강하고 평온해 보이는 가축들을, 쓰레기 같은 인간이 어른거리지 않는 도시의 아름다움을 사랑하지 않을 수 없었다. 그러나 한편으로, 만일 이러한 것들을 아름다움이라고 한다면 고국의 민둥산은 조금도 아름답지 않게 된다는 생각이 들었다. 그래서 그는 이러한 이국의 풍물을 사랑하지 않았다. 산 사람을 위해 가장 좋은 땅에 죽은 자를 묻었으니, 밭 한 가운데에 무덤이 있었다. 그런 일은 잘못되었다고 그는 생각했다. 실제로 그런 것을 보기도 했다. 열차 안에서 창밖을 스쳐가는 풍요로운 농촌을 바라보면서 그는 생각했다. '만일 여기가 내 나라였다면 진심으로 사랑할 수 있었으리라. 하지만 여기는 내 나라가 아니다.' 자기 것이 아니면, 어째선지 아름다움도 선량함도 진심으로 사랑할 수가 없었다. 그리고 이러한 장소를 가진 국민도, 그 장소가 자신의 것이 아닌 이상은 그다지 좋아할 수 없었다.

다시 배를 타고 고국으로 향했을 때, 지난 6년간의 유학 생활로 무엇을 얻었을까 그는 생각했다. 지식을 얻은 것은 의심할 여지가 없었다. 그의 머리는 쓸모 있는 지식으로 가득 차 있었고, 가방에는 노트와 그 밖에 서적이 잔뜩 들어 있었으며, 여러 품종의 밀의 유전에 대하여 그가 쓴 긴 논문도 있었다. 게다가 밀의 종자를 넣은 조그만 부대도 몇 개 갖고 있었다. 그것은 그가 실험하여 재배한 종자 속에서 주의깊게 고른 것이며, 그 종자를 고국 땅에 뿌려 차츰 늘려서 남에게도 나누어주고, 그리하여 전국의 밀 수확을 증진할 계획이었다. 이러한 것들은 그가 미국 유학에서 얻은 확실한 수확이었다.

그뿐만이 아니다. 그는 어떤 신념을 얻었다. 결혼 상대는 같은 피가 흐르는 같은 민족의 여자여야 한다는 신념이었다. 그는 셍과는 달랐다. 하얀 살결, 푸른 눈, 곱슬머리는 이미 그에게는 매력이 없었다. 상대는 어떠한 여자건 자기처럼 까만 눈, 곱슬거리지 않는 검은 머리, 자신과 같은 빛깔의 피부를 가진 중국인이어야 했다. 그것은 느릅나무 그늘의 그날 밤 이래, 그가 여러 면에서 잘 알고 있다고 생각했던 백인 여자가 오늘 그에게는 전혀 상관이 없는 타인이 되고 말았기 때문이었다. 그녀가 변한 것은 아니다. 그 뒤에도 여전히 그녀는 침착하고 예의바르며 그가 말하는 것과 느끼는 것을 곧 이해해 주었다. 그럼에도 전혀 상관없는 존재가 된 것이다. 두 사람의 지성은 서로 이해할 수 있을는지 모르지만 그 지성은 두 가지 이질적인 육체에 살고 있었다. 그 뒤, 실로 한순간 그녀가 다시 그에게 다가오려고 한 적이 있었다. 그가 귀국할 때 그녀는 정거장까지 노교수 부부와 함께 전송하러 나왔다. 그가 작별 인사로 손을 내밀자 그녀는 그의 손을 한순간 꼭 쥐고 잿빛 눈에 그림자가 깃들어 흐려지더니 나지막한 소리로 말했다. "편지 주시겠어요?"

어떤 이유가 있더라도 남의 감정을 상하게 하지 못하는 옌은 그녀의 흐려진 눈에 비친 고뇌의 빛을 보고 당황하여 더듬거리면서 말했다. "그럼요, 물론이지요. 편지를 쓰지 않을 이유가 없지 않습니까."

그러나 그의 안색을 살피던 그녀는 순간 잡은 손을 놓았다. 그리고 조금 낯빛이 변했다. 모친이 얼른, "옌은 반드시 편지를 줄 거야" 말해도 아무 이야기도 하지 않았다.

그래서 옌은 꼭 편지를 써서 무슨 일이든 알려 주겠다고 약속했다. 그러나 그것이 거짓임은 잘 알고 있었으며, 기차가 움직이기 시작하여 어쩔 수 없이 메리의 얼굴을 마주 보았을 때는 그녀 또한 그렇게 생각한다는 것을 알았다. 그는 고국으로 돌아가는 것이고, 그들은 서로 이방인인 것이다. 편지를 쓴다 해도 아무 의미도 없다. 그는 더 이상 입지 못하게 된 옷을 버리듯이, 머릿속 지식과 가방 속의 책 꾸러미만 남기고 지난 6년간의 생활 모두를 버린 것이다. 그러나 지금 이렇게 배 위에서 6년의 세월을 돌이켜 보니, 마음속에서 도저히 억누를 수 없는 애정이 솟아 올랐다. 이 이국에는 그가 갖고 싶어하는 것이 많이 있었고, 또 노교수 가족처럼 선량한 사람들은 아무리 해도 미워할 기분이 나지 않았다. 그러나 그 애정은 식고 말았다. 옌은 이렇게 고국을 향하고 있으니, 이제까지 잊고 있던 일들이 떠올랐기 때문이다. 그는 아버지를 생각하고, 사람들이 들끓는 청결하지도 아름답지도 않은 좁은 거리며 감옥에서 보냈던 그 사흘을 생각했다.

그러나 그러한 것도 6년이 지난 오늘은 혁명이 일어나 틀림없이 모든 것이 변했겠거니 하고 생각해 보았다. 완전히 변했을 게 틀림없다. 그가 고국을 떠날 때 맹은 관헌에 쫓겨 지하에 숨었는데, 이번에 셍에게 들어 보니 지금 그는 혁명군의 대장이 되어 어디나 자유롭게 돌아다닌다고 한다. 변한 것은 그뿐만이 아니었다. 이 배에 탄 중국인은 옌뿐이 아니었다. 그와 마찬가지로 고국으로 돌아가는 젊은 남녀가 20명쯤 되어, 모두 함께 같은 식탁에서 식사를 하며 최근에 일어난 혁명에 대하여 이야기했다. 좁은 옛 도로는 헐리고 세계 어느 나라에도 뒤지지 않을 만큼 넓은 거리가 옛 모습이 남은 도시에 뻗어 있고 외따른 시골길까지 자동차가 들어가서, 여태까지 걷거나 기껏해야 당나귀밖에 못 타던 농민들까지도 자동차를 타고 다닌다는 이야기며, 혁명군은 많은 대포와 폭격기를 가졌고 무장한 병사들을 거느리고 있다는 이야기며, 오늘날에는 남녀가 평등해졌다는 것과, 아편을 매매하거나 피우는 것은 처벌 대상이 되었다는 것, 그 밖에 이러한 악습은 이미 한꺼번에 없어졌다는 말이었다.

그들은 옌이 처음 듣는 것을 너무나 많이 이야기해 주었으므로 그는 옛 기억에만 사로잡혔던 자신이 어리석게 느껴져, 한시 바삐 새로운 고국이 보고 싶어졌다. 그는 이런 시대의 청년이라는 사실이 기뻐서, 어느 날 동포들과 한 식탁에 둘러앉았을 때 가슴을 두근거리며 말했다. "자유롭게 자기 생각대로 살 수 있는 시대에 태어났으니 이 얼마나 근사한 일인가!"

그러자 정열에 불타는 젊은이들은 모두 서로의 얼굴을 바라보며 기쁨으로 빛나는 미소를 지었다. 그 가운데 한 아름다운 여자가 예쁘장한 발을 쑥 내밀면서 소리쳤다. "보세요. 어머니 시대에 태어났더라면, 이렇게 멀쩡한 두 발로 걸을 수 있었겠어요?" 그러자 모두 어린아이처럼 웃으며 온갖 농담을 주고

받았다. 그러나 이 젊은 여성의 웃음은 단순한 농담이 아니었다. 한 청년이 말했다.

"누구나 자유로워지다니, 우리 민족의 역사 이래 처음 있는 일이야. 공자 이래 처음이란 말이야!"

그러자 쾌활한 청년이 소리쳤다. "공자를 타도하자!" 그러자 다른 사람들도 소리를 합해서, "맞아, 공자를 타도하자!" 소리쳤다. "공자 따윈 타도하는 거야. 우리가 증오하는 옛 습관과 함께 무너뜨리는 거야. 공자나, 공자가 가르치는 효도 따위는 두 번 다시 부활할 수 없게 해야 해!"

그들은 또 좀더 진지한 이야기를 나눌 때도 있었는데, 그럴 때는 국가를 위해 무엇을 하면 좋을까 하는 것을 열심히 생각했다. 옌과 함께 한 이 청년들은 누구나 국가를 위해 공헌하겠다는 열정에 불타고 있었다. 그들의 대화 속에서는 반드시 '조국'이라든가 '애국심'이라는 말을 들을 수 있었다. 그들은 진지하게 자기들의 결점이나 능력을 살피고 그것을 다른 나라 국민들과 비교했다. "서양인은 발명의 재능에서, 육체가 정력적이라는 점에서, 진취적인 기상에서 우리보다 뛰어나다" 하고 그들은 말했다. 그러면 또 누군가가 이렇게 말하는 것이었다. "우리들이 뛰어난 점은?" 그들은 서로 얼굴을 쳐다보고 생각하다가 다 함께 말한다. "우리는 느긋함과 인내력, 그리고 이해력이 뛰어나다."

이 말을 듣자 아까 귀여운 발을 내밀어 보이던 처녀가 잠자코 있지 못하고 소리쳤다.

"언제까지나 참고 견딘다는 것은 우리들의 결점이에요. 나는 이제 인내하지 않을 거예요. 마음에 들지 않는 것을 무슨 일이고 참고 견디지만은 않겠어요. 그리고 우리나라 여성들에게 무슨 일에나 인종하지는 말라고 가르치겠어요. 미국 여성 중에서 자기가 싫어하는 것을 참고 견디는 사람을 본 적은 없어요. 미국이 이만큼 된 까닭은 그거예요!"

그러자 우스갯소리를 잘하는 청년이 말했다. "그래요, 미국에서는 남자 쪽이 참지요. 우리도 그것을 본받아야 할 모양이에요, 여러분!" 이 말에 그들은 젊은이들답게 와 하고 웃었다. 그러나 지금 농담을 한 청년은, 무엇이든 좋을 대로 하겠다는 이 대담하고 기가 센 아름다운 처녀를 남몰래 찬탄의 눈으로 바라보았다.

이렇게 하여 옌을 포함한 한 무리의 젊은 남녀들은 더없이 쾌활한 마음으로 열렬한 귀국에의 기대를 가슴에 안고 배 위에서의 나날을 보냈다. 그들은 자기 동료들 말고는 아무에게도 주의를 기울이지 않았다. 왜냐하면 그들은 모두 자기들의 젊음에 확신을 갖고, 자기들의 지식에 만족하며, 다시 고국의 땅을 밟는다는 열망에 넘치고, 저마다가 시대에 공헌할 힘을 가졌으며 높은 가치를 갖고 있다는 자신을 품고 있었기 때문이다. 그러나 그들 스스로 아무리 만족하더라도, 옌은 그들이 떠들어대는 말이 외국어이며, 자기 나라 말을 할 때도 모국어로 제대로 전달할 수 없는 사상을 전할 때에는 외국어로 덧붙여야만 한다는 것과, 여성의 복장은 반은 양장이고 남자는 모두 양복을 입고 있으므로 뒤에서 보면 어느 인종인지 알 수 없다고 생각했다. 더욱이 그들은 밤마다 남자와 여자가 서로 끌어안고 외국인이 하듯이 춤을 추고, 때로는 부끄러움도 없이 볼과 볼을 비벼 대며 손에 손을 잡고 춤추는 일도 있었다. 춤추지 않는 것은 옌뿐이었다. 동포들이 그의 눈에 외국풍으로 비치는 짓을 할 때에는 아무리 작은 일이라도 그는 그들로부터 떨어졌다. 그리고 자기도 예전에는 춤을 춘 것을 잊고 속으로 생각했다. '댄스는 외국 것이지 않은가.' 그러나 그가 망설인 것은 이와 같은 새 시대의 여성과 접촉하고 싶지 않았던 것도 하나의 이유였다. 그녀들이 금방 손을 내밀어 남자에게 접촉해 오는 것이 그는 두려웠다. 옌은 매달리듯 여자가 끈적하게 접촉해 오는 것을 전부터 무서워했다.

이렇게 하루하루가 지나갔으며, 옌은 지난 몇 년 동안 고국은 어떤 모양으로 변했을까 하고 날이 갈수록 궁금해졌다. 드디어 고국에 도착하는 날, 그는 홀로 뱃머리로 가서 육지가 나타나기를 기다렸다. 육지는 모습을 나타내기 훨씬 전부터 그 그림자를 바다 위에 던지고 있었다. 옌이 보고 있으니 맑고 차가운 초록 바다에 누런 줄이 나타났다. 그것은 큰 강이 육지 사이를 몇천 마일이나 흘러오는 동안에 깎아 내어 세찬 물줄기에 실어 바다까지 날라온 황토였다. 그 노란 줄무늬는 마치 손으로 그린 듯이 뚜렷했다. 아무리 파도가 밀려와도 꿈쩍도 하지 않았다. 그리고 아직 바다 위라고 생각했는데, 그때 배가 하나의 장애를 넘기라도 한 듯, 다음 순간에는 눈앞에 소용돌이치는 노란 파도를 보고 옌은 고국에 돌아왔음을 알았다.

이것은 좀더 나중의 이야기인데, 한여름의 더운 날, 옌은 헤엄을 치러 바다로 갔다. 물이 누래서, 이런 물에서 헤엄을 쳐야 하나? 처음에는 왠지 더럽다는 기분이 들어서 망설이다가 '여기서 헤엄치는 것이 왜 나쁘단 말인가? 이것은 우리 조상의 대지로 혼탁해진 것이 아닌가?' 생각했다. 그래서 큰맘 먹고 바다로 들어간 그는 시원하고 상쾌한 기분이 되었다.

마침내 배는 소리도 없이 하구(河口)로 들어갔다. 양쪽 기슭은 둔중하고 누렇고 낮았으며 조금도 아름답지 않았다. 그리고 그 위에는 같은 빛깔의 조그마하고 낮은 집들이 있었다. 대지는 인간이 아름답다고 생각하거나 말거나, 구태여 아름답게 보이려 하지 않는 듯했다. 옛날처럼 오늘도 강이 만든 낮고 누런 양쪽 해안이 길게 펼쳐져, 바다를 밀어내어 한 걸음도 들이지 않겠다는 것 같았다.

옌도 그것이 아름답지 않다는 것은 인정해야 했다. 여러 나라 선객들과 섞여서 갑판에 서 있던 옌의 귀에는, 사람들이 이 새로운 나라를 바라보며 주고받는 말이 들려 왔다. "그리 아름답진 않군." "다른 나라처럼 산이 아름답지 않은데." 그러나 옌은 아무 말도 할 수 없었다. 그는 다만 긍지를 갖고 속으로 생각했다. '우리나라는 그 아름다움을 감추고 있는 거야. 정숙한 여성은 문 밖의 타인에게는 수수한 모습만을 보이는 법이다. 자기 집 안에서만 빛깔 있는 옷을 입고, 반지를 끼고, 귀걸이를 한다. 우리나라는 그런 여성과 비슷하다.'

이렇게 생각했을 때, 옌의 마음에는 몇 년 만에 다시 단시(短詩)가 떠올랐다. 옌은 그것을 사행시로 쓰고 싶은 충동을 느끼고, 언제나 주머니에 넣고 다니는 수첩을 꺼내어 단숨에 써내려갔다. 이 얼마 안 되는 시간이 그날의 환희에 찬 기분에 다시 한 점의 밝음을 보탰다.

그때 갑자기 평탄하고 음침한 평야에서 난데없이 높은 건물이 나타났다. 옌은 고국을 떠날 때는 셍의 간호를 받으며 밤배의 선실에서 눈을 떴기 때문에 이런 높은 건물을 보지 못했었다. 옌이 다른 선객과 함께 신기하게 바라보고 있는 동안에 건물은 평탄한 대지에서 높이 치솟아, 타는 듯한 햇빛 아래 번쩍번쩍 빛났다. 한 백인이, "이렇게 근대적인 대도시인 줄은 미처 몰랐는데" 말하는 소리가 들렸다. 그 목소리에 존경의 뜻이 깃들어 있음을 깨닫고 옌은 속으로 자랑스러웠으나, 아무 말도 하지 않고 낯빛도 바꾸지 않은 채, 여전히 갑판의 난간에 기대어 고국의 모습을 지그시 쳐다보고 있었다.

이와 같은 긍지가 그의 마음에 솟는 동안 배가 부두에 닿자 순식간에 선창

가나 주변에서 모여든 쿨리*² 무리가 배 안으로 밀고 들어왔다. 그러고는 가방이나 트렁크를 메는 천한 일을 맡으려고 서로 복작대기 시작했다. 항구 안에서는 지저분한 조각배들이 여름의 더운 햇빛 속을 노저어 몰려들었다. 그 조각배에 거지들이 타고 우는 소리로 구걸을 하면서 끝에 바구니를 댄 긴 장대를 배 위로 쳐들어 올렸는데, 그 대부분이 병자들이었다. 쿨리들도 더워서 반나체가 대부분이었는데 일을 얻으려고 모두 정신이 없어서 먼지와 땀투성이 몸으로, 깨끗하게 차려 입은 백인 여자들 사이를 마구 밀치며 돌아다녔다.

옌의 눈에 백인 여자들이 몸을 피하는 것이 보였다. 그저 사내들을 무서워하는 사람도 있었으나, 모두 그 더러움과 땀과 천함에 진저리를 치고 있었다. 옌은 이 거지들과 쿨리들도 자기의 동포라고 생각하니 속으로 부끄러워졌다. 그리고 이상하게도 그는, 쿨리들을 피하는 백인 여자들에게 증오를 느끼면서도 갑자기 이 반라의 쿨리들과 거지들에게도 증오를 느껴 속으로 거칠게 소리쳤다. '이런 인간들이 이렇게 누구 앞에나 모습을 나타내는 것을 당국은 단속해야 한다. 이 나라를 찾아오는 온 세계 사람들에게 가장 먼저 이런 인간들을 보여 준다는 것은 좋지 않다. 그 가운데에는 이런 인간들밖에 보지 않는 사람들도 있을 것이다.'

---

*2 중국의 하층 노동자.

그는 이런 광경을 차마 보고 있을 수가 없었다. 어떻게든 이것을 완전히 바꾸겠다고 결심했다. 다른 사람들에게는 보잘것없는 일로 여겨질지 모르지만 그에게는 결코 사소한 문제가 아니었던 것이다.

그러나 그의 이 기분은 곧 풀렸다. 배에서 내려오니 그가 어머니라 부르는 노부인과 아이란이 마중나와 있었기 때문이다. 두 사람은 많은 사람들 속에 서 있었는데, 옌은 첫눈에 그 많은 이들 가운데 아이란만큼 아름다운 여성이 없다는 것을 알고 기쁨이 솟았다. 그는 노부인에게 인사하고, 눈과 얼굴에 기쁨의 미소를 띤 그 손을 꼭 잡고 있을 때도, 배에 탄 사람들의 눈이 일제히 아이란에게 쏠린 것을 잘 알 수 있었다. 그리고 자기와 같은 민족인 그녀를 배에 탄 사람들에게 보여 줄 수 있다는 데 흡족함을 느꼈다. 그 거지나 쿨리들의 추태도 아이란의 아름다움으로써 깨끗이 씻어지는 듯했다.

그만큼 아이란은 아름다웠다. 옌이 고국을 떠날 때 그는 아직 어린애에 지나지 않았으므로 그녀의 아름다움을 충분히 알지 못했다. 그러나 오늘 이렇게 부두를 걷고 있으니, 아이란 같으면 세계 어느 나라 미인과 겨루더라도 조금도 손색이 없다고 그는 생각했다.

아이란이 소녀 시절의 새끼 고양이 같은 아양을 보이지 않게 된 것도 나이다운 침착함을 느끼게 했다. 옛날처럼 눈은 반짝이고 재치가 번득였으며, 목소리도 가볍고 탄력이 있었으나, 거기에는 어딘가 모르게 부드럽고 완성된 기품이 갖추어져 있었으며 그 높은 웃음소리도 그리 자주 내지 않았다. 따뜻함이 담긴 아름다운 얼굴을 감싼 짧은 머리카락은 검고 윤기가 있었다. 다른 여자들처럼 구불거리지 않고 흑단 같은 머리를 곧장 빗어내려 이마에서 가지런히 갈라 놓았다. 오늘 그녀는 최신 유행의 길고 날씬한 은빛 옷을 입었는데, 깃은 높으나 소매는 팔꿈치까지밖에 안 되고 몸에 딱 붙어서, 어깨에서 허리, 허벅지에서 발꿈치에 이르기까지 한 점 나무랄 데 없는 곡선이 부드럽게 흘렀다.

옌은 그녀의 완전한 아름다움에 구원받은 듯한 기분이 들어 자랑스레 그녀의 모습을 바라보았다. 내 나라에도 이런 여성이 있다!

노부인 뒤에, 이제 어린애는 아니지만 그렇다고 해서 여자가 다 되지도 않은, 훤칠하게 키가 큰 소녀가 서 있었다. 아이란만큼 아름답지는 않았지만 맑고 기품있는 눈을 지녀서, 아이란만 옆에 없다면 충분히 눈길을 끌만했다. 키는 크지만 거동은 우아하고, 얼굴은 갸름하고 하앴으며 짙은 눈썹 아래 검은 눈도 큰직하게 뜨고 있었다. 이 사람이고 저 사람이고, 환영하는 소리며 웃음에 정신이 팔려 아무도 이 소녀가 누구인지 옌에게 말해 주지 않았다. 그러나 막 물어보려던 순간 그는 이 소녀가 그날, 감옥 문 앞에서 가장 먼저 자기를 발견하고 소리친 메이링이라는 아이임을 깨달았다. 그는 그녀를 향해 말없이 고개를 숙였다. 그러자 그녀도 마찬가지로 고개를 숙였다. 그러나 그 얼굴이 금방 잊을 수 없는 얼굴이라는 것을 옌이 알게 될 때까지는 아직 시간이 필요했다.

또 한 사람, 지금도 옌이 기억하는 사람이 나와 있었다. 그에게서 아이란을 지키도록 노부인의 부탁을 받았던 바로 그 우라는 소설가였다. 그는 말쑥한 양복을 입고 코 밑에는 짤막한 수염을 길렀으며, 머리는 마치 기름으로 닦은 듯이 번들거리는 모습으로 사람들 속에 여유롭게 서 있었다. 자기는 올 권리가 있는 장소에 와 있다는 듯한 확신이 몸 전체에 드러났는데, 그 이유를 옌은 곧 알았다. 가벼운 인사가 끝나자 노부인은 이 청년의 손을 잡고 이어 옌의 손을 잡으면서 말했다. "옌, 이쪽은 아이란과 결혼할 분이야. 아이란의 희망으로 네가 돌아올 때까지 결혼식을 연기해 둔 거란다."

옌은 노부인이 이 사나이에게 호감을 갖고 있지 않았다는 것을 기억하고 있었으므로, 어째서 여태까지 편지로 아이란의 결혼에 대해 알려 주지 않았을까 이상하게 생각했다. 그러나 이런 자리에서 예의에 벗어난 말은 할 수 없으므로, 소설가의 고운 손을 잡아 요즘 유행대로 악수를 하면서 미소를 띠고 말했다. "누이의 결혼식에 참석할 수 있다니 참으로 기쁩니다. 나는 운이 좋군요."

상대편은 가볍고도 조금 나른하게 웃는 여느 때의 버릇인 듯 눈을 내리깔며 옌을 보고, 좀 빼기듯이 영어로 "운이 좋은 것은 나지요" 말하고는 한쪽 손으로 머리카락을 쓸어올렸다. 이때 옌은 눈에 익은 그 묘한 미남행세를 여기서 오랜만에 보았다.

이런 인사에 익숙하지 않은 옌은 잡았던 손을 놓고 개운치 않은 기분으로 그 자리를 떠났다. 그는 문득 이 사나이가 이미 다른 여자와 결혼했던 것을 떠올리고 점점 더 영문을 알 수 없게 되었다. 어떻게 이렇게 되었는지 지금 여기서 물어볼 수도 없으므로 나중에 살며시 노부인에게 물어봐야겠다고 생각했다. 그러나 다 함께 자동차가 기다리고 있는 거리로 걸어가면서, 그 두 사람이 참으로 잘 어울리는 한 쌍임을 인정하지 않을 수 없었다. 두 사람 모두 어디까지나 중국인다우면서도 또한 어딘가 그렇지 않은 듯이 보였다. 마치 튼튼하게 뿌리를 내린 노목이 그 마디투성이의 밑둥에서 느닷없이 아름다운 꽃을 피운 느낌이었다.

노부인이 다시 옌의 손을 잡고 말했다.

"집에 가자. 여기는 바다에 반사하는 햇빛이 너무 강하고 더운 것 같구나." 옌은 노부인에게 손을 잡힌 채 거리까지 나갔다. 거기에는 부인의 자가용이 기다리고 있었다. 부인은 여전히 옌의 손을 꼭 쥔 채 차까지 데려갔다. 메이링은 부인의 반대쪽에 붙어서 걸어갔다.

아이란은 새빨간 2인승 소형차에 올라탔다. 우도 함께였다. 이 호화스러운 자동차에 탄 두 사람의 아름다움은 마치 한 쌍의 신과 같았다. 차의 지붕이 뒤로 접혀 있어서 햇빛이 두 사람의 검고 윤기있는 머리와 얼룩 하나 없는 매끄러운 황금빛 피부에 그대로 퍼부어졌다. 차체의 화려한 붉은 빛도 그들의 아름다움을 손상하지 않고, 오히려 두 사람의 나무랄 데 없이 완전한 육체의 아름다움과 기품을 한결 더 강조했다.

옌은 이 아름다움에 또다시 감탄하고 민족의 긍지가 가슴속에 솟구침을 느꼈다. 이렇게 깨끗한 아름다움은 미국에서도 본 적이 없지 않은가! 고국에 돌아오는 것을 두려워할 필요는 없었던 것이다.

그때 이 부자들을 멍하니 보고 있던 군중 속에서 한 거지가 튀어나와 그 당당한 빨간 자동차로 달려가더니, 문 끝에 손을 걸고 매달려 거지 특유의 가엾은 목소리로 "제발 한푼 적선합쇼, 제발, 적선합쇼!" 애걸했다.

그러자 차 안에 타고 있던 귀공자는 "더럽다, 그 손 놓아라!" 거칠게 소리쳤다. 그러나 거지는 차츰 더 목소리를 높이며 문을 놓지 않았다. 마침내 귀공자는 몸을 굽혀 딱딱한 서양식 가죽 구두를 벗어들고 그 뒤꿈치로 거지의 손을 힘껏 후려쳤다. 거지는 "제길!" 소리치며 군중 속으로 달아나 상처입은 손을 입으로 가져갔다.

귀공자는 아름다운 흰 손을 옌에게 흔들어 보이고는 굉음과 함께 차를 출발시켰다. 새빨간 차체는 햇빛 속을 나는 듯이 달려 나갔다.

귀국 후 며칠 동안 옌은 주변의 일이 정확하게 파악될 때까지 감정을 정지시키기로 했다. 처음에 그는 '이 나라도 그리 다른 점은 없지 않은가. 요컨대 우리나라도 현대의 다른 나라와 마찬가지다. 어째서 그렇게 걱정했을까?' 안도의 숨을 내쉬었다.

사실 옌에게는 그렇게 여겨졌다. 건물이나 도로, 민중이 가난하고 초라하게 보이지나 않을까 걱정했던 그로서는, 그렇지도 않은 것을 보고 만족했다. 그가 유학 가 있는 동안 노부인은 그때까지 살던 조그만 집에서 서양식의 큰 집으로 이사했는데, 그 새 집을 보고 그는 더욱 안심했다. 첫날 옌이 처음 이 집으로 돌아왔을 때 노부인은 말했다.

"아이란 때문에 이사를 했지. 그전 집에서는 동무들을 초대하기도 좁고 초라하다고 아이란이 자꾸 그래서 말이다. 그리고 나도 전부터 메이링을 데려오고 싶었거든. 옌, 나는 그 애가 꼭 내 친딸 같은 기분이야. 아이란의 외할아버지처럼 그 애도 의사가 될 거라는 것을 너한테 알렸던가 몰라. 그 애에겐 내가 아버지에게서 배운 것을 모두 가르쳐 줬어. 지금은 외국인이 경영하는 의학교에 다니고 있지. 학교가 아직 2년 남아 있는데, 졸업한 뒤에도 몇 년 더 부속 병원에서 수련을 해야 한단다. 내과 쪽은 우리 의학이 더 알맞다는 것을 잊지 말라고 나는 그 애에게 말했단다. 하지만 절개하거나 꿰매거나 하는 외과 쪽은 외국이 더 발달해 있다는 사실은 부정할 수 없어. 메이링은 내과와 외과를 모두 공부하고 있다. 그 밖에 메이링은 고아의 뒷바라지도 거들어 주고 있단다. 여전히 거리에는 내버려지는 아이들이 많단다. 혁명 뒤로 남녀의 행동이 자유로워져서, 요즘에는 더욱 많아졌어."

옌은 놀라며 말했다. "메이링은 아직 어린아이인 줄 알고 있었습니다. 제가 유학 떠날 때는 아주 어린아이였다고 기억하고 있지요."

"벌써 스무 살인걸." 노부인은 조용하게 대답했다. "어린애였던 건 아주 오래 전이란다. 머리는 나이보다 더 성숙해서, 사실 아이란이 훨씬 나이가 많지만 꼭 아이란의 언니 같단다. 매우 용감하고 침착한 아이야. 언젠가 메이링이 조수가 되어 외과 수술을 하는 것을 보러 갔었다. 여자 환자의 목에 난 종기를 제거하는 수술인데 그 애의 손 움직임은 남자처럼 침착하더구나. 선생님도 메이링이 떨지도 않고 피가 솟아나도 겁을 내지 않았다면서 칭찬하시더라. 메이링은 무슨 일에도 놀라지 않지. 무척 침착하고 얌전한 아이야. 게다가 또 기쁜 것은 아이란과 의가 좋다는 거야. 그 애는 아이란이 놀러갈 때도 함께 가지 않고, 아이란도 메이링이 하는 일에 관심을 갖지는 않지만."

그때 부인의 방에는 노부인과 옌 두 사람뿐이었다. 메이링은 곧 물러났으므로 차와 과자를 나르는 하녀가 드나드는 것 말고는 아무도 없었다. 그래서 옌은 호기심을 못 이겨 물었다. "그 우라는 사람, 이미 결혼한 줄 알고 있었는데요."

이 말을 듣자 노부인은 한숨을 쉬고 대답했다. "네가 이상하게 생각할 줄 알았지. 아이란 때문에 나도 무척 속을 썩였단다. 하지만 아이란은 그 사람과 결혼하겠다고 하고, 저쪽에서도 아이란과 결혼하겠다니 더 이상 할 말이 없지. 그 애는 누가 뭐라고 해도 듣지 않거든. 이 큰 집에 이사온 까닭도 그 때문이란다. 두 사람이 꼭 만나지 않고는 못 견딘다면 여기서 만나는 게 좋겠다 싶어서 말이야. 어차피 둘은 만날 테니까. 내가 할 수 있는 일이라고는 그 사람이 부인과 이혼해서 자유로운 몸이 될 때까지 너무 깊이 들어가지 않도록 하는 일뿐이었어. 게다가 그 부인이란 사람은 사실 고풍스런 여자야. 그 사람의 부모가 골라서 그 사람이 열다섯 살 때 결혼시켰다지만, 그 사람과 부인, 어느 쪽이 더 딱한지 나는 모르겠어. 두 사람의 슬픔을 나는 알 듯도 해. 나도 비슷한 결혼을 해서 사랑받지 못하고 살아 왔으니까, 그 부인 일이 남의 일 같지 않다. 더욱이 사랑받지 못한다는 것이 어떤 것인가 잘 아는 이상, 내 딸만은 좋아하는 사람과 결혼시켜 주겠다고 맹세했지. 그러니까 두 사람의 고민을 나는 잘 알아. 하지만 그것도 형식적인 건 이제 일단락됐다. 옌, 요즘 세상에서는 이런 일이 너무 쉽게 처리가 되는 것 같구나. 이혼이 성립돼서, 가엾은 부인은 태어난 고향인 내륙에 있는 도시로 돌아가게 되었지. 막 떠나려 할 때 내가 만나러 가보았어. 부인은 그 사람과 함께 이 도시에서 살고 있었으니까. 하기야 명목상으로만 그랬다고 부인은 말하더라만. 가보니 부인은 하녀 둘에게 시켜서 시집올 때 가져온 붉은 가죽 가방에 옷을 챙겨 넣고 있었어. 나한테 한 말은 그저, '언젠가 이렇게 될 줄 알고 있었어요. 이럴 줄 알았어요'라는 말뿐이었어. 아름답지도 않았고 그 사람보다 다섯 살이나 위였으며, 요새는 누구나 하는 외국어도 할 줄 모르고, 큼직한 외국식 신으로 감추려 했지만 발은 전족을 했더구나. 그 부인으로서는 정말 이걸로 끝인 거지. 그 사람의 인생에 앞으로 무슨 희망이 있겠니. 하지만 나는 아무것도 물어볼 수가 없었단다. 먼저 아이란을 생각해 주어야 했거든. 우리 같은 늙은이는 새로운 물결에 밀려서 떠내려가는 수밖에, 지금 세상에서는 아무것도 할 힘이 없단다. 대체 무엇을 할 수 있겠니? 나라가 뒤집혀서, 우리가 의지할 것은 아무것도 남아 있지 않다. 법도 없고 형벌도 없단 말이다."

부인이 말을 마쳤을 때 옌은 그저 미소를 지었을 뿐이었다. 눈앞의 노부인은 완전히 늙어 조용해졌고, 언제나 어딘가 우수가 깃든 표정을 하고 있었으며 머리는 하얗다. 그녀는 어느 노인이라도 함직한 말을 하고 있다고 옌은 생각했다.

그렇게 생각한 것은, 그때 그는 마음속에 용기와 희망만을 느끼고 있었기 때문이다. 귀국한 그날, 겨우 몇 시간 안에 이 도시는 이미 그에게 용기를 주었다. 이곳은 참으로 활기차고 풍요로웠다. 지나가면서 잠깐 보아도 여기저기에 큼직한 새 점포가 들어서 있었다. 기계류를 파는 상점, 세계 각지의 온갖 상품을 파는 가게가 있었다. 소박한 상품을 파는, 지붕이 낮은 가게가 즐비하게 늘어섰던 초라한 거리는 그다지 볼 수 없었다. 이제 이 도시는 세계의 중심이 되어 새로운 건물들이 층층으로 높이를 겨루고 있었다. 옌이 미국에 가 있는 6년 동안에 수십 개의 웅장한 건물이 하늘을 찌를 듯이 솟았던 것이다.

돌아온 첫날 밤, 그는 자기 방 창문 앞에 서서 이 거리를 내다보며, '셍이 머무르는 그 미국 도시와 거의 다름없지 않은가' 이렇게 생각했다. 그를 에워싼 것은 눈부신 가로등불, 자동차의 소음, 수백만 인간들이 낮게 신음하는 웅성거림, 끊임없이 성장하며 용솟음치는 생활의 거센 물줄기와 고동이었다. 이것이 내 나라이다. 구름에 가려 달이 보이지 않는 하늘을 배경으로 벌겋게 빛나는 글자는 내 나라 글자이며 그것은 내 나라 국민이 만들고 있는 상품을 알리고 있다. 이 도시는 내 나라의 도시이다. 그리고 세계 어느 도시에도 못지않은 대도시인 것이다. 문득 그는 아이란 때문에 밀려난 여자를 생각했다. 그러나 그는 마음을 다독이며 이렇게 중얼거렸다(이 새로운 시대에 견디어 내지 못하는 자는 모두 밀려나는 것이다. 그게 옳은 것이다. 아이란도 우도 옳다. 새로운 것을 부정할 수는 없는 것이다).

그러고는 시원하면서도 비정한 기쁨을 느끼면서 잠이 들었다.

그 뒤 며칠 동안 옌은 이러한 자랑스런 기쁨에 싸여 이 대도시의 구석구석을 찾아보았다. 감옥에서 나와 고국을 떠났으며, 이제 다시 고국에 돌아왔다는 사실을 생각하니 자신은 믿을 수 없을 만큼 행운아라는 느낌이 들었다. 그리고 모든 감옥의 문이, 자신이 갇혔던 감옥뿐 아니라 모든 속박의 문이 열린 듯한 느낌이 들었다. 아버지가 그의 의사에 반해서 결혼시키겠다고 한 일도, 젊은 남녀들이 자유를 희구한 탓으로 잡혀서 총살당한 일도 잊혀진 한 순간의 악몽에 지나지 않았다. 그들이 목숨을 바친 이 자유는 이제 모든 이에게 주어지지 않았는가? 이 도시의 거리거리에는 젊은 사람들이, 남자나 여자나 자유롭고 대담하며 하고 싶은 일은 주저하지 않는다는 표정으로 걸어다니고 있어, 어디를 보나 속박 같은 것은 없었다. 이틀 뒤에 맹에게서 편지가 왔는데 이런 사연이 씌어 있었다.

마중나가고 싶었으나, 나는 이 새로운 수도를 떠날 수가 없었어. 우리들은 낡은 도시를 새로 만들고 있어. 낡은 집을 부수고 상쾌한 바람처럼 거리를 뚫고 지나가는 크고 새로운 도로를 건설했지. 앞으로 곳곳에 더 많은 도로를 만들 예정이다. 그리고 불필요한 사당이나 사찰을 부숴 버리고 그 자리에 학교를 세울 계획을 세워 놓았어. 이 새로운 시대에는 민중이 사당이나 사찰 따위를 필요로 하지 않기 때문이야. 그 대신 과학을 가르치는 거지. 나는 육군 대위로 장군의 부관을 하고 있는데, 장군은 군관 학교 시절의 형을 알고 있어. 그리고 이곳에 오면 형이 일할 자리가 있다고 전하라더군. 그건 사실이야. 장군이 최고 수뇌부의 세력 있는 사람에게 이야기해 두었으니까 형은 이곳 대학에서 형이 하고 싶은 강의를 하면 돼. 그러면 형도 이곳에 살면서 이 도시의 건설에 협력할 수 있을 거야.

이 대담하고 의욕 넘치는 편지를 읽으며 옌은, '이것이 그 수배를 받았던 맹의 편지다. 그는 이렇듯 훌륭해졌다!' 생각하고 기쁨에 젖었다. 또 조국이 벌써 자기에게 지위를 제공해 주었다는 사실에도 마음이 뜨거워졌다. 그는 이 문제를 마음속으로 한두 번 되새겨 보았다. 나는 정말 젊은 사람들을 가르치고 싶은 것인가? 국민에게 봉사하려면 아마 그것이 가장 빠른 길인지도 모른다. 그러나 이제 막 돌아온 그는 아직 해야 할 의무가 있었으므로 이 문제는 좀더 생각해서 결정하기로 했다.

그 의무란, 먼저 백부와 집안 사람들에게 인사를 하러 가야 했고, 사흘 후에는 아이란의 결혼식이 있으며, 그 뒤에는 아버지도 뵈러 가야 했던 것이다.

돌아와 보니 아버지한테서 편지가 두 통 와 있었다. 한두 장의 종이에 쓴, 노인답게 큼직하고 불안하게 떨리는 필적을 보니 옌은 그리운 생각이 왈칵 솟아, 일찍이 아버지를 무서워하고 미워했던 것은 모두 잊어버렸다. 이 새로운 시대에서는 왕후도 잊혀진 무대 위의 늙은 배우처럼 존재가 흐릿하게 느껴져 그는 꼭 돌아가서 아버지를 뵈어야겠다고 생각했다.

6년이라는 세월은 아이란을 더욱 아름답게 만들고, 어린애였던 메이링을 성숙한 여자로 가꾸어 놓았으나, 그것은 동시에 지주 왕이 부부에게는 묵직한 노령을 보태주었다. 옌이 어머니라고 부르는 노부인은 그 세월 동안에도 머리가 좀 하애지고 총명한 얼굴이 더욱더 총명하고 참을성 있게 되었으며, 조금 여위었을 뿐 그리 변하지는 않았는데, 백부 부부는 완전히 노인이 되어 있었다. 이제는 자기 집을 팔고 장남과 함께 살고 있었으므로 옌은 그리로 찾아갔다. 그것은 장남이 세운 집으로 아름다운 정원에 둘러싸인 양옥이었다.

백부는 이 정원의 파초나무 그늘에 앉아 있었는데, 옌의 눈에는 마치 나이든 성자처럼 온화하고 행복해 보였다. 이제 그는 육체적인 쾌락 추구를 그만두고 기껏해야 이따금 미인화를 사는 정도였다. 그와 같은 그림을 수백 장이나 갖고 있어서, 보고 싶어지면 하인더러 가져오게 하여 한 장 한 장 들치며 가만히 들여다보았다. 옌이 왔을 때도 파리를 쫓기 위해 옆에 서 있는 하녀가 마치 어린아이에게 그림책을 보여 주듯 그 그림을 한 장씩 넘겨 주고 있었다.

옌은 그 사람이 백부라고는 곧바로 알아볼 수 없었다. 이 노인은 그 왕성한 욕정으로 마지막 순간까지 노령을 접근시키지 않았는데, 요즘에는 노인답게 이따금 소량의 아편을 피우기 때문인지 아니면 다른 이유가 있어서인지, 기어이 노령이 찾아왔을 때, 그것은 북풍처럼 들이닥쳐 몸을 시들게 하고 지방분을 쫓아버렸다. 그 결과 지금 앉아 있는 모습을 보니 피부가 마치 몸에 너무 큰 옷처럼 헐렁해 보여, 전에 지방 때문에 팽팽했던 곳은 이제 누런 주름이 축 늘어져 있었다. 변하지 않은 것은 복장뿐으로, 천은 호사스러운 공단이지만 옛날 뚱뚱할 때 지은 옷 그대로라 이제는 헐렁했다. 옷자락은 발꿈치가 가려질 정도로 길었고 소매도 손이 감추어지도록 길었으며, 깃은 축 처져서 여위어 주름투성이인 목을 드러내 보이고 있었다.

옌이 앞에 서자 노인은 뜻을 잘 알 수 없는 인사를 했다. "내가 이런 데서 혼자 그림을 보고 있는 것은 말이다, 집사람이 나쁜 그림이라며 빼앗아가기 때문이야." 그리고 그는 옛 그대로의 호색스러운 웃음소리를 냈는데, 지나치게 색에 빠져 거칠어진 얼굴 때문에 그 웃음은 왠지 소름이 돋을 것만 같았다. 그는 웃을 때 하녀 쪽을 돌아보았다. 하녀는 옌을 황홀하게 바라보고 있으면서도 노인의 기분을 맞추기 위해 일부러 너무나 재밌다는 듯이 웃었다. 그러나 옌에게는 노인의 웃음소리도 옛날보다 힘이 없어진 것처럼 느껴졌다.

잠시 뒤 노인은 여전히 그림을 들여다보면서 물었다. "네가 외국에 간 지 몇 해나 되느냐?" 옌이 대답하자 이번에는, "네 사촌형 녀석은 어떻게 하고 있지?" 묻고는 옌이 그 말에도 대답하자, 노인은 셍을 염두에 둘 때는 언제나 그것을 생각하는 듯 중얼거렸다. "그 애는 외국에서 돈을 너무 써. 셍은 낭비가 심하다고 큰애가 그러더구나." 그러고는 그대로 심각한 표정을 짓고 있었다. 옌이 기분을 북돋우기 위해서 "내년 여름에는 돌아오겠다고 했습니다" 이렇게 말하자 노인은 어린 대나무 아래에 선 미인 그림을 바라보면서 말했다. "그래, 그렇게 말해 왔더라." 그러고는 문득 생각난 듯이 갑자기 매우 자랑스레 말했다. "맹이 대위가 된 것을 알고 있을 테지?" 옌이 미소를 지으며 알고 있다고 대답하자 노인은 흐뭇해하며 말했다. "그래, 그 애는 이제 아주 훌륭한 대위가 되어서 좋은 급료를 받고 있지. 게다가 불안한 시대에는 집안에 군인이 있다는 게 매우 편리하다. 맹도 요즘엔 무척 높아졌지. 나를 만나러 왔는데, 외국 군인 같은 군복을 입고, 허리에는 권총을 차고, 신발 뒤꿈치에는 박차를 달고 왔더라. 이 눈으로 똑똑히 보아 두었지."

옌은 잠자코 있었으나 지난 6년 동안에, 맹이 아버지에게 욕을 먹던 지명 수배자 처지에서 아버지가 자랑스러워하는 대위가 된 것을 생각하니 미소를 금할 수 없었다.

둘이서 이야기하는 동안 백부는 옌과 함께 있는 것이 좀 거북한 듯, 조카에 대한 태도라기보다 손님을 맞이하는 태도를 보이면서, 옆에 있는 조그마한 탁자에서 주전자를 집어 옌에게 차를 따라 주려고 했다. 옌이 말리자 이번에는 주머니에서 담뱃대를 꺼내어 담배를 권하는 것이었다. 마침내 옌도 백부가 자기를 진짜 손님 취급을 한다는 사실을 깨달았다. 백부는 불안한 눈으로 그를 자꾸 바라보더니 마침내 말했다. "너는 어쩐지 외국인같구나. 옷이라든가 걸음걸이라든가, 거동이 내 눈에는 외국인처럼 보인다."

옌은 웃었으나 이 말을 듣는 것이 그리 반갑지 않았다. 그러나 이에 대답할 말도 없었으므로 왠지 거북함을 느꼈다. 6년 동안 헤어져 있었지만 자기도 백부에게 할 말이 없고 백부도 그에게 할 말이 없음을 알았으므로 서둘러 일어섰다. 한번 뒤돌아 보니 백부는 벌써 그를 잊고, 졸음이 오는 듯 턱을 좀 움직이더니 곧 입을 벌리고 눈을 감았다. 옌이 보고 있는 동안에 노인은 잠이 든 모양이었다. 하녀가 옌의 외국풍 풍채에 넋을 잃고 부채질하는 것을 잊었으므로 파리가 한 마리 광대뼈에 앉아 벌어진 입까지 기어내려갔으나 노인은 꼼짝도 하지 않았다.

이렇게 백부와 헤어진 뒤 옌은 인사 드리려고 백모를 찾았다. 응접실에서 기다리는 동안 그는 주위를 둘러보았다. 귀국 이래 그는 눈에 띄는 모든 것을 새로운 잣대로 재고 있었다. 그리고 스스로는 의식하지 않았으나 그의 척도는 언제나 미국이었다. 그는 이 방에 극히 만족했다. 어디서 본 것보다도 훌륭하게 여겨졌다. 바닥에는 빨강과 노랑과 파랑이 풍부하게 사용된 새와 짐승과 꽃무늬의 양탄자가 깔려 있었으며, 벽에는 화려한 금테 액자에 넣은 밝은 산과 푸른 바다를 그린 서양화가 걸려 있었다. 창에는 묵직한 붉은 벨벳 커튼이 드리워졌고, 의자도 모두 붉은 색으로 푹신하고 부드러웠다. 여기저기 훌륭하게 조각한 조그만 흑단 테이블이 있고, 타구(唾具)까지 흔한 것이 아닌 밝은 색의 파랑새며 황금빛 꽃무늬가 그려진 것이었다. 방 저쪽편의 창문 사이에는 네 폭 족자가 걸려 있었다. 사계절을 나타내는 것으로, 봄은 붉은 매화, 여름은 흰 백합, 가을은 노란 국화, 겨울은 눈을 뒤집어 쓴 만년청(萬年靑)의 붉은 열매였다.

옌은 이렇게 밝고 호화로운 방은 처음 보는 기분이 들었다. 테이블마다 상아나 은으로 만든 조그마한 조각이라든가 장난감이 많이 놓여 있었으므로 손님은 몇 시간을 있어도 지루하지 않을 것이 분명했다. 그가 일찍이 따뜻함과 친밀감을 느낀 그 미국의 고풍스러운 갈색 방과 비교해 보니 하늘과 땅의 차이였다. 백모의 방에 들어갈 수 있는 허락을 하녀가 전해 올 때까지 그는 방안을 걸어다니고 있었는데, 그러는 동안에 현관 앞에 자동차가 서는 소리가 나더니 큰 사촌형 부부가 돌아왔다.

두 사람 다, 옌이 기억하던 것보다 훨씬 유복한 모습이었다. 이미 중년에 이른 사촌형은 옛날의 큰아버지와 똑같이 살쪄 있었다. 체구를 그대로 보여 주는 양복을 입고 있어서 실제보다 훨씬 더 살이 쪄 보였다. 배가 불룩 나온 꼭

끼는 옷 위에 얹혀 있는 동글동글하고 반들반들한 얼굴은 더위를 피하려고 이 발까지 해버린 탓에 마치 잘 익은 노란 참외 같았다. 그가 땀을 닦으며 들어와, 밀짚 모자를 하녀에게 줄 때 보니 목덜미에는 세 겹으로 살이 접혀 있었다.

그러나 형수는 날씬하고 아름다웠다. 이젠 젊지도 않고 아이를 다섯이나 낳았는데도 도저히 그렇게 보이지 않았다. 이 도시의 상류 사회 부인들이 그렇게 하듯이 아이는 태어날 때마다 가난한 여자에게 맡겨 젖을 먹이고, 자기의 유방이나 몸은 천으로 꽁꽁 묶어서 그전대로의 가느다란 몸집으로 만들기 때문이었다. 옌이 보니 형수는 처녀처럼 몸이 가늘고, 나이가 벌써 사십인데도 얼굴은 발그스레한 상아빛이었으며, 머리칼은 반드르르하게 검고, 어디에도 고생이나 나이의 흔적이 없었다. 더위도 그녀의 아름다움을 망가뜨리지는 않았다. 그녀는 천천히 걸어와 옌에게 상냥하면서도 기품있는 인사를 했다. 옛날의 그 신경질은, 땀을 뻘뻘 흘리는 비대한 체구의 남편 쪽으로 흘긋 던진 불쾌한 듯한 시선에서만 보였다. 그녀는 옌에게는 정중했다. 옌은 이미 조그마한 시골 도시에서 뛰쳐나온 애송이가 아니었기 때문이다. 해외 유학을 마치고 외국 학위를 따온 인물이었으므로, 옌이 자기를 어떻게 생각하고 있는가 그녀가 신경 쓰고 있음을 옌도 알았다.

인사가 끝나고 모두 자리에 앉아 사촌형이 하녀에게 차를 가져오라고 하자, 옌은 시간을 때우기 위해 물었다. "형님은 요즘 무엇을 하고 계십니까? 매우 경기가 좋아 보이는데요."

이 말을 듣자 사촌형은 흡족한 듯 웃으며 불룩 튀어나온 배에 늘어뜨린 굵직한 금줄을 만지작거리면서 대답했다. "나는 이번에 새로 개설된 은행의 부행장이다. 전쟁이 미치지 않는 이런 조계(租界)*3의 은행은 요즘 매우 번창 중이라 시내 여기저기에 생기고 있어. 옛날에는 모두 땅에 투자했었다. 우리 할아버지 같은 분은 가진 돈을 모두 토지로 바꾸기 전엔 안심하지 않았지. 그런데 땅도 이제는 옛날처럼 안전하지 않다. 소작인이 폭동을 일으켜서 지주의 토지를 빼앗은 곳이 다 있는 형편이니까."

"그런 일을 막지 않습니까?" 옌은 놀라서 물었다.

그러자 형수가 날카롭게 끼어들었다. "그따위 농민들은 모두 죽여 버려야

---

*3 19세기 후반 중국 개항 도시에 있던 치외 법권의 외국인 거주지.

해요!"

그러자 사촌형은 꼭 끼는 양복을 입은 어깨를 조금 움츠려 보이고 살찐 두 손을 휙 들더니 말했다. "누가 막느냐? 요새는 무슨 짓을 하더라도 막을 방법이 없단 말이야." 그리고 앤이 "정부는?" 하고 묻자 사촌은 그 말을 받아서 말했다. "정부라! 군벌과 학생이 뒤섞인, 그것 말이냐? 놈들이 무엇을 저지할 수 있을 것 같니? 요즘은 저마다 자기를 지켜야 해. 그렇기 때문에 은행에 계속 돈이 흘러 들어오는 거야. 우리는 외국 군대가 경비하고 외국의 법률 아래 있으니까 안전하거든. 지금 내 자리는 정말 복을 받은 거야. 친구의 호의로 손에 넣었으니 말이야."

"내 친구예요." 형수가 곧 끼어들었다. "내가 대은행가의 부인과 친해져서 그 부인을 통해 바깥양반과 알게 되어 당신 일을 부탁해서……."

"암, 그렇고말고." 사촌은 재빨리 말했다. "잘 알고 있어……." 이렇게 말하고 그는 무언가 불쾌한 듯 입을 다물었는데, 거기에는 분명하게 말하고 싶지 않은 사정, 그 지위를 얻기 위해 돈이라도 준 눈치였다. 그러자 이번에는 형수가 옌에게 말을 걸었는데, 그녀의 말이나 태도에는 먼저 거울 앞에서 연습해 본 것 같은 차갑고 세련된 느낌이 있었다. "도련님은 훌륭해지셔서 돌아오셨네요. 공부도 많이 하셨겠죠!"

옌이 자기 학문을 겸손해하듯 그저 잠자코 미소만 짓고 있으니 그녀는 억지웃음을 짓고 비단 수건을 입에 대며 다시 말했다. "아무 말씀 안 하셔도 도련님은 틀림없이 온갖 것을 알고 계실 거예요. 그토록 오래 외국에서 공부를 하셨으니, 가실 때처럼 아무것도 모르실 수는 없을 테니까."

이에 대해 옌은 무어라 답해야 좋을지 몰라 당황스러웠다. 그녀는 겉과 속이 다른 여자라 마음을 열 수 없을 것 같았으며 모든 것이 거짓인 듯해서 본심을 알 수 없었기 때문이다. 그때 하녀에게 손을 맡긴 채 노부인이 들어왔으므로 옌은 자리에서 일어나 큰어머니를 맞았다.

이 호화로운 서양식 방에 노부인은 하녀의 부축을 받으며 들어왔다. 여위고 허리도 굽지 않았으며 머리도 아직 검었으나 얼굴은 쭈글쭈글 주름져 있었다. 그리고 눈은 예나 다름없이 날카로워 보여서 모든 것을 꿰뚫을 힘이라도 지닌 듯했다. 아들과 며느리는 거들떠 보지도 않고 옌의 인사를 받고는 의자에 앉더니 하녀에게 말했다. "타구를 갖다 다오."

하녀가 타구를 가져오자 노부인은 기침을 하고 품위 있게 가래를 뱉고는 옌을 돌아보고 말했다. "부처님 덕분에 몸은 여전히 튼튼하다만, 기침에 가래가 섞여 나오는구나, 특히 아침에는 심하단다."

이 말을 듣고 며느리는 몹시 불쾌한 듯이 시어머니를 보았으나, 아들은 달래듯 말했다. "나이를 먹으면 누구나 그렇답니다, 어머니."

노부인은 아들 쪽을 돌아보지도 않았다. 그녀는 옌을 이리저리 뜯어보며 물었다. "우리 집 작은 녀석은 외국에서 어떻게 하고 있지?" 옌이 셍은 몸 성히 잘 있다고 말하자 부인은 강경하게 말했다. "그 애가 돌아오면 곧 결혼시킬 참이야."

그러자 며느리가 웃음을 터뜨리더니 조심성 없이 말했다. "셍 도련님은 마음에 없는 결혼 따윈 하지 않으실걸요. 어머님, 요즘 젊은 사람은 다 그래요."

부인은 흘긋 며느리를 바라보았다. 그 시선은 이 며느리에게는 이제 새삼 의견이 맞지 않는다고 말해도 소용없다는 눈빛이었다. 노부인은 그대로 옌을 보고 말을 계속했다. "맹은 군인이 되었단다. 벌써 들었겠지만. 맹은 새로운 군대의 대장이 되어서 많은 부하를 거느리고 있지."

또다시 같은 말을 들은 옌은 이 노부인이 전에 맹에게 욕설을 퍼붓던 것을 생각하고 이번에도 싱긋 미소지었다. 사촌형이 이 미소를 발견하고 소리내며 마시고 있던 찻잔을 내려 놓으며 말했다. "그래, 그 애는 남방에서부터 승리를 거듭해온 군대와 함께 해서 말이야, 이제는 새 수도에서 아주 높은 지위에 올라 부하도 거느린단다. 그 애의 무자비한 무용담도 많이 전해져 왔지. 옛 지배자들은 모두 쫓겨나 겨우 목숨을 부지하고 여기저기 외국으로 도망쳐 버렸으니까 그 애도 이제는 떳떳하게 우리를 만나보러 올 수 있을 텐데, 무척 바빠서 여가가 없는 모양이더라."

그러나 다른 사람의 이야기는 들으려고 하지 않았다. 노부인은 기침을 하고 큰 소리로 가래를 뱉은 뒤 물었다. "옌, 이제 외국에서 돌아왔으니 넌 무슨 일을 할 참이냐? 유학을 하고 왔으니 너는 얼마든지 높은 급료를 받을 수 있을 게다."

이에 옌은 부드럽게 대답했다. "우선은 아이란이 사흘 뒤에 결혼을 하니, 그것을 마친 다음 아버님을 찾아뵙겠습니다. 그 뒤에 어떤 일을 할 것인가를 생각해 보려 합니다."

"그 아이란이!" 노부인은 그 이름을 듣자 갑자기 목소리를 높였다. "나라면 절대로 딸을 그런 남자와 결혼시키지 않겠다. 그럴바엔 차라리 여승방에 넣어 버리지!"

"아이란을 여승방에요!" 며느리는 이 말에 일부러 비꼬듯 웃음소리를 높였다.

"내 딸이라면 그렇게 한다." 노부인은 며느리를 쏘아보면서 단호하게 말했다. 좀더 말하고 싶었던 모양이나 갑자기 숨이 차서 기침을 하기 시작했으므로, 하녀가 등을 문지르고 두드리며 호흡을 시켜야만 했다.

이윽고 옌은 작별을 고했다. 날씨가 좋았으므로 걸을 생각으로 햇빛 비치는 거리를 지나 집으로 돌아오면서 백부 부부는 이제 죽은 거나 다름없다고 생각했다. 노인이라는 존재는 모두 죽은 거나 마찬가지라고 생각하니 기뻐졌다. 하지만 자기는 젊고 시대도 젊다. 눈부시게 빛나는 아침 햇살 속을 걷고 있으려니, 시내에서 그가 만나는 것은 모두 젊은 사람들뿐이라는 기분이 들었다. 아름다운 팔을 외국식으로 드러낸 채 밝은 빛깔 옷을 입고 웃는 처녀들, 그들과 함께 어울려 자유로이 웃고 있는 청년들, 옌은 오늘 이 도시에 있는 것은 풍요롭고 젊은 사람들뿐이며, 자기도 그 가운데 한 사람임으로, 이 인생에 부족한 것은 없다고 생각했다.

그러나 금세 아무도 아이란의 결혼식 이외의 일은 생각할 여유도 없어졌다. 아이란도 우도, 이 도시의 젊고 부유한 중국인뿐만 아니라 외국인들에게도 잘 알려져 있었으므로 결혼식에 초대된 손님은 천 명을 넘었으며, 그 뒤의 피로연에도 거의 같은 수의 사람들이 초대되었기 때문이다. 옌은 아이란과 단둘이서 이야기할 기회도 없었으며, 귀국한 그날 잠시 말을 나누었을 뿐이었다. 그때도 별다른 이야기는 하지 못했다. 그전처럼 놀리는 듯 웃기만 하던 태도가 없어지고, 완성된 아름다움과 자신감에 감싸여 있는 그녀에게 옌은 말을 붙일 수가 없었던 것이다. 그녀는 전처럼 솔직함이 남아 있는 표정으로 물었다. "옌, 오빠는 돌아오길 잘했다고 생각해요?" 그는 대답하면서 문득, 그녀의 눈이 자기를 보면서도 전혀 자기를 보는 것이 아니고 그녀 자신의 마음속 생각을 보고 있으며, 젖은 듯이 반짝이는 눈은 아름다운 구슬에 불과하다는 것을 깨달았다. 이야기하는 동안 줄곧 그러했으므로 마침내 옌은 그 냉담함에 당황하여 불안한 듯 기어들어가는 소리로 물어보았다.

"너는 변했구나. 행복해 보이지 않는걸. 결혼이 싫어진 게 아니냐?"

그래도 그녀는 흉금을 털어놓지 않았다. 아름다운 눈을 크게 뜨고 차갑고 맑은 방울 같은 소리로 웃으며 말했다. "나, 그렇게 예쁘진 않지? 나이를 먹고 안색도 나빠져서 보기 흉해졌어!" 옌이 얼른 "아니야, 그렇지 않아. 그전보다 더 아름다워졌는걸. 하지만……" 하고 말을 멈추자, 그녀는 전처럼 조금 놀리듯 말했다. "하지만 그 다음은 뭐예요? 날더러 뻔뻔스럽게 그이와 결혼하고 싶다, 결혼하지 않고는 못 살겠다고 말하란 말이에요? 여태까지 내가 바라지 않는 것을 한 적이 있었어요? 나는 옛날부터 형편없는 고집쟁이 계집애였잖아. 적어도 큰어머니가 그렇게 말씀하시는 걸 들은 적이 있고, 어머니는 다정하셔서 말씀은 안하셔도 속으로는 그렇게 생각하고 계시는 것을 나는 잘 알고 있어요."

그러나 그녀가 장난꾸러기 같은 눈짓을 하거나, 활처럼 휘어 예쁜 눈썹을 찌푸리거나 해도 옌은 여전히 그 눈이 공허한 것을 보고 그 이상 아무 말도 하지 않았다. 그 뒤 그는 아이란과 단둘이서 이야기를 나눌 기회가 없었다. 그 무렵 그녀는 밤마다 새 옷을 입고 색색가지 비단을 걸친 채 외출을 했기 때문이다. 옌은 함께 초대를 받았을 때도, 자기에게만 몰두하여 남들은 꿈 속처럼 보는 듯한 그녀의 아름답고 화려한, 요즘은 남 같은 기분이 드는 자태를 다만 멀리서 바라볼 뿐이었다. 아이란은 전과는 달리 말이 없었다. 높은 웃음소리는 그저 미소만 짓는 것으로 바뀌고, 반짝이던 눈동자는 얌전해졌으며, 몸집은 둥그스름하니 부드러워졌고, 걸음걸이에도 지난날과 같은 통통 튀는 듯한 발랄함이 사라지고 유연하고 침착한 우아함이 깃들었다. 그녀는 화려한 젊음의 매력을 버리고 이 침묵과 우미함의 매력을 새로 지니게 된 것이다.

낮 동안 그녀는 피로해서 잠을 잤다. 옌과 어머니와 메이링만이 함께 식사를 했는데, 모두 목소리도 동작도 조용했으므로, 날이 저물고 아이란이 일어나 애인을 만나 둘이서 초대받은 집으로 떠날 때까지는 온 집안이 적적하기만 했다. 아이란이 일찍 일어나는 것은 재봉사가 주문한 비단옷이나 공단옷을 가봉하러 올 때뿐이었으며, 그 가운데는 긴 은빛의 외국풍 베일이 달린 연분홍의 웨딩드레스도 들어 있었다.

결혼식까지 며칠 남지 않게 되자, 옌은 어머니인 노부인이 그다지 말도 하지

않고 자꾸만 우울해하는 것을 깨달았다. 메이링 말고는 거의 아무와도 말을 하지 않았으며, 모든 것을 메이링에게만 의지하는 듯이 보였다.

"아이란에게 수프를 갖다 주었니?"라든가, "아이란이 오늘 밤에 돌아오거든 수프나 그 애가 좋아하는 외국제 가루우유를 주도록 해라. 안색이 나쁜 것 같으니까"라든가, "아이란이 베일을 꽂는 데 진주가 두 알 필요하다고 했는데, 보석상더러 좀 가져오라고 일러라." 이런 말들을 노부인은 메이링에게 했다.

노부인의 머릿속은 아이란을 위해서 해주어야 할 이런 자질구레한 일로 가득 차 있었다. 옌도 그것은 어머니로서 마땅한 일로 여겨졌으므로 이 젊은 처녀가 부인 곁에서 거들어 주는 것이 고마웠다. 한번은 노부인이 집에 없고 그들 둘이서만 식당에 있었는데, 옌은 무슨 말을 해야 좋을지 몰랐으나 잠자코 있기도 어색해서 메이링을 보고 말했다. "당신은 어머니께 큰 도움이 되고 있습니다."

처녀는 유순한 눈으로 그를 바라보고 말했다. "저는 어릴 때부터 부인께서 길러 주신 걸요." 옌은 "예, 알고 있습니다" 대답했다. 그러나 그는 처녀의 눈이 자기는 버려졌던 아이였으며, 부모조차 모른다고 말할 때에 느낄 부끄러움을 전혀 나타내지 않고 있는 데 놀랐다. 그리고 옌은 어머니에 대한 그녀의 마음 씀씀이 덕분에 그녀가 자기 가족의 한 사람인 것처럼 느껴져서 말했다. "누이가 결혼을 하는 것이니까 어머니는 좀더 행복해하셔도 좋을 텐데. 어머니란 딸이 결혼할 때는 기뻐하는 것으로 알고 있습니다만."

그러나 이에 대해 메이링은 아무 말도 하지 않았다. 눈길을 피한 그녀는 마침 그때 하녀가 식사를 날라왔으므로 그것을 식탁 위에 차리기 시작했다. 옌은 그녀의 움직임을 지켜보았다. 메이링의 태도에서는, 자신이 하녀가 할 일을 하고 있다는 것에 대한 거리낌은 전혀 느낄 수 없었다. 옌은 넋을 잃고 지켜보며, 그녀의 날씬한 몸이 가늘면서도 튼튼해 보이는 것과 헛된 움직임이 하나도 없이 확실하고 재빠르게 손을 움직이고 있음을 발견했다. 그리고 그녀가 노부인이 시키는 일을 한 번도 게을리한 적이 없었음을 다시 한 번 생각했다.

이리하여 날짜는 재빨리 흘러가서 아이란의 결혼식 날이 되었다. 성대한 결혼식으로, 이 도시에서 가장 큰 최고급 호텔에 손님들은 오전 11시에 초대되어 있었다. 아이란의 아버지는 오지 않았고 백부는 나이를 먹어서 오래 서 있을 수 없었으므로 백부의 장남이 대리 노릇을 했으며, 아이란 곁에는 잠시도 떨어지지 않고 어머니가 붙어 있었다.

결혼식은 신식으로 거행되어, 조부 왕룽이 아내들을 맞이했을 때의 간소한 식과도 달랐고, 그 아들들이 한 것처럼 조상 때부터 정해진 옛날식의 결혼식과도 달랐다. 요즘 이 도시 사람들은 아들이나 딸을 여러 방식으로 결혼시키고 있었다. 구식도 신식도 있었으나, 아이란과 그 애인은 최신식 결혼식이 아니면 안 된다고 우겼다. 그래서 그날을 위해 고용한 외국식 악단에게 음악을 연주시키고 식장을 꽃으로 채웠으므로, 이것만으로도 엄청난 돈이 들었다. 하객들은 갖가지 민속의상을 입고 참석했다. 아이란과 그 애인이 온갖 외국 사람들을 친구로 사귀고 있었기 때문이다. 이러한 손님들이 호텔의 넓은 홀에 모여 들었고, 호텔 밖의 거리는 손님들의 차로 가득 찼다. 건달들과 거지들은 경비원을 채용해서 제지하고는 있었지만, 이날의 소동 속에서 한몫 보려고 모여들어, 구걸을 하거나 모여든 사람들의 호주머니에 살며시 손을 넣어 소지품을 훔치거나 하면서 서로 엎치락뒤치락했다.

이 혼잡한 군중 속으로 옌과 어머니와 아이란을 태운 자동차가 들어갔다. 운전사는 사람을 치지 않으려고 연거푸 경적을 울려 댔다. 수위가 그 자동차에 신부가 탄 것을 알아채고 달려나와, "비켜라! 비켜!" 군중들에게 소리쳤다.

이 소란 속에서도 아이란은 두 알의 진주와 향이 진한 조그만 오렌지 화환으로 장식된 긴 베일 아래서 고개를 조금 기울이고 묵묵히 당당하게 걸어 지나갔다. 두 손에는 흰 백합과 조그마한 백장미로 된 향기롭고 커다란 부케를 안고 있었다.

이토록 아름다운 여자는 일찍이 없었으리라. 옌조차도 그 아름다움에 압도당했다. 겉으로 나타내려고 하지 않았으나 그녀의 입매에는 새침하고 딱딱한 미소가 떠돌았고, 내리깐 눈까풀 아래서 눈이 새까맣고 하얗게 반짝였다. 그것은 그녀도 자신의 아름다움을 알고 있다는 것을 말해 주고 있었다. 그녀는 자신의 아름다움을 구석구석 잘 알고 있었으므로 그 아름다움을 가능한 한 최대로 드러내려고 했다. 그녀 앞에서는 군중도 숨을 죽이고, 그녀가 차에서 내려서자 그 수많은 시선들은 탐욕스레 그녀에게 집중되어 그 아름다움을 삼켜 버렸다. 처음에는 조용했던 군중들 사이에서 이윽고 이런 말들이 들리기 시작했다. "이봐, 좀 보게나!" "저렇게 아름다울 수가 있을까. 어쩌면 저리도 아름다울까!" "저토록 아름다운 신부는 본 적이 없어!" 아이란도 이 말을 낱낱이 들었을 테지만 그녀는 못 들은 체하고 있었다.

그녀가 큰 홀에 들어서는 동시에 악단 연주가 시작되었다. 모여든 하객들은 일제히 그녀 쪽을 돌아보았다. 그리고 바깥 군중들과 마찬가지로 그녀의 아름다움에 감동해 침묵이 홀 안을 감쌌다. 한 걸음 앞서 들어가 신랑 옆에 서 있던 옌은, 아이란이 장미꽃을 뿌리며 나아오는 흰 옷을 입은 어린아이 둘을 앞세우고 색색가지 비단옷을 입은 처녀들을 뒤에 거느린 채 하객들 사이를 엄숙히 걸어 들어오는 것을 보고, 역시 다른 손님들처럼 그 아름다움에 숨을 죽였다. 그러나 그 순간에도, 나중까지도 자신은 알지 못했지만, 아이란을 따라 들어오는 메이링의 모습이 마음에 새겨지고 있었다.

결혼식은 무사히 끝났다. 신랑 신부가 서약서를 읽고 처음으로 양가의 친척들과 하객들에게 인사를 한 다음, 성대한 축하연도 떠들썩한 가운데 막을 내렸다. 신랑 신부가 신혼 여행을 떠난 뒤, 집으로 돌아오면서 이날 일들을 돌이켜보던 옌은 문득 메이링이 생각나자 자기도 뜻밖이라는 느낌이 들었다. 그녀는 아이란 앞에 혼자 서서 걸어 들어왔었는데, 아이란의 아름다움과 비교해도 전혀 손색이 없었다. 그녀는 소매가 아주 짧고 깃이 높은 연초록의 부드럽고 긴 옷을 입고 있었는데 그 얼굴이 옷 빛깔 이상으로 뚜렷하게 보였고, 조금 창백하고 의연해 보였던 것을 옌은 기억했다. 아이란과는 달랐다. 그리고 그것이 오히려 그녀만의 아름다움을 돋보이게 했다. 메이링의 얼굴은 아이란처럼 피부색이나 표정의 변화나 빛나는 눈동자나 미소 따위의 도움을 받을 필요가 전혀 없었다. 메이링의 기품 있는 얼굴은 탄력 있고 청결한 살 아래의, 어디 하나 나무랄 데 없는 골격에서 오는 것이며, 그것은 젊음을 잃고 난 훨씬 뒤까지도 그 힘과 품위를 간직하는 선이라고 옌은 생각했다. 지금의 그녀는 나이에 비해 성숙해 보였다. 그러나 나이를 먹어도 그 쪽 곧은 코, 갸름한 턱선, 또렷한 입매, 머리에 착 붙어서 빗어내린 짧고 검은 생머리 등이 그녀를 심하게 변화시키지는 않을 것이다. 그녀의 거동은 지금도 어딘가 무게가 있는 대신에, 나이를 먹어도 여전히 젊음을 간직할 것이다.

옌은 이 무게 있는 태도를 기억했다. 결혼식에 참석한 사람들 가운데 무게 있는 태도를 보인 사람은 어머니와 메이링 둘뿐이었다. 축하연이 한창이어서 세계 각국의 술이 부어지고, 하객들이 넘치는 테이블에서는 어디든 참으로 기지에 찬 말들이 오가고 건배가 계속되어, 신랑 신부가 손님들 사이를 누비며 사람들과 함께 소리높여 웃고 있는 때에도, 옌은 자기와 한 테이블에 앉은 어머니의 얼굴이 밝지 않고 메이링 또한 그렇다는 것을 깨달았다. 두 사람은 이따금 나직한 소리로 소곤거리기도 하고, 이것저것 하녀들에게 지시하기도 하고, 호텔 지배인과 의논하기도 했다. 그래서 옌은 저렇듯 신경 쓸 일이 많아서 두 사람의 표정이 무거우리라 생각하고 그다지 깊이 개의치 않고, 그저 눈이 부실 듯한 홀을 바라보았다.

그러나 그날 밤 모든 일이 다 정리되어 하녀들이 의자 덮개를 갈거나 정돈하고 있을 뿐, 온 집안이 조용해지자 노부인은 말없이 의자에 앉아 침울해져 있었다. 옌은 기운을 돋워 주어야겠다는 생각이 들어서 부드럽게 말했다. "아이란은 정말 예뻤어요. 그렇게 아름다운 여자는 본 적이 없습니다. 정말 아름다웠습니다."

노부인은 힘없는 목소리로 대답했다. "맞아, 예뻤어. 지난 3년 동안 이 도시에 있는 젊은 여자 중에서 가장 아름답다는 소리를 들어 왔지. 아름답기로 유명했어." 노부인은 잠시 잠자코 있다가 이윽고 묘하게 기운 없는 목소리로 말했다. "그랬어. 그러나 나는 그렇지 않았더라면 좋았을걸 하고 생각했지. 그 애가 그토록 아름다웠다는 것은 내게나 그 애에게나 불행의 씨앗일 거야. 그 때문에 그 애는 머리도 손도 쓸 필요가 없었단 말이야…… 다만 사람들에게 자기를 보여 주기만 하면 칭찬이라든가, 바라는 것이라든가, 다른 사람들 같으면 애써서 겨우 얻어야 할 것을 그 애는 저절로 손에 넣을 수 있었어. 그러한 아름다움에 지지 않기 위해서는 매우 굳건한 정신이 필요해. 그런데 아이란은 그만한 정신을 갖고 있지 않단 말이야."

부인이 여기까지 말하자 메이링이 손에 들고 있던 바느질감에서 눈을 들고 조용히 호소하듯이 말했다.

"어머니!"

그러나 노부인은 오늘 밤만은 참을 수 없다는 듯이 말을 이었다. "나는 사실을 말할 뿐이다. 그 애의 아름다움을 상대로 나는 일생을 걸고 싸운 거야. 그리고 마침내 지고 말았지. 옌, 너는 내 아들이야. 너한테는 뭐든 말할 수 있어. 너는 내가 아이란을 그런 사람과 결혼시킨 것을 이상하게 여기고 있지? 그게 마땅하지. 나도 그 사람을 좋아하지도 않고 믿지도 않으니까. 하지만 어쩔 수가 없었단다. 아이란은 그 사람의 애를 가졌거든."

이 무서운 말을 노부인은 매우 담담하게 말했다. 옌은 이 말을 듣고 심장의 고동이 멎는 것 같았다. 그에게는 이러한 사실을 무섭다고 느낄 만한 젊음이 아직 있었던 것이다. 설마 자신의 친누이가…… 그는 몹시 부끄러운 기분으로 메이링을 슬쩍 보았다. 그녀는 고개를 숙이고 바느질을 계속하면서 아무 말도 하지 않았다. 얼굴빛도 변하지 않았고 다만 한결 더 무겁고 조용한 표정이 되었을 뿐이었다.

그러나 노부인은 옌의 시선을 포착하여 그 뜻을 깨닫고 말했다. "걱정할 것 없어. 메이링은 모두 알고 있으니까. 메이링이 없었던들 나는 살아갈 수 없었을 거야. 내가 해야 할 일을 생각하거나 계획할 수 있도록 모든 일에 의지가 되어 준 사람은 메이링이니까. 나한테는 누구 하나 기댈 만한 사람이 없었단다. 메이링은 그 아름답지만 어리석은 아이를 친언니처럼 섬겨 주었고, 그 애 또한 메이링에게 완전히 의지했지. 내가 너를 불러들이려고 했을 때도 메이링이 말렸단다. 나는 힘이 되어 줄 아들이 있어야겠다는 생각에 너를 부르려고 했었단다. 새로운 이혼 방법 같은 것을 내가 알 까닭이 없고, 그렇다고 부끄러워 네 사촌들에게 의논할 기분은 나지 않고 해서. 하지만 모처럼의 네 유학을 헛되이 해서는 안 된다고 메이링이 말리잖겠니."

그래도 옌은 한 마디도 할 수 없었다. 피가 얼굴에 올라와서, 부끄럽기도 하고 화가 나기도 하여 혼란스러운 기분이었다. 노부인은 그의 혼란을 잘 이해하고 슬픈 듯이 미소지으며 다시 말을 이었다. "너희 아버지와 의논할 기분도 나지 않아. 그분의 해결법이란 죽이는 것밖에 없거든. 만일 그렇지 않더라도 아버지에게는 말할 수 없지. 이 모든 일은 아이란을 위해서 내가 해준 것, 즉 이런 자유로운 분위기 속에서 딸을 길러 학교에 보내려고 실컷 고생한 결과니까. 이것이 새로운 시대라는 건가? 옛날 같았더라면 그런 짓을 하면 두 사람 모두 죽고 말거야. 그러나 요즘은 아무렇지도 않아. 두 사람은 신혼 여행에서 돌아와 즐겁게 살고, 아이란의 아이는 보통보다 빨리 태어나겠지. 그래도 세상 사람들은 뒤에서 쑥덕쑥덕하는 정도일 거야. 요즘 세상에는 빨리 태어나는 아기가 많으니까. 이것이 새 시대라는 거지."

노부인은 우수에 찬 미소를 띠었는데 눈에는 눈물이 반짝였다. 그러자 메이링은 꿰매던 비단 천을 접어 거기에 바늘을 꽂고, 노부인 곁에 다가가 달래듯이 말했다. "어머님은 피로하셔서 마음에도 없는 말씀을 하고 계시는 거예요. 어머님은 아이란을 위해서 하실 수 있는 일을 다 하셨어요. 그 사실은 아이란도, 저희들도 모두 잘 알고 있어요. 이제 그만 주무세요. 제가 가서 수프를 갖고 올 테니까요."

노부인은 메이링의 말을 듣고 순순히 일어났다. 이것으로 미루어 이러한 일이 여태까지도 자주 있었던 것을 알 수 있었다. 노부인은 기쁜 듯이 메이링의 어깨에 기대어 방을 나갔는데, 옌은 방금 들은 일로 하여 마음이 어지러워져서 여전히 할 말을 찾지 못하고 둘의 나가는 모습을 지켜보고만 있었다.

혈육을 나눈 누이 아이란이 그런 부끄러운 짓을 했단 말인가! 그녀는 자유를 그런 식으로 이용했던가. 두 번 다 위기를 벗어나기는 했으나, 그와 같은 무분별한 정열이 그의 인생에도 두 번 숨어든 적이 있었다. 그는 불안한 마음을 안고 천천히 자기 방으로 돌아갔다. 그에게는 사랑도 괴로움도 단순했던 적은 없었다. 언제나 마음이 둘로 나뉘어 서로 다투었다. 지금도 그의 마음의 절반은, 그저 자랑스럽게만 생각하던 누이에게 그러한 일이 일어난 것을 참을 수 없어 아이란의 무분별함을 부끄럽게 생각했으나, 마음의 나머지 절반은 그 무분별 속에서 남모르는 감미로움을 느끼고 자기도 해보고 싶은 생각에 마음이 어지러웠다. 이것이 귀국 뒤 그에게 처음으로 찾아온 혼란이었다.

결혼식이 끝나자, 옌은 아들로서 이 이상 아버지에게 돌아가는 일을 미루어서는 안 된다고 생각했다. 게다가 본래 그 자신도 가고 싶었고 또 이 집 안의 공기가 무거워진 만큼 더욱 빨리 가고 싶었다. 노부인은 전보다 더 조용해졌고, 메이링은 조그마한 여가도 아껴 오로지 공부에 몰두했다. 옌은 고향으로 돌아가는 채비를 하는 이틀 동안 거의 그녀와 얼굴을 맞대지 않았다. 한번은 그녀가 자기를 피하는 것은 아닌가 생각했으나 곧 '그것은 노부인이 아이란에 대한 이야기를 했기 때문이다. 얌전한 처녀라면 그런 것을 신경쓰는 것이 당연하겠지' 생각하면서, 그 정숙함에 호감을 느꼈다. 마침내 북으로 가는 기차에 타게 되었을 때, 그는 메이링에게 작별 인사를 하고 떠나고 싶다, 이대로 만나지 못하고 한두 달 동안 헤어져 있고 싶지 않다고 생각했다. 그래서 일부러 일정을 미뤄 밤차로 떠나기로 했다. 그렇게 하면 메이링이 학교에서 돌아온 뒤 노부인과 셋이서 식사를 하며 잠시 조용히 이야기를 나누고 갈 수도 있다고 생각했기 때문이다.

그리하여 셋이서 이야기를 나누고 있을 때 그는 어느새 메이링의 말에 저도 모르게 귀를 기울이고 있었다. 그녀의 말은 언제나 부드럽고 분명하고 유쾌했으며, 흔히 젊은 처녀들이 그러듯 부끄러워하며 킥킥거리는 일도 없었다. 끊임없이 손을 움직이며 바느질을 하고 있었는데, 한두 번 하녀가 내일 식단 같은 것을 물으러 와서는 노부인이 아닌 메이링에게 물어 보는 것이었다. 또 메이링도 익숙한 태도로 지시를 했다. 그녀는 말투에도 망설임이 없었다. 그날 밤은 노부인이 여느 때보다 더 조용했고 옌도 조용히 입을 다물고 있었으므로, 메이링이 학교에서 있었던 일이며, 의사가 되고 싶다고 그전부터 생각했다는 일 등을 이야기했다.

"처음 저에게 의사가 되고 싶다는 생각을 갖게 하신 분은 어머님이세요." 그녀는 이렇게 말하고 조용히 맑은 시선을 노부인에게 돌렸다. "하지만 이제는 저도 무척 좋아하게 됐어요. 다만, 그러려면 오랫동안 공부해야 하고 또 학비도 많이 들어요. 그것을 어머님이 대주시니까, 저는 그저 은혜를 갚고 싶을 뿐이에요. 언제까지나 모시고 살았으면 하는 생각뿐입니다. 저는 언젠가는 어느 도시엔가 제 병원을 갖고 싶어요. 어린아이와 여자들을 위한 병원을 말이에요. 한가운데 뜰이 있고, 그 주위에 입원실이나 치료실 같은 것이 둘러서 있고, 너무 크지 않아서 저 혼자서 돌볼 수 있을 만한 것, 하지만 구석구석 깨끗하고 예쁜 병원을 경영해 보고 싶어요."

그녀는 이렇게 자기 희망을 구체적으로 말했으며, 이야기하는 것에 열중하여 바느질감을 옆으로 밀쳐 버렸다. 눈이 반짝이고 입매에 미소가 떠 있었다. 담배를 손가락 사이에 끼운 채 그녀를 바라보던 옌은 은근히 놀라면서 '이 처녀도 꽤 미인이잖아' 생각하고, 그녀의 얼굴을 바라보는 동안에는 이야기 듣는 것을 잊고 있었다. 갑자기 그는 자기가 불만을 느끼는 것을 깨닫고 원인이 무엇일까 마음속을 들여다보았다. 그러자 그녀가 자기 혼자만의 인생을 계획하여 그것으로 충분하다고 생각하고 누구도 그 속에 들여 놓지 않으려 하는 데 불만을 느끼는 것을 알았다. 여성이 결혼을 생각하지 않는다는 것은 좋지 않은 일이라고 여겼다. 그런 것을 생각하는 그의 눈에 노부인의 얼굴이 보였다. 결혼식이 있은 뒤 처음으로 부인은 흥미있는 듯이 눈을 반짝이면서 메이링의 말에 귀를 기울였다. 이윽고 부인은 열의를 보이며 말했다. "나도 이토록 나이를 먹지 않았더라면, 그 병원에서 무슨 일이라도 도와주고 싶구나. 내가 젊었을 때보다 좋은 시대가 되었다. 여자가 억지로 결혼을 강요당하지 않는 것만 해도 좋은 시대야."

노부인의 말을 듣고 옌은 그 말이 맞다고 생각하고, 그렇게 여긴다는 것을 말하려 했으나 왠지 자기 기분에 꼭 맞지는 않는 것을 느꼈다. 남자 하나가 여자 둘을 상대로 이야기할 수 있는 문제는 아니었으나, 여자란 누구나 결혼해야 한다는 것은 왠지 반대할 이유도 의문의 여지도 없는 문제라고 생각했던 것이다. 자유를 구하는 그녀들의 열렬함에 조금은 쓸쓸해져서 드디어 작별을 고했을 때 그는 생각했던 만큼 섭섭함을 느끼지 않았다. 자기 마음의 어딘가가 상처를 입기는 했으나, 어디를 어떻게 상처입었는지 모르겠다는 그런 기분이었다.

기차의 좁은 침대에 몸을 누인 뒤에도, 오랫동안 줄곧 그는 이 일과, 이 나라의 새로운 여성들을 생각했다. 아이란은 너무나도 자유로이 행동한 결과 어머니를 슬프게 만들었다. 그런데 그 어머니가 메이링의 자유로운 인생 계획을 기뻐하는 것이다. 이윽고 옌은 좀 불쾌해져서 생각했다. '메이링이 그렇게 자유로이 살 수 있을까. 계획을 이루는 일이 곤란하다는 것을 머잖아 알게 될걸. 그리고 언젠가는 평범한 다른 여자와 마찬가지로 남편이나 아이가 갖고 싶을 때가 올 거야. 틀림없이.'

그리고 그는 이제까지 만난 여자들을 생각하고, 어느 나라에서나 여자들이란 내색은 하지 않지만 적어도 마음속으로는 남자에게 마음이 끌리고 있었음을 생각했다. 그러나 아무리 기억 속에서 메이링의 표정과 말투를 떠올려 보아도 어디에서도 남자로 말미암아 마음이 움직이는 듯한 기미는 발견할 수 없었다. 어쩌면 그녀가 마음을 주는 청년이 있는 것은 아닐까 생각한 옌은, 그녀가 다니는 학교에 남학생도 있음을 상기했다. 그러자, 고요한 여름밤에 느닷없이 불어 온 한바탕의 바람처럼, 갑자기 보지도 못한 그 남학생들에게 질투심이 솟아올랐다. 너무나 격렬해서 그는 그런 자신을 우습다고 생각할 여유도 없었고, 메이링이 누구를 좋아하든 자기가 알 바 아니잖느냐고 자문해 볼 여유도 없었다. 그저 진지하게, 메이링에게 꼭 주의시켜야 한다, 메이링을 좀더 엄중히 지켜야 한다고 노부인에게 충고해야겠다고 생각했다. 그는 여태까지 누구에게도 품어 본 적이 없는 강한 관심을 메이링에게 품고 있었다. 그러나 자기가 왜 그렇게 관심을 갖는지는 한 번도 생각해 보지 않았다.

기차가 흔들리고 삐걱거리며 나아가는 동안 그는 이런 것을 생각하다가 이윽고 불안한 마음을 안고 잠에 빠졌다.

옌의 마음에서 잠시 이러한 생각을 모두 쫓아 버릴 만한 일들이 한꺼번에 몰려왔다. 귀국 이래 그는 그 해안의 대도시에서의 생활밖에 몰랐다. 밤에도 낮에도 자동차와 전차 등 온갖 교통수단, 화려한 옷을 입은 저마다 바빠 보이는 사람들로 가득한 넓은 길 말고는 아무것도 보지 않았다. 땀을 흘리며 달리는 인력거꾼과 행상인 같은 가난한 사람들도 있었으나, 그래도 여름에는 그들도 그다지 불쌍해 보이지 않았고, 홍수나 기근을 피해 도시에서 겨울 동안의 양식을 얻어 먹으려는 거지의 모습 같은 건 눈에 띄지 않았다. 오히려 이 도시는 이제껏 그가 본 어느 도시보다도 훌륭하고 화려한 곳처럼 느껴졌다. 여기에는 돈이 넘쳐나는 사치스런 사촌의 새로 지은 집이라든가, 화려한 결혼 피로연이라든가, 눈부신 결혼 축하선물도 있었다. 그가 출발할 때 노부인은 바로 돈이라고 알 수 있는 두꺼운 종이 다발을 그의 손에 쥐어 주었는데, 이것도 자기를 위해 아버지가 부쳐준 돈으로만 알고 그는 아무렇지도 않게 그것을 받았다. 자신의 집이 큰 부자라 먹고 사는 데 아무 어려움도 없었던 옌은 이 세상에 가난한 사람이 있다는 사실은 거의 잊고 있었던 것이다.

그러나 다음 날 기차간에서 눈을 떴을 때 창밖으로 보인 고국은 그가 생각하던 풍경이 아니었다. 기차는 큰 강가에서 정거하고, 승객은 모두 내려 조그마한 배로 강을 건너 반대편 기슭에서 다시 기차에 타야 했다. 옌도 다른 사람들과 함께 지붕이 없고 바닥이 평평한 나룻배에 올랐는데, 배는 넓다고는 해도 승객 전체를 태우기에는 좀 빠듯해서, 마지막에 탄 옌은 물이 넘쳐들어올 듯한 뱃전에 서 있는 수밖에 없었다.

옌은 전에 남방에 갈 때 이 강을 건넌 것을 잘 기억했지만, 그때는 지금 보는 광경은 보이지 않았다. 그러나 오랫동안 남의 땅의 다양한 풍경에 익숙해진 그의 눈은 이제 이런 풍경을 새로운 관점에서 보게 되었다. 강에는 조각배가 밀집하여 마치 수상 도시 같은 모습을 보였으며, 거기서 악취가 솟아올라 속이 메스꺼워졌다. 때는 8월, 이제 막 날이 샜는데도 벌써 찌는 듯한 더위였다. 햇빛은 그리 강하지 않았다. 하늘은 우중충하고 낮았으며, 수면과 대지를 휘덮은 듯한 구름 속에 갇혀 어디에도 바람 한 점 없었다. 이 흐릿한 빛 속에서 사람들은 나룻배를 통과시키기 위해 저마다의 조각배를 밀어냈는데, 조그마한 배 안에서 기어나오는 남자들은 거의 발가벗었고 더위로 잠을 자지 못해 몽롱하고 멍청한 얼굴을 하고 있었다. 여자들은 울부짖는 아이에게 호통을 치고, 쑥대머리를 쓱쓱 긁어댔으며, 발가숭이 어린아이들은 비쩍 말라 때투성이가 된 채 울고 있었다. 그 조그마한 배에는 부부와 어린아이들이 콩나물처럼 살았으며, 그들이 그 위에서 살고 마시고 하는 물에서는 그들이 버리는 오물 때문에 속이 메스꺼워지는 악취가 코를 찔렀다.

그날 아침 옌의 눈앞에 느닷없이 나타난 것은 이러한 광경이었다. 그러나 이 광경은 쳐다볼 여유도 주지 않고 사라졌다. 나룻배가 기슭에 모였던 조각배 떼에서 벗어나 넓은 강 중앙으로 나왔기 때문이다. 어두운 얼굴들에서 눈 깜짝할 새에 떨어진 옌의 눈은, 다음 순간 도도히 흐르는 누런 강물을 바라보고 있었다. 그리하여 옌이 그 변화를 깨달을까 말까 하는 사이에 나룻배는 상류로 진로를 바꾸어, 잿빛 하늘을 배경으로 산봉우리처럼 뚜렷하게 서 있는, 하얗게 칠한 큰 기선 옆을 지나갔다. 옌도 다른 사람들과 마찬가지로 머리 위를 바라보았다. 거기에는 붉고 푸른 외국 깃발이 휘날리고 있었다. 나룻배가 반대쪽으로 빠져 나왔을 때 대포의 시커먼 포구가 보였다. 이것도 외국의 대포였다.

그것을 보자 옌은 가난한 사람들의 악취도, 그들이 콩나물시루처럼 타고 있던 조각배도 잊었다. 그는 강의 상류와 하류를 바라보았다. 누렇게 흐르는 물결 위는 그의 나라 한복판이었으나, 이런 먼 외국 군함을 일곱 척이나 볼 수 있었다. 순간 그는 다른 모든 것을 잊었다. 그의 가슴에는 이 외국 군함에 대한 거센 노여움이 타올랐다. 반대편 기슭에 상륙했을 때도 그 군함들이 대체 무엇 때문에 이런 곳에 와 있을까 하는 증오와 의문을 품고 뒤돌아보지 않을 수 없었다. 군함들은 희고 거대한 모습으로 당당하게 자리잡고 있었다. 언제나 해안을 향하고 있는 그 검은 대포는 여러 차례 불을 뿜어 지상에 죽음의 세례를 퍼부었다. 옌은 그 일을 잘 기억했다. 군함을 노려보는 동안 옌은 저 대포에서 언제 어느 때 우리 국민의 머리 위로 불의 비가 퍼부어질지 모른다는 것 말고는 모조리 잊어버리고, "저 군함은 여기 있을 권리가 없다. 우리는 우리나라의 수면에서 그들을 쫓아내야만 한다" 이렇게 몹시 못마땅한 기분으로 중얼거렸다. 그 생각을 깊이 새기고 그 통분을 가슴에 품은 그는, 아버지 곁으로 가기 위해 다시 기차를 타고 여행을 계속했다.

그런데 여기서 옌의 마음속에 알 수 없는 일이 일어났다. 그 흰 군함에 노여움을 느끼고, 국민에게 포화를 퍼부은 것을 떠올리는 동안은, 그리고 국민이 외국인에 의해 압박당한 사실을 생각하는 동안은 행복했었다. 사실 그러한 사례는 수없이 많았다. 제정 시대에 여러 외국이 군대를 보내 파괴 행위와 약탈을 자행하면서 황제를 강요하여 대들어 불평등 조약을 맺게 한 것은 학교에서도 배웠고 그가 태어난 뒤에도 자주 있었다. 그가 유학 중에, 그 대도시에서도 조국의 독립을 부르짖었다고 하여 백인 경비대에 의해 많은 청년들이 사살되었던 것이다. 그날도 그와 같은 사실을 회상하고 있는 동안에는 그도 행복했고, 마음 그득히 열정을 느끼고 식사를 하는 동안에도, 스쳐 지나가는 창밖의 밭이나 마을을 바라보는 동안에도, 그는 이렇게 생각할 수 있었다. '조국을 위해서 일해야 한다. 맹이 옳다. 그 애가 나보다 훌륭하다. 맹은 외곬이니만큼 나보다 진리에 철저할 수 있다. 나는 너무 약하다. 한 사람의 선량한 노교수가 있기 때문이라든가 지혜로운 말을 하는 한 여자가 있다는 이유만으로 그 국민 전체가 훌륭하다고 믿어 버리는 것이다. 맹처럼 외국인을 진심으로 미워하고 그 강한 증오로써 조국의 동포들을 도와야 한다. 왜냐하면 오늘 우리들을 구할 수 있는 것은 격렬한 증오뿐이기 때문이다!' 그 외국 군함을 떠올리면서 그는 이렇게 생각했다.

그런데 이와 같은 정열에 매달리고 싶어하던 순간에도 옌은 차츰 마음이 식어 가는 것을 느껴야 했다. 그리고 이 냉각 작용은 아주 하찮고 시시한 일 때문에 일어났다. 한 뚱뚱한 남자가 그의 맞은편 자리에 앉아 있었다. 지나치게 가까이에 있었으므로 그 큼직한 몸집에서 늘 눈을 떼고 있을 수는 없었다. 시간이 흐름에 따라 찻간은 차츰 더워지고, 바람 한 점 없는 구름 사이를 뚫고 태양이 기차의 금속 지붕을 불사르듯 내리쬐어 차 안 공기가 숨막힐 듯 더워오자 그 사나이는 옷을 벗고는 팬티 하나만 입고 태연히 앉아 있었다. 가슴도, 두껍게 누런 지방질이 더덕더덕 붙어 살이 축 늘어진 배도, 어깨까지 처진 목의 군살도 모두 드러내놓은 발가숭이였다. 더욱이 그것만으로는 모자라는 듯이 여름인데도 줄곧 기침을 해 댔다. 심한 기침이었으며, 있는 대로 큰 소리를 내고 쉴 새 없이 가래를 뱉었다. 옌이 있는 곳까지 침이 튈 지경이었다. 이렇게 하여, 조국을 위한 의분의 감정 속에 동족인 이 사나이에 대한 불쾌감이 스며들기 시작하자 마침내 옌은 우울해졌다. 이 흔들리는 기차간은 더워서 거의 숨도 쉴 수 없을 정도였다. 그런 가운데 그만 보고 싶지 않은 광경이 눈에 들어왔다. 이 더위와 피로 때문에 승객들은 이제 목적지에 도착할 때까지 살아남는 것 말고는 아무것도 생각하지 않게 되었다. 아이들이 울부짖으면서 어머니의 젖가슴에 매달리고, 정거장에 닿을 때마다 창문으로 파리떼가 날아 들어와 땀에 젖은 피부며 바닥에 뱉은 침이며 음식물과 아이들의 얼굴에 앉았다. 파리는 곳곳에 있었으므로 전에는 파리 따위를 신경 쓰지도 않았던 옌도, 외국 생활을 하면서 파리가 병을 옮긴다는 것을 배웠으므로 오늘은 몹시 신경이 쓰였다. 찻잔이나 역 구내 판매원들에게서 산 빵이나 낮에 열차 안에서 산 달걀밥 등에 파리가 한 마리라도 앉으면 도저히 참을 수가 없었다. 그래도 판매원의 시커먼 손이라든가 밥을 풀 때 쟁반을 닦는 천이 끈적끈적하게 기름이 묻어 번들거리는 것을 보면 아무리 파리를 미워해봐야 아무 소용도 없지 않느냐는 생각에 화가 난 옌은 마침내 판매원에게 소리쳤다. "그런 더러운 천으로 닦으려거든 차라리 쟁반을 닦지 마시오!"

이 말을 듣고 판매원은 깜짝 놀라 눈을 둥그렇게 뜨고 붙임성 있게 웃었는데, 마침 그때 오늘의 더위가 얼마나 심한가 생각나기라도 한 듯이 땀투성이 얼굴을 그 천으로 문지르고 다시 목에 걸쳤다. 이제 옌은 도저히 음식물에 손을 댈 기분이 나지 않았다. 그는 수저를 내려 놓고 판매원을 욕하고 파리를 욕

하고 바닥 위의 오물을 욕했다. 그러자 판매원은 그러한 태도가 부당하다고 분개하여, 하늘도 굽어보십사 하는 듯이 무서운 기세로 대들었다. "나는 말입니다요, 나 혼잡니다. 그러니 한 사람분의 일밖에 할 수 없다구요. 바닥이 더럽건 파리가 있건 내가 알게 뭡니까. 여름에 파리를 죽이는 데 시간을 낭비하는 자가 어디 있겠어요. 이 나라에 사는 모든 인간들이 평생 파리를 죽여도 다 죽일 수는 없습니다요. 파리는 자연히 생기는 것이니까요!" 이렇게 말하여 분풀이를 하고 난 그는 배를 움켜쥐고 웃었다. 화는 냈어도 본래 마음이 선량한 그는 그 말만 하고는 웃으면서 가버렸다.

그러나 승객들은 무료하고 지루해하고 있었으므로 무슨 사건이나 일어났으면 하고 기다리던 판이라, 두 사람의 말을 끝까지 듣고 모두 옌에게 반감을 품고 판매원 편을 들었다. 한 사람이 말했다. "정말 파리가 어떻게 없어지나? 어디서 솟아나는지도 모르지만, 파리도 살아 있으니 말이야." 그러자 한 노파가 말했다. "그래요, 파리도 살 권리가 있지요. 나는 파리라도 목숨을 빼앗는 건 싫습니다." 그러자 또 한 사람이 경멸하듯 말했다. "저 녀석은 외국서 돌아온 학생인데, 터무니없는 외국의 생각을 우리들에게 강요하는 거야."

이 말을 듣더니, 밥과 고기를 실컷 먹어 치우고 자못 진지하게 차를 마시며 트림을 하던, 옌의 맞은편 뚱뚱한 사나이가 갑자기 말했다. "그래, 외국서 돌아온 사람이군. 난 종일 바라보면서 대체 뭘 하는 사람일까 생각해 보았으나 암만해도 알 수 있어야지." 그러고는 옌의 정체가 밝혀졌으므로 만족해하며 그 뒤에도 신기한 듯 자꾸만 그를 쳐다보았으며, 쳐다보면서도 차를 마시고 트림을 해댔으므로 옌은 더 참을 수 없어져서 고개를 돌려 창밖으로 단조롭게 펼쳐진 푸른 들판만 노려 보았다.

그는 긍지를 갖고 있었으므로 그런 사나이를 상대로 이야기할 기분이 나지 않았다. 게다가 무언가를 먹을 생각도 없었다. 몇 시간이나 줄곧 그는 창밖만 내다보고 있었다. 흐린 하늘 아래의 땅은 차츰 빈약해져서, 기차가 북으로 나아감에 따라 늪과 못이 많아졌으나 그것마저도 단조로움을 더할 뿐이었다. 정거장에 설 때마다 올라오는 사람들의 모습은 갈수록 더 초라해지고, 종기가 났거나 눈병에 걸린 자가 많았다. 곳곳에 물이 있는데도 몸을 씻은 일이 없는 것 같았고, 여자들의 대부분은 아직도, 옌이 이제는 사라졌다고 생각한 전족을 하고 있었다. 그는 이들을 바라보고 있을 수가 없었다. '이것이 우리 국민이다!' 마침내 그는 속으로 비통하게 소리치고는 그 흰 외국 군함은 어느새 잊고 말았다.

그러나 그가 참아야 할 고통은 이것뿐만이 아니었다. 옌은 그때까지 깨닫지 못했지만 찻간 저쪽 끝에 한 백인이 타고 있었다. 흙벽담을 둘러친 조그마한 시골 도시에 살고 있는 모양으로, 기차가 거기에 도착하자 내리려고 옌 곁을 지나갔다. 지나갈 때 옌의 슬픈 듯한 젊은 얼굴을 본 그는 옌이 파리 때문에 욕설을 퍼부은 것을 기억하고, 외국에서 돌아온 옌을 위로할 작정인지 영어로 말했다. "친구여, 실망하면 안 됩니다. 나도 파리를 상대로 싸우고 있습니다. 그리고 앞으로도 이 싸움을 계속할 참입니다."

옌은 외국인의 목소리와 말을 듣고 얼굴을 들었다. 거기에 서 있는 것은 조그마하고 여윈 몸집의 아주 평범한 백인이었으며, 회색 무명옷을 입었는데 푸른 불꽃같은 눈이 부드러워 보였다. 오랫동안 면도를 하지 않은 채, 평범한 얼굴에 하얀 헬멧을 쓰고 있었다. 옌은 그가 외국인 선교사라는 사실을 깨달았다. 그는 대답할 수 없었다. 그가 이미 보아 온 것을 보고, 그가 이미 알고 있는 것을 아는 백인이 있다는 것은 도저히 참기 어려운 굴욕이었다. 그는 외면한 채 대답도 하지 않았다. 그러나 그의 자리에서는 그 백인이 기차에서 내려 군중 속을 터벅터벅 걸어 흙담에 둘러싸인 마을 쪽으로 걸어가는 모습이 보였다. 그러자 옌은 유학하고 있을 때 다른 선교사가 '나는 이런 빈민 속에서 내 생애의 절반을 보냈습니다' 하고 말한 것이 생각났다.

옌은 자신을 책망했다. '어째서 나는 여태까지 이런 생활을 깨닫지 못했을까? 오늘날까지 나는 아무것도 보지 못했던 것이다!'

그러나 이런 것은 옌이 앞으로 보게 될 것들의 아주 일부분에 지나지 않았다. 마침내 아버지 왕후 앞에 섰을 때 그가 발견한 것은 일찍이 본 적이 없는 아버지의 모습이었다. 넓은 방 입구의 기둥을 붙잡고 돌아오는 아들을 맞이한 왕후는, 겨우 서 있을 수는 있었으나 지난날의 기력은 모두 사라지고 없었다. 성급한 울화통도 터뜨리지 않았으며, 기다란 흰 수염이 듬성듬성 턱에서 드리워지고, 눈은 노령에다 지나친 술 때문에 흐려져서, 그 때문에 가까이 갈 때까지 옌의 모습을 알아보지 못하고 그의 목소리를 듣고서야 겨우 알아차리는 백발의 늙은이가 되어 있었다.

옌은 지나온 안마당에 잡초가 무성한 것을 보고 놀랐다. 고작 몇몇 병사가 단정치 못한 옷차림으로 빈둥거리고 있을 뿐이었고, 문간의 위병은 총도 없이 누구냐고 물어 보지도 않고 그를 들여보냈으며, 장군의 아들에 대한 정중한 경례도 하지 않는 것을 보고 그는 아연해졌다. 그는 아버지가 이렇게 노쇠해졌을 줄은 꿈에도 생각지 못했다. 늙은 왕후는 해묵은 회색 천의 두루마기를 입고 있었는데, 의자의 팔걸이에 스쳐서 떨어졌는지 팔꿈치에는 헝겊을 댔고, 발에는 베로 지은 덧신을 신었으나 뒤꿈치가 터졌고, 손에는 늘 지니던 긴 칼조차 들고 있지 않았다.

옌이 "아버님!" 소리치자 노인은 떨리는 목소리로 "아들아, 정말 너냐?" 하고 물었다. 그리고 두 사람은 손을 꼭 마주 잡았다. 코도 입도 흐린 눈도 옛날보다 더 커 보였다. 시든 얼굴에는 너무 큰 것이었다. 그와 같은 아버지의 늙은 얼굴을 보자 옌은 저도 모르게 눈에 눈물이 샘솟는 것을 느꼈다. 그 얼굴을 보고 있노라니 이것이 바로 아버지일까, 이것이 내가 무서워하던 아버지, 엄한 얼굴이며 시커먼 눈썹이 그토록 무섭던 아버지, 잘 때조차 장검을 떼놓지 않던 아버지일까 생각될 정도였다. 그러나 그는 왕후가 틀림없었다. 그는 아들을 확인하자 곧 "술 가져오너라!" 큰 소리로 명령했다.

부스럭부스럭 사람이 움직이는 기척이 나더니 나타난 것은 충실한 언청이였다. 그 자신도 나이가 들었지만 아직도 장군을 섬기고 있었다. 그는 보기 흉한 얼굴 가득 웃음을 띠며 장군의 아들을 맞이하고, 왕후가 옌의 손을 잡고 방안으로 들어가자 술잔에 술을 따랐다.

거기에 또 한 사람 나타나고 이어 또 한 사람이 따라 들어왔다. 옌이 만난 적이 없는, 또는 만난 기억이 없는 사람으로 한쪽은 늙고, 한쪽은 젊었으나 둘 다 성실해 보이는 얼굴에 유복해 보이는 남자들이었다. 노인은 시들어서 조그마했는데, 짙은 회색의 잔무늬가 있는 구식 비단 두루마기를 단정하게 입고 상반신에는 흐릿해진 검은 비단 소매가 달린 웃옷을 걸쳤다. 머리에는 조그마하고 둥근 비단 모자를 쓰고 있었는데, 모자에는 가까운 사람이 죽었음을 나타내는 흰 끈을 엮은 단추를 달았고, 검은 벨벳 신을 신은 다리에도 발꿈치 위쯤 흰 무명 천을 둘렀다. 이와 같이 수수한 옷차림 위로 늙고 자그마한 얼굴이 있었다. 그 얼굴은 수염도 나지 않은 듯이 윤이 나면서도 주름투성이이며 눈은 족제비처럼 날카롭게 빛나고 있었다.

젊은 남자는 노인과 아주 흡사했으나 다만 두루마기가 쪽빛이었다. 어머니를 여읜 것을 나타내는 상복을 입고 있었다. 눈은 날카롭지 않았으나, 원숭이가 자신과 비슷하게 생기기는 했으나 뜻이 통하지 않는 인간을 볼 때의 그 조그맣고 텅빈 눈처럼 슬퍼 보였다. 이 사람은 노인의 아들임에 틀림없었다.

옌이 궁금한 듯 두 사람을 바라보고 있으니 노인이 메마르고 높은 소리로 말했다. "나는 네 둘째 백부다. 네가 아직 어릴 때 만났을 뿐이지. 애는 내 장남, 네 사촌형이다."

이 말을 들은 옌은 깜짝 놀라 두 사람에게 인사를 했으나 그다지 마음이 설레지는 않았다. 점잔을 빼는 상대의 고풍스런 표정과 태도가 너무나 이상했기 때문이다. 그래도 왕후보다는 훨씬 정중하고 예의 바르게 인사를 했다. 왕후는 두 사람에게 눈길도 주지 않고 다만 기쁜 듯이 옌만을 바라보고 있을 뿐이었다.

옌은 자기가 돌아온 것을 아버지가 이토록 어린아이처럼 좋아하는 모습을 보고 감동했다. 왕후는 옌에게서 눈을 뗄 수 없는 듯 한참 동안 지그시 바라보고 있더니, 이윽고 소리 없이 웃으며 의자에서 일어나 옌 곁으로 다가가서 아들의 팔이며 늠름한 어깨를 손으로 쓰다듬으면서 다시 웃고는 낮은 소리로 중얼거렸다. "내가 네 나이 때와 똑같구나. 나는 팔힘이 세어 여덟자짜리 쇠창을 던질 수도 있었고 큰 돌로 된 추를 휘두를 수도 있었지. 남방군의 노장군부했을 무렵, 저녁때가 되면 자주 그런 짓을 해서 동료들을 즐겁게 해주었다. 일어서서 허벅지를 좀 보여 다오."

옌은 하라는 대로 온순하게 일어섰다. 그러자 왕후는 형을 돌아보면서 소리 내어 웃고, 옛날을 생각케 하는 힘찬 소리로 말했다. "형님, 보십시오. 형님의 네 아들 중에도 애와 겨룰 만한 애는 없을 걸요!"

상인인 왕얼은 억제하는 듯한 엷은 웃음을 띠었을 뿐 여기에는 아무 대답도 하지 않았다. 그러나 사촌형이 얌전히 말에 조심하면서 입을 열었다. "저는 장남이지만 형제 중에서 가장 작지요. 밑의 동생 둘은 이만큼 크고, 바로 다음 동생도 저보다는 큽니다." 그리고 그는 세 사람을 바라보며 힘없이 눈을 깜박였다.

이 말을 듣고 옌은 호기심이 일어 말했다. "다른 사촌들은 다 잘 있습니까? 지금은 뭘 하고 있습니까?"

사촌형은 자기 아버지 쪽을 보았으나 노인은 잠자코 앉은 채 여전히 엷은 웃음을 띠고 있을 뿐이었으므로 용기를 내어 옌에게 말했다. "토지세의 관리라든가 곡물점에서 장사를 하며 아버지를 도와 드리고 있는 건 지금은 나뿐이다. 전에는 형제가 모두 하고 있었는데, 요새는 이 지방이 아주 심한 불경기거든. 소작인은 배짱을 부리며 소작료도 잘 안 내지, 수확량도 줄었고 말이야. 우리 형님은 아버지가 너희 아버님에게 드렸으니까 이제는 작은 아버님 아들이야. 바로 아래 동생은 세상을 구경하고 싶다면서 집을 나가 이제는 남방에 있는 큰 상점에서 회계를 보고 있지. 주판을 잘 놓거든. 큰돈을 만지고 있어서 경기가 좋은 모양이더라. 그 다음 동생은 결혼해서 집에 있고 맨 끝 동생은 학교에 다니고 있다. 우리 도시에도 지금은 신식 학교가 생겼거든. 어머니가 이삼 개월 전에 돌아가셔서 이 동생도 상을 벗는 대로 결혼시킬 작정이다."

옌은 옛날 아버지를 따라 이 백부 집에 갔을 때 몸집이 크고 기운이 좋아 보이는 시골 여자가 언제나 쾌활하게 웃고 떠들던 것을 생각하고, 이 약해 보이는 백부는 여전히 건강하게 살아 있는데 그 백모가 죽은 것이 이상해서 물어 보았다. "어째서 돌아가셨나요?"

그러자 아들은 아버지 쪽을 바라보고 둘다 잠자코 말이 없었다. 그러자 왕후가 마치 자기와 관계가 있기라도 한 듯이 대답했다. "어째서 돌아가셨느냐고? 그건 우리 집안의 적이 있어서 말이다, 그놈이 이제는 고향 마을 근처 산에 숨어 하찮은 비적 두목이 되어 있지. 옛날 나는 정정당당하게 전쟁을 해서 그놈이 차지했던 도시를 포위하고 함락시킨 일이 있는데, 그놈은 그 일에 아직도 원한을 품고 있었던 모양이다. 그 때문에 일부러 우리 땅 가까이를 근거지로 삼고서 우리 집안을 노리고 있었던 거다. 여기 계시는 형님도 그 비적이 우리들에게 원한을 품고 있다는 것을 알고 계셨고 조심성이 있는 분이어서 수확의 분배나 소작료 징수 때는 직접 가시지 않고, 여자니까 괜찮겠지 하고 네 백모를 보낸 거다. 그런데 비적들은 백모 일행이 돌아오는 길을 습격하여 돈을 빼앗고는 목을 쳐서 길바닥에 내동댕이치는, 그런 무참한 짓을 했단 말이다. 나는 형님에게도 말했다. '내가 부하들을 모을 때까지 두세 달만 기다리십시오. 틀림없이 그 비적을 찾아내서 반드시 내가, 반드시 내가……'" 왕후의 목소리가 노여움 때문에 힘이 부쳐 도중에서 꺼졌다. 그가 무언가를 찾듯이 손으로 더듬자 옆에 서 있던 언청이가 그 손에 술잔을 쥐어 주었다. 오랜 세월 습관이 되어 있는지 졸리는 듯한 소리로 말했다. "고정하십시오, 장군님. 화를 내시면 건강에 좋지 않습니다." 그리고 언청이는 피로한 다리를 움직이며 작게 하품을 하고는 옌을 찬탄의 눈으로 기쁜 듯이 바라보았다.

이야기를 하는 동안 상인인 왕얼은 아무 말도 하지 않았으나, 정중히 애도의 말을 하려고 옌이 고개를 돌려보니 놀랍게도 백부의 조그마하고 날카로운 두 눈이 눈물에 젖어 있었다. 노인은 여전히 입을 다문 채 차례로 소매 끝을 바꾸며 꼼꼼히 두 눈을 닦더니, 이번에는 그답게 좀스러운 몸짓으로 남의 눈을 피하려는 듯 늙고 메마른 손으로 코를 문질렀다. 옌은 이 냉혹한 노인이 눈물을 흘리는 것을 보고 무척 놀라 말도 못할 정도였다.

아들도 그것을 보고 조그만 눈을 괴로운 듯 아버지에게 돌린 채 슬픈 듯이 옌에게 말했다. "함께 따라간 하녀의 말을 들어 보면, 어머님이 잠자코만 계셨더라도 그렇게 바로 살해당하지는 않았을 거라는 이야기다. 그런데 어머님은 본디 언변에 거침이 없으셔서, 평생동안 하고 싶은 말은 다 해오셨고 금방 화를 버럭 내는 성질이라 그만 다짜고짜 '내가 이만한 돈을 괜히 너희들한테 넘겨 줄 줄 아느냐. 이 후레자식들 같으니!' 이렇게 호통을 치셨다는 거야. 하녀는 어머님이 그렇게 호통을 치시는 것을 보고 죽자사자 달아났는데, 돌아봤을 때는 이미 어머님의 목은 땅에 떨어지고 없더란다. 비적들은 모든 것을 깡그리 털어 가서, 어머님이 갖고 계시던 소작료도 몽땅 빼앗기고 말았지."

아들은 억양이 없는, 좀 요란스러운 소리로 이와 같이 말했다. 말이 계속 끊임없이 흘러나오는 점은 아버지에게서 물려받은 몸에다, 어머니에게서 물려받은 요설을 갖다붙인 듯한 느낌이었다. 그러나 효성스러운 아들도 어머니를 사랑했으므로, 이윽고 목소리가 잠겨들더니 안마당으로 나가서 기침을 하고 기분을 가라앉히며 눈물을 닦고 잠시 슬픔에 잠겼다.

옌은 이런 경우 어찌하면 좋을지 몰랐으므로 일어서서 백부의 찻잔에 차를 따랐다. 그는 피가 이어진 이 사람들이 마치 전혀 모르는 남 같은 기분이 들어서 그들과 함께 이 방에 있는 것이 꿈처럼 느껴졌다. 그렇다, 이제부터 나는 그들이 상상도 못할 생활을 하는 거다. 거기에 비하면 그들의 생활은 송장처럼 죽어있는 생활이다. 어찌된 일인지 문득 그는 오래도록 생각한 일이 없는 메리를 생각했다. 바다 건너 나라에서 바람이 세게 부는 봄의 어느 날 보았던, 아름답고 어두운 빛깔의 머리를 얼굴에 나부끼면서 흰 살결에 발그스레 홍조를 띤 채 침착한 잿빛 눈을 한 메리의 모습이 지금 뚜렷하게 마음에 떠올랐다. 이곳은 그녀가 나타날 리 없는 장소였다. 그녀가 상상조차 못할 세상이었다. 그녀가 늘 말한 중국의 모습, 그것은 그녀가 마음에 그렸던 그림일 뿐이었다. 오래간만의 재회로 말미암은 긴장도 사라지고 이제 축 늘어져 아버지나 백부를 보고 있으니, 메리를 사랑하지 않기를 잘했다는 생각이 들었다. 그는 고색이 짓든 큰 방을 둘러 보았다. 몇 사람밖에 없는 부주의한 늙은 하인들이 청소하다 남겨 둔 먼지가 여기저기 쌓여 있었다. 바닥에 깐 타일 사이에는 푸른 곰팡이가 피어 있고, 바닥에는 흘린 술이며 침, 재, 음식물의 기름기 등이 스며 있었다. 조개껍데기로 장식된 격자창의 부서진 자리에는 종이를 발랐는데, 그 종이도 이제는 다 떨어졌고 대낮인데도 머리 위 대들보에는 쥐가 기어다녔다. 늙은 왕후는 술기운이 돌자 입을 크게 벌리고 커다란 몸집을 축 늘어뜨린 채 꾸벅꾸벅 졸기 시작했다. 머리 위의 못에는 칼집에 넣은 장검이 걸려 있었다. 아버지를 보자마자 그 빛나는 장검을 쥐고 있지 않은 것을 이상하게 여겼는데, 이제야 그것을 발견한 것이다. 칼집에 꽂혀 있었으나 그래도 짐짓 아름다웠다. 아름다운 조각 위에 먼지가 쌓이고, 붉은 비단 술은 색이 바랬으며, 쥐가 갉아먹은 자국이 있었으나 그래도 칼집은 여전히 광채를 냈다.

정말 그 외국 여자를 사랑하지 않아서 다행이었다고 옌은 생각했다. 옌의 나라가 어떤 나라인가를 그녀 멋대로 꿈꾸도록 두는 편이 좋다. 참된 모습은 알리지 않는 것이 좋다!

갑자기 뜨거운 것이 옌의 목구멍에 치솟아왔다. 낡은 것은 영원히 나와 인연이 끊어진 것일까? 그는 늙은 왕후와 촌스럽고 천한 얼굴을 한 백부와 그 아들을 생각했다. 이 사람들은 여전히 나와 연결되어 있다. 나는 내 혈관에 흐르는 피에 의해 그들과 묶여 있다. 아무리 버리고 싶어도 그 피를 버릴 수는 없으며, 아무리 그들에게서 벗어나고 싶어도 살아 있는 한 그의 혈관 속에는 그 피가 흐른다.

청춘은 끝났다. 이제 어른이 되어, 자기 힘에만 의지해야 한다는 사실을 깨달은 것은 옌에게는 매우 좋은 일이었다. 그날 밤, 유년 시절에 호위병의 경호를 받으며 잠을 자고, 군관 학교에서 도망쳐왔을 때 홀로 앉아 울면서 잠든 그 옛방에 혼자 누워 있는데, 아버지의 노부하가 살며시 들어왔다. 옌이 막 자려고 드러누운 때였다. 아버지는 그날 밤 그를 위해 작은 연회를 베풀고, 부하 중에서 대장 둘을 불러 옌을 환영하는 뜻에서 모두 함께 마시고 먹고 했다. 연회가 끝나자 옌은 아버지를 부축하여 침실로 모셔다 놓고 자기도 침상에 들었다.

잠들기 전 잠시 동안 옌은 자리에 누워 귀에 익지 않은 소리에 귀를 기울였다. 그것은 아버지가 오랜 세월 본거를 두고 살아 온 이 조그만 도시의 소리였다. 만일 누가 묻는다면, 이 조그마한 도시는 밤이 되면 아무런 소리도 나지 않는다고 대답할 것이라고 그는 생각했다. 그러나 거리에서는 개 짖는 소리, 아이들 울음소리, 잠들지 않은 사람들의 웅성거리는 소리, 어느 절에선가 이따금 들려오는 종소리, 가깝지는 않으나 어디선가 여자가 죽어가는 자식의 떠나려 하는 영혼을 부르려고 울부짖는 소리가 뚜렷하게 들려왔다. 그와 문 사이에는 조용한 안마당이 몇 개나 있었으므로 어느 소리도 그다지 크지는 않았다. 그러면서도, 전에는 이곳에 익숙했는데 오늘은 지나가다 들른 나그네 같은 기분이 들어서, 왠지 모든 것에 예민해진 옌의 귀에는 하나하나의 소리가 뚜렷이 분간되어서 들려 왔다.

그때 갑자기 나무 경첩을 단 그의 방문이 삐걱 열리더니 촛불이 쑥 들어왔다. 쳐다보니 문이 열리고 언청이 노인이 서 있었다. 언청이 노인은 들어와서 몸을 굽히고 촛불을 조심스럽게 바닥에 놓았다. 등이 단단히 굳었는지 좀 식식거리면서 다시 일어나더니 그는 문을 잠그고 빗장을 걸었다. 이 노인이 무슨 말을 하러 왔을까 옌은 놀라면서도 궁금한 생각이 들어 그가 가까이 오기를 기다렸다.

언청이는 불안정한 발걸음으로 침대에 다가와 옌이 아직 커튼을 치고 있지 않은 것을 보고 말했다. "아직 안 주무셨군요, 도련님. 드릴 말씀이 있어서요."

옌은 이 노인의 무릎이 굽은 것을 보고 다정하게 말했다. "그럼 앉아서 이야기해 보게." 노인은 자기 신분을 생각하고 좀처럼 앉으려 하지 않다가, 이윽고 옌의 친절을 받아들여 침대 옆에 있는 발판에 걸터앉아 찢어진 입술에서 쉭쉭 숨을 흘리며 입을 열었다. 눈은 순하고 성실해 보였으나 얼굴이 너무 보기 흉해서, 비록 그가 선량한 노인이라고는 하나 옌은 똑바로 바라볼 기분이 나지 않았다.

그러나 옌은 노인의 말에 놀라 곧 그 추함 따위는 잊어버렸다. 노인이 토막토막 늘어놓는 긴 이야기에서 옌은 차츰 뚜렷한 내용을 파악할 수가 있었다. 마지막으로 노인은 늙은 두 손을 수척한 무릎에 올려 놓고 조금 소리를 높여서 말했다. "그런 까닭이라서요, 도련님. 아버님이 해마다 백부님한테서 빌려오는 돈은 자꾸 늘어 갈 뿐입니다. 도련님을 감옥에서 꺼내기 위해 돈을 빌리기 시작한 것이 시초인데, 그때부터 도련님이 외국에서 고생하시지 않도록 해마다 돈을 빌려 오셨습니다요. 그래서 병사들도 차례차례 떠나보내고 이제는 전쟁을 한대도 백 명도 되지 않을 겁니다. 이래서야 전쟁조차 할 수 없지요. 병사들은 장군님을 떠나 다른 장군을 찾아가 버렸지요. 돈이 목적인 병사들이니까 급료가 안 나오면 붙어 있지 않는 것이 마땅합니다요. 게다가 남아 있는 몇 사람도 병사들이 아니랍니다. 좀도둑들이나 떠도는 부랑자들만이 그저 먹여 주니까 남아 있을 뿐입니다요. 집집마다 행패를 부리며 돌아다녀서 마을 사람들은 무척 싫어합니다만, 총을 가졌으니까 모두 울며 겨자 먹기로 잠자코 있을 뿐이지요. 말하자면, 무장한 거지라고나 할까요. 장군님은 옛날부터 올바른 분이라서 부하들에게도 부당한 약탈은 하지 못하게 하셨고, 평화시에는 백성들한테서 약탈하는 것을 아예 허락하지도 않으셨지요. 그래서 저는 한번 병사들의 나쁜 소행을 말씀드린 일이 있었습니다요. 그러자 장군님은 밖으로 나가 이맛살을 찌푸리고 수염을 잡아당기시며 큰 소리로 호통을 치셨습니다만, 그것이 무슨 소용이 있습니까요. 놈들은 장군님이 나이를 잡수셔서 호통을 치는 것만으로도 몸이 떨리는 걸 알고, 겉으로는 두려운 표정을 지으면서도 장군님의 모습이 보이지 않게 되면 웃음을 터뜨리고는 곧 또 민가로 쳐들어가서 제멋대로 온갖 짓을 하고 다니는걸요. 그 이상 장군님에게 말씀드려야 무슨 소용이 있겠습니까요. 이 이상 걱정을 하시지 않게 하는 편이 낫다고 생각하고 저는 잠자코 있습지요. 그런 형편이라 장군님께서 다달이 돈을 빌려 쓰고 계시는 게 분명합니다요. 왜냐하면 요새는 백부님이 자주 나오시니까요. 백부님은 돈에 관한 일이 없으면 찾아오실 분이 아닙니다요. 아버님께도 얼마쯤의 수입원은 있으십니다만, 요즘에는 그다지 세금도 모이지 않고 그 세금도 모두 병사들을 기르는 데 들어가므로 백부님한테서 빌려오지 않고서는 모자라는 형편이 돼버렸습니다요."

그러나 옌은 이 이야기가 곧바로는 믿어지지 않아 놀라며 말했다. "그러나 방금 영감이 말했듯이, 아버지가 병사들을 대부분 내보내고 지금 소수의 병사들만 먹여 살리고 계신다면 그렇게 많은 돈이 필요없지 않은가? 할아버님한테서 물려받은 토지도 있을 테고……."

그러자 노인은 옌의 귀에 입을 대고 소리를 낮추어 날카롭게 말했다. "그 토지도 이제는 모두 백부님 것이 되어 버렸습니다요. 그렇지 않더라도 결국 백부님 것이나 마찬가지지만요. 그 방법밖에 백부님한테서 빌린 돈을 갚을 도리가 없지 않습니까요. 게다가 도련님, 도련님을 외국에 유학시킨 비용이 적은 액수라고 보십니까? 장군님은 도련님의 친어머님에게는 돈을 조금밖에 안 보내시고, 또 도련님의 누이 두 분은 이 조그만 도시의 상인한테 출가시키셨습니다만, 그만큼을 장군님은 도련님의 유학 비용으로 해서 매월 해안 도시에 계시는 마님에게 부치고 계셨던 것입니다요."

그 순간 옌은 지난 오랜 세월 동안 자기가 얼마나 철부지였었나를 깨달았다. 해마다 자기가 필요로 하는 돈을 아버지가 보내주는 것은 마땅하다고 생각했던 것이다. 그는 낭비는 하지 않았고, 도박이라든가 사치스러운 옷이라든가, 그 밖에 다른 청년들처럼 부모가 보내오는 돈을 낭비하는 짓은 하지 않았다. 그러나 그에게는 최소한의 필요액이었지만 해마다 아버지에게는 엄청난 부담이었던 것이다. 그리고 그는 아이란의 비단옷이며, 결혼식이며, 노부인의 당당한 양옥이며 고아원 같은 것을 생각했다. 노부인이 친정 아버지한테서 유산을 상속받은 것은 알고 있었고, 외동딸이었으므로 그 유산이 상당하다는 것

은 알았으나, 과연 그것만으로 모두를 충당할 수 있었을 것인가 하고 옌은 생각했다.

오랜 세월 동안 한 마디 불평도 없이, 돈을 빌리거나 억지로 마련해서 아들에게 돈 걱정을 시키지 않았던 아버지에게 옌은 감사의 마음이 솟구치는 것을 느꼈다. 옌은 이제 비로소 한 어른이 된 의젓함을 보이면서 말했다. "잘 이야기해 주었어. 내일 큰아버지와 사촌형을 만나 사정을 들어 보고, 부채가 얼마나 되는가 알아보도록 하지." 그리고 갑자기 깨달은 듯이 이렇게 덧붙였다. "그것은 내 빚이기도 하니까!"

밤새도록 옌은 이 일을 생각했다. 몇 번이나 눈을 뜨고, 어차피 모두 피가 통하는 사이니까, 빚이라고 해야 진짜 빚과는 다르겠거니 생각하면서 스스로를 위로하려 했지만, 백부와 사촌형을 생각하니 마음이 무거워졌다. 틀림없이 그 두 사람과는 피가 이어져 있었지만, 마치 인종이라도 다르듯이, 자기는 그 두 사람과 남 같은 느낌이 들었다. 어둠 속에서 혼자 이런 일을 생각하고 있으니, 이렇게 아버지의 집에서 어린 시절 쓰던 침대에 누워 있는데도 외국에 있을 때처럼 자신이 이방인 같다는 생각이 들었다. '어디로 가나 내가 안주할 고향은 없는 것일까?' 이런 쓸쓸한 생각이 느닷없이 머리에 떠올랐다. 그리고 그 기차를 타고 오며 목격한 일들이 또다시 생각나서, 불쾌해지고 기분이 나빠졌다. 갑자기 그는 나직하게 소리쳤다. "나에게는 고향이 없다!"

그러자, 서둘러 그 외침을 잊고 싶어졌다. 그것은 그에게는 너무나 무서운 일이어서 그 뜻을 곱씹을 용기가 없었기 때문이다.

그리하여 다음 날 그는, 아무튼 백부와 사촌은 나와는 피가 통하는 사이이며 나는 그들과 남이 아니므로, 피가 같은 자기에게 심한 짓을 할 까닭이 없다고 몇 번이나 스스로에게 타일렀다. 아버지를 책망할 생각도 없었다. 아버지가 노령과 자식을 생각하는 마음에서 어쩔 수 없이 돈을 빌린 것은 쉽게 이해할 수 있었고, 돈을 빌린다면 형제보다 더 나은 상대는 없지 않은가 하고 자기에게 말했다. 이리하여 아침이 되자 옌도 마음이 편안해졌다. 그리고 매우 좋은 날씨여서, 다가오는 가을의 산들바람이 불어 시원한 것이 고맙게 여겨졌다. 햇빛이 안마당에 비치고 바람으로 방안 더위가 씻겨지면 옌도 조금은 기운이 났기 때문이었다.

아침식사가 끝나자 왕후는 부하들을 검열하고 오겠다면서 밖으로 나갔다. 요즘도 부하들 때문에 무척 바쁘다는 것을 옌에게 보여 주고 싶었기 때문이다. 그래서 언청이 노인을 불러서 장검을 벽에서 내려 깨끗이 닦도록 명령하고는, 왜 이렇게 먼지 투성이로 만들어 놓았느냐고 호통을 쳤다. 옌은 미소를 지으면서도, 사실을 알고 있었으므로 좀 슬퍼졌다.

그러나 아버지를 전송하고 나자, 백부와 사촌과 은밀히 이야기하기에 좋은 기회라 생각하고 적당히 인사를 한 다음 솔직하게 말을 꺼냈다. "큰아버님, 아버지가 큰아버님한테서 돈을 빌려 쓰셨다고 들었습니다. 아버님이 연로하시니까 저도 빚이 얼마나 되는지 듣고, 또 가능한 한 책임을 지고 싶습니다."

옌도 상당한 금액일 줄은 알았으나 이토록 많을 줄은 예상하지 못했다. 두 상인은 서로 얼굴을 마주보더니 아들이 일어나서 장부를 들고 왔다. 어느 가게에서나 사용하고 있는, 부드러운 종이로 표지를 댄 금전 출납부였다. 이것을 아들이 두 손으로 아버지에게 내밀자 아버지가 받아서 펼치고, 윤기 없는 목소리로 왕후가 돈을 빌려 간 연월일을 불러 나갔다. 들어 보니 옌이 남방의 학교에 들어간 해부터 시작되어 오늘날까지 이어졌는데, 금액은 그때마다 늘어나고 상당한 이자가 붙어, 왕얼 상인이 마지막에 부른 총액은 은화 1만 1천5백 17냥에 달하고 있었다.

이것을 듣고 옌은 세게 한 대 얻어맞은 듯 멍청히 앉아 있을 뿐이었다. 백부는 장부를 닫아 아들에게 주었다. 아들은 그것을 탁자 위에 놓았다. 두 사람은 옌이 무슨 말을 하는가 기다렸다. 옌은 여느 때의 목소리를 내려고 애를 썼으나 나오지 않아 나직하게 말했다. "아버지는 담보로 무얼 거셨지요?"

백부는 언제나 그러하듯 입술을 움직이지 않고 윤기 없는 목소리로 신중하게 대답했다. "아무래도 형제라는 사실을 잊지 않아서 말이다. 남한테 하듯이 담보를 요구하지는 않았다. 그리고 한때는 네 아버지의 지위와 군대가 나를 지켜 주기도 했었지. 하지만 지금은 그렇게는 되지 않더란 말이야. 네 백모가 그렇게 죽고부터는 나도 한걸음만 성 밖으로 나가도 안전하지 않을 듯한 기분이 드는구나. 모두 네 아버지의 세력이 옛날 같지 않다는 것을 알고 있어 이젠 아무도 나를 무서워하지 않는다. 또 사실상, 화남에서 혁명이 일어나서 이 화북(華北)에까지 그 위협이 미쳐 왔으므로 어느 군벌이라도 세력이 예전과 같지 않단다. 시대가 나쁜 게지. 곳곳에서 반란이 일어나고, 토지에 대해서는 소작인들이 전에 없이 태도가 강경해졌다. 그래도 나는 너의 아버지를 아우로 생각하니까 토지를 담보로 잡지도 않은 게야. 하기야, 잡아봐야 너를 위해서 아버지한테 빌려 준 돈에는 어림도 없는 액수란다."

이 '너를 위해서'란 말을 듣고 옌은 깜짝 놀라 백부의 얼굴을 쳐다보았으나 아무 말도 하지 않았다. 그는 백부가 말을 계속하기를 기다렸다. 그러자 노인은 말했다. "나는 너를 위해서 돈을 내놓은 거야. 너의 장래를 담보로 잡은 거지. 나를 위해서 네가 할 수 있는 일은 얼마든지 있다. 그리고 내 자식들을 위해서도 말이지. 뭐니뭐니해도 혈연 간이니까 말이다."

이렇게 백부는 말했는데, 그것은 한 집안의 연장자가 손아랫사람에게 말하는 보통의 말투였으며 그다지 냉혹하지 않았고 또 이치에도 맞았다. 그러나 그 윤기 없는 낮은 목소리를 듣고 그 조그마한 메마른 얼굴을 보고 있던 옌은 당황해서 물었다. "아직 일정한 직업도 없는 제가 무엇을 할 수 있다고 그러시는 겁니까?"

"그럼, 먼저 직장을 찾아야 되겠지." 백부는 대답했다. "누구나 다 아는 일이지만, 요즘에는 외국 유학을 하고 온 청년은, 옛날엔 지사나 되어야 탈까말까 한 훌륭한 월급을 받고 있다. 나는 너를 위해서 그만한 돈을 빌려 주기 전에, 화남에서 회계를 보는 둘째 아들놈한테서 이에 대해서 잘 들어 두었지. 그 애가 하는 말을 들어 보면, 외국의 학문은 오늘날 어떤 사업보다도 좋은 장사가 된다는구나. 가장 좋은 자리는 정부의 돈을 출납하는 지위에 오르는 거란다. 듣기로는 신정부가 새로운 사업들을 하기 위해서 전에 없을 만큼 많은 세금을 긁어들이고, 큰 도로라든가, 혁명 영웅을 위한 큰 묘라든가, 서양식 건축이라든가, 여러 계획을 세우고 있단다. 네가 금전 출납을 맡는 높은 지위에 오르면, 너도 편할 뿐더러 우리 모두에게도 큰 힘이 될 게다."

노인은 이렇게 말했으나 옌은 무어라고도 대답할 수 없었다. 그는 백부가 자기를 위해서 계획한 인생이 이 순간 뚜렷하게 눈앞에 보이는 듯했다. 그는 아무 말도 하지 않고 다만 백부를 지그시 쳐다보았으나, 눈에 보이는 것은 백부의 모습이 아니라, 그러한 계획을 세운 쩨쩨하고 천한 구시대의 인간이었다. 옛 법률에 따르면 백부가 그런 계획을 세워 옌의 몇 년간의 수입을 요구할 수 있다는 것을 그는 알고 있었으나, 생각이 여기에 이르자, 젊은 사람들의 다리에 통나무를 묶어 빨리 달리지 못하게 하는 구시대의 몰인정한 권리에 옌의 마음은 심한 반발을 느꼈다. 그러나 그는 이것을 입밖에 내지는 않았다. 이 문제를 생각했을 때 곧 아버지를 생각했기 때문이다. 늙은 왕후가 이런 식으로 아들을 속박하는 결과가 된 것은, 그가 원해서가 아니었으며, 옌의 소망을 채워 줄 돈을 조달하는 데 달리 방법이 없었기 때문이었다. 그래서 옌은 어찌할 바를 모른 채 앉아 그저 속으로 백부를 증오했다.

그러나 노인은 이 청년의 증오를 깨닫지 못했다. 그는 여전히 억양이 없는 조그마한 소리로 계속 말했다. "네가 할 수 있는 일은 또 있다. 내 아들 중에 밑에 두 아들이 아직 일이 없어서 곤란을 느끼고 있지. 세상이 좋지 않아 내 장사도 옛날 같지 않아서 말이다. 그런데 형님의 장남이 은행에 들어가서 잘하고 있다는 이야길 들었는데, 그렇다면 내 아들도 못할 까닭이 없다고 생각한다만, 어떨까? 네가 좋은 자리에 올랐을 때 내 자식 두 놈도 데려가서 네 밑에 어디 자리를 마련해 주지 않겠느냐? 그러면 아들들의 월급 액수에 따라 그만큼 네가 갚은 것으로 인정해 주마."

여기까지 듣자 옌은 불쾌함을 누르지 못하고 못마땅한 듯이 말했다. "그럼 저는 저당잡힌 셈이군요. 제 미래는 큰아버지 것이군요!"

그러나 노인은 이 말을 듣고도 눈을 조금 크게 떴을 뿐 매우 온화하게 대답했다. "무슨 소리를 하는 게냐? 되도록이면 친척에게 힘이 되어 주는 것이 의무가 아니냐. 나는 두 형제를 위해서 일해 왔는데, 그 형제의 하나는 바로 네 아버지다. 나는 오랜 세월 형제들의 대리인이 되어서 토지를 관리했다. 아버지가 남겨 주신 큰 저택을 유지하기 위해서, 세금도 다 냈다. 아버지한테서 물려받은 토지를 위해 모든 일을 다했다. 나는 그것을 내 의무라 여기고 싫다는 소리는 하지 않았다. 내가 죽은 뒤에는 내 뒤를 이 큰애가 이어가야 한다. 하지만 그 땅도 전과는 달라졌어. 너희 조부께서는 토지라든가 소작료 같은 것을 충분히 남겨 주셔서 우리는 부자로 인정되어 왔지만, 내 아들들 대(代)에는 다르다. 살기 어려운 세상이 된 게지. 세금은 비싸고, 소작인들은 낼 것은 내지 않는 주제에 기만 세졌다. 그래서 맨 밑의 아들 두 놈도 둘째 아들과 같이 취직을 해야 하는데, 이번에는 네가 사촌들을 도울 차례다. 예부터 한 집안에서 가장 능력 있는 사람이 다른 사람들을 도와 왔다."

이리하여 구 시대의 속박이 옌 위에 내리덮친 것이다. 그는 대답할 말이 없었다. 그와 같은 처지에 있는 청년으로 이와 같은 속박을 거부하여 집을 뛰쳐나가 마음대로 살면서, 가족들을 거들떠보지도 않는 사람이 있다는 것을 그는 잘 알았다. 그것이 새로운 시대인 것이다. 옌은 자기도 그 사람처럼 자유롭다면 얼마나 좋을까, 갈망했다. 이와 같이 낡아빠진 먼지투성이 방에 앉아 피가 통하는 두 사람을 마주보고 있는 순간에도 그는 벌떡 일어서서, "그것은 내 부채가 아닙니다! 나는 나 자신 말고는 아무에게도 부채가 없습니다!" 큰소리로 외치고 싶었다.

그러나 자기가 그런 말을 부르짖지 못한다는 것을 옌은 알고 있었다. 맹 같으면 자신의 주의를 위해서 그렇게 부르짖었을지 모른다. 셍이라면 웃으며 그 속박을 받아들이는 듯이 보이고는, 그대로 잊어버리고 그런 데 얽매이지 않고 제멋대로 생활할지도 모른다. 그러나 옌은 천성이 그렇지 못했다. 맹목적인 사랑으로 아버지가 자기에게 부과한 속박을 그는 거부할 수 없었다. 그렇다고 아버지를 책망할 수도 없었다. 아무리 생각해봐도 아버지로선 달리 수단이 있었을 것 같지 않았다.

그는 고개를 숙인 채 열어젖힌 창문으로 들어오는 사각형의 햇빛을 바라보았다. 정적 속에서 안마당의 대숲에서 참새가 재잘거리며 서로 다투는 소리가 들렸다. 이윽고 그는 우울한 말투로 말했다. "그럼 저는 사실상 큰아버님의 투자 대상이었군요? 큰아버님께서는 저를 큰아버님의 노후를 보장하고 사촌들을 출세시키는 방편으로 삼아 오셨군요?"

노인은 이 말을 듣고는 잠시 생각하다가, 찻잔에 차를 조금 부어 천천히 마신 다음 시든 손으로 입을 닦고 말했다.

"그것은 어느 시대 사람이건 모두 하고 있고, 해야만 하는 일이다. 너도 아이가 태어나면 그렇게 하게 될거다."

"아니, 저는 하지 않습니다." 옌은 곧바로 말했다. 이 순간까지도 그는 자신의 아이라는 것을 생각해 본 적이 없었다. 그러나 방금 노인이 한 말을 들은 그는 미래가 현실이 된 듯한 기분이 들었다. 그렇다, 언젠가는 나도 아이가 생길 것이다. 아내가 생기고 두 사람 사이에 아이가 생기는 것이다. 그러나 그 아이는 자유롭게 해주어야 한다! 아버지인 내 멋대로 운명을 결정해선 안 된다! 군인이 되어야 한다든가, 집안 사람들을 위해서 속박된다든가, 그런 일이 있어서는 안 된다.

갑자기 그는 혈육들이 모두 지긋지긋해졌다. 백부들도, 사촌들도, 아니 아버지조차 지긋지긋해졌다. 마침 그때 왕후가 부하의 검열로 피로해져서, 자리에 앉아 차라도 마시며 잠시 옌의 얼굴을 보며 이야기가 하고 싶어서 들어왔다. 그러나 옌은 그것조차 참을 수가 없었다. 그는 얼른 일어나서 혼자가 되려고 말없이 밖으로 나왔다.

예전부터 자기가 쓰던 방의 침대에 몸을 던진 옌은 어릴 때처럼 몸을 떨며 울었다. 그러나 그것도 오래 계속되지는 못했다. 뒤에 남은 왕후가 두 사람한테서 사정을 듣고 곧바로 옌의 뒤를 쫓아 문을 열고, 늙은 두 다리로 걸을 수 있는 가장 빠른 걸음으로 옌의 침대로 다가왔기 때문이다. 그러나 옌은 얼굴을 두 팔에 묻은 채 침대에 엎드려 아버지를 거들떠보지도 않았다. 왕후는 아들 곁에 걸터앉아 손으로 어깨를 쓰다듬기도 하고 가볍게 두들기기도 하면서, 열심히 약속을 하거나 달래거나 했다.

"알겠느냐, 애야. 너는 네가 하고 싶은 일만 하면 되는 게야. 나는 아직 늙지 않았다. 너무 게으름을 피운 모양이다. 다시 한 번 병사들을 모아 전장에 나아가서, 다시 영토를 되찾고, 그 비적 두목놈한테 빼앗긴 세금을 되찾아 보여 주마. 그전에도 놈에게 이긴 적이 있으니까 이번에도 이길 수 있다. 그렇게만 되면 이 땅에서 나와 함께 살자. 뭐든지 네가 하고 싶은 대로 해 줄 테니까. 그래,

좋아하는 여자와 결혼해라. 여태까진 내가 잘못 생각했다. 이제 나는 그렇게 구식이 아니다. 요새 젊은 사람들 생각도 알게 되었단 말이야……."

늙은 왕후의 이 말은, 자기가 서글퍼서 울고 있는 옌의 기분을 돋우기 위해 가장 필요한 말이었다. 옌은 아버지를 쳐다보고 거센 어조로 소리쳤다.

"아버님, 저는 이제부터 아버님을 절대 전장에 보내지 않겠습니다. 저는……."

옌은 하마터면 "결혼 같은 건 하지 않겠습니다" 하고 소리칠 뻔했다. 아주 오래전부터 아버지를 향해 몇 번이나 되풀이한 말이었으므로 저절로 입에서 나올 뻔한 것이다. 그러나 이토록 비참한 기분에 잠겨 있으면서도 그는 마음을 고쳐 먹었다. 문득 의문이 솟았기 때문이다. 나는 정말로 결혼을 원치 않는 것일까? 바로 조금 전에, 내 자식만은 자유로이 살게 해주겠다고 결심하지 않았던가? 물론 언젠가는 결혼할 것이다. 그는 나오려던 말을 꾹 삼키고 전보다 천천히 말했다. "네, 언젠가는 정말로 제가 원하는 여자와 결혼하겠습니다."

왕후는 옌이 울음을 그치고 자기 쪽으로 얼굴을 돌린 것이 무척 기쁜 듯 힘 있게 대답했다.

"암, 그래라, 그래야지. 누구와 결혼하고 싶으냐, 그 사람 이름을 대거라. 당장 중매인을 세워서 혼담을 진행할 테니까. 네 어머니한테도 알리자. 뭐라 해도, 이런 시골 처녀로는 너와는 어울리지 않을 테니 말이다."

옌은 아버지가 이야기하는 동안 그 얼굴을 바라보면서 여태까지 깨닫지 못한 사실이 자기 마음속에 숨어있는 것을 비로소 깨달았다. "중매는 필요 없습니다." 그는 천천히 말했으나 이미 마음은 다른 곳에 있었다. 하나의 얼굴이, 젊은 여자의 얼굴이 떠올랐다. "제가 직접 말하겠습니다. 요즘 우리 젊은 사람들은 자기가 직접 청혼을 하지요."

이번에는 왕후가 눈을 크게 뜰 차례였다. 그는 엄한 어조로 말했다. "남자가 마음대로 말을 건넬 만한 상대 중에 제대로 된 여자가 있을까? 그런 여자는 조심하라고 옛날부터 내가 훈계한 일을 잊지는 않았겠지? 네가 고른 사람은 훌륭한 여자냐?"

그러나 옌은 미소 지을 뿐이었다. 그는 부채와 전쟁, 그 밖에 요즘 세상의 온갖 문제를 잊었다. 끊어졌던 그의 마음이 갑자기 하나로 이어져 여태까지 몰랐던 한 가닥의 길이 뚜렷이 보이기 시작했다. 모든 것을 이야기할 수 있는 상대, 내 쪽에서 결단을 내리기만 하면 되는 상대가 있었다! 이 노인들은 나라는 인간과 나의 행동을 이해하지 못한다. 내가 이미 그들과 아무 연관도 없다는 것을 모르는 것이다. 그 점에서는 외국인과 다를 바 없다. 그러나 나는 나와 같은 시대에 사는 여자를 알고 있다. 그녀는 나와 달리 옛 시대의 뿌리를 갖고 있지 않다. 나와는 달리, 그 뿌리를 뽑고 운명의 새 시대에 새로 뿌리를 내릴 힘도 없는 채, 언제까지고 모순에 괴로워하는 그런 여자가 아니다. 그 여자의 얼굴이 여태까지 만났던 어떤 사람의 얼굴보다도 뚜렷하게 마음에 떠올라 왔다. 그 얼굴 앞에서는 다른 모든 사람의 얼굴, 지금 눈앞에 있는 아버지의 얼굴마저 희미해졌다. 나를 나 자신에게서 해방시켜 주는 것은 그녀뿐이다. 나를 해방시켜주고 앞으로 할 일을 가르쳐 줄 수 있는 것은 메이링뿐이다. 손에 닿는 모든 것에 질서를 부여하는 그녀라면 내가 무엇을 해야 하는가를 가르쳐 줄 것이다! 이렇게 생각하니 옌은 마음이 뛰고 가벼워졌다. 그녀에게로 돌아가자. 그는 얼른 일어나 방바닥에 다리를 내려놓았다. 그때 아버지의 질문이 생각나서 정신이 아찔해지는 새로운 기쁨에 넘치며 대답했다. "훌륭한 여자냐고 말씀하셨지요? 그렇습니다, 아버님, 저는 훌륭한 여자를 골랐습니다!"

그는 전에 없는 초조함을 느꼈다. 이제는 망설임도 없고 주저도 없었다. 당장 그녀에게로 돌아가자.

그러나 갑작스레 새로운 초조감에 쫓기면서도 그는 아버지 곁에서 한 달을 더 있어야 했다. 무언가 여기를 떠나갈 구실은 없을까 생각한 끝에 해안 도시에 볼일이 있어서 돌아가야 한다고 말을 꺼내자 왕후는 크게 낙심하여 기분이 상해 버렸다. 그 모습을 본 옌은 그만 마음이 약해져서 돌아가는 것을 미루지 않을 수 없었다. 게다가 이대로 어머니를 만나지 않고 돌아가는 것도 좋지 않다고 생각했다. 요새 어머니는 자신의 고향인 시골에 가서 살고 있었다. 어머니는 옌을 찾으러 그 흙벽집에 간 이래 어린 시절을 보낸 시골 생활이 그리워져서, 딸 둘이 출가한 뒤로는 친정이 있는 촌으로 자주 돌아갔는데, 그러다가 그곳에 눌러 앉게 된 것이다. 친정에는 첫째 오라버니가 있었는데, 그녀가 돈도 잘 쓰고 군벌 장군의 아내로서 제법 화려한 모습을 보이자 오라버니도 좋아하고, 올케는 마을 여자들 앞에서 코가 높아져 기꺼이 맞이해 주었다. 언청이 노인이 사람을 보내어 옌이 돌아왔다는 것을 알렸으나 어머니는 꾸물거리며 하루 이틀 돌아오는 것을 늦추고 있었다.

옌은 어머니에게, 자기 아내는 스스로 고른다는 점과, 사실은 이미 골랐으며 본인에게 청혼하는 일만 남았다는 것을 확실하게 말하고 싶었으므로, 더더욱 어머니를 만나고 싶었다. 이런 까닭으로 그는 참으면서 한 달을 더 거기서 살았으며, 백부 부자도 곧 그 커다란 저택으로 돌아가서 아버지와 단둘이 남게 되었으므로 여기서 사는 것도 그다지 갑갑하지는 않았다.

그런데 메이링을 생각하면 마음이 즐거워지는 옌은 백부에 대해서조차 정중한 태도를 취할 수 있었고, 또 마음속으로 '그녀라면 이 부채를 정리하는 방법을 함께 생각해 주겠지. 그녀와 의논하기 전에는 백부에게도 화를 내지 말아야지' 생각하면서 깊은 안도를 느꼈다. 이렇게 생각했으므로 백부와 헤어질 때도 똑똑히 말할 수가 있었다. "부채는 잊지 않을 테니까 안심하십시오. 내달에는 저도 곧 직장을 찾게 될 것입니다. 이제는 돈으로 폐를 끼치지 않겠습니다. 사촌형제들에 대해서도 할 수 있는 데까지 노력하도록 하겠습니다."

이 말을 듣고 왕후도 힘있게 말했다. "안심하세요, 형님. 한 푼도 빠짐없이 갚을 테니까요. 내가 전쟁을 못하더라도 이번에는 애가 정부로부터 돈을 탈수 있을 겁니다. 그만한 학문이 있으니까, 좋은 관직에 앉을 것은 틀림없습니다."

"그렇고말고, 옌만 그럴 마음을 갖는다면야." 백부가 받아서 말했다. 그러나 드디어 출발하게 되었을 때 백부는 "네가 써둔 것을 옌에게 주어라" 하고 장남에게 말했다. 그러자 장남은 소매 끝에서 접은 종이를 꺼내어 옌에게 주며 장황하게 말했다. "이것은 그저 그 금액의 명세서다. 아버지나 나나, 네가 정확한 금액을 알아 두고 싶어할 것 같아서 말이다."

그때에도 옌은 이 두 사람에게 화가 나지 않았다. 그는 속으로 웃으면서도 진지한 얼굴로 그 서류를 받고 겉으로는 정중하게 그들을 전송했다.

옌의 마음에는, 이제까지와는 달리 아무런 불안도 없었다. 백부 부자에게도 정중한 태도를 취할 수 있었고, 그들이 돌아간 뒤에는 밤마다 아버지가 지루하게 늘어놓는 전쟁이며 승리의 이야기를 참을성 있게 들어줄 수도 있었다. 아버지는 아들에게 들려 주기 위해 지난날의 두루마리 같은 과거사를 펼쳐 놓고 전쟁의 성과를 자랑했는데, 눈썹을 치켜뜨고 덥수룩한 구레나룻을 잡아당기고 눈을 번쩍이면서, 아들에게 이야기를 들려 주고 있으니 왕후는 자기가 참으로 빛나는 생애를 보내 온 듯한 기분에 빠져들었다. 옌은 얌전하게 앉아, 아버지가 빠오 장군을 찔러 죽일 때의 광경을 묘사하기 위해 손을 앞으로 내저으면서 눈썹을 치켜뜨고 고함을 치는 것을 미소를 머금은 채 들었다. 이러한 아버지가 전에는 어쩌면 그렇게 무서웠을까 싶어 신기할 뿐이었다.

그러는 동안에는 날이 가는 것도 그리 지루하게 느껴지지 않았다. 왜냐하면, 메이링에 대한 감정을 너무나 갑작스레 깨달았으므로 한동안 그것만을 생각할 시간이 필요했기 때문이다. 그래서 쉽사리 만날 수 없는 것이 오히려 안심이 되고, 가만히 앉아서 아버지의 이야기를 듣는 체하는 시간이 기쁘게 생각될 정도였다. 자기 감정을 여태까지 깨닫지 못한 것이 그는 이상했다. 아이란이 결혼하는 날, 신부 행렬을 바라보며 아이란의 아름다움을 인정하는 한편 메이링의 모습을 발견하고 아이란보다 아름답다고 생각했을 때 이미 깨달았어야 했다. 그 뒤에도 기회는 얼마든지 있었다. 집안 이곳저곳을 말끔히 정리하는 그녀의 모습을 보았을 때, 하녀에게 지시하는 그녀의 목소리를 들었을 때, 그 사실을 깨달았어야 했다. 그런 것을 그는 외로워 혼자 울 때까지 깨닫지 못했던 것이다.

이와 같은 메이링에 대한 공상을 깨뜨리고 왕후의 행복한 듯한 말소리가 들려 왔다. 그래도 옌은 얌전히 그 이야기를 듣고 있을 수 있었다. 마음속에 메이링에 대한 사랑이 싹트지 않았던들 도저히 그렇게 할 수 없었으리라. 그는 꿈속처럼 아버지의 이야기를 흘려들으며 그것이 옛 전쟁에 대한 이야기인지, 아니면 아버지가 이제부터 시작하려고 계획 중인 전쟁 이야기인지도 분간할 수 없었다. 아버지는 끊임없이 이야기를 계속했다. "나한테 아직, 형님에게서 얻은 양자가 보내 주는 수입이 조금은 있다. 그런데 그놈은 장군은 못 돼. 참된 장군은 말이다. 나는 그놈을 그다지 믿을 수 없다. 까불기를 좋아하고 게으름만 피운단 말이야. 타고난 어릿광대니까 아마 죽을 때까지 광대 노릇을 하겠지. 제 입으로 내 대리라고 말하고 있지만, 세금을 조금밖엔 안 보낸단 말이야. 나도 안 가본 지가 6년이나 되지. 내년 봄에는 가봐야지. 그래, 내년 봄에는 전쟁을 대비해서 순시를 해야겠다. 그 조카놈은 적이 오면 당장에 배반할 놈이야. 내게서도 아무렇지 않게 등을 돌릴 놈이지……."

아버지의 이야기를 절반밖에 듣고 있지 않은 옌은, 그런 사촌 따위는 마음에도 두지 않았다. 얼마 전에 백모가 "내 아들은 북방에서 장군이 되어 있어" 말했던 것을 막연히 기억할 정도이며, 그 사촌에 대해서는 제대로 기억도 못했기 때문이다.

그래도 이따금 아버지의 말벗이 되어 주면서, 자기가 사랑하고 있음을 깨달은 메이링을 생각하는 일은 즐거웠다. 그녀를 생각하면 여러 가지로 위안을 얻었다. 메이링에게라면 이 장군 공서를 보여 주어도 괜찮을 것이다, 그녀는 내 기분을 이해해주리라고 그는 생각했다. 아무리 수치스러운 일이 많더라도 두 사람은 같은 인종, 같은 국민이다. 그녀에게라면, '아버지는 늙고 어리석은 군벌 장군입니다. 자기 스스로도 거짓말인지 참말인지 알 수 없는 이야기만 하고 계시지요. 별것도 없었는데 자신을 위대한 인물로 여기고 계시답니다' 말할 수도 있을 것 같았다. 그렇다, 그녀라면 이해해 줄 것이 틀림없으니 무슨 말이고 다 할 수 있다. 그녀의 그 솔직함을 생각하니 자신의 허식으로 가득찬 부끄러움도 사라져 버리는 것 같았다. 그래, 그녀에게로 가자. 그리고 분열된 내가 아니라, 할아버지의 흙벽집에서 대지에 발을 붙이고 살았던 며칠 동안의 자신으로, 본래의 나로 돌아가자. 그때의 나는 혼자였다. 자유였다! 그녀와 함께라면 본래의 자신으로, 자유로운 인간으로, 다시 한 번 솔직한 나로 돌아갈 수 있으리라.

마침내 그는 그녀에게 마음속을 털어놓자는 생각 말고는 아무것도 생각할 수 없게 되었다. 그녀가 힘이 되어 줄 것을 확신한 그는 어머니가 겨우 돌아왔을 때도 아무런 동요 없이 예의바르게 인사를 할 수 있었다. 나의 어머니임에도 서로 정신적인 연결은 거의 없으며 함께 이야기할 일도 없다는 생각으로 괴로워할 것도 없었다. 어머니는 혈색이 좋고 건강한 얼굴을 했으나, 이제 보니 온통 주름투성이며 매우 평범한 시골 노파가 되어 있었다. 그녀는 요즈음 걸어다닐 때 언제나 사용하는 지팡이에 기대어 그를 바라보았는데, 그 눈은 신기하다는 듯이, '이것이 내 자식인가?' 말하는 듯이 보였다.

양복을 입고 키가 큰 옌은, 검은 무명의 구식 옷을 입은 노파를 내려다보면서 속으로 생각했다. '나는 정말 이 할머니의 뱃속에서 태어난 것일까? 왠지 서로 피가 통한 것 같지도 않다.'

그러나 이런 어머니가 있다는 것도 이제는 고통스럽지 않았고 부끄럽지도 않았다. 만일 그 백인 여자를 사랑했다면 그녀에게 "우리 어머닙니다" 이렇게 말하기가 무척 부끄러웠을 것이다. 그러나 메이링에게라면 아무렇지 않게 "이분이 바로 우리 어머니요" 말할 수 있을 것이고, 그쪽에서도 이런 어머니에게서 그와 같은 남자가 얼마든지 태어난 것을 알고 있으므로 조금도 이상하게 여기지 않을 것이다. 그녀로 보아서도 이상할 것이 하나도 없기 때문이다. 그녀에게는 그것이 사실이라는 것만으로 충분한 것이다. 아이란에게 이 어머니를 소개한다 해도 조금은 부끄럽겠지만 메이링이라면 괜찮다. 마음속을 다 드러내 보여도 부끄럽다는 생각이 들지 않을 것 같았다. 이렇게 생각하니 그는 초조한 가운데도 마음이 가라앉았다. 어느 날 그는 어머니에게 솔직하게 말했다. "저는 약혼했습니다. 아니, 약혼한 거나 마찬가집니다. 상대를 정했어요."

그러자 어머니는 차분하게 대답했다. "아버지한테 들었다. 나도 아는 처녀 아이를 두세 사람 이야기한 적이 있지만, 아버지는 언제나 네가 좋아하는대로 시키겠다고 말씀하셨어. 옛날부터 너는 아버지 아들이지 내 아들이라고는 할 수 없을 정도였는데다, 아버지는 저렇게 기질이 강하신 분이라 나는 그분 뜻을 거스르지도 못했지. 아이란 어머니는 잘 피해 달아났지만, 나는 남아서 아버지의 성미를 상대해 온 셈이야. 하지만 네가 고른 상대는 훌륭한 규수겠지. 옷도 지을 줄 알고, 생선도 구울 줄 알고, 나한테도 이따금 와주기만 한다면 고맙겠다만. 하기야 새 시대라는 게 엉터리라, 젊은 사람들은 뭐든 제멋대로 하고, 며느리라고 해야 시어머니한테 인사조차 오지 않는다는 걸 나도 잘 알고는 있다만."

그러나 옌이 보기에 어머니는 더 이상 그를 위해 며느리를 찾으러 다닐 필요가 없어진 것을 기뻐하는 듯이 보였다. 어머니는 가만히 앉아 멍하니 앞을 바라보았으나, 이윽고 눈과 턱을 조금 움직이는가 했더니 눈앞에 아들이 앉아 있다는 것도 잊고 조용히 잠들어 버렸다. 아니면 잠든 체한 것뿐인지도 모르지만. 이 어머니와 아들이 사는 세계는 전혀 달랐다. 자기가 이 어머니의 아들이라는 사실이 옌에게는 무의미하게 여겨졌다. 사실 지금의 그에게는 메이링을 다시 만나는 것 이외엔 모두가 무의미하게 여겨졌던 것이다.

드디어 부모님과 헤어질 때가 오자 옌은, 제법 이별이 쓰라리기라도 한 듯이 애써 공손하게 인사하고, 다시 남방으로 가는 기차에 올랐다. 그런데 이상하게도 이번에는 다른 승객들에게 조금도 신경이 쓰이지 않았다. 그들이 예의에 벗어난 행동을 하거나 말거나 마찬가지였다. 그는 메이링밖에 생각할 수 없었기 때문이다. 그는 그저 그녀에 대한 모든 기억을 되새기는 데 열중했다. 그녀의 손이 조그마한 것을 생각했다. 강해 보이기는 하나 손바닥이 좁고 손가락도 가늘어서, 저런 손으로 어떻게 그토록 재빠르고 단호하게 인간의 몸에 있는 환부를 도려낼 수 있을까 생각했다. 그녀의 가는 몸에는 이런 힘이 숨어 있었다. 그것은 희고 결이 고운 살결 속에 짜여 있는 훌륭한 골격의 힘이었다. 그녀가 무엇이든 잘해서 하녀들이 그녀를 의지한다는 것, 아이란조차도 윗옷의 깃이 코트의 깃과 잘 맞는지 안 맞는지 메이링이 보아 주지 않으면 마음이 놓이지 않는다는 것, 노부인의 마음에 꼭 들도록 할 수 있는 것은 오직 메이링뿐이라는 것 등을 그는 몇 번이나 되풀이해서 생각했다. 그리고 그는 이렇게 생각하고 기뻐했다. '그녀는 이제 스무 살이지만 열 살이나 많은 여자보다 능력이 있단 말이야.'

그것은 다시 생각해 보니, 옌에게는 메이링이 이중의 매력을 지니고 있기 때문이었다. 그녀에게는 그가 어머니라고 부르는 노부인이라든가 백모처럼 고풍스런 가정교육 속에서 길러진 여자들과 같은 침착성과 위엄이 있었다. 그러면서도 남자 앞에서는 수줍어하며 입을 다물고 있지 않는 새로운 면도 지녔다. 어디에서든 당당하고 분명하게 말하고, 아이란과 성격은 달랐지만 아이란과 마찬가지로 거침이 없었다. 혼잡한 기차 안에서 창밖으로 스쳐가는 평야와 도시를 바라보았지만 그의 눈에는 아무것도 들어오지 않았다. 다만 가만히 앉아서 메이링만을 꿈꾸고, 그녀의 간단한 말이나 사소한 표정을 모아 마음속에서 사랑스러운 그 모습을 완성하고 있었다. 떠올릴 수 있는 모든 것을 회상하면서 그는 이번엔 그녀와 만나는 순간을 생각하고, 뭐라고 말할까, 어떻게 사랑을 고백할까, 궁리했다. 마치 벌써 그때가 된 것처럼, 자기가 고백하는 동안 지그시 지켜보는 그녀의 성실하고 진지한 얼굴이 눈에 보이는 듯했다. 그리고 다음 순간 그는, 그녀는 아직 어리고, 남자에 익숙한 대담한 여자가 아니라 정숙하고 얌전한 처녀라는 사실을 잊어선 안 된다고 생각했다. 하지만 그 조그마한 손을 잡는 일쯤은 있을 수 있지 않을까? 그 차갑지만 다정한 손쯤은 잡아 볼 수 있을 거라고 그는 생각했다.

그러나 앞일이 모두 자기의 뜻대로 되지는 않는 법이고, 어떤 연인도 그때가 왔을 때 자기가 어떤 행동을 할 것인가 미리 알지는 못하는 법이다. 기차 안에서 그토록 술술 말이 떠올랐던 옌의 입에서, 드디어 그때가 되자 아무런 말도 나오질 않는 것이었다. 현관에 들어섰을 때 집 안에선 아무 소리도 들리지 않고, 하녀가 맞으러 나왔을 뿐이었다. 그 고요가 오한처럼 그를 전율시켰다.

"메이링은 어디 있지?" 그는 하녀에게 물었으나 곧 다시 생각하고 조용하게 물었다. "마님은 어디 계시지, 어머님은?"

하녀가 대답했다. "두 분 다 고아원에 계십니다. 새로 들어온 아기가 아파서 아마 늦게 돌아오실 것 같다는 말씀이셨어요."

그렇다면 옌은 차분하게 기다리는 수밖에 없다. 그는 앉아서 이것저것 다른 것을 생각하려 했으나 머리가 자유로이 돌아가 주지 않았다. 어느 사이엔가 그 커다란 희망으로 돌아가는 것이었다. 밤이 되어도 두 사람은 돌아오지 않았다. 하녀가 식사 시간을 알려 왔으므로 옌은 식당으로 가서 홀로 식사를 했는데, 음식은 모래를 씹는 듯이 맛이 없었다. 오랫동안 기다리던 순간을 이와 같이 늦추게 하는 아기가 미워졌을 정도였다.

음식이 목구멍을 내려가지 않아 식탁에서 막 일어서려 할 때, 문이 열리며 부인이 무척 피로하고 낙심한 듯한 얼굴로 들어왔다. 그 뒤를 따라 들어온 메이링도 말이 없었고 여태까지 본 적이 없을 만큼 슬퍼 보였다. 그녀는 옌을 보았으나 그 눈은 텅 빈 채로, 한 달이나 헤어졌던 사람을 맞이하는 표정은 전혀 보이지 않았다. 그녀는 나직한 소리로 그에게 말했다. "아기가 죽었어요. 할 수 있는 데까지 모든 수단을 다했지만, 죽고 말았어요."

부인은 한숨을 쉬면서 자리에 앉아 역시 슬픈 듯이 말했다. "잘 다녀왔니? 그렇게 귀여운 아기는 본 적이 없었단다. 사흘 전에 현관 앞에 버려져 있었지. 가난한 사람의 아기는 아니었어. 입혀 놓은 옷이 비단이었거든. 처음에는 튼튼한 아이라고 생각했는데, 오늘 아침에 갑자기 경기를 일으키잖아. 그건 아기가 걸리면 열흘도 안 되어 목숨을 잃는, 옛날부터 있던 바로 그 병이었어. 귀엽고 튼튼한 아기가 마치 독기라도 덮어쓴 듯이 죽어가는 것을 나는 전에도 몇 번이나 보았는지 몰라. 그 병만은 어찌할 도리가 없구나."

메이링은 가만히 듣고만 있었다. 음식에 손을 댈 기분도 나지 않는 모양이었다. 그녀는 가느다란 두 손을 식탁 위에서 꼭 쥐고 노기찬 목소리로 소리쳤다. "원인은 알고 있어요. 피할 수 있는 일이에요!"

그녀가 전에 없이 노여움에 떠는 얼굴을 본 옌은 그녀의 눈에 눈물이 넘치는 것을 알았다. 이 노여움과 눈물은 그의 열띤 마음에 얼음을 던져 놓는 것과 같았다. 그것들로 하여 메이링의 마음이 그에게 닫혀 있다는 것을 알았기 때문이다. 그는 그녀만을 생각해 왔지만, 이 순간 그녀 마음에는 그에 대한 것은 전혀 없었다. 오랫동안 떨어져 있었는데도 그녀는 그를 꿈에도 생각하지 않았던 것이다. 그래서 그는 노부인이 아버지의 집 사정을 물어 보는 것을 잠자코 듣고 있다가 조용히 대답했다. 그러나 메이링이 노부인의 질문도 그의 대답도 듣고 있지 않는 것을 그는 싫어도 깨달을 수밖에 없었다. 그녀는 두 손을 무릎에 얹고 번갈아 두 사람의 얼굴을 바라보았지만 한 마디도 하지 않고 묘하게 멍한 표정으로 앉아 있었다. 다만 끊임없이 눈에서 눈물이 흘러내릴 뿐이었다. 그녀의 마음이 자기에게서 멀리 떨어져 있다는 것을 알았으므로 그날 밤 옌은 아무 말도 할 수 없었다.

그러나 말을 하지 않고는 마음이 편해질 수 없었다. 밤새도록 그는 토막토막 끊어진 꿈을 꾸었다. 이상한 사랑의 꿈이었는데 도무지 분명찮은 사랑이었다.

이튿날 아침 눈을 뜬 그는 꿈에 시달려 지쳐 있었다. 여름에서 가을로 옮겨가는 계절의 흐린 날씨였다. 일어나서 창밖을 내다보니 도처가 잿빛 일색이었으며, 흐릿한 하늘이 회색 거리를 온통 뒤덮고, 지상에서는 회색 거리에 조그마한 회색 점 같은 인간들이 느릿느릿 움직이고 있었다. 이 생기 없는 광경을 보고 그의 정열도 식어 버렸으며, 메이링에 대한 꿈 따위를 꾸고 있던 자신이 이상하게 여겨질 정도였다.

이런 기분으로 그는 아침 식탁에 앉아, 오늘은 음식조차 간도 향기도 없다는 기분으로 멍청하게 입만 움직이고 있는데 노부인이 들어왔다. 부인은 식사도 시작하기 전에, 간단한 아침 인사도 나누기 전에 어딘가 옌이 여느 때와 다르다는 것을 깨달았다. 그래서 살며시 그에게 물어 보기 시작했다. 옌은 메이링에 대한 사랑을 고백할 수는 없었으므로 그 대신 아버지가 백부에게 엄청난 빚을 지고 있다는 이야기를 했다. 그러자 부인은 몹시 놀라며 말했다.

"그렇게 돈에 곤란을 겪고 계시다는 말씀을 어째서 나한테 하시지 않았을까? 나도 좀더 절약할 수도 있었고, 메이링에게 들어가는 돈은 내 돈을 써도 되었을 텐데. 나는 아버지 돈을 쓰는 걸 자랑으로 여기고 그렇게 했었지. 내 아버님은 돌아가실 때, 아들이 없었으므로 충분한 재산을 나한테 남겨 주시면서 안전한 외국 은행에 모두 예금을 해 주셨지. 그래서 이런 시대에도 무사했단다. 아버님은 나를 무척 귀여워하셔서 조상대대로 물려받은 묘지까지 팔아 가지고 나를 위해 현금으로 바꾸어 두셨어. 그런 사정을 알았더라면 내가 어떻게 변통할 수 있었을 텐데."

그러나 옌은 귀찮다는 듯이 말했다. "어째서 어머님이 그러실 필요가 있습니까? 제가 제 학문이 도움이 될 만한 직장을 찾아서 될 수 있는 데까지 급료를 저금을 해 두었다가 큰아버지에게 돌려 드리겠습니다."

이렇게 말한 순간 그는, 만일 그렇게 하면 결혼비용이나 집을 살 돈이나 그 밖에 젊은 사람이 희망하는 여러 가지 일을 할 비용은 어떻게 될까 하는 생각이 들었다. 옛날 같으면 아들은 아버지와 한 집에서 살아서 며느리도 손자도 같은 솥의 밥을 먹었었다. 그러나 새로운 시대에 태어난 옌은 그렇게 할 생각은 없었다. 왕후가 사는 장군 공서(公署)나 메이링의 시어머니가 될 나이든 어머니를 생각하니 그런 데서 메이링과 함께 살고 싶지는 않았다. 어딘가에 자기들만의 집을 갖고 싶었다. 옌이 좋아하게 된, 벽에는 그림이 걸려 있고, 앉기 편한 의자가 있으며, 구석구석 청결한, 그런 집이 갖고 싶었다. 그리고 단둘이 살며 바라는 대로 가정을 만드는 것이다. 이런 것들을 생각하는 동안 그는 노부인 앞이라는 것도 잊고 황홀해져 버렸으므로 노부인은 매우 상냥하게 말했다. "아직 나한테 이야기하지 않은 것이 있지?"

그러자 갑자기 옌의 마음이 폭발했다. 얼굴이 새빨개지고 눈은 눈꺼풀 아래서 타오를 듯이 뜨거워졌다. 그는 소리쳤다. "더 말씀드릴 일이 있습니다. 아직 말씀드리지 않은 게 있어요. 저는 어느 샌가 그 사람을 사랑하게 되었습니다. 그 사람과 결혼하지 못하면 저는 죽습니다."

"그 사람이라니?" 부인은 고개를 갸웃했다. "그 사람이라니, 누구 말이냐?" 부인은 갈피를 잡지 못했다. 그러자 옌이 소리쳤다. "메이링 말고 누가 있습니까?"

이 말을 듣고 노부인은 깜짝 놀랐다. 메이링은 부인의 눈으로 보면 어린애에 지나지 않았으며, 어느 겨울 아침에 거리에서 주워 자기 집으로 데려온 아이일 뿐이었다. 부인은 옌을 가만히 바라보면서 한동안 입을 다물고 있더니 이윽고 사려 깊게 말했다. "그 애는 아직 어리고 또 여러 가지 제 할 일을 계획하고 있단다." 그리고 부인은 다시 말을 이었다. "그리고 그 애는 부모가 누군지도 몰라. 만일 길에서 주운 아이라는 것을 알면 아버지는 뭐라고 말씀하실까?"

그러나 옌은 이제 더 참을 수 없게 되어 소리쳤다. "이 문제에 대해서는 아버지도 아무 말씀 못 하시게 하겠습니다. 이제 저는 옛 관습에 묶여 있지 않습니다. 제 아내는 제가 고릅니다."

노부인은 조용하게 이 말을 듣고 있었다. 아이란이 입버릇처럼 지껄이던 말이라 이제는 이런 말에 익숙해져 있었고, 다른 부모들의 말을 들어보아도 요즘의 젊은 남녀는 모두 같은 말을 하므로 부모들은 되도록 참는 수밖에 없다고 들었기 때문이다. 그래서 부인은 다만 "그래, 그 애한테는 벌써 이야기했니?" 하고 물었을 뿐이었다.

그러자 옌은 금방 그때까지의 대담함을 잊고, 옛 시대의 연인처럼 수줍어하면서 말했다.

"아뇨, 어떻게 말하면 좋을지 알 수가 없습니다." 그리고 잠깐 생각하다가 말했다. "언제나 메이링은 자기 일만 생각하는 것 같아요. 다른 여자들은 눈으로라든가 손을 만진다든가 해서 계기를 만들어 줍니다. 적어도 그렇다는 이야기를 들었습니다만. 메이링은 결코 그렇게 하질 않습니다."

"그렇고 말고." 노부인은 자랑스레 대답했다. "메이링은 절대로 그런 짓을 하지 않아요."

낙담하여 앉아 있는 동안 문득 옌의 마음에 이런 생각이 떠올랐다. 자기 대신 부인에게 이야기해 달라고 부탁해 보면 어떨까? 그 편이 확실히 낫다, 그는 곧바로 그러기로 했다. 메이링도 그렇게나 사랑하고 존경하는 노부인의 말이라면 귀를 기울일 것이고, 그렇다면 자기에게도 나쁠 까닭이 없다고 생각한 것이다.

그런 식으로, 새로운 시대이기는 하나 자기 입으로 말하지 않는 편이 좋다는 생각이 갑자기 들었다. 이것은 새 시대와 구 시대를 절충한 방법이니까 아직 어린 메이링에게는 이 편이 나을지도 모른다, 이렇게 생각하고 옌은 진지한 어조로 말했다. "저 대신, 어머님이 말씀해 주시지 않겠습니까? 제가 말하면 메이링이 겁을 먹을지도 모릅니다."

노부인은 살짝 미소를 띠고 옌을 정답게 바라보면서 대답했다. "메이링이 너와의 결혼을 승낙하고 아버님도 허락하신다면 결혼해도 좋다. 하지만 난 그애에게 강요하지는 않을 테다. 그것만은 절대로 하지 않을 테다. 상대가 어떤 사람이든 딸에게 결혼을 강요하는 것만은 나는 안 할 참이야. 새로운 시대가 여성에게 가져다 준 오직 한 가지 장점은 이것뿐이거든. 여성이 강제로 결혼해야 하는 일이 없어졌다는 점 말이야."

"그렇고 말고요, 지당하신 말씀입니다." 옌은 소리쳤다.

옌은 여자가 결혼하는 것은 당연한 일이라고 생각했으므로 메이링에게 강제할 필요가 있다고는 꿈에도 생각지 않았던 것이다.

둘이서 이야기를 나누며 식사를 마쳤을 때, 메이링이 들어왔다. 그녀는 학교에 갈 때 입는 감색 비단옷을 입고 짧고 검은 머리를 귀 뒤쪽으로 넘긴 청초한 모습이었다. 보석을 달고 있지 않으면 발가벗은 기분이라는 아이란과는 달리, 그녀는 귀에도 손에도 보석 같은 건 달고 있지 않았다. 표정은 평온했으며 눈가는 시원스럽고 단정한데다가, 입도 아이란처럼 새빨갛지 않고 볼은 희고 결이 고왔다. 메이링의 얼굴은 결코 혈색은 좋은 편은 아니나 건강하고 깨끗한 금빛 살결이 참으로 곱고 매끄러워 보였다. 그녀는 공손하게 아침인사를 했다. 옌이 보니, 하룻밤 자고 일어나니 어젯밤의 슬픔도 사라지고 다시 온화함을 되찾아 새로운 날을 맞이할 힘이 있어 보였다.

그녀가 식탁에 앉아 밥공기를 집어드는 것을 옌이 지켜보고 있자, 노부인은 입과 눈에 희미한 미소를 띠면서 이야기하기 시작했다. 갑자기 옌은 될 수 있으면 만류하고 싶어졌다. 하다못해 다른 때 해 주었으면 싶었다. 어떻게든 이 순간을 미루고만 싶었고 부끄러움이 앞서 눈을 내리깔고, 안절부절못하는 기분으로 온몸이 뜨거워져서 움직일 수 없었다. 노부인은 이야기를 꺼내기는 했으나 옌의 태도를 눈치 채고 눈에 은밀한 웃음을 띠었다.

"메이링, 너한테 물어 볼 일이 있다. 옌은 입으로는 자기는 훌륭한 현대인이라 자기 아내는 자기가 고른다고 말하면서도, 막상 중요한 순간이 되니까 기가 죽어 구식으로 돌아가서 결국 중매인이 필요하게 되었단다. 내가 그 중매인이고 청혼을 받은 사람은 바로 너란다. 이 청혼을 받아들이겠니?"

이런 식으로, 너무나 사무적이고 무미건조한 목소리로 말했으므로 옌은 이 이상 나쁜 방법은 없을 것 같은 기분이 들었다. 이래서야 어떤 여자라도 질려 버릴 것이라고 생각했다. 옌은 부인이 미워졌을 정도였다.

사실 메이링은 크게 놀랐다. 밥공기와 젓가락을 살며시 내려놓고 어떻게 대답해야 좋을지 몰라 가만히 부인을 바라보고 있었다. 그러나 곧 나직이, 모기가 우는 듯한 목소리로 "꼭 승낙을 해야 하는 건가요?" 물었다.

"아니, 그렇지는 않아." 부인은 진지한 얼굴로 돌아가 대답했다. "싫으면 승낙할 필요는 없다."

"그럼 거절하겠습니다." 메이링은 안심한 듯 얼굴을 빛내면서 기쁜 듯이 대답했다. 그리고 말을 이었다. "동급생 중에도 억지로 결혼하게 된 사람들이 있었는데 모두 학교를 그만둬야 한다면서 울고 있었어요. 그래서 저도 깜짝 놀랐던 거예요. 고맙습니다, 어머니." 이렇게 말하고 평소에 늘 조용하고 차분하던 메이링은 얼른 일어나더니 감사를 나타내기 위해 옛 풍습대로 부인 앞에 무릎을 꿇고 절을 했다. 그러나 부인은 그녀를 일으켜 팔로 감싸듯이 안았다.

그때 부인이 바라보니 옌은 얼굴에 핏기가 가시고 창백해져서, 울지 않으려고 악문 입술마저 창백했다. 부인은 그가 딱해져서 딸을 돌아보고 다정하게 말했다. "이런 일이 있었다고 해서 옌이 싫어지지는 않겠지?"

그러자 그녀는 얼른 대답했다. "그럼요, 어머니. 옌은 제 오라버니신걸요. 오라버니는 좋아하지만 결혼하고 싶지는 않을 뿐이에요. 저는 누구와도 결혼하고 싶지 않아요. 학교를 졸업해서 의사가 되고 싶어요. 언제까지고 공부하고 싶어요. 여자는 모두 결혼합니다. 하지만 저는 결혼을 해서 살림이나 하고 아이들의 뒷바라지만 하고 싶지는 않아요. 저는 의사가 될 결심을 하고 있어요."

메이링이 이렇게 말하자 부인은 승리한 듯한 표정으로 옌을 바라보았다. 옌은 두 여자를 보면서, 그녀들이 동맹하여 자기에게 대항하고 있다, 두 여자가 짜고 한 남자에게 맞서고 있다는 기분이 들어 참을 수 없었다. 옛 풍습에도 좋은 점이 있다고 생각했다. 여자가 결혼해서 아이를 낳는 것은 당연한 일이 아닌가. 메이링도 마땅히 결혼을 희망해야 옳은데 그것이 싫다는 것은 어딘가 비뚤어진 데가 있는 것이다. 그는 남성으로서 이러한 여자에게 분노를 느껴 속으로 생각했다. '요즘 여자가 모두 이렇다면 이상한 일이다. 적령기가 되고도 결혼하지 않는 여자란 들은 적도 없다. 젊은 여자가 결혼을 원치 않다니, 괴상한 이야기다. 국가로 봐서도, 다음 세대를 위해서도 슬픈 일이다!' 결국 아무리 현명하다고 해도 여자란 어리석은 것이다. 그렇게 생각하고 눈을 들자, 메이링의 온화한 시선과 마주쳤다. 그는, 저토록 온화하고 침착할 수 있다는 것은 냉혹하기 때문이라고 생각하고, 노기를 띤 채 그녀를 쏘아보았다. 그러자 노부인이 메이링을 대신하여 똑똑하게 말했다. "자기가 원하게 될 때까지 메이링은 결혼할 필요가 없어. 자기가 가장 좋다고 생각하는 인생을 살면 되는 거야. 그러니 옌은 참아야만 한다."

새로운 자유를 손에 넣은 두 여자는 적의마저 품고 그를 바라보았다. 젊은 메이링은 늙은 부인의 두 팔에 안긴 채. 그렇다, 그는 참는 도리밖에 없는 것이다.

그 우울한 날, 옌은 한동안 침대에 누워 있다가 방에서 나와 다시 엉망으로 뒤엉킨 마음을 안고 거리를 헤매었다. 그는 괴로움에 울었다. 심장까지 아파와서, 심하게 뜨거워지는가 하면 곧 차가워져서 고동조차 엉망인 듯했다.

어찌하면 좋은가? 옌은 쓸쓸한 기분으로 생각했다. 사람들의 모습은 눈에 들어오지 않는 채, 이리저리 사람들에게 밀리고 밀고 하면서 이 거리에서 저 거리로 헤매고 다녔다. 기쁜 기대는 사라졌으나 아직 의무는 남아 있었다. 그에게는 부채가 남아 있었다. 하다 못해, 자기 혼자라면 부채는 갚을 수 있다. 하지만 그에게는 돌봐드려야 할 늙은 아버지가 있었다. 어떻게 하면 좋을까? 어떻게 하면 직장을 구해 생계를 꾸리고 급료를 저축하여 빚을 갚을 수 있을까? 반드시 의무는 다하겠다고 그는 결심했다. 그리고 자기가 참으로 부당한

취급을 받고 있다고 느꼈다.

그리하여 해거름이 가까워졌으나 그는 시내 곳곳을 싸다녔고, 차츰 이 도시가 싫어졌다. 거리에서 만나는 외국인의 얼굴, 동포들이 입고 있는 외국식 옷, 심지어 자기가 입고 있는 옷 등, 이 도시의 모든 외국 냄새가 지긋지긋해졌다. 적어도 지금만은 옛 풍습 쪽이 더 뛰어난 듯한 기분이 들었다. 그는 자기의 차갑게 식어 버린 심장을 향해 분연히 소리쳤다. '우리나라의 여성을 저토록 완고하게 만들고, 자유 따위를 부르짖게 하며, 자연스런 감정을 잊은 여승이나 창부 같은 인생을 살겠다고 말하게 하는 것은 모두 저 외국의 풍습 때문이 아닌가!' 그리고 특히 미국 유학 중에 본 하숙집 딸의 음란함이라든가 곧 입술을 들이댄 메리를 생각하고 심한 혐오감을 느꼈다. 마침내는 길에서 스쳐 지나는 모든 외국 여자에게 증오가 느껴진 그는 도무지 참을 수 없어져서 중얼거렸다. '어떻게든 이 도시에서 떠나자. 외국의 것도 새로운 것도 눈에 띄지 않는 지방으로 가서 살며 우리나라의 참된 생활을 하자. 외국 따위엔 가지 않았으면 좋았을 것을!'

그러자 느닷없이, 지난날 알고 지내며 괭이 사용법을 가르쳐 준 그 늙은 농부가 생각났다. 그는 그곳에 가서 늙은 농부를 만나고 외국인이나 외국 풍습에 더러워지지 않은 자기와 같은 민족의 피를 느끼고 싶어졌다.

그는 그 길로 전차를 타고 종점에서 내려 거기서부터는 걸었다. 이날 그는, 지난날 그가 일구었던 땅과 그 농부의 집을 찾아 끝없이 걸어갔다. 그러나 길은 완전히 바뀌고 집들이 가득 들어서서 사람도 많아졌으므로 저녁때가 가까워지도록 찾아낼 수가 없었다. 간신히 낯익은 장소에 이르렀으나 그곳은 이미 밭이 아니었다. 고작 몇 해 전까지만 하더라도 작물이 힘차게 자라고, 그 농부가 조상 대대로 몇백 년이나 살아오던 곳이라고 자랑하던 대지에는 이제 견직물 공장이 들어서 있었다. 그것은 새로운 건물로서 옛날의 한 마을만큼이나 컸으며, 벽돌도 새롭고 붉었으며, 지붕에는 수많은 창문이 빛나고 굴뚝에서는 시커먼 연기가 뭉글뭉글 솟아올랐다. 옌이 멈춰 서서 바라보고 있으니 요란한 경적소리가 울리고 철문이 활짝 열리며 그 커다란 입에서, 하루의 노동에 지쳐 내일도 그 다음 날도, 언제까지고 이렇게 살아야 한다는 무거운 마음을 안은 남자와 여자, 어린아이 무리가 천천히 쏟아져 나왔다. 입은 옷은 땀투성이였고, 몸에서는 누에 속에서 죽은 번데기의 악취가 감돌았다.
　옌은 그들의 얼굴을 바라보면서, 저 속에 그 농부도 섞여 있는 게 아닐까 생각했다. 그의 토지가 삼켜져 버린 듯이 그도 이 새로운 괴물에게 삼켜진 것은 아닌가 꿈속처럼 생각한 것이다. 그러나 농부의 모습은 찾아볼 수 없었다. 그들은 아침이 되면 집에서 기어나와 밤이 되면 다시 그곳으로 돌아가는, 도시 사람들이었다. 농부는 어디론가 가 버린 것이다. 그도 아내도 소도 다른 토지로 가버리고 만 것이다. 틀림없이 그러리라고 옌은 생각했다. 그들은 어디선가 변함없이 힘차게 자기들의 본래 생활을 영위하고 있을 것이다. 그들을 생각하고 가볍게 미소를 지은 옌은 한순간 자기의 괴로움을 잊고 생각에 잠겨 집으로 돌아왔다. 나도 어떻게든지 나의 참된 생활을 찾아야 한다.

4

　이튿날, 옌의 인생을 결정짓는 두 가지 사건이 일어났다. 아침 일찍부터 노부인이 그에게 말했다. "한동안 너는 이 집에 없는 편이 좋지 않을까? 메이링이 네 마음을 안 이상 매일 얼굴을 맞대야 한다는 것이 얼마나 괴로울지 생각해보렴."
　이에 어제의 노여움이 아직 남아 있던 옌은 거칠게 대답했다. "잘 알고 있습니다. 저도 그러니까요. 저도 날마다 메이링과 얼굴을 맞대지 않아도 될 곳으로 가고 싶습니다. 메이링의 모습을 보고, 목소리를 들을 때마다 결혼을 거절당한 일을 떠올리지 않아도 되는 곳으로 가고 싶습니다."

옌은 노여움에, 나오는 대로 이렇게 말했으나 끝에 가서는 목소리가 떨리고 말았다. 어떻게든 노여움을 잊지 않고, 메이링의 얼굴이 보이지 않는 곳에 가겠다고 말하려 했지만, 사실은 무엇보다도 그녀의 모습을 보고, 그녀의 목소리를 들을 수 있는 곳에 머물고 싶어 한다는 것을 스스로 알고 있어서 비참한 기분이 들었다. 그러나 오늘 아침의 노부인은 다시 여느 때의 온화한 부인으로 돌아가 있었다. 이제는 메이링을 감싸 줄 필요도 없고 남성에 대한 여성의 입장을 주장할 필요도 없었으므로 상냥하고 너그러운 태도를 취할 수 있었다. 부인은 옌의 목소리가 떨리는 것도 알았고, 그가 갑자기 말을 얼버무리며 얼른 밥공기 쪽으로 눈을 돌리는 것도 눈치 챘다. 두 사람이 이야기한 것은 식탁에서였으며, 메이링은 그 자리에 없었다. 그래서 노부인은 그를 달래며 말했다. "너로서는 첫사랑이니까 아마 쓰라릴 거야. 네 성질은 꼭 아버지를 닮았구나. 아버지는 또 할머니를 닮았다고 하더라. 할머니는 성실하고 얌전한 분이었지만, 사랑하는 사람에게는 매우 강하게 집착하셨다고 하더구나. 아이란은 할아버지 쪽을 닮아서, 웃는 눈이 할아버지를 쏙 뺐다고 큰아버지께서 말씀하셨지. 하지만 옌, 너는 아직 젊으니까 한 가지 일에만 집착해선 안 된다. 이 집을 나가 다른 곳으로 가서 마음에 드는 직장을 찾아, 큰아버지의 부채를 갚을 생각도 하고 젊은 사람들과 어울리거라. 그리고 1~2년 지나거든……" 부인은 여기서 말을 끊고 옌을 바라보았다. 옌도 부인의 얼굴을 보면서 나머지 말을 기다렸다. "1~2년이 지나면 메이링도 변할 거야. 알 수 없는 일이잖나?"

그러나 옌은 희망을 가지려 하지 않고 완강하게 말했다. "아녜요, 메이링은 변하지 않습니다. 어머니, 메이링은 저를 싫어합니다. 저는 메이링이야말로 내가 찾던 여자라고 어느 날 문득 깨달았지요. 저는 외국풍의 여자는 싫습니다. 하지만 메이링은 제겐 이상적인 여성입니다. 그녀라면 딱 맞아요. 새로운 면만 있는 것이 아니라 예스러운 면도 있어서……"

여기까지 말하고 옌은 갑자기 다시 말을 끊고 밥을 한입 가득 퍼 넣었다. 그러나 도저히 삼킬 수가 없었다. 사랑 때문에 울다니 어린아이 같다는 생각에, 태연스럽게 보이려 했으나 눈물에 목이 막혔던 것이다.

노부인은 그의 기분을 모조리 알고 있었으므로 잠시 그대로 두었다가 이윽고 부드럽게 말했다. "지금은 시간에 맡겨 두고 기다리기로 하자. 너는 아직 젊으니까 기다리지 못할 까닭도 없고, 또 빚도 있지 않으냐. 자식으로서의 의무가 있음을 잊어서는 안 된다. 뭐라 해도 의무는 의무니까 말이다."

노부인이 이런 말을 한 것은 의기소침해진 옌의 기분을 북돋아 주기 위해서였는데, 그 효과는 금방 나타났다. 옌은 겨우 입 안의 것을 삼키더니 별안간 크게 외쳤다. 그것은 그가 이미 어제 결심한 일이었는데 이런 말을 들으니 도저히 참을 수 없었던 것이다. "그렇습니다. 모두 그렇게 말하고 있습니다만, 저는 이제 하도 들어서 신물이 납니다. 저는 언제나 아버지에 대한 의무를 다해 왔다고 자부합니다. 하지만 그에 대해서 아버지는 무엇으로 보답해 주셨던가요. 저를 배운 것 없는 시골 여자에게 장가들여서 영원히 속박하려 하셨습니다. 더욱이 자신이 무슨 일을 하는지도 모르시고 말입니다. 그러더니 이번에는 백부에게 속박시키셨습니다. 이렇게 되었으니 저도 옛날로 돌아가겠습니다. 맹의 운동에 참가해서, 구 시대 사람들이 의무라고 부르짖는 것과 싸우기 위해 평생을 바치겠습니다. 저는 다시 그 운동을 시작하겠습니다. 아버지에게 악의는 없었다고 해도 그건 변명이 되지 않습니다. 이토록 제게 상처를 입혀 놓고도 모른다는 자체가 죄악입니다⋯⋯."

옌도 자기가 도리에 맞지 않는 말을 하고 있음을 알았다. 왕후가 그를 속박하려 하기는 했으나, 한편 긁어모을 수 있는 돈을 다 긁어모아 그를 감옥에서 석방시켜 주지 않았던가? 그러나 그는 일부러 노여움에 기름을 쳐서, 노부인이 그 말을 꺼내더라도 정면에서 대들 각오였다. 그런데 부인은 뜻밖에도 조용히 말했다. "새로운 수도에 가서 맹과 함께 생활하는 것도 괜찮을지 모르지." 부인 쪽에서 반론을 펴지 않은 데 놀란 옌이 할 말을 잃자 이야기는 거기서 끝났으며, 두 사람은 더 이상 아무 말도 하지 않았다.

마침 바로 그날 옌 앞으로 다시 맹의 편지가 왔다. 뜯어 보니, 먼저 회답을 주지 않는다는 것은 부당한 일이라고 꾸짖고는 성급한 필치로 이렇게 써 놓았다. '나는 겨우 형을 위한 자리를 확보해 놓고 형이 오기를 기다리고 있어. 요새는 이만한 지위면 후보자가 백 명은 있어. 오늘 곧 출발해 줘. 오늘부터 사흘째 되는 날 그 대학이 열리므로 이런 식으로 편지를 주고 받을 겨를이 없어.' 그리고 맹은 열의에 찬 어조로 이렇게 편지를 맺었다. 〈아무에게나 새로운 수도에서 일할 수 있는 기회가 주어지는 것은 아니야. 요즘, 이곳에는 수천 명의 사람이 모여들어 일자리를 찾고 있어. 온 도시가 새로워지고 있어. 대도시에 필요한 것은 뭐든 만들어지고 있지. 예전의 꾸불꾸불한 길은 싹 밀어버리고, 모든 것이 새로 건설되고 있단 말이야. 형도 당장 와서 함께 일해 줘!)

이 힘찬 글을 읽은 옌은 마음이 설렘을 느끼며 편지를 탁자 위에 집어던지고 큰 소리로 "좋다. 나는 간다" 소리쳤다. 그리고 즉시 책과 옷과 공책과 원고 등을 정리하여 새로운 인생의 단계로 옮겨갈 준비를 했다.

점심 때 그는 부인에게 맹의 편지를 이야기했다. "저로서는 수도에 가는 게 가장 좋다고 생각합니다. 만사가 그렇게 해야 하게끔 되어 버렸으니까요." 노부인은 조용히 이에 찬성했으며, 이번에도 이야기는 그걸로 끝이었다. 다만 부인은 평소의 태도이기는 했지만, 눈앞에서 일어나는 일을 어느 정도 거리를 두고 바라보는 듯했다.

그날 밤 옌이 여느 때처럼 부인과 함께 식사를 하고 있을 때, 부인은 여러 이야기를 했다. 아이란이 남편과 한 달 예정으로 북방의 오래된 도시로 놀러 갔는데 이제 반 달이 지났으니 앞으로 보름만 있으면 돌아오게 될 것이라든가, 고아원에 감기가 유행이라 잇달아 아이들에게 옮아 오늘까지 여덟 명이 누워 있다든가 하는 이야기였다. 그리고 조용히 말했다. "메이링은 온종일 고아원에 머무르면서 외국인들이 하듯이 바늘로 피 속에 약품을 넣는 치료법을 써 보고 있다. 하지만 네가 당장이라도 출발할지 모르니까 오늘 밤은 집에 돌아와서 다시 한 번 다 함께 식사를 하자고 해 두었다."

사실을 말하면, 온종일 생각할 계획이 산더미처럼 있었으나 옌은 마음속으로 몇 번이나 다시 한 번 메이링을 만나볼 수 있었으면 하고 생각했었다. 만나고 싶지 않다고 생각한 적도 있으나, 다시 그녀 모르게 한 번만 더 그 모습을 보고 싶다, 목소리는 들을 수 없더라도 모습이나 움직임을 보고 아쉬움을 달래고 싶다고 생각했다. 그러나 만나달라고 부탁할 수는 없었다. 자연스럽게 만나면 그 이상 좋은 일은 없으나, 돌아오는 시간이 늦어서 만나지 못한다면 참는 수밖에 없다고 생각하고 있었다.

좌절된 옌의 애정은 그의 마음속에서 효소 같은 작용을 했다. 그날 하루 방안에서 그는 몇 번이나 짐을 꾸리던 손을 멈추고 침대에 몸을 던지고는, 메이링이 자기를 거부한 일을 생각하며 우울해지기도 하고 섭섭한 마음에 울기도 했다. 때로는 비틀비틀 창가로 걸어가서 몸을 기댄 채, 그에게는 눈길도 주지 않고 뜨거운 햇살 아래 번쩍번쩍 빛나고 있는, 무정한 여인 같은 도시를 바라보았다. 그러자 사랑하고 있는 자신이 사랑받지 못하는 것에 화가 치밀어 올랐다. 자기가 너무 부당한 대접을 받고 있다는 기분이 든 그는 문득 그때까지 잊었던 일이 마음에 떠올랐다. 그것은 자기가 두 번이나 여자에게 사랑을 받았으면서 한 번도 그 사랑에 보답하지 않은 일이었다. 그는 심한 공포를 느끼며 속으로 절규했다. '내가 그 여자들을 사랑할 수 없었던 것처럼 메이링도 나를 사랑할 수 없는 게 아닐까? 내가 그녀들에게 생리적인 혐오감을 느꼈던 것처럼 그녀도 나를 싫어하고 있으며, 아무리해도 나를 싫어하지 않을 수 없는 게 아닐까?' 그러나 이 공포가 너무나 커서 도저히 견딜 수 없어진 그는 얼른 생각을 고쳤다. '그것은 경우가 달라. 그 여자들은 나를 진정으로 사랑한 게 아니야. 메이링에 대한 나의 사랑과는 달라. 나처럼 사랑한 자가 여태까지 있기나 했을까?' 그리고 다시 자랑스레 생각했다. '나는 더없이 순수하고 고귀한 마음으로 그녀를 사랑하고 있다. 나는 그녀의 손을 만져볼 생각조차 한 적이 없다.' 아니, 어쩌다 그런 생각을 한 적도 있기는 하나, 그것은 이 여자가 나를 사랑해 준다는 때에 한해서였다. 그리고 그는 그녀에 대한 자기의 사랑이 얼마나 깊고 순수한가를 꼭 이해시켜야 한다고 생각하고, 다시 한 번 그녀를 만나, 비록 거절당했더라도 자신이 이토록 태연하다는 것을 보여 주어야 한다고 생각했다.

그런데, 지금 부인이 한 말을 들은 그는 얼굴로 피가 몰려 한순간 만나지 않았으면 좋겠다, 이대로 만나지 않은 채 떠나고 싶다고 열에 들뜬 듯이 생각했다.

그러나 방에서 빠져나갈 구실을 채 말하기도 전에, 메이링이 여느 때와 다름없이 조용히 들어왔다. 처음 그는 그녀를 똑바로 바라볼 수조차 없었다. 그녀가 앉을 때까지 서 있는 동안에도 눈은 그녀의 암녹색 비단옷과, 그녀가 자신의 피부색과 같은 상아 젓가락을 가느다란 손으로 집어드는 것을 보고 있었다. 그는 좀처럼 입이 열리지 않았다. 그것을 본 부인은 평상시와 조금도 다름없는 어조로 메이링에게 말했다. "일은 다 끝났니?"

메이링도 마찬가지로 평소와 다름없는 어조로 대답했다. "네, 한 명도 남김없이 다 끝냈어요. 벌써 기침을 하는 아이도 있으니까 좀 늦었을지 모르지만 그래도 어쨌든 가벼워지긴 할 거예요." 그리고 잠깐 나직이 웃고 말했다. "어머님, 모두가 거위라는 별명으로 부르는 여섯 살 먹은 애를 아시지요? 제가 주사기를 들고 가까이 갔더니 그 애는 큰 소리로 울면서 말하지 않겠어요? '아줌마, 난 기침이 나와도 괜찮아. 난 기침하는 게 좋아. 이봐, 이제 기침이 나올 거야!' 그러고는 나오지도 않는데 일부러 큰 기침을 해 보이는 거예요."

두 사람이 웃자, 옌도 조금 웃었다. 그러나 웃으면서도 정신을 차리고 보면 옌은 어느새 메이링의 얼굴을 바라보고 있었다. 부끄러운 일이지만 한번 그녀를 바라보니 눈이 떨어지지 않았다. 입은 열지 않았지만 눈은 그녀에게 고정되어 있었다. 옌은 깊이 숨을 들이마시고 애원하는 듯한 눈으로 그녀를 바라보았다. 그녀의 희고 투명한 볼이 붉어졌으나, 그녀는 그의 시선을 피하지 않고 그대로 받으면서 전에 없이 다급한 어조로 말을 해댔다. 옌은 아무 말도 하지 않았는데 그녀는 마치 그의 질문에 대답하듯 말했다. "하지만 적어도 편지는 드리겠어요, 옌 오빠. 제게도 편지 주시겠지요?" 이 말을 하고 나서 더 이상 그의 시선을 견딜 수 없는 듯이 무척 수줍어하면서 부인을 보았다. 그 얼굴은 아직 타는 듯이 붉었으나 그래도 고개는 꿋꿋이 쳐들고 있었다. "괜찮겠어요, 어머님?" 그녀는 물었다.

이에 노부인은 마치 예사로운 일이라도 말하듯 조용한 소리로 대답했다. "당연하지. 오누이의 편지인걸. 또 만일 그렇지 않더라도 요즘 시대에 그게 뭐 대수겠니?"

"네." 메이링은 행복한 듯이 말하고 빛나는 눈을 옌에게 돌렸다. 옌도 그녀의 눈을 보고 미소지었다. 종일 슬픔으로 닫혀 있던 그의 마음에 돌연 탈출구가 열렸다. '메이링에게라면 무슨 일이고 털어놓을 수 있다' 이렇게 그는 생각했다. 여태까지 살면서 무슨 일이고 다 털어놓을 수 있을 만한 상대는 한 사람도 없었으므로 이토록 기쁜 일은 없었다. 그녀에 대한 애정이 전보다 더 깊어졌다.

그날 밤 기차에서 그는 생각했다. '메이링을 무엇이든 다 털어 놓을 수 있는 벗으로 만들 수만 있다면, 나는 평생 연애 따위는 하지 않아도 될 것 같다.' 좁은 침대에 누운 그는, 전에 그녀의 말로써 의기소침했듯이 이제는 그녀의 몇 마디 말로 고귀하고 순수한 사랑에 넘치고, 그 사랑으로써 정화된 강한 용기에 차서 하늘에라도 오를 듯한 기분이었다.

아침 일찍, 기차는 아침 햇살에 선명하게 빛나는 초록빛 산들 사이를 질주

하고 있었다. 이윽고 커다란 옛 도시의 성벽 아래를 1~2마일쯤 바퀴 소리도 우렁차게 달려가더니 갑자기 회색 시멘트로 지은 커다란 외국식 새 건물 앞에서 멈췄다. 창가에 앉아 있던 옌은 그 회색 벽을 등지고 선 한 남자의 모습을 발견하고 곧 그가 맹이라는 것을 알았다. 햇빛이 그의 긴 칼과 허리에 찬 권총과, 청동 단추와 흰 장갑과 광대뼈가 솟아난 여윈 얼굴 가득 비치고 있었다. 그 뒤에는 일대의 호위병이 저마다 권총집에 손을 얹고 정렬해 있었다.

이때까지 옌은 매우 평범한 승객에 지나지 않았다. 그런데 그가 기차에서 내려 이 당당한 군인의 영접을 받는 모습을 보자 군중들은 일제히 그를 위해 길을 비켜 주었으며, 그때까지 다른 승객들에게 매달려 짐을 지게 해달라고 하던 지저분한 빈민들은 모두 손님들을 버리고는 옌 앞으로 몰려들었다. 그러자 소동을 보고 맹은 큰 소리로 "꺼져라, 이 개들아!" 호통을 치고, 부하들을 돌아보고 날카롭게 명령했다. "내 사촌형의 짐을 들고 오라!" 그러고는 돌아도 보지 않고 옌의 팔을 잡고 군중을 헤치고 걸어 나가면서 예전과 다름없는 성급한 어조로 말했다. "어쩌면 안 올지 모른다고 생각했어. 왜 내 편지에 답장을 안 했지? 뭐 됐어. 이제 왔으니까. 나는 무척 바빠. 그렇지 않았더라면 형이 귀국했을 때 배까지 마중 나가는 건데…… 형은 참으로 알맞은 때 돌아왔어. 형 같은 인물이 매우 필요한 때거든. 나라 안 곳곳에 우리가 필요해. 국민은 양처럼 무지해서……."

이때 그는 한 관리 앞에서 걸음을 멈추고 소리쳤다. "내 부하가 사촌형의 짐을 가지고 올 테니까 그대로 통과시켜!"

그러자 겁이 많고 소심하며 최근에 이 직을 얻은 듯한 관리가 말했다. "아편과 무기, 반혁명 문서의 반입을 막기 위해서 짐은 모두 끌러 보라는 명령을 받았습니다만."

그러자 맹은 화를 버럭 내면서 눈을 부릅뜨고 검은 눈썹을 찌푸리더니 매섭게 호통쳤다. "나를 모르나? 우리 장군은 당의 최고 간부시고, 나는 그 제1부대장이다. 그리고 이분은 내 사촌형님이란 말이야. 일반 승객에 대한 사소한 규칙을 내세워서 우리를 모욕할 참인가?" 이렇게 말하면서 맹이 흰 장갑을 낀 손을 권총에 갖다 대자 하급 관리는 당황하여 말했다. "용서해 주십시오! 뉘신지 몰라서 그만." 마침 그때 맹의 부하들이 왔으므로 하급 관리는 짐에다가 검사필의 표지를 하고 그대로 통과시켰다. 군중은 순순히 길을 비켜 주며 멍하니 그들 일행이 지나가는 광경을 지켜보고 있었다. 거지들마저 입을 다물고 슬금슬금 물러서서 맹이 지나갈 때까지 구걸도 하지 않았다.

이렇게 군중 속을 지나 맹은 대기시켜 두었던 차로 옌을 데리고 갔다. 병사 하나가 튀어나와 문을 열자 맹은 옌을 먼저 태우고 자기도 올라타 곧 문을 닫았고, 병사들이 양쪽으로 올라타자마자 자동차는 맹렬한 속도로 달리기 시작했다.

이른 아침이었으므로 거리는 매우 혼잡했다. 많은 농부들이 채소를 바구니에 담아 막대로 어깨에 메고 나와 있었고, 큼직한 쌀 부대를 등에 진 당나귀들이 걸어가는가 하면, 시내로 팔러 가기 위해 가까운 강에서 길어 온 물을 가득 실은 손수레도 지나갔고, 일하러 가는 남녀, 아침식사를 하기 위해 찻집으로 가는 남자들과 그 밖에 부지런히 저마다 일을 하는 사람들로 우글우글했다. 자동차를 운전하는 병사는 솜씨가 매우 좋은 데다가 대담해서, 요란한 소리로 줄곧 경적을 울려 대며 군중 속을 질주했다. 사람들은 마치 폭풍에 날리듯 길 양쪽으로 갈라져 흩어졌으며, 당나귀가 치이지 않도록 이리저리 끌어당기는 사람이 있는가 하면 여자들은 아이를 끌어안고 달아났다. 옌은 걱정이 되어, 시민들이 무서워하니 좀더 천천히 몰도록 명령하지 않을까 생각하고 맹을 돌아보았다.

그러나 맹은 이렇게 달리는 데 익숙한 듯했다. 그는 가슴을 쭉 펴고 똑바로 정면을 바라보면서, 무척 자랑스러운 듯이 보이는 것마다 가리키며 설명했다.

"이 도로를 좀 봐. 1년 전만 하더라도 길 폭이 넉 자도 안 되어 자동차도 지나갈 수 없었어. 지나갈 수 있는 것은 인력거와 가마뿐이었지. 가장 넓은 도로도 달리 탈 것이라고는 말 한 필이 끄는 조그만 마차뿐이었거든. 그런데 이제는 어떤가 좀 보라구!"

"보고 있어." 옌은 대답하고 병사들 몸 사이로 내다보았다. 넓고 단단한 도로였으며, 양쪽에는 이 길을 만들기 위해서 무너뜨린 집과 점포의 잔해가 그대로 남아 있었다. 그러나 그 잔해 한쪽에서는 벌써 폐허 속에 새로운 점포며 집들이 들어서고 있었다. 황급히 세운 볼품없는 건물이기는 했으나 서양식이었으며, 화사한 페인트를 칠하고 큼직한 유리창을 끼운 모습은 꽤 좋아 보였다.

그런데 이 넓은 새 길을 가로질러 갑자기 그림자가 비쳤다. 그것은 시가지를 둘러싼 오래된 성벽이었다. 성문이 있는 성벽 아래, 벽이 조금 우묵한 곳에는 거적을 덮은 조그마한 집들이 몰려 있었다. 그 안에는 매우 가난한 사람들이 살고 있었다. 아침이라 모두 일어나 있었고, 여자들은 벽돌 넉 장을 모아서 만든 아궁이에 냄비를 올려 놓고 몇 개비 안 되는 장작불을 지펴 쓰레기더미에서 주워 온 배춧잎 같은 것을 삶아 식사 준비를 하고 있었다. 아이들은 씻어 본 적이 없는 발가숭이 몸뚱이로 달려 나가고, 사내들은 아직 피로가 다 가시지 않은 표정으로 다시 인력거를 끌거나 짐을 지러 나가는 참이었다.

맹은 옌의 시선을 더듬어 보고 짜증이 나는 듯이 말했다.

"내년부터는 저런 오두막집을 못 세우게 할 거야. 저런 인간들을 이런 곳에 우글거리게 내버려 둔다는 것은 우리들의 수치거든. 새 수도니까 외국의 높은 사람들이나 왕족들도 당연히 오게 될 텐데, 저런 꼴을 보여 준다는 것은 부끄러운 일이거든."

옌도 그것은 잘 알고 있었으며, 이런 오두막집이 있어서는 안 된다는 맹의 의견에 찬성이었다. 사실 이런 남녀들은 보기에도 천해서 어떻게든 남의 눈에 띄지 않는 곳에 쫓아 버려야 한다고 생각했다. 옌은 잠시 이런 생각을 하다가 말했다. "저런 사람들에게 일자리를 줄 수는 없을까?" 그러자 맹은 폭발하듯 말했다. "물론 일자리를 주지. 시골 밭으로 돌려보내 주겠어. 그러면 놈들도—."

여기까지 말하더니 옛날의 불쾌한 기억이라도 되살아났는지 맹의 낯빛이 변했다. 그리고 매우 거센 어조로 계속했다. "우리나라의 발전을 막고 있는 것은 바로 이런 인간들이야. 나는 놈들을 싹 쓸어버리고 젊은 사람들만으로 나라를 재건하고 싶다! 이런 도시도 모조리 부숴 버리고 싶어. 활을 가지고 싸우는 게 아니라 대포로 전쟁을 하는 시대니까 이런 성벽은 무용지물이야. 비행기에서 포탄을 떨어뜨리는 시대에 성벽이 무슨 소용 있나? 그따위 것들은 다 부숴 버리고, 그 벽돌로 공장이나 학교 같은 젊은 사람들이 일하고 공부하는 시설을 만드는 편이 더 좋단 말이야. 하지만 이 인간들은 아무것도 이해하지를 못해서, 성벽을 못 부수게 한단 말이야. 그들을 억지로라도……."

맹이 이런 말을 하는 것을 듣고 옌은 물었다. "그렇지만 너는 옛날엔 가난한 사람들을 동정했었잖아? 가난한 사람들이 핍박 받거나, 외국인이나 경관들한테 맞기라도 하면 꼭 화를 내던 것을 나는 아직 기억해."

"지금도 그렇지." 맹이 얼른 옌을 돌아보았다. 옌은 그의 눈이 얼마나 노기에 차 불타고 있는가를 알았다. "설혹 아무리 가난한 거지라도 외국인이 손을 대는 날이면 나는 옛날과 다름없이 화가 나. 아니, 이제는 외국인이 무섭지 않으니까 그 이상의 화를 낼 거야. 권총으로 쏘아 죽여 버릴 거야. 하지만 나는 옛날에는 미처 몰랐던 사실을 알게 되었어. 우리 계획의 가장 큰 장애는 사실 우리가 그들을 위해 일하고 있는 이 가난한 사람들이라는 것을 알게 되었단 말이야. 그들은 너무 많아. 그들에게 뭔가를 가르친다는 것은 불가능한 일이야. 그들에게는 아무런 희망도 가질 수 없어. 그래서 차라리 기근이건 홍수건 전쟁이건 좋으니까 그들을 쫓아 버렸으면 좋겠다는 말이야. 우리는 아이들만을 거두어 혁명가로 키우면 되는 거야."

이런 식으로 맹은 당당하게 지껄여 댔다. 여느 때와 같이 귀를 기울이던 옌은 그의 말에 일리가 있는 듯한 기분이 들었다. 그는 외국의 선교사가 호기심에 찬 사람들 앞에서 이와 같은 비참한 광경을 보여 주던 일이 떠올랐다. 그렇다, 새로운 대도시, 넓은 거리의 화려한 점포나 집 사이에마저 그 선교사가 보여 준 것과 같은 광경이 있지 않은가! 앞을 못 보는 거지며 병을 앓는 거지들이 우글거리고 빈민들의 집 앞에는 오물이 흘러서 이 상쾌한 아침의 대기마저 벌써 그 악취에 물들고 있지 않은가. 그러자 그 외국인 선교사에 대한 노여움에 찬 굴욕이 다시 옌의 마음속에 솟아났다. 그것은 고통으로 꿰뚫린 노여움이었다. 그는 맹이 소리를 높여 외쳤으므로 그에 못지않은 사나운 기세로 마음속에서 부르짖었다. '무슨 일이 있더라도 이 더러운 것들은 없애 버려야 한다!' 그리고 옌은 맹의 말이 옳다고 단호하게 생각했다. 이 새로운 시대에 이렇듯 희망을 가질 수 없는 무지한 가난뱅이들이 무슨 소용이 있을까? 나는 언제나 마음이 너무 약하다. 맹처럼 비정해지는 것을 배워, 쓸데도 없는 가난뱅이들 때문에 감정을 낭비하지 않도록 해야겠다.

이리하여 마침내 그들은 맹의 군영에 닿았다. 옌은 군인이 아니므로 그곳에 살 수는 없었으나 맹이 벌써 가까운 여관에 방을 빌려 놓고 있었다. 좁고 어둡고 깨끗하지도 않아 옌이 묘한 표정을 짓는 것을 보고 맹이 변명하듯 말했다. "이 도시에는 요즈음 사람이 불어서 아무리 돈을 많이 주어도 좀처럼 방을 얻을 수가 없단 말이야. 집은 그렇게 빨리 서지 않거든. 도시가 도저히 따라갈 수 없을 만큼 무서운 속도로 발전하고 있어."

맹은 자랑스러운 듯이 이렇게 말했는데 다시 더욱 의기양양하게 말을 이었다. "이것도 주의를 위해서야. 형, 새 수도를 건설하는 동안은 무슨 일이라도 참고 견딜 수 있어야 해." 그래서 옌도 힘을 내어 어떤 불편함이라도 기꺼이 참을 수 있으며 방은 이만하면 충분하다고 말했다.

그날 밤, 앞으로 기거하게 된 방의 하나밖에 없는 창문 아래 있는 책상 앞에 앉아 옌은 메이링에게 보내는 첫 편지를 썼다. 서두를 뭐라고 시작할까 오래 생각하며, 고풍스럽게 정중한 인사부터 시작해야 옳을 것인가 망설였다. 그러나 오늘 하루의 경험으로 그의 몸 속에는 조금 무모한 기분이 싹트고 있었다. 잔해가 되어 널려 있는 옛집들, 조그마하고 화려한 새 점포들, 옛 도시를 사정없이 관통하는 미완성의 넓은 도로, 맹의 뜨겁고 대담한, 노기에 찬 이야기 따위가 옌을 대담하게 만든 것이었다.

그는 잠시 생각한 다음 단도직입적인 외국식 서두로 시작했다. 〈친애하는 메이링〉 이것만을 진하게 똑똑히 써놓고는, 더 써 나가기 전에 가만히 그 말의 의미를 생각했다. 지그시 보고 있자니 깊은 애정이 솟아올랐다. 〈친애하는〉, 이것은 사랑한다는 말이 아닌가! 그리고 메이링이라는 글자는, 두말할 것 없이 그녀를 뜻한다. 그 여성인 것이다…… 그는 다시 펜을 들어 빠른 문장으로 오늘 그가 본 것, 새로운 청년의 도시가 폐허 속에서 새로이 건설되고 있다는 것을 적어 나갔다.

이 새로운 도시는 옌을 그 생활 속에 휘감아 넣고 말았다. 이토록 바쁘고 행복했던 때는 일찍이 없었다. 적어도 그는 그렇게 생각했다. 여기저기에 해야 할 일이 있고 그 일에는 즐거움이 있었다. 일하는 순간순간이 많은 사람들의 앞날에 관련된 의의를 지니고 있는 것이다. 맹이 소개해 준 모든 사람들에게서도 일과 생활에 대한 격렬한 열의가 느껴졌다. 이제는 이 나라의 새로운 심장으로서 고동을 시작한 도시의 곳곳에서, 옌과 나이가 비슷한 사람들이 자기들을 위해서가 아니라 국민을 위해서 계획을 세우고 방법을 찾고 있었다. 새 수도의 도시 계획에 종사하는 사람들도 있었다. 그 책임자는 바쁘게 입을 놀리고, 바쁘게 걸어 다니며, 아이처럼 조그마하고 귀여운 손을 놀리며 말하는 정열적인 남방 사람이었다. 그도 맹의 친구였으며, 맹이 옌을 "내 사촌형이야" 하고 소개하자 그것만으로 나머지는 듣지도 않고, 옌에게 자신의 계획을 늘어놓으면서, 저 어처구니 없는 성벽을 부수고 그 벽돌을 이용하고 싶다고 했다. 그 벽돌은 몇백 년이 지난 오늘도 돌처럼 아름답고 단단해서, 요새 만드는 벽돌보다 훨씬 질이 좋다는 이야기였다. 그가 조그마한 눈을 반짝이며 하는 말을 들어 보면, 이 벽돌로 정부의 새 중앙관청이 될 훌륭한 서양식 대건물을 짓는다는 것이었다. 어느 날, 그는 옌을 자기 관청으로 데리고 갔다. 그것은 다 쓰러져 가는 낡은 건물 안에 있었으며, 온통 먼지와 거미줄 투성이었다. 그는 말했다.

"이렇게 낡은 건물은 손질을 해 봐야 헛일입니다. 새 건물이 세워질 때까지는 여기서 꾹 참고 있다가 새 건물이 완성되면 이 건물을 헐어 버리고, 이 대지는 다시 새 건물을 짓는 데 쓸 것입니다."

그 먼지투성이 방에는 책상이 많았고, 그 책상 앞에는 많은 젊은이들이 붙어 앉아서 설계도를 그리기도 하고, 선의 길이를 재기도 하고, 도면 지붕이나 차양을 밝은 색으로 칠하기도 하고 있었다. 방은 낡아서 손상되어 있었으나 이런 젊은 사람들과 설계도에서 뿜어져 나오는 생기가 넘치고 있었다.

책임자가 큰 소리로 부르자 직원 한 사람이 얼른 뛰어 왔다. 책임자는 거만한 말투로 "새 청사의 설계도를 가지고 와" 말했다. 설계도가 오자 책임자는 그것을 옌 앞에다가 펼쳐 놓았다. 거기에는 헌 벽돌로 지은 훌륭한 고층 건물이 즐비하게 늘어선 그림이 그려져 있었으며, 지붕마다 새로운 혁명기가 나부꼈다. 또 양쪽에 푸른 가로수가 늘어선 도로도 그려져 있었고, 보도에는 훌륭한 복장을 한 남녀가 걸어가고 있는가 하면, 차도에는 당나귀 행렬이라든가 손수레라든가 인력거 따위를 비롯한 지금 볼 수 있는 탈것들은 하나도 보이지 않고, 빨강과 파랑과 초록 등으로 밝게 칠한, 유복해 보이는 사람들이 탄 훌륭한 자동차들뿐이었다. 거지의 모습 따위는 하나도 그려져 있지 않았다.

옌은 도면을 보고 아름답다고 생각하지 않을 수 없었다. 그는 황홀해져서 말했다. "언제 완성되나요?"

젊은 책임자는 확신에 차 대답했다. "5년 안에는 됩니다. 요즘은 무슨 일이고 굉장히 빠르니까요."

5년이라! 그 정도의 세월은 아무것도 아니다. 옌은 자기의 꾀죄죄한 방으로 돌아가서 생각에 잠겨, 설계도에서 본 것과 같은 건물이 아직 하나도 없는 시가를 둘러보았다. 거기에는 가로수도 없고 유복해 보이는 사람들도 없었으며, 빈민들이 여전히 왁자지껄하게 떠들어 대고 있었다. 그러나 5년쯤 아무것도 아니라고 그는 생각했다. 벌써 완성된 거나 마찬가지다. 그날 밤 그는 메이링에게 보내는 편지에 이 설계도에 대해서 썼다. 새 도시가 완성되었을 때의 모습을 예상하며 상세하게 쓰는 동안, 차츰 더 완성된 거나 다름없다는 기분이 들었다. 모든 것은 확실하게 계획되어 있었고 지붕의 기와색까지 밝은 청색이라고 정해져 있었으며, 가로수도 잎이 무성한 모습으로 그려져 있었고, 혁명 영웅들의 동상 앞에 분수까지 있었던 것을 기억했기 때문이다. 그는 자기도 깨닫지 못하는 동안에 메이링에게 마치 모든 것이 완성되어 있는 것처럼 썼다. 〈훌륭한 청사도 있습니다. 큼직한 문도 있고, 넓은 길 양쪽에는 가로수도 있습니다.〉

다른 많은 일에서도 마찬가지였다. 사람의 몸에서 환부를 도려내는 외국의 의술을 배워, 조상 때부터 내려오는 전래의 의술을 경멸하는 젊은 의사들은 큰 병원 건설을 계획했다. 온 나라 안의 아이들을 교육하여 전국에서 문맹을 없애기 위한 학교 건설을 계획하는 사람도 있었으며, 국민을 다스리기 위한 새로운 법률을 상세한 사항까지 기초를 끝낸 사람도 있었고, 이 법률을 위반한 자를 넣을 교도소까지 설계하는 사람도 있었다. 그리고 자유롭고 새로운 수법으로 남녀 간의 새로운 자유연애를 곳곳에서 그리는 새로운 소설을 쓸 계획을 하는 사람도 있었다.

이러한 온갖 계획 속에 새로운 형태의 군벌이 있었다. 그들은 새로운 군대, 새로운 군함, 새로운 전쟁 방법을 계획하여, 언젠가는 새로 대전쟁을 일으켜 바야흐로 이 나라도 여러 외국에 못지않은 강대국이 되었다는 사실을 세계에 과시할 작정으로 있었다. 옌의 옛 군사 교관이며 나중에는 군관 학교에서 그의 대장이 되었고, 이제는 맹의 상관인 장군도 그 군벌의 한 사람이었다. 옌이 여자에게 배신당하여 감옥에 갇혔을 때 맹이 몰래 도피해 간 곳도 이 장군의 군대였다.

맹의 상관인 장군이 이 사람임을 알자 옌은 불안을 느끼고, 장군이 자기에게 얼마나 반감을 품고 있는가가 뚜렷하지 않아, 다른 사람이었더라면 좋았을 텐데 하고 생각했다. 그러나 맹을 통해서 장군의 초대를 받자 그는 거절할 수 없었다.

그래서 어느 날 옌은 맹과 함께 그를 찾아갔다. 침착한 얼굴을 하고 있었으나 속으로는 불안했다. 단정하고 의젓한 복장을 한 위병이 번쩍번쩍하게 닦은 총을 언제라도 쏠 수 있도록 받쳐 들고 서 있는 문을 지나고, 철저하게 청소가 된 안마당을 몇 개인가 지났다. 그런데 방으로 들어가 탁자 앞에 앉은 장군의 모습을 보았을 때 그는 걱정할 필요가 없었음을 알았다. 이 옛날의 군사 교관이 그에게 해묵은 원한을 말할 생각이 아니라는 것을 옌은 금방 알아차렸다. 마지막으로 보았을 때보다 늙은 그는, 이제는 혁명군의 이름난 지도자로서, 웃는 얼굴도 보이지 않고 금방 친근해질 수 있는 너그러운 얼굴은 아니었으나 그렇다고 화를 내는 얼굴도 아니었다. 옌이 방으로 들어와도 그는 자리에서 일어나지 않고 턱으로 의자를 가리켰을 뿐이었다. 예전에는 이 사람의 제자였으므로 옌은 의자 끝에 걸터앉았다. 오늘도 기억하고 있는 날카로운 두 눈이 외국제 안경 너머로 그를 노려보고 있음을 깨달았다. 귀에 익은 그 거친, 그렇지만 차갑지는 않은 목소리가 갑작스레 말했다. "결국 자네도 우리에게 돌아온 셈이군."

옌은 고개를 끄덕이고 어린시절처럼 솔직하게, "아버지가 저를 혁명주의자로 만들었습니다" 이렇게 말하고는 사정을 설명했다.

그러자 장군은 날카롭게 그를 바라보며 다시 물었다. "그러면 자네는 아직도 군대를 좋아할 수 없단 말인가? 내가 그만큼 교육을 했는데도 군인이 안 되었단 말인가?"

옌은 옛날처럼 조금 당황하며 주저하고 있었으나 곧 대담해지자, 이런 사나이를 무서워하지 말자고 굳게 결심하고 말했다. "지금도 전쟁은 싫습니다. 하지만 다른 분야에서 도움이 될 수 있다고 생각합니다."

"어떤 방면에서?" 장군이 물었으므로 옌은 대답했다. "먼저 생활 대책을 세울 필요가 있으니까, 한동안 이곳 대학에서 교편을 잡겠습니다. 그런 뒤에 제 진로를 정할 생각입니다."

장군은 이미 초조해 하기 시작해서, 군인이 아닌 옌 따위는 흥미가 없다는 듯이 책상 위 외국제 시계를 바라보았다. 그래서 옌은 일어섰는데, 장군은 맹에게 말했다. "새 병사(兵舍)의 설계는 다 되었나? 새로운 병역 제도에서는 각 지방에서 징집할 병력을 늘리게 되어 있고, 신병은 한 달 뒤에 입영한다." 장군 앞이므로 줄곧 서 있던 맹은 신발 뒤축을 붙여 부동자세를 취하고 힘차게 경례한 다음 똑똑하고 자랑스러운 목소리로 말했다. "설계는 되어 있습니다, 각하. 결재만 해주시면 곧 시작할 수 있습니다."

이리하여 짧은 회견은 끝났다. 훈련이 끝나 연병장에서 대오(隊伍)를 짜서 나오는 많은 병사들 사이를 지나가자 옌은 옛날부터 품었던 혐오감이 강하게 솟아올랐다. 그들은 모두 젊고 건강했으며, 절반은 20세 아래였다. 그리고 그들은 웃지 않았다. 왕후의 부하들은 언제나 싸우거나 웃고 있었고, 훈련이 끝나고 뿔뿔이 흩어져 돌아올 때는 서로 밀고 당기고 소리치며 농담을 주고받고 했으므로, 앞마당은 매우 소란스러웠다. 옌이 아버지와 함께 안쪽 거처에서 살던 소년 시절, 밖에서 소리치고 웃고 하는 그들의 소란으로 날마다 식사시간을 알았을 정도였다. 그런데 이곳 젊은 군인들은 묵묵히 돌아오고, 엄숙할 만큼 보조가 맞는 그들의 발소리는 마치 한 거인의 발소리 같았다. 웃음소리 하나 들리지 않았다. 옌은 잇달아 그들과 스쳐 지났는데 모두 젊고 단순하고 성실해 보였다. 이것이 새로운 군대이다.

그날 밤 그는 메이링에게 보내는 편지에 썼다. 〈그들은 너무 젊어서 군인으로 여겨지지 않을 정도였습니다. 그들은 시골 소년의 얼굴을 하고 있었습니다.〉 그리고 잠깐 생각하고 그 얼굴을 떠올리면서 다시 썼다. 〈그러나 틀림없이 군인의 얼굴이었습니다. 나와 같은 경험을 한 적이 없으므로 당신은 알 수 없겠지요. 다시 말해 단순한 얼굴입니다. 이 단순한 얼굴을 보면 밥먹듯 단순하게 사람을 죽일 수 있으리라는 것을 나는 알 수 있습니다. 죽음처럼 무서운 단순성입니다.〉

이 새로운 도시에서 옌은 자기의 삶과 역할을 찾았다. 그는 드디어 책을 넣어 둔 상자를 열고 책장을 사다가 책을 꽂았다. 그가 미국에서 결실을 본 식물의 종자도 몇 종류 갖고 와 있었다. 종류별로 봉투에 넣어 둔 그 종자를 보면서, 이 검고 묵직한 흙에 뿌려도 과연 자라날까 생각하며, 그는 봉투 하나를 찢어 종자를 손바닥에 놓고 들여다보았다. 그의 손에 쥐어진 것은 흙에 뿌려지기를 기다리는 큼직한 금빛 밀알이었다. 어딘가, 이 씨를 뿌릴 땅을 구해야겠다고 그는 생각했다.

어느 사이엔가 날이 가고 달이 바뀌어 시간의 수레바퀴는 쉬지 않고 돌아갔다. 옌은 빠른 시간의 흐름에 휘말려 하루하루를 바쁘게 보냈다. 낮 동안은 매일 학교에 있었다. 교사는 새것도 있고 낡은 것도 있었다. 서양식 새 교사는 시멘트와 빈약한 철근으로 서둘러 지은 살풍경한 회색 건물이었으며 벽은 벌써 구석구석 떨어지고 있었다. 옌의 교실은 헌 교사 쪽에 있었는데, 너무 낡아서 학교 당국은 부서진 창을 갈아 끼울 생각조차 하지 않았다. 황금빛 가을 햇살이 따뜻하게 안쪽까지 비쳐드는 동안에는 낡아서 고장난 문이 닫히지 않아도, 옌도 처음에는 잠자코 있었다. 그러나 가을이 지나고 추위가 차츰 심해지는 10월이 되자 서북의 사막에서 강풍이 불어오기 시작하고 겨울이 찾아와, 미세한 금빛 모래 먼지를 틈마다 스며들게 했다. 옌은 외투를 덮어쓰고, 떨고 있는 학생들 앞에 서서 작문을 고쳐 주기도 하고, 모래 섞인 바람에 머리카락을 휘날리면서 칠판에 시를 짓는 법을 적기도 했다. 그러나 아무리 가르쳐도 거의 효과가 없었다. 학생들의 마음은 오직 몸을 웅크리는 데만 가 있었기 때문이다. 더욱이 많은 학생들은 옷이 얇아 아무리 몸을 웅크려도 좀처럼 추위를 막을 수가 없었다.

처음 옌은 이런 사정을 부장에게 서면으로 보고했다. 7주 중 5주는 해안의 대도시에 가 있다는 그는, 그런 편지는 거들떠보지도 않았다. 왜냐하면 그는 관직이 많았고, 그의 주된 일은 여기저기 빠짐없이 월급을 받으러 다니는 일이었기 때문이다. 옌은 분개하여 직접 학교의 최고 책임자를 만나, 유리창이 깨져 있으며 마룻바닥에 틈이 생겨 다리 사이로 거센 바람이 불어 들어온다는 것과, 문이 닫히지 않는다는 등 학생들의 어려운 점을 호소했다.

그러나 교육 관계뿐 아니라 다른 곳에도 많은 직무를 갖고 있는 그 책임자는 귀찮은 듯이 말했다. "잠깐만 참으면 돼! 잠깐이라구! 있는 돈은 몽땅 긁어서 교사 신축에 써야 해. 쓸모없는 낡은 것을 고쳐서 뭐해!" 이것은 이 도시의 곳곳에서 듣는 말이었다.

옌은 그 말도 일리가 있다고 생각했다. 그리고 새 교사와 추위가 스며들 틈이 없는 따뜻한 교실을 떠올려 보기로 했다. 그러나 바로 눈앞의 사실로써 겨울이 깊어감에 따라 추위는 하루하루 더 심해졌다. 할 수만 있다면 옌은 자기 급료를 써서라도 목수를 불러다가 한 군데라도 찬바람이 들어오지 않는 교실을 만들고 싶었다. 그도 슬슬 현재의 일이 마음에 들었고, 자기가 가르치는 학생들에게 애정을 느끼기 시작했기 때문이다. 이곳 학생들은 그리 부잣집 자제는 아니었다. 부자들은 자기 자식들을 외국인 교사들이 많이 있고, 교실에 난방 장치가 되어 있으며, 식사도 호화로운 외국인 경영의 사립 학교에 보냈기 때문이다. 새 정부에 의해서 문을 연 이 공립 학교는 모두가 관비였으므로, 영세 상인의 아들이라든가, 고전을 가르치는 가난한 교사의 자식이라든가, 농민인 아버지보다 좀더 출세해 보려는 시골 출신의 수재들이 많았다. 모두 어렸고 복장도 남루했으며 영양 상태도 좋지 않았으나, 옌은 자기가 가르치는 것을 이해하려고 열심히 공부하는 그들이 귀여웠다. 하지만 열심히 공부한다고는 하나 많은 경우 좀처럼 이해할 수 없는 모양이었다. 지능에 얼마쯤 차이가 있었으나 거의가 너무나도 무지했기 때문이다. 그들의 창백한 얼굴이며 열심히 지켜보는 눈을 바라보고 있으면, 교실을 수리할 만한 돈이 자기에게 없는 것이 안타까웠다.

그러나 그에게는 여유가 없었다. 급료마저도 제날에 정확하게 받지 못했다. 위의 상사들이 그보다 먼저 자신의 급료를 가져갔기 때문이다. 군사비라든가, 요인의 관사 신축비라든가, 혹은 남몰래 자기 호주머니를 채우는 자도 있고 해서 그달 예산이 부족해지면 옌을 비롯하여 신임 교사들은 언제까지고 참고 기다리는 수밖에 없었다. 그러나 옌은 백부에 대한 부채에서 벗어나고 싶었으므로 참고 있지 않았다. 적어도 한 가지 부채로부터라도 해방되고 싶다는 생각에 옌은 백부에게 편지를 썼다. 〈사촌들에 대해서는 저로서는 어떻게 할 도리가 없습니다. 저는 여기서는 아무런 힘도 없습니다. 겨우 제 지위를 확보하고 있는 것이 고작입니다. 그러나 아버지가 빌리신 돈을 모두 갚을 때까지는 매달 급료의 절반을 보내 드리겠습니다. 다만 사촌들에 대한 책임은 질 수가 없습니다.〉 이리하여 새 시대 덕분으로 적어도 혈연의 속박으로부터는 해방이 되었다.

이런 까닭으로 그는 학생들을 위해 교실을 수리해 줄 만한 여유가 없었다. 그는 메이링에게 편지를 써서 교실을 고치고 싶다는 이야기며, 겨울이 가까워지기 시작했는데 어찌할 방법이 없다는 이야기 등을 썼다. 그녀로부터 그때만은 곧바로 회답이 왔다. 〈그런 낡고 쓸모 없는 교실에서 학생들을 데리고 나와 따뜻한 안뜰에서 가르치시면 어떨까요? 비나 눈이 오는 날이 아니라면 양지바른 곳에서 가르칠 수 있다고 생각합니다만.〉

그녀의 편지를 손에 꼭 쥔 채 옌은, 왜 그 생각을 못했을까 생각했다. 겨울은 비가 적고 맑은 날이 많기 때문이다. 그 뒤부터 그는 두 건물 사이에 있는 벽돌담 귀퉁이에 햇빛이 따스하게 비치는 장소에서 학생들을 가르쳤다. 지나가는 사람들이 웃어도 그는 신경 쓰지 않았다. 아무튼 햇빛은 따뜻했기 때문이다. 새 교사가 완성될 때까지의 임시방편으로 이렇게 간단한 방법을 금방 생각해 준 메이링을 그는 더더욱 사랑하지 않을 수 없었다. 이렇게 즉각 회답이 온 것이 그에게 한 가지 묘안을 깨닫게 했다. 자기로서는 어떻게 하면 좋을지 모르는 일을 물어 보면 언제나 그녀한테서 곧바로 회답이 왔다. 그리하여 그도 약아져서, 곤란한 일만 생기면 모두 그녀에게 써 보냈다. 연애 비슷한 일에는 절대로 회답을 보내지 않는 그녀가, 처리하기 곤란한 일 같은 것을 의논하면 열심히 의견을 써 보냈다. 이윽고 두 사람 사이에는 가을 바람에 휘날리는 낙엽처럼 많은 편지가 오가게 되었다.

겨울이 가까운 나날의 추위 속에서 옌은 몸 속의 피를 따뜻하게 하는 방법을 하나 발견했다. 그것은 학생들로 하여금 밭으로 나가 외국종의 밀을 뿌리게 하는 일이었다. 학교에서는 학생의 수에 비해 교사가 적으므로 옌은 여러 과목을 가르쳐야 했다. 여기저기에 여태까지 가르치지 않았던 외국의 새로운 학문을 가르치기 위해 커다란 새 학교가 개설되고 청년들은 앞을 다투어 입학했으나, 새 시대의 지식을 동경하는 학생들을 모두 가르칠 만한 교사는 그리 많지 않았다. 그래서 외국에 유학을 갔다 온 옌은 꽤 좋은 대우를 받았으며, 알고 있는 것은 무엇이든 가르치라는 말을 듣고 맡은 학과의 하나가 농업 기술이었다. 시내의 조그마한 마을 근처에 부속 농장을 얻어 놓고, 그곳으로 그는 학생들을 군대처럼 4열 종대로 줄을 지어 데리고 갔다. 그가 선두에 서서 시내를 행진했는데, 그들은 모두 어깨에 소총 대신에 그가 사준 괭이를 메고 있었다. 오가는 시민들은 그들을 보고 눈이 둥그레졌으며 일손을 멈추고 구경하는 사람도 있었다. "저건 대체 무슨 새로운 공부인가요?" 놀라서 소리치는 사람도 있었다. 인력거를 끄는, 매우 정직해 보이기는 하나 머리가 나쁜 것 같은 사나이가 이렇게 말하는 것을 옌은 들었다. "호, 요새는 날마다 새로운 것을 볼 수 있지만 괭이를 둘러메고 전쟁에 나가는 건 좀 보기 드문 일인걸!"

옌은 자기도 모르게 빙그레 웃으면서 대답했다. "이것이 최신식 혁명군이오."

겨울 햇살 속을 씩씩하게 걷던 그는, 스스로도 이 재치 있는 말이 마음에 들었다. 확실히 이것은 군대다. 그가 처음으로 이끄는 유일한 군대, 대지에 씨를 뿌리기 위해 출동하는 청년부대다. 걸어가면서 그는 자기도 깨닫지 못한 채 어릴 때 아버지의 군대에서 익힌 보조로 걸음을 옮겨 놓았다. 그의 발소리가 높고 뚜렷하게 울리자, 그때까지 제멋대로 흩어져 따라오던 학생들도 자연히 그와 보조를 맞추어 발소리가 하나가 되었다. 이윽고 이 행군의 보조가 그의 혈액 순환에도 리듬을 주어, 이끼 긴 벽돌 성벽에 발소리를 울리면서 음울하고 낡은 성문을 지나 교외로 빠져나가니, 이 리듬은 옌의 정신에도 맥박 치기 시작하여 간결하고 힘찬 시구(詩句)를 낳았다. 참으로 오랫만이었다. 마치 긴 혼란을 가까스로 뚫고 나와, 노동으로 말미암아 정신이 평정을 되찾고, 영혼이 맑아져서 시구가 넘쳐흐른 것 같았다. 그는 숨을 죽이고 시상이 떠오르기를 기다렸다가, 그 흙벽집에서 보낸 며칠 동안의 행복한 기억 속에서 그것을 포착했다. 시구는 곧 3행까지 정리되었으나 4행째가 나오지 않았다. 행군은 거의 다 끝나 저만큼 농장이 보이기 시작했으므로 그는 갑자기 초조해져서 어떻게든 시를 정리하려 했으나 아무리 해도 머리에 떠오르지 않았다.

그러는 동안에 그는 시 같은 것을 생각하고 있을 여유가 없어졌다. 따라오는 학생들 속에서 슬슬 불평이 일어났기 때문이다. 그들은 숨을 헐떡거리면서, 선생님 걸음걸이가 너무 빨라 도저히 따라갈 수 없다느니, 괭이가 너무 무겁다느니, 자기들은 이런 노동에 익숙해 있지 않다느니 투덜거렸다.

옌도 시에 대해서는 잊고, 부드럽게 학생들을 달래야만 했다.

"자, 다 왔다. 여기가 농장이다! 조금 쉬었다가 일을 시작하자."

그러자 학생들은 저마다 밭가 두렁에 털썩 주저앉았다. 그들의 창백한 얼굴에서는 땀이 철철 흘러내리고, 가쁜 숨에 온몸이 크게 파도쳤다. 농촌에서 온 두세 명만이 그다지 괴롭지 않은 듯한 표정을 짓고 있었다.

그들이 쉬는 동안, 옌은 자기가 외국에서 가져온 종자 주머니를 끄르고 학생들에게 두 손을 모아 벌리게 하여 그 손 안에 황금빛 밀 종자를 가득 부어 주었다. 이 종자는 지금의 그에게는 매우 귀중한 것으로 여겨졌다. 1만 마일 떨어진 바다 저편 이국땅에서 자기가 기른 곡물이다. 그 무렵의 일을 생각하니 백발의 은사가 눈에 선했다. 이어 그에게 입술을 갖다댄 이국의 처녀를 생각하지 않을 수 없었다. 차분히 종자를 나누어 주고 있으려니 그 순간이 다시 그의 마음에 되살아났다. 그런 일이 없었으면 좋았을 텐데 하고 그는 생각했다. 그러나 그 순간이 결국 나를 구해 준 것이며, 조국으로 돌아와 메이링을 발견할 때까지 나는 혼자일 수 있었다. 그는 재빨리 괭이를 집어 높이 쳐들었다가 대지를 내리찍었다. "봐." 그는 지켜보는 학생들에게 소리쳤다. "괭이는 이렇게 내리치는 거야! 잘못 쥐고 하면 힘이 더 들게 된다……."

그 늙은 농부가 가르쳐 준 대로 그는 괭이를 쳐들었다가 내리쳤다. 괭이 끝이 햇빛에 반짝였다. 한 사람 또 한 사람, 학생들은 일어나서 그가 한 것처럼 괭이를 내리찍었다. 그런데 농촌 청년 두 사람은 꾸물거리며 마지막까지 일어나지 않으려 했고, 괭이 사용법을 잘 알면서도 마음이 내키지 않는 듯이 느릿느릿 손을 움직였다. 옌은 그것을 보고 날카롭게 말했다. "너희들은 왜 똑바로 하지 않는가?"

처음에 두 사람은 대답하지 않았으나 마침내 한 사람이 부루퉁한 얼굴로 중얼거렸다. "저는 태어나서부터 줄곧 고향에서 했던 일을 배우자고 대학에 온 것이 아닙니다. 좀더 그럴듯한 생활 방법을 공부하기 위해서 왔습니다."

이 말을 듣자 옌은 화가 나서 곧바로 소리쳤다. "그래? 하지만 너희들이 어떻게 하면 더 잘 재배할 수 있는가를 공부했더라면, 수입을 더 늘리기 위해 고향을 떠나지 않아도 좋았을 것이다. 우수한 종자를 써서 합리적으로 경작하면 수확도 많이 나고 생활도 향상되는 거야."

그때쯤에는 몇몇 마을 농부들이 옌과 학생들 가까이에 몰려와서, 대체 학생들이 괭이와 종자를 가지고 어떻게 할 참일까 이상한 듯이 구경하고 있었다. 처음 그들은 불안한 듯 잠자코 서 있었으나, 곧 학생들이 괭이를 제대로 내려치지 못하는 것을 보고 웃기 시작했다. 그리고 옌이 지금 한 말을 듣자 안심했는지 한 사람이 큰 소리로 말했다. "그건 다릅니다요, 선생님! 사람이 제아무리 열심히 일해도, 제아무리 좋은 씨를 뿌려도 농사는 결국 날씨가 좌우합니다요."

그러나 옌은 학생들 앞에서 자기 말에 반박을 받는 것이 언짢아졌으므로 이 무지한 사나이에게 대답할 기분이 나지 않았다. 어리석은 말은 못 들은 척하고 그는 학생들에게 씨를 일렬로 뿌리는 방법과 씨 위에 얼마나 두껍게 흙을 덮으면 좋은가를 가르쳐 주고, 저마다 고랑 끝에 씨의 종류와 뿌린 날, 뿌린 자의 이름 등을 적은 푯말을 세우게 했다.

이러한 광경을 농부들은 입을 떡 벌리고 바라보고 있었다. 그러다가 그 꼼꼼한 방식이 우스워져서 거리낌없이 웃기 시작하더니 "당신네들은 씨를 한 알씩 세나?" "씨 한 알마다 일일이 이름은 적었어? 씨 빛깔도 적어 넣는 게 좋을 거요." "이렇게 꼼꼼해서야 10년에 한 번밖에 거둬들이지 못하겠는걸!" 저마다 이런 말을 지껄여 댔다.

그러나 학생들은 이와 같은 천한 농담을 경멸하여 상대하지 않았다. 그 중에서도 가장 분개한 것은 농촌 출신의 학생들이었다. 그들은, "이건 모두 외국산 종자다. 너희들이 밭에서 부리는 그런 보잘것없는 것과는 다르단 말이야!" 소리쳤다. 이렇게 농부들의 조롱을 받자 학생들은 오히려 선생에게 격려받는 이상으로 일에 열을 냈다.

한참 있으니 구경하던 농부들도 흥미를 잃고 모두 재미없다는 듯이 입을 다물고 말았다. 그리고 한 사람씩 약속이나 한 듯이 저마다 침을 탁탁 뱉고는 마을 쪽으로 돌아가 버렸다.

그러나 옌은 행복했다. 다시 씨를 뿌리고 두 손에 대지의 촉감을 맛보게 된 것이 더없이 기뻤다. 흙은 차지고 풍요하게 기름져 있어 노란 이국의 씨앗과 대조적으로 검은 색이었다…… 이렇게 하여 그날의 일은 끝났다. 옌은 기분 좋은 피로로 상쾌한 기분이 되어 학생들을 둘러보았다. 혈색이 나쁜 사람까지 이제는 건강한 낯빛이 되어 있었으며, 추운 바람이 서쪽에서 휘몰아치는데도 다들 포근해 보였다.

"이것이 몸을 덥히는 가장 좋은 방법이야." 미소 지으면서 옌은 말했다. "불을 쬐는 것보다 훨씬 낫지." 청년들은 옌을 존경했으므로 그의 마음에 들도록 함께 웃었다. 그러나 농촌 출신의 두 사람만은 붉은 볼을 하고서도 표정은 아직 부루퉁했다.

그날 밤 자기 방에서 혼자가 된 옌은 오늘 하루 일을 메이링에게 써보냈다. 요즘은 하루가 다 끝날 때, 그녀에게 그날 일어난 일을 써 보내는 것이 끼니처럼 빠뜨릴 수 없는 일과가 되어 있었다. 편지를 다 쓴 그는 일어서 창가로 가, 시가를 바라보았다. 오래된 집의 기와지붕들이 달빛 아래 거멓게 이어졌다. 하지만 그 사이에서는 고옥들 속에 섞여 곳곳에 붉은 지붕의 새 고층 건물이 높다랗게 솟아 있었다. 그 네모난 서양식 건물의 무수한 창들에는 등불이 반짝였었다. 두세 개의 넓은 큰길이 시가를 꿰뚫는 널찍한 빛의 띠를 만들어 달빛마저 희미하게 보였다.

이 변모해 가는 시가를 바라보면서도 옌은 거의 그 풍경을 보고 있지 않았다. 그가 무엇보다도 뚜렷하게 나타난 것은 메이링의 얼굴이었다. 참으로 또렷하게 청초한 그녀의 얼굴이 떠올라, 시가는 그 얼굴의 배경에 지나지 않았다. 그때 갑자기 미완성인 시의 넷째 줄이 마치 인쇄된 활자처럼 떠올라 시가 완성됐다. 그는 얼른 책상으로 가서 방금 봉인을 한 편지를 뜯어 다음 말을 덧

붙였다. 〈이 4행시는 오늘 완성된 것입니다. 첫 3행은 밭에서 지었는데 마지막 행이 떠오르지 않은 채 집으로 돌아와서 당신을 생각했습니다. 그러자 마치 당신이 나에게 가르쳐 주기라도 한 듯이 시상이 생각나서 금방 완성한 것입니다.〉

이렇게 옌은 이 수도에 살면서, 낮에는 교직으로 바쁘고, 밤에는 메이링에게 편지를 쓰느라 바빴다. 그녀는 그리 많이 편지를 보내오지는 않았다. 그녀의 편지는 정확한 단어로 되어 있어 말수도 적었으며, 헛말이 없었다. 그러나 말이 적은 만큼 한글자 한글자에 뜻이 담겨 있어 조금도 따분하지 않았다. 그녀는 아이란의 한 달 여행 예정이 몇 배나 늘어나서 요새야 겨우 부부가 돌아왔다고 알려 왔다. 〈아이란은 전보다 더 아름다워졌습니다만, 어딘가 따뜻함이 덜해진 것 같습니다. 아마 아기가 태어나면 다시 옛날로 돌아가겠지요. 앞으로 한 달 안에 태어날 예정입니다. 전에 자던 침대가 더 잠이 잘 온다면서 요새는 자주 집에 돌아와서 자곤 합니다.〉 또 이런 내용도 있었다. 〈오늘 저는 처음으로 본격적인 수술을 했습니다. 어릴 때부터 전족을 한 여자의 발이 썩어 들어가서 발목을 절단했지요. 무섭지는 않았습니다.' 이런 문장도 있었다. '저는 고아원에 가서 아이들과 노는 것이 즐겁습니다. 저도 옛날엔 그 가운데 하나였으니까요. 모두가 제 동생이나 마찬가지랍니다.' 그리고 그녀는 아이들이 말한 너무나도 아이다운 우스운 일들을 곧잘 써 보냈다.

언젠가 이런 편지가 왔다. 〈백부님 댁에서는 유학 중인 셍 씨에게 귀국하도록 분부하셨답니다. 셍 씨가 지나치게 돈을 낭비하기 때문이랍니다. 요새는 예전만큼 소작료가 들어오지 않아서 셍 씨의 형님이 받는 급료 중에서 학비를 보내는데, 부인이 그것을 싫어한답니다. 그렇다고 달리 그 많은 돈이 나올 데는 없고요. 이 이상 학비는 안 보낸다니까, 셍 씨도 결국 돌아오실 수밖에 도리가 없겠지요.〉

옌은 이것을 읽고 나니 마지막으로 셍과 만났을 때, 새로 맞춘 고급 양복을 입고 윤이 나는 날씬한 등나무 지팡이를 흔들며, 미국 대도시에서 햇살 가득한 거리를 활보하던 모습이 생각났다. 옷차림에 그만큼 신경을 썼으니 틀림없이 많은 돈을 썼을 것이다. 이번에는 끝내 돌아올 수밖에 없겠지. 그를 귀국시키려면 이 방법밖에 없다는 것도 확실하다. '돌아오는 편이 셍을 위해서도 좋을 것이다. 드디어 끈적거리며 들러붙던 그 여자와도 헤어지게 되겠군.'

옌이 편지로 질문을 하면 메이링은 반드시 정성들인 답장을 보내 왔다. 한겨울이 되자 그녀는 옷을 두껍게 입고, 음식을 충분히 먹고, 잘 자야 하며 너무 무리해서는 안 된다고 주의를 적어 보냈다. 낡은 교사의 틈새에서 들어오는 바람을 조심해야 한다고도 몇 번이나 써 보내 왔다. 그런데 그의 편지에 그녀가 절대로 대답하지 않는 것이 하나 있었다. 그는 편지를 쓸 때마다 꼭꼭 썼다. 〈내 마음은 변치 않았습니다. 당신을 사랑합니다. 나는 기다리고 있습니다.〉 이에 그녀는 아무 말도 하지 않았다.

그래도 옌은 그녀의 편지에 만족했다. 한 달에 네 번은 정해진 날짜에 반드시 그녀에게서 편지가 왔다. 밤에 집으로 돌아오면, 길쭉한 봉투에 조금 작은 해서(楷書)체로 주소와 이름을 적은 편지가 책상 위에 꼭 올려져 있었다. 한 달 가운데 이 나흘이 그에게는 축일이 되었다. 꼬박꼬박 제 날짜에 오는 것이 기쁜 나머지, 그는 조그마한 달력을 사다 놓고 그녀의 편지가 오는 날에 미리 표시를 해 놓았다. 빨간 표를 해 놓은 날이 새해까지 앞으로 12번 있었으며, 새해가 되면 휴가가 있으므로 집에 돌아가서 그녀의 얼굴을 볼 수 있었다. 어느 시기를 몰래 가슴에 품고 있었던 그는, 그 날짜 앞으로는 표시를 하지 않았다.

이렇게 옌은 한 주일, 또 한 주일 수업 말고는 아무 데도 갈 생각을 하지 않았으며, 쓸쓸하지 않았으므로 친구도 가지려 하지 않고 생활해 나갔다.

그래도 맹이 이따금 찾아와서 억지로 끌고 나갔으므로, 옌도 찻집에서 맹이나 그 동지들이 늘어놓는 불평을 듣는 때도 있었다. 가만히 보면, 맹은 처음처럼 득의양양하지는 않았다. 들어 보니 맹은 여전히 분개했다. 이미 새 시대가 되었는데도 변함 없이 이 시대에 대해서 심한 불만에 차 있었다. 그러한 어느 날 밤, 새 시가의 갓 개업한 찻집에서 옌은 맹과 그 동료인 대위 넷과 식사를 했는데, 이들은 모든 일에 불평을 늘어놓았다. 식탁 위의 전등이 너무 밝다고 화를 내는가 하면, 다음에는 덜 밝다고 잔소리를 하고, 음식이 늦게 나온다고 호통을 치는가 하면 일부러 이 집에서 팔지 않는 양주를 가져 오라고 떼를 썼다. 종업원은 맹과 그 친구들 사이에서 땀을 뻘뻘 흘렸으며, 허리에 번쩍이는 권총을 찬 청년 장교들의 기분을 상할까봐 거듭 땀을 닦아 가며 숨이 차도록 뛰어다녔다. 기생들이 나와서 새로운 서양식 춤을 추었으나 그래도 청년 장교들은 만족하지 않았으며, 이년의 눈은 돼지처럼 작다느니 저년의 코는 파처럼 납작하다느니, 저것은 너무 뚱뚱하고 이것은 너무 늙었다고 큰 소리로 트집을 잡았으므로 끝내 여자들도 분해서 눈물을 흘리는 지경이었다. 옌은 그녀들을 아름답다고 생각하지는 않았으나 측은해서 참다 못해 끼어들었다. "그만하게나, 이 사람들도 밥을 먹기 위해 나와 있잖나."

그러자 한 대위가 소리쳤다. "이런 인간들은 굶어 죽어 버리는 편이 나아." 그러고는 모두가 젊은 목소리로 신랄하게 웃더니, 허리에 찬 칼을 덜거덕거리면서 겨우 일어나 헤어졌다.

그날 밤은 맹이 옌을 숙소까지 배웅해 주겠다고 하여 둘은 나란히 거리를 걸어갔다. 걸으면서 맹은 불평을 늘어놓았다. "사실 우리들은 상관들의 불공평한 방식에 모두 분개하고 있어. 혁명 원리에 따르면 우리는 모두 평등하며 기회가 공평하게 주어져야 한단 말이야. 그런데 지금도 상관들은 우리들을 억압하거든. 우리 부대의 장군도, 형도 알지? 그자를 만났잖아. 그 자식은 마치 옛날 군벌들처럼 뻐기고 있잖아. 그자는 이 지역 사령관으로서 매달 엄청난 봉급을 타고 있으면서 우리들 젊은 놈들은 언제까지나 승진시켜 주질 않아. 나는 대위까지는 곧 승진했지. 그래서 희망에 불타서 주의를 위해 목숨을 바칠 생각이었단 말이야. 더 승진할 줄 알았지. 그런데 아무리 몸이 부서져라 일을 해도 여전히 대위야. 우리는 대위 이상으로는 승진하지 못해. 왠지 알아? 그것은 장군이 우리를 무서워하기 때문이야. 우리들이 앞으로 자기 이상의 지위에

오르는 것이 무서운 거야. 우리들은 그보다 젊고 유능하거든. 그래서 눌러 두는 거야. 이것이 혁명 정신이라는 걸까?" 그리고 맹은 가로등 아래서 걸음을 멈추고 옌에게 격렬하게 질문을 퍼부었다. 옌은 맹의 얼굴이 언제나 뿌루퉁하던 소년 시절의 그와 똑같음을 보았다. 지나가던 사람들 두서너 명이 수상쩍은 듯이 그들의 거동을 살피기 시작했다. 맹은 그들을 깨닫자 목소리를 낮추어 다시 말을 계속하다가 마지막으로 몹시 불쾌한 듯 뇌까렸다. "형, 이건 진짜 혁명이 아니야. 다시 한 번 해야 돼. 지금의 상관들은 참된 지도자가 못 돼. 놈들은 옛날의 군벌과 마찬가지로 이기적이야. 형, 우리 청년들이 다시 한 번 처음부터 새로 시작하는 거야. 민중은 옛날과 마찬가지로 억압당하고 있어. 민중을 위해서 우리들은 다시 한 번 해야만 해. 현재의 지도자들은 민중의 복지를 완전히 잊어버리고……."

맹은 여기서 말을 끊고 저쪽을 바라보았다. 그곳에 있는 유명한 댄스 홀 입구에서 싸움이 일어난 것이다. 댄스 홀 불빛이 피처럼 붉게 빛났는데, 그 빛 아래 드러난 것은 차마 바라볼 수 없는 광경이었다. 이 새 수도의 옆을 흐르는 양자강에 정박 중인 외국 군함의 수병이 술에 취했는지, 자기를 여기까지 태워다 준 인력거꾼을 주먹으로 후려갈기고 있었다. 수병은 취한 김에 고성을 지르면서 보기 흉하게 비틀거렸다. 맹은 백인이 동족을 구타하는 것을 보자 느닷없이 달리기 시작했다. 옌도 뒤를 따랐다. 가까이 가니 수병이 인력거꾼에게 욕설을 퍼붓고 있었다. 부당한 요금을 요구했다는 것이다. 수병이 체구가 더 크고 강해서 인력거꾼은 두들겨 맞으면서도 겁이 나서 두 팔을 쳐들어 주먹을 막고만 있었다. 술 기운으로 후려치는 주먹은 차마 보지 못할 만큼 잔인했다.

맹은 그 자리로 달려가 외국 수병에게 소리쳤다. "무슨 짓을 하는 거냐, 이 주정뱅이!" 그리고 달려들어 수병의 팔을 잡고 뒤로 꺾었다. 그러나 수병은 쉽사리 항복하지 않았다. 그는 맹이 대위이든 무엇이든 신경 쓰지 않았다. 그에게는 자기와 인종이 다른 인간은 모두 같았으며 모두 경멸의 대상일 뿐이었다. 그래서 이번에는 맹에게 욕설을 퍼부었다. 그리하여 둘이 각기 민족적 증오에 불타 막 격투를 벌이려 하는 것을 옌과 인력거꾼이 뚫고 들어가 겨우 떼어 놓았다. 옌은 열심히, "주정뱅이야, 이놈은. 시시한 수병이야. 쓸데없는 짓 하지 말아라" 하고 맹을 달래 놓고 수병을 댄스 홀 입구로 밀어 넣어 버렸다. 수병은 싸운 것도 잊고 안으로 들어갔다.

옌은 주머니에 손을 넣어 동전 몇 푼을 꺼내어 인력거꾼에게 주고 싸움의 결말을 지었다. 인력거꾼은 몸집이 작고 제대로 먹지도 못한 듯 시들어 버린 노인이었는데, 뜻밖의 결말에 만족해서 아첨의 웃음을 보이며 말했다. "나리는 사리를 잘 아는 분입니다! 옛날부터 말이 있지요. 어린애와 여자와 주정뱅이는 상대하지 말라고."

노여움에 얼굴이 새빨개져서 여전히 씩씩거리며 그 자리에 서 있던 맹은, 수병에게 분노를 실컷 쏟아 놓지 못해서 아직도 분이 다 풀리지 않았으므로, 두들겨 맞은 인력거꾼이 동전 몇 푼으로 간단히 조용해져 비굴한 웃음과 케케묵은 말을 늘어놓는 것을 듣자 더는 참지 못했다. 자기 동족에 대한 외국인의 모욕에 쏟아 놓으려던 깨끗하고 정직한 분노가 묘하게 굴절된 것이다. 그는 아무 말 없이 타는 듯한 눈초리로 인력거꾼을 쏘아보더니 느닷없이 그 입언저리를 후려갈겼다. 그것을 보고 옌은 "맹, 무슨 짓이야!" 소리쳤다. 그리고 얼른 동전을 꺼내어 이 부당한 폭행의 보상을 하려고 했다.

그러나 인력거꾼은 돈을 받지 않았다. 그는 얼떨떨해져서 가만히 서 있었다. 너무나 갑자기 두들겨맞았으므로 그는 입을 벌린 채 넋을 잃고 서 있었다. 입가에서 피가 조금 흘러내렸다. 그는 갑자기 몸을 굽히고 인력거 채를 잡더니 옌을 돌아보고 말했다. "이 주먹은 외국인 것보다 더 아픈데." 이렇게만 말하고 그는 가버렸다.

맹은 후려갈긴 뒤에는 바로 그 자리를 떠났다. 옌은 성큼성큼 걸어 그를 따라갔다. 곧 따라잡고서, 왜 때렸느냐고 물어 보려고 맹의 얼굴을 본 그는 입을 뗄 수 없었다. 밝은 거리의 불빛 아래 맹의 얼굴에 놀랍게도 눈물이 흘렀던 것이다. 눈물을 흘리면서 맹은 지그시 앞을 노려보았다. 이윽고 그는 화가 난 듯 중얼거렸다. "이런 민중을 위해서 아무리 이상을 품고 싸워 봐야 대체 무슨 소용이 있단 말이야? 압제자를 미워할 수조차 없는 비굴한 민중이야. 얼마 안 되는 돈으로, 그렇게 모욕을 당하고도 선뜻 참아 버리고 만단 말이야……" 그는 그 말만을 남기고 옌과 헤어져서 어두운 골목으로 사라져 버렸다.

옌은 잠시 망설이며 서 있었다. 맹이 더 이상 홧김에 난폭한 짓을 하지 않도록 뒤를 따라가는 편이 좋을 것인가? 그러나 그는 빨리 자기 집으로 돌아가고 싶었다. 마침 토요일 밤이라 책상 위에서 자기를 기다리고 있을 편지가 눈앞에 아른거렸다. 그래서 이번에도, 맹이 혼자서 마음대로 화를 내고 다니는 것을 말리지 않기로 했다.

마침내 연말이 가까워져, 옌이 메이링을 만날 수 있는 휴가까지 며칠 남지 않게 되었다. 그 무렵의 나날은 무엇을 하더라도 그저 일에서 해방되는 날까지의 시간때우기일 뿐이라는 느낌이 들었다. 수업은 되도록 충실히 했지만 학생들마저 그에게는 아무런 생명도 의미도 없게 되어, 그들이 잘하든 못하든, 또 그들이 무엇을 하든 그다지 관심도 없었다. 밤이면 아침이 빨리 오기를 바라는 마음에서 빨리 잠자리에 들었다. 그러고는 아침 일찍 일어났다. 그러나 무슨 짓을 해도 시간은 마치 시계가 멎은 것처럼 느리게 흘렀다.

한번 그는 맹을 찾아가서 같은 기차로 고향에 돌아가자는 의논을 했다. 이번에는 맹도 휴가를 얻을 수 있었기 때문이다. 맹은 언제나 입버릇처럼 자기는 혁명가이므로 두 번 다시 고향을 볼 수 없게 되어도 상관없다고 말했는데, 요즘의 그는 매우 짜증이 나고 늘 어떤 변화를 추구하면서도 뜻대로 되지 않던 참이라, 달리 할 일도 없고 해서 고향에나 가보고 싶은 생각이 났던 것이다. 그 인력거꾼을 구타한 밤의 일은 두 번 다시 꺼내지 않았다. 지금 그는 또 새로 화를 낼 일이 있었으므로 그 사건은 잊은 듯했다. 그것은 민중이 건방지게도 정부가 정한 날에 새해를 축하하려 들지 않는다는 것이었다. 태음력(太陰曆)에 익숙한 새 시대의 젊은이들이 서양 여러 나라와 같이 태양력으로 고친 신년에 흥미를 느낄 수 없었던 것이다. 거리에는 양력으로 새해를 맞이하라는 명령이 고시되어 있었고 사람들은 그 주위에 모여, 읽을 줄 모르는 사람은 군중 속의 학문 있는 자들에게 읽어 달래서 듣고 있었다. 사람들은 도처에서 불평을 쏟아냈다.

"어떻게 이런 식으로 1년을 결정하지? 만일 부엌 신령님에게 한 달이나 빨리 제수를 바친다면 대체 신령님이 뭐라고 생각할까? 신령님이 외국식으로 날짜를 계산하실 까닭이 없잖아." 이와 같이 민중은 고집스럽게 명령에 따르지 않고, 여자들은 떡을 만들지 않았으며 남자들은 행운을 부르기 위해서 문간에 바르는, 표어를 쓴 붉은 종이를 사려 하지 않았다.

젊은 지도자들은 민중의 고집에 크게 화가 나, 옛날식의 터무니없는 신불의 말과는 다른 혁명의 표어를 만들어 이것을 일꾼을 사서 집집마다 붙이고 다니도록 했다.

옌이 찾아갔을 때, 맹은 이 문제에 열중하여 우쭐대며 이야기했다. "그래서 내 말은, 좋든 싫든 민중을 교육시켜, 고루한 미신은 버리게 하는 거야!"

그러나 옌은 양쪽의 처지를 다 이해할 수 있었으므로 뭐라고 해야 좋을지 입을 다물고 있었다.

그리고 이틀 동안 옌이 보고 다니니 과연 집집마다 새로운 표어가 붙어 있었다. 그에 대해서 민중은 아무 말도 하지 않았다. 남자도 여자도 자기 집 문간에 붙어 있는 표어를 바라보고 말이 없었다. 그 가운데는 비웃는 자도 있고, 땅바닥에 침을 뱉는 사람도 있었다. 하고 싶은 말을 꾹 참는 얼굴로 걸어가는 사람도 있었다. 그러나 남자도 여자도 여느 때와 다름없이 일하고 있어서, 금년은 일년 내내 아무데도 축일이 없는 것 같았다. 집집마다 문간에는 화려한 붉은 종이가 붙어 있었지만, 민중은 그런 건 보이지도 않는 듯한 표정으로 평상시와 같이 일을 하고 있었다. 옌은 맹이 화를 내는 것도 이유가 있다고 여겼으며, 또 누군가 묻는다면 민중은 정부의 명령을 따라야 한다고 대답했을 것이지만, 속으로는 미소짓지 않을 수 없었다.

그러나 요즘 옌이 아무리 사소한 일이라도 곧 미소를 짓는 것은 메이링의 마음에 틀림없이 전과 다른 애정이 싹텄다고 생각했기 때문이다. 그녀는 옌이 써 보낸 사랑의 말에 답해 주지는 않았지만, 적어도 그것을 읽고 있는 것만은 틀림없었고, 그것을 모조리 잊어버렸으리라고는 생각할 수 없었다. 적어도 그에게 있어서는 금년은 태어나서 가장 행복하고 눈부신 해였다. 왜냐하면 그는 새해에 큰 희망을 걸고 있었기 때문이다.

이와 같은 기대 속에서 휴가가 시작되었으므로 옌은 맹의 분노에조차 아무런 우울함도 느낄 수 없었다. 하기야 해안의 대도시로 가는 기차간에서 이미 맹과 옌은 하마터면 싸움을 할 뻔했다. 맹은 마음속에 맹렬한 불만을 품고 있었으므로 무엇을 보아도 즐겁지 않았다. 기차간에서도 돈깨나 있어 보이는 작자가 모피 옷을 펼치고 두 사람 분 자리를 차지하고 앉아 있어서 한 가난해 보이는 사나이가 서 있게 된 모습을 보고 그만 화를 냈다. 또한 그 가난한 사람이 아무 말도 못하고 참고 있었던 데 대해서도 화를 냈다. 마침내 옌은 미소를 억누르지 못하고 맹을 슬쩍 쿡쿡 찌르면서 농담 삼아 말했다. "너는 무엇을 보아도 마음에 안 드는 모양이구나. 부자는 부자라서 마음에 안 들고, 가난뱅이는 가난해서 마음에 안 들고 말이야."

그러나 맹은 잔뜩 화가 나 자신을 놀리는 것을 참지 못했다. 그는 사나운 기세로 옌을 돌아보고 나직하지만 격한 어조로 말했다. "그래, 형에게도 마찬가지야. 형은 뭐든지 참지. 형처럼 우유부단한 사나이는 처음 봐. 형은 절대로 참된 혁명가는 될 수 없어!"

맹의 맹렬한 기세에 옌도 모르는 사이에 표정이 굳어졌다. 그러나 주위의 승객들이 모두 맹을 힐끔힐끔 쳐다보고 있었으므로 아예 대답도 하지 않았다. 맹은 목소리를 낮추고 있었으므로 무슨 말을 하는지 다른 승객들은 알아듣지 못했으나, 노기에 찬 얼굴에 눈이 번들번들 빛나고 허리에는 권총을 찼으므로 모두 겁에 질려 있었다. 그래서 옌은 입을 다물고 만 것이다. 맹이 화가 난 것은 마음속에 불만이 있기 때문이며, 자기 탓이 아니라는 것은 알았지만, 맹의 말이 옳다는 것을 인정할 수밖에 없었던 옌은 조금 불쾌했다. 이리하여 옌은 기차가 골짜기며 들판이며 누비고 나아가는 동안 잠시 기가 죽은 듯 앉아 있었으나, 이윽고 깊은 생각에 잠겨서 자기는 대체 어떤 자이며 무엇을 가장 바라고 있는가 반성하기 시작했다. 분명히 나는 위대한 혁명가가 아니다. 앞으로도 대혁명가는 될 수 없을 것이다. 그것은 내가 맹처럼 증오를 오래 간직하지 못하기 때문이다. 그렇다, 나는 한때는 화를 낼 수도 있다. 순간적으로는 미워하는 일도 있다. 그러나 오래 계속되지 않는다. 정말로 내가 바라는 것은 평화 속에서 일을 하는 것이다. 그리고 내가 가장 좋아하는 일은 지금 하는 일이다. 이제까지 가장 행복했던 시간은 학생들을 가르쳤던 시간이다. 사랑하는 사람에게 편지를 쓰는 시간을 제외하면……

이 몽상을 깨뜨리고 맹의 냉소적인 말소리가 들렸다. "뭘 생각해? 마치 모르는 사이에 입 안에 누가 과자라도 밀어넣어 준 어린애처럼 바보같은 얼굴로 빙글빙글 웃고만 있잖아!"

이럴 때는 옌도 부끄러워 웃을 수밖에 없었다. 맹은 지금 자기가 생각했던 것을 이야기할 수 있는 상대도 아니었으므로, 옌은 그저 얼굴이 붉어지는 것을 속으로 저주했다.

그런데 어떤 만남이고 꿈꾸던 만큼 감미로운 것일 수는 없다. 그날 저녁때 집에 도착하자 옌은 입구의 층계를 뛰어올라가서 집 안에 들어섰다. 그러나 이번에도 집 안은 조용했다. 이윽고 하녀가 나와서 공손히 인사를 한 다음 말했다. "마님 말씀이, 백부님 댁 둘째 도련님이 외국에서 돌아오셔서 백부님 댁에서 친척분들의 연회가 있으니, 곧장 그리로 오시랍니다. 마님께서도 그쪽에서 기다리고 계신답니다."

셍이 돌아왔다는 소식보다, 옌은 메이링도 노부인과 함께 있는지가 훨씬 더 궁금했다. 그러나 아무리 그것이 알고 싶더라도 하녀에게 물어볼 수는 없었다. 하녀들처럼 남녀 관계를 잘 눈치 채는 인종은 없기 때문이다. 그로서는 백부 댁으로 가서 자기 눈으로 메이링이 있는지 확인할 때까지는 두근거리는 마음을 눌러 두는 수밖에 없었다.

지난 몇 달 동안 옌은 메이링과 다시 만나는 순간을 꿈꾸어 왔는데, 그 꿈속에서 그녀는 늘 혼자였다. 그가 집에 들어서자마자 두 사람은 기적처럼 단둘이서만 만나는 것이다. 어떤 이유인지는 몰라도 그녀는 거기서 기다리고 있어야 했다. 그런데 그녀는 없었고, 백부 댁에서 만난다 하더라도 단둘이 있게 되는 것은 바랄 수 없었으며, 집안사람들이 모두 있는 앞에서는 그녀에게도 차갑고 정중한 태도밖에 취할 용기가 없었다.

사실 그러했다. 백부 댁에 가서 호화로운 서양식 장식품과 의자로 가득한 큰 방으로 들어가 보니 친척들이 모두 모여 있었다. 맹은 옌보다도 먼저 와 있어서 옌이 왔을 때는 마침 사람들이 맹과 인사를 막 마친 뒤였다. 그러나 옌이 나타났으므로 다시 한 번 인사를 나누어야 했다. 옌은 먼저 백부 앞으로 가서 인사했다. 백부는 목을 매고 자살한 아들과 곱사등이 아들을 제외하고는 자식들이 모두 모였으므로 매우 기분이 좋았다. 백부도 백모도 그 두 아들은 이제 자식으로 생각하지 않았다. 노부부는 가장 좋은 옷을 입고 나란히 앉아 있었다. 노부인은 당당한 위엄을 보이면서 묵직한 태도로 담배를 피우고 있었다. 한두 모금 빨 때마다 곁에 선 하녀가 새로 담배를 채워 주고 있었다. 부인은 한 손에는 염주를 들고 손가락 사이로 줄곧 갈색 염주알을 만지작거리면서, 여전히 백부가 농담을 할 때마다 그것을 벌충하기 위해 도덕적인 말을 하려고 애를 쓰곤 했다. 옌의 인사를 받은 백부는 주름투성이인 축 처진 얼굴 가득 웃음을 띠고 큰 소리로 말했다. "옌, 우리 둘째 아들놈도 마치 계집애처럼 예뻐져서 돌아왔구나. 서양 며느리라도 데리고 오잖나 걱정을 했었지만, 그건 기우였어. 혼자 돌아왔으니까!"

그러자 노부인이 매우 차가운 어조로 말했다.

"여보, 셍은 영리한 아이이니까 그런 실수는 하지 않아요. 연세에도 어울리지 않는 그런 허튼 말씀은 말아요."

그러나 오늘만은 노인도 늦은 처의 독설에 굴하지 않았다. 자신은 가장이며, 이 호화로운 저택에 모인 훌륭한 젊은 남녀가 모두 자기의 슬하라고 생각하니 무언가 장난을 치고 싶어 견딜 수가 없었다. 여러 사람들 앞이었으므로 그는 대담해져서 소리쳤다. "자식 결혼 이야기를 하는 게 뭐가 잘못인가? 셍도 머잖아 색시를 맞이해야 할 게 아닌가." 부인은 이 말에 엄숙하게 대답했다. "요새 같은 새로운 세상에서는 어떻게 하는 것이 가장 좋은가 나는 환히 알고 있어요. 부모에게 억지로 등떠밀려 마음에도 없는 아내를 갖게 되었느니 어떠니 하고 아들한테 군소리를 들을 짓은 결코 하지 않을 겁니다."

이 노부부의 말다툼을 웃으면서 듣던 옌은, 여기서 묘한 광경을 보았다. 셍이 차갑고 슬픈 듯한 미소를 띠면서 이렇게 말한 것이다. "아녜요. 저는 그다지 새롭지 않습니다. 어머니가 마음에 드시는 상대면 좋습니다. 상관없어요. 어떤 여자든지 저한테는 모두 똑같습니다."

그러자 아이란이 웃으면서 말했다. "셍 오빠. 그런 말을 하는 건 오빠가 아직 젊기 때문이야." 다른 사람들도 다 함께 웃었으므로 그 자리는 그대로 끝났으나, 옌만은 셍의 표정을 잊을 수 없었다. 다른 사람들의 웃음소리 속에서 그 또한 빙그레 웃음짓고 있었으나, 그것은 무슨 일에서나 아무래도 좋다고 생각하는 인간, 자기 결혼의 상대마저 누구라도 상관 없다고 생각하는 인간의 표정이었다.

그러나 이날 밤의 옌이 어떻게 셍의 일을 천천히 생각할 수 있었겠는가? 백부 부부에게 인사를 하기 전부터 그의 눈은 벌써 메이링을 찾았다. 가장 먼저 그는 자기가 어머니라고 부르는 부인 옆에 얌전히 서 있는 그녀의 모습을 보았다. 한순간 두 사람의 눈이 마주쳤으나 미소를 교환할 겨를은 없었다. 그러나 아무튼 그녀는 있었다. 그가 꿈에 그리던 재회는 아니더라도 완전히 실망하지는 않았다. 이 방에 그녀가 있어 주는 것만으로 충분하다. 비록 한 마디 말도 건넬 수 없더라도. 지금은 아니다. 참된 재회는 뒤에, 어디 다른 장소에서 하기로 하자…… 그런데 옌은 그 뒤 몇 번이나 그녀를 보았으나 두 번 다시 그녀의 시선을 붙잡을 수 없었다. 그러나 그가 어머니라 부르는 부인은 진심으로 따뜻하게 그를 맞아 주었다. 그가 옆에 가자 부인은 그의 손을 잡고 가볍게 두들긴 다음 손을 놓았다. 옌이 부인 옆에 있으니 메이링은 무언가 가져오겠다는 구실로 그 자리를 떠나 버렸다. 그러나 옌은 다른 사람과 담소하면서도 메이링이 거기 있다는 생각만으로 마음이 훈훈해졌다. 그리고 계속해서 메이링이 차를 따르기도 하고 아이들에게 과자를 나누어주기도 하는 모습을 눈으로 쫓았다.

오늘 밤의 화제와 인사의 중심은 대부분이 셍이었으므로 맹과 옌은 곧 많은 친척 가운데 한 사람에 지나지 않게 되었다. 셍은 전보다 모습이 더 좋아졌으며 매사에 통달한 것 같았고 말도 행동도 여유가 있어, 옌은 옛날부터 그러했듯이 그의 앞에 나가면 기가 죽었다. 그리고 이 세련된 남자 앞에 서면 역시 자기는 어리다고 느껴졌다. 그러나 셍은 결코 옌에게 그런 열등감을 느끼게 해 두지 않았다. 그는 예전처럼 정답게 옌의 손을 잡고 좀처럼 놓아 주지 않았다. 옌은 마치 여자처럼 매끄럽고 우아한 손의 감촉이 좋으면서도 왠지 기분이 나빴다. 오늘 그가 보여 준 눈의 표정도 그러했다. 보기에는 참으로 달콤하고 언뜻 개방적으로 보였지만, 지금 셍의 얼굴이나 거동에는 너무나 화려하게 활짝 핀 꽃의 지나치게 짙은 향기와 같은 악마적인 데가 있었다. 그러나 그 이유는 옌도 알 수 없었다. 어쩌면 자신의 몽상이 아닐까 생각하기도 했지만, 곧 역시 그렇지 않다고 생각했다. 셍은 끊임없이 담소를 나누었다. 웃는 것도 정말 웃겨서 웃는 것 같았고, 말소리는 높지도 낮지도 않았으며 부드러운 종소리처럼 아름다웠다. 친척들의 여러 잡담에도 재미있다는 듯 상대해 주었다. 그런데도 옌은, 진짜 셍은 그 자리에 없고 어딘가 무척 먼 곳에 있다는 인상을 받았다. 셍은 고국으로 돌아온 것을 후회하는 게 아닐까 생각한 옌은 셍이 가까이 온 기회를 잡아 살며시 물어 보았다.

"형은 미국을 떠나기가 싫었던 게 아냐?"

그는 대답을 기다리며 셍의 얼굴을 바라보았다. 하지만 매끄럽게 빛나는 그 얼굴에는 어떤 그림자도 없었다. 눈도 흑요석처럼 빛날 뿐 아무 말도 하고 있지 않았다. 셍은 다정하고 밝은 미소를 보이면서 대답했다. "아니, 그렇지는 않았어. 나도 이제는 돌아올 기분이었거든. 어디 있으나 나에겐 마찬가지야."

계속해서 옌은 물었다. "그 뒤에도 시를 썼어?" 셍은 아무렇지도 않은 듯이 대답했다. "응, 시집을 한 권 냈지. 너한테 보여 준 것도 들어 있지만 대부분은 네가 떠난 뒤에 지은 거야. 뭣하면 오늘 밤 돌아가기 전에 한 권 주지." 옌이 꼭 갖고 싶다고 말하자 셍은 미소를 지어 보였을 뿐이었다. 다시 한 번 옌은 질문했다. "형은 여기서 살 참이야? 아니면 새 수도로 오겠어?"

그러자 셍은 이번에는 즉각, 그것만은 크게 관심이 있다는 말투로 대답했다. "물론 여기서 살 참이야. 너무 오래 저쪽에 있었으니까 현대적인 생활은 이제 물려 버렸어. 나는 새 수도 같은 거친 도시에서는 살아갈 수 없어. 맹한테서 여러 이야기는 들었지만 말이야. 새 도로니 건축이니 하고 큰소리치길래 물어 보았더니 현대적인 시설도 없고, 이렇다할 유흥장도, 좋은 극장도 없잖아. 요컨대 교양 있는 사람이 즐길 만한 것은 아무것도 없더군. 나는 말해 주었지. '너는 무척 자랑스러운 모양이다만, 그렇다면 대체 새 수도에는 뭐가 있단 말이냐?' 하고 말이야. 그랬더니 그 녀석, 언제나 그렇듯이 노려본 채 입을 다물고 말더군! 맹은 조금도 변하지 않았어." 이러한 것들을 그는 영어로 말했다. 영어를 매우 편하고 유창하게 할 수 있었으므로 자기 나라 말보다 그쪽이 먼저 나오는 것이었다.

셍의 형수는 그가 참으로 훌륭해졌다고 말했으며, 아이란과 그녀의 남편도 그렇게 말했다. 이 세 사람은 셍을 언제까지 바라보고 있어도 질리지 않는 모양이었다. 아이란은 임신 중이었으나 근래의 그녀로서는 보기 드물게 그전처럼 명랑하게 웃고, 셍과 거리낌없이 장난을 치는 것이 꽤 즐거워 보였다. 셍도 그녀의 재치있는 말에 하나하나 응수했으며, 끊임없이 그녀를 칭찬했고 아이란 또한 그것을 기꺼이 받아들였다. 임신한 몸이기는 했으나 그녀는 여전히 아름다웠다. 다른 여자라면 얼굴이 부어 거무스레해지거나 혈액 순환이 나빠지거나 하는데, 아이란은 그저 양지 쪽에 활짝 핀 장미처럼 아리따웠다. 옌에게는 오빠로서 기분 좋게 인사했으나, 셍에게는 활짝 웃으며 농담도 건넸다. 그녀의 남편은 태평스럽게 바라보고 있을 뿐 질투하는 눈치도 보이지 않았다. 우로서는 셍이 아무리 미남이라도 자기가 더 미남이고 어떤 여자한테서나 호감을 사며, 자기가 택한 여자라면 더더욱 자신을 택한다고 믿는 모양이었다. 질투를 하기에는 너무나 자기 자신을 사랑했던 것이다.

이렇게 떠들썩한 담소 속에서 주연이 시작되어, 그들은 옛날처럼 노인과 젊은 사람이 따로따로 자리하지 않고 모두 한 테이블에 둘러 앉았다. 요즘 세상에서는 이미 그런 구별이 사라졌기 때문이다. 백부 내외는 윗자리에 앉았으나,

아이란과 맹을 비롯해서 모두가 주고받는 농담과 웃음소리 속에서 노부부의
목소리는 전혀 들리지 않았다. 참으로 화기애애한 모임이었으며, 옌은 이렇게
잘 차려입은 부자들이 모두 자기의 혈육이라고 생각하니 자랑스러움으로 가
슴이 뿌듯해졌다. 여자들은 한 사람도 빠짐없이 최근에 유행하는 디자인의 화
려한 공단 두루마기를 입었고 남자들은 백부를 제외하고는 모두 양복 차림이
었으며, 맹만이 대위의 군복을 입고 거만하게 앉아 있었다. 아이들까지 화려
한 비단옷을 입고 외국제 리본을 달고 있었다. 식탁에는 온갖 서양 요리며 서
양 과자에다 양주가 차려졌다.

　옌은 문득 생각이 났다. 집안사람들은 여기 있는 사람들만이 전부가 아니다.
해안에서 멀리 떨어진 곳에서 옛날 그대로 생활하는 자기 아버지 왕후가 있
고, 둘째 백부인 호상(豪商) 왕얼과 그 아들 딸들이 있다. 그들은 외국어를 지
껄이지 않는다. 그들은 서양 요리를 먹지 않는다. 그리고 조상들과 마찬가지
생활을 한다. 만일 그들이 이 방에 안내되어 온다면 얼떨떨해져서 틀림없이 편
한 마음으로 있지 못할 것이다. 왕후는 집에서 늘 하는 버릇으로 침을 방바닥
에 마음대로 뱉지 못해 곧 기분이 상하고 말 것이다. 이 넓은 방에는 꽃무늬의
비단 깔개가 깔려 있는데, 왕후는 가난한 사람은 아니더라도 기껏해야 벽돌이

나 타일 바닥의 집에서 살아보았을 뿐이다. 상인인 백부로 보더라도 이 방의 그림이나 공단 의자나 서양식 소품, 부인들이 몸에 단 외국제 반지며 장신구에 든 어마어마한 돈을 생각하고 한탄할 것이다. 거꾸로 여기 있는 왕룽 일가의 절반은 왕후 같은 생활은 고사하고 왕얼이 사는 집, 즉 왕룽이 아들들을 위해서 남긴 옛 도시의 집에서의 생활에도 견디지 못할 것이다. 여기에 있는 왕룽의 손자들과 증손자들은 그런 궁상맞은 곳에서는 살 수 없다고 할 것이다. 겨울에는 햇볕이 드는 남쪽 말고는 춥고, 천장도 없으며 현대식 설비도 없으니 자기들의 주거(住居)로서는 알맞지 않다고 말할 것이다. 그 흙벽집에 이르러서는 돼지우리와 같다고 할 것이며 그런 집이 있다는 것조차 잊었을 것이다.

그러나 옌은 잊지 않았다. 한창 흥이 오른 연회에서 새로운 서양식 유행에 따라 흰 천이 덮인 테이블을 바라보면서, 생각지도 않던 추억이 되살아나고 그 흙벽집이 머리에 떠올라 그는 그 집에서의 며칠간을 생각했다. 누가 뭐라고 해도 나는 그 집이 좋다. 나는 완전히 여기 있는 이 사람들처럼 될 수는 없는 것이다. 나는 아이란과 셍과도 다르다. 그들의 서양식 태도나 표정을 보고 있으면 옌은 현재의 자신 이상으로 비서구적이고 싶어졌다. 그러나 그는 그 흙벽집에서 살 수는 없었다. 마음속 깊은 곳에는 강한 애착이 있다고 해도 지금의 그는, 옛날 조부 왕룽이 살면서 만족해했던 그 집을 내 집으로 여길 수는 없었다. 그는 허공에 떠 있었다. 이 외국식 집과 흙벽집 사이의 중간에서 헤매고 있었다. 그는 쓸쓸했다. 그에게는 안주할 장소가 없는 것이다. 여기서 살 수도 없고, 저기서 살 수도 없는 마음은 참으로 고독했다.

그의 시선은 문득 셍 위에서 머물렀다. 그 황금빛 살결과 새까맣게 치켜뜬 듯한 눈을 제외하면 셍은 완전히 서양 사람이었다. 거동 하나하나가 이제는 서양식이었고, 말투도 서양인과 다를 바 없었다. 아이란이 감탄하는 것은 바로 그 점이었고 셍의 형수도 그것을 좋아했다. 셍의 형까지도 셍이 매우 새롭고 유행의 첨단을 가고 있다고 생각하면서, 스스로 열등감을 느껴 말수가 적었으나 그런 마음을 달래기 위해 묵묵히 음식만 먹어댔다.

그때 재빨리 아무도 몰래 옌은 메이링 쪽을 보았다. 아이란의 눈에서 셍에 대한 찬미를 읽었을 때 메이링은 어떨까 하는 생각이 떠오른 것이다. 다른 여자들처럼 메이링도 셍을 바라보고 셍이 웃기려고 무슨 말을 할 때마다 찬미의 빛을 눈동자에 띠고 있을까? 그러나 그는 메이링이 차분하게 셍을 바라보고 아무런 흥분의 빛도 없이 다시 시선을 돌리는 모습을 보고 마음이 놓였다. 그렇다면 메이링은 나와 같은 것이 아닐까? 메이링도 구시대를 떠나 있으면서도 완전히 새 시대는 될 수 없는 어중간한 존재인 것이다. 옌은 다시 한 번 뜨거운 동경의 눈길로 그녀를 보았다. 담소의 파도를 머리에 뒤집어쓰면서 한순간 그는 그녀의 모든 것을 만끽했다. 그녀는 노부인 옆에 자리를 차지하고 앉아 조금 앞으로 몸을 내밀 듯이 하여, 한가운데 놓인 큰 쟁반에서 흰 고기를 한 조각 젓가락으로 품위 있게 집어 노부인의 접시에 놓고는 방긋이 웃는 얼굴로 노부인을 쳐다보았다. 그녀와 아이란은 대밭 그늘에 피는 들백합과 정원에서 기른 동백꽃만큼 다르다. 옌은 타는 듯한 마음으로 생각했다. '그렇다, 그녀도 중간의 존재이다. 그렇다면 나는 혼자가 아니다!'

갑자기 옌의 마음은 뜨겁게 타올라, 이제는 메이링이 자기와 같은 기분이 아니라고는 믿을 수 없었다. 그의 마음은 오직 하나의 애정이 되어 흐르고, 온갖 상념이 한꺼번에 그 흐름에 휘말려 들어왔다.

그날 밤 그는 침대에 들어가서, 내일 단둘이 있을 때 메이링에게 고백하고 지금의 마음을 살펴볼 방법을 생각하느라 잠도 못 자고 궁리를 했다. 그토록 많은 편지를 썼으니 분명 그것이 그녀의 마음에 열정을 불러일으켰음이 틀림없다고 생각했다. 둘이 마주 앉아 이야기하는 방법도 생각해 봤다. 아니면 차라리 밖으로 데리고 나가서 함께 거니는 편이 좋을지도 모른다. 요즘에는 처녀들이 믿을 만한 젊은 남자와 단둘이서 바깥을 거니는 일이 예삿일이 되어 있다. 만일 그녀가 망설인다면 나는 당신 오빠나 다름없지 않느냐고 말해야지 생각했으나, 곧 생각을 고쳐먹고 그런 구실은 쓰지 않기로 했다. 그는 자기에게 단호히 말했다. '아니, 나는 그녀의 오빠가 아니다. 연인이 아닐지언정 오빠만은 아니다.' 이렇게 생각하고 그는 가까스로 잠이 들었으나, 밤새도록 뒤죽박죽인 꿈만 꾸었고, 꿈은 모두 중간에서 끊겼다.

그러나 그날 밤 아이란의 아이가 태어날 줄이야 누가 예측할 수 있었을까? 그러나 그것은 사실이었다. 아침에 옌이 눈을 뜨니 집 안이 온통 수선스러웠으며 하녀들이 이리저리 바쁘게 뛰어다녔다. 그가 일어나 세수를 하고 옷을 갈아 입고 식당에 나가니 식사 준비는 아직 절반밖에 되어 있지 않았고, 한 하녀가 졸린 눈으로 나른하게 움직이고 있을 뿐이었다. 그리고 식당에 나와 있는 것은 아이란의 남편뿐이었으며 그는 지난밤의 옷차림 그대로 식탁에 앉아 있었다. 옌이 들어가자 그는 쾌활한 목소리로 말했다.

"옌, 아내가 신식 여성일 때는 아버지는 안 되는 게 좋아. 마치 내가 아이를 낳는 듯이 쓰라린 변을 당했다네. 잠도 못 잘 뿐더러, 아이란이 너무 크게 비명을 질러서 나는 꼭 죽는 줄 알았지. 의사와 메이링이 괜찮다고 말해 주어서 안심했지만 말이야. 새 시대의 여성에게 해산이란 꽤 괴로운 일인 모양이야. 사내아이라서 정말 다행이야. 오늘 아침 아이란이 나를 머리맡에 불러 놓고 이제 두 번 다시 아이는 낳지 않겠다고 선언을 했거든." 그는 조금 씁쓸한 얼굴로 다시 웃었다. 그러고는 하녀가 놓고 간 음식을 맹렬한 식욕을 발휘하여 모조리 먹어 치웠다. 그는 이미 몇 번이나 아버지가 된 경험이 있었으므로 이제 와서 별다를 게 없었던 것이다.

이리하여 아이란은 이 집에서 해산을 하고, 온 집안이 아기 때문에 정신없이 분주했으므로 옌은 이따금씩 잠깐 보는 이외에는 메이링을 볼 수조차 없는 형편이었다. 하루에 세 번 의사가 왕진을 왔는데, 무엇이든 서양 것이 아니면 안 된다는 아이란 때문에 의사도 키가 큰 붉은 머리의 영국인이었다. 의사는 진찰을 마치면 메이링과 노부인에게 산모의 식사며 안정 일수 등을 자세히 지시하고 돌아갔다. 아기의 뒷바라지에도 손이 들었는데, 아이란은 메이링더러 그 일을 남에게 맡기지 말고 손수 해달라고 부탁했으므로 메이링은 그렇게 했다. 처음 채용한 유모의 젖이 충분하지 못해서 아이는 잘 울었다. 그래서 유모를 여러 번 바꿔야 했다.

그것은 아이란 같은 요즈음 여성들이 흔히 그렇듯이, 자기 젖으로 아이를 기르면 유방이 너무 커져서 몸매를 상하게 되므로 아이란이 모유를 먹이기를 싫어했기 때문이었다. 메이링은 이 일로 처음 아이란과 크게 싸웠다. 그녀는 아이란을 책망하며 말했다. "언니는 이렇게 귀여운 아기를 가질 자격이 없어요! 튼튼한 아기니까 배가 고파서 젖을 먹고 싶어하는 거예요. 그것을 자기 젖이 그렇게 있는데도 먹여 주지 않다니? 수치로 아세요, 언니!"

그러자 아이란은 화를 내며 울음을 터뜨리고 동시에 자기 자신이 가여워져서 반발했다. "넌 아무것도 몰라. 아이를 낳아 본 적이 없는 네가 뭘 알아. 몇 달이나 아이를 뱃속에 넣고 이상한 모양으로 지내고 있는 것이 얼마나 괴로운가 너는 모를 거야. 그렇게 고통을 겪고 난 뒤에 또 1년이고 2년이고 보기 흉한 꼴을 하고 있을 수 있어? 그런 천한 것은 유모가 하면 돼요! 나는 싫어, 싫다고!"

아이란이 아무리 울어도, 그 아름다운 얼굴을 새빨갛게 해가지고 쏘아보아도 메이링은 좀처럼 물러서지 않았다. 옌이 이 말다툼을 들은 것은 메이링이 아이란의 남편에게 이 이야기를 하러 왔을 때 옌도 그 자리에 있었기 때문이었다. 그녀가 아기 아버지에게 간절히 호소하는 모습을 옌은 황홀한 눈으로 보고 있었다. 그토록 메이링이 성실하고 아름다운 기질을 가진 것을 그는 미처 몰랐기 때문이다. 그녀는 성큼성큼 들어오더니 화난 얼굴로 옌 쪽은 돌아보지도 않고 기를 쓰고 아기 아버지에게 호소했다. "이래도 괜찮다고 생각하세요? 아이란이 아기에게 젖을 주지 않아도 상관 없으세요? 아기가 배가 고파 울고 있는데도 아이란 언니는 젖을 주려고 하지 않아요!"

그러나 아이란의 남편은 아무렇지도 않은 듯이 웃고 어깨를 움츠려 보이면서 대답했다. "아이란이 싫다는 것을 누가 강요할 수 있을까요? 적어도 나는 한 적이 없습니다. 특히 오늘은 그런 용기는 도저히 없어요. 아이란은 현대 여성이니까요."

그는 웃고 옌을 흘긋 쳐다보았다. 그러나 옌은 메이링만 지켜보았다. 상대의 엷게 웃는 얼굴을 노려보는 메이링의 진지한 눈이 점점 커지고 투명할 만큼 창백한 얼굴이 더욱 창백해지더니 이를 악문 목소리로 재빨리, "도리에 어긋나는 일이에요. 도리에 어긋납니다" 그러고는 방에서 나가 버렸다.

메이링이 가버리자 아이란의 남편은 사나이들끼리 이야기할 때의 허물없는 말투로 옌에게 말했다. "나는 아이란을 책망할 수가 없어. 아기에게 젖을 준다는 것은 큰 속박이거든. 한두 시간마다 집에 돌아와야 하는 셈인데, 그녀에게 놀러 나가지 말라고 할 수도 없고, 또 나도 아이란이 언제까지고 미인으로 있어 주기를 바라거든. 그리고 아이는 유모의 젖으로도 자란단 말이야."

그러나 이 말을 들은 옌은 맹렬히 메이링을 변호하고 싶어졌다. 그녀의 말도 행동도 모두 올바르다! 그는 왠지 싫어진 이 사나이 옆을 떠나고 싶어서 갑자기 벌떡 일어났다. "날더러 말하라고 한다면, 때로는 여자가 너무 현대적인 것도 좀 생각해 볼 문제 같아. 방금 그 문제는 아이란이 잘못이라고 생각해." 이렇게만 말하고 그는 자기 방으로 갔다. 도중에 메이링과 만날 수 있을지 모른다고 생각하고 일부러 천천히 걸어갔으나 만나지 못했다.

이리하여 하루하루 옌의 휴가는 눈 깜짝할 새에 지나갔으나 메이링과 하루도 충분히 만날 수 있는 날이 없었고, 단둘이 있을 수 있는 기회는 전혀 없었다. 메이링과 노부인은 온종일 아기만 들여다보고 있었기 때문이다. 부인은 고대하던 손자를 얻었으니 너무 기뻐서 마음이 들뜨는 것도 무리는 아니었다. 부인은 새 시대의 방식에 익숙하기는 했으나 몇 가지 점에서는 구식 관습에 따르며, 조금 부끄러워하면서도 거기서 기쁨을 느꼈다. 그녀는 달걀을 빨갛게 물들이기도 하고, 은으로 만든 조그마한 장신구를 사기도 하고, 아직 멀었는데도 생후 한 달의 축하 준비를 시작했다. 그리고 어떤 계획을 세우더라도 메이링과 의논해야 했으므로, 마치 아기 어머니는 아이란이라는 것을 잊은 듯 하나에서 열까지 양녀에게 의지했다.

그러나 이 축하일이 오기 훨씬 전에 옌은 새 수도에서의 일로 돌아가야 했다. 그런데도 하루하루가 헛되이 지나가고 있었으므로 곧 그는 우울해졌다. 메이링이 그렇게까지 바쁠 필요는 없으며, 그럴 생각만 있으면 자기와 이야기하러 와줄 시간쯤은 만들 수 있다고 생각했다. 돌아가는 날이 다가오자 차츰 이러한 기분이 정당하게 여겨져서, 분명 메이링은 자기와 단둘이 남는 일이 없도록 일부러 저러는 것이라고 생각하게끔 되었다. 노부인까지 첫 외손자를 얻은 기쁨에 빠져, 옌이 메이링을 사랑하고 있다는 것을 아주 잊어버린 듯했다.

드디어 돌아가야 하는 날이 올 때까지 이런 상태가 이어졌다. 그날 셍이 매우 들떠 찾아와서 옌과 아이란의 남편에게 말했다. "오늘 밤 매우 유쾌한 모임에 초대받았는데 한두 사람 남자가 모자라는군. 자네들도 나이를 잊고 다시 한 번 젊어진 기분으로 예쁜 아가씨들의 상대를 해 주지 않겠나!"

아이란의 남편은 웃으면서 기꺼이 가겠다고 대답하고는, 지난 2주일 동안 아이란에게만 매여서 즐거움이 대체 무엇인가 잊어버린 기분이라고 덧붙였다. 그러나 옌은 그다지 마음이 내키지 않았다. 그런 모임에는 아이란과 함께 다닌 무렵 이래 벌써 몇 해 동안 나간 적이 없고, 모르는 여자와 만날 것을 생각하니 예전처럼 거북함을 느꼈다. 그러나 꼭 가야 한다며 둘이서 옌을 설득했다. 옌은 처음에는 싫다고 했으나 이윽고 자포자기하여 생각했다. '왜 가서는 안 되지? 이 집에 가만히 앉아 있으면서 오지도 않는 기회를 기다리다니, 어리석은 이야기야. 내가 놀러 간다고 해서 메이링이 신경이나 쓰겠어?' 이런 생각에 쫓겨 그는 말했다. "좋아, 나도 가지."

그런데 요즘 너무 바빠서 옌을 상대할 시간 같은 건 도무지 없는 듯이 보이던 메이링은, 그날 밤 옌이 언제나 야회 때 입는 검정 양복을 입고 방에서 나오자, 잠든 젖먹이를 안고 우연히 그 앞을 지나쳤다. 그녀는 궁금한 듯이 물었다. "어디 가세요?" 그는 대답했다. "셍과 아이란 신랑과 함께 무도회에 가려구요."

그 순간 그는 메이링의 표정이 변한 것 같은 기분이 들었다. 그러나 확신할 수는 없었으며, 곧 자기가 착각한 것이라고 고쳐 생각했다. 왜냐하면 메이링은 잠든 아기를 추스르면서 "그러세요? 그럼 재미있게 놀다 오세요." 조용히 말하고는 그대로 가 버렸기 때문이다.

옌은 멋대로 하려무나 하는 듯이 걷기 시작했다. '그래, 재미있게 놀아 주마. 오늘 밤이 마지막이니까 반드시 재미있게 놀아 주겠어.'

그리고 그대로 실행했다. 그날 밤 옌은 그때까지 한 적이 없는 짓을 한 것이다. 권하는 대로 얼마든지 술을 들이켠 끝에, 함께 춤추는 여자의 얼굴을 뚜렷하게 알 수 없을 만큼 마신 것이다. 그저 누군가가 자기에게 안겨 춤을 추고 있다는 것밖에 알 수 없었다. 잘 먹지 않는 양주를 과음해서, 온통 꽃으로 장식된 큰 홀의 색채와 빛이 찬란히 번쩍이는 속을 헤엄치는 듯한 기분이 들었다. 그는 그토록 취했으면서도 추태를 겉으로 나타내지 않으려고 애썼으므로, 본인 말고는 아무도 그가 취해 있다는 사실을 몰랐다. 셍까지 감탄해서 소리쳤다. "너는 운이 좋은 녀석이야. 우리같이 술에 약한 자는 빨개지지만 너는 마실수록 파래지는 편인 모양이구나. 눈을 보지 않고는 누구도 네가 취한 줄 모를 거다. 눈만은 불처럼 타고 있는걸!"

이날 밤의 주연에서 그는 전에 어디선가 만난 적이 있는 여자를 만났다. 셍이 그 여자를 데리고 와서 말했다. "이 사람은 나의 새 친구야. 한 번만 너에게 양보할 테니까 춤을 추어 봐. 그리고 이 사람보다 춤을 잘 추는 사람이 있는가 없는가 나중에 보고해 줘." 그래서 옌은 그녀를 껴안고 춤을 추었다. 새하얗고 빛나는 긴 드레스를 입은 날씬하고 작은 몸집을 가진 여자였다. 고개를 숙여 그 얼굴을 보았을 때 옌은 그녀를 알고 있다고 생각했다. 둥근 얼굴에 피부빛은 가무잡잡하고 입술이 두툼한 것이 정열적인 느낌이 들었으며, 미인은 아니나 어딘가 색다른, 한번 보면 눈이 떨어지지 않는, 쉽게 잊을 수 없는 얼굴이다. 그녀 쪽에서도 신기한 듯이 말했다. "어머, 나, 당신을 알아요. 배를 함께 탔

더랬죠. 기억하세요?" 그래서 열이 오른 머리를 움직여 생각해 보니 분명히 기억이 났으므로 그는 미소를 지으면서 말했다. "반드시 자유롭게 살겠다고 소리친 분이시죠?"

그러자 그녀의 커다란 검은 눈이 갑자기 진지해지고, 새빨갛게 칠한 입술을 내밀면서 그녀는 대답했다. "이 나라에서 자유롭게 사는 것은 쉬운 일이 아니에요. 저는 자유로운 편이지만, 무섭게 고독하답니다." 갑자기 그녀는 춤을 멈추고 옌의 소매를 당기면서 말했다. "어디 가서 앉아서 이야기해요. 당신은 저처럼 비참하지는 않으셨죠? 저는 막내고 어머님은 돌아가셨어요. 아버지는 지금 이 시에서 두 번째 높은 관리를 하고 있죠. 첩이 넷이나 있는데 모두 기생 출신이에요. 당신은 제가 어떤 생활을 하고 있나 상상하실 수 있겠죠! 저는 당신의 누이를 알고 있어요. 아름다운 분이지만, 다른 사람과 마찬가지죠. 낮에는 노름이나 하고, 밤에는 잡담과 댄스, 그것뿐이에요. 이래서야 저는 살아 있는 기분이 나지 않아요. 무언가 하고 싶어요. 당신은 무얼 하고 계시지요?"

이런 진지한 말을 그 새빨간 입술로부터 듣는 것이 너무나 뜻밖이었으므로 옌은 감동했다. 옌은 새 수도 이야기를 했다. 또 자기가 거기서 조그마한 지위를 얻어서 스스로는 꽤 보람 있다고 생각하는 일을 하게 된 경위도 이야기했다. 여자는 숨을 죽이고 들었다. 이윽고 셍이 와서 그녀의 손을 잡고 춤추자고 권하자 그녀는 셍의 손을 뿌리치고 입을 비죽이며 진지하게 말했다. "방해하지 말아요! 나는 이분과 진지한 이야기를 하고 있으니까."

이 말을 들은 셍은 웃으면서 놀리듯이 말했다. "옌, 이 아가씨도 진지해질 때가 있다니, 너한테 질투하고 싶어지는구나!"

그러나 그녀는 이미 옌 쪽으로 돌아앉아 정신없이 속에 가득 찼던 불평을 털어놓고 있었다. 둥근 어깨를 움츠리기도 하고, 예쁘게 살이 붙은 손을 열심히 움직이면서 온몸으로 그에게 호소했다. "저는 정말 지루해서 죽겠어요. 당신은 만족하세요? 이젠 다시는 외국에도 못 가요. 아버지가 학비를 안 대주거든요. 너 때문에 낭비할 돈은 이제 한 푼도 없다고 그러는 거예요. 그러면서도 첩들은 아침부터 밤까지 노름만 하고 있거든요! 이젠 이런 데 살고 싶지 않아요! 내가 남자들과 놀러 다닌다면서 첩들은 모두 내 욕을 한답니다!"

옌은 이 젊은 여자가 조금도 좋아지지 않았다. 그녀의 드러낸 가슴, 서양식 의상, 지나치게 붉은 입술 등 모든 게 그의 시선엔 거슬렸다. 그러나 그러면서도 그녀의 진지함은 이해할 수 있었다. 분명 딱한 사정이라고 생각했다. "어째서 무언가 일을 찾지 않나요?"

"제가 무얼 할 수 있을까요?" 그녀는 반문했다. "당신은 제가 대학에서 무얼 전공했나 아세요? 서양식 가옥의 실내장식이에요! 제 방은 벌써 다 했어요. 친구 집도 한 군데 장식했지만 그건 무료였어요. 여기서도 제 기술을 필요로 하는 사람이 있을까요? 저는 이 나라 사람이 되고 싶어요. 내 나라인걸요. 하지만 너무 오랫동안 외국에 나가 있었나 봐요. 이젠 아무 데도 제가 있을 곳이 없어요. 내 나라가 없어져 버린 거예요!"

옌은 이미 오늘 밤 여기 놀러 와 있다는 사실을 잊고 있었다. 그토록 이 가련한 여자의 처지에 동정이 간 것이다. 그의 연민의 눈길 앞에서 처녀는 요염한 야회복 차림으로 화장한 눈에 눈물을 가득 머금은 채 앉아 있었다.

그러나 무언가 위로의 말을 생각하고 있는데 셍이 다시 돌아왔다. 이번에는 거절을 당해도 물러서지 않았다. 그녀의 눈물이 셍의 눈에는 보이지 않는지, 그녀의 허리에 팔을 두르고 웃으면서 춤추는 사람들 속으로 데려갔다. 옌은 홀로 남았다.

이젠 춤을 출 생각도 없었고, 시끄러운 홀에 앉아 있어도 명랑한 기분이 깡그리 가서 버렸다. 한번 그 처녀가 셍에게 안긴 채 되돌아왔으나, 그녀의 얼굴은 셍을 쳐다보고 있었으며, 옌에게 한 말 같은 건 전혀 한 일이 없는 것 같은 밝고 공허한 표정을 짓고 있었다. 옌은 꽤 오랫동안 혼자 앉아 생각에 잠겨 있었다. 그동안 종업원을 시켜 몇 번이나 잔에 술을 채우게 했다.

그 환락의 밤도 다 가고 집으로 돌아갈 무렵에는 마신 술이 열병처럼 몸 안에서 타고 있었지만, 그래도 옌은 아직 정신을 차리고 있었다. 이제 혼자서는 걷지 못할 만큼 취해 버린 아이란의 남편은 시뻘건 얼굴로 얼빠진 아이처럼 침을 흘리고 있었다.

옌이 집 안으로 들어가려고 문을 두들기자 갑자기 문이 확 열렸다. 문을 연 하인 뒤에 메이링이 서 있었다. 아이란의 남편은 그녀를 보는 순간 문득 옌과 메이링과의 사이에 무언가를 느낀 듯 소리쳤다.

"메이링 씨, 당신도 갔으면 좋았을걸. 당신의 경쟁 상대인 미인이 있었어. 그녀가 옌을 좀처럼 놓아 주어야지…… 큰일날 일이지, 그렇잖아요?" 이렇게 말하고 싱겁게 웃으면서 그는 벌렁 자빠져 버렸다.

메이링은 대답하지 않았다. 두 사람의 모습을 보고 그녀는 차갑게 하인에게 지시했다. "아가씨의 서방님을 침실로 모시고 가요. 무척 취하신 모양이니까!"

하인이 가버리자 그녀는 갑자기 타는 듯한 시선으로 옌을 그 자리에 묶어 놓았다. 이리하여 마침내 두 사람은 단둘이 되었다. 옌은 메이링의 커다란 눈이 자기를 쏘아보는 것을 느끼자 갑자기 차가운 북풍을 맞은 듯이 취기가 싹 가셔 버렸다. 온몸의 열기가 순식간에 식어가는 것을 느꼈으며, 한순간 그는 메이링이 무섭기까지 했다. 몸을 똑바로 세우고 노여움에 불타 앞을 막아선 그녀 앞에서 옌은 아무 말도 하지 못했다.

그러나 그녀는 잠자코 있지 않았다. 요즘 며칠 동안 거의 그에게 말을 건네지 않던 그녀가 이제야 비로소 입을 여는가 싶더니 말은 춤추듯 튀어나왔다. "당신도 다른 남자들과 다름없었군요. 어리석고 게으른 왕 씨네 집안사람들과 말이에요! 저는 바보였어요. 옌 씨만은 다르다, 그분은 서양풍에 물든 건달이 아니다, 술을 마시고 춤을 추면서 귀중한 청춘을 헛되이 보낼 분이 아니다, 저는 이렇게 생각했어요! 하지만 역시 당신도 마찬가지였군요. 보세요, 그 모습을! 그 보기 흉한 양복을! 술냄새가 진동해요. 당신도 취하셨지요!"

옌은 이 비난에 슬그머니 화가 나서 어린애처럼 토라져 투덜거렸다. "당신은 나한테 아무것도 주지 않았잖아. 내가 얼마나 당신을 기다리고 있었는지 잘 알면서, 줄곧 구실만 둘러대고선⋯⋯."

"그렇지 않아요!" 그녀는 이렇게 소리치더니 자세를 허물어뜨리고 앞으로 나와서, 마치 말을 안 듣는 어린아이에게라도 하듯이 옌의 뺨을 때렸다. "제가 바빴던 것을 아시잖아요. 아까 저 사람이 말한 여자는 대체 누구예요? 오늘 밤은 당신의 마지막 밤이었는데, 저도 생각하고 있던 일이 있었는데⋯⋯ 너무해요!"

그리고 그녀는 울음을 터뜨리고 달려가 버렸다. 옌은 너무하다는 한 마디 말고는 메이링이 무슨 말을 했는지 아무것도 알 수 없었으며, 그저 가슴이 죄어 드는 기분으로 우두커니 서 있었다. 이렇게 그의 가엾은 휴가는 끝났다.

이튿날 옌은 직장으로 돌아갔다. 맹은 옌보다 휴가 기간이 짧아 먼저 돌아갔으므로 그는 혼자였다. 늦겨울의 우기가 시작되었으므로 기차간은 어둠침침하고 빗줄기가 유리창에 흘러서, 물에 잠긴 평야의 풍경도 그의 눈에는 잘 보이지 않았다. 도시마다 거리에는 흙탕물이 넘쳐났다. 정거장에는 무슨 급한 볼일이나 부득이한 공무로 여행하는 사람들의 수는 늘었지만 일반인은 거의 없었다. 아침 일찍 출발하는 바람에 배웅도 받지 못했으므로 끝내 메이링의 얼굴을 보지 못하고 떠난 것을 생각하면서 옌은 이것이 내 생애의 가장 쓸쓸한 시간이다, 중얼거리며 기차를 탔다.

마침내 비만 바라보고 있는 것도 싫증이 나고 쓸쓸함은 더해지기만 해서, 옌은 가방에서 첫날 셍에게서 받은 채 아직 읽어 보지 않은 시집을 꺼내어, 그다지 읽을 기분도 없이 상아색의 두꺼운 책장을 넘기기 시작했다. 페이지마다 선명하고 검은 활자로, 행수가 짤막한 매우 아름다워 보이는 시구가 인쇄되어 있었다. 이윽고 옌은 흥미를 느끼기 시작하여 괴로움도 얼마간 씻겨진 마음으로 열심히 읽기 시작했으나, 곧 셍의 단시는 모두 내용이 없는 빈 껍데기일 뿐임을 깨달았다. 그것은 모두 유려한 가락으로 씌어 있어서 자칫하면 내용의 공허함을 잊어버리기 쉬웠으나, 있는 것은 텅 빈 형태뿐이고 거기에는 아무 내용도 없었다. 이윽고 그 형태를 파악하고 나면 그 뒤에는 아무것도 없다는 것이 뚜렷하게 보였다.

그는 아름답게 은빛으로 장정한 책을 덮어 옆에 놓았다. 어둑어둑한 밖에서는 빗줄기 속에 웅크린 촌락들이 미끄러져 스쳐갔다. 집집마다 문간에는 머리 위 초가지붕에 스며드는 비를 말없이 쳐다보는 남자들이 있었다. 갠 날 같으면 이 사람들은 짐승처럼 집 밖으로 나가 즐겁게 살아갈 수 있었지만, 비오는 날은 돼지우리 같은 집 안에 갇혀 있어야만 했고, 장마라도 지는 날이면 추위 때문에 반미치광이의 상태에 빠지고 만다. 그래서 지금 그들은 이 장마를 보내온 것을 원망하면서 하늘을 올려다보는 것이다.

셍의 시는 아름답고 섬세한 것만 노래했다. 죽은 여자의 금발에 비치는 달빛, 공원에 얼어붙은 분수, 거울처럼 푸른 바다에 떠 있는 요정이 사는 조그마한 섬의 흰 모래밭, 이것이 그의 시 세계였다.

야수와 같은 무거운 얼굴로 비를 원망하는 농부를 보았을 때 그의 가슴은 아팠다. '나는 아무것도 쓰지 못한다. 셍의 시가 분명 아름다운 것이기는 하지만, 내가 그런 것을 쓴다면 나는 저러한 어두운 얼굴과 돼지우리와 그 밖에 셍이 아무것도 알지 못하고 또 알려고도 하지 않는 하층 계급의 온갖 생활 양상을 생각하게 될 것이다. 그러나 나는 이제 그런 하층 생활조차 쓰지 못한다.

나는 왜 이렇게 아무것도 표현하지 못하고 고민만 하는 것일까?'

그리고 그는 생각에 빠져들어 갔다. 아마 어느 곳에서든 철저한 생활의 자리를 갖지 않은 인간은 아무것도 창조하지 못할 것이라고 생각했다. 그는 그 연회석상에서 옛것과 새것과의 중간에 있는 자기에 대해서 생각한 일을 회상했다. 그리고 쓸쓸한 미소를 지으면서, 스스로 고독하지 않다고 생각하다니, 나는 어쩌면 이렇게 바보일까 생각하기도 했다. 나는 고독하다. 여행이 끝날 때까지 비는 계속 내렸으며, 해거름의 빗속에서 기차를 내리니 옛 시가의 성벽은 음산하고 검게 치솟아 있었다. 그는 인력거를 불러 타고, 미끄러운 거리를 끌고 가는 인력거 안에서 쓸쓸하게 한기를 느끼며 몸을 움츠렸다. 한 번, 인력거꾼이 발이 걸려 넘어졌다가 숨을 헐떡이며 일어나서 흠뻑 젖은 얼굴을 닦고 있는 동안, 밖을 내다보자 그 오두막집들이 아직도 성벽 밑 둘레에 다닥다닥 붙어 있었다. 빗물이 오두막집 안까지 넘쳐, 구제받을 수 없는 가엾은 사람들이 물 속에 앉아 묵묵히 날씨만 개기를 기다리고 있었다.

옌이 가장 행복한 해가 될 거라고 기대한 새해는 이렇게 시작되었다. 가장 행복하기는커녕 처음부터 온갖 불행이 꼬리를 물고 일어났다. 비는 봄이 끝날 때까지 모든 인내의 한계를 넘어서 줄기차게 내렸다. 각 사찰 승려들은 비가 그치기를 비는 기도를 올렸으나, 그 모든 기도도 제물도 새로운 불행 이외에 아무것도 불러오지 못했다. 혁명의 영웅 말고는 그 어떤 신도 믿지 않는 젊은 지도자들은 이런 미신에 격노하여 자기들의 지배 아래 있는 지역의 모든 사찰의 폐쇄를 명령하고, 무자비하게도 군인들을 그 사찰에 주둔시키더니 승려들은 가장 나쁘고 조그마한 방에 가두어 버렸다. 그러자 이번에는 이것이 농민들을 격분시키는 계기가 되었다. 농민들은 그동안 승려들이 여러 가지 이유를 들어 희사를 요구한다고 화를 냈으면서도, 이렇게 되자 신불이 노하면 큰일이라고 걱정하며, 이토록 장마가 계속되는 것도 새 정부가 나쁘기 때문이라고 떠들어 대면서, 이번만은 농민과 승려들이 합세하여 정부를 공격했다.

한 달 동안 이어졌는데도 비는 아직 개지 않았다. 양자강의 물은 불어 작은 강이나 운하로 흘러들어 갔으며, 사람들은 여기저기에서 옛날처럼 대홍수가 오는 것은 아닐까 불안해했다. 홍수 뒤에는 기근이 온다. 사람들은 새 시대가 오면 그와 함께 천지도 새로워진다고만 믿고 있었다. 그러나 하늘은 예나 다름없이 변덕스러운 짓만 하고, 땅도 옛날과 같이 홍수나 한발로 작물의 결실을 방해한다는 것을 알자 사람들은 신정부가 틀렸다, 그전 지배자와 비교해서 조금도 나을 것이 없다고 외치기 시작했으며, 새로운 시대에 대한 희망으로 잠시 조용해졌던 해묵은 불평 불만이 또다시 고개를 들기 시작했다.

옌 또한 다시 자기 분열의 고통을 느꼈다. 맹은 요즘 줄곧 좁은 영내에 갇혀서 지내느라 여느 때처럼 훈련을 통해 젊은 정력을 발산하지 못하여 답답했기에, 자주 옌의 방에 놀러 왔다. 그리고 옌이 무슨 말만 하면 대번에 대들었다. 비를 저주하고, 나날이 이기적이 되어 인민의 복지를 무시하는 사령관을 저주했다. 맹이 너무나 터무니없는 욕설을 퍼부으므로 마침내 옌도 참지 못하고 어느 날 되도록 부드럽게 말해 보았다. "비가 많이 온다고 해서 정부를 공격한다는 것은 우습잖아. 또 지금부터 홍수가 난다고 하더라도 그것은 지도자들의 책임이 아닌 줄 아는데."

그러나 맹은 흥분하여 소리쳤다. "아니, 나는 그들을 끝까지 공격할 거야. 그들은 참된 혁명가가 아니야!" 그리고 그는 목소리를 죽여 불안한 듯이 말했다. "옌, 아무도 모르는 일을 형한테만 이야기해 주지. 이걸 말하는 것은, 형은 정말 입장도 불분명하고 도무지 맺고 끊는 데가 없는 사나이지만, 그래도 역시 선량하고 성실해서 언제나 태도가 변하지 않기 때문이야. 잘 들어, 언젠가 내가 모습을 감추더라도 놀라지 마! 우리 부모님에겐 걱정하시지 말라고 전해 줘. 지금, 이 혁명 속에 또 하나의 새로운 혁명이 무르익어 가고 있어. 보다 훌륭하고 참된 혁명이야! 나는 동지 네 사람과 함께 거기에 참가하기로 결의했단 말이야. 믿을 수 있는 동지를 이끌고 이제 그 혁명의 기운이 고조되어 가고 있는 서쪽으로 갈 참이야. 이미 몇천 명의 열렬한 청년 동지들이 은밀히 참가하고 있지. 그렇게 되면 나도 나를 억누르는 사령관 늙은이와 싸울 기회가 생기는 셈이야!" 맹은 노여움이 끓어올라 가만히 서 있더니 이윽고 그 어두운 얼굴이 갑자기 밝아졌다. 하기야 본래부터 무뚝뚝한 얼굴이라 아주 조금 밝아졌을 뿐이지만, 어쨌든 표정이 바뀌더니 무언가 생각한 끝에 조금 소리를 낮춰 말했다. "참된 혁명이란 국민의 행복을 목표로 해야 해. 국가 권력을 쥐면 우리들은 민중의 행복을 위해서 그것을 유지할 참이야. 거기에는 더 이상 부자도 없고, 가난한 자도 없어……."

이렇게 맹은 떠들어 대고, 옌은 그저 슬픈 얼굴로 잠자코 있었다. 나는 그런 말을 옛날부터 끊임없이 들어 왔다. 그러나 여전히 가난한 사람은 없어지지 않았고, 그런 말도 사라지지 않는다. 그렇게 생각하자 옌은 견딜 수 없었다. 그 부유한 미국에조차 빈민이 있음을 그는 떠올렸다. 그렇다, 빈민은 영원히 구제되지 않는다. 그는 맹으로 하여금 지껄이고 싶은 대로 지껄이게 한 다음, 맹이 가버리자 창문가로 가서 비 내리는 거리를 터벅터벅 걸어 가는 사람들의 모습을 한참 동안 바라보고 있었다. 맹이 빗속에서도 의연하게 고개를 쳐들고 성큼성큼 걸어가는 모습이 보였다. 고개를 쳐든 것은 맹 한 사람뿐이었다. 나머지는 돌을 깐 미끄러운 길과 힘겹게 싸우고 있는 비에 젖은 인력거꾼들뿐이었다. 그는 또다시 아무리 해도 잊어버릴 수 없는 일이 머리에 떠올랐다. 메이링이 한 번도 편지를 주지 않는 것이다. 그도 편지를 보내지 않고 있었다. 그것은 그가 멋대로 생각한 것뿐일지 모르지만 그녀가 그토록 나를 싫어한다면 편지를 써 봐야 헛일이라고 생각했기 때문이었다. 그리고 이 일이 그날의 슬픔을 완전한 것으로 만들었다.

그러므로 일에 열중하는 도리밖에 없었다. 옌은 일에 전력을 쏟아 넣으려 했으나 여기서마저 이 해는 그에게 나쁜 일만 안겨 주었다. 시대에 대한 불만 풍조는 학교까지 번져 학생들은 교칙에 반항했다. 청춘의 특권만을 주장하여 학교 당국이나 교수들과 싸우고 수업을 거부하며 등교하지 않았다. 옌이 바람이 휘몰아치는 교실에 나가 보니 교실은 텅 비어 있었다. 가르칠 상대가 없었기에 하는 수 없이 집으로 돌아가서 그전에 읽었던 헌책을 다시 읽어 보곤 했다. 급료의 절반은 빚을 갚기 위해 꼬박꼬박 백부에게 부쳐 주고 있었으므로 새 책을 살 수 없었던 것이다. 기나긴 어두운 밤마다 그 부채가 언제 가야 없어질까 생각하면, 언젠가 본 메이링의 꿈처럼 영원히 현실이 될 것 같지 않았다.

어느 날, 일주일 동안 계속해서 텅 빈 교실에 나갔던 그는 너무 무료해서 언젠가 외국종의 밀을 뿌려 둔 밭에 비와 진흙 속을 걸어 가 보았다. 그러나 거기서도 실망이 기다리고 있었다. 수확의 가망이 없는 것이었다. 외국종의 밀은 이 장마에는 견딜 수가 없었던지, 아니면 검고 무거운 점토질의 토양이 너무 물기가 많아 뿌리가 썩어 버렸는지, 원인은 알 수 없었으나 밀은 물에 잠긴 흙 위에서 썩어 있었다. 발아 상태도 좋았고 성장도 빨라 튼튼하게 커가고 있었는데, 지질과 기후가 달라 깊이 뿌리를 내리지 못하고 쓰러져 썩어 버린 모양이었다.

이 희망마저 사라져 버린 것을 본 옌이 슬퍼하며 멍하니 서 있는데, 한 농부가 달려와서 짓궂은 표정을 숨기려고도 하지 않고 말을 걸어 왔다. "역시 다른 나라 밀은 안 된다는 것을 이젠 알겠지요. 자라기는 빠르지만 끝내 살아갈 힘이 없단 말입니다요. 그때 내가 말했듯이 이렇게 크고 허여멀건 종자는 이 땅에는 맞지가 않아요. 내 밀을 보라고요. 저렇게 물에 잠겨 있지만 죽지 않잖아요!"

잠자코 옌은 보았다. 정말 그랬다. 옆 밭에서는 키는 작지만 억센 밀이 흙탕물 속에서도 꿋꿋이 서 있었다. 발육 상태는 나빠도 썩지는 않았다. 그는 대답할 말이 없었다. 그 농부의 야비한 얼굴, 빈정거리는 웃음소리를 더 참을 수 없었다. 한순간, 그는 맹이 그 인력거꾼을 때렸던 기분을 이해할 수 있었다. 그러나 옌은 사람을 때릴 수는 없었다. 그는 그저 잠자코 발길을 돌려 온 길을 되돌아왔다.

이 우울하기만 한 봄에 옌이 느끼는 절망이 과연 어디서 그칠 것인지 그 자신도 알 수 없었다. 그날 밤 그는 너무도 비참한 나머지 침대 속에서 눈물을 흘렸다. 여러 일이 겹쳐 와서 견딜 수가 없었던 것이다. 울고 있는 동안에 자기가 슬픈 이유는 이 세상에 너무나 희망이 없기 때문이라고 생각했다. 가난한 자는 여전히 가난하고 새 수도는 미완성인 채 빗속에서 진흙투성이가 되어 있었으며, 밀은 썩고 혁명 정부는 약체화하여 새로운 전쟁의 위협은 커져만 가고, 학생들의 동맹 휴학으로 수업도 할 수 없었으니 옌에게는 고민의 씨가 아닌 것이 없었다. 그중에서도 가장 큰 고민은 40일 동안 메이링한테서 한 통의 편지도 오지 않는 일이었다. 그녀의 마지막 말이, 지금도 그녀가 그것을 부르짖던 순간과 마찬가지로 선명하게 마음에 새겨져 있었다. "너무해요!" 이 말을 들은 뒤 아직 한 번도 그녀를 만나지 못한 것이다.

한 번, 어머니라 부르는 부인한테서 편지가 왔다. 옌은 뚫어지게 메이링의 이름이 나올까 읽어 보았으나 나오지 않았다. 부인은 아이란의 아기에 관해서만 써 보내 왔다. 아이란은 남편 집으로 돌아갔으나 기르기가 귀찮다면서 아기를 자기 곁에 두고 갔다면서, 부인은 매우 기쁜 듯이 적어 놓았다.

〈아이란이 자유롭게 놀러다니는 것을 좋아하는 덕분에 손자가 내 곁에 있게 된 것을 생각하니, 딸의 응석이 고마울 만큼 나는 요즘 손자 때문에 정신이 없다. 아이란의 태도가 옳지 않다는 것을 알고 있지만, 나는 아침부터 밤까지 손자만 안고 있단다.〉

어둡고 쓸쓸한 방에 홀로 누워서 이 편지에 대해 생각하고 있으니 또 하나의 슬픔이 더해졌다. 새로 태어난 아이가 노부인의 사랑을 모조리 빼앗아가서 이제는 부인마저 자기를 필요로 하지 않게 된 것이다. 그렇게 생각하자 옌은 너무나도 자기가 가엾어졌다. 그는 생각했다. '나는 어디에도 필요 없는 인간이 되었구나!' 그리고 그는 눈물을 흘리다가 잠들어 버렸다.

얼마 안 가서 불만의 풍조는 전국에 퍼져, 새 수도에서 고독한 생활에 묶인 옌이 상상도 못할 만큼 확대되어 갔다. 그는 아버지에게는 한 달에 한 번씩 꼬박꼬박 편지를 썼으며, 왕후도 두 달에 한 통쯤은 반드시 답을 보내왔다. 그러나 옌은 그 뒤 아버지를 직접 찾아가지는 않았다. 그 이유의 하나는 충실하게 일에 열중하고 싶어서였다. 이렇게 사회가 어지러울 때에는 직무에 충실한 사람은 그리 많지 않았기에, 그럴수록 옌은 되도록 자기 일에 충실하려 한 것이다. 그리고 또 다른 이유는, 연말의 짧은 휴가 때는 누구보다도 메이링이 보고 싶어 고향으로 돌아가지 않았던 것이다.

아버지의 편지로는 그 지방의 실정을 조금도 알 수 없었다. 노인은 자기도 깨닫지 못하고 같은 말만 몇 번이나 적어 보냈기 때문이다. 편지마다 봄만 되면 대공세를 벌여서 그 지방의 비적 두목을 무찔러 버리겠다, 비적이 참을 수 없을 만큼 세력을 뻗쳐오고 있으므로 자기는 선량한 민중을 위해, 충실한 부하들을 이끌고 그들을 반드시 평정해 버리고 말리라는 용맹스러운 말만 나열해 보냈다.

이와 같은 장담을 옌은 이제 거의 귀담아듣지 않았다. 늙은 아버지의 이와 같은 말을 들어도 이제는 화도 나지 않았다. 얼마쯤의 반응이 있었다면, 전에는 그와 같은 허풍에 놀랐으나 이제는 가련한 공염불에 지나지 않는다는 것을 잘 알고 있으므로 쓸쓸한 미소를 짓는다는 것뿐이었다. 이따금 그는 생각했다. '아버지도 정말 늙으셨구나. 여름 휴가 때는 문안드리러 가야지.' 또 어떤 때는 마음이 울적해져서, '그렇게 될 줄 알았다면 지난 휴가 때 다녀왔어도 좋았을 텐데' 생각하기도 했다. 또 그는 지금 계산으로 한다면 언제나 빚을 다 갚을 수 있을까 생각해 보고 한숨을 쉬었다. 이런 혼란한 시대에는 급료가 밀리거나 지불이 정지되는 일이 흔한데, 그런 일이 없어야 할텐데 하고 생각했다.

그런 까닭으로 왕후의 편지는 이윽고 닥쳐올 사건에 대해서도 아들로 하여금 아무런 마음의 준비도 시켜 주지 않았던 것이다.

어느 날 옌이 일어나서 매일 아침 차갑고 습한 공기를 덥히기 위해 손수 불을 피우는 조그마한 난로 옆에서 막 얼굴을 씻으려 하는데, 문을 두드리는 소리가 들렸다. 그 소리는 조심스러웠으나, 집요했다. "들어오세요!" 그가 소리쳤다. 들어온 것은, 이런 곳에 나타나리라고는 도무지 예상할 수 없는 인물이었다. 시골에 사는 그의 사촌형, 상인 왕얼의 장남이었다.

옌은 곧 무슨 불길한 일이 이 수척해진 사촌형 신상에 일어났구나 직감했다. 그 여위고 누런 목에는 퍼렇게 멍이 들었고, 조그마하게 시든 얼굴에는 깊이 할퀸 상처에 피가 번져 있었다. 오른손은 손가락이 하나 없어지고, 그 자리엔 피가 스며 더럽혀진 붕대가 감겨 있었다.

이 무참한 몰골을 보고 옌은 너무나 놀라서 할 말도 잊고 생각할 힘조차 잃은 채 우두커니 서 있었다. 몸집이 작은 사촌은 옌의 얼굴을 보자 숨을 죽이고 소리 없이 울기 시작했다. 옌은 무언가 무서운 사건이 일어났음을 짐작했다. 그래서 얼른 옷을 주워 입고 사촌을 자리에 앉힌 다음 옹기 주전자에 차를 넣어 난로 위 큰 주전자의 뜨거운 물을 부었다. 그리고 겨우 말했다. "말을 할 수 있게 되거든 무슨 일이 일어났는지 설명해 주십시오. 틀림없이 무척 무서운 일이 일어난 것 같은데." 그리고 그는 기다렸다.

이윽고 사촌은 숨을 죽이고 이따금 문 쪽을 돌아 보며 혹시 누가 오지 않나 살피면서 나직한 소리로 말했다. "아흐레 전 밤에 비적들이 쳐들어 왔어. 그건 작은아버지의 잘못이었지. 작은아버지는 우리 집에 오셔서 음력 설 동안 머물러 계셨는데, 노인답게 말씀을 삼가 주셨으면 좋았을걸. 나는 늘 말씀을 조심해 주십시오 하고 부탁드렸었는데, 작은아버지께서는 어디를 가시든지 봄만 되면 즉각 비적 두목을 토벌하러 갈 참이다, 옛날처럼 이번에도 무찔러 줄 테다, 이렇게 늘 큰소리를 치셨단 말이야. 소작인들은 옛날부터 지주인 우리를 원망하고 있으니까 그 땅에는 우리의 적이 많아. 그놈들 중 누군가가 비적들에게 일러 바쳐서 부추긴 모양이야. 마침내 비적 두목이 화가 나서, 우리는 다 늙어 빠져서 이빨도 없는 호랑이 따위는 무서워하지 않는다, 봄까지 기다릴 것 없이 지금 당장 전쟁을 시작해서 왕후와 그 일족 놈들을 다 죽이고 말 테다, 떠들어 대기 시작했더란 말이야. 그래도 아직은 그놈을 회유할 수는 있었지. 그런 소문을 듣고 아버지와 나는 얼른 막대한 은을 갖다 바치고, 그 밖에 소 스무 마리, 양 쉰 마리까지 제발 잡수세요, 하고 갖다 바쳤지. 작은아버지 대신 사과를 하고, 노인이 하는 말이니까 신경 쓰지 말아 달라고 두목에게 빌었어. 그러니 거리에서 소동만 일어나지 않았다면 그일은 그럭저럭 무사히 지나갔을지도 몰라."

여기서 말을 그친 사촌은 갑자기 부들부들 떨기 시작했다. 옌은 그를 꼭 안아 주면서 말했다. "서두르지 마시고 뜨끈한 차를 드시고 차분히 말씀해 주세요. 걱정하실 건 없습니다. 할 수 있는 일은 다 할 테니까. 진정하시고 이야기해 주십시오."

그래서 사촌은 겨우 떠는 것을 멈추고 이야기를 계속했다. 그러나 아직도 겁에 질려 속삭이듯 조그마한 소리였다. "정말 새로운 시대의 문제란 우리는 모르는 일뿐이야. 하지만 요새는 우리 있는 곳에도 혁명당의 학교가 생겨서 청년들이 모두 다니고 있는데, 노래를 부르거나 벽에 걸린 새 지도자의 초상 앞에서 절을 하곤 하더군. 옛날의 신은 모두 싫어하는 모양이야. 아무튼 그것뿐이라면 대단치도 않겠는데, 그러는 동안에 그들은 출가해서 중이 된 우리 사촌동생, 그 곱사등이를 한패로 끌어넣었단 말이야. 너는 그 곱사등이를 모를 테지만." 거기서 사촌이 말을 끊었으므로 옌은 침통하게 대답했다. "오래 전에 한번 만난 적이 있습니다." 그리고 그 곱사등이 소년의 모습을 떠올리면서, 동시에 아버지가 그 소년은 군인 정신을 지녔다고 자기에게 말한 일이 생각났다. 한번은 왕후가 그 흙벽집에 들렀을 때 곱사등이가 장군의 외국제 권총을 만져 보고 싶어했으므로 쥐어 주자 마치 자기 것인 양 기쁜 듯이 이리저리 살펴보았다. 그래서 왕후는 "곱사등이만 아니라면 형에게 부탁해서 양자로 맞이하겠다만" 이렇게 말했었다. 그렇다, 확실히 기억하고 있다. 옌은 고개를 끄덕이고는 이야기를 재촉했다.

몸집이 작은 사촌은 다시 입을 열었다. "중이 된 그 애까지 광기 어린 혁명의 소동 속에 끌려들어 갔단 말이야. 가까운 여승방에 있던 양모가 2년인가 전에 고질병인 천식으로 죽은 뒤부터는 그 애가 몹시 성질이 사나워졌다는 말은 우리도 듣고 있었지. 양모가 살아 있을 때는 옷을 지어 주기도 하고 때로는 돼지기름을 넣은 떡을 갖다주기도 하고 해서 그 애도 조용히 살았는데, 양모가 죽고 나니 절에도 반항을 하게 되어 끝내 어느 날 도망을 쳐서, 나는 뭐가 뭔지 도무지 모르지만, 소작인들을 부추겨서 토지를 빼앗으려고 하는 새로운 단체에 들어가고 말았대. 그리고 이 단체와 전부터 있던 비적들이 합세하고 말았으니 큰일이지. 성 안도 성 밖도 전에 없이 큰 소동이 일어났는데 그놈들은 아주 심한 소리를 하면서 싸다니더란 말이야. 도저히 입에 담을 수 없는 말뿐인데, '부모를 미워해라, 형제를 미워해라, 누구를 꼭 죽여야 할 때는 먼저 가족부터 죽여라!' 아 글쎄 이런 소리를 외치고 다니더란 말이야. 게다가 금년에는 전에 없이 엄청나게 많은 비가 와서, 사람들은 모두 홍수가 나고 그 다음에는 큰 기근이 온다는데다 이렇듯 관리들의 힘이 약하니 놈들은 갈수록 더 대담해져서, 사람의 도리 같은 건 다 버리고 말았단 말이야……."

이야기가 너무 길어져서 피로한 듯 떨기 시작했으나 옌은 초조해서 더 참지 못하고 이야기를 계속하라고 재촉했다. "알고 있습니다. 여기도 비가 많이 왔어요. 그러고는 어떻게 되었습니까?"

사촌형은 침통한 어조로 대답했다. "그것이, 기어이 비적과 혁명당과 농민들이 합세해서 우리 도시를 습격해 가지고 몽땅 약탈해 갔단 말이야. 아버님이나 형제들은 처자들과 함께 손에 들 수 있는 것만 들고 달아났지. 가장 큰형 집으로 피난했었어. 이 형은 작은아버지의 세력 아래 있는 도시를 지배하고 있지. 그런데 작은아버님만은 도망치시지 않았단 말이야. 여전히 터무니없는 큰 소리만 치시고 성 밖 밭 한가운데 있는 옛날 할아버지가 사시던 흙벽집, 너도 알겠지만 거기까지밖에 피난하시지 않았어."

사촌형은 여기서 한숨을 돌린 다음 전보다 더 심하게 떨면서 이번에는 숨도 안 쉬고 말을 이었다. "폭도들이 곧 그 집까지 밀어닥쳤지. 두목이 인솔하는 비적 일당 말이야. 그러고는 작은아버지를 붙잡고 두 팔을 꽁꽁 묶어서 가운뎃방에 있는 대들보에다 매달아 놓고는 깡그리 약탈해 가 버렸어. 작은아버지가 그토록 소중히 여기던 장검까지 말이다. 작은아버지의 병사는 모두 달아나 버리고 그 언청이 노인만이 우물 속에 숨어 있다가 살아났는데, 소식을 듣고 내가 살며시 도우러 가 봤더니 어느새 그놈들이 돌아와서, 나를 붙잡아 묶고 그만 손가락을 잘라 버리지 않겠니. 나는 신분을 밝히지 않았는데, 그렇지 않았더라면 아마 분명히 죽었을 게다. 놈들은 나를 하인이라고 생각했던 모양이지. '가서 왕후의 아들에게 애비가 여기 매달려 있다고 알려라' 말하더라. 그래서 여기까지 온 거야."

그리고 사촌은 심하게 흐느끼기 시작하더니, 얼른 피투성이가 된 붕대를 끌러 허옇게 드러난 뼈와 엉망이 된 살을 옌에게 보였다. 상처에서는 다시 피가 흐르기 시작했다.

옌은 너무나 당황스러워 그 자리에 두 손으로 머리를 감싸고 주저앉아 앞으로 어떻게 해야 할 것인지 되도록 빨리 생각하려고 했다. 먼저 아버지에게 달려가야만 한다. 그러나 만일 아버지가 이미 세상을 떠나셨다면…… 아니, 그 언청이 노인이 옆에 있는 이상 얼마쯤의 희망은 가질 수 있다. "비적들은 이제 없습니까?" 갑자기 고개를 들고 그는 물었다.

"없어, 깡그리 약탈하고는 어디론가 가 버렸다." 사촌은 대답하고 다시 울기 시작했다. "하지만 우리 집은 불에 타서 흔적도 남지 않았어. 소작인들 짓이야. 놈들은 우리를 도와줘야 하는데 비적 편을 들고 우리들한테서 모든 것을 빼앗아가 버렸어. 할아버지가 남겨 주신 집까지 태워 버렸단 말이야. 놈들은 토지를 되찾아서 모두 나누어 갖는다고 떠들어 대고 있지. 내 귀로 들었어. 하지만 그 뒤 어떻게 되었는지 도저히 보러 갈 수가 있어야지."

이 말을 듣자 옌은 아버지가 받은 것 이상으로 고통을 느꼈다. 만일 땅도 남아 있지 않다면 자기와 자기의 일족들은 그야말로 모든 것을 빼앗기고 만 것이 되는 것이다.

이 무서운 사실 앞에 망연해져서 그는 힘없이 일어섰다.

"나는 곧 아버지한테 가겠습니다." 그는 말했다. 하지만 조금 더 생각하고 다시 말했다. "형님은 해안 도시로 가서서 저희 집을 찾아 주십시오. 주소는 지금 써 드리겠습니다. 그리고 어머니를 만나서 저는 아버지한테 갔다고 알려 주십시오. 그리고 만일 어머니도 오시겠다거든 좀 모시고 와 주십시오."

옌은 이와 같은 결단을 내린 다음 사촌이 식사를 마치고 떠나자 자기도 그날 중으로 아버지에게로 향했다.

이틀 낮 이틀 밤의 기차 여행 동안, 이번 사건이 마치 옛날 소설에 나오는 비극적인 이야기 같은 기분이 들었다. 지금의 이 새로운 시대에 어떻게 그런 고전적인 잔악한 행위가 자행될 수 있을까 하고 생각했다. 치안이 철저하게 유지되는 평화로운 해안 도시를 떠올렸다. 거기서는 셍이 게으르고 즐거운 나날을 보내고 있고, 아이란은 아무런 걱정 근심도 없이 미소를 뿌리면서 하루하루를 살아가고 있다. 이러한 소설 같은 사건을 아이란은, 1만 마일 떨어진 바다 건너에 사는 그 백인 아가씨와 마찬가지로 전혀 모르는 것이다. 그는 깊이 한숨을 쉬고 차창 밖을 내다보았다.

새 수도를 출발하기 전, 그는 맹을 어느 찻집 구석으로 끌고 가 이 이야기를 털어놓았다. 맹이 집안을 위해서 분개하고 함께 가 주겠다고 말할지도 모른다는 가냘픈 희망이 있었기 때문이다.

그러나 맹은 같이 가겠다고 말하지 않았다. 그는 이야기를 듣더니 검은 눈썹을 치켜뜨고 말했다. "사실을 말하자면, 작은아버지들은 민중의 억압자야. 그러니까 그분들이 보복당하는 것도 도리 없는 일이야. 나는 작은아버지들의 악행에 가담하지 않았으니까, 같이 험한 꼴을 당하고 싶지 않아." 그는 말을 이었다. "내 생각으로는 형이 하는 짓은 어리석어. 왜 이미 죽었을지도 모르는 노인 때문에 생명의 위험을 무릅쓰고 거기까지 가야 한단 말이야? 작은아버지가 형한테 무엇을 해줬어? 나는 노인들이 어떻게 되든 조금도 신경 쓰지 않아." 그리고 이 새로운 재난에 낙담하여 근심에 잠긴 옌을 잠시 바라보다가, 맹도 무정한 인간은 아니었으므로 몸을 앞으로 내밀고 테이블 위의 옌의 손을 잡더니 목소리를 낮추어 말했다. "그보다는 형, 나와 함께 안 가겠어? 형은 전에도 혁명에 참가해 주었지만 그때는 진심이 아니었잖아. 이번에야말로 우리들의 새로운 주의에 진심으로 참가하지 않을래? 이번이야말로 진짜 혁명이야!"

그러나 옌은 손은 그대로 두었으나 설레설레 고개를 저으며 거절의 뜻을 밝혔다. 그러자 맹은 갑자기 손을 놓고 일어섰다. "그럼 이걸로 작별하자. 형이 돌아올 무렵에는 나는 없을 거야. 이제 다시 만나지 못할지도 몰라……" 기차간에서 옌은 그때의 맹의 모습을, 군복을 입은 키가 크고 늠름하고 다부져 보이는 풍모를, 작별 인사를 남겨 놓고 재빨리 사라진 그의 모습을 생각하고 있었다.

오후 내내 기차는 쉼 없이 달려갔다. 옌은 한숨을 쉬고 주위를 살펴보았다. 언제 보아도 기차의 승객들은 비슷비슷하다는 느낌이 들었다. 비단과 모피로 둘둘 만 뚱뚱한 상인, 군인, 학생, 우는 아이를 안은 어머니, 그런데 통로를 사이에 둔 저쪽 자리에 형제처럼 보이는 청년 둘이 타고 있었다. 한눈에도 외국에서 돌아온 사람들이라는 것을 알 수 있었다. 입고 있는 옷은 최신식 스타일로 헐렁하고 짧은 골프 바지에 화려하고 긴 양말이며 노란 가죽 구두, 그리고 털실로 짠 두꺼운 스웨터의 가슴에는 로마자가 수놓여 있었으며, 가죽 가방도 새것으로 번쩍번쩍 빛나고 있었다. 두 사람은 명랑하게 웃으며 유창한 외국어로 떠들었다. 한 사람은 바이올린을 들었는데, 그것을 켜며 둘이서 외국 노래를 합창하곤 했다. 그 소리에 승객들은 모두 눈이 둥그레져 있었다. 그들이 지껄이는 말을 옌은 잘 알아 들을 수 있었으나 모르는 체했다. 피로하기도 했고 또 울적했으므로 말을 건넬 기분이 나지 않았던 것이다. 한번은 기차가 멈추었을 때 형제 가운데 한 사람이 하는 말을 들었다. "공장을 세우는 것은 빠르면 빠를수록 좋아. 그러면 이런 비참한 인간들에게 모두 일을 시킬 수 있거든." 또 한번은 다른 한 사람이, 종업원이 어깨에 걸치고 식기를 닦는 천이 시커메서 불결하다며 꾸짖는 것을 들었고, 옌 옆에 앉아 있는 상인이 기침을 하고 바닥에 침을 뱉을 때는 둘 다 매우 불쾌한 눈초리로 그를 쏘아 보았다.

그러한 태도도 옌은 이해할 수 있었다. 모두 그가 일찍이 말하고 느낀 일뿐이다. 그러나 현재의 그는 뚱뚱한 사나이가 자꾸만 기침을 한 끝에 바닥에 가래를 마구 뱉는 것을 보고도 내버려 두었다. 그것을 보고도 부끄러움도 화도 느끼지 않고 모르는 체할 수 있었다. 요즘의 그는, 자기는 그런 짓을 하지 않았으나 남이 그렇게 하는 것을 보아도 예사로 생각되었다. 종업원의 그릇 닦는 천이 새까만 것을 보아도 호통칠 기분이 나지 않았고, 역마다 있는 물건을 파는 사람들의 불결함도 적어도 잠자코 참을 수 있었다. 벌써 마비되고 말았는지도 모르지만, 이토록 많은 인간을 개조할 가망은 없다고 단념한 것도 하나의 이유였다. 그래도 그는 셍처럼 자기의 쾌락만을 위해서 살 수도 없었고 맹처럼 아버지에 대한 의무를 버릴 수도 없었다. 그 두 사람처럼 완전히 새로워져서, 자기가 보고 싶지 않은 것은 고개를 돌리고 불쾌한 속박을 무시할 수 있다면 분명 행복할 것이다. 그러나 옌은 그들과는 다르며 아버지

또한 옌의 아버지이다. 옛 시대는 자신의 과거이기도 하고 자신의 일부이기도 하므로 아무리 해도 그에 대한 자신의 의무를 그렇게 간단히 버릴 수는 없었다. 이리하여 그는 긴 여행이 끝날 때까지 가만히 참고 있었다.

마침내 기차는 흙벽집 가까이에서 멎었다. 옌은 기차에서 내려 서둘러 도시를 빠져나갔다. 걸음을 멈추거나 주위를 두리번거리거나 하지 않더라도 아주 최근까지 비적에게 점거되었던 흔적은 어디에나 뚜렷했다. 주민들은 겁에 질려 찍소리도 못하고 있었다. 여기저기 타 버린 집들이 보였다. 살아남은 지주들이 겨우 용기를 내고 돌아와서 비탄에 잠겨 타 버린 자리를 살펴보고 있었다. 그러나 옌은 백부의 타 버린 집터조차 보려 하지 않고 큰길을 곧장 지나 반대쪽 성문을 빠져나가서, 기억에 남아 있는 마을 쪽으로 걸어가 밭 한가운데 있는 흙벽집에 이르렀다.

다시 그는 몸을 굽혀 가운뎃방으로 들어갔다. 그 벽에는 아직도 자기가 써 놓은 시가 남아 있었다. 그러나 오늘은 그것을 들여다보고 감동할 여유가 없었다. 소리쳐 부르자 노인 두 사람이 나왔다. 한 사람은 그 소작인이었는데, 이제는 볼품없이 노쇠하여 이도 빠지고, 늙은 마누라는 이미 세상을 떠나 혼자서 죽음을 기다리는 형편이었다. 또 한 사람은 언청이 노인이었다. 두 사람은 옌을 보더니 소리를 질렀고, 언청이 노인은 인사도 잊고 옌의 손을 잡아 허둥지둥 옌이 전에 침실로 쓰던 안방으로 데리고 들어갔다. 그곳 침대에 왕후가 누워 있었다.

왕후는 그 긴 몸을 곧게 뻗은 채 꼼짝도 않고 있었다. 그러나 아직 죽지는 않았다. 눈을 한 점에 고정시킨 채 쉴 새 없이 무언가 중얼거렸다. 옌을 보고도 놀란 기색을 보이지 않고 가엾은 어린아이처럼 수척한 두 손을 들어 "이 손 좀 보아라" 말했다. 온통 상처투성이인 그 손을 보고 옌은 너무나 안타까워 소리질렀다. "아버님!" 그때 노인은 처음으로 고통을 느낀 듯 눈에 눈물이 글썽해져서 흐느끼며 신음하듯 말했다. "놈들에게 당했다." 옌은 늙은 아버지의 부어오른 엄지손가락을 살며시 어루만지며 몇 번이나 되풀이하여 위로했다. "저도 압니다. 비적이 그랬지요. 알고 있습니다……."

그리고 그가 소리도 없이 울자 늙은 왕후도 울고, 이리하여 아버지와 아들은 함께 소리죽여 울었다.

옌이 우는 것 말고 무엇을 할 수 있었을까? 왕후의 죽음이 가까워지고 있는 것은 뚜렷했다. 끔찍한 누런 빛깔이 온몸에 나타났고, 우는 동안에도 숨이 가빴으므로 옌은 깜짝 놀라 진정하라고 하고 자신도 애써 울음을 참았다. 그러나 왕후는 아직 이야기해야 할 것이 있었다. 그는 옌을 보고 소리쳤다. "놈들은 내 명검을 빼앗아 가 버렸다……." 그때 다시 입술이 떨리기 시작하자 예부터의 버릇대로 손을 들어 누르려 했으나 손이 아파 움직이지 못하자 가만히 옌의 얼굴을 바라보았다.

옌은 살아오면서 이때처럼 아버지에게 상냥한 기분이 든 적은 없었다. 그는 과거의 모든 것을 잊었으며, 아버지가 예전부터 이렇게 어린아이 같은 단순한 마음으로 있었던 듯한 느낌이 들어 몇 번이나 되풀이해서 그를 위로했다. "어떻게 해서든지 되찾아오겠습니다, 아버님. 돈을 주고 다시 사오겠습니다."

그것이 불가능하다는 사실은 옌도 알고 있었다. 그러나 그는 내일까지 이 노인이 살아서 칼을 생각할 수 있을지조차 모른다는 생각이 들었고, 아버지의 마음을 위로하기 위해서는 무슨 약속이라도 할 수 있었던 것이다.

그러나 위로한들 무슨 소용이 있을까? 노인은 얼마간 안심한 듯 겨우 잠이 들었다. 옌이 옆에 앉아 있으니 언청이 노인이 발소리를 죽이며 옌에게 식사를 날라다 주었다. 그리고 앓는 주인의 얕은 잠이 깰까봐 말없이 살금살금 나갔다. 옌은 잠자코 앉아서, 노인의 잠자는 얼굴을 지켜보다가 옆에 있는 탁자에 머리를 얹고 자기도 모르는 사이에 잠이 들고 말았다.

밤이 가까워졌을 무렵 옌은 눈을 떴다. 온몸이 쑤셔 일어서서 팔다리를 쭉 폈다. 소리가 나지 않도록 옆방에 가 보니, 언청이 노인이 울고 있다가 옌이 이미 알고 있는 경위를 되풀이해서 말한 뒤 마지막에 이렇게 덧붙였다. "어떻게든 이 흙벽집을 떠나야 합니다요. 이 근처에 사는 농민들은 모두 장군을 원망하고 있고, 장군이 쇠약해지셨다는 것을 알고 있으니까 언제 어느 때 습격해 오는지 모릅니다요. 아마 도련님이 오시지 않았더라면 벌써 습격해 왔을 것입니다요. 젊고 강해 보이는 도련님이 오신 걸 보고 잠시 조심해서 형편을 염탐하는 모양입니다요……."

그때 늙은 소작인이 끼어들어 근심스러운 듯 옌을 바라보고 말했다. "도련님, 서양 옷은 입지 않으시는 게 좋을 것 같습니다. 시골 사람들은 새 시대의 젊은 사람들을 무척 미워하니까요. 그들이 그만큼이나 좋은 세상이 된다고 약속했는데 이렇게 비가 많이 내리고 이래서는 반드시 홍수가 날 거라면서 젊은 사람들을 미워하고 있습지요. 그러니 그런 사람들과 같은 서양 옷을 입고 계시다가는……" 그러더니 말을 멈춘 노인은 방을 나가서 한두 군데밖에 기운 곳이 없는 자신의 가장 좋은 푸른 무명옷을 들고 나왔다. 늙은 소작인은 애원하는 듯한 어조로 말했다. "우리들을 도와주시는 셈치고 이것을 입으십시오. 신도 있습니다. 그러면 농부들이 보더라도……."

그래서 옌은 그 옷으로 갈아 입었다. 중태에 빠진 아버지를 움직일 수는 없으니 여기서 운명하도록 하는 수밖에 없다 싶어, 얼마 동안이라도 이걸로 안전해질 수 있다면 하고 입은 것이다. 그러나 그는 이것을 입 밖에 내지는 않았다. 언청이 노인이 죽음이라는 말을 도저히 견디지 못하리라는 것을 알고 있었기 때문이었다.

옌은 이틀 동안 아버지 곁에 앉아 간호했다. 왕후는 죽지 않았다. 그동안에도 옌은 자기가 어머니라고 부르는 부인이 과연 올까 궁금했다. 그토록 귀여워하는 손자의 뒷바라지를 하고 있으니까 아마 오지 않으리라고 생각했다.

그러나 노부인은 왔다. 이틀째 저녁 무렵, 이제는 음식을 먹일 때라든가 움직일 때 깨우는 이외에는 줄곧 잠들어 있는 아버지 곁에 옌은 앉아 있었다. 죽음의 색은 차츰 짙어지고, 곪은 환부에서 나는 희미한 악취가 방안에 떠돌았다. 집 밖에는 이른 봄이 찾아왔으나 옌은 한 번도 밖에 나가 하늘도 땅도 보지 않았다. 그는 두 노인의 말을 기억했다. 자기가 마을 사람들에게 미움을 받고 있는 이상, 그 미움을 부채질하는 일이 없도록 하여, 적어도 왕후가 이 낡은 흙벽집에서 평화로이 죽을 수 있도록 해 주라는 말을 충실히 지키고 있었던 것이다.

그래서 그는 침대 곁에 앉아 온갖 것을 생각했다. 무엇보다도 그가 생각한 것은, 자기의 생애가 얼마나 기괴하고 혼란에 차 있으며 의지할 희망 하나 없나 하는 점이었다. 노인들은 돈과 전쟁, 그리고 향락처럼 그들이 생애를 걸 만한 가치가 있다고 여기는 것을 추구했다. 또 그의 백모나 태평양 저편의 노교수 부부처럼 신에게 모든 것을 바친 사람도 있었다. 어디서나 노인은 마찬가지다. 어린아이처럼 단순하고 아무것도 모른다. 그러나 자기와 같은 청년은 모두 이 얼마나 심한 혼란 속에 있는가! 옛 신들에게도, 물질적인 이득에도 만족할 수 없는 것이다! 한순간 그는 메리를 떠올리고, 그녀는 지금 어떤 생활을 하고 있을까 생각했다. 아마도 나의 생활과 별 차이 없겠지. 뚜렷하고 큰 목표를 갖지 못하고 있겠지. 그러나 메이링만은 예외 같았다. 그녀만은 자기가 원하는 것을 알고 그것을 확실하게 움켜쥐고 있는 것 같았다. 만일 메이링과 결혼할 수만 있다면……

그때 이와 같은 헛된 공상을 깨뜨리는 목소리가 들려왔다. 그것은 어머니라 부르는 부인의 목소리였다. 부인이 온 것이다. 그 목소리에 그는 재빨리 일어나 밖으로 뛰어나갔다. 자기도 생각지 못한 만큼 그는 부인이 오기를 간절히 바라고 있었던 것이다. 거기에 노부인이 있었다. 그리고 그 곁에는 메이링도 있었다!

옌은 메이링이 오리라는 생각은 한 번도 하지 않았으며 바라지도 않았다. 너무나 놀란 옌은 메이링을 쳐다만 볼 뿐 아무 말도 나오지 않았다. "아, 아기는 어떻게 하셨습니까?"

메이링은 여느 때와 다름없는 조용하고 침착한 목소리로 말했다. "제가 아이란에게 이번만은 집에 와서 아기를 돌봐야 한다고 말했지요. 게다가 이번에는 아이란이 바깥 양반이 어느 여성만 뚫어져라 바라봤다며 한바탕 싸움을 벌인 뒤라 며칠 동안 친정에 와 있는 편이 마침 더 나았던 거예요. 아버님은 어디 계시죠?"

"어서 뵙도록 하자." 노부인이 말했다. "메이링이라면 용태를 알 수 있을 것 같아 데리고 왔지." 옌은 서슴지 않고 두 사람을 안내해 들어갔고 셋은 왕후의 머리맡에 섰다.

말소리가 높았던 탓인지, 아니면 귀에 선 여자의 목소리가 났기 때문인지 왕후는 문득 혼수상태에서 깼다. 그의 무거운 눈꺼풀이 열리는 것을 보고 노부인이 부드럽게 말했다. "저를 아시겠어요?" 그러자 왕후는 대답했다. "응, 알지……" 그러고는 그대로 다시 잠에 빠져들고 말았으므로, 그가 정말로 알아보았는지 그들은 알 수 없었다. 그러나 곧 그는 다시 한 번 눈을 뜨고 이번에는 메이링을 쳐다보며 꿈꾸듯이 "내 딸이구나……" 말했다.

옌이 아니라고 설명하려 하자 메이링이 말리며 딱한 듯이 말했다. "저를 따님으로 아시도록 그냥 두세요. 이제 임종이 가까우시니 마음이 어지럽지 않도록……."

아버지의 시선이 다시 자기 쪽으로 움직여 왔으나 옌은 잠자코 있었다. 왕후가 지금 말한 것을 똑똑하게 알고 있을 까닭이 없다고 하더라도, 메이링을 딸이라고 불러 준 것이 기뻤다. 이리하여 세 사람은 이상하게 한 마음으로 연결된 채 최후의 시간을 기다리며 서 있었다. 그러나 왕후는 또다시 깊고 깊은 잠속으로 빠져들 뿐이었다.

그날 밤, 옌은 노부인과 메이링과 함께 앞으로 어떻게 하면 좋을지 의논했다, 메이링은 침통한 표정으로 말했다. "제가 틀리지 않았다면, 오늘 밤을 못 넘기실 것 같아요. 지난 사흘 동안 살아 계신 것이 기적이에요. 심장이 무척 강하신가 봐요. 하지만 자기가 패배했다는 괴로움을 견뎌 내실 만큼 강하지는 못하세요. 그리고 손의 상처가 곪은 독이 핏속으로 들어가서 열이 높으세요. 상처를 씻고 붕대를 감았을 때 그걸 알았지요."

왕후가 죽은 듯한 혼수상태에 있을 때 메이링은 능숙한 솜씨로 노인의 환부를 씻고 치료를 했다. 옆에서 본 옌은 이 다정한 처녀가 자신에게 너무하다며 화를 낸 여성과 같은 사람일까 의심하지 않을 수 없었다. 살풍경한 낡은 집안을 그녀는 마치 오래전부터 그곳에서 살아 온 것처럼 자연스럽게 돌아다니면서, 부족한 가운데 치료에 필요한 것을 어떻게든 찾아내 왔다. 왕후가 침대의 판자 위에 누운 것을 보고 짚을 엮어 매트를 만들어서 몸 아래 깔아 주기도 하고, 연못가에서 주워 온 조그마한 벽돌을 아궁이의 뜨거운 재 속에 넣어 두었다가 환자의 차가워진 발을 데우기도 했으며, 좁쌀죽을 맛있게 쑤어 환자에게 먹이기도 하는 등, 옌은 꿈에도 그런 식으로 사용할 줄 몰랐던 물건들을 잘도 이용했다. 환자는 아무 말도 하지 않았으나 이제 전처럼 괴로운 신음을 내지 않았다. 옌은 자기가 그러한 것들을 무엇 하나 깨닫지 못했음을 부끄러워하면서, 실은 하고 싶어도 할 줄 몰랐다고 겸허하게 인정했다. 그녀의 가늘지만 힘찬 손은 참으로 부드럽게 잘 움직여, 뼈만 남은 노인의 큼직한 몸을 건드리지도 않은 것 같으면서도, 병자의 고통을 덜어 주고 있었다.

그녀가 하는 말이라면 옌은 무엇이든 믿고 따랐다. 다 함께 이것저것 계획을 세웠다. 노부인은 마을 사람들의 악감정이 나날이 심해지고 있으므로 왕후의 임종을 보는 대로 곧 떠나는 것이 좋겠다는 언청이 노인의 말에 귀를 기울였다. 거기에 늙은 소작인도 한 마디 거들었다.

"바로 그렇습니다요. 오늘도 제가 나가 보았더니 어디를 가나 투덜거리고들 있었습니다요. 도련님이 여기 오신 것은 땅을 되찾으려고 오셨다는 거지요. 잠시 이곳을 떠나 계시면서 이 고약한 세상이 조용해지는 것을 기다리는 편이 좋을 것 같습니다요. 저와 이 언청이 늙은이가 이 마을에 남아서 놈들과 한편인 척하면서, 몰래 도련님을 위해 여러 궁리를 하겠습니다요. 토지의 법도를 깬다는 것은 좋지 않은 일이죠. 법도를 어기는 날이면 신령님이 액운을 가져다주실 겁니다. 밭의 신령은 진짜 땅 주인이 누군가 잘 알고 계시거든요."

이리하여 결론이 내려졌다. 늙은 소작인은 시내로 들어가서 소박한 관을 찾아내어 마을 사람들이 잠든 한밤에 그것을 옮겼다. 아무리 가난한 사람이라도 살 수 있는 볼품없는 관을 보고 언청이 노인은 그 속에 자기 주인을 뉘여야 하는 불운을 한탄하며 눈물을 흘렸다. 그는 옌을 붙잡고 호소했다.

"도련님, 제발 요 다음에 오시거든 장군님의 유골을 다시 파서 훌륭한 두 겹 관에 넣어 장군님다운 장례식을 치러 주십쇼. 꼭 그렇게 하겠다고 이 늙은이에게 약속해 주십쇼. 그렇게 용감한 장군님은 달리 안 계십니다. 게다가 언제나 친절하게 해주셨습니다요!"

옌은 약속했지만, 과연 그렇게 할 수 있을까 의심스러웠다. 내일이 어떻게 될지 아무도 모르는 세상이 아닌가? 모든 것이 불안정한 시대였다. 왕후가 곧 부친 곁에 잠들게 될 땅조차 어찌될지 모른다.

이때 고함 소리가 들려 왔다. 왕후의 목소리였다. 옌이 달려 들어가고 메이링도 뒤따랐다. 왕후는 눈을 뜨고 미친 듯이 두 사람을 쳐다보더니 또렷한 소리로 말했다. "내 칼은 어디 있느냐?"

그러나 그는 대답을 기다리지 않았다. 옌이 꼭 되찾아 오겠습니다, 하는 약속을 되풀이하기도 전에 왕후는 두 눈을 감고 다시 잠들었으며 두 번 다시 말을 하지 않았다.

밤이 깊어지자, 옌은 아버지를 지켜보고 있던 의자에서 일어났다. 도저히 침착하게 앉아 있을 수가 없었다. 그는 곧장 아버지에게 다가가서 목을 만져 보았다. 그는 몇 번이나 같은 일을 되풀이했다. 아직도 가냘프게 숨이 통하고 있었다. 정말 튼튼한 심장이었다. 이미 영혼은 육체를 떠났으나 심장은 아직 고동치고 있는 것이다. 아직도 몇 시간은 더 고동치리라.

옌은 아무래도 마음이 가라앉지 않아 잠깐 밖에 나가고 싶어졌다. 오늘로 꼬박 사흘째 이 흙벽집에 들어박혀 있는 것이다. 살며시 앞마당으로 나가서 맑은 공기를 들이켜고 오자.

밖으로 나가니 무거운 마음의 짐에도 불구하고 밤 공기가 상쾌하게 느껴졌다. 그는 주위를 휘둘러 보았다. 아버지가 죽으면 이 주변의 밭은 법률상 그의 것이 되고 이 집 또한 그의 것이 된다. 그의 조부가 별세한 오랜 옛날에 그렇게 할당되어 있는 것이다. 그러자 그는 농민들이 얼마나 사나워졌는가 이야기해 준 늙은 소작인의 말이 떠올랐다. 오래 전에도 그들은 자기에게 적의를 품고 있었다. 그 무렵에는 그토록 뼈저리게 느끼지는 않았으나, 그들은 자기를 이방인으로 보고 있었던 것이다. 이런 시대에는 확실한 것이라고는 하나도 없다. 그는 무서웠다. 이 새 시대에 누가 무엇을 자기 것이라고 할 수 있겠는가? 확실히 내 것이라고 말할 수 있는 것은 자신의 두 손, 두뇌, 사랑하는 마음 말고는 없다. 그리고 자기가 사랑하는 사람도 그는 내 것이라고 부를 수 없었다.

이렇게 생각하고 있는데, 문득 그는 나직하게 자기 이름을 부르는 소리를 들었다. 돌아보니 문간에 메이링이 서 있었다. 얼른 다가가자 그녀는 말했다.

"아버님 상태가 더 나빠지셨나요?"

"목덜미의 맥이 손을 갖다댈 때마다 약해지고 있습니다. 새벽녘이 고비일 것 같습니다" 옌은 대답했다.

"그럼, 저도 자지 않을게요." 그녀는 말했다. "함께 깨어 있기로 해요."

이 말을 듣자 옌의 심장이 한두 번 크게 고동쳤다. '함께'라는 말이 이토록 다정하게 들린 것은 처음인 듯했다. 그러나 그는 뭐라고 말해야 좋을지 몰라 잠자코 흙벽에 기대섰다. 그리고 문간에 서 있는 메이링과 둘이서 무거운 마음으로 달빛 아래 드러난 밭을 바라보았다. 마침 보름달이라 주위가 온통 밝았다. 가만히 밭을 바라보는 동안 둘 사이의 침묵이 차츰 견딜 수 없게 되었다. 옌은 가슴에 불이 붙어 자꾸만 그녀 곁으로 끌려갈 듯했으므로 무언가 평범한 이야기라도 좋으니 말을 하여 그녀의 대답하는 목소리가 듣고 싶어졌다. 그렇게라도 하지 않았다가는 저도 모르게 손을 뻗쳐, 자기를 미워하는 이 여자의 손을 잡을지도 모른다. 그래서 그는 조금 더듬거리며 말했다.

"참 잘 와주셨습니다. 덕분에 아버지도 훨씬 편해지셨습니다."

그러자 그녀는 조용하게 대답했다. "도와드릴 수 있어서 기뻐요. 저도 오고 싶었어요."

그리고 그녀는 다시 입을 다물었다. 옌은 다시 무슨 말이든 해야만 했다. 그는 밤의 고요함을 깨지 않도록 목소리를 낮추어 말했다.

"당신은 이런 쓸쓸한 곳에서 사는 것은 싫은가요? 나는 어릴 때 이런 곳에서 살고 싶다고 생각했었지요. 하지만, 이제는 잘 모르겠습니다."

그녀는 은빛으로 빛나는 밭과 초가지붕들을 둘러보면서 무언가 생각하는 어조로 말했다. "저는 어디서나 살 수 있을 것 같아요. 하지만 우리 같은 사람은 새로운 수도에 사는 편이 좋지 않을까요? 저는 언제나 새 수도만을 생각하고 있어요. 가 보고 싶고, 거기서 일하고 싶어요. 언젠가는 그곳에도 병원이 서겠지요. 새로운 수도의 새 생활에 저의 삶을 바치는 거예요. 우리 젊은 사람들은 그곳에 속하는 게 아닐까요? 우리는 새로운 사람들이니까요."

그녀는 말이 엉키는 것 같자 입을 다물었다. 그리고 갑자기 가볍게 웃었다. 그 웃음소리를 듣고 옌은 그녀를 보았다. 둘의 눈이 마주쳤을 때 두 사람은 자기들이 지금 어디에 있는지 잊었다. 죽어 가는 노인도 잊고, 토지가 과연 자기 것이 될 것인가 하는 불안도 잊었다. 얽혀서 떨어지지 않는 시선 그 밖의 것은 모두 잊었다. 이윽고 옌이 여전히 그녀의 눈을 바라보며 소곤거렸다. "당신은, 제가 너무한다고 하셨지요?"

그러자 그녀는 신음하듯이 말했다. "너무한다고 생각했어요. 그 순간만은……"

옌을 바라보는 그녀의 입술이 조금 벌어졌다. 아직도 두 사람의 눈은 서로의 눈 속을 들여다보고 있었다. 옌은 이제 눈을 움직일 수 없게 되어 있었으며, 그녀가 가늘게 벌린 입술을 조그마한 혀로 핥는 것을 보고 이번에는 정신없이 그 입술을 응시했다. 갑자기 그는 자기 입술이 타들어가는 것 같았다. 예전에 한 여자의 입술이 자기 입술에 닿아 자기를 불쾌하게 만든 적이 있었다. 그러나 지금 그는 이 여자의 입술에 닿고 싶었다! 여태까지 무엇을 뜨겁게 바란 일이 없는 그가 이때 불현듯 이 한 가지를 원했다. 그는 재빨리 몸을 숙여 자신의 입술을 그녀의 입술에 갖다 댔다.

그녀는 꼼짝도 않고 똑바로 서서 입술을 그에게 맡겼다. 이 육체는 내 것이다! 나와 같은 민족의 육체이다! 그는 겨우 입술을 떼고 여자를 보았다. 그녀도 살짝 웃으며 그를 바라보았다. 달빛 아래서도 그녀의 볼이 발갛게 물들고 눈이 반짝이는 것을 그는 알았다.

이윽고 그녀는 침착하려고 애쓰면서 말했다. "그런 무명옷을 입고 계시니, 다른 분 같아요. 저는 당신의 이런 모습은 처음 봤으니까요."

잠시 그는 아무 말도 못했다. 입을 맞춘 뒤에도 그녀가 이토록 침착할 수 있다는 것이 여간 놀랍지 않았다. 그렇게도 침착하게 두 손을 뒷짐 지고 서 있을 수 있다니. 그는 당황한 어조로 말했다. "마음에 안 드십니까? 이 옷, 농부 같지요?……"

"마음에 들어요." 가볍게 대답한 그녀는 다시 천천히 그의 모습을 살펴보면서 말했다. "잘 어울려요. 양복보다 더 자연스러워요."

"당신이 좋다면 언제라도 이것만 입겠습니다." 그는 열의에 찬 목소리로 말했다.

그녀는 다시 미소 지으면서 고개를 저었다. 그리고 대답했다. "언제라도 입으실 필요는 없어요. 그때그때 경우에 따르시는 편이 좋지요. 사람은 언제나 똑같을 수는 없으니까요."

다시 둘은 말없이 얼굴을 마주 보았다. 두 사람은 죽어가는 사람은 완전히 잊었다. 그들에게는 이제 죽음이 존재하지 않았다. 그러나 옌은 다시 무언가 말하지 않을 수 없었다. 아무 말도 없이, 그 시선을 어떻게 견딜 수 있을까?

"저, 저, 방금 내가 한 것은, 그건 서양의 습관입니다. 만일 당신이 싫으셨다면……" 그는 계속 그녀를 지켜보면서 말했다. 만일 그녀가 싫었다고 한다면 무릎을 꿇고라도 용서를 빌 참이었다. 그런데 그때 문득 그녀가 입맞춤의 뜻을 알고는 있을지 불안해졌다. 그러나 차마 그 말을 할 수는 없었으므로 여자의 얼굴을 바라보며 다시 입을 다물었다.

그러자 조용히 그녀가 말했다. "서양의 습관이 모두 나쁘다고 할 순 없죠!" 그리고 갑자기 그녀는 그에게서 눈길을 돌려 고개를 숙이고는 땅바닥을 내려다보았다. 이때의 그녀는 어느 고풍한 처녀 못지않게 수줍어했다. 그녀의 눈꺼풀이 한두 번 바르르 떨리는 것이 보였다. 순간이었지만 그대로 그를 뒤에 남겨 놓고 도망칠 것 같은 기색까지 보였다.

그러나 그녀는 가지 않았다. 용기를 내어 몸을 똑바로 세우고 서서 얼굴을 쳐들더니 미소를 띤 채 옌을 보았다. 옌도 그녀를 마주 보았다.

그의 심장은 점점 고동이 높아져, 마침내 몸 전체가 다급히 고동치는 하나의 심장이 되어 버린 듯한 느낌이었다. 그는 밤공기를 흔들면서 소리 높이 웃었다. 좀 전까지 나는 무엇을 걱정했던가?

"우리들은" 그는 말했다. "우리 두 사람은 아무것도 두려워할 필요가 없습니다."

펄 벅의 생애와 작품

펄 벅의 생애와 작품

펄 벅의 생애

젊은 시절

펄 벅(Pearl Sydenstricker Buck)의 아버지 압살롬 사이든스트리커는 선교사로서 젊은 나이에 중국으로 건너갔다. 선교사인 아버지가 있는 곳으로 머나먼 바다를 건너 시집갔던 이는 어머니인 캐럴라인 스털팅으로, 그 무렵 23세였다. 두 사람 사이에서는 네 명의 아이들이 태어났지만, 풍토병 때문에 그 사이 세 명이 어릴 때 죽었다. 부부는 의사의 권유로 휴양을 위해 고향 웨스트버지니아로 돌아갔다. 이렇게 해서 1892년 6월 26일, 펄 벅은 힐즈버러라는 마을에서 태어났다. 어머니가 휴양을 위해 귀국한 지 2년이 끝날 무렵의 일이었다.

아버지 압살롬은 독일계, 어머니 캐럴라인은 네덜란드계였다. 펄 벅은 태어난 지 3개월이 지나 중국으로 가게 되었는데, 인간으로서의 의식이 눈뜬 것은 중국에서였고, 유년·소녀 시절 그녀의 놀이동무들도 모두 중국 아이들이었으며, 그녀는 중국이라는 국토와 환경 속에서 자랐다.

중국에서 자란 그녀는 중국어를 자유롭게 구사했다. 그녀의 중국어는 토박이의 것이다. 어린 시절 그녀는 유모에게 중국의 이야기를 듣고 감동했고, 절의 종소리를 들었다. 그녀의 부모은 장쑤 성(江蘇省) 전장(鎭江) 교외의 언덕 위에 있는 집에서 살았다. 그녀는 성장함에 따라 중국의 책을 폭넓게 읽었다. 1933년에는 《수호전》을 영어로 번역해서 출판하기도 했다.

이렇게 생애 중 젊은 시절 19년간을 중국에서 보낸 그녀는 1910년 웨스트버지니아 주의 랜돌프 메이컨 여자대학교에 입학하기 위해 부모 손에 이끌려 미국으로 돌아갔지만, 이는 마치 미국에서 유학하는 것과도 같았다. 1914년 대학교를 졸업한 그녀는 다시 장로파 교회의 선교사로서 중국으로 돌아갔다.

▲펄 벅의 생가 웨스트버니지아 주 힐즈버러에 있다. 그녀는 10년간 중국에서 살던 선교사 부모가 1년간 휴가차 미국으로 돌아왔을 때 태어났다.

◀펄 벅(1892~1973) 미국의 소설가. 퓰리처상(1932), 노벨문학상(1938).

작가 활동

1917년 그녀는 중국의 농업경제를 전공한 남부 장로교회 선교사 존 로싱 벅(John Lossing Buck)과 결혼해 화베이(華北)에서 5년쯤 살다가 난징(南京)으로 돌아갔다. 그녀는 교회 선교사로서의 활동과 동시에 난징 대학교에서 영문학을 강의했다. 1920년대에 이미 〈네이션〉, 〈차이니스 리코더〉, 〈아시아〉, 〈애틀랜틱 먼슬리〉 등의 잡지에 에세이와 소설 작품을 발표했으며, 작가로서의 활동은 《동풍·서풍(East Wind, West Wind, 1930)》으로 시작되었다. 난징에서 쓴 〈대지〉가 1931년 출판과 함께 큰 반향을 불러일으켰고 그에 이어진 속편으로써 그녀의 명성이 굳건해졌다. 1934년 미국으로 귀국한 그녀는 선교사 직을 그만두고 이혼, 1935년 존 데이 출판사 사장인 리처드 월시(Richard J. Walsh)와 재혼하면서 작가로서 본격적인 활동을 시작한다.

1936년 펴낸 어머니 캐럴라인의 전기소설 《유배(The Exile : Portrait of an American Mother)》는 독자들에게 큰 감동을 주었다. 1900년 산둥 성(山東省)에서 의화단이 봉기하고 각지에 수많은 선교사가 살해당했을 때, 펄 벅 일가는 양쯔 강(揚子江) 연안의 전장에 살고 있었다. 이 작품에서는 어머니의 용기와 유모의 충실함이 그즈음 9세였던 펄을 의화단의 습격에서 구해 낸 사건이 서술되며 어머니에 대한 경애의 정이 흘러넘치고 있다. 아버지는 이때 오지를 여행 중이었는데, 어머니와 함께 죽음을 빠져 나온 소녀에게 이 사건은 잊을 수 없는 일이 되었다. 같은 해 《싸우는 천사(Fighting Angel)》도 함께 펴냈다.

1938년 12월 10일 그녀는 노벨문학상을 받았다. 이때 선고위원회의 추천문에는 '중국 농부의 생활을 풍부하게, 서사시적으로 묘사한 매우 뛰어난 작품이다'라고 쓰여 있다. 그리고 이해에 펴낸 것은 《이 자랑스러운 마음(This Proud Heart)》으로, 반생에 걸친 중국생활에 마침표를 찍고 미국으로 돌아간 지 4년 뒤의 작품이다.

노벨문학상 수상
1938년 12월 스톡홀름에서 열린 노벨상 수상식에서, 벅은 스웨덴 국왕 구스타프 5세로부터 상을 받아 미국 최초의 노벨문학상 수상자가 되었다.

그 뒤 그녀는 집필생활로 소설·수필·평론·동화 등에 걸쳐 거의 50종에 가까운 책을 펴내는 한편, 인종을 넘어선 사회사업·평화활동을 이어나갔다.

그녀의 작품은 중국을 소재로 한 것이 많다. 《다른 신들(Other Gods, 1940)》, 《오늘과 영원(Today and Forever, 1941)》, 《용의 자손(Dragon Seed, 1942)》, 《여인의 저택(Pavilion of Women, 1946)》, 《향토(Kinfolk, 1949)》, 《신의 인간들(God's Men, 1951)》, 《여제(Imperial Woman, 1956)》, 《갈대는 바람에 시달려도(The Living Reed, 1963)》, 《새해(The New Year, 1968)》 등 노벨문학상을 받은 뒤 제2차 세계대전 전후(前後)를 통틀어 창작의욕은 여전히 왕성했다.

1949년 이후, 미국인과 동양인 사이의 혼혈아를 수용하는 웰컴 하우스를 세워 혼혈아들을 보살폈다. 그녀는 1973년 3월 6일 미국 버몬트 주 댄비의 자택에서 세상을 떠났다.

《대지》

펄 벅의 《대지(大地)》는 〈대지(The Good Earth, 1931)〉 〈아들들(Sons, 1932)〉

서양인들과 전투를 벌이는 의화단원들(급진적 민족주의자). 1899~1900년.

〈분열된 집안(A House Divided, 1935)〉 이렇게 3부작으로 이루어진다. 〈대지〉는 1931년 출판되어 다음 해 그녀는 〈대지〉로 퓰리처상을 수상했다. 〈아들들〉과 〈분열된 집안〉은 속편 형식으로 발표된 것이다.

부지런하고 땅을 사랑하는 가난한 농부의 아들 왕룽(王龍)을 첫 대(代)로 하여 그 아들과 손자의 대로 이어지는 세 부분의 긴 이야기로 엮어진, 3대에 걸친 소설이다.

펄 벅은 〈대지〉를 쓸 무렵을 회상해 이렇게 말한 적이 있다.

"나는 그 무렵에 매우 많은 돈이 필요했었지요."

그녀가 돈을 필요로 한 것은 딸 때문이었다. 그녀의 맏딸은 세 살이 되어도 말을 할 줄 몰랐다. 남달리 아이를 좋아하는 그녀에게 지적 장애아가 태어난 것이다. 그녀는 몹시 슬펐으나 용기를 내어 딸의 행복을 위해 일할 결심을 했다. 자기가 죽고 난 뒤라도 딸이 살아가려면 많은 돈이 필요하다, 그래서 소설

1919년 베이징에서 발발한 5·4운동
세기가 바뀔 무렵부터 20세기 초반까지의 중국은 청조의 붕괴, 서양 열강에 의한 분할, 일본의 제국주의적 침략, 국민주의와 군국주의의 대두 등 정치·경제가 격동하던 시기였다. 《대지》는 구체적인 역사적 사실을 명시하지 않은 채, 그런 사회변동이 한 농민에게 어떤 의미로 다가왔는지를 선명하게 그려낸다.

을 쓰려고 결심한 것이다. 이런 사고 방식을 단순히 물질주의라고 웃을 수 있을까? 펄 벅은 가장 미국인다운 미국인의 한 사람으로서 삶의 불행을 체념하지 않고 돈의 힘을 빌려서라도 그것을 타개해 나가려고 결심했던 것이다.

펄 벅은 1938년 노벨문학상을 받았다. 노벨문학상은 《대지》를 필두로 하는 중국을 소재로 한 일련의 문학 업적에 수여된 것이지만, 《대지》 하나만으로도 노벨문학상을 수상할 만하다는 느낌을 주는 것은, 《대지》가 그녀의 부동의 걸작이라는 사실을 여실히 보여 준다. 이는 처칠이 《제2차 세계대전 회고록(전6권)》만으로도 노벨문학상 수상이 가능했다는 느낌을 주는 것과 같다.

펄 벅의 중국 국토와 국민에 대한 깊은 지식은 독보적이며, 《대지》를 제외한 다른 많은 작품 또한 그 이해와 통찰의 정도가 타국적의 작가로서는 최고의 수준이다. 이것은 그녀의 긴 세월에 걸친 중국생활 체험이 모두 그 원천이 된 것이다.

펄 벅이 〈대지〉를 쓴 것은 1930년이다. 40세를 맞이하는, 인생행로에서나 인간적으로나 내면이 가장 풍부하며 다년간의 중국생활 경험과 지식으로 성숙한 시기이다. 이때에 이르기까지 그녀는 중국 현대사의 파도에 중국인과 함께 시달리며, 청(淸) 말기의 격동, 신해혁명, 5·4운동, 국민당의 정권장악, 한편으로는 중국공산당 세력의 신장, 국공합작의 결렬, 게다가 계속 존재하는 지방 토비(土匪)들의 무리, 천재, 인재 등을 자신이 자라난 중국의 국토 속에서 보고 들으며 체험해 왔다.

그러나 이 격동하는 중국 역사 속에서도 그녀의 마음은 어느 한 가지를 확실히 파악하고 있었다. 그것은 현상적인 역사의 변천과는 관계없이 국민들의 마음속에 확실히 뿌리내려 떨어질 수 없는 것들이었다. 그것이 중국이라는 국토에 터전을 두고 살다 죽어 가는, 잡초처럼 끈질긴 국민들이었다. 국민은 살아가기 위해 힘차게 싸웠지만, 그 싸움은 중국의 땅 위에서 벌어진 것이었다.

펄 벅은 중국 전 인구의 5분의 4인 농민들이 온갖 어려움에도 쓰러지지 않고 소리 없이 끈질기고 묵묵하게 일을 계속하는 모습과, 땅에 대한 집착이 얼마나 강렬한지 잘 알고 있었다.

농민은 '인재, 천재는 천명(天命)이고 방법이 없다'라고 포기하는 인생철학을 신봉한다. 그들이 권력자에게 학대당하고 정부의 무거운 세금에 시달리는 것을 작가는 예민한 시선으로 보고 있다. 기근과 홍수가 닥쳐오면 집을 버리고 불모지를 헤매며 살아가기 위해, 본디의 땅으로 돌아가기 위해 먹을 것을 찾아야만 했다. 또 남방의 도회지에 흘러들어가 어쩔 수 없이 걸식을 하지 않으면 안 되었다.

작가는 물론 농민만이 아니라 도회지에 있는 상류·하류의 국민 생활, 관리·학자·학생·상인·군인 등의 생활도 잘 알았다. 그러나 이들 국민도 결국 국민의 드넓은 바탕을 만들고 있는 국민, 땅에 뿌리를 내리고 살아가는 국민—곧 농민에게 의존할 수밖에 없었다. 펄 벅은 이 작품 안에서 땅에 의지해 살아가는 중국 농민과 기계에 의지해 살아가려 하는 미국 국민들의 차이를 드러내려고 하는 듯하다.

중국은 농업국이므로 중국의 기반을 이루는 국민은 땅에 기대어 살아가지만, 미국은 산업노동자가 국민의 기반을 이루기 때문에 기계에 의존하는 국민이라고도 생각했던 것이다. 그녀의 생각에 따르면 중국 농민이 땅에 집착하는 것과 마찬가지로, 미국 국민은 기계의 힘에 의존했다.

중국의 농촌생활 묘사
벅은 《대지》에서 민속적 정보를 매우 구체적으로 묘사했다. 주인공의 집의 특징과 경제 수준, 세대 구성과 가족 관계, 혼인 의식, 의복, 불 피우는 방법이나 요리 방법 등……. 이런 묘사들은 당시 중국 농촌의 생활 및 사회 정세를 미국 독자들에게도 알기 쉽게 전해 주었다.

　수많은 복잡한 기계를 인간이 지배한다. 그러나 그것으로 인간이 자신의 의사를 표현할 수 있는가? 기계가 생산하는 것이 자기 자신이 생산해 내는 것과 같은가? 만일 그렇다고 해도 농민이 땅으로부터 생산해 낸 것과 같은 의미를 갖는다고 할 수 있는가? 기계가 생산하는 것과 농민이 몸을 움직여 땅으로부터 생산해 낸 것, 그 만족감은 정신적으로 같은 것일까? 펄 벅은 농민에게서 땅을 떼어 놓은 생활은 상상할 수 없다는 것을 분명히 보여 준다.

　펄 벅은 기계에 의해 생산하는 인간은 결국엔 완전한 지배자가 될 수 없다고 생각했다. 그녀는 기계가 결코 인간에게 마음의 평화를 가져다 줄 수 없다고 생각했다.

　펄 벅은 그 감상 속에서 1949년, 이 인간들과 기계의 관계를 쓰고 있다. 기계를 조작하는 인간은 끊임없이 회전을 감시하고, 고장이 일어나면 바로 고치고, 기름을 넣고 물을 보급해야 한다. 또 끊임없이 감시를 해야 하며 만일 생산과정에서 잘못해 기계를 파손하면 생산과정 최종단계의 순간에 생산물을 얻을 수 없게 된다. 정신을 갖지 않은 기계로서는 생산과정을 처음부터 끝까지 알 수 없다. 게다가 기계가 마지막으로 멈추었을 때 그 조작과 감시를 계속하는 인간에게 불러일으키는 것은 마음의 평화가 아니라 그저 피로에 지나지 않는다—라고.

기계의 생산물이 인간에게 가져다 주는 기쁨이나 기계에 대한 인간의 익숙함 등이라는 것도 물론 있을 법 하지만, 중국 농민의 땅에 대한 집착을—《대지》의 주인공 왕룽의 땅에 대한 집착을 강조하기 위해 펄 벅은 기계의 힘에 따른 생산의 허무함과 농민의 땀으로 말미암은 생산의 충실감을 대비시키고 있다.

물론 돌풍이나 재해에 앞서가며 열심히 일하고, 다시 씨를 뿌리거나 거두지 않으면 안 되는 때가 있긴 하지만, 밭을 일구고, 씨앗을 심고, 땅에 물을 대어 기름지게 만드는 것은 천천히 할 수 있다. 농민은 언제라도 배가 고프면 일손을 멈추고 먹고 마시고 잠들기도 하며, 때로는 아름다운 일출이나 석양을 바라보거나 달이 뜨는 것을 볼 수도 있다. 농촌의 시간은 길고 농민의 마음은 평화로 가득 차 있다. 농민이야말로 땅의 완전한 주인이다.

이런 것이야말로 지상에서의 기쁨이고, 이런 땅에 사는 남녀는 착한 인간들이다. 물론 마음씨 좋지 않은 이들도 매우 드물게 존재한다. 그러나 이들은 참된 농민이 아니다. 이 작품에 등장하는 숙부 일가가 그 예이다. 이런 인간들은 땅을 멀리하고 무언가 다른 삶의 방식에 의지해서 자기를 엉망으로 만드는 인간들로 참된 농민이 아니다. 착한 농민은 이런 악인들의 행위에는 될 수 있는 한 참고, 최후에 악인들은 자멸의 길을 걸어간다.

이런 여러 농민들의 생활과 농민들의 순박함을 펄 벅은 오랜 중국생활로 잘 알고 있었다. 그리고 일단 농민과 땅을 묘사하려고 하면 그녀의 머릿속에서는 온갖 농민들의 모습이—남자도 여자도 아이도—다채로운 환영(幻影)이 되어 떠올랐다. 처음부터 면밀하게 계획을 세운 것은 아니었지만, 그녀의 붓끝에서 태어난 것은 먼저 왕룽, 오란, 왕룽의 아버지와 숙부 일가이며, 그것이 마침내 중국 농민의 운명을 그리는 웅혼한 일대 서사시가 되었다.

〈대지〉

중국 사람의 강한 생활력은 때때로 잡초의 억세고 질긴 느낌에 비유된다. 잡초는 아무 땅에서나 자라며, 땅이 주는 자양을 흡수하며 생명을 이어간다.

대지에 매달려 있으면 어떻게든 살아갈 수 있기 마련이다. 바람이 불면 바람 따라 나부끼면 되는 것이다. 발로 밟히는 것도 순간만 참으면 몸은 본디대로 돌아온다. 때로는 들불이라는 재난을 만나 모두 불타 버리기도 한다. 그러나 빈털터리가 되어도 흙 속에 박힌 뿌리만 끊어지지 않으면 생명을 이어나갈 수 있다. 중국의 가난한 농민은 이렇게 표현되어도, 그것이 진

영화 《대지》의 한 장면
1937년 미국에서 제작된 영화로, 시드니 프랭클린 감독은 여주인공을 아름답고 강한 여인으로 묘사하여 부부의 애정이 모든 것을 극복하고 승리한다는 할리우드식 로맨스 영화를 만들어 냈다. 중국의 전통적 남존여비 사상을 강조한 원작과는 거리가 있다.

실의 조각이 될 수 있었던 것은 아니다.

〈대지〉의 주인공 왕룽은 부지런하고 땅을 사랑하는 가난한 농군의 자식이다. 루쉰(魯迅)이 쓴 《아큐정전(阿Q正傳)》의 아큐는 땅을 떠난 부랑자이지만 왕룽은 본능적으로 땅을 사랑한다. 흉년이 들어 굶주리게 되자 한때 남방의 도시로 가나 결국 다시 돌아온다. 땅에 대한 왕룽의 애정에는 미국 개척민의 그것과 같은 심리가 깃들어 있는지도 모른다.

'대지는 남쪽 도시에서 돌아왔을 때 그의 마음의 병을 고쳐 주었다. 이번에도 왕룽은 논밭의 검은 대지로 애욕의 상처를 낫게 할 수 있었다. 발밑에 눅눅한 흙을 느끼며, 밀씨를 뿌리기 위해 파 일으킨 밭두덩에서 피어나는

흙냄새를 맡았다. 그는 머슴들을 이리저리 부리고 이곳저곳을 갈며 종일 무섭게 일했다.'

'흙은 다시금 그를 치료해 주었다. 태양은 머리 위에 빛나며 그의 괴로움을 잊게 했고, 여름의 더운 바람은 부드럽게 그를 감싸 주었다. 그리고 그의 괴로운 심사를 뿌리째 뽑아 줄 더 큰 일, 그것이 어느 날 남쪽 하늘에 작고도 가벼운 구름으로 나타났다. 처음에는 바람에 나부끼는 구름처럼 이리저리 흐르지도 않고 조그맣게, 안개처럼 조용하게 지평선에 걸려 있더니 이윽고 부채 모양으로 퍼졌다.'

땅에 대한 이런 애정어린 심정은 우리들도 어느 정도 이해할 수 있다. 동양의 농민은 땅에 강한 집착을 가지고 있다. 이 감정은 중국인이나 한국인의 경우 특히 뚜렷하다. 왕룽은 〈대지〉의 끝대목에서, 임종의 자리에 누워 자식들이 땅을 팔기 위해 의논하는 소리를 듣고 이렇게 띄엄띄엄 말한다. "땅을 팔기 시작하면, 집안은 끝장이야." "우리는 땅에서 태어났어. 그리고 다시 땅으로 돌아가야만 한다. 땅을 갖고 있으면 살아갈 수 있다. 땅은 누구에게도 뺏기지 않는다······." "만일 땅을 파는 날에는 그것이 마지막이다."

〈대지〉에는 여러 유형의 여성이 등장한다. 오란은 대지주인 황씨네 계집종이었으나 팔려서 왕룽의 아내가 되었다. 남편을 도와 인종(忍從)의 세월을 보낸다. 말수는 적으나 지혜가 있다. 남쪽 도시에서 왕룽과 함께 지낼 때, 왕룽은 고향에 있는 자기 땅을 못 잊어 몸부림쳤으나, 오란은 조금만 더 기다리면 틀림없이 무슨 일이 일어날 거라고 하며 고향으로 돌아갈 것을 연기시켰다. 그녀의 말대로 그 도시에서 전쟁이 일어났다. 군중들은 부호의 집을 약탈했다. 왕룽은 그때 돈을, 오란은 보석을 손에 넣었다. 옛날 이야기 속에나 나오는 장면 같은 행운이지만, 중국을 무대로 한 이야기이니만큼 과히 부자연스럽지도 않다.

렌화는 성내 찻집에 있던 여자로 왕룽이 둘째 부인으로 맞아들인다. 펄 벅은 이 둘째 부인이라는 데에 흥미를 보이는데, 어떤 의미에선 일부다처제(一夫多妻制)를 긍정하고 있는 것이 아닌가 싶다. 그녀가 신교(新敎)에서도 조금은 보수적인 장로교회 선교사였다는 것을 생각할 때 좀 기이한 생각마저 든다.

그녀는 중국에서 자랐기 때문에 보통 미국인과는 다른 감정 교육을 받았는지도 모른다.

작가는 셋째 부인 리화에게 가장 많은 애정을 기울이고 있다. 그녀는 인정 많은 여자이다. 흉년이 들었을 때 왕룽이 불쌍히 여겨 사들인 아름다운 계집종으로 뒷날 왕룽의 사랑을 받았다. 왕룽이 죽은 뒤엔 그가 남겨 놓은 백치 딸과 곱사등이인 손자를 끝까지 잘 보살폈다.

'그녀는 왕룽을 위해서 불쌍한 백치 딸에게도 친절히 했다. 이것은 그를 대단히 기쁘게 했다. 어느 날 그는 오랫동안 자기의 마음속에만 간직했던 비밀을 리화에게 말했다. 몇 번이고 왕룽은 백치 딸의 장래에 대해 고민했었다. 그가 죽은 뒤에는 이 백치 딸이 굶어 죽거나 말거나 아무도 신경 쓰지 않을 것이다. 그래서 그는 약방에서 흰 독약을 한 봉지 사가지고 와서 자기가 죽을 때가 다가오면 백치 딸에게 먹이려고 생각했었다. 그러나 그것은 그가 죽는 일보다 더 무서웠다. 그랬던 만큼 지금 리화가 충실히 보살펴 주는 모습을 보는 것이 그는 매우 기뻤다.'

이 대목에는 펄 벅의 어머니로서의 괴로움이 나타난다고 생각된다. 왕룽이 죽는 것은 〈아들들〉의 첫 부분에서이다. 왕룽이 죽은 뒤, 리화는 백치 딸과 곱사등이 손자와 셋이서 조용히 지내며, 왕룽의 무덤에 성묘하러 갈 때만 집을 나선다. 이 이야기의 시대적 배경은 신해혁명에서 국민당이 정권을 잡기까지의 시기이다. 작가는 시대적 배경은 거의 언급하지 않고 주인공 왕룽을 중심으로 이야기를 진행시켜 간다. 왕룽이 사는 장소도 상세한 설명이 없다. 그저 중국의 북쪽 어느 시골 이야기로 다루고 있다. 그러나 우리는 이 이야기를 읽어 나가는 동안 중국의 '대지' 그 자체가 주인공이라는 확신을 갖게 된다. 때와 장소를 초월하여 중국이라는 드넓은 대지의 이미지가 선명하게 드러나 있다. 이것은 펄 벅이 아니고는 쓸 수 없는 이야기이다. 그녀만큼 중국의 내면을 깊이 알고 있었던 미국인은 달리 없으리라. 그녀만큼 중국인의 영혼 그 자체를 아는 이는 드물 것이다.

〈아들들〉

'대지'에서 태어나, '대지'와 함께 죽은 아버지 왕룽의 농민혼은 〈대지〉에서 끝난다. 아버지의 '대지'를 향한 집념은 아들들의 가슴속에도 남았으나, 대지로부터 태어난 농민혼은 자란 환경의 변화와 저마다의 인생관의 차이 때문에 아들들에게 그대로 이어지지는 않았다.

그들도 노력은 했으나 저마다 삶을 향한 지향이 달랐다. 맏아들은 호사와 여색을 좋아하고, 둘째아들은 모든 허영을 물리치고 오직 재물을 모으는 것에만 마음이 쏠렸으며, 막내아들은 풍운을 타고 천하 제패에 운을 걸었다. 검소하고 부지런했던 아버지의 뜻을 계승하려는 자라면 그것은 거상인 둘째아들일 것이다. 그는 형이 그 자신의 주색과 아들의 도락비용과 허영 덩어리 아내의 부처 공양 등에 따른 가계의 어려움 때문에 유산인 토지를 팔아 치우려고 하자 이를 자신의 수중에 챙긴다.

셋째아들 왕후(王虎)는 형들과 전혀 다른 성격과 인생관의 소유자이다. 그는 군벌의 수령이 되어 중국 전토를 제패하려는 야망이 있다. 남자의 목적은 위대해야 하며 영광이다. 그는 무인과 지도자로서 자질을 닦는 데 전념을 다하고 착착 성공해 가고 있었다.

〈아들들(Sons, 1932)〉은 셋째아들 왕후 장군의 파란만장한 분투전이다. 이 소설의 배경은 낡은 중국 하늘의 한 귀퉁이에서 이미 어렴풋하게 새벽을 알리는 문명의 빛이 비치기 시작할 때이다. 혁명군의 대두가 이것을 이야기한다. 그러나 왕후는 그것을 깨닫지 못했다. 또한 그가 군벌과 비적(匪賊)을 토벌하는 배경은 전과 다름없는 낡은 중국이었다.

군웅할거하는 군벌 시대와, 그 압제 아래서 허덕이는 중국 국민의 비참함과 숙명적인 자연재해. 그러나 왕후는 정의를 무시하는 극악무도한 군벌의 수령은 아니었다. 무용(武勇)에서는 견줄 이가 없는 뛰어난 검객이었고, 약자를 아군으로 삼는 정의의 무인이었다. 그가 부하를 이끌고 비적의 소굴을 치고 들어가 불을 지르고, 때로는 다른 지방의 성을 본진으로 삼은 군벌을 몰아넣는 등의 행동들이 권선징악의 이름을 빌린 영토 확장이 아니었다고는 못하나, 낡은 사회에서는 인정해 주어도 좋을 것이다.

이런 용장도, 비적의 소굴에서 두목의 여자를 붙잡은 것이 인연이 되어 결혼하여, 드디어 한 여자만을 사랑하며 행복해했으나, 아내가 적과 밀통한 것에 노하여 한칼에 베어 버리고 만다. 여기서 작가는 자신의 오점을 잘라내는 용장의 일면을 보여 주는 반면, 용장도 처음으로 모든 사랑을 바친 여자를 자신의 손으로 죽이고, 추모날 밤에 고뇌하는 모습을 매우 길게 그려내어 작가의 로맨티시즘을 엿보게 해 준다.

작가는 왕후가 아름답고 기질이 억센 두목의 여자를 아내로 삼은 것은, 두 사람 사이에서 머지않아 태어날 남자아이에 대한 동경이라고 강조하지만, 이것은 또한 용장의 사랑과 커다란 희망을 시대배경의 중심에 엮어 내는 작가의 구도일 것이다.

왕후 장군의 행동은 용맹무쌍하면서도 모든 부하를 부들부들 떨게 할 정도로 엄격했다. 그를 이런 대담무쌍한 행동으로 몰고 간 이유는 〈대지〉의 끝부분과 〈아들들〉의 시작부분에 나온, 죽은 왕룽의 세 번째 부인인 가련한 소녀 리화를 향한 끊기 힘든 사랑이라고 말할 수 있다.

그는 첫 부인을 잃은 뒤 형들의 도움으로 두 명의 아내를 얻는다. 먼저 얻은 아내는 딸을 낳았고, 나중에 얻은 아내는 아들을 낳았다. 이 작품의 뒷부분은 아들을 향한 맹목적인 사랑으로 이루어진다. 그것이 군벌로서 영원한 영광을 추구하려는 꿈이기도 했기 때문이다.

군벌 수령 왕후는 아들 왕옌을 서양출신의 젊은 장교에게 훈련시키지만 얼마 안 있어 남부 군사학교에 입학시킨다. 그곳의 교육은 고풍스러운 군벌의 전법과 달리 근대 전투를 위한 훈련이었다. 전법이 새로울 뿐만 아니라 그곳에 모인 청년들의 시각도 넓었으며, 세상을 향해 사상적으로 새롭게 계발되어, 위대한 조국의 재건에는 혁명이 필요하다는 것을 깨닫게 된다. 아들 왕옌도 그 영향을 받는다.

오랜만에 돌아온 아들 왕옌은 혁명군 옷을 입고 아버지 앞에 나타난다. 이것은 구 군벌의 수령 왕후에게는 하늘이 무너지는 듯한 충격이었다. 왕후는 군도를 뽑아 들었으나 이윽고 맥이 빠져, 충직한 늙은 하인이 들고 있던 따뜻한 술잔을 겹쳐 가슴속의 눈물을 억눌렀다. 여기서 작가는 인간으로서의 고뇌와 함께, 이제 막 눈뜨기 시작한 청년의 고뇌를 그렸다.

〈분열된 집안〉

〈분열된 집안(A House Divided, 1935)〉은 왕후 장군의 외아들 왕옌(王元)이 주인공이다. 구 군벌 수령의 아들로 태어나 장래의 대장군으로 기대를 한몸에 받았던 옌은 아버지 왕후로부터 엄격한 교육을 받지만, 본인은 군인생활을 싫어한다. 그의 마음의 고향은 드넓은 하늘 아래의 상쾌한 대지에서의 생활이며, 시인 기질의 그는 평화로운 땅 위에서 인간의 영원한 행복의 경지를 추구한다.

이는 구 군벌의 영예만을 추구하는 맹장인 아버지를 고뇌에 빠뜨리지만, 때마침 곳곳에서 혁명의 새 바람이 일어나는 새로운 중국으로 시대는 전진한다. 드높게 밀어닥치는 새 시대의 파도는 구 군벌들의 조바심을 곁눈질하면서 그것을 삼켜 버릴 기세로 부풀어오른다.

아버지의 압력에 견디지 못한 옌은 말다툼 끝에 아버지의 관저를 뛰쳐 나와 남쪽 해안의 대도시로 간다. 그곳에는 의붓어머니인 아버지의 본처가 아름답게 성장한 이복여동생 아이란(愛蘭)과 함께 살고 있다. 옌은 왕후의 둘째 부인의 아들이다.

친아들처럼 맞아 준 의붓어머니는 응석받이로 자라 진중하지 못하고 경솔한 딸에 대한 기대를 포기하고, 성실한 청년 옌에게 큰 기대를 건다. 그를 대도시의 학교에 보내고, 더불어 그에게 댄스홀에 다니는 아이란의 감독을 맡긴다.

옌은 외국에서 6년 동안 농업을 공부하면서, 은사의 딸 메리와 사랑을 나누는 관계가 된다. 메리의 유혹에 무심코 키스하지만, 순간 갑자기 자신은 오랜 역사를 지닌 중국의 아들임을 떠올리고 물보다 피가 진함을 깨달으며 메리를 떠나 마침내 귀국한다. 귀국을 재촉한 것은 조국의 격렬한 배외운동과, 새 중국의 탄생이었다.

의붓어머니의 양녀 메이링은 의학을 공부하며 어머니를 도와 고아원 일에 전념한다. 그 부지런하고 청순한 모습에 옌은 깊은 사랑을 느끼지만, 메이링은 연구에만 전념하며 옌의 사랑을 물리친다.

그런데 마지막 몸부림을 치던 군벌 대항자들이 성 안으로 들이닥친다. 왕일가의 저택은 잿더미로 돌아가고, 왕후는 그가 태어나 자라고 큰 성공의 기초를 다졌던 흙집에서 죽음을 기다리는 처지가 된다. 패배한 군벌의 모습 그대로 늙어버린 왕후는 임종의 병상에 눕고, 옌은 머리맡에서 마지막 효도를 다한다. 그 자리에 달려온 사람은 의붓어머니와 메이링이었다. 여기서 옌과 메이링의 사랑은 굳은 결실을 맺는다.

여기서 대작 《대지》는 흙집으로 다시 돌아감으로써, 인간과 역사의 덧없는

(왼쪽) 만년의 펄 벅
(오른쪽) 딸과 함께(1920)
맏딸은 지적 장애아로 태어났
다. 소설을 쓰게 된 동기에 대
해 "딸의 행복을 위해 돈이
필요했다"고 회상했다.

변전 속에서도 묵묵히 영원을 살아가는 '대지'를 암시적으로 그린다.

영원한 대지와 농업기술을 익힌 옌, 새 의술을 익힌 새 시대의 여성 메이링, 새 중국의 탄생, 구 군벌의 붕괴, 사양의 길을 걷는 옛 특권계급, 복잡한 양상을 보이는 시대의 흐름 속에서—어렴풋이 희미하게 밝아오는 새로운 중국 안에서도—대지의 불멸을 믿고, 옌과 메이링의 미래를 암시하며 작품은 끝을 맺는다.

펄 벅의 '사랑'

펄 벅은 먼저 어머니의 사랑을 여러 각도에서 관찰했다. 우선 자신의 어머니에 대해, 그리고 자신이 갖춰야 할 어머니의 자격에 대해, 또한 혼혈아의 행복이 어머니의 사랑에 달려 있다는 것을, 이런 것을 통하여 여러 세계를 창조해냈다. 그리고 그 밑바탕에는 언제나 '창작활동이 사랑의 표현'이라는 것을 잊지 않았다.

생후 몇 달이 지나지 않은 갓난아기 무렵부터 중국에서 자란 펄 벅은 처음 말할 수 있게 된 것도 중국어였고, 벗 또한 중국아이들이었다. 언제나 중국인으로서 자랐고 사고방식이나 느끼는 바도 미국인이라기보다 동양인에 가까웠다. 펄 벅은 중국과 미국, 두 문화의 소산이라고 할 수 있다.

펄 벅의 '사랑'은 한결같았다. 사람은 견뎌 낼 수 없을 정도의 괴로움과 슬픔에 처하게 되면 대부분, 가슴속에 상처받은 부분을 단단하게 가두고는 잊어버리고 달아나려고 한다. 하지만 마음의 상처는 가둘 수 있는 것이 아니다. 사람은 스스로의 슬픔으로부터 달아날 수 없다. 펄 벅도 처음에는 마음의 상처를 가두려고 했으나, 복지시설의 소장이 펄 벅에게 지적 장애아를 둔 어머니로서의 체험을 써 보도록 계속 설득했다. '당신과 같은 처지의 수많은 어머니들이 당신도 똑같이 괴로움을 받고 있고 그 괴로움을 극복해 가고 있다는 것을 안다면 그들에게 얼마나 큰 힘이 되겠습니까?' 이런 소장의 말에 펄 벅은 '하늘에서 한 줄기 빛이 내린 듯한 느낌이었다'라고 말한다. 이리하여 펄 벅의 사랑은 한 단계 위에서 빛나게 되었다.

펄 벅은 슬픔이나 괴로움을 가두는 것을 그만두고, 오히려 충분히 겪은 뒤에 떨쳐 내어 성장하려고 했다. 그 편이 바르게 사는 방법이라 여겼다. 스스로 낳은 아이를 시설에 남겨 두고 그 이상 아이를 낳지 않았던 펄 벅은 사랑의 손길을 고아들에게까지 넓혔고, 또한 계속하여 생후 6개월의 고아를 입양하고 스스로 뒷바라지하여 길러냈다. 여섯 번째 아이부터는 혼혈아를 입양하기 시작했다. 펄 벅은 '어머니'의 사랑의 드넓음을 모두에게 입증했다.

'어머니에게 버림받은 아이의 마음 깊은 곳에는 커다란 물음표가 숨어 있다고 생각한다. 다른 사람에게 아무리 사랑받고 누군가에게 소중하게 길러진다 해도, 왜 나는 낳아 준 부모에게 버림받은 것일까라는 괴로운 의문이 맴돌며 사라지지 않을지도 모른다. 내 아이(양자)들도 이런 느낌을 받은 적이 있다. 어머니 품에서 자라는 것이 아이에게는 최고의 행복이다.'

펄 벅 연보

1892년   6월 26일, 웨스트버지니아 주 힐즈버러에서 태어나다. 아버지는 독일계로 압살롬 사이든스트리커, 어머니는 네덜란드계로 캐럴라인 스털팅. 펄은 밑에서 두 번째 아이로, 위로는 4명의 언니 오빠가 있었으나, 그 가운데 셋이 어린 나이에 풍토병으로 죽다. 따라서 펄에게는 오빠 에드윈, 여동생 그레이스가 있다. 남부 장로교회 선교사인 부모는 결혼 후 곧바로 중국으로 부임하다. 펄은 부모가 휴양을 위해 고향 웨스트버지니아 주로 돌아갔을 때 태어나며, 생후 3개월 만에 중국으로 건너가다. 장쑤 성(江蘇省) 양쯔 강(揚子江) 연안의 전장(鎭江) 근교에 살며 중국인과 함께 자라다.

1895년(3세)   오빠 에드윈(14세)이 미국으로 유학하다. 그는 이후 그대로 미국에서 살았으며, 펄과의 교류는 많지 않았다.

1899년(7세)   여동생 그레이스 태어나다. 그녀는 펄과 함께 생활한 기록을 나중에 펄 벅의 전기로 쓰다. 이 무렵부터 펄은 디킨스와 스콧 등 영국 소설을 읽기 시작하다.

1900년(8세)   의화단이 각지에서 봉기. 펄의 집도 폭도들의 습격을 받지만, 어머니와 유모의 기지로 난을 넘기다.

1901년(9세)   중국인 초등학교에 입학하다. 중국인 가정교사인 쿵(孔) 선생에게서 중국어 읽고 쓰기, 공자의 윤리를 배우면서 영향을 받다.

1905년(13세) 쿵 선생, 콜레라로 사망하다. 어머니는 끊임없이 영국 문학을 읽게 하여 펄의 독해력을 키워 주다.

1907년(15세) 상하이(上海)에 있는 미국인이 경영하는 여학교, 미스 주얼스 스쿨에 입학하다. 이 기숙학교에서 상하이의 하층 사회와 타국 사람들에 대한 지식을 알게 되다.

1909년(17세) 어머니와 함께 유럽을 여행하며, 몇 달 동안 뉴샤텔 근처의 프랑스 어학교에 통학하다.

1910년(18세) 웨스트버지니아 주 랜돌프 메이컨 여자대학교에 입학하기 위해 러시아를 거쳐 미국으로 돌아가다. 재학 중에는 과대표를 맡아 지도적인 입장에 있었으나, 펄은 중국에서 온 소녀라는 인상이 강하여 벗들과의 사귐은 깊지 않았다. 학내 문학상을 두 번 수상하다.

1914년(22세) 랜돌프 메이컨 여자대학교를 졸업하고, 한 학기 동안 모교에서 심리학 강좌를 담당하던 중에, 어머니가 병에 걸렸다는 소식을 듣고 곧 중국으로 돌아오다.

1917년(25세) 5월 13일, 난징 대학교에서 중국의 농업경제를 강의하는 존 로싱 벅과 결혼하다. 남편과 함께 화베이(華北)로 이사하여 각지의 농촌을 방문하다. 이는 《대지》의 소재가 된다.

1921년(29세) 3월, 난징에서 딸을 출산하다. 10월, 어머니가 오랜 투병 끝에 세상을 떠나다.

1922년(30세) 난징 대학교의 초청으로 영문학을 강의하다(~1932년). 이 무렵부터 에세이와 평론을 쓰기 시작하다. 장로파교회의 선교사가 되다.

1923년(31세) 〈애틀랜틱 먼슬리〉 지 1월호에 중국의 사회생활에 대한 에세이 〈중국에서도 또한〉을 발표하다.

1924년(32세) 만 3세가 된 딸이 말을 하지 못하자 의사의 검진을 받다. 〈포럼〉 지 3월호에 〈중국의 미(美)〉를 발표. 〈네이션〉지 10월호에 〈중국인 학생의 마음〉을 발표하다.

1925년(33세) 남편과 함께 미국으로 귀국하다. 돌아가는 배 안에서 《동풍·서풍》의 원형이 된 단편 〈중국 여자는 말한다〉를 써서 〈아시아〉지에 보내다. 코넬 대학교 및 예일 대학교에서 영문학을 연구하다.

1926년(34세) 코넬 대학교에서 문학석사 학위를 받다. 〈중국과 서양〉이라는 논문으로 로라 메신저상(역사 부문)을 받다.

1927년(35세) 여동생 일가가 후난(湖南)에서 피난해 오다. 3월 27일, 북벌군이 난징으로 쳐들어와 외국인 7명을 살해하다. 펄 벅 일가는 겨우 난을 피해 일본으로 건너가 여름부터 가을까지 나가사키(長崎) 운젠(雲仙)에서 생활하다. 가을, 상하이로 돌아가다.

1928년(36세) 난징으로 돌아가다. 북벌군의 약탈로 소설 원고는 대부분 잃어버리지만, 어머니의 생애를 그린 《유배》 초고는 무사했다. 난징의 중앙대학교에서 영문학 강좌를 담당하다(~1930년).

1930년(38세) 난징에서 〈대지〉를 쓰기 시작하다. 《동풍·서풍》을 펴내다.

1931년(39세) 3월, 〈대지〉를 펴내다. 21개월 동안 베스트셀러였으며, 30개국 이상의 외국어로 번역되다.

1932년(40세) 〈대지〉로 퓰리처상을 수상하다. 아버지가 70세로 세상을 떠나다. 〈대지〉는 데이비스 부자에 의하여 극화되다. 메트로 영화사에서 매입하다. 《젊은 혁명가》를 펴내다. 7월, 코넬 대학교에서 연구하기 위해 미국으로 돌아가다. 〈아들들〉을 펴내다. 11월, 뉴욕 장로파교회 부인회에서 '외국전도는 필요한가?'라는 제목의 비판적인 강연을 한 것이 원인이 되어, 교회 및 외국 전도위원의 비난을 사 선교사 직을 사퇴하다.

1933년(41세) 중국으로 돌아가 《수호전》 영어 번역을 완성하다. 이를 《만인은 모두 형제》라는 제목으로 펴내다. 단편집 《첫 번째 아내》를 펴내다.

1934년(42세) 항구적으로 미국으로 돌아가다. 《어머니》를 펴내다.

1935년(43세) 〈분열된 집안〉을 펴내다. 〈대지〉가 1930년부터 1935년에 펴낸 가장 뛰어난 미국 소설로 인정받아, 미국예술원 하웰스 메달을 수상하다. 〈대지〉, 〈아들들〉, 〈분열된 집안〉을 모아서 《대지》로 펴내다. 로싱 벅과 이혼하고, 존 데이 출판사 사장이자 〈아시아〉지 주필인 리처드 월시와 결혼하다.

1936년(44세) 국립문예학술회의 위원으로 선정되다. 어머니의 생애를 그린 전기소설 《유배》 및 중국 전도 선교사로서의 아버지의 생애를 그린 전기소설 《싸우는 천사》를 펴내다.

1938년(46세) 《이 자랑스러운 마음》을 펴내다. 12월, 노벨문학상을 수상하다. 선고위원회의 추천문에는 '중국 농부의 생활을 풍부하게, 서사시적으로 묘사한 매우 뛰어난 작품이다'라고 쓰여 있다.

1939년(47세) 《애국자》, 《중국 소설》을 펴내다.

1940년(48세) 《다른 신들》을 펴내다.

1941년(49세) 단편집 《언제나 새롭게》, 장편 《결혼의 초상》, 평론 《남성과 여성에 대하여》를 펴내다. 동양과 서양(아시아인과 미국인을 중심으로)의 상호이해와 우정을 다지기 위해 동서협회를 세우다.

1942년(50세) 《용의 자손》, 평론 《미국의 통일과 아시아》, 《중국 벗들》(동화), 《중국의 하늘》을 펴내다.

1943년(51세) 《미국은 내게 어떤 의미를 지니는가》, 《물소 아이들》(동화), 《약속》을 펴내다.

1944년(52세) 《정신과 육체》를 펴내다. 이는 《유배》와 《싸우는 천사》를 한 권으로 묶은 것이다. 《용물고기》, 《용의 자손 이야기》를 펴내다.

1945년(53세) 《대중에게 말하라》, 《소년비행사》(동화), 평론 《러시아 이야기》, 《결혼의 초상》을 펴내다.

1946년(54세) 《여인의 저택》을 펴내다. 〈아시아〉지, 폐간되다.

1947년(55세) 평론 《그것은 어떻게 일어났는가》, 《화난 아내》를 펴내다.

1948년(56세) 《해일》(동화, 미국아동연구회상 수상), 《모란》을 펴내다.

1949년(57세) 《향토》, 《오랜 사랑》을 펴내다. 미국인과 동양인 사이의 혼혈아를 수용하는 웰컴 하우스를 세워 혼혈아들을 보살피다.

1950년(58세) 〈레이디스 홈 저널〉지 5월호에 지적 장애아인 그녀의 딸 이야기를 쓰고, 나중에 《자라지 않는 아이》라는 제목으로 펴내다.

1951년(59세) 미국예술원 회원으로 선출되다(50명의 종신 회원 가운데 두 사람의 여성 회원 중의 한 사람임). 소설 《신의 인간들》을 펴내다.

1952년(60세) 《숨은 꽃》을 펴내다. 〈레드 북〉지에 《실비아》를 발표하다.

1953년(61세) 《오라, 내가 사랑하는 것들》을 펴내다. 링컨 대학교에서 명예 학위를 받다.

1954년(62세) 자전 《나의 여러 세계》를 펴내다.

1955년(63세) 《너도밤나무》(동화)를 펴내다.

1956년(64세) 《여제(女帝)》를 펴내다.

1957년(65세) 《베이징에서 온 편지》를 펴내다.

1958년(66세) 《아메리칸 트립틱》을 펴내다. 이는 존 세지스라는 남자의 필명으로 발표한 것으로, 《마을 사람》 외 두 편이 실리다.

1959년(67세) 원폭제조에 종사하는 젊은 과학자를 그린 《아침에 명하라》를 펴내다.

1960년(68세) 《크리스마스 유령》(동화)을 펴내다. 11월, 한국을 처음 방문하고 서울시장으로부터 〈행운의 열쇠〉를 받다. 이때부터 한국의 전쟁 고아들에 깊은 관심을 갖다.

1961년(69세) 《열네 가지 이야기》를 펴내다.

1962년(70세) 《사탄은 결코 잠들지 않는다》, 《지나간 사랑을 위한 다리》를 펴내다.

1963년(71세) 한국을 소재로 한 첫 번째 작품 《갈대는 바람에 시달려도》를 펴내다.

1964년(72세) 《잘 왔다, 아이들아》(동화), 《아이들의 기쁨》, 《중국 이야기》를 펴내다.

1967년(75세) 경기도 소사에 보호자 없는 혼혈인과 일반인을 위한 복지시설인 '소사희망원'을 세우다.

1968년(76세) 한국을 소재로 한 두 번째 작품 《새해》를 펴내다.

1969년(77세) 1월 마지막으로 한국을 방문하다. 쇠약한 건강에도 약 1100여 명에 이르는 고아들을 직접 만나다.

1972년(80세) 10월, 담낭(膽囊) 수술을 받다.

1973년(81세) 3월 6일 저녁 7시 25분, 미국 버몬트 주 댄비의 자택에서 세상을 떠나다. 모든 아시아 인과 온세계 독자들이 애도하는 가운데 고인의 희망에 따라 가족장으로 장례식이 치러지다.

홍사중(洪思重)

서울에서 태어나 서울대학교문리대사학과를 거쳐 미국 시카고대대학원 사회사상학과와
위스콘신대 대학교 서양학과를 졸업했다. 서울대학교, 한양대학교, 경희대학교 교수를 역
임. 〈중앙일보〉 논설위원을 지내다가 1980년 5공 신군부에 의해 강제 퇴직당한 후 1987년
부터 〈조선일보〉 논설위원과 논설고문을 역임했다. 지은책으로《근대시민사회사상사》《리
더와 보스》《한국인, 가치관은 있는가》《히틀러》《한국인에게 미래는 있는가》《비를 격한
다》《과거 보러 가는 길》《나의 논어》《나의 이솝우화》옮긴책으로 토인비《역사의 연구》
플루타르코스《플루타르크 영웅전》등이 있다.

세계문학전집087
Pearl Sydenstricker Buck
THE GOOD EARTH
대지 II
펄 벅/홍사중 옮김
동서문화창업60주년특별출판
1판 1쇄 발행/1987. 7. 1
2판 1쇄 발행/2009. 5. 1
3판 1쇄 발행/2017. 2. 20
3판 2쇄 발행/2021. 9. 1
발행인 고정일
발행처 동서문화사
창업 1956. 12. 12. 등록 16-3799
서울 중구 마른내로 144(쌍림동)
☎ 546-0331~6 Fax. 545-0331
www.dongsuhbook.com

*

사업자등록번호 211-87-75330
ISBN 978-89-497-1552-0 04800
ISBN 978-89-497-1515-5 (세트)